Bernard Cornwell

Der Wanderer

Bernard Cornwell

DER WANDERER

Auf der Suche nach dem Heiligen Gral

Roman

Aus dem Englischen von Claudia Feldmann

Ullstein

Titel der englischen Originalausgabe
Vagabond

Englische Originalausgabe 2002
by HarperCollins, London

ISBN-13: 978-3-550-08610-6
ISBN-10: 3-550-08610-5

Gesetzt aus der Janson bei hanseatenSatz-bremen, Bremen
Druck und Bindearbeiten: Friedrich Pustet, Regensburg
Printed in Germany

Der Wanderer ist June und Eddie Bell gewidmet,
in Freundschaft und Dankbarkeit

INHALT

TEIL 1

England, Oktober 1346

DIE SCHLACHT AUF DEM HÜGEL

Es war Oktober, die Zeit, in der das Jahr sich dem Ende zuneigt, das Vieh für den Winter geschlachtet wird und der Nordwind den ersten Frost ankündigt. Die Blätter der Kastanien leuchteten golden, die Buchen schienen in Flammen zu stehen, und die Eichen schimmerten wie Bronze. Es dunkelte bereits, als Thomas von Hookton, seine Gefährtin Eleanor und sein Freund, Vater Hobbe, den Bauernhof im Hochland erreichten. Der Bauer weigerte sich, die Tür zu öffnen, rief ihnen jedoch von drinnen zu, sie könnten im Stall schlafen. Regen prasselte auf das modrige Strohdach. Thomas führte ihr einziges Pferd in den Stall, in dem sich ein Stapel Brennholz, ein solider Holzkoben mit sechs Schweinen und ein Haufen Federn von einem gerupften Huhn befanden. Die Federn erinnerten Vater Hobbe daran, dass es der Tag des heiligen Gallus war, und er erzählte Eleanor die Geschichte, wie der Heilige eines Winterabends nach Hause gekommen war und dort einen Bären vorgefunden hatte, der gerade sein Abendessen stibitzen wollte. »Da hat er mächtig mit dem Bären geschimpft!«, sagte Vater Hobbe. »Er hat ihm ordentlich den Marsch geblasen, und dann hat er ihn losgeschickt, Feuerholz zu holen.«

»Davon habe ich mal ein Bild gesehen«, sagte Eleanor in ihrem gebrochenen Englisch. »Ist der Bär nicht sein Diener geworden?«

»Ja, aber nur weil Gallus ein Heiliger war«, erklärte Vater Hobbe. »Schließlich sammelt ein Bär ja nicht für jeden Dahergelaufenen Feuerholz. Nur für einen Heiligen.«

»Den Schutzheiligen der Hennen«, ergänzte Thomas. Er wusste alles über die Heiligen, mehr sogar als Vater Hobbe.

»Wozu braucht eine Henne wohl einen Schutzheiligen?«, fragte er spöttisch.

»Gallus ist der Schutzheilige der Hennen?«, fragte Eleanor verwirrt. »Nicht der der Bären?«

»Nein, der der Hennen«, bestätigte Vater Hobbe. »Genau genommen ist er für das gesamte Geflügel zuständig.«

»Aber warum?«

»Weil er einmal ein junges Mädchen von einem bösen Geist befreit hat.« Vater Hobbe stammte aus einfachen Verhältnissen, war klein und drahtig und hatte einen unbezähmbaren Wust schwarzer Haare. Er liebte es, Geschichten von Heiligen zu erzählen. »Ein ganzer Haufen Bischöfe hatte versucht, den Dämon auszutreiben, aber keinem war es gelungen. Dann kam der heilige Gallus vorbei und verfluchte den Dämon. Jawohl, er verfluchte ihn! Da stieß der böse Geist einen schauerlichen Schrei aus und floh aus dem Körper des Mädchens, und er sah aus wie eine Henne, eine schwarze Henne.«

»Davon habe ich noch nie ein Bild gesehen. Aber ich würde gerne mal einen echten Bären sehen, der Feuerholz sammelt«, sagte Eleanor lächelnd.

Thomas setzte sich neben sie und blickte hinaus in die Dämmerung. Es hatte aufgehört zu regnen, und ein leichter Nebel lag über dem Land. Er war nicht sicher, ob es wirklich der Tag des heiligen Gallus war; während ihrer Reise hatte er das Zeitgefühl verloren. Vielleicht war es schon der Tag der heiligen Audrey? Es war Oktober, so viel wusste er, und man schrieb das Jahr 1346 nach Christi Geburt, aber er konnte nicht genau sagen, welcher Tag heute war. Man verlor so leicht den Überblick. Sein Vater hatte ihm einmal alle Sonntage im Kirchenjahr aufgezählt, und Thomas hatte sie am nächsten Tag wiederholen müssen. Verstohlen bekreuzigte er sich. Er war der Bastard eines Priesters, und das brachte angeblich Unglück. Ein Schauer überlief ihn. Es lag eine Schwere in der Luft, die nichts mit dem hereinbrechenden Abend, den Regenwolken und dem Nebel zu tun hatte. Gott stehe uns bei, dachte er, diese Dämmerung verheißt nichts Gutes. Er bekreuzigte sich erneut und sprach ein stilles Gebet zum heiligen Gallus und seinem gehorsamen Bären. In London hatten sie einen Tanzbären gesehen; statt Zähnen hatte er nur noch verfaulte, gelbliche Stümpfe im Maul gehabt, und sein braunes Fell war vom Stachelstock des Besitzers ganz blutverklebt gewesen. Die Straßenköter hatten ihn angeknurrt, waren um ihn herumgestrichen und nur zurückgewichen, wenn er mit seinen Tatzen nach ihnen schlug.

»Wann sind wir denn in Durham?«, fragte Eleanor.

»Morgen, schätze ich«, sagte Thomas, den Blick noch immer nach draußen gerichtet, wo die lastende Dunkelheit sich über das Land ausbreitete. »Morgen kannst du dich ausruhen.« Sie erwartete ein Kind, das mit Gottes Hilfe im Frühjahr zur Welt kommen würde. Thomas wusste noch nicht so recht, was er davon halten sollte, dass er Vater wurde. Es schien ihm noch zu früh für eine solche Verantwortung, aber Eleanor war glücklich, und weil er ihr gerne eine Freude machte, sagte er ihr, er sei ebenfalls glücklich. Manchmal stimmte das sogar.

»Und morgen werden wir unsere Antworten bekommen«, sagte Vater Hobbe.

»Morgen werden wir unsere Fragen stellen«, berichtigte ihn Thomas.

»Gott führt uns nicht den weiten Weg hierher, um uns dann im Stich zu lassen«, sagte Vater Hobbe bestimmt, und um jeden weiteren Widerspruch von Thomas zu unterbinden, machte er sich daran, ihr mageres Abendessen auszupacken. »Das ist alles, was vom Brot noch übrig ist. Und wir sollten etwas Käse und einen Apfel für das Frühstück aufheben.« Er schlug das Kreuz über dem Essen, um es zu segnen, und brach das harte Brot in drei Stücke. »Lasst uns essen, bevor wir nichts mehr sehen.«

Mit der Dunkelheit kam eine durchdringende Kälte. Ein kurzer Schauer zog vorbei, dann erstarb der Wind. Thomas schlief direkt neben der Stalltür, und kurz nachdem der Wind nachgelassen hatte, weckte ihn ein Lichtschein am nördlichen Himmel.

Er setzte sich auf, und schlagartig waren die Kälte, der Hunger und all die lästigen kleinen Unannehmlichkeiten des Lebens vergessen, denn er sah den Gral. Den Heiligen Gral, das Kostbarste, was der Heiland den Menschen hinterlassen hatte. Seit über tausend Jahren galt er als verloren, und nun sah Thomas ihn am Himmel leuchten, blutrot und umgeben von einem gleißenden Strahlenkranz, wie die Krone eines Heiligen.

Thomas wollte nicht länger zweifeln. Er wollte, dass der Gral existierte. Denn wenn der Gral zu den Menschen zurückkehrte, würde er alles Übel der Welt in seinen Tiefen verschwinden lassen. Er sehnte sich so sehr danach zu glauben, und in dieser Oktobernacht erblickt er den Gral als einen gewaltigen brennenden Kelch am Himmel. Seine Augen füllten sich mit Tränen, sodass das Bild verschwamm, doch er konnte es noch immer sehen, und ihm war, als stiege Dampf von dem heiligen Gefäß auf. Dahinter schienen Scharen von Engeln bis zum Firmament hinaufzuschweben, die Flügel von Flammen umkränzt. Der ganze Nordhimmel war in Rauch und Gold und Rot getaucht und leuchtete in der Nacht, wie ein Zeichen für den ungläubigen Thomas. »O Herr«, entfuhr es ihm, und er schlug seine Decke zurück und kniete sich in den kalten Stalleingang. »O Herr.«

»Thomas?« Eleanor, die neben ihm geschlafen hatte, war aufgewacht. Sie setzte sich ebenfalls auf und blickte hinaus. »Feuer«, sagte sie. »Da muss ein großer Brand sein.«

»Feuer?«, fragte Thomas verwirrt. Dann tauchte er aus seinem ergriffenen Staunen auf und sah, dass in der Tat am Horizont ein gewaltiges Feuer brannte, dessen aufzüngelnde Flammen eine kelchförmige Lücke in den Wolken beleuchteten.

»Da muss eine Armee sein«, flüsterte Eleanor. »Sieh nur!« Sie deutete auf ein weiteres Glühen in der Ferne. Sie kannten dieses Leuchten aus Frankreich, wo die englische Armee sich plündernd und brandschatzend durch die Normandie und die Pikardie gewälzt hatte.

Von Enttäuschung erfüllt, starrte Thomas den Himmel an. Ein Feuer? Nicht der Gral?

»Was ist los, Thomas?«, fragte Eleanor besorgt.

»Es sind nur Kriegsgerüchte«, murmelte er. Er war der Bastard eines Priesters und als solcher mit der Heiligen Schrift aufgewachsen, und im Matthäusevangelium hieß es, wenn das Ende der Zeit nahe, werde es Kriege und Kriegsgerüchte geben, und die Welt werde in einem Mahlstrom aus Gräuel und Verwüstung untergehen. Im letzten Dorf, wo die Leute ihnen voller Misstrauen begegnet waren, hatte ein mürrischer Priester sie als schottische Spione beschimpft. Vater Hobbe war wütend geworden und hatte seinem Bruder im Herrn gedroht, ihm eine Ohrfeige zu verpassen, doch Thomas hatte die beiden Kampfhähne beruhigt und dann mit einem Schafhirten gesprochen, der ihm berichtete, er habe über den Hügeln im Norden Rauch gesehen. Die Schotten marschierten nach Süden, hatte er gesagt. Die Frau des Priesters hatte darüber jedoch nur spöttisch gelacht. »Die schottischen Soldaten sind nichts weiter als Viehdiebe. Verriegelt nachts eure Tür, dann lassen sie euch in Ruhe.«

Das Licht am Horizont verblasste. Es war nicht der Gral.

»Was ist mit dir?«, fragte Eleanor erneut.

»Nichts«, sagte er. »Ich habe nur geträumt.«

Sie berührte ihn sanft am Arm. »Werden wir heiraten?«

»Ja, in Durham«, versprach er ihr. Er war ein Bastard, und er wollte nicht, dass sein Kind denselben Makel trug. »Morgen erreichen wir die Stadt, und dort lassen wir uns in einer Kirche trauen, und danach stellen wir unsere Fragen.« Und hoffentlich lautet eine der Antworten, dass der Gral doch nicht existiert, ergänzte Thomas im Stillen. Hoffentlich ist er nur ein Traum, ein Spiel von Feuer und Wolken am Nachthimmel. Denn sonst, so fürchtete er, würde ihn womöglich noch der Wahnsinn packen. Er wollte seine Suche nicht mehr fortführen; er wollte den Gral aus seinem Leben streichen und nur noch das sein, was er bisher gewesen war: ein englischer Bogenschütze.

Bernard de Taillebourg, französischer Dominikanermönch und Inquisitor, verbrachte die Herbstnacht in einem Schweinestall, und als der Morgen mit dichtem weißem Nebel heranbrach, kniete er nieder und dankte Gott für das Privileg, in fauligem Stroh schlafen zu dürfen. Dann sprach er eingedenk seiner wichtigen Aufgabe ein Gebet an St. Dominikus und bat den Heiligen, sich bei Gott für ihn einzusetzen, auf dass seine Arbeit Früchte trage. »Wie die Flamme in deinem Munde uns zur Wahrheit führt«, sagte er laut, »so möge sie uns auch den Weg zum Erfolg weisen.« Von Inbrunst ergriffen, wiegte er sich vor und zurück und schlug dabei mit der Stirn gegen einen rauen Steinpfeiler, der einen Teil des Stalldaches stützte. Schmerz durchzuckte seinen Schädel, und er verstärkte ihn, indem er seine Stirn erneut gegen den Stein presste und mit der Haut darüber schabte, bis er spürte, wie ihm das Blut über die Nase lief. »Heiliger Dominikus!«, rief er ekstatisch, »Gott sei gedankt für deine Herrlichkeit! Weise uns den Weg!« Das Blut hatte jetzt seine Lippen erreicht. Er leckte es auf und dachte an all die Schmerzen, die die Heiligen und Märtyrer für die Kirche erduldet hatten. Seine Hände waren gefaltet, und auf seinem ausgemergelten Gesicht lag ein Lächeln.

Die Soldaten, die in der Nacht zuvor den größten Teil des Dorfes niedergebrannt, die Frauen, die nicht rechtzeitig geflohen waren, vergewaltigt und die Männer, die die Frauen zu beschützen versuchten, getötet hatten, sahen zu, wie der Priester immer wieder den Kopf gegen den blutbeschmierten Stein schlug. »Dominikus«, hauchte Bernard de Taillebourg, »o Dominikus!« Einige Soldaten bekreuzigten sich, denn der Mönch musste wahrhaft ein heiliger Mann sein. Ein paar knieten sogar nieder, obwohl das in einem Kettenpanzer ziemlich unbequem war, doch die meisten betrachteten den Priester nur argwöhnisch oder sahen zu seinem Diener hinüber, der draußen vor dem Stall saß und ihre Blicke unverwandt erwiderte.

Der Diener war, ebenso wie Bernard de Taillebourg, Franzose, aber die äußere Erscheinung des jungen Mannes ließ auf eine exotischere Herkunft schließen. Er hatte oliv getönte Haut, und sein langes, glattes Haar war schwarz, was ihm, zusammen mit dem schmalen Gesicht, etwas Wildes gab. Er trug ein Kettenhemd und ein Schwert, und obwohl er nur der Diener eines

Priesters war, strahlte er Selbstvertrauen und Würde aus. Seine Kleidung war elegant, was in dieser zerlumpten Armee ziemlich herausstach. Niemand kannte seinen Namen. Aber es mochte ihn auch niemand danach fragen, so wie niemand fragte, warum er nie mit den anderen aß oder plauderte, sondern sich stets von allen fern hielt. Jetzt saß der geheimnisvolle Diener da und beobachtete die Soldaten. In seiner linken Hand hielt er ein Messer mit einer sehr langen, schmalen Klinge, und als genug Männer zu ihm herüberschauten, balancierte er es mit der Spitze nach unten auf seiner Fingerkuppe. Die Haut war durch das abgeschnittene Stück eines Kettenhandschuhs geschützt, das er wie eine Schwertscheide darüber gezogen hatte. Dann ließ er den Finger nach oben schnellen, und das Messer wirbelte mit blitzender Klinge durch die Luft, überschlug sich und landete erneut auf seinem Finger, wiederum mit der Spitze nach unten. Bei alldem hatte der Diener den Blick seiner dunklen Augen nicht eine Sekunde von den Soldaten abgewendet. Der Priester bemerkte von dieser Vorführung nichts, sondern betete weiter voller Inbrunst, die Wangen blutüberströmt. »Dominikus! Dominikus! Weise uns den Weg!« Das Messer schlug wieder einen Salto, und die Klinge funkelte im milchigen Licht des Nebelmorgens. »Dominikus! Führe uns! Führe uns!«

»Auf die Pferde! Los, bewegt euch!« Ein grauhaariger Mann mit einem riesigen Schild über der linken Schulter schob sich durch die Menge. »Wir haben nicht den ganzen Tag Zeit! Was glotzt ihr denn so dämlich? Jesus, Maria und Josef, wir sind hier doch nicht auf dem Jahrmarkt! Los, verdammt noch mal, bewegt eure lahmen Ärsche!« Der Schild an seiner Schulter trug das Abzeichen eines roten Herzens, aber die Farbe war so verblichen und der Lederbezug so vernarbt, dass es kaum noch zu erkennen war. »Gütiger Jesus!« Der Mann hatte den Dominikaner und seinen Diener entdeckt. »Vater! Wir gehen jetzt. Jetzt sofort! Und ich warte nicht wegen irgendwelcher Gebete.« Er wandte sich wieder zu seinen Männern. »Aufsitzen! Und zwar ein bisschen plötzlich! Wir haben unser Teufelswerk zu tun!«

»Douglas!«, herrschte ihn der Dominikaner an.

Der Grauhaarige fuhr herum. »Mein Name ist Sir William, Priester, und Ihr tätet gut daran, es nicht zu vergessen.«

Der Mönch blinzelte. Einen Moment wirkte er verwirrt, als sei er noch in der Ekstase seines von Schmerzen angefeuerten Gebets gefangen, dann verneigte er sich kurz, als Zeichen, dass er seinen Fehler einsah. »Ich sprach gerade mit dem heiligen Dominikus«, erklärte er.

»Nun, dann hoffe ich, Ihr habt ihn gebeten, diesen verfluchten Nebel verschwinden zu lassen.«

»Er wird uns heute führen! Er wird uns führen!«

»Dann sollte er zusehen, dass er in Gang kommt«, knurrte Sir William Douglas, Ritter von Liddesdale, »denn wir machen uns jetzt auf den Weg, ob Euer Heiliger bereit ist oder nicht.« Sir Williams Kettenhemd war von zahllosen Schlachten zerrissen und mit neueren Ringen geflickt, und am Saum und an den Ellbogen zeigte sich Rost. Sein Gesicht war ebenso vernarbt wie sein verblichener Schild. Er war jetzt sechsundvierzig und hatte wohl für jedes seiner Jahre, die sein Haar und seinen Bart grau gefärbt hatten, eine Schwert-, Pfeil- oder Speernarbe am Körper. Er betrat den stinkenden Schweinestall. »Schwingt die Haxen, Vater. Ich habe ein Pferd für Euch.«

»Ich werde zu Fuß gehen«, erwiderte Bernard de Taillebourg und griff nach einem kräftigen Wanderstab, durch dessen Spitze eine lederne Peitsche geschlungen war. »Wie auch unser Herr zu Fuß gegangen ist.«

»Damit Ihr bei den Flussdurchquerungen keine nassen Füße kriegt, was?«, spottete Sir William. »Ihr werdet über das Wasser gehen, nicht wahr, Vater? Ihr und Euer Diener.« Er schien als Einziger weder Ehrfurcht vor dem Priester noch Angst vor dem gut bewaffneten Diener zu haben, aber schließlich war Sir William Douglas berühmt dafür, dass er vor niemandem Angst hatte. Er war ein Clanführer von der Grenze, der Mord, Feuer, Schwert und Lanze einsetzte, um sein Land zu verteidigen, und so ein überkandidelter Priester aus Paris konnte ihn nicht beeindrucken. Überhaupt hatte Sir William nicht viel für Priester übrig, aber sein König hatte ihm befohlen, Bernard de Taillebourg bei dem heutigen Beutezug mitzunehmen, und Sir William hatte widerstrebend eingewilligt.

Überall um ihn herum schwangen sich Soldaten in die Sättel. Sie waren nur leicht bewaffnet, da sie nicht damit rechneten, auf Feinde zu treffen. Ein paar trugen Schilde, wie Sir William, aber den meisten genügte ein Schwert. Bernard de Taillebourg lief in seiner feuchten und schlammbespritzten Mönchskutte neben Sir William her. »Werdet Ihr in die Stadt reiten?«

»Natürlich nicht. Es herrscht Waffenruhe, schon vergessen?«

»Aber –«

»Und wenn Waffenruhe herrscht, dann halten wir uns daran.«

»Es wird also nicht zum Kampf kommen?«

»Nein, nicht zwischen uns und der Stadt. Und da es im Umkreis von hundert Meilen keine englische Armee gibt, gibt es auch keinen Grund zu kämpfen. Wir suchen nach Nahrung, Vater, Nahrung für uns und die Tiere, sonst nichts. Nur mit wohl genährten Männern und Pferden kann man Kriege gewinnen.« Während er sprach, stieg Sir William auf sein Pferd, das von einem Knappen gehalten wurde. Er schob die Füße in die Steigbügel, zog den Lendenschutz des Kettenpanzers unter seinem Hintern hervor und nahm die Zügel auf. »Ich bringe Euch in die Nähe der Stadt, aber danach seid Ihr auf Euch selbst gestellt.«

Damit wendete Sir William sein Pferd und trieb es auf einen matschigen Weg, der zwischen zwei niedrigen Steinmauern entlangführte. Zweihundert berittene Soldaten folgten ihm in den nebligen Morgen, und der Priester, der zwischen den mächtigen, schmutzigen Pferden hin und her geschubst wurde, hatte Mühe, mit ihnen Schritt zu halten. Der Diener folgte ihm mit unbekümmerter Miene. Offensichtlich war er es gewohnt, unter Soldaten zu sein, denn er zeigte keinerlei Furcht, im Gegenteil, sein Verhalten ließ erahnen, dass er mit seinen Waffen vermutlich geschickter umzugehen wusste als ein Großteil der Männer, die hinter Sir William ritten.

Der Dominikaner und sein Diener waren gemeinsam mit einem Dutzend weiterer Botschafter von Philippe VI., König von Frankreich, nach Schottland entsandt worden, um König David II. um Hilfe zu bitten. Die Engländer hatten im Norden Frankreichs eine Schneise der Zerstörung hinterlassen, die französische Armee in der Nähe eines Dorfes namens Crécy vernichtend geschlagen und ein Dutzend Festungen in der Bretagne mithilfe der Bogenschützen in ihre Gewalt gebracht, während Edward von England aus seinen alten Besitztümern in der Gascogne seine wilden Reiter losgeschickt hatte. Und als sei das alles noch nicht genug, als wolle er ganz Europa zeigen, dass man Frankreich ungestraft zerstückeln konnte, belagerte der englische König nun auch noch die große Hafenfestung von Calais. Philippe de Valois tat sein Bestes, um die Belagerung zu durchbrechen, doch der Winter nahte, seine Fürsten murrten, ihr König sei ein schlechter Krieger, und so hatte er Schottlands König David, den Sohn von Robert Bruce, ein Hilfsgesuch geschickt. Fallt in England ein, hatte der französische König gedrängt, und zwingt Edward damit, die Belagerung von Calais aufzugeben, um sein Land zu beschützen. Die Schotten hatten die Bitte erwogen und waren schließlich von der französischen Gesandtschaft überzeugt worden, dass England wehrlos dalag. Wie konnte es anders sein? Edwards gesamte Armee befand sich in Calais, in der Bretagne und in der Gascogne, es war niemand mehr da, der England verteidigen konnte, und das bedeutete, dass der alte Erzfeind ihnen hilflos ausgeliefert war und nur darauf wartete, überfallen und ausgeraubt zu werden.

Und so waren die Schotten nach Süden gekommen.

Es war die größte Armee, die Schottland je über die Grenze geschickt hatte. Alle hohen Lords waren dabei, die Söhne und Enkel der Krieger, die England in der blutigen Schlacht von Bannockburn gedemütigt hatten, und sie hatten ihre Soldaten mitgebracht, die von den unablässigen Kämpfen entlang der Grenze abgehärtet waren. Aber diesmal, angelockt von der versprochenen Beute, waren auch die Clanführer aus dem Hochland und von den Inseln dabei, gefolgt von ihren wilden Stammeskriegern, die eine eigene Sprache besaßen und kämpften wie besessene Teufel. Zu Tausenden waren sie gekommen, um sich zu bereichern, und die französischen Gesandten waren zufrieden heimwärts gesegelt, um König Philippe mitzuteilen, Edward von England werde sicher umgehend die Belagerung von Calais aufgeben, sobald er erführe, dass die Schotten den Norden seines Landes verwüsteten.

Nur Bernard de Taillebourg war geblieben; er hatte noch etwas in Nordengland zu erledigen. Doch die ersten Tage der Invasion hatten ihn schier zur Verzweiflung getrieben. Die schottische Armee war zwölftausend Mann stark, größer als die, mit der König Edward die Franzosen bei Crécy geschlagen hatte, doch kaum über die Grenze, hatte die riesige Armee nichts Besseres im Sinn gehabt, als eine einsame Festung zu überfallen, die von armseligen achtunddreißig Mann verteidigt wurde, und obwohl alle achtunddreißig umgekommen waren, hatte das Ganze sie volle vier Tage gekostet. Weitere Zeit hatten sie durch Verhandlungen mit den Bürgern von Carlisle verloren, die mit Gold dafür bezahlt hatten, dass ihre Stadt verschont blieb, und dann hatte der junge schottische König noch drei Tage damit vertan, die große Augustinerabtei in Hexham zu plündern. Jetzt, zehn Tage nach Überquerung der Grenze und nach einem langen Marsch durch die nordenglischen Moore, war die schottische Armee endlich in Durham angekommen. Die Stadt hatte tausend Pfund in Gold geboten, damit sie verschont blieb, und König David hatte den Bewohnern zwei Tage gegeben, um das Geld zusammenzutreiben. Was bedeutete, dass Bernard de Taillebourg zwei Tage blieben, um irgendwie in die Stadt hineinzukommen, und deshalb folgte er Sir William rutschend, schlammbespritzt und durch den Nebel halb blind in ein Tal, über einen Fluss und auf einen steilen Hügel. »In welcher Richtung liegt die Stadt?«, fragte er Sir William.

»Das kann ich Euch sagen, sobald der Nebel sich lichtet.«

»Glaubt Ihr, sie werden die Waffenruhe einhalten?«

»Die Bewohner von Durham sind fromm, Vater«, erwiderte Sir William spöttisch, »aber vor allem haben sie die Hosen voll.« Das Lösegeld war von den Mönchen der Stadt ausgehandelt worden, und Sir William hatte dem König geraten, das Angebot abzulehnen. Wenn die Mönche ihnen tausend Pfund boten, wäre es besser, sie zu töten und sich zweitausend Pfund zu nehmen, aber König David war seinem Rat nicht gefolgt. David Bruce hatte einen Großteil seiner Jugend in Frankreich verbracht und betrachtete sich daher als kultiviert, doch Sir William kannte keine solchen Skrupel. »Euch wird schon nichts passieren, Ihr könnt den Leuten doch irgendeine Geschichte erzählen«, beruhigte er den Priester.

Die Reiter waren auf der Hügelkuppe angekommen, und Sir William folgte dem Kamm, wiederum entlang eines von Steinmauern begrenzten Pfades, bis sie nach etwa einer Meile zu einem verlassenen Weiler kamen, wo sich vier geduckte Bauernhäuser um eine Wegkreuzung drängten, so niedrig, dass ihre Strohdächer direkt aus dem unebenen Boden zu wachsen schienen. In der Mitte der Kreuzung, wo die schlammigen Fahrspuren sich um einen Flecken aus Brennnesseln und Gras schlängelten, stand ein schiefes Steinkreuz. Sir William zügelte sein Pferd und betrachtete den gemeißelten Drachen, der sich um den Fuß des Denkmals wand. Ein Arm des Kreuzes fehlte. Einige seiner Männer saßen ab und inspizierten die niedrigen Häuser, doch sie fanden nichts und niemanden. Nur in einem der Häuser glühten noch ein paar verkohlte Scheite im Kamin, die sie dazu benutzten, um die Dächer in Brand zu setzen. Das Stroh fing jedoch nur schwer Feuer, denn es war so feucht, dass Moos und sogar Pilze darauf wuchsen.

Sir William zog einen Fuß aus dem Steigbügel und versuchte, das zerbrochene Kreuz umzustoßen, doch es rührte sich nicht. Er grunzte vor Anstrengung. Dann sah er Bernard de Taillebourgs missbilligende Miene und zog ein finsteres Gesicht. »Das hier ist kein heiliger Boden, Vater, sondern nur das gottverdammte England.« Er starrte den Drachen an, der sich mit aufgerissenem Maul nach oben wand. »Hässliches Vieh, findet Ihr nicht?«

»Drachen sind Kreaturen der Sünde, Wesen des Teufels«, sagte Bernard de Taillebourg. »Sie können nur hässlich sein.«

»Wesen des Teufels, so, so.« Sir William trat erneut gegen das Kreuz. »Meine Mutter hat mir immer erzählt«, keuchte er, »dass die verfluchten Engländer ihr gestohlenes Gold unter Drachenkreuzen vergraben.«

Zwei Minuten später war das Kreuz beiseite gehievt, und die Männer spähten enttäuscht in das Loch, in dem es gesteckt hatte. Der Rauch von den brennenden Dächern vermischte sich mit dem Nebel, waberte über die Straße und verschwand in den grauen Morgen. »Kein Gold«, grummelte Sir William. Dann befahl er seinen Männern, ihm zu folgen, und führte sie Richtung Süden, aus dem beißenden Rauch hinaus. Er hielt Ausschau nach Vieh, das sie zur schottischen Armee treiben konnten, doch die Felder waren verlassen. Hinter den Plünderern leuchteten die Flammen der brennenden Häuser in einem verschwommenen Rot und Gold durch den Nebel, ein Glühen, das immer schwächer wurde, bis schließlich nur noch der Brandgeruch wahrnehmbar war. Plötzlich, wie aus dem Nichts, erfüllte dröhnendes Glockengeläut den Himmel, als wolle es mit seinem Getöse die ganze Welt aufrütteln. Sir William folgte dem Klang ein Stück, ritt durch eine Lücke in der Mauer auf eine Weide, hielt dort an und stellte sich in die Steigbügel, um zu lauschen, doch in dem Nebel war es unmöglich festzustellen, woher das Geläut kam und wie weit die Glocken entfernt waren. Dann hörte es genauso abrupt auf, wie es angefangen hatte. Der Nebel lichtete sich ein wenig und gab den Blick auf die orangegelben Blätter eines Ulmengehölzes frei. Bernard de Taillebourg sank auf der mit weißen Champignons gesprenkelten Wiese auf die Knie und begann laut zu beten. »Still, Vater!«, herrschte Sir William ihn an.

Der Priester bekreuzigte sich, als flehe er den Himmel um Vergebung für Sir Williams Respektlosigkeit an, ihn beim Gebet zu unterbrechen. »Ihr habt gesagt, hier wären keine Feinde«, beschwerte er sich.

»Ich horche auch nicht auf irgendwelche dämlichen Feinde«, gab Sir William zurück, »sondern auf Tiere. Auf die Glöckchen von Kühen oder Schafen.« Dennoch wirkte Sir William erstaunlich nervös für jemanden, der nur nach Vieh Ausschau hielt. Immer wieder drehte er sich im Sattel um, spähte in den Nebel und zog eine finstere Miene, wenn irgendwo ein Pferdegeschirr klirrte oder Hufe auf dem feuchten Boden stampften. Wütend knurrte er die Männer um ihn herum an, still zu sein. Er war schon Soldat gewesen, bevor einige von ihnen überhaupt geboren waren, und er wäre nicht so lange am Leben geblieben, wenn er nicht auf seine Instinkte gehört hätte. Und jetzt, in diesem feuchten Nebel, roch er Gefahr. Sein Verstand sagte ihm, dass es nichts zu fürchten gab, dass die englische Armee weit weg war, jenseits des Kanals, aber trotzdem roch er den Tod, und ohne recht zu merken, was er tat, nahm er den Schild von seiner Schulter und schob seinen linken Arm durch die Haltegriffe. Es war ein großer Schild, noch aus der Zeit bevor die Krieger ihre Kettenpanzer mit Metallplatten verstärkt hatten, groß und breit genug, um den gesamten Körper eines Mannes zu schützen.

Ein Soldat rief etwas vom Rand der Weide herüber, und Sir William packte seinen Schwertknauf, doch dann erkannte er, dass es nur ein Ruf der Überraschung gewesen war, denn vor ihnen ragten aus dem Nebel, der oben auf dem Hügel fast verschwunden war, sich unten jedoch wie ein weißer Fluss durch die Täler wand, unvermittelt Türme auf. Ihnen gegenüber, ein gutes Stück entfernt, erhob sich ein weiterer Hügel aus dem milchigen Weiß, und seine Kuppe war von einer mächtigen Kathedrale und einer Burg gekrönt. Riesig und düster schienen sie über dem Dunst zu schweben wie das verhexte Schloss eines Zauberers. Der Diener von Bernard de Taillebourg, der das Gefühl hatte, seit Wochen der Zivilisation entsagt zu haben, starrte wie in Trance auf die beiden Gebäude. Auf dem höheren der beiden Kathedralentürme drängten sich schwarz gewandete Mönche, und der Diener sah, wie sie auf die schottischen Reiter zeigten.

»Durham«, knurrte Sir William. Die Glocken hatten wohl die Gläubigen zu ihrem morgendlichen Gebet gerufen.

»Da muss ich hin!« Der Dominikaner erhob sich, griff nach

seinem Stab und machte sich auf den Weg zu der dunstverschleierten Stadt.

Sir William schnitt ihm mit seinem Pferd den Weg ab. »Warum so eilig, Vater?«, fragte er. De Taillebourg versuchte, sich an dem Schotten vorbeizudrängen. Ein scharrendes Geräusch ertönte, und plötzlich schwebte eine Klinge vor dem Gesicht des Dominikaners, kalt, schwer und grau. »Ich habe Euch gefragt, warum Ihr es so eilig habt.« Sir Williams Stimme war so kalt wie sein Schwert. Dann, alarmiert durch den Warnruf eines seiner Männer, blickte er auf und sah, dass der Diener des Priesters sein Messer gezückt hatte. »Wenn Euer Bastard von einem Diener nicht augenblicklich seine Waffe verschwinden lässt«, sagte Sir William leise, aber mit unüberhörbarer Drohung, »brate ich mir seine Eier zum Abendessen.«

De Taillebourg sagte etwas auf Französisch, woraufhin der Diener widerstrebend die Klinge zurück in die Scheide schob. Der Priester sah zu Sir William auf. »Habt Ihr keine Angst um Eure unsterbliche Seele?«, fragte er.

Sir William lächelte und ließ den Blick noch einmal über die Hügelkuppe schweifen, doch er konnte in den Nebelresten nichts Ungewöhnliches entdecken und kam zu dem Schluss, dass seine Nervosität nur das Ergebnis seiner allzu lebhaften Fantasie gewesen war. Vielleicht hatte er am Abend zuvor einfach zu viel gegessen und getrunken. Die Schotten hatten in dem eingenommenen Wohnsitz von Durhams Prior, dessen Vorratskammer und Weinkeller bestens gefüllt waren, ein Festmahl abgehalten, und allzu üppige Mahlzeiten zogen bisweilen böse Vorahnungen nach sich. »Die Sorge um meine Seele überlasse ich meinem eigenen Priester«, sagte Sir William. Dann hob er mit der Schwertspitze de Taillebourgs Kinn an. »Was hat ein Franzose bei unseren Feinden in Durham zu suchen?«, fragte er drohend.

»Das geht nur die Kirche etwas an«, erwiderte de Taillebourg bestimmt.

»Wen das etwas angeht, entscheide ich, und ich will wissen, was Ihr vorhabt.«

»Wenn Ihr versucht, mich aufzuhalten«, sagte de Taillebourg und stieß die Klinge weg, »werde ich dafür sorgen, dass der König Euch bestraft und die Kirche Euch verbannt und der Heilige Vater Eure Seele in die ewige Verdammnis schickt. Ich werde –«

»Haltet Eure gottverdammte Klappe!«, knurrte Sir William. »Glaubt Ihr im Ernst, ich lasse mir von einem Priester Angst einjagen? Unser König ist noch ein halbes Kind, und die Kirche tut das, was ihre Geldgeber ihr sagen.« Er richtete die Klinge wieder auf den Priester, diesmal auf seinen Hals. »Und jetzt sagt mir, was Ihr vorhabt. Sagt mir, warum ein Franzose bei uns bleibt, anstatt mit seinen Landsleuten nach Hause zurückzukehren. Sagt mir, was Ihr in Durham wollt.«

Bernard de Taillebourg packte das Kruzifix, das um seinen Hals hing, und hielt es Sir William entgegen. Bei einem anderen Mann hätte man diese Geste als Zeichen der Furcht verstehen können, doch bei dem Dominikaner sah es eher so aus, als wolle er Sir Williams Seele mit den Mächten des Himmels drohen. Sir William warf einen gierigen Blick auf das Kruzifix, um dessen Wert einzuschätzen, doch das Kreuz war aus einfachem Holz und die kleine Christusfigur, die sich in Todesqualen daran wand, aus verblichenem Knochen. Wäre sie aus Gold gewesen, hätte Sir William den Anhänger vielleicht an sich genommen, doch so spuckte er nur spöttisch aus. Ein paar seiner Männer, die Gott mehr fürchteten als ihren Herrn, bekreuzigten sich, doch die meisten scherten sich nicht darum. Den Diener behielten sie im Auge, denn der sah gefährlich aus, aber ein Geistlicher mittleren Alters aus Paris konnte ihnen keine Angst einjagen, trotz des flammenden Blicks und der ausgezehrten Wangen. »Was wollt Ihr tun?«, fragte de Taillebourg verächtlich. »Mich töten?«

»Wenn es sein muss«, erwiderte Sir William ungerührt. Es war ihm von Anfang an nicht klar gewesen, was der Priester bei der französischen Gesandtschaft zu suchen hatte, und dass er hier geblieben war, als die anderen abgereist waren, machte das Ganze noch mysteriöser. Doch ein geschwätziger Soldat, einer von den Franzosen, die zweihundert Plattenrüstungen als Geschenk für die Schotten überbracht hatten, hatte Sir William erzählt, der Priester sei auf der Suche nach einem großen Schatz, und wenn dieser Schatz sich in Durham befand, wollte Sir William darüber Bescheid wissen – und einen Teil davon haben. »Ich habe schon Priester getötet«, sagte er zu de Taillebourg, »und als Bezahlung dafür bekam ich von einem anderen Priester einen Ablass, also glaubt ja nicht, dass ich Euch oder Eure Kirche fürchte. Es gibt keine Sünde, von der man sich nicht freikaufen kann, und keine Vergebung, die sich nicht mit Geld erlangen lässt.«

Der Dominikaner zuckte die Achseln. Hinter ihm standen zwei von Sir Williams Männern mit gezogenem Schwert, und er begriff, dass die Schotten ihn und seinen Diener tatsächlich töten würden. Diese Männer, die dem roten Herz von Douglas folgten, waren Raufbolde von der Grenze, für die Schlacht gezüchtet wie Hunde für die Jagd, und es war zwecklos, ihnen mit Verdammnis zu drohen, denn die war ihnen vollkommen gleichgültig. »Ich will nach Durham«, sagte de Taillebourg, »um einen Mann zu suchen.«

»Was für einen Mann?«, fragte Sir William, das Schwert noch immer am Hals des Priesters.

»Einen Mönch«, erklärte de Taillebourg geduldig. »Er muss inzwischen sehr alt sein, vielleicht lebt er auch gar nicht mehr. Er ist Franzose, ein Benediktiner, und ist vor vielen Jahren aus Paris geflohen.«

»Warum ist er geflohen?«

»Weil der König seinen Kopf wollte.«

»Den Kopf eines Mönchs?«, fragte Sir William skeptisch.

»Er war nicht immer Benediktiner. Einst war er ein Templer.«

»Ah.« Sir William begann zu verstehen.

»Und er weiß«, fuhr de Taillebourg fort, »wo ein großer Schatz verborgen ist.«

»Der Schatz der Tempelritter?«

»Angeblich befindet er sich in Paris, seit vielen Jahren an einem geheimen Ort versteckt. Aber erst letztes Jahr haben wir erfahren, dass der Franzose noch lebt und in England ist. Dieser Benediktiner war einst der Sakristan der Templer. Wisst Ihr, was das ist?«

»Behandelt mich nicht wie einen Schulknaben, Vater«, sagte Sir William kalt.

De Taillebourg neigte um Vergebung bittend den Kopf. »Wenn überhaupt jemand weiß, wo sich der Schatz der Templer befindet, dann ist es der Mann, der ihn bewacht hat. Und dieser Mann lebt, wie man uns berichtet hat, jetzt in Durham.«

Sir William ließ das Schwert sinken. Was der Priester sagte, klang logisch. Die Tempelritter, ein Orden mönchischer Soldaten, die einen Eid geschworen hatten, die Pilgerwege zwischen der Christenheit und Jerusalem zu beschützen, waren sehr reich geworden, so reich, dass es selbst die Träume von Königen übertraf, und das war dumm, denn es weckte den Neid der Könige, und neidische Könige waren gefährliche Feinde. Der König von Frankreich war ein solcher Feind, und er hatte den Befehl erteilt, die Templer zu vernichten. Zu diesem Zweck waren sie der Ketzerei beschuldigt worden, Rechtsgelehrte hatten mühelos die Tatsachen verdreht, und so war der Orden zerschlagen worden. Man hatte die Anführer verbrannt und ihr Land beschlagnahmt, aber der Schatz, der sagenumwobene Schatz der Tempelritter, war nie gefunden worden. Und der Sakristan des Ordens, dessen Aufgabe es war, den Schatz sicher zu verwahren, würde bestimmt wissen, wo er sich befand. »Wann wurde der Templerorden aufgelöst?«, fragte Sir William.

»Vor neunundzwanzig Jahren.«

Dann konnte es in der Tat sein, dass der Sakristan noch lebte, dachte Sir William. Er war ein alter Mann, aber möglicherweise noch am Leben. Sir William schob sein Schwert in die Scheide, nun vollends überzeugt von de Taillebourgs Geschichte. Doch sie war von Anfang bis Ende erfunden, abgesehen davon, dass es in Durham einen alten Mönch gab, aber der war kein Franzose und nie ein Templer gewesen, und somit wusste er vermutlich nichts über den Verbleib des Schatzes. Aber Bernard de Taillebourg hatte mit überzeugender Stimme gesprochen, und die Sage vom verschwundenen Schatz hallte in ganz Europa wider; wann immer Männer zusammentraten, um sich wundersame Geschichten zu erzählen, gehörte sie dazu. Sir William wollte daran glauben, dass es den Schatz gab, und de Taillebourgs Aussage überzeugt ihn mehr als alles andere, dass er existierte. »Wenn Ihr diesen Mann ausfindig macht«, sagte er, »und er lebt noch, und Ihr findet den Schatz, dann werden wir diejenigen sein, die es Euch ermöglicht haben. Wir haben Euch hierher gebracht, und wir haben Euch auf Eurer Reise nach Durham beschützt.«

»Stimmt«, sagte de Taillebourg.

Die bereitwillige Zustimmung des Priesters überraschte Sir William. Mit gerunzelter Stirn musterte er den Dominikaner, als versuche er, dessen Glaubwürdigkeit einzuschätzen. »Also wird der Schatz zwischen uns geteilt«, verlangte er.

»Selbstverständlich.«

Sir William war kein Dummkopf. Wenn er den Priester nach Durham gehen ließ, würde er ihn nie wieder sehen. Sir William hob den Kopf und blickte zur Kathedrale hinüber. Es hieß, der Schatz der Tempelritter sei das Gold von Jerusalem, mehr Gold, als irgendein Mensch sich vorstellen konnte, und Sir William war ehrlich genug einzusehen, dass er nicht die Möglichkeiten besaß, einen Teil dieses Goldschatzes nach Liddesdale abzuzweigen. Dazu brauchte er den König. David II. war zwar ein Schwächling, kaum trocken hinter den Ohren und verweichlicht durch seinen Aufenthalt in Frankreich, aber Könige verfügten über Mittel, die Rittern versagt waren, und David von Schottland konnte quasi als Gleichgestellter mit Philippe von Frankreich sprechen, während eine Botschaft von William Douglas in Paris ignoriert werden würde. »Jamie!«, rief er seinem Neffen zu, der gemeinsam mit einem anderen Mann de Taillebourg in Schach hielt. »Du und Dougal, ihr bringt den Priester zum König.«

»Ihr müsst mich gehen lassen!«, protestierte Bernard de Taillebourg.

Sir William beugte sich im Sattel vor. »Wollt Ihr, dass ich Euch die priesterlichen Eier abschneide, um mir daraus eine Börse nähen zu lassen?«, fragte er mit einem Lächeln, dann wandte er sich wieder zu seinem Neffen. »Sagt dem König, sein französischer Priester hat Neuigkeiten, die uns betreffen, und er soll ihn bewachen lassen, bis ich wieder zurück bin.« Sir William hatte beschlossen, wenn es in Durham einen alten französischen Mönch gab, dann sollte er von den Dienern des Königs von Schottland befragt werden, und falls der Mönch etwas Wichtiges zu sagen hatte, konnte man diese Informationen an den französischen König verkaufen. »Führ ihn ab, Jamie«, befahl er, »und pass auf den verfluchten Diener auf! Nimm ihm das Schwert ab.«

Obwohl die Vorstellung, ein einfacher Priester und sein Diener könnten ihm Schwierigkeiten machen, Jamie nur ein Grinsen entlockte, gehorchte er seinem Onkel. Er forderte den Diener auf, ihm sein Schwert zu geben, und als der Mann sich dem Befehl widersetzte, zog er seinerseits die Klinge. Mit scharfer Stimme befahl de Taillebourg seinem Diener zu gehorchen, und das Schwert wurde mit grimmiger Miene ausgehändigt. Jamie Douglas befestigte es an seinem Gürtel. »Die habe ich im Griff, Onkel.«

»Dann mach dich auf den Weg«, sagte Sir William und sah seinem Neffen und dessen Gefährten nach, wie sie, beide auf prächtigen Hengsten von den Ländereien des Earl of Northumberland, den Priester und seinen Diener zurück zum Lager des Königs eskortierten. Zweifellos würde der Priester sich beim König beschweren, und David, der so viel schwächer war als sein großartiger Vater, würde sich sorgen, dass er bei Gott und dem französischen König in Ungnade fiel, aber später würde er sich noch viel mehr sorgen, dass er bei Sir William in Ungnade fiel. Bei dem Gedanken schmunzelte Sir William. Dann bemerkte er, dass ein paar seiner Männer am anderen Ende des Feldes abgestiegen waren. »Wer zum Teufel hat euch gesagt, dass ihr absitzen sollt?«, bellte er wütend. Doch es waren gar nicht seine Männer, sondern Fremde, die der verschwindende

Nebel freigegeben hatte. Er erinnerte sich an sein ungutes Gefühl und verfluchte sich, weil er seine Zeit mit dem Priester verschwendet hatte.

Und noch während er sich verfluchte, kam der erste Pfeil angeflogen. Ein Zischen von Federn in der Luft, dann ein dumpfer Aufprall, wie eine Streitaxt, die sich in Fleisch gräbt, gefolgt von einem abgehackten Stöhnen des Opfers und einer Sekunde der Stille.

Und dann der Schrei.

Thomas von Hookton hatte die Glocken gehört, ein tiefes, sonores Läuten, nicht das helle Bimmeln einer kleinen Dorfkirche, sondern ein mächtiger Klang von der Gewalt des Donners. Durham, dachte er, und ihn überkam eine große Erschöpfung, denn die Reise war sehr lang gewesen.

Sie hatte in der Pikardie begonnen, auf einem Feld, das nach toten Männern und Pferden stank, einem Feld gefallener Banner, zerbrochener Waffen und verschossener Pfeile. Es war ein großer Sieg gewesen, und Thomas hatte sich gefragt, warum er sich danach so matt und unruhig gefühlt hatte. Die Engländer waren nach Norden weitermarschiert, um Calais zu belagern, doch Thomas, der dem Earl of Northampton unterstellt war, hatte von diesem die Erlaubnis bekommen, einen verwundeten Kameraden nach Caen zu bringen, wo es einen außergewöhnlich geschickten Arzt gab. Doch dann war Befehl erlassen worden, dass niemand ohne die Erlaubnis des Königs die Armee verlassen durfte. Der Earl hatte beim König vorgesprochen, und so hatte Edward Plantagenet von Thomas von Hookton erfahren, dessen Vater Priester gewesen war und aus einer Familie französischer Exilanten stammte, den Vexilles, die angeblich einst im Besitz des Heiligen Grals gewesen waren. Das waren natürlich nur Gerüchte, aber immerhin ging es um den Gral, das Kostbarste, was je auf der Welt existiert hatte, und so hatte der König Thomas befragt. Thomas hatte das Ganze als Mär herabgespielt, doch dann war der Bischof von Durham vorgetreten und hatte berichtet, dass Thomas' Vater einst in Durham eingekerkert gewesen war. »Er war verrückt«, erklärte der Bischof dem König. »Vollkommen wahnsinnig! Also haben sie ihn zu seiner eigenen Sicherheit eingesperrt.«

»Hat er vom Gral gesprochen?«, wollte der König wissen, und der Bischof antwortete, es gebe noch einen Mann in seiner Diözese, der dies vielleicht wisse, einen alten Mönch namens Hugh Collimore, der den verrückten Ralph Vexille, Thomas' Vater, gepflegt hatte. Der König hätte die Geschichte wahrscheinlich als Kirchengeschwätz abgetan, hätte Thomas in der blutigen Schlacht auf dem Hügel bei Crécy nicht das Erbstück seines Vaters, die Lanze des heiligen Georg, zurückerobert. In dieser Schlacht war auch Thomas' Freund und Hauptmann, Sir William Skeat, schwer verwundet worden, und den wollte er zu dem Arzt in der Normandie bringen, aber der König hatte darauf bestanden, dass Thomas stattdessen nach Durham gehen und mit Bruder Collimore sprechen sollte. So hatte Eleanors Vater Sir William Skeat nach Caen gebracht, und Thomas, Eleanor und Vater Hobbe waren mit einem königlichen Kaplan und einem Ritter aus König Edwards Gefolge nach England gereist. Doch in London waren der Kaplan und der Ritter an einem Fieber erkrankt, sodass Thomas und seine Gefährten allein nach Norden weitergezogen waren, und nun standen sie an einem nebligen Morgen auf einem Hügel und lauschten dem Glockengeläut der Kathedrale von Durham. Eleanor war aufgeregt, genau wie Vater Hobbe, denn sie glaubte daran, dass der Gral Frieden und Gerechtigkeit in eine Welt bringen würde, die nach verbrannten Häusern stank. Nie wieder würde es Leiden geben, nie wieder Krieg, und vielleicht auch nie wieder Krankheit.

Thomas wünschte, er könnte ebenfalls daran glauben. Er wünschte sich, dass seine nächtliche Vision echt war, nicht nur Flammen und Rauch. Doch falls der Gral tatsächlich existierte, würde er sicherlich in einer großen Kathedrale stehen, von Engeln bewacht. Oder aber er war von der Erde verschwunden, und wenn es keinen Gral mehr gab, setzte Thomas seinen Glauben lieber in seinen Bogen und seine Pfeile aus Eschenholz. Am Bauch des Bogens war ein silbernes Abzeichen befestigt, das einen Greif zeigte, das Wappentier seiner Familie, der Vexilles. Der Greif hielt einen Kelch in den Klauen, und man hatte Thomas erzählt, es sei der Gral. Immer wieder dieser Gral. Er lockte ihn, verhöhnte ihn, dirigierte sein Leben und veränderte alles, und doch tauchte er niemals auf, außer in einem Traum aus Feuer. Er war ein Mysterium, genau wie Thomas' Familie, aber vielleicht konnte Bruder Collimore das Geheimnis lüften, und deshalb war Thomas nach Norden gekommen. Auch wenn er nichts über den Gral herausbekam, würde er sicher mehr über seine Familie erfahren, und das allein lohnte die Reise.

»Wo entlang?«, fragte Vater Hobbe.

»Weiß der Himmel«, erwiderte Thomas. Alles war im Nebel versunken.

»Das Glockengeläut kam von dort.« Vater Hobbe wies nach Nordosten. Er war voller Energie und Enthusiasmus und vertraute blind auf Thomas' Orientierungssinn, obwohl Thomas nicht die geringste Ahnung hatte, wo sie sich befanden. Vor einer Weile waren sie an einer Weggabelung vorbeigekommen, und Thomas hatte aufs Geratewohl die linke Abzweigung gewählt, die jetzt anstieg und sich fast völlig im Gras verlor. Die Wiese war mit Champignons gesprenkelt und so feucht, dass ihr Pferd ein paarmal ausrutschte. Die Stute trug das bisschen Gepäck, das sie besaßen, und in einem der Säcke, die am Sattelknauf hingen, befand sich ein Brief vom Bischof an John Fossor, den Prior von Durham. »Geliebter Bruder im Herrn«, begann der Brief, in dem Fossor gebeten wurde, Thomas von Hookton und seinen Gefährten zu gestatten, Bruder Collimore einige Fragen bezüglich Vater Ralph Vexille zu stellen, »an den Ihr Euch nicht erinnern werdet, denn er wurde in Eurem Haus verwahrt, bevor Ihr nach Durham kamt, ja sogar bevor ich in das Bistum berufen wurde, doch es wird noch ein paar Menschen geben, die sich an ihn erinnern, und Bruder Collimore – sofern er mit Gottes Willen noch lebt – besitzt einiges Wissen über ihn und den großen Schatz, den er verbarg. Wir erbitten dies im Namen des Königs und im Dienste des allmächtigen Gottes, der unserem Wappen in diesem Bemühen seinen Segen angedeihen lässt.«

»Was ist das?«, fragte Eleanor und deutete den Hügel hinauf, wo ein mattes, rötliches Glühen durch den Nebel schimmerte.

»Still«, zischte Thomas und hob warnend die Hand. Er roch Brandgeruch und sah Flammen züngeln, aber es waren keine Stimmen zu hören. Er nahm seinen Bogen vom Sattel und schnürte ihn, indem er den riesigen Eibenstab bog und die Schlaufe am Ende der Hanfsehne über die Hornkerbe schob. Dann zog er einen Pfeil aus der Tasche, bedeutete Eleanor und Vater Hobbe zu bleiben, wo sie waren, und schlich vorsichtig bis zu einer dichten Hecke, durch deren sterbendes Laub Lerchen und Finken flatterten. Das Feuer loderte kräftig, war also vermutlich erst vor kurzem gelegt worden. Mit halb gezogenem Bogen rückte er noch ein paar Schritte vor, bis er eine Handvoll Bauernhäuser an einer Wegkreuzung ausmachen konnte, deren Strohdächer und Holzbalken lichterloh brannten. Doch sonst war niemand zu sehen, und so winkte er Eleanor und Vater Hobbe, ihm zu folgen. Dann ertönte ein Schrei, scheinbar weit weg, vielleicht aber auch nur durch den Nebel gedämpft. Thomas starrte durch den Rauch und die Flammen und den Dunst, und plötzlich kamen zwei Reiter in Sicht, Männer in Kettenpanzern auf dunklen Streitrössern. Sie trugen schwarze Hüte, schwarze Stiefel und Schwerter in schwarzen Scheiden, und sie begleiteten zwei weitere Männer, die zu Fuß gingen. Der eine von ihnen war ein Priester – offenbar ein Dominikaner, wie seine schwarz-weiße Kutte erkennen ließ – mit blutverschmiertem Gesicht; der andere trug ebenfalls einen Kettenpanzer, war groß gewachsen und hatte langes, schwarzes Haar und ein schmales, intelligentes Gesicht. Die beiden folgten den Reitern durch den rauchdurchzogenen Nebel, doch als sie an der Wegkreuzung ankamen, sank der Priester auf die Knie und bekreuzigte sich.

Der anführende Reiter schien verärgert über das Gebet des Priesters, denn er wendete sein Pferd, zog das Schwert aus der Scheide und stupste den Knienden mit der Klinge an. Der Priester sah auf und rammte zu Thomas' Verblüffung plötzlich seinen Stab gegen den Hals des Hengstes. Das Tier sprang zur Seite, und der Priester schlug erneut zu, diesmal auf den Schwertarm des Reiters. Dieser versuchte, mit seiner langen Klinge auszuholen, war jedoch durch die abrupte Seitwärtsbewegung seines Hengstes aus dem Gleichgewicht geraten. Der zweite Reiter lag bereits auf dem Boden, obwohl Thomas ihn nicht hatte fallen sehen, und der Schwarzhaarige mit dem Kettenpanzer stand breitbeinig über ihm, ein langes Messer in der Hand. Thomas starrte nur verwirrt hinüber, denn er war überzeugt, dass weder einer der Reiter noch der Priester noch der Schwarzhaarige den Schrei ausgestoßen hatte, doch außer ihnen war niemand zu sehen. Einer der beiden Reiter war bereits tot, der andere rang lautlos mit dem Priester, und Thomas kam das Ganze vollkommen unwirklich vor, wie ein Traum, als betrachte er eine Pantomime auf dem Jahrmarkt: Der schwarz gekleidete Reiter war der Teufel, der Priester Gottes Wille, und Thomas' Frage nach dem Gral würde dadurch entschieden, wer den Kampf gewann. Vater Hobbe riss ihm den Bogen aus der Hand. »Wir müssen helfen!«

Doch der Priester sah nicht aus, als ob er Hilfe brauchte. Er benutzte den Stab wie ein Schwert, parierte den Schlag seines Gegners und hieb ihm mit einem Ausfallschritt den Stab gegen die Rippen. Dann rammte der Schwarzhaarige dem Reiter von unten ein Schwert in den Rücken, und der Mann bog sich zuckend nach hinten und ließ seine Klinge fallen. Einen Moment starrte er hinunter auf den Priester, dann sank er rücklings aus dem Sattel. Dabei blieben seine Füße vorübergehend in den Steigbügeln hängen, und das Pferd galoppierte panisch den Hügel hinauf. Der Mörder wischte die Klinge seines Schwertes ab und nahm sich die Scheide des anderen Toten.

Der Priester war losgelaufen, um das andere Pferd festzuhalten, spürte jedoch plötzlich, dass er beobachtet wurde, drehte sich um und erblickte in dem Nebel zwei Männer und eine Frau. Einer der Männer war Priester und hielt Pfeil und Bogen in der Hand. »Sie wollten mich töten!«, rief Bernard de Taillebourg auf Französisch. Der Schwarzhaarige fuhr herum, das Schwert drohend erhoben.

»Ist schon in Ordnung«, sagte Thomas zu Vater Hobbe, nahm seinem Gefährten den Bogen ab und hängte ihn sich über die Schulter. Gott hatte gesprochen, der Priester hatte den Kampf gewonnen, und Thomas musste wieder an seine nächtliche Vision denken, als der Gral wie ein Feuerkelch zwischen den Wolken aufgeleuchtet war. Dann sah er, dass das Gesicht des fremden Priesters unter den Blutspuren hager und ausgezehrt war, das Gesicht eines Märtyrers mit dem Blick eines Mannes, der nach Gott gehungert und dabei zum Heiligen geworden war, und beinahe wäre Thomas auf die Knie gesunken. »Wer seid Ihr?«, rief er dem Dominikaner zu.

»Ich bin ein Bote.« Bernard de Taillebourg griff nach der erstbesten Erklärung, um seine Verwirrung zu überspielen. Gerade hatte er sich seiner schottischen Eskorte entledigt, und nun überlegte er, wie er dem großen jungen Mann mit dem schwarzen Bogen entkommen sollte. Doch dann zischte plötzlich ein Schwarm Pfeile um ihre Köpfe, einer traf den Stamm einer Ulme direkt neben ihm, ein anderer glitt über das nasse Gras, ganz in der Nähe wieherte ein Pferd, und Männer brüllten durcheinander. Der Dominikaner rief seinem Diener zu, er solle das zweite Pferd einfangen, das seine Flucht mittlerweile verlangsamt hatte, und als dies geschehen war, sah de Taillebourg, dass der Fremde mit dem Bogen ihn gar nicht mehr beachtete, sondern nach Süden starrte, von wo die Pfeile gekommen waren.

Also wandte er sich der Stadt zu, befahl seinem Diener, ihm zu folgen, und sah zu, dass er davonkam.

Für Gott, für Frankreich, für St. Denis und für den Gral.

Sir William Douglas fluchte. Überall zischten Pfeile durch die Luft. Pferde wieherten, und Männer lagen tot oder verletzt im Gras. Im ersten Moment war er verwirrt, dann begriff er, dass sein Nahrungssuchtrupp auf eine englische Einheit gestoßen sein musste. Aber was für eine Einheit konnte das sein? Hier gab es doch weit und breit keine feindlichen Soldaten! Die gesamte englische Armee war schließlich in Frankreich! Das konnte nur bedeuten, dass die Bürger von Durham die Waffenruhe gebrochen hatten, und dieser Gedanke erfüllte Sir William mit maßlosem Zorn. Bei Gott, wenn er mit dieser Stadt fertig war, würde kein Stein mehr auf dem anderen stehen! Er hob seinen riesigen Schild, um sich zu schützen, und galoppierte auf die Bogenschützen zu, die sich hinter einer niedrigen Hecke aufgestellt hatten. Es waren nicht allzu viele, vielleicht fünfzig Mann, und er hatte noch fast zweihundert berittene Soldaten bei sich, also brüllte er den Befehl zum Angriff. Scharrend glitten die Schwerter aus den Scheiden. »Tötet die Schweinehunde!«, rief Sir William. »Tötet sie!« Er hieb seinem Pferd die Sporen in die Weichen und stieß in seinem Drang, zu der Hecke zu gelangen, andere verwirrte Reiter beiseite. Er wusste, dass der Angriff nicht formiert war, dass einige seiner Männer sterben würden, doch sobald sie den Schwarzdorn überwunden hatten, würden sie die Bastarde allesamt niedermetzeln.

Verfluchte Bogenschützen! Er hasste sie. Und noch mehr hasste er englische Bogenschützen. Und am meisten hasste er hinterhältige, die Waffenruhe brechende Bogenschützen aus Durham. »Vorwärts!«, brüllte er. »Douglas! Douglas!« Es gefiel ihm, seine Feinde wissen zu lassen, wer sie tötete und wer ihre Frauen vergewaltigen würde, sobald sie tot waren. Wenn die Stadt die Waffenruhe gebrochen hatte, dann gnade ihr Gott, denn er würde sie von vorn bis hinten plündern und in Brand setzen. Er würde die Häuser niederbrennen, die Asche durchpflügen und die Gebeine ihrer Bewohner dem Eis und den Stürmen des Winters überlassen, und noch viele Jahre lang würden Männer die kahlen Steine der zerstörten Kathedrale sehen, die Vögel, die in den verlassenen Türmen der Festung nisteten, und sie würden wissen, dass der Ritter von Liddesdale Rache genommen hatte.

»Douglas!«, rief er, »Douglas!«, und er spürte den dumpfen Aufprall von Pfeilen auf seinem Schild. Dann wieherte sein

Pferd und begann zu stolpern, und er wusste, dass die Eisenspitzen sich tief in die Brust des Tieres gebohrt haben mussten. Er zog die Füße aus den Steigbügeln, als das Pferd seitwärts taumelte. Männer stürmten unter herausforderndem Gebrüll an ihm vorbei, und Sir William warf sich aus dem Sattel und auf seinen Schild, der wie ein Schlitten über das nasse Gras glitt. Er hörte sein Pferd vor Schmerz brüllen, doch er selbst war unverletzt. Er sprang auf, griff nach seinem Schwert, das er im Fallen losgelassen hatte, und lief mit seinen berittenen Männern vorwärts. Einem der Reiter ragte ein Pfeil aus dem Knie. Ein Pferd stürzte, die Augen aufgerissen und die Zähne gebleckt, und aus den Pfeilwunden sprudelte das Blut. Die ersten Reiter hatten die Hecke erreicht; einige hatten eine Lücke gefunden und waren hindurchgeprescht, und Sir William sah, dass die verfluchten englischen Bogenschützen davonliefen. Bastarde! Feige, elende, gottverdammte englische Hurensöhne! Dann hörte er zu seiner Linken das harte Surren weiterer Bogensehnen, und einer seiner Männer fiel mit einem Pfeil im Kopf vom Pferd. Der Nebel lockerte sich ein wenig, und er sah, dass die feindlichen Bogenschützen keineswegs weggelaufen waren, sondern sich nur hinter eine solide Mauer aus Fußsoldaten zurückgezogen hatten. Wieder surrten die Bogensehnen. Ein Pferd bäumte sich auf, und ein Pfeil bohrte sich in seinen Bauch. Ein Mann taumelte, wurde ein zweites Mal getroffen und stürzte mit klirrender Rüstung hintenüber.

Gütiger Jesus, das war eine ganze Armee! Eine ganze gottverdammte Armee! »Zurück! Zurück!«, rief er. »Macht kehrt! Zurück!« Er brüllte, bis er heiser war. Ein weiterer Pfeil donnerte mit solcher Wucht gegen seinen Schild, dass die Spitze sich durch das lederbezogene Weidenholz grub, und vor lauter Wut schlug er danach, sodass der Eschenstab zerbrach.

»Onkel! Onkel!«, rief jemand. Sir William wandte sich um. Es war Robbie Douglas, einer seiner acht Neffen, der mit der schottischen Armee ritt. Er wollte ihm ein neues Pferd bringen, doch zwei englische Pfeile trafen die Kruppe des Tieres, und von Schmerz gepeinigt riss es sich los.

»Reite zurück!«, rief Sir William seinem Neffen zu. »Mach schon, Robbie!«

Doch Robbie ritt weiter auf seinen Onkel zu, obwohl ein Pfeil sich in seinen Sattel bohrte und ein weiterer ihn am Helm streifte. Er beugte sich hinunter, packte Sir Williams Hand und zog ihn mit sich. Pfeile folgten ihnen, doch der Nebel verdichtete sich erneut und verbarg sie. Sir William schüttelte die Hand seines Neffen ab und taumelte allein weiter, behindert durch seinen pfeilgespickten Schild und den schweren Kettenpanzer. So ein gottverdammtes Elend!

»Achtung, links!«, rief eine schottische Stimme, und Sir William sah, dass ein paar englische Reiter von der Hecke herüberkamen. Einer von ihnen erblickte Sir William und hielt ihn für eine leichte Beute. Die Engländer waren ebenso wenig auf ein Gefecht vorbereitet gewesen wie die Schotten. Ein paar von ihnen trugen Kettenhemden, aber keiner war vollständig gerüstet, und keiner hatte eine Lanze. Aber Sir William ahnte, dass sie schon lange, bevor sie ihre ersten Pfeile abgeschossen hatten, auf ihn aufmerksam geworden sein mussten, und vor lauter Zorn, weil er in ihren Hinterhalt gelaufen war, trat er dem ersten Reiter entgegen, der sein Schwert wie einen Speer vor sich ausgestreckt hielt. Sir William versuchte gar nicht erst, den Stoß zu parieren, sondern stieß dem Pferd seinen schweren Schild gegen das Maul. Dann hieb er mit dem Schwert auf seine Beine ein. Das Tier wieherte vor Schmerz und sprang zur Seite. Der Reiter kämpfte noch um sein Gleichgewicht und versuchte, das Pferd zu beruhigen, als Sir Williams Schwert sich unter seinem Kettenhemd hindurch in seine Eingeweide bohrte. »Bastard!«, knurrte Sir William und drehte die Klinge in der Wunde, bis der Mann wimmerte. Dann näherte Robbie sich von der anderen Seite und hieb ihm das Schwert in den Nacken, sodass der Kopf des Engländers fast abfiel, als er aus dem Sattel stürzte. Die anderen Reiter hatten sich auf geheimnisvolle Weise aus dem Staub gemacht, doch dann prasselten erneut die Pfeile nieder, und Sir William merkte, dass der wankelmütige Nebel sich wieder lichtete. Er zog sein Schwert aus dem Gefallenen, schob es blutbeschmiert in die Scheide und schwang sich auf das Pferd des Toten. »Weg hier!«, rief er Robbie zu, der aussah, als wolle er es ganz allein mit der gesamten englischen Einheit aufnehmen. »Los, Junge, nichts wie weg!«

Bei Gott, es schmerzte, vor dem Feind davonzulaufen, aber es war keine Schande, wenn zweihundert Mann vor sechs- oder siebenhundert die Flucht ergriffen. Und sobald der Nebel verschwunden war, würde es eine richtige Schlacht geben, Mann gegen Mann und Stahl gegen Stahl, und dann würde er, Sir William, diesen verfluchten Engländern schon zeigen, wie man kämpfte. Er trieb sein erbeutetes Pferd vorwärts, um dem Rest der schottischen Armee von den Engländern zu berichten, doch dann erblickte er einen einzelnen Bogenschützen, der sich in einer Hecke verbarg. Der Mann hatte eine Frau und einen Priester bei sich, und Sir William legte die Hand auf den Schwertgriff, im Begriff, sich für die Pfeile zu rächen, die seinen Trupp dezimiert hatten, doch hinter ihm ertönte der Kriegsruf der Engländer – »St. George! St. George!« –, und so ließ er den Bogenschützen in Ruhe und ritt weiter. Er ließ gute Männer auf dem herbstlichen Gras zurück, tot und sterbend, verwundet und verängstigt. Aber er war ein Douglas. Er würde zurückkommen und Rache nehmen.

Ein Reiterschwarm galoppierte, von Panik getrieben, an der Hecke vorüber, hinter der Thomas, Eleanor und Vater Hobbe sich versteckten. Ein halbes Dutzend Pferde war reiterlos, und bei mindestens zwanzig Tieren ragten blutverschmierte Pfeile aus dem Körper. Hinter den Reitern folgten dreißig oder vierzig Männer zu Fuß, einige humpelnd, andere ebenfalls von Pfeilen gespickt, und ein paar von ihnen trugen Sättel auf dem Arm. Unter einem erneuten Pfeilhagel liefen sie an den brennenden Bauernhäusern vorbei, als Hufgetrappel sie herumfahren ließ. Aus dem Nebel kamen Reiter in Kettenpanzern hervorgedonnert, und die Verfolgten rannten unbeholfen davon, was die Beine hergaben. Dicke Lehmklumpen flogen von den Hufen der Pferde auf. Die Hengste wurden abrupt gezügelt, damit die Reiter auf ihre Opfer zielen konnten, dann bekamen sie wieder die Sporen und wurden auf die Flüchtenden zugetrieben. Eleanor stieß einen Schrei aus, als die mächtigen Schwerter niederstießen. Ein paar der Fliehenden fielen auf die Knie und hoben die Arme, als Zeichen, dass sie sich ergaben, doch die meisten versuchten sich zu retten. Einer duckte sich hinter einen galoppierenden Reiter und rannte auf die Hecke zu, doch als er Thomas mit seinem Bogen erblickte, machte er kehrt und lief direkt einem anderen Reiter in die Arme, der ihm seine Schwertspitze ins Gesicht stieß. Der Mann riss die Hände hoch und sank zu Boden, den Mund aufgerissen, als wolle er schreien, doch es kam kein Laut, nur Blut, das ihm zwischen den Fingern hindurchlief. Der Reiter, der weder Helm noch Schild trug, wendete sein Ross und beugte sich aus dem Sattel hinunter, um dem Mann mit einem Schwertstreich in den Nacken den Todesstoß zu versetzen, wie einem Rind, das geschlachtet wurde – was auf merkwürdige Art passte, denn Thomas sah, dass der Reiter auf dem kurzen, ärmellosen Leibrock, den er über seinem Kettenpanzer trug, das Abzeichen einer braunen Kuh hatte. Der Leibrock war zerrissen, blutbefleckt und so ausgeblichen, dass Thomas das Abzeichen im ersten Moment für einen Bullen hielt. Der Reiter schwenkte auf Thomas zu, hob drohend sein blutiges Schwert, bemerkte dann jedoch den Bogen und zügelte sein Pferd. »Engländer?«

»Und stolz darauf!«, antwortete Vater Hobbe an Thomas' Stelle.

Ein zweiter Reiter kam herbei, dieser im weißen Leibrock mit drei schwarzen Raben. Drei Gefangene wurden auf die beiden Reiter zugeschubst. »Wie zum Teufel seid ihr so weit nach vorne gekommen?«, fragte der neu Hinzugekommene Thomas.

»Nach vorne?«

»Vor uns.«

»Wir sind zu Fuß gegangen«, sagte Thomas. »Von Frankreich aus. Oder zumindest von London.«

»Von Southampton!«, berichtigte Vater Hobbe ihn überflüssigerweise.

»Frankreich?« Der erste der beiden Männer, mit zotteligem Haar, wettergegerbtem Gesicht und einem so starken nördlichen Akzent, dass Thomas ihn kaum verstand, klang, als höre er das Wort zum ersten Mal. »Ihr wart in Frankreich?«

»Ja, mit dem König.«

»Jetzt bleibst du bei uns«, sagte der zweite Mann drohend, dann musterte er Eleanor eingehend. »Hast du die Kleine von da mitgebracht?«

»Ja«, erwiderte Thomas kurz angebunden.

»Der Kerl lügt«, sagte eine neue Stimme, und ein dritter Reiter schob sich nach vorn. Er war schlaksig, etwa dreißig Jahre alt, und sein knochiges Gesicht war so rot und rau, als hätte er sich beim Rasieren nicht nur die Stoppeln abgeschabt, sondern die Haut gleich mit. Sein dunkles Haar war lang und im Nacken mit einem Lederband zusammengefasst. Das Pferd, ein mit Narben übersäter Rotschimmel, war ebenso mager wie sein Reiter und rollte nervös die Augen, dass das Weiße zu sehen war. »Ich hasse gottverdammte Lügner«, sagte der Mann und starrte Thomas an. Dann warf er einen rachsüchtigen Blick auf die Gefangenen, von denen einer ein rotes Herz auf seinem Leibrock trug. »Fast so sehr, wie ich Douglas und seine gottverdammten Anhänger hasse.«

Der Reiter trug statt eines Kettenpanzers einen Gambeson, einen gesteppten, ledernen Waffenrock, wie ihn ein Bogenschütze tragen würde, wenn er sich nichts Besseres leisten konnte, und doch stand er offensichtlich weit über einem Bogenschützen, denn um seinen Hals lag eine Goldkette, ein Schmuck, der nur Adligen erlaubt war. An seinem Sattelknauf hing ein verbeulter Helm mit schnauzenförmigem Visier, sein Schwert steckte in einer einfachen Lederscheide, und über der linken Schulter trug er einen weiß gestrichenen Schild mit dem Abzeichen einer schwarzen Axt. Außerdem war an seinem Gürtel eine zusammengerollte Peitsche befestigt. »Die Schotten haben auch Bogenschützen«, sagte der Mann, zu Thomas gewandt. Dann wanderte sein Blick zu Eleanor. »Und Frauen.«

»Ich bin Engländer«, wiederholte Thomas.

»Wir sind alle Engländer«, sagte Vater Hobbe mit Nachdruck, ohne daran zu denken, dass Eleanor aus der Normandie stammte.

»Ein Schotte würde auch behaupten, er sei Engländer, wenn ihn das vor dem Aufschlitzen bewahrte«, entgegnete der rotgesichtige Mann sarkastisch. Die beiden anderen Reiter waren ein Stück zurückgewichen; offenbar fürchteten sie sich vor dem Hageren, der jetzt seine lederne Peitsche vom Gürtel löste und ihre Spitze mit einer lässigen Bewegung einen Fingerbreit vor Eleanors Gesicht knallen ließ. »Ist sie Engländerin?«

»Nein, Französin«, sagte Thomas.

Der Reiter schwieg einen Moment und musterte Eleanor ausgiebig. Die Peitschenschnur erbebte unter dem Zittern seiner Hand. Er sah ein hellhäutiges, zierliches Mädchen mit goldenem Haar und großen, angsterfüllten Augen. Ihre Schwangerschaft zeichnete sich noch nicht ab, und an ihr war eine Zartheit, die außergewöhnlichen Genuss versprach. »Schottin, Engländerin, Französin – was macht das schon für einen Unterschied? Sie ist eine Frau. Fragst du danach, wo ein Pferd geboren ist, bevor du es reitest?« Im gleichen Augenblick wurde sein eigenes Pferd nervös, weil der Wind beißenden Rauch in seine Nüstern trieb. Unruhig tänzelte es ein paar Schritte seitwärts, bis der Mann ihm die Sporen so brutal in die Flanken hieb, dass sie sich durch die gepolsterte Schabracke bohrten und der Hengst zitternd vor Angst stehen blieb. »Wo sie herkommt«, sagte der Mann zu Thomas und wies mit dem Peitschengriff auf Eleanor, »ist mir gleich, aber du bist ein Schotte.«

»Ich bin Engländer«, wiederholte Thomas noch einmal. Etwa zehn weitere Männer mit dem Abzeichen der schwarzen Axt waren dazugekommen und starrten Thomas und seine Gefährten an. Sie hatten sich um die drei schottischen Gefangenen geschart, die den Mann mit der Peitsche offenbar kannten und nichts Gutes ahnten. Andere Bogenschützen und Soldaten sahen zu, wie die Bauernhäuser abbrannten, und lachten über die Ratten, die aus den Überresten der eingestürzten Strohdächer flüchteten.

Thomas nahm einen Pfeil aus seiner Tasche, und sofort taten vier oder fünf Bogenschützen mit dem Abzeichen der schwarzen Axt dasselbe. Die anderen grinsten erwartungsvoll, als ob sie das Spiel kannten und sich darauf freuten. Doch bevor es losgehen konnte, wurde der Reiter von einem der schottischen Gefangenen abgelenkt, der das vorübergehende Interesse seiner Häscher an Thomas und Eleanor nutzte, um davonzulaufen. Er war noch keine zwanzig Schritt weit gekommen, als einer der englischen Soldaten ihn mit seinem Pferd niederritt. Der Hagere, amüsiert über den verzweifelten Fluchtversuch des Schotten, deutete auf eines der brennenden Häuser. »Heizt dem Bastard ein«, befahl er. »Dickon! Beggar!«, rief er zwei seiner Fußsoldaten zu. »Passt auf die drei hier auf.« Er wies mit dem Kopf auf Thomas. »Lasst sie ja nicht entkommen!«

Dickon, der Jüngere von beiden, hatte ein rundes, grinsendes Gesicht, aber Beggar war ein Schrank von einem Kerl, ein schlurfender Riese, dessen Gesicht so behaart war, dass man in dem zotteligen, verkrusteten Wust, der unter dem rostigen Eisenhelm hervorspross, nur noch Nase und Augen erkennen konnte. Thomas maß sechs Fuß, genau wie sein Kriegsbogen, aber neben Beggar, dessen massige Brust beinahe den ledernen Plattenrock sprengte, wirkte er wie ein Zwerg. Um den Bauch des Riesen hingen, an zwei Seilen befestigt, ein Schwert und ein Morgenstern. Das Schwert hatte keine Scheide, seine Klinge war gekerbt, und einer der Dorne an dem Morgenstern war verbogen und mit Blut und Haaren beschmiert. Der drei Fuß lange Griff der Waffe schlug gegen die nackten Beine des Riesen, als er auf Eleanor zutrottete. »Schön«, brummte er, »schön.«

»Beggar! Bei Fuß, alter Junge, bei Fuß!«, befahl Dickon scherzhaft, und Beggar schwenkte gehorsam ab, ließ Eleanor jedoch nicht aus den Augen und stieß ein kehliges Knurren aus. Dann erklang ein Schrei, und er wandte sich zu dem nächststehenden brennenden Bauernhaus um, wo der Schotte, mittlerweile nackt, für einen ersten Vorgeschmack ins Feuer gestoßen worden war. Sein langes Haar brannte, und er rannte unter dem Gelächter seiner englischen Häscher panisch herum und schlug auf die Flammen ein. Die beiden anderen schottischen Gefangenen kauerten daneben, von Schwertspitzen auf den Boden gedrückt.

Der hagere Reiter sah zu, wie einer der Bogenschützen dem Gefangenen ein Stück Sacktuch über den Kopf warf, um die Flammen zu ersticken. »Wie viele seid ihr?«, fragte er.

»Tausende!«, erwiderte der Schotte herausfordernd.

Der Reiter beugte sich über seinen Sattelknauf. »Wie viele Tausend, Nichtsnutz?«

Der Schotte, dessen Haar und Bart rauchten und dessen Haut verkohlt und aufgeschlitzt war, bemühte sich nach Kräften, stolz auszusehen. »Mehr als genug, um dich in einem Käfig nach Hause zu schleifen.«

»So etwas sollte er zu Vogelscheuche besser nicht sagen!«, feixte Dickon. »Das mag er gar nicht.«

»Vogelscheuche?« Ein gelungener Spitzname, dachte Thomas, denn der Reiter mit dem Abzeichen der schwarzen Axt war dürr, abgerissen und Furcht einflößend.

»Für dich Sir Geoffrey Carr, Nichtsnutz«, fuhr Dickon Thomas an und betrachtete seinen Herrn mit bewunderndem Blick.

»Und wer ist Sir Geoffrey Carr?«, fragte Thomas.

»Na, Vogelscheuche und Herr von Lackby«, sagte Dickon in einem Tonfall, als sei das vollkommen klar. »Und jetzt spielt er seine Vogelscheuchen-Spielchen!« Grinsend sah Dickon zu, wie Sir Geoffrey, die Peitsche wieder am Gürtel befestigt, vom Pferd stieg und mit gezücktem Messer auf den schottischen Gefangenen zuging.

»Haltet ihn fest«, befahl Sir Geoffrey den Bogenschützen, »und spreizt seine Beine.«

»Nein!«, rief Eleanor entsetzt.

»Schön«, sagte Beggar mit seiner tiefen, grollenden Stimme.

Schreiend versuchte der Schotte sich loszuwinden, doch drei Bogenschützen packten ihn und drückten ihn zu Boden, während Vogelscheuche sich zwischen seine Beine kniete. Irgendwo in dem lichter werdenden Nebel krächzte ein Rabe. Ein paar von den Bogenschützen hielten den Blick nach Norden gerichtet, für den Fall, dass die Schotten zurückkamen, aber die meisten beobachteten Vogelscheuche und sein Messer. »Willst du deine verschrumpelten Eier behalten?«, fragte Sir Geoffrey den Schotten. »Dann sag mir, wie viele ihr seid.«

»Etwa fünfzehn- oder sechzehntausend«, keuchte der Schotte, plötzlich sehr gesprächig.

»Sprich: zehn- oder elftausend«, sagte Sir Geoffrey zu seinen Bogenschützen. »Also mehr als genug für unsere paar Pfeile. Und ist euer Hundsfott von einem König auch da?«

Bei dieser Beleidigung bäumte sich der Schotte auf, doch ein Piekser mit der Messerspitze in seine Lenden erinnerte ihn an seine prekäre Lage. »Aye, David Bruce ist hier.«

»Und wer noch?«

Verzweifelt zählte der Schotte die übrigen Anführer seiner Armee auf: Lord Robert Stewart, der Halbbruder des Königs und einstiger Thronerbe, war dabei, ebenso die Earls of Moray, of March, of Wigtown, Fife und Menteith. Er nannte noch weitere, Clanführer und wilde Männer aus den kargen Gebieten des hohen Nordens, aber Carr interessierte sich mehr für zwei der Earls. »Fife und Menteith sind auch hier?«

»Aye, Sir.«

»Aber sie haben König Edward Lehnstreue geschworen«, sagte Sir Geoffrey, der dem Mann offensichtlich nicht glaubte.

»Jetzt marschieren sie mit uns«, versicherte der Schotte, »genau wie Douglas of Liddesdale.«

»Dieser elende Dreckskerl«, knurrte Sir Geoffrey, »dieser verfluchte Hurensohn.« Er starrte durch die letzten Nebelschwaden über dem Hügelkamm, der sich als schmale, felsige Ebene entpuppte, die von Norden nach Süden verlief. Die Grasschicht darauf war dünn, und die verwitterten Steine zeichneten sich darunter ab wie die Rippen eines Verhungernden. Im Nordosten, jenseits des dunstverhangenen Tals, ragten die Kathedrale und die Festung von Durham von ihrer flussumspülten Felsspitze auf, während sich im Westen Hügel und Waldstücke und steinummauerte, von Bächen durchzogene Felder abwechselten. Zwei Bussarde glitten über die Hügelkuppe hinweg auf die schottische Armee zu, die noch im Nebel verborgen war, aber, so nahm Thomas an, gewiss bald Truppen losschicken würde, um die Männer zu finden, die ihre Gefährten an der Wegkreuzung angegriffen hatten.

Sir Geoffrey lehnte sich zurück und setzte an, sein Messer in die Scheide zurückzuschieben, da fiel ihm offenbar noch etwas ein, und er sah den Gefangenen grinsend an. »Du wolltest mich doch im Käfig nach Schottland schleifen, nicht wahr?«

»Nein!«

»O doch, mein Freund! Und was sollte ich wohl in Schottland? Ich kann mir eine Latrine ansehen, sooft ich will.« Er spuckte dem Gefangenen ins Gesicht und nickte seinen Bogenschützen zu. »Haltet ihn fest.«

»Nein!«, rief der Schotte, und seine Stimme steigerte sich zu einem gellenden Schrei, als Sir Geoffrey sich erneut mit dem

Messer vorbeugte. Der Gefangene wand sich zuckend, als Vogelscheuche aufstand, die Vorderseite seines Gambesons blutbespritzt. Noch immer schreiend presste der Schotte die Hände auf seinen blutigen Schritt, und bei dem Anblick breitete sich ein Lächeln auf Sir Geoffreys Gesicht aus. »Werft den Rest von ihm ins Feuer«, sagte er, dann wandte er sich an die anderen beiden Gefangenen. »Wer ist euer Herr?«

Nach kurzem Zögern leckte sich einer von ihnen über die Lippen. »Wir dienen Sir Douglas«, sagte er stolz.

»Ich hasse Douglas. Ich hasse jeden Douglas, der je aus dem Arsch des Teufels gekrochen ist.« Mit einem angewiderten Schaudern kehrte er zu seinem Pferd zurück. »Verbrennt die beiden«, befahl er.

Thomas, der angesichts des blutigen Schauspiels den Blick abgewandt hatte, bemerkte in der Mitte der Wegkreuzung ein umgestürztes steinernes Kreuz. Er starrte es an, ohne den Drachen zu sehen. In seinen Ohren hallten die Schreie der Gefangenen, die ins Feuer gestoßen wurden. Eleanor lief zu ihm und klammerte sich an seinen Arm.

»Schön«, brummte Beggar erneut.

»Beggar, hierher!«, rief Sir Geoffrey. »Hilf mir in den Sattel!« Der Riese bildete mit seinen Händen einen Steigbügel, und Sir Geoffrey trat hinein, schwang sich auf sein Pferd und ritt auf Thomas und Eleanor zu. »Das Kastrieren macht mich immer hungrig«, sagte er. Er wandte sich zu dem Feuer um, aus dem einer der Schotten mit brennendem Haar zu fliehen versuchte, doch ein Dutzend Bogen stießen ihn zurück in das Inferno. Das Schreien erstarb, und der Mann verschwand in den Flammen. »Heute ist ein guter Tag, um Schotten zu kastrieren und zu verbrennen«, sagte Sir Geoffrey, »und du siehst aus wie ein Schotte, mein Junge.«

»Ich bin kein Junge.« Thomas spürte, wie Zorn in ihm aufstieg.

»Du siehst aber wie ein verdammter Junge aus – vielleicht ein schottischer Junge?« Offensichtlich amüsiert über Thomas' Wut, grinste Sir Geoffrey sein neues Opfer an, das in der Tat jung wirkte, obwohl Thomas zweiundzwanzig Jahre alt war und die letzten vier davon in der Bretagne, in der Normandie und in der Pikardie gekämpft hatte. »Du siehst wie ein Schotte aus, Junge«, sagte Vogelscheuche, um Thomas zu weiterem Protest anzustacheln. »Alle Schotten sind schwarz!«, rief er den Umstehenden zu, und in der Tat hatte Thomas sonnengebräunte Haut und schwarzes Haar, aber dasselbe traf auch auf mindestens zwanzig von Vogelscheuches eigenen Bogenschützen zu. Und obwohl Thomas jung wirkte, hatte er harte Gesichtszüge. Sein Haar war kurz geschnitten, und vier Kriegsjahre hatten seine Wangen ausgehöhlt. Dennoch besaßen seine Züge etwas Anziehendes, Wohlgefälliges, das den Blick auf sich zog und Sir Geoffrey Carrs Neid weckte. »Was ist auf deinem Pferd?«

»Nichts, was Euch gehörte«, erwiderte Thomas.

»Was mir gehört, entscheide ich, Junge, und was dir gehört, ist meins, wenn ich es will. Und ich kann es behalten oder verschenken. Beggar! Willst du das Mädchen haben?«

Beggar verzog sein haariges Gesicht zu einem Grinsen und nickte heftig. »Ja.« Er kratzte seinen verlausten Bart. »Beggar mag schön.«

»Nun, ich schätze, du kannst die Schöne haben, wenn ich mir ihr fertig bin«, sagte Sir Geoffrey, nahm erneut die Peitsche von seinem Gürtel und ließ sie in der Luft knallen. Thomas sah, dass der lange Lederstriemen mit einer kleinen Eisenspitze versehen war. Sir Geoffrey lächelte Thomas verschlagen an und zog die Peitsche drohend zurück. »Zieh sie aus, Beggar«, sagte er. »Gönnen wir den Jungs ein kleines Vergnügen.« Er lächelte noch immer, als Thomas dem Hengst seinen schweren Bogen gegen das Maul schlug. Wiehernd bäumte sich das Tier auf, und Vogelscheuche, der darauf nicht gefasst war, stürzte, wild um sich schlagend, hintenüber. Seine Männer, die ihn hätten beschützen sollen, starrten so gebannt auf die brennenden schottischen Gefangenen, dass Thomas Sir Geoffrey aus dem Sattel gezerrt und mit dem Messer an der Kehle zu Boden geworfen hatte, bevor einer von ihnen seinen Bogen spannen oder sein Schwert ziehen konnte.

»In den letzten vier Jahren habe ich einen Haufen Männer getötet«, sagte Thomas, »und nicht alle waren Franzosen.«

»Thomas!«, schrie Eleanor.

»Schnapp sie dir, Beggar!«, rief Sir Geoffrey. Er bäumte sich auf, doch Thomas war ein Bogenschütze, und das jahrelange Üben mit seinem großen schwarzen Bogen hatte ihm eine enorme Kraft in Armen und Brust gegeben. Da Sir Geoffrey nichts gegen ihn ausrichten konnte, spuckte er ihm ins Gesicht. »Schnapp sie dir, Beggar!«, rief er erneut.

Sir Geoffreys Männer liefen zu ihrem Herrn, blieben jedoch stehen, als sie sahen, dass Thomas seinem Gefangenen ein Messer an die Kehle drückte.

»Zieh sie aus, Beggar! Zieh die Schöne aus! Wir nehmen sie uns alle!«, johlte Sir Geoffrey, ohne sich um das Messer zu scheren.

»Wer kann lesen? Wer von euch kann lesen?«, rief Vater Hobbe. Die seltsame Frage ließ alle innehalten, sogar Beggar, der Eleanor bereits die Kappe vom Kopf gerissen hatte. Mit seinem mächtigen linken Arm hielt er sie unter dem Kinn gepackt, während seine Rechte am Ausschnitt ihres Kleides zerrte. »Wer in dieser Runde kann lesen?«, fragte Vater Hobbe erneut und hielt das Pergament hoch, das er aus dem Sack an Thomas' Stute genommen hatte. »Das hier ist ein Brief vom ehrenwerten Bischof von Durham, der bei unserem König in Frankreich ist, an John Fossor, den Prior von Durham, und nur Engländer, die mit unserem König gekämpft haben, können einen solchen Brief bei sich haben! Wir haben ihn aus Frankreich mitgebracht.«

»Das beweist gar nichts!«, rief Sir Geoffrey und spuckte Thomas, der ihn immer noch fest im Griff hielt, erneut an.

»In welcher Sprache ist er denn geschrieben?« Ein unbekannter Reiter war zwischen den umstehenden Männern hervorgekommen. Er trug weder Surkot noch Leibrock, aber auf seinem abgewetzten Schild war das Abzeichen einer Jakobsmuschel an einem Kreuz abgebildet, was bewies, dass er keiner von Sir Geoffreys Gefolge war.

»Lateinisch«, sagte Thomas.

»Lass Sir Geoffrey los«, befahl der Unbekannte Thomas, »dann werde ich mir den Brief ansehen.«

»Sagt dem Riesen, er soll meine Frau loslassen«, entgegnete Thomas schneidend.

Obwohl der Reiter offensichtlich überrascht war, von einem einfachen Bogenschützen Befehle zu erhalten, protestierte er nicht, sondern ritt zu Beggar hinüber. »Lass sie los.« Als der Koloss nicht reagierte, zog er halb sein Schwert. »Soll ich dir die Ohren abschneiden, Beggar? Willst du das? Beide Ohren ab, dann die Nase und dann dein Schwanz – willst du das, Beggar? Willst du geschoren werden wie ein Schaf? Gestutzt wie ein Zwerg?«

»Lass sie los, Beggar«, sagte Sir Geoffrey widerstrebend.

Beggar trat gehorsam zurück, und der Reiter beugte sich hinunter, um Vater Hobbe den Brief abzunehmen. »Und du lass Sir Geoffrey los«, befahl der Reiter Thomas. »Wir wollen heute Frieden zwischen Engländern haben, wenigstens für einen Tag.«

Der Reiter war ein alter Mann von mindestens fünfzig Jahren, mit einer dichten Mähne weißen Haars, das aussah, als wäre es noch nie mit einem Kamm oder einer Bürste in Berührung gekommen. Er war groß, kräftig und mit einem mächtigen Bauch ausgestattet, und sein robustes Pferd trug keine Schabracke, sondern nur eine zerschlissene Satteldecke. Der Kettenpanzer des Mannes, der seinen ganzen Körper schützte, war an einigen Stellen stark verrostet, an anderen zerrissen, und an der Brustplatte, die er darübertrug, fehlten zwei Lederriemen. An seiner Hüfte hing ein langes Schwert. Für Thomas sah er aus wie ein einfacher Landmann, der mit den abgelegten Rüstungsteilen seiner Nachbarn in den Krieg gezogen war, aber Sir Geoffreys Bogenschützen hatten sich sofort Helme und Kappen vom Kopf gerissen, als er aufgetaucht war, und sie behandelten ihn mit Ehrerbietung. Sogar Sir Geoffrey schien Respekt vor dem Weißhaarigen zu haben, der jetzt mit gerunzelter Stirn den Brief las. »*Thesaurus*, so, so«, murmelte er zu sich selbst.

»Das klingt ja hochinteressant. Ein *thesaurus*, hört, hört!« *Thesaurus* war ein lateinisches Wort, aber seine restlichen Worte sprach er im Französisch der Normannen, offenkundig in der Annahme, dass keiner von den Bogenschützen ihn verstehen würde.

»Die Erwähnung eines Schatzes«, erwiderte Thomas in derselben Sprache, die sein Vater ihm beigebracht hatte, »weckt stets Aufregung. Und Gier.«

»Allmächtiger, du sprichst Französisch! Es geschehen noch Zeichen und Wunder. *Thesaurus* bedeutet doch Schatz, nicht wahr? Mein Latein ist nicht mehr so gut wie in meiner Jugend. Ein Priester hat es in mich hineingeprügelt, und das meiste davon scheint mittlerweile wieder herausgelaufen zu sein. Ein Schatz! Und du sprichst Französisch!« Der Reiter wirkte sehr überrascht, dass Thomas die Sprache der Adligen beherrschte, und auf Sir Geoffreys Gesicht zeichnete sich Unruhe ab, denn zum einen sprach er selbst kein Französisch, und zum anderen fürchtete er, Thomas könnte wesentlich ranghöher sein, als er angenommen hatte. Der Reiter gab Vater Hobbe den Brief zurück und ritt zu Sir Geoffrey. »Ihr habt Euch mit einem Engländer angelegt, Sir Geoffrey, und obendrein mit einem Boten unseres Königs. Was habt Ihr dazu zu sagen?«

»Ich habe gar nichts zu sagen«, erwiderte Sir Geoffrey. »Mylord«, fügte er widerstrebend hinzu.

»Ich sollte Euch ausnehmen«, sagte der Lord gelassen, »dann ausstopfen und auf einen Pflock rammen lassen, um die Krähen von meinen neugeborenen Lämmern zu verscheuchen. Ich könnte Euch auf dem Jahrmarkt von Skipton ausstellen, Sir Geoffrey, als Abschreckung für andere Sünder.« Er schien einen Moment ernsthaft darüber nachzudenken, dann schüttelte er den Kopf. »Schwingt Euch in den Sattel und kämpft gegen die Schotten, anstatt Euch mit Euren Landsleuten zu kabbeln.« Er wandte sich um und erhob die Stimme, damit alle umstehenden Bogenschützen und Soldaten ihn hören konnten. »Und ihr seht zu, dass ihr euch in Marsch setzt, und zwar schnell, bevor die Schotten zurückkommen und euch das Laufen beibringen!

Oder wollt ihr so enden wie die Nichtsnutze da drüben?« Er deutete auf die drei schottischen Gefangenen, die nur noch verkohlte, zusammengeschrumpfte Umrisse in den hellen Flammen waren. Dann winkte er Thomas zu sich und wechselte wieder zu Französisch. »Kommst du wirklich aus Frankreich?«

»Ja, Mylord.«

»Dann mach mir eine Freude, junger Mann, und unterhalte dich mit mir.«

Sie gingen nach Süden und ließen in den letzten Nebelfetzen ein zerbrochenes Steinkreuz, drei Verbrannte und eine ganze Anzahl von Pfeilen durchbohrter Leichen zurück – dort, wo die schottische Armee auf Durham vorgerückt war.

Bernard de Taillebourg nahm das Kruzifix von seinem Hals und küsste die gepeinigte Christusfigur, die an dem kleinen Holzkreuz befestigt war. »Gott sei mit dir, mein Bruder«, sagte er leise zu dem alten Mann, der auf der steinernen Bank lag, gebettet auf einer Strohmatratze und einer zusammengefalteten Decke. Eine zweite dünne Decke war über den alten Mann gebreitet, dessen schütteres Haar schlohweiß war.

»Es ist kalt«, wisperte Bruder Hugh Collimore, »so kalt.« Er sprach Französisch, doch für de Taillebourgs Ohren klang es barbarisch, denn es war das Französisch der normannischen Herrscher Englands.

»Der Winter naht«, sagte de Taillebourg. »Man kann es in der Luft riechen.«

»Ich werde bald sterben und rieche nichts mehr.« Bruder Collimore richtete seine rot geränderten Augen auf den Besucher. »Wer seid Ihr?«

»Nehmt dies.« De Taillebourg gab dem alten Mönch sein Kruzifix. Dann schürte er das Holzfeuer, legte zwei Scheite nach und schnupperte an einem Krug Würzwein, der auf der Feuerstelle stand. Er roch nicht allzu sauer, und so goss er ein wenig davon in ein Trinkhorn. »Immerhin habt Ihr ein Feuer«, sagte er und beugte sich hinunter, um durch das schmale

Fenster zu blicken, das nicht größer war als eine Schießscharte und nach Westen auf den Wear hinausging, der sich um die Halbinsel schlängelte. Das Spital der Mönche lag am Hang von Durham, unterhalb der Kathedrale, und in der Ferne konnte de Taillebourg die schottischen Soldaten sehen, die ihre Lanzen durch die letzten Dunstschwaden trugen. Nur wenige der gepanzerten Männer hatten Pferde, also würden die Schotten wohl zu Fuß kämpfen.

Bruder Collimore umklammerte mit bleichem Gesicht das kleine Kreuz. »Den Sterbenden ist ein Feuer gestattet«, sagte er mit brüchiger Stimme, als sei er der übermäßigen Genusssucht beschuldigt worden. »Wer seid Ihr?«

»Ich komme von Kardinal Bessières aus Paris«, antwortete de Taillebourg. »Er sendet Euch seinen Gruß. Trinkt dies, es wird Euch wärmen.« Er hielt dem alten Mann den Würzwein hin.

Collimore wies den Wein zurück. Sein Blick war misstrauisch. »Kardinal Bessières?«, fragte er, als höre er den Namen zum ersten Mal.

»Der päpstliche Legat in Frankreich.« De Taillebourg war erstaunt, dass der Mönch den Kardinal nicht kannte, dachte sich jedoch, dass die Unwissenheit des Alten vielleicht ganz nützlich sein würde. »Und der Kardinal«, fuhr der Dominikaner fort, »ist ein Mann, der die Kirche ebenso innig liebt, wie er Gott liebt.«

»Wenn er die Kirche liebt«, entgegnete Collimore mit überraschendem Nachdruck, »dann wird er seinen Einfluss geltend machen und den Heiligen Vater davon überzeugen, den Papstsitz wieder nach Rom zurückzuverlegen.« Erschöpft von seiner Aussage schloss er die Augen. Er war nie groß gewesen, aber jetzt, unter seiner verlausten Decke, schien er auf die Maße eines Zehnjährigen zusammengeschrumpft zu sein, und sein weißes Haar war dünn und zart wie das eines Säuglings. »Sorgt dafür, dass er den Papstsitz wieder nach Rom verlegt«, wiederholte er, aber mit schwächerer Stimme, »denn all unsere Schwierigkeiten sind nur noch größer geworden, seit er sich in Avignon niedergelassen hat.«

»Kardinal Bessières wünscht sich nichts sehnlicher, als den Heiligen Vater zurück nach Rom zu bewegen«, log de Taillebourg, »und vielleicht könnt Ihr uns dabei helfen, Bruder.«

Bruder Collimore schien ihn nicht gehört zu haben. Er hatte die Augen wieder geöffnet, starrte jedoch nur reglos hinauf zur gewölbten Decke. Der Raum war niedrig, kalt und weiß. Manchmal, wenn die Sonne hoch stand, spiegelte sich das Glitzern des Wassers auf den gekalkten Steinen. Im Himmel, dachte er, würde er immer kristallklare Flüsse sehen und den warmen Schein der Sonne spüren können. »Ich war einmal in Rom«, murmelte er wehmütig. »Ich weiß noch, wie ich ein paar Stufen hinunterging, in eine Kirche, in der ein Chor sang. Ein zauberhafter Klang.«

»Der Kardinal braucht Eure Hilfe«, setzte de Taillebourg erneut an.

»Dort lag eine Heilige.« Collimore runzelte die Stirn, bemüht, sich zu erinnern. »Ihre Knochen waren vergilbt.«

»Deshalb hat der Kardinal mich zu Euch geschickt, Bruder«, sagte de Taillebourg sanft. Sein dunkeläugiger, eleganter Diener verfolgte das Ganze von der Tür.

»Kardinal Bessières«, flüsterte Collimore.

»Er sendet Euch seine Grüße im Herrn, Bruder.«

»Was Bessières will«, sagte Collimore, noch immer im Flüsterton, »holt er sich mit Peitschen und Skorpionen.«

De Taillebourg lächelte halb. Also kannte Collimore den Kardinal doch, und das war auch nicht verwunderlich, aber vielleicht würde die Furcht vor Bessières ausreichen, um die Wahrheit aus ihm herauszulocken. Der Mönch hatte die Augen wieder geschlossen, und seine Lippen bewegten sich lautlos, wie im Gebet. De Taillebourg störte seine Gebete nicht, sondern blickte derweil wieder aus dem schmalen Fenster hinüber zu dem Hügel, wo die Schotten in Gefechtsstellung gingen. Die Eindringlinge stellten sich Richtung Süden auf, sodass der linke Flügel ihrer Linie der Stadt zugewandt war, und de Taillebourg konnte sehen, wie die Männer sich darum drängelten, die Ehrenpositionen neben ihren Lords einzunehmen.

Die Schotten schienen tatsächlich zu Fuß in den Kampf zu ziehen, damit die englischen Bogenschützen nicht die Pferde ihrer Soldaten abschießen und damit ihren Angriff zum Stocken bringen konnten. Von den Engländern war noch nichts zu sehen, doch nach allem, was de Taillebourg gehört hatte, konnten sie nicht allzu zahlreich sein. Ihre Armee war in Frankreich, vor Calais, also konnte dies wohl nur die persönliche Truppe eines Adligen aus der Gegend sein. Dennoch waren es offenbar genug Männer, um die Schotten in Gefechtsstellung zu bringen. Aber allzu lange würden sie König David sicher nicht aufhalten, und deshalb musste er sich beeilen, wenn er die Geschichte des alten Mannes noch hören und Durham verlassen wollte, bevor die Schotten in die Stadt eindrangen. Er drehte sich wieder zu dem Mönch um. »Kardinal Bessières geht es nur um den Ruhm Gottes und der Kirche. Und er möchte alles über Vater Ralph Vexille erfahren.«

»Gütiger Gott«, sagte Collimore, und seine Finger betasteten die knöcherne Figur an dem kleinen Holzkreuz. Er öffnete die Augen und wandte den Kopf, um den Priester anzusehen. Offenbar nahm er de Taillebourg erst jetzt wirklich wahr, und ein Schauer überlief ihn, als er in seinem Besucher einen Mann erkannte, der im Leiden etwas Verdienstvolles sah. Und der, so dachte Collimore bei sich, ebenso unerbittlich sein würde wie sein Meister in Paris. »Vexille!«, sagte Collimore, als hätte er den Namen beinahe vergessen, und seufzte. »Das ist eine lange Geschichte«, fügte er müde hinzu.

»Dann werde ich Euch erzählen, was ich davon weiß«, sagte de Taillebourg. Der hagere Dominikaner begann, im Raum auf und ab zu gehen, hin und her, auf dem schmalen Stück, wo die gewölbte Decke ihm Platz genug ließ. »Ihr habt vielleicht gehört, dass im Sommer eine Schlacht in der Pikardie geschlagen wurde. Edward von England kämpfte gegen seinen französischen Vetter, und ein Mann kam von Süden, um für Frankreich zu kämpfen. Auf seiner Flagge war das Abzeichen eines Greifen, der einen Kelch in den Klauen hält.« Collimore blinzelte, sagte jedoch nichts. Sein Blick war auf de Taillebourg geheftet, der seinerseits innehielt, um den Mönch anzusehen. »Ein Greif mit einem Kelch«, wiederholte er.

»Ich kenne das Tier«, sagte Collimore traurig. Der Greif war ein Wappentier, das in der Natur nicht vorkam, mit Klauen wie ein Löwe, Hörnern wie ein Ziegenbock und Schuppen wie ein Drache.

»Er kam von Süden«, fuhr de Taillebourg fort, »und er dachte, indem er für Frankreich kämpft, könne er das Wappen seiner Familie von den alten Schandmalen der Ketzerei und des Verrats reinigen.« Bruder Collimore war zu krank, um zu bemerken, dass der Diener des Priesters jetzt sehr aufmerksam, ja, geradezu begierig lauschte und dass der Dominikaner die Stimme ein wenig erhoben hatte, damit der Diener, der nach wie vor an der Tür stand, besser mithören konnte. »Der Mann ritt voller Stolz in die Schlacht, überzeugt, seine Seele sei makellos, doch niemand entzieht sich Gottes Hand. Der Mann glaubte, er würde siegreich die Gunst des Königs erlangen, doch stattdessen erlitt er mit Frankreich die Niederlage. Bisweilen erniedrigt Gott uns, Bruder, bevor er uns zum Ruhm erhebt.« De Taillebourg sprach zu dem alten Mönch, doch seine Worte waren an den Diener gerichtet. »Nach der Schlacht, als Frankreich weinte, begegnete ich diesem Mann, und er sprach von Euch.«

Bruder Collimore sah überrascht aus, sagte jedoch nichts.

»Er erzählte mir von Euch«, sagte de Taillebourg. »Und ich bin Inquisitor.«

Bruder Collimores Hände zuckten hoch, um sich zu bekreuzigen. »Die Inquisition«, sagte er schwach, »hat in England keine Macht.«

»Die Inquisition hat Macht im Himmel und in der Hölle, und Ihr glaubt, England könne uns Widerstand leisten?« Der Zorn in de Taillebourgs Stimme hallte in der Zelle des Spitals wider. »Um die Ketzerei auszumerzen, reiten wir bis ans Ende der Welt, Bruder.«

Die Inquisition, der der Orden der Dominikaner angehörte, hatte sich die Auslöschung der Ketzerei zum Ziel gesetzt, und um dies zu erreichen, setzte sie Feuer und Folter ein. Sie durfte zwar kein Blut vergießen, weil das gegen das Gesetz der Kirche verstieß, aber jegliche Art von Folter, bei der kein Blut floss, war erlaubt, und die Inquisition wusste sehr gut, dass Feuer Wunden versiegelte, dass die Streckbank die Haut eines Ketzers nicht verletzte und dass große Steine, die auf die Brust eines Mannes gehievt wurden, keine Adern zum Platzen brachten. In Kellergewölben, die nach Feuer, Angst, Urin und Rauch stanken, in einer Dunkelheit, die nur von Fackelschein und den Schreien der Ketzer durchbrochen wurde, brachte die Inquisition die Feinde Gottes zur Strecke und verhalf ihren Seelen durch Anwendung unblutiger Folter zur gnadenvollen Vereinigung mit Jesus Christus.

»Der Mann kam aus dem Süden«, sagte de Taillebourg erneut zu Collimore, »und sein Banner zeigte einen Greif mit einem Kelch.«

»Ein Vexille«, sagte Collimore.

»Ganz recht, ein Vexille, und er kannte Euren Namen. Aber wie kommt es, dass ein Ketzer aus dem Süden den Namen eines englischen Mönchs in Durham kennt?«

Bruder Collimore stieß einen Seufzer aus. »Sie kannten ihn alle«, sagte er müde, »die ganze Familie kannte meinen Namen. Weil man Vater Ralph Vexille zu mir geschickt hatte. Der Bischof glaubte, ich könne ihn von seinem Wahnsinn heilen, aber seine Familie fürchtete, er würde mir Geheimnisse verraten. Sie wollten ihn töten, aber wir haben ihn in eine Zelle gesperrt, zu der niemand außer mir Zugang hatte.«

»Und was für Geheimnisse hat er Euch erzählt?«, fragte de Taillebourg.

»Verrücktes Zeug«, erwiderte Bruder Collimore. »Nichts als verrücktes Zeug.« Der Diener beobachtete ihn von der Tür aus.

»Beschreibt es mir«, befahl der Dominikaner.

»Die Verrückten sprechen von tausend Dingen, von Geistern und Phantomen, von Schnee im Sommer und Dunkelheit am helllichten Tag.«

»Aber Vater Ralph hat auch vom Gral gesprochen.«

»Ja, er hat vom Gral gesprochen«, bestätigte Collimore.

De Taillebourg stieß einen Seufzer der Erleichterung aus. »Was hat er Euch vom Gral erzählt?«

Hugh Collimore schwieg eine Weile. Seine Brust hob und senkte sich so schwach, dass die Bewegung kaum sichtbar war. Dann schüttelte er den Kopf. »Er hat mir erzählt, seine Familie sei im Besitz des Grals gewesen, und er habe ihn gestohlen und versteckt! Aber er hat Hunderte von solchen Dingen erzählt. Hunderte.«

»Wo hatte er ihn denn versteckt?«, fragte de Taillebourg.

»Er war verrückt. Vollkommen verrückt. Es war meine Aufgabe, mich um die Verrückten zu kümmern, wisst Ihr. Wir schlugen sie oder ließen sie hungern, um den Teufel auszutreiben, aber es wirkte nicht immer. Im Winter warfen wir sie in den Fluss, durch das Eis, und das wirkte. Der Teufel hasst die Kälte. Bei Vater Ralph hat es gewirkt, jedenfalls weitgehend. Nach einiger Zeit haben wir ihn gehen lassen. Die Dämonen waren verschwunden.«

»Wo hat er den Gral versteckt?« De Taillebourgs Stimme war jetzt lauter und härter.

Bruder Collimore blickte auf die Lichtreflexe an der Decke. »Er war verrückt«, flüsterte er, »aber er war harmlos. Harmlos. Und als er von hier fortging, schickte man ihn zu einer Gemeinde im Süden Englands. Ganz im Süden.«

»Nach Hookton in Dorset?«

»Ganz recht«, sagte Collimore. »Und dort zeugte er einen Sohn. Er war ein großer Sünder, wisst Ihr, obwohl er Priester war. Er hatte einen Sohn.«

Vater de Taillebourg starrte den Mönch an, der ihm endlich etwas Neues mitgeteilt hatte. Ein Sohn? »Was wisst Ihr von dem Sohn?«

»Nichts«, antwortete der Mönch überrascht.

»Und was wisst Ihr über den Gral?«, bohrte de Taillebourg nach.

»Ich weiß, dass Ralph Vexille verrückt war«, sagte Collimore kaum hörbar.

De Taillebourg setzte sich auf das harte Bett. »Wie verrückt?«

Collimores Stimme wurde noch leiser. »Er sagte, selbst wenn man den Gral fände, würde man es nicht merken, es sei denn, man wäre auserwählt.« Er hielt inne, und auf seinem Gesicht zeichnete sich für einen Moment Verwirrung, beinahe Staunen ab. »Man muss auserwählt sein, sagte er, um den Gral zu erkennen, aber wenn man auserwählt ist, leuchtet er so hell wie die Sonne. So hell, dass es blendet.«

De Taillebourg beugte sich ganz nah zu dem Mönch. »Glaubt Ihr ihm?«

»Ich glaube, dass Ralph Vexille verrückt war.«

»Bisweilen sprechen die Verrückten die Wahrheit.«

»Ich glaube«, fuhr Bruder Collimore fort, als hätte der Inquisitor nichts gesagt, »dass Gott Ralph Vexille eine Bürde gab, die zu schwer für ihn war.«

»Den Gral?«, fragte de Taillebourg.

»Könntet Ihr diese Bürde tragen? Ich könnte es nicht.«

»Wo ist er denn nun?«, drängte de Taillebourg. »Wo ist er?«

Bruder Collimore sah ihn verwirrt an. »Woher soll ich das wissen?«

»Er war nicht in Hookton«, sagte de Taillebourg. »Guy Vexille hat dort alles durchsucht.«

»Guy Vexille?«

»Der Mann, der aus dem Süden kam, um für Frankreich zu kämpfen, Bruder, und der sich nun in meinem Gewahrsam befindet.«

»Der arme Mann«, sagte der Mönch.

De Taillebourg schüttelte den Kopf. »Ich habe ihm lediglich die Streckbank gezeigt, ihn die Zangen fühlen und den Rauch riechen lassen. Dann habe ich ihm angeboten, ihn zu verschonen, und er hat mir alles erzählt, was er wusste. Und er hat gesagt, in Hookton ist der Gral nicht.«

Auf dem Gesicht des alten Mönchs flackerte ein Lächeln auf. »Ihr habt mir nicht zugehört, Vater. Wenn ein Mann nicht auserwählt ist, wird der Gral sich ihm nicht zu erkennen geben. Und Guy Vexille war offenbar nicht auserwählt.«

»Aber Vater Ralph hatte ihn? Ihr glaubt, er hat ihn wirklich besessen?«

»Das habe ich nicht gesagt.«

»Aber Ihr glaubt es?«, hakte de Taillebourg nach, und als Bruder Collimore darauf nichts sagte, nickte er bei sich. »Ja, Ihr glaubt es.« Er erhob sich vom Bett, kniete nieder und faltete die knochigen Hände. Ehrfurcht lag auf seinem Gesicht. »Der Heilige Gral«, sagte er voller Staunen.

»Er war verrückt«, warnte Bruder Collimore ihn.

Doch de Taillebourg beachtete ihn nicht. »Der Gral«, sagte er erneut. Er schlang die Arme um sich und begann, sich ekstatisch hin und her zu wiegen. »Der Gral! *Der Heilige Gral!*«

»Die Verrückten sagen oft Dinge, die sie nicht verstehen.«

»Oder Gott spricht durch sie«, sagte de Taillebourg voller Inbrunst.

»Dann spricht Gott bisweilen in furchtbaren Zungen«, entgegnete der alte Mönch.

»Ihr müsst mir alles erzählen, was Vater Ralph zu Euch gesagt hat«, drängte de Taillebourg.

»Das ist alles so lange her!«

»Aber es geht um den *Gral*!«, rief de Taillebourg und schüttelte den alten Mann erbost. »Den Heiligen Gral! Behauptet ja nicht, Ihr könntet Euch nicht erinnern.« Er blickte durch das Fenster und sah auf dem gegenüberliegenden Hügel das rote Andreaskreuz auf dem gelben Banner des schottischen Königs und darunter die graue Masse von gepanzerten Soldaten mit ihrem Dickicht aus Lanzen, Piken und Speeren. Kein englischer Feind war in Sicht, aber de Taillebourg hätte es auch nicht gekümmert, wenn sämtliche Armeen der Christenheit auf Durham zumarschiert wären, denn er hatte seine Vision gefunden, den Gral, und auch wenn die ganze Welt unter dem Dröhnen von Armeen erbebte, würde er ihr folgen.

Und der alte Mönch sprach.

Der Reiter mit dem rostigen Kettenpanzer, der notdürftig befestigten Brustplatte und dem Schild mit der Jakobsmuschel stellte sich als Lord Outhwaite von Witcar vor. »Kennst du den Ort?«, fragte er Thomas.

»Witcar, Mylord? Nein, nie gehört.«

»Was? Das gibt's doch nicht! Dabei ist es so eine schöne Gegend. Guter Boden, süßes Wasser und jede Menge Wild. Ah, na endlich!« Letzteres war an einen jungen Knappen gerichtet, der auf einem großen Pferd saß und ein zweites Ross am Zügel mit sich führte. Der Junge, der einen Leibrock mit dem rot-gelben Abzeichen der Jakobsmuschel am Kreuz trug, ritt auf seinen Herrn zu.

»Verzeiht, Mylord, aber Hereward läuft immerzu weg.« Hereward war offensichtlich der Hengst, den er am Zügel führte. »Und er hat mich ganz von Euch weggezerrt.«

»Gib ihn dem jungen Mann hier«, sagte Lord Outhwaite. »Du kannst doch reiten, oder?«, fragte er Thomas.

»Ja, Mylord.«

»Hereward ist allerdings ziemlich eigenwillig. Du musst ihm schon sehr deutlich zeigen, wer der Herr ist.«

Ein Trupp Soldaten mit Lord Outhwaites Abzeichen kam herbei, alle zu Pferd und mit besseren Rüstungen ausgestattet als ihr Anführer. Lord Outhwaite schickte sie zurück nach Süden. »Wir waren unterwegs nach Durham«, erklärte er Thomas, »ganz friedlich und ohne böse Absichten, wie es sich für gute Christen gehört, und da tauchten plötzlich die verfluchten Schotten auf! Jetzt wird das mit Durham wohl nichts mehr. Dort habe ich übrigens geheiratet. In der Kathedrale. Vor zweiunddreißig Jahren – kaum zu glauben, was?« Gutmütig strahlte er Thomas an. »Und meine liebe Margaret lebt immer noch, Gott sei gepriesen. Sie würde deine Geschichte sicher gerne hören. Du warst also wirklich in Wadicourt dabei?«

»Ganz recht, Mylord.«

»Du Glückspilz!«, seufzte Lord Outhwaite und bedeutete dem nächsten Trupp seiner Männer umzukehren, bevor sie den Schotten in die Arme liefen. Thomas erkannte sehr bald, dass Lord

Outhwaite trotz seiner ziemlich abgerissenen Erscheinung von hohem Stand war, einer der führenden Adligen des Nordens, und seine Lordschaft bestätigte diese Vermutung, indem er grummelnd berichtete, der König habe ihm verboten, in Frankreich zu kämpfen, weil er und seine Männer möglicherweise gebraucht würden, um einen Einfall der Schotten abzuwehren. »Und er hatte Recht mit seiner Befürchtung!« Lord Outhwaite klang überrascht. »Die elenden Nichtsnutze sind nach Süden gekommen! Hatte ich dir schon gesagt, dass mein ältester Sohn in der Pikardie war? Deshalb trage ich diesen Schrotthaufen.« Er zupfte an einem Riss in dem alten Kettenpanzer. »Ich habe ihm meine beste Rüstung gegeben, weil ich dachte, die brauchen wir hier nicht. Der junge David von Schottland erschien mir bisher immer ganz friedlich, aber jetzt wimmelt es hier nur so von seinen Männern. War die Schlacht bei Wadicourt wirklich so blutig?«

»Der Hügel war von Toten übersät, Mylord.«

»Ihre, nicht unsere, Gott und allen Heiligen sei Dank.« Lord Outhwaite sah zu ein paar Bogenschützen hinüber, die gemächlich Richtung Süden trotteten. »Trödelt nicht herum!«, rief er ihnen nach. »Die Schotten werden sich bald an eure Fersen heften.« Dann wandte er sich wieder Thomas zu. »Was hättest du eigentlich gemacht, wenn ich vorhin nicht dazugekommen wäre?«, fragte er grinsend. »Vogelscheuche die Kehle durchgeschnitten?«

»Wenn es nötig gewesen wäre, ja.«

»Dann hätten seine Männer dir ebenfalls den Hals aufgeschlitzt«, bemerkte Lord Outhwaite schmunzelnd. »Er ist ein trunksüchtiger Giftzahn. Weiß der Henker, warum seine Mutter ihn nicht gleich nach der Geburt ersäuft hat, aber sie war selbst eine verfluchte, hinterhältige Hexe. Verdient hätte Vogelscheuche es schon, dass ihm jemand die Kehle durchschneidet, aber er ist ein gefährlicher Feind. Er ist der nachtragendste Mensch, den ich kenne, aber vielleicht hat er schon so viele auf seiner schwarzen Liste, dass kein Platz mehr für jemand Neues ist. Am meisten hasst er Sir William Douglas.«

»Warum?«

»Weil Willie ihn mal gefangen gehalten hat. Allerdings hat Willie Douglas schon die meisten von uns irgendwann als Gefangene gehabt, und er hat auch selbst schon bei dem einen oder anderen von uns gesessen, aber das Lösegeld hätte Sir Geoffrey fast das letzte Hemd gekostet. Er hat nur noch eine Handvoll Gefolgsleute, und es würde mich überraschen, wenn er mehr als drei Halfpennies in seiner Börse hätte. Vogelscheuche ist arm, bettelarm, aber er ist auch stolz, und das macht es so gefährlich, ihn zum Feind zu haben.« Lord Outhwaite hob die Hand, um einen Trupp seiner Bogenschützen zu grüßen. »Erstklassige Jungs, allesamt. Aber jetzt erzähl mir von der Schlacht bei Wadicourt. Haben die Franzosen tatsächlich ihre eigenen Schützen niedergemäht?«

»Ja, Mylord. Genueser Armbrustschützen.«

»Erzähl mir alles, von Anfang bis Ende.«

Lord Outhwaite hatte einen Brief von seinem ältesten Sohn bekommen, in dem er ihm die Schlacht in der Pikardie beschrieb, aber er konnte es kaum erwarten, das Ganze von jemandem zu hören, der selbst auf dem lang gezogenen, grünen Hang zwischen Wadicourt und Crécy gestanden hatte. Thomas berichtete, wie der Feind am späten Nachmittag angegriffen hatte, wie die Pfeile den Hügel hinabgezischt waren und die große Armee des französischen Königs in einen Haufen schreiender Männer und wiehernder Pferde verwandelt hatten, wie es dennoch einigen Feinden gelungen war, den Pfeilhagel und die Stolperlöcher im Boden zu überwinden und mit ihren Schwertern die englischen Soldaten anzugreifen, und wie am Ende der Schlacht keine Pfeile mehr übrig gewesen waren, nur noch Bogenschützen mit blutenden Fingern und ein endloser Hang voller sterbender Männer und Pferde. Sogar der Himmel hatte ausgesehen wie in Blut getränkt.

Während Thomas erzählte, verließen sie den Hügelkamm, und Durham verschwand außer Sichtweite. Eleanor und Vater Hobbe gingen zu Fuß hinterher, die Stute am Zügel, und warfen hier und dort ein paar Bemerkungen ein, und ein Trupp von Lord Outhwaites Männern ritt rechts und links neben ihnen, um dem Bericht zu lauschen. Thomas konnte gut erzählen, und es war nicht zu übersehen, dass Lord Outhwaite ihn mochte; Thomas von Hookton hatte schon immer einen Charme besessen, der ihn beschützte und die Menschen für ihn einnahm, auch wenn er bei Männern wie Sir Geoffrey Carr gelegentlich Eifersucht weckte. Sir Geoffrey war vorgeritten, und als Thomas die Flusswiesen erreichte, wo die englische Truppe sich sammelte, zeigte der Ritter mit dem Finger auf ihn, als spräche er einen Fluch. Thomas erwiderte die Geste, indem er sich bekreuzigte, und Sir Geoffrey spuckte aus.

Lord Outhwaite warf Vogelscheuche einen drohenden Blick zu. »Ich habe den Brief nicht vergessen, den dein Priester mir gezeigt hat«, sagte er zu Thomas, »aber ich hoffe, du wirst uns nicht sofort verlassen, um ihn nach Durham zu bringen, jetzt, wo wir Feinde zu bekämpfen haben?«

»Wenn es Euch recht ist, würde ich mich gern den Bogenschützen Eurer Lordschaft anschließen.«

Eleanor zischte verärgert, doch beide Männer ignorierten sie. Lord Outhwaite nahm Thomas' Angebot dankend an und bedeutete ihm, vom Pferd zu steigen. »Eins finde ich allerdings etwas verwunderlich«, sagte er, »und zwar, dass unser König eine so wichtige Botschaft einem so jungen Mann anvertraut.«

»Und einem Mann von so niedrigem Stand«, fügte Thomas lächelnd hinzu, denn er wusste, dass dies die eigentliche Frage war, die Lord Outhwaite beschäftigte, die er jedoch aus Höflichkeit nicht stellen mochte.

Der Lord lachte, weil Thomas ihn durchschaut hatte. »Du sprichst Französisch, junger Mann, aber du trägst einen Bogen. Bist du von niederem Stand oder von hohem?«

»Eher letzteres, Mylord, aber unehelich geboren.«

»Ah!«

»Und um Eure Frage zu beantworten, Mylord: Der König hat mich zusammen mit einem seiner Kapläne und einem Ritter seines Gefolges entsandt, aber beide sind in London krank geworden und deshalb dort geblieben. Ich bin allein mit meinen Gefährten weitergezogen.«

»Weil du darauf brennst, mit diesem alten Mönch zu sprechen?«

»Ja, falls er noch lebt, denn er kann mir etwas über die Familie meines Vaters erzählen. Über meine Familie.«

»Und er kann dir von dem Schatz erzählen, dem *thesaurus*.« Lord Outhwaite hatte zu Französisch gewechselt, damit die Umstehenden ihn nicht verstehen konnten. »Weißt du etwas darüber?«

»Ein wenig, Mylord«, erwiderte Thomas vorsichtig.

»Und deshalb hat der König dich entsandt, nicht wahr?«, fragte Lord Outhwaite, ließ Thomas jedoch keine Zeit zu antworten. Er nahm die Zügel auf. »Schließ dich meinen Bogenschützen an, aber pass auf, dass du am Leben bleibst, hörst du? Ich würde gerne mehr über deinen *thesaurus* erfahren. Ist er wirklich so kostbar, wie es im Brief steht?«

Thomas hob den Blick zu dem Hügelkamm, auf dem jetzt nichts mehr zu sehen war, außer den bunt belaubten Bäumen und einem dünnen Rauchschleier von den ausgebrannten Bauernhäusern. »Wenn es ihn wirklich gibt, Mylord«, sagte er, »dann ist es einer von den Schätzen, die von Engeln bewacht und von Dämonen gesucht werden.«

»Und du suchst auch danach?«, fragte Lord Outhwaite lächelnd.

Thomas erwiderte das Lächeln. »Ich suche nur den Prior von Durham, Mylord, um ihm den Brief des Bischofs auszuhändigen.«

»Du meinst Prior Fossor?« Lord Outhwaite wies mit dem Kopf auf eine Gruppe Mönche. »Das ist der da drüben. Der auf dem Pferd.« Der Mann, auf den er gedeutet hatte, war ein hochgewachsener, weißhaariger Mönch, der auf einer grauen Stute saß. Er war umringt von einer Schar weiterer Mönche, alle zu Fuß, und einer von ihnen trug ein seltsames Banner, ein einfaches weißes Tuch an einem bemalten Holzstab. »Sprich mit ihm«, sagte Lord Outhwaite, »dann halte Ausschau nach meiner Flagge. Gott sei mit dir!«

»Und mit Euch, Mylord.«

Thomas ging zu dem Prior, wobei er sich zwischen einem Haufen Bogenschützen hindurchschieben musste, die sich um drei Wagen mit Pfeilbündeln drängten. Die kleine englische Armee war auf zwei getrennten Straßen Richtung Durham marschiert, und nun schlug sich ein Teil der Männer durch die Felder, um sich den anderen anzuschließen, für den Fall, dass die Schotten von der Anhöhe aus angriffen. Soldaten zogen sich Kettenhemden über den Kopf, und die Wohlhabenderen unter ihnen schnallten sich zusätzlich Plattenpanzer um. Die Anführer der Armee mussten eine kurze Lagebesprechung abgehalten haben, denn die ersten Standarten wurden nordwärts getragen, was bedeutete, dass die Engländer den Schotten lieber oben auf dem Hügelkamm entgegentreten wollten, als unten auf den Flusswiesen angegriffen zu werden oder sich auf einem Umweg nach Durham durchzuschlagen. Thomas waren die englischen Flaggen im Norden Frankreichs vertraut geworden, aber diese kannte er alle nicht: ein silberner Halbmond, eine braune Kuh, ein blauer Löwe, die schwarze Axt von Sir Geoffrey, ein roter Wildschweinkopf, Lord Outhwaites Kreuz mit der Jakobsmuschel und, die leuchtendste von allen, eine große, scharlachrote Flagge mit zwei gekreuzten Schlüsseln, üppig mit Silber und Gold bestickt. Dagegen wirkte das Banner des Priors billig und schäbig, denn es war nur ein kleines Stück verschlissenen Tuchs. Wie um diesen Mangel auszugleichen, brüllte der Prior wie ein Besessener. »Geht und tut Gottes Werk«, rief er den umstehenden Bogenschützen zu, »denn die Schotten sind Tiere! Nichts als Tiere! Schlachtet sie ab! Tötet sie, allesamt! Gott wird euch für jeden Toten belohnen! Geht und löscht sie aus! Tötet sie!« Er sah Thomas auf sich zukommen. »Willst du gesegnet werden, mein Sohn? Dann möge Gott deinem Bogen Kraft verleihen und deinen Pfeilen Biss! Möge dein Arm niemals ermüden und dein Auge niemals seine Schärfe verlieren. Mögen Gott und die Heiligen dir ihren Segen spenden, während du tötest!«

Thomas bekreuzigte sich und reichte ihm den Brief. »Ich bin gekommen, um Euch das hier zu überbringen, Sir.«

Der Prior wirkte verdutzt, dass ein Bogenschütze ihn so formlos ansprach und obendrein noch einen Brief für ihn hatte, und reagierte im ersten Moment gar nicht, doch einer der Mönche aus seinem Gefolge schnappte Thomas das Pergament aus der Hand. Als er das aufgebrochene Siegel sah, zog er die Augenbrauen hoch. »Seine Exzellenz der Bischof schreibt an Euch.«

»Sie sind Tiere!«, rief der Prior erneut, noch ganz gefangen in seiner flammenden Rede. Dann begriff er, was der Mönch gesagt hatte. »Der Bischof?«

»Ja, Bruder.«

Der Prior griff nach dem bemalten Holzstab und senkte das offensichtlich selbst gebastelte Banner, bis es vor Thomas' Gesicht hing. »Du darfst es küssen«, sagte er würdevoll.

»Küssen?«, fragte Thomas entgeistert. Das zerschlissene Tuch vor seiner Nase roch modrig.

»Es ist das Leichentuch des heiligen Cuthbert«, erklärte der Prior ekstatisch, »direkt aus seinem Grab entnommen, mein Sohn! Der heilige Cuthbert wird für uns kämpfen! Die himmlischen Heerscharen werden ihm in die Schlacht folgen.«

Thomas ging auf die Knie und führte das Tuch an seine Lippen. Es war aus Leinen, und aus dieser Nähe konnte er sehen, dass es am Rand mit einer kunstvollen Stickerei aus verblichenem blauem Garn bestickt war. In der Mitte des Tuchs war ein silbernes Kreuz eingewebt, das auf dem verschlissenen weißen Leinen kaum noch zu erkennen war. »Ist das wirklich das Leichentuch des heiligen Cuthbert?«, fragte er.

»Aber ja!«, rief der Prior aus. »Erst heute Morgen haben wir sein Grab in der Kathedrale geöffnet, wir haben zu ihm gebetet, und er wird heute für uns kämpfen!« Der Prior riss die Flagge wieder hoch und schwenkte sie in Richtung einiger Soldaten, die Richtung Norden davonritten. »Führt Gottes Werk aus! Tötet sie! Düngt die Felder mit ihrem verderbten Fleisch, wässert sie mit ihrem verräterischen Blut!«

»Der Bischof wünscht, dass Ihr diesem jungen Mann gestattet, mit Bruder Hugh Collimore zu sprechen«, sagte der Mönch, der den Brief inzwischen gelesen hatte, zu dem Prior.

»Und es ist auch der Wunsch des Königs. Seine Exzellenz sagt, es geht um einen Schatz.«

»Der Wunsch des Königs?« Der Prior sah Thomas erstaunt an. »Der Wunsch des Königs?«, fragte er erneut, doch dann besann er sich und erkannte, dass es durchaus von Vorteil sein konnte, dem König zu Diensten zu sein. Er riss den Brief an sich, las ihn und stellte fest, dass der Vorteil sogar noch größer war, als er gedacht hatte. »Du kommst, weil es einen großen *thesaurus* zu finden gibt?«, fragte er Thomas argwöhnisch.

»Das glaubt zumindest der Bischof, Sir.«

»Was ist das für ein Schatz?«, fragte der Prior herrisch, und alle Mönche starrten ihn an. Die Erwähnung eines Schatzes ließ sie für einen Moment die Nähe der schottischen Armee vergessen.

»Das weiß nur Bruder Collimore, Sir«, sagte Thomas ausweichend.

»Aber warum haben sie dich gesandt?« Die Frage war berechtigt, denn Thomas war jung und offenbar nicht von Adel.

»Weil ich ebenfalls einige Kenntnisse in der Angelegenheit habe«, erwiderte Thomas und fragte sich, ob er schon zu viel gesagt hatte.

Der Prior faltete den Brief zusammen, wobei er, ohne es zu merken, das Siegel abriss, und schob ihn in einen Beutel, der an seinem geknoteten Gürtel hing. »Wir werden uns nach der Schlacht unterhalten«, sagte er, »und erst dann werde ich entscheiden, ob du Bruder Collimore sehen darfst. Er ist nämlich schwer krank, die arme Seele. Möglicherweise wird er bald sterben. Da schickt es sich vielleicht nicht, wenn du ihn störst. Wir werden sehen, wir werden sehen.« Es war offensichtlich, dass er selbst mit dem alten Mönch sprechen wollte, damit niemand außer ihm das kostbare Wissen erlangte, das Collimore anscheinend besaß. »Gott segne dich, mein Sohn«, sagte der Prior, um das Gespräch zu beenden, hisste sein heiliges Banner und ritt eilig den Soldaten hinterher. Der größte Teil der englischen Armee erklomm bereits den Hügel; nur die Wagen und die Gruppe aus Frauen, Kindern und Kranken blieben unten zurück. Die Mönche bildeten eine Prozession hinter ihrem Leichentuch und begannen zu singen, während sie ihrem Anführer folgten.

Thomas lief zu einem der Wagen, schnappte sich ein Pfeilbündel und schob es in seinen Gürtel. Er sah, dass Lord Outhwaites Soldaten auf den Hügelkamm zuritten, gefolgt von einer großen Schar Bogenschützen. »Ihr beide solltet besser hier bleiben«, sagte er zu Vater Hobbe.

»Nein!«, protestierte Eleanor. »Und du solltest überhaupt nicht kämpfen.«

»Warum denn nicht?«

»Weil du mit dieser Schlacht nichts zu tun hast! Wir sollten in die Stadt gehen und uns auf die Suche nach dem Mönch machen.«

Thomas zögerte. Er dachte an den Priester, der in den Schwaden aus Rauch und Dunst den Schotten getötet und dann auf Französisch zu ihm gesprochen hatte. Ich bin ein Bote, hatte der Priester gesagt. Genau genommen waren seine Worte gewesen: *»Je suis un avant-coureur«*, und ein *avant-coureur* war mehr als ein einfacher Bote. Ein Herold vielleicht? Oder gar ein Engel? Das Bild von dem lautlosen Kampf ließ Thomas nicht los. Die Gegner waren so ungewöhnlich, ein Soldat gegen einen Priester, und doch hatte der Priester gesiegt. Und dann hatte er Thomas sein blutüberströmtes, ausgemergeltes Gesicht zugewandt und gesagt: *»Je suis un avant-coureur.«* Es war ein Zeichen, dachte Thomas, obwohl er nicht an Zeichen und Visionen glauben wollte; er glaubte lieber an seinen Bogen. Aber vielleicht hatte Eleanor Recht gehabt, und der Kampf mit seinem ungewöhnlichen Sieger war ein Zeichen des Himmels, dass er dem *avant-coureur* in die Stadt folgen sollte. Andererseits waren dort oben auf dem Hügel Feinde, und er war ein Bogenschütze, und Bogenschützen liefen nicht vor einer Schlacht davon. »Wir gehen in die Stadt«, sagte er, »aber erst nach dem Kampf.«

»Warum?«, fragte sie wütend.

Doch Thomas hatte keine Lust auf weitere Erklärungen. Er

drehte sich einfach um und erklomm den Hügel, auf dem Lerchen und Finken durch die Hecken flitzten und grau-braune Wacholderdrosseln ihren Ruf über die leeren Weiden schickten. Der Nebel hatte sich jetzt ganz aufgelöst, und vom Wear wehte ein trocknender Wind herauf.

Dann begannen von oben, wo die Schotten warteten, die Trommeln zu dröhnen.

Sir William Douglas, Ritter von Liddesdale, bereitete sich auf die Schlacht vor. Er zog lederne Beinlinge an, dick genug, um einen Schwertstreich abzufangen, und über sein Leinenhemd hängte er ein Kruzifix, das von einem Priester in Santiago de Compostela, der Grabstätte des heiligen Jakob, gesegnet worden war. Sir William Douglas war kein sonderlich religiöser Mann, aber er bezahlte einen Priester dafür, dass dieser sich um seine Seele kümmerte, und der Priester hatte Sir William versichert, das Kruzifix des heiligen Jakob, Sohn des Donners, würde dafür sorgen, dass er die Letzte Ölung sicher in seinem eigenen Bett erhielt. Um die Taille knotete er sich einen Streifen roter Seide, ein Stück aus einem der englischen Banner, die die Schotten in der Schlacht von Bannockburn erobert hatten. Die Seide war in das Weihwasserbecken der Kapelle von Sir Williams Schloss in Hermitage getaucht worden, und man hatte Sir William versichert, dieses Stück Seide werde ihnen den Sieg über den alten und verhassten Feind eintragen.

Er trug ein kurzes Kettenhemd, das er bei einem seiner zahlreichen Überfälle jenseits der Grenze von einem Engländer erbeutet hatte. Sir William erinnerte sich noch sehr gut daran, wie er ihn getötet hatte. Schon gleich zu Beginn des Kampfes war ihm das erstklassige Kettenhemd des Engländers aufgefallen, und er hatte seinen Soldaten befohlen, den Mann nicht anzurühren. Dann hatte er ihn zu Fall gebracht, indem er mit dem Schwert auf seine Knöchel einschlug, und der Engländer war mit einem maunzenden Ton auf die Knie gefallen, der Sir Williams Männer zum Lachen gebracht hatte. Der Engländer hatte sich ergeben, aber Sir William hatte ihm dennoch die Kehle durchgeschnitten, weil er fand, ein Mann, der maunzte, sei kein richtiger Krieger. Die Diener in Hermitage hatten zwei Wochen gebraucht, um das Blut aus dem feinen Drahtgewebe zu entfernen. Die meisten der schottischen Anführer trugen Kettenpanzer, die den Körper vom Hals bis zu den Waden schützten, während dieses Kettenhemd ein gutes Stück kürzer war und die Beine ungeschützt ließ, doch Sir William kämpfte meist zu Fuß, und er wusste, wie sehr das Gewicht eines Kettenpanzers einen Mann ermüden konnte. Und müde Männer wurden leicht getötet. Über dem Kettenhemd trug er einen langen Waffenrock mit seinem Abzeichen des roten Herzens. Sein Helm war eine Beckenhaube ohne Visier oder sonstigen Gesichtsschutz, aber im Kampf sah Sir William gern, was seine Feinde rechts und links von ihm taten. Mit einem Topfhelm oder einem der spitz zulaufenden Visierhelme, die jetzt so in Mode waren, sah man nur das, was der Schlitz direkt vor dem Auge frei ließ. Deshalb ruckten Männer mit solchen Helmen während der Schlacht ständig mit dem Kopf hin und her, wie Hühner bei einem Fuchsangriff, bis ihnen der Nacken schmerzte, und dennoch sahen sie meist den Schlag nicht, der ihnen den Schädel zertrümmerte. In der Schlacht hielt Sir William stets Ausschau nach solchen Männern, deren Kopf unablässig hin und her zuckte, denn zum einen waren sie nervös, und zum anderen mussten sie wohlhabend sein, wenn sie sich solche Helme leisten konnten, und würden ihm somit ein ordentliches Lösegeld einbringen. Über der Schulter trug er seinen großen Schild. Eigentlich war er zu schwer für jemanden, der zu Fuß kämpfte, aber Sir William ging davon aus, dass die Engländer wieder ihre Pfeilhagel abschießen würden, und der Schild war dick genug, um den wuchtigen Aufprall eines drei Fuß langen, mit einer Stahlspitze versehenen Pfeils abzufangen. Er konnte die Spitze des Schildes auf dem Boden abstützen und sich dahinterkauern, und wenn den Engländern die Pfeile ausgingen, konnte er ihn immer noch beiseite legen. Bewaffnet war er mit einem Speer, für den Fall, dass die Engländer zu Pferd angriffen, und mit einem Schwert, seiner Lieblingswaffe, wenn es um das Töten ging. In den Schwertgriff war ein winziges Haarbüschel vom Leichnam des heiligen Andreas eingelassen – oder zumindest hatte der Ablasskrämer, der Sir William das Haarbüschel verkauft hatte, behauptet, dass es von dem Heiligen stammte.

Robbie Douglas, Sir Williams Neffe, trug Kettenpanzer und Beckenhaube und war mit Schwert und Schild ausgerüstet. Er hatte Sir William soeben die Nachricht überbracht, dass Jamie Douglas, Robbies älterer Bruder, getötet worden war, vermutlich vom Diener des Dominikanerpriesters. Oder gar von Vater de Taillebourg selbst? Zumindest musste er den Befehl erteilt haben. Robbie, zwanzig Jahre alt, hatte um seinen Bruder geweint. »Wie kann ein Priester so etwas tun?«, fragte Robbie seinen Onkel.

»Du hast eine eigenartige Vorstellung von Priestern, Robbie«, erwiderte Sir William. »Die meisten von ihnen sind schwache Männer, denen Gottes Autorität verliehen wurde, und das macht sie gefährlich. Ich danke dem Herrn, dass kein Douglas je eine Priesterkutte angelegt hat. Wir sind zu ehrlich dafür.«

»Wenn wir diesen Tag hinter uns gebracht haben, Onkel«, sagte Robbie, »lasst mich diesen Priester verfolgen.«

Sir William lächelte. Auch wenn er kein sonderlich religiöser Mann war, gab es doch eine Überzeugung, die ihm heilig war, nämlich dass der Mord an einem Familienmitglied gerächt werden musste. Und Robbie würde diese Rache sicher gewissenhaft ausführen. Er war ein guter junger Mann, stark und gut aussehend, groß gewachsen und geradeheraus, und Sir William war stolz auf den Sohn seiner jüngsten Schwester. »Wir reden heute Abend darüber«, versprach Sir William ihm, »aber bis dahin bleibst du in meiner Nähe, Robbie.«

»Mache ich, Onkel.«

»Mit Gottes Hilfe werden wir einen ganzen Haufen Engländer töten«, sagte Sir William und führte seinen Neffen zum König, damit er sich vorstellen und den Segen der königlichen Kapläne empfangen konnte.

Während Sir William und die meisten der schottischen Ritter und Clanführer Kettenhemden trugen, hatte der König eine französische Plattenrüstung angelegt, etwas, das nördlich der Grenze so selten war, dass Männer aus den wilden Stammesverbänden herbeikamen, um diese funkelnde Gestalt aus beweglichem Metall anzustarren. Der junge König schien selbst so beeindruckt von seiner Rüstung, dass er seinen Waffenrock ablegte, stolz auf und ab ging und sich von seinen Lords bewundern ließ, die kamen, um sich segnen zu lassen und ihm beratend zur Seite zu stehen. Der Earl of Moray, den Sir William für einen Dummkopf hielt, wollte zu Pferd kämpfen, und der König war versucht, ihm zuzustimmen. Sein Vater, der große Robert Bruce, hatte die Engländer in Bannockburn zu Pferd besiegt, und nicht nur besiegt, sondern gedemütigt. Die »Blume Schottlands« hatte den englischen Adel mit seinen Reitern in Grund und Boden gestampft, und David, der nun als König über das Land seines Vaters herrschte, wollte es ihm nachtun. Er wollte Blut unter den Hufen seines Pferdes und Ruhm für seinen Namen; er wollte, dass die ganze Christenheit voller Ehrfurcht zu ihm aufschaute, und so wanderte sein Blick sehnsüchtig zu seiner rot und gelb bemalten Lanze, die gegen den Ast einer Ulme gelehnt war.

Sir William bemerkte den Blick des Königs. »Bogenschützen«, sagte er lakonisch.

»In Bannockburn gab es auch Bogenschützen«, wandte der Earl of Moray ein.

»Aye, und die Trottel wussten nicht, wie sie sie einsetzen sollten«, sagte Sir William, »aber wir sollten uns nicht darauf verlassen, dass die Engländer in alle Ewigkeit Trottel bleiben.«

»Wie viele Bogenschützen können sie denn schon haben?«, fragte der Earl. »Es heißt, in Frankreich wären tausend Bogenschützen, in der Bretagne hundert und in der Gascogne noch einmal so viele, also wie viele können noch hier sein?«

»Genug«, knurrte Sir William knapp, ohne die Verachtung zu verbergen, die er John Randolph, dem dritten Earl of Moray, entgegenbrachte. Der Earl besaß ebenso viel Kriegserfahrung wie Sir William, aber er war zu lange in englischer Gefangenschaft gewesen, und der Hass, der daraus resultierte, machte ihn unbesonnen.

Der König, jung und unerfahren, hätte sich gern auf die Seite des Earls gestellt, mit dem er befreundet war, aber er sah, dass seine anderen Fürsten Sir William zustimmten, der zwar keinen hohen Titel und kein Staatsamt besaß, dafür aber mehr Schlachten geschlagen hatte als jeder andere Mann in Schottland. Da der Earl of Moray spürte, dass er sich nicht durchsetzen konnte, drängte er zur Eile. »Greift jetzt an, Sire, bevor sie in Gefechtsstellung gehen können.« Er zeigte nach Süden, wo die ersten englischen Truppen auf den Weideflächen auftauchten. »Metzelt die Bastarde nieder, bevor sie bereit sind.«

»Das«, wandte der Earl of Menteith ein, »war der Rat, den man Philippe de Valois in der Pikardie gegeben hatte. Er hat dort nichts genützt, und er wird auch hier nichts nützen.«

»Außerdem müssen wir gegen Steinwälle kämpfen«, bemerkte Sir William spöttisch und deutete auf die Mauern entlang der Weideflächen, auf denen die Engländer ihre Schlachtreihen aufzustellen begannen. »Vielleicht kann Moray uns verraten, wie Reiter in voller Rüstung über Steinmauern hinwegkommen?«

Der Earl of Moray brauste auf. »Haltet Ihr mich für einen Dummkopf, Douglas?«

»Ich halte Euch für das, was Ihr uns zeigt, John Randolph«, erwiderte Sir William.

»Meine Herren!«, rief der König sie zur Ordnung. Er hatte die Steinmauern nicht bemerkt, als er neben dem umgestürzten Kreuz und den verkohlten Bauernhäusern seine Schlachtreihen aufgestellt hatte. Er hatte nur die leeren grünen Weiden, die breite Straße und den mächtigen Traum von seinem Ruhm gesehen. Jetzt kam nach und nach der Feind zwischen den Bäumen in der Ferne hervor. Darunter waren eine Menge Bogenschützen, und er hatte gehört, dass sie den ganzen Himmel mit ihren Pfeilen füllen konnten, dass die scharfen Stahlspitzen sich tief in das Fleisch der Pferde gruben und dass die Tiere vor Schmerzen halb wahnsinnig wurden. Er durfte diese Schlacht nicht verlieren. Er hatte seinen Fürsten versprochen, dass sie das Weihnachtsfest in der Halle des englischen Königs in London feiern würden, und wenn er die Schlacht verlor, verlor er auch ihren Respekt, und dann würden sie sich womöglich gegen ihn verschwören. Er musste gewinnen, und ungeduldig, wie er war, wollte er möglichst bald gewinnen. »Wenn wir schnell genug angreifen«, schlug er zaghaft vor, »bevor sie ihre Position erreicht haben –«

»Dann wird sich Euer Pferd an den Steinwällen die Beine brechen«, sagte Sir William ohne allzu großen Respekt vor seinem königlichen Herrn. »Sofern das Pferd Eurer Majestät überhaupt so weit kommt. Ihr könnt ein Ross nicht vor Pfeilen schützen, Sire, aber zu Fuß könnt Ihr dem Sturm standhalten. Stellt Eure Pikenträger nach vorn, aber mischt sie mit Soldaten, die die Pikenträger mit ihren Schilden schützen können. Schilde hoch, Köpfe runter und durchhalten, so gewinnen wir diese Schlacht.«

Der König zupfte an seinem rechten Schulterstück, das immer wieder über den Rand der Brustplatte rutschte. Traditionell lag die Verteidigung der schottischen Armeen in der Hand der Pikenträger, die ihre monströs langen Waffen dazu einsetzten, die feindlichen Reiter abzuwehren, doch da die Männer beide Hände brauchten, um die sperrigen Waffen zu führen, waren sie eine leichte Beute für die englischen Bogenschützen, die sich gerne damit brüsteten, sie trügen das Leben der schottischen Pikenträger in ihren Pfeiltaschen. Wenn man also die Pikenträger mit den Schilden der Soldaten schützte, würden die Pfeile des Feindes ihr Ziel verfehlen. Es klang vernünftig, aber dennoch ärgerte es David Bruce, dass er seine Ritter nicht in einem gewaltigen, dröhnenden Galopp in die Schlacht führen konnte, angefeuert vom gellenden Klang der Trompeten.

Sir William bemerkte, dass sein König zögerte, und verlieh seiner Strategie Nachdruck. »Wir müssen stehen bleiben, Sire, wir müssen warten, und wir müssen die Pfeile mit unseren Schilden abfangen, aber am Ende werden sie genug davon haben, ihre Pfeile zu vergeuden, und angreifen, und dann werden wir sie abschlachten wie Hunde.«

Zustimmendes Knurren erhob sich. Die schottischen Lords, harte, grimmige Männer, kampfgestählt und waffenerprobt, vertrauten darauf, dass sie diese Schlacht gewinnen würden, weil sie dem Feind zahlenmäßig weit überlegen waren, aber sie wussten auch, dass es keine Abkürzung zum Sieg gab, zumindest nicht, wenn ihre Gegner Bogenschützen waren, und deshalb würden sie das tun müssen, was Sir William sagte: die Pfeile über sich ergehen lassen, den Feind aufstacheln und ihn dann niedermetzeln.

Als der König hörte, dass seine Fürsten Sir William beipflichteten, löste er sich widerstrebend von seinem Traum, den Feind mit seinen Rittern zu Pferd niederzuschlagen. Er war enttäuscht, aber ein Blick auf seine Lords sagte ihm, dass er mit solchen Männern an seiner Seite auf keinen Fall verlieren konnte. »Wir werden zu Fuß kämpfen«, verkündete er, »und sie abschlachten wie Hunde. Wir werden sie in Stücke hacken wie armselige Köter!« Und danach, dachte er bei sich, wenn die Überlebenden nach Süden flohen, würde die schottische Kavallerie das Gemetzel zu Ende führen.

Doch vorerst hieß es Mann gegen Mann, also wurden die schottischen Kriegsbanner nach vorn gebracht und auf der Hügelkuppe in den Boden gerammt. Die Bauernhäuser waren nur noch glühende Aschehaufen, in denen drei zusammengeschrumpfte, verkohlte Leichen lagen, klein wie Kinder, und der König stellte seine Flaggen dicht neben den Toten auf. Seine persönliche Flagge, rotes Andreaskreuz auf gelbem Grund, und die des schottischen Nationalheiligen, weißes Andreaskreuz auf blauem Grund, bildeten die Mitte der Kampflinie, und rechts und links davon flatterten die Banner der niedrigeren Fürsten. Der Löwe der Stewarts schwang sein Schwert, der Falke der Randolphs breitete seine Flügel aus, und östlich und westlich davon tanzten die Sterne und Äxte und Kreuze im Wind. Die Armee war in drei Einheiten aufgeteilt, so genannte *sheltrons*, und die drei *sheltrons* waren so groß, dass die Männer an den Außenrändern sich zur Mitte drängten, um noch auf dem ebenen Grund der Hügelkuppe stehen zu können.

Die hintersten Reihen der *sheltrons* bildeten die Stammeskrieger von den Inseln und aus dem Norden, die mit nackten Beinen und ohne Körperschutz kämpften und gewaltige Schwerter schwangen, mit denen sie einen Mann ebenso leicht erschlagen wie durchbohren konnten. Sie waren gefürchtete Krieger, aber da sie keinerlei Rüstung trugen, waren sie den Pfeilen wehrlos ausgeliefert, und so wurden sie hinten aufgestellt, während die vorderen Reihen der drei *sheltrons* aus Soldaten und Pikenträgern bestanden. Die Soldaten trugen Schwerter, Äxte, Streitkolben oder Streithämmer und vor allem die Schilde, die die Pikenträger schützen sollten, deren Waffen an der Spitze mit einem Dorn, einem Haken und einem Axtblatt versehen waren. Der Dorn war dazu da, einen Feind auf Abstand zu halten, mit dem Haken konnte man einen Ritter in Rüstung aus dem Sattel ziehen, und die Axt war stark genug, um Kettenhemden oder Plattenpanzer zu durchdringen. Die Kampflinie war gespickt mit Piken, eine stählerne Hecke, um die Engländer zu empfangen, und Priester schritten daran entlang und segneten die Waffen und ihre Träger. Auch die Soldaten knieten nieder, um den Segen zu empfangen. Ein paar der Fürsten, wie auch der König selbst, waren zu Pferd, aber nur damit sie über ihre Armee hinwegsehen konnten, und sie wandten den Blick nach Süden, wo jetzt der Rest der englischen Truppen aufmarschierte. Es waren so wenige! Die Armee war geradezu lächerlich klein! Zur Linken der Schotten lag Durham, auf deren Türmen und Mauern sich Menschen drängten, um die Schlacht zu verfolgen, und vor ihnen stand diese winzige englische Armee, die nicht Verstand genug besaß, sich Richtung York zurückzuziehen. Sie würden hier, auf der Hügelkuppe, kämpfen, und die Schotten hatten die bessere Position und waren in der Überzahl. »Hasst ihr sie?«, rief Sir William seinen Männern im rechten Flügel der schottischen Kampflinie zu. »Dann lasst es sie hören!«

Die Schotten brüllten ihren Hass heraus. Sie schlugen mit den Schwertern und Speeren gegen ihre Schilde, sandten gellende Schreie gen Himmel, und in der Mitte der Linie, wo der *sheltron* des Königs unter den gekreuzten Bannern stand, begann eine Gruppe Trommler, auf ihre riesigen Trommeln einzuschlagen. Die Instrumente bestanden aus mächtigen Eichenholzringen, die jeweils mit zwei Ziegenhäuten bespannt waren, und zwar so fest, dass eine Eichel, die man darauffallen ließ, wieder bis zur Hand zurücksprang, und wenn man mit Weidenruten darauf schlug, gaben die Trommeln einen harten, fast metallischen Klang von sich, der den ganzen Himmel erfüllte. Allein ihr Lärm war wie ein Angriff.

»Zeigt den Engländern, wie sehr ihr sie hasst!«, rief der Earl of March im linken Flügel der schottischen Linie, der der Stadt am nächsten lag. »Zeigt den Engländern, wie sehr ihr sie hasst!« Das Gebrüll wurde lauter, das Knallen der Speere auf den Schilden dröhnte mächtiger, und der Lärm von Schottlands Hass breitete sich über die gesamte Hügelkuppe aus, bis neuntausend Mann auf die dreitausend anderen einbrüllten, die dumm genug waren, ihnen gegenüberzutreten.

»Wir werden sie niedermähen wie Gerstenhalme«, verkündete ein Priester, »wir werden die Felder mit ihrem stinkenden Blut tränken und die Hölle mit ihren englischen Seelen pflastern.«

»Ihre Frauen gehören euch!«, sagte Sir William zu seinen Männern. »Heute Abend werden euch ihre Frauen und Töchter gehören!« Er grinste seinem Neffen zu. »Du kannst dir die Schönsten von Durham aussuchen, Robbie.«

»Und die Schönsten von London«, sagte Robbie. »Noch vor Weihnachten.«

»Ja, die auch.«

»Im Namen des Vaters und des Sohnes und des Heiligen Geistes«, rief der leitende Kaplan des Königs, »schickt sie alle zur Hölle! Jeder Einzelne von ihnen soll in der Hölle schmoren! Für jeden Engländer, den ihr heute tötet, werden euch tausend Wochen im Fegefeuer erlassen!«

»Wenn ihr die Engländer hasst«, rief Lord Robert Stewart, High Steward von Schottland und einst zum Thronerben ernannt, »dann lasst es sie hören!« Und der Lärm dieses Hasses grollte wie ein Donner durch das tiefe Tal des Wear, hallte hinauf bis zu dem Felsen, auf dem Durham stand, und schwoll an, bis der gesamte Norden Englands hören konnte, dass die Schotten über die Grenze gekommen waren.

Und David, König der Schotten, war froh, dass er an diesen Ort gekommen war, wo das Drachenkreuz am Boden lag, die verbrannten Häuser rauchten und die Engländer nur darauf warteten, getötet zu werden. Denn heute würde er Ruhm erlangen, für den heiligen Andreas, für das mächtige Haus Bruce und für Schottland.

Thomas, Vater Hobbe und Eleanor folgten dem Prior und seinen Mönchen, die immer noch sangen, wenn auch mittlerweile ein wenig keuchend, da sie vom Laufen außer Atem waren. Das Leichentuch des heiligen Cuthbert flatterte hin und her und lockte eine ungeordnete Prozession von Frauen und Kindern an, die nicht unten im Tal zurückbleiben wollten und deshalb Bündel mit Ersatzpfeilen den Hügel hinauftrugen. Thomas wäre gern schneller gegangen, an den Mönchen vorbei, um sich Lord Outhwaites Männern anzuschließen, aber Eleanor wurde absichtlich immer langsamer, bis er sich schließlich wütend zu ihr umwandte. »Warum trödelst du so herum?«, fuhr er sie an.

»Und du? Warum musst du bei dieser Schlacht mitmachen?«, entgegnete sie, ebenso aufgebracht. Vater Hobbe, der das Pferd führte, seufzte, was ihm einen zornfunkelnden Blick von Eleanor eintrug. »Es gibt keinen Grund, hier zu kämpfen!«, schimpfte sie.

»Ich bin ein Bogenschütze«, sagte Thomas eigensinnig, »und dort oben steht der Feind.«

»Dein König hat dir den Auftrag gegeben, den Gral zu suchen!«, beharrte Eleanor. »Nicht zu sterben! Und mich allein zu lassen! Mich und das Kind!« Sie war stehen geblieben, die Hände auf den Bauch gelegt und Tränen in den Augen. »Was soll denn allein aus mir werden? Hier in England?«

»Ich werde in dieser Schlacht nicht sterben«, gab Thomas schneidend zurück.

»Ach, das weißt du? Hat Gott vielleicht zu dir gesprochen? Oder kannst du hellsehen? Kennst du den Tag deines Todes?«

Die Heftigkeit ihres Zorns überraschte Thomas. Eleanor war

eine starke Frau und normalerweise sehr ausgeglichen, doch jetzt wirkte sie verstört, und sie weinte. »Diese beiden Männer, Vogelscheuche und Beggar, werden dich nicht anrühren. Ich beschütze dich.«

»Um die geht es nicht!«, schluchzte Eleanor. »Ich hatte letzte Nacht einen Traum. Einen schrecklichen Traum.«

Thomas legte ihr die Hände auf die Schultern. Sie waren groß und kräftig vom Spannen der langen Bogensehne. »Und ich habe letzte Nacht vom Gral geträumt«, sagte er, obwohl das nicht ganz der Wahrheit entsprach. Er hatte nicht vom Gral geträumt, sondern war aus dem Schlaf aufgeschreckt und hatte eine Vision gehabt, die sich dann als optische Täuschung herausgestellt hatte, doch das mochte er Eleanor nicht sagen. »Er war aus funkelndem Gold und strahlte wie ein Feuerkelch.«

»In meinem Traum«, sagte Eleanor und sah zu ihm auf, »warst du tot, und dein Körper war ganz schwarz und aufgeschürft.«

Thomas strich ihr eine goldblonde Haarsträhne aus der Stirn und schob sie unter ihre Strickmütze. Er liebte ihr Gesicht, so schmal und ernst, so katzenartig, aber mit großen Augen und einem ausdrucksvollen Mund. »Es war nur ein Albtraum«, versicherte er ihr. »Nichts weiter.«

»Vogelscheuche ist auch ein Albtraum.« Eleanor schüttelte sich.

Thomas zog sie in seine Arme. »Er wird nicht in deine Nähe kommen«, versprach er ihr. In der Ferne vernahm er eine Art Gesang, jedoch ganz anders als die feierlichen Gebete der Mönche. Es war ein herausfordernder, drängender Gesang, drohend wie der Trommelschlag, der ihm den Rhythmus gab. Die Worte konnte er nicht verstehen, aber das war auch nicht nötig. »Die Feinde«, sagte er zu Eleanor. »Sie warten auf uns.«

»Meine Feinde sind sie nicht«, zischte sie wütend.

»Das können sie nicht wissen, falls sie in Durham einfallen«, gab Thomas bissig zurück. »Sie werden dich trotzdem vergewaltigen.«

»Alle hassen die Engländer. Ist dir das eigentlich klar? Die

Franzosen hassen euch, die Bretonen hassen euch, die Schotten hassen euch – alle Menschen der Christenheit hassen euch! Und warum? Weil ihr so versessen aufs Kämpfen seid! Das weiß jeder. Und du? Du müsstest heute nicht kämpfen, du hast mit der ganzen Sache nichts zu tun, aber du kannst es ja nicht erwarten, wieder in die Schlacht zu ziehen und zu töten!«

Darauf wusste Thomas keine Antwort, denn Eleanor hatte nicht ganz Unrecht. Er zuckte nur die Achseln und griff nach seinem schweren Bogen. »Ich kämpfe für meinen König, und da oben auf dem Hügel steht eine feindliche Armee, die weit in der Überzahl ist. Weißt du, was passiert, wenn sie in Durham einfallen?«

»Allerdings«, sagte Eleanor mit Nachdruck, und sie wusste es tatsächlich, denn sie war in Caen gewesen, als die englischen Bogenschützen entgegen dem Befehl ihres Königs die Brücke eingenommen und die Stadt verwüstet hatten.

»Wenn wir nicht gegen sie kämpfen und sie hier zurückdrängen, werden ihre Reiter uns alle niedermetzeln. Einen nach dem anderen.«

»Du hast gesagt, du würdest mich heiraten!« Eleanor begann wieder zu weinen. »Ich will nicht, dass mein Kind als Bastard aufwächst, so wie ich.«

»Ich werde dich heiraten, das verspreche ich. Wenn die Schlacht vorüber ist, werden wir uns in Durham trauen lassen. In der Kathedrale.« Er lächelte ihr zu. »Einverstanden?«

Eleanor freute sich über dieses Versprechen, war jedoch zu aufgebracht, um ihre Freude zu zeigen. »Wir sollten lieber sofort zur Kathedrale gehen«, sagte sie schnippisch. »Da wären wir in Sicherheit, und wir könnten am Hochaltar beten.«

»Du kannst ja schon in die Stadt gehen«, schlug Thomas vor. »Während ich gegen die Feinde meines Königs kämpfe, gehst du mit Vater Hobbe in die Stadt. Ihr könnt den alten Mönch aufsuchen und mit ihm sprechen, und danach geht ihr zur Kathedrale und wartet dort auf mich.« Er löste einen der großen Säcke vom Sattel der Stute, nahm sein Kettenhemd heraus und zog es sich über den Kopf. Das lederne Innenfutter fühlte sich steif und kalt an, und es roch modrig. Er zwängte sich in die Ärmel, schnallte sich den Waffengürtel um und befestigte sein Schwert daran. »Geht in die Stadt«, sagte er zu Eleanor, »und sprecht mit dem Mönch.«

Eleanors Gesicht war tränenüberströmt. »Du wirst sterben«, schluchzte sie. »Ich habe es geträumt.«

»Ich kann dich doch nicht allein lassen«, protestierte Vater Hobbe.

»Ihr seid Priester«, herrschte Thomas ihn an, »kein Soldat! Bringt Eleanor nach Durham. Findet Bruder Collimore und sprecht mit ihm.« Der Prior hatte darauf bestanden, dass Thomas noch warten solle, und plötzlich erschien es Thomas sehr vernünftig, Vater Hobbe vorzuschicken, um mit dem alten Mönch zu sprechen, bevor der Prior dessen Erinnerungen vergiftete. »Sprecht mit Bruder Collimore«, drängte Thomas, »alle beide. Ihr wisst, welche Fragen ihr ihm stellen müsst. Und ich komme heute Abend zu euch in die Kathedrale.« Er setzte seine Beckenhaube mit dem breiten Rand auf, der vor einem herabfahrenden Schwertstreich schützen sollte, und band sie unter dem Kinn fest. Er war wütend auf Eleanor, weil er spürte, dass sie Recht hatte. Die bevorstehende Schlacht ging ihn im Grunde nichts an, abgesehen davon, dass das Kämpfen sein Beruf war und England seine Heimat. »Ich werde nicht sterben«, erklärte er erneut mit hartnäckiger Unvernunft, »und wir werden uns heute Abend in der Kathedrale wieder sehen.« Er warf Vater Hobbe die Zügel zu. »Passt auf Eleanor auf«, sagte er zu dem Priester. »Im Kloster und in der Kathedrale wird Vogelscheuche keine Übergriffe wagen.«

Gerne hätte er Eleanor zum Abschied geküsst, doch da sie beide wütend aufeinander waren, nahm er seinen Bogen und seine Pfeiltasche und marschierte davon. Sie sagte nichts, denn genau wie Thomas war sie zu stolz, um einzulenken. Außerdem wusste sie, dass sie Recht hatte. Der Zusammenstoß mit den Schotten ging Thomas nichts an, und seine Aufgabe war es, den Gral zu finden. Vater Hobbe, der quasi zwischen den Fronten stand, ging schweigend voran und bemerkte nicht, dass

Eleanor sich mehr als einmal umsah, in der Hoffnung, Thomas würde sich vielleicht ebenfalls zu ihr umwenden. Doch ihr Geliebter erklomm zielstrebig den Hügel, den großen Bogen um die Schultern gelegt.

Es war ein gewaltiger Bogen, größer als die meisten Männer und in der Mitte so dick wie das Handgelenk eines Bogenschützen. Er war aus Eibenholz; Thomas war ziemlich sicher, dass das Holz aus Italien kam, doch genau feststellen ließ es sich nicht, da der rohe Holzstab von einem gesunkenen Schiff stammte und in Hookton ans Ufer gespült worden war. Er hatte den Stab in Form geschnitzt und die beiden Enden über Dampf gegen die Richtung geformt, der der Bogen unter Zug folgen würde. Dann hatte er den Bogen mit Wachs, Öl und Ruß schwarz eingefärbt und die beiden Enden mit Kerben aus Geweihhorn versehen, an denen die Sehne befestigt werden sollte. Der Stab war so bearbeitet worden, dass die Innenseite, die zu Thomas zeigte, aus dem harten Kernholz war, die Außenseite hingegen aus dem elastischen Splintholz. Wenn er die Hanfsehne zurückzog, wurde das Kernholz zusammengedrückt, und sobald er die Sehne losließ, schnellte es wieder zurück in die Aufrichtung, geführt von dem weicheren Splintholz. Gemeinsam schufen sie eine Spannung, die den Pfeil mit enormer Kraft durch die Luft zischen ließ. Der Bauch des Bogens war mit Hanf umwickelt, gehärtet durch Hufkleber, und darüber hatte Thomas ein kleines silbernes Abzeichen befestigt. Es stammte aus einem verbeulten Abendmahlskelch, den sein Vater in der Kirche von Hookton benutzt hatte, und zeigte einen Greif, der den Heiligen Gral in den Klauen hielt. Dieser Greif gehörte zum Wappen der Familie Vexille, zu der auch Thomas gehörte, doch das hatte er erst vor kurzem erfahren, denn sein Vater hatte ihm nie davon erzählt. Die Vexilles waren französische Adlige, die den ketzerischen Katharern angehört hatten, aus ihrem Familiensitz in Südfrankreich vertrieben worden waren und sich in die dunkelsten Winkel der Christenheit geflüchtet hatten.

Thomas wusste kaum etwas über die Katharer. Er wusste, wie man einen Bogen benutzte, wie man aus schlanken Eschen-, Birken- oder Hainbuchenzweigen Pfeile schnitzte, wie man den Schaft mit Gänsefedern bestückte und ihn mit einer Stahlspitze versah. All das hatte er gelernt, aber er hatte nicht gelernt, wie man diesen Pfeil durch Schilde, Kettenpanzer und Fleisch trieb. Das wusste er instinktiv, denn er hatte es seit seiner Kindheit geübt – geübt, bis seine Sehnenfinger bluteten, bis er nicht mehr darüber nachdachte, wenn er die Sehne bis ans Ohr zurückzog, bis er, wie alle Bogenschützen, eine breite Brust und mächtige Armmuskeln besaß. Er brauchte nicht zu wissen, wie man einen Pfeil abschoss, weil es für ihn so selbstverständlich war wie das Atmen, Essen oder Kämpfen.

Als er zu einem Gehölz aus Hainbuchen kam, das den oberen Abschnitt des Pfades wie eine Brustwehr bewachte, blickte er sich um. Eleanor ging stur ihren Weg, und Thomas verspürte den Drang, nach ihr zu rufen, doch sie war schon zu weit weg, um ihn hören zu können. Er hatte sich schon öfter mit ihr gestritten; offenbar brachten Männer und Frauen ihr halbes Leben damit zu, sich zu streiten, und die andere Hälfte damit, sich zu lieben, und je wilder der Streit, desto leidenschaftlicher die Liebe. Beinahe musste er lächeln, weil er Eleanors Eigensinn kannte und sogar mochte. Dann wandte er sich wieder um und marschierte durch die raschelnden Fluten des herabgefallenen Laubs zwischen den von Steinwällen umgebenen Weiden entlang, auf denen Hunderte von gesattelten Hengsten grasten. Es waren die Streitrösser der englischen Ritter und Soldaten, und dass sie hier standen, sagte Thomas, dass die Engländer mit einem Angriff der Schotten rechneten, denn zu Fuß konnte ein Ritter sich weit besser verteidigen. Die Pferde wurden jedoch gesattelt bereit gehalten, damit die Kämpfenden sich entweder schnell zurückziehen oder aber den geschlagenen Feind verfolgen konnten.

Noch immer konnte Thomas die schottische Armee nicht sehen, aber er hörte ihren Gesang, untermalt vom höllischen Schlag der Trommeln. Der Lärm machte einige der Hengste nervös, und drei von ihnen galoppierten, von Pagen verfolgt, mit panisch aufgerissenen Augen an der Steinmauer entlang. Ein Teil der Streitrösser wurde kurz hinter der englischen Linie von weiteren Pagen bewegt. Die Linie war in drei Züge unterteilt; die Mitte der hintersten Reihe bildete jeweils ein Trupp Reiter, nämlich die Befehlshaber mit ihren leuchtenden Flaggen, davor waren vier oder fünf Reihen Soldaten mit Schwertern, Äxten, Speeren und Schilden aufgestellt, und davor wiederum sowie in den Zwischenräumen zwischen den Zügen drängten sich dicht an dicht die Bogenschützen.

Die Schotten, zwei Pfeilschusslängen von den Engländern entfernt, standen ein wenig höher, ebenfalls in drei Abteilungen und, genau wie die englischen Züge, um die Banner ihrer Anführer gruppiert. In der Mitte flatterte das größte von ihnen, die rot-gelbe Standarte des Königs. Auch die schottischen Ritter und Soldaten waren unberitten, aber jeder ihrer *sheltrons* war weit größer als der gegenüberliegende englische Zug, drei- oder viermal so groß. Doch Thomas sah, dass sie nur wenige Bogenschützen in ihren Reihen hatten. Hier und da ragten ein paar Bogenspitzen hervor, und in dem Dickicht der Piken waren einige Armbrüste zu erkennen, aber es waren nicht annähernd so viele Schützen wie in der englischen Gefechtslinie, obwohl die Schotten ein Vielfaches an Soldaten besaßen. Falls es also zum Kampf kam, würde er zwischen den englischen Pfeilen und den schottischen Piken und Soldaten entschieden werden, und falls sie nicht genug Pfeile hatten, würde sich der Hügel in einen englischen Massenfriedhof verwandeln.

Lord Outhwaites Flagge mit dem Kreuz und der Jakobsmuschel befand sich im linken Zug, und Thomas machte sich auf den Weg dorthin. Der Prior, der mittlerweile vom Pferd gestiegen war, stand in der Lücke zwischen dem linken und dem mittleren Zug. Einer seiner Mönche schwang ein Weihrauchgefäß, ein anderer das Leichentuch an seinem bunt bemalten Holzstab. Der Prior rief etwas, aber Thomas konnte nicht hören, ob er den Feind beschimpfte oder Gebete zu Gott sandte, weil der Gesang der Schotten so laut war. Die Worte des Feindes konnte er ebenso wenig verstehen, aber ihr Sinn war klar genug und wurde durch das Dröhnen der Trommeln noch verstärkt.

Jetzt konnte Thomas die gewaltigen Trommeln auch sehen,

und die Leidenschaft, mit der die Trommler auf die straff gespannten Häute einschlugen. Laut, rhythmisch und hallend pulsierte der Klang, ein Donner, der einem durch Mark und Bein ging, und vor den Trommeln, in der Mitte der feindlichen Linie, wirbelten bärtige Männer in einem wilden Tanz. Sie kamen aus den hintersten schottischen Reihen hervorgestürmt und trugen weder Rüstung noch Kettenhemd, sondern üppige Schärpen aus wollenem Tuch, hielten Schwerter mit langen Klingen über ihren Köpfen und hatten kleine runde Lederschilde um den linken Arm geschnallt, kaum größer als Servierteller. Hinter ihnen schlugen die schottischen Soldaten mit den flachen Schwertklingen gegen ihre Schilde, während die Pikenträger das untere Ende ihrer Waffen in den Boden stießen, um das Dröhnen der Trommeln zu verstärken. Der Lärm war so gewaltig, dass die Mönche des Priors ihren Gesang eingestellt hatten und nur noch zum Feind hinüberstarrten.

»Das soll dazu dienen« – Lord Outhwaite, ebenso wie seine Männer zu Fuß, musste die Stimme erheben, um sich verständlich zu machen – »uns Angst einzujagen, bevor sie uns töten.« Seine Lordschaft hinkte, ob wegen seines Alters oder aufgrund einer alten Verletzung, mochte Thomas nicht fragen; dennoch verspürte er offensichtlich den Drang, sich ein wenig Bewegung zu verschaffen, denn er hatte sich zu den Mönchen gesellt, um sich mit ihnen zu unterhalten. Nun jedoch wandte er sich Thomas zu. »Nimm dich vor diesen Kerlen in Acht«, sagte er und deutete auf die tanzenden Männer. »Sie sind wilder als aufgestachelte Katzen. Es heißt, sie ziehen ihren Gefangenen bei lebendigem Leib die Haut ab.« Lord Outhwaite bekreuzigte sich. »So weit südlich sieht man sie selten.«

»Wo kommen sie denn her?«, fragte Thomas.

»Das sind Stammesleute aus dem äußersten Norden«, erklärte einer der Mönche. Er war groß, hatte graue Stirnfransen, ein vernarbtes Gesicht und nur ein Auge. »Heiden, allesamt! Sie beten Götzen an!« Traurig schüttelte er den Kopf. »Ich bin nie so weit im Norden gewesen, aber man hat mir erzählt, ihr Land ist das ganze Jahr in Nebel gehüllt, und wenn ein Mann mit einer Wunde im Rücken stirbt, isst die Frau ihre eigenen Kinder auf und stürzt sich dann vor Schande von den Klippen.«

»Wirklich?«, fragte Thomas ungläubig.

»So hat man es mir erzählt«, versicherte der Mönch und bekreuzigte sich.

»Sie ernähren sich von Vogelnestern, Algen und rohem Fisch«, spann Lord Outhwaite die Geschichte weiter. Dann schmunzelte er. »Allerdings tun das einige von meinen Leuten in Witcar auch, aber immerhin beten sie zu Gott. Zumindest hoffe ich das.«

»Aber Eure Leute haben keine gespaltenen Hufe«, sagte der Mönch, den Blick auf den Feind geheftet.

»Haben die Schotten das?«, fragte ein deutlich jüngerer Mönch mit pockennarbigem Gesicht entsetzt.

»Jedenfalls die aus den Clans«, sagte Lord Outhwaite. »Sie sind kaum noch als Menschen zu bezeichnen!« Er schüttelte den Kopf und wandte sich dem älteren Mönch zu. »Ihr seid Bruder Michael, nicht wahr?«

»Wie schmeichelhaft, dass Euer Lordschaft sich an mich erinnert«, erwiderte der Mönch erfreut.

»Er war einst Soldat bei Lord Percy«, erklärte Lord Outhwaite Thomas. »Und ein guter obendrein!«

»Bis die Schotten mir das hier« – Bruder Michael hob den rechten Arm, sodass unter dem Ärmel seiner Kutte ein Stumpf sichtbar wurde – »und das hier« – er deutete auf sein fehlendes Auge – »weggenommen haben. Deshalb bete ich jetzt, statt zu kämpfen.« Er wandte sich um und starrte wieder zu den Schotten hinüber. »Sie sind laut heute«, grummelte er.

»Sie sind voller Selbstvertrauen«, sagte Lord Outhwaite gelassen. »Und dazu haben sie auch allen Grund. Wann ist es zum letzten Mal vorgekommen, dass eine schottische Armee uns gegenüber in der Überzahl war?«

»Sie sind vielleicht in der Überzahl«, meinte Bruder Michael, »aber haben sich einen seltsamen Ort für die Schlacht ausgesucht. Sie hätten bis zum südlichen Ende des Hügelkamms gehen sollen.«

»Da habt Ihr Recht, Bruder«, stimmte Lord Outhwaite ihm zu, »aber man soll ja auch für Kleinigkeiten dankbar sein.« Wie Bruder Michael sehr richtig erkannt hatte, opferten die Schotten den Vorteil ihrer Überzahl, indem sie auf der schmalen Hügelkuppe kämpften, wo sie die englische Linie, obgleich schmaler und dünner besetzt, nicht von den Seiten angreifen konnten. Wären sie weiter nach Süden gegangen, wo der Hügelkamm sich verbreiterte und zu den Flusswiesen hin absenkte, hätten sie ihren Feind einschließen können. Doch auch wenn die Wahl ihres Kampfgebiets ein Fehler war, der den Engländern zugute kam, bot dies Thomas nur geringen Trost, als er sich daran machte, die Größe der feindlichen Armee zu schätzen. Andere taten dasselbe, und ihre Schätzungen reichten von sechstausend bis sechzehntausend Mann, während Lord Outhwaite davon ausging, dass es nicht mehr als achttausend Schotten waren. »Also höchstens drei- oder viermal so viele wie wir«, konstatierte er fröhlich, »und viel zu wenig Bogenschützen. Dem Herrn sei Dank für die englischen Bogenschützen.«

»Amen«, sagte Bruder Michael.

Der pockennarbige jüngere Mönch starrte gebannt zu der dichten schottischen Linie hinüber. »Ich habe gehört, sie malen ihre Gesichter blau an. Aber ich kann nichts davon sehen.«

Lord Outhwaite sah ihn erstaunt an. »Ihre Gesichter? Blau?«

»Ja, Mylord«, sagte der Mönch ein wenig verlegen, »oder vielleicht auch nur das halbe Gesicht. Um uns Angst einzujagen.«

»Was Ihr nicht sagt!« Lord Outhwaite grinste amüsiert. »Wohl eher, um uns zum Lachen zu bringen. Ich habe es jedenfalls noch nie gesehen.«

»Ich auch nicht«, bemerkte Bruder Michael.

»Man hat es mir so erzählt«, sagte der junge Mönch.

»Sie sind auch ohne Farbe schon Furcht einflößend genug.« Lord Outhwaite deutete auf eine Flagge gegenüber seiner eigenen Position. »Wie ich sehe, ist Sir William auch da.«

»Wer ist das?«, fragte Thomas.

»Willie Douglas. Ich war zwei Jahre sein Gefangener, und ich zahle immer noch an die Geldverleiher, die das Lösegeld vorgestreckt haben. Aber ich mochte ihn. Er ist ein richtiger Halunke. Und wie es scheint, kämpft er zusammen mit Moray.«

»Moray?«, fragte Bruder Michael.

»John Randolph, Earl of Moray.« Lord Outhwaite wies auf ein weiteres Banner, das dicht neben dem roten Herzen von Douglas flatterte. »Die beiden können sich nicht riechen. Weiß der Himmel, wieso sie nebeneinander in der Linie stehen.« Er blickte wieder auf die schottischen Trommler, die sich zurücklehnten, um das schwere Gewicht der Instrumente vor ihrem Körper auszugleichen. »Ich hasse diese Trommeln«, sagte er gelassen. Dann lachte er leise. »Blau bemalte Gesichter! So einen Unsinn habe ich ja noch nie gehört!«

Der Prior hatte wieder zu einer flammenden Rede angesetzt und erklärte den umstehenden Soldaten, die Schotten hätten die große Augustinerabtei in Hexham zerstört. »Sie haben Gottes heilige Kirche geschändet! Sie haben die Mönche umgebracht! Sie haben Jesus Christus bestohlen und Tränen auf Gottes Wangen getrieben! Rächt unseren Herrn! Zeigt kein Erbarmen!« Die Bogenschützen in Hörweite dehnten ihre Finger, leckten sich über die Lippen und fixierten den Feind, der keinerlei Anstalten machte, zum Angriff überzugehen. »Tötet sie«, rief der Prior voller Inbrunst, »und Gott wird euch dafür segnen! Er wird Euch mit Seiner Gnade überschütten!«

»Sie wollen, dass wir sie angreifen«, bemerkte Bruder Michael betont sachlich. Die Leidenschaft seines Priors schien ihm peinlich zu sein.

»Aye«, sagte Lord Outhwaite. »Und sie glauben, dass wir zu Pferd angreifen. Seht Ihr die Piken?«

»Die sind auch wirkungsvoll gegen unberittene Soldaten, Mylord«, wandte Bruder Michael ein.

»Da habt Ihr wohl Recht«, stimmte Lord Outhwaite ihm zu. »Hässliche Dinger, diese Piken.« Er spielte mit ein paar lockeren Ringen an seinem Kettenhemd und sah überrascht aus, als einer davon sich löste. »Wirklich ein netter Kerl, dieser Willie Douglas. Wir sind oft zusammen auf die Jagd gegangen, als ich sein Gefangener war. In Liddesdale haben wir damals ein paar prachtvolle Keiler erlegt.« Er runzelte die Stirn. »Diese verdammten Trommeln!«

»Werden wir angreifen?«, fragte der junge Mönch, nachdem er all seinen Mut zusammengerafft hatte.

»Um Himmels willen, ich hoffe nicht«, sagte Lord Outhwaite. »Die sind doch in der Überzahl! Nein, es ist viel besser, hier zu warten, bis sie kommen.«

»Und wenn sie nicht kommen?«, fragte Thomas.

»Dann müssen sie mit leeren Taschen nach Hause schleichen, und das wird ihnen ganz und gar nicht passen. Sie sind doch zum Plündern hergekommen! Und deshalb können sie uns auch nicht leiden.«

»Uns nicht leiden? Weil sie zum Plündern hergekommen sind?« Thomas begriff nicht, was Lord Outhwaite meinte.

»Sie sind neidisch, junger Mann! Grün vor Neid. Wir sind reich, sie nicht, und es gibt kaum etwas, das mehr Hass provoziert, als ein solches Ungleichgewicht. Ich hatte mal einen Nachbarn in Witcar, der eigentlich ganz vernünftig schien, aber als ich bei Douglas in Gefangenschaft war, hat er mit seinen Männern versucht, meine Abwesenheit auszunutzen. Sie haben einen Hinterhalt gelegt, um das Lösegeld für mich abzufangen – kaum zu fassen, oder? Anscheinend war es purer Neid, denn er war arm.«

»Und jetzt ist er tot, Mylord?«, fragte Thomas amüsiert.

»Du lieber Himmel, nein«, sagte Lord Outhwaite vorwurfsvoll, »er hockt in einem sehr tiefen Loch im Keller meiner Burg. Ganz unten bei den Ratten. Ab und zu werfe ich ihm ein paar Münzen zu, damit er nicht vergisst, warum er da ist.« Er stellte sich auf die Zehenspitzen und blickte nach Westen, wo die Hügel höher waren. Er hielt Ausschau nach schottischen Soldaten, die einen Angriff zu Pferd versuchten, sah jedoch keine. »Sein Vater, Robert Bruce, hätte nicht hier gestanden und gewartet. Er hätte Reiter auf unsere Flanken losgeschickt, um uns so richtig Feuer unterm Hintern zu machen, aber dieser grüne Junge hat überhaupt keine Ahnung vom Kämpfen. Er ist hier völlig fehl am Platz!«

»Er vertraut auf ihre Überzahl«, meinte Bruder Michael.

»Und vielleicht reicht das sogar«, erwiderte Lord Outhwaite düster und bekreuzigte sich.

Nun, da Thomas Gelegenheit hatte, sich das Gelände zwischen den beiden Armeen anzusehen, verstand er, weshalb Lord Outhwaite den schottischen König verhöhnte, der seine Truppen direkt unterhalb der verbrannten Bauernhäuser aufgestellt hatte, bei dem umgestürzten Drachenkreuz. Zum einen war der Hügelkamm dort so schmal, dass die Schotten sich zusammendrängen mussten und keine Möglichkeit hatten, die zahlenmäßig unterlegenen Engländer von den Seiten her einzukesseln, zum anderen war das schlecht gewählte Schlachtfeld von dichten Schwarzdornhecken und mindestens einer Steinmauer durchzogen. Keine Armee konnte diese Hindernisse überwinden, ohne dass die Gefechtslinie auseinanderriss, aber der schottische König schien überzeugt, dass die Engländer angreifen würden, denn er rührte sich nicht von der Stelle. Seine Männer brüllten Beleidigungen, um einen Angriff zu provozieren, doch die Engländer blieben stur in ihrer Stellung.

Das Gejohle der Schotten wurde noch lauter, als ein hoch gewachsener Mann auf einem großen Pferd aus der Mitte der englischen Linie herausritt. In die Mähne des schwarzen Hengstes waren purpurne Schleifen geflochten, und er trug eine gleichfarbige Schabracke mit aufgestickten goldenen Schlüsseln, die so lang war, dass sie hinter seinen Hufen über den Boden strich. Der Kopf des Hengstes war mit einer ledernen Rossstirn bedeckt, auf der ein silbernes Horn befestigt war, in sich gedreht wie das eines Einhorns. Der Reiter trug eine schimmernde Plattenrüstung und darüber einen Waffenrock in Purpur und Gold, dieselben Farben, in die auch sein Page, sein Standartenträger und die zwölf Ritter gewandet waren, die ihm folgten. Der große Reiter hatte kein Schwert, sondern war mit einem gewaltigen, dornenbesetzten Morgenstern bewaffnet, wie der, den Beggar bei sich trug. Die schottischen Trommler verstärkten ihren Einsatz, die schottischen Soldaten riefen Beleidigungen, und die Engländer jubelten, bis der Reiter seine gepanzerte Hand hob, um für Ruhe zu sorgen.

»Seine Exzellenz beglückt uns mit einer Predigt«, sagte Lord Outhwaite missmutig. »Hört sich verdammt gerne reden, der Gute.«

Der hoch gewachsene Mann war offenkundig der Erzbischof von York, und als die englischen Reihen verstummt waren, hob er erneut seine gepanzerte Rechte, bis über den purpurnen Federbusch auf seinem Helm, und schlug theatralisch das Kreuz. *»Dominus vobiscum«*, rief er. *»Dominus vobiscum.«* Er ritt an der Linie entlang und wiederholte seine Anrufung. »Heute werdet ihr Gottes Feind töten«, fügte er jedes Mal hinzu, nachdem er den Soldaten versichert hatte, Gott werde mit den Engländern sein. Er musste brüllen, um sich über den Lärm der Feinde hinweg verständlich zu machen. »Gott ist mit euch, und ihr werdet Sein Werk tun, indem ihr viele Frauen zu Witwen und Kinder zu Waisen macht. Ihr werdet die Schotten mit Trauer erfüllen, als gerechte Strafe für ihre schändliche Gottlosigkeit. Der Herr der Heerscharen ist mit euch, und es ist eure Aufgabe, Gott zu rächen!« Das Pferd des Erzbischofs stolzierte mit hoch erhobenen Hufen und warf den Kopf, während seine Exzellenz seinen Ansporn zu den Flanken der Armee trug. Die letzten Nebelfetzen hatten sich längst aufgelöst, und obwohl die Luft noch immer kühl war, sandte die Sonne Wärme aus, und ihre Strahlen ließen Tausende von schottischen Schwertern aufblitzen. Zwei einspännige Wagen waren von der Stadt herübergekommen, und ein paar Frauen verteilten gedörrte Heringe, Brot und Schläuche mit Ale.

Lord Outhwaites Knappe brachte seinem Herrn ein leeres Heringsfass, damit er sich setzen konnte. Irgendwo in der Nähe spielte jemand auf einer Rohrflöte, und Bruder Michael sang ein altes Bauernlied über einen Dachs und einen Ablasskrämer. Lord Outhwaite lachte über die Verse, dann wies er mit dem Kopf auf das Gelände zwischen den beiden Armeen, auf dem sich jetzt zwei Reiter trafen. »Wie es scheint, üben wir uns heute in Höflichkeit«, bemerkte er. Ein englischer Herold in farbenfrohem Waffenrock war auf die Schotten zugeritten, woraufhin diese hastig einen Priester zu ihrem Herold erklärt und ihn vorgeschickt hatten. Die beiden Männer verneigten sich im Sattel, sprachen eine Weile miteinander und kehrten dann zu ihren Armeen zurück. Als der Engländer sich der Linie näherte, hob er achselzuckend die Arme, um zu zeigen, dass die Schotten sich stur stellten.

»Sie sind so weit nach Süden gekommen, und jetzt wollen sie nicht kämpfen?«, fragte der Prior wütend.

»Sie wollen, dass wir die Schlacht beginnen«, sagte Lord Outhwaite gelassen, »und wir wollen dasselbe von ihnen.« Die Herolde hatten sich getroffen, um darüber zu diskutieren, wie die Schlacht ausgeführt werden sollte, und beide hatten unmissverständlich verlangt, dass die andere Seite den ersten Angriff machen sollte; da beide die Aufforderung abgelehnt hatten, versuchten die Schotten nun erneut, die Engländer durch Beleidigungen zu provozieren. Einige der Feinde wagten sich bis in Schussweite der Bogen vor und brüllten, die Engländer seien Schweine und ihre Mutter Säue. Als ein Bogenschütze seine Waffe hob, um sich für die Unverschämtheit zu rächen, brüllte sein Hauptmann ihn an: »Verschwende keine Pfeile für Worte!«

»Feiglinge!« Ein Schotte war sogar noch ein gutes Stück näher gekommen. »Ihr elenden Feiglinge! Eure Mütter sind Huren, die euch mit Ziegenpisse gesäugt haben! Eure Frauen sind Säue! Huren und Säue! Hört ihr? Ihr Bastarde! Englische Bastarde! Ihr seid nichts weiter als Teufelsdreck!« Sein Hass war so mächtig, dass er am ganzen Körper bebte. Er trug einen struppigen Bart, einen verschlissenen Leibrock und ein Kettenhemd, das auf der Rückseite einen langen Riss hatte, sodass er, als er sich umdrehte und vorbeugte, den Engländern seinen nackten Hintern präsentierte. Es war als Beleidigung gedacht, löste jedoch brüllendes Gelächter aus.

»Früher oder später müssen sie uns angreifen«, konstatierte Lord Outhwaite ruhig. »Oder mit leeren Händen nach Hause gehen, und das glaube ich nicht. Niemand stellt eine so große Armee zusammen, wenn er sich keinen Gewinn davon verspricht.«

»Sie haben Hexham geplündert«, bemerkte der Prior mit grimmiger Miene.

»Und nichts als Tand gefunden«, sagte Lord Outhwaite abschätzig. »Die wirklich wertvollen Sachen aus der Abtei sind lange vorher in Sicherheit gebracht worden. Wie ich gehört habe, hat Carlisle ihnen genug gezahlt, um verschont zu werden, aber genug, um acht- oder neuntausend Mann reich zu machen?« Er schüttelte den Kopf. »Diese Soldaten bekommen keinen Sold«, sagte er zu Thomas. »Nicht wie unsere Männer. Der König von Schottland hat nicht genug Geld, um seine Soldaten zu bezahlen. Nein, sie wollen heute ein paar reiche Gefangene machen und dann Durham und York plündern, und wenn sie nicht arm nach Hause zurückkehren wollen, dann sollten sie endlich ihre Schilde heben und uns angreifen.«

Aber die Schotten rührten sich nach wie vor nicht, und die Engländer waren zu wenige, um einen Angriff zu wagen, obwohl noch immer weitere Männer eintrafen, um die Armee des Erzbischofs zu verstärken. Die meisten von ihnen waren Leute aus der Gegend, und kaum einer besaß eine Rüstung oder Waffen, abgesehen von Bauerngerät wie Äxten oder Hacken. Mittlerweile war es fast Mittag, und die Sonne schien so kräftig, dass Thomas unter seinem Lederwams und Kettenhemd schwitzte. Zwei von den Laiendienern des Priors waren mit einem Pferdewagen gekommen, der mit kleinen Bierfässern, Säcken voll Brot, einer Kiste Äpfel und einem großen Käse beladen war, und ein Dutzend der jüngeren Mönche verteilte den Proviant entlang der englischen Linie. Der größte Teil der Soldaten hatte sich inzwischen hingesetzt, einige schliefen sogar, und viele der Schotten taten es ihnen gleich. Sogar ihre Trommler hatten aufgegeben und ihre gewaltigen Instrumente auf der Wiese abgelegt. Ein Schwarm Raben kreiste am Himmel, und da ihre Anwesenheit als Zeichen des Todes galt, bekreuzigte Thomas sich, doch dann sah er zu seiner Erleichterung, dass die schwarzen Vögel zu den schottischen Truppen hinüberflogen.

Ein paar Bogenschützen waren aus der Stadt gekommen und stopften Pfeile in ihre Köcher – ein sicheres Zeichen, dass sie noch nie mit dem Bogen gekämpft hatten, denn Köcher waren ausgesprochen unpraktisch in einer Schlacht, weil im Laufen leicht Pfeile herausfallen konnten und höchstens zwanzig davon hineinpassten. Bogenschützen wie Thomas bevorzugten eine große Tasche aus Leinen, das über einen Rahmen aus Weidenruten gespannt war. Darin konnten die Pfeile aufrecht stehen, die Federn wurden nicht zusammengedrückt, und die Stahlspitzen ragten aus der Öffnung heraus, die mit einem Band verschlossen werden konnte. Thomas hatte seine Pfeile sorgfältig ausgewählt und alle aussortiert, die einen verzogenen Schaft oder zerknickte Federn hatten. In Frankreich, wo viele der feindlichen Ritter teure Plattenrüstungen besaßen, benutzten die Engländer Pfeile mit langen, schmalen und schweren Spitzen, die wie Nadeln geformt waren, weil die besser durch Brustplatten oder Helme drangen, aber hier verwendeten sie die üblichen Jagdpfeile mit den spitzen Widerhaken, die es unmöglich machten, den Pfeil aus einer Wunde zu ziehen. Sie hießen Fleischpfeile, aber selbst ein Fleischpfeil konnte auf zweihundert Schritt ein Kettenhemd durchbohren.

Am frühen Nachmittag schlief Thomas ein wenig und erwachte erst, als Lord Outhwaites Pferd beinahe auf ihn getreten wäre. Seine Lordschaft war gemeinsam mit den anderen englischen Anführern zum Erzbischof bestellt worden, und so ritt er, begleitet von seinem Knappen, zum Zentrum der Armee. Einer der Kapläne des Erzbischofs trug ein silbernes Kruzifix an der Gefechtslinie entlang. Direkt unterhalb der Füße Christi war ein Lederbeutel befestigt, in dem sich nach den Worten des Kaplans die Fingerknöchel des heiligen Oswald befanden, eines Märtyrers. »Küsst diesen Beutel, und Gott wird euch schützen«, verkündete der Kaplan, und die Bogenschützen und Soldaten drängten sich darum, dieser Aufforderung zu folgen. Thomas kam nicht nah genug heran, um den Beutel zu küssen, aber immerhin gelang es ihm, ihn mit der Hand zu berühren. Viele der Männer trugen Amulette oder Stoffstreifen bei sich, die ihnen ihre Ehefrauen, Geliebten oder Töchter mitgegeben hatten, als sie von ihrem Hof oder Haus fortgezogen waren, um gegen die Angreifer zu kämpfen. Diese Talismane berührten sie jetzt, und die Schotten, die spürten, dass endlich etwas geschah, erhoben sich. Eine der gewaltigen Trommeln nahm ihren dröhnenden Rhythmus wieder auf.

Thomas wandte den Blick nach rechts, wo er die beiden Turmspitzen der Kathedrale und die Flagge auf der Brustwehr der Burg erkennen konnte. Eleanor und Vater Hobbe mussten inzwischen in der Stadt angekommen sein, und Thomas verspürte einen Stich des Bedauerns, weil er sich in solchem Zorn von seiner Gefährtin getrennt hatte. Er umfasste seinen Bogen, um durch die Berührung des Holzes Unheil von ihr abzuwenden. Er tröstete sich mit dem Gedanken, dass Eleanor in der Stadt in Sicherheit war, und heute Abend, wenn die Schlacht gewonnen war, würden sie sich wieder vertragen. Und dann würden sie wohl heiraten. Er wusste nicht so recht, ob er wirklich heiraten wollte. Es erschien ihm noch zu früh, eine Ehefrau in seinem Leben zu haben, selbst wenn es Eleanor war. Er liebte sie, dessen war er sich sicher, aber ebenso sicher würde sie darauf bestehen, dass er seinen Bogen an den Nagel hängte und sich mit ihr in einem Haus niederließ, und das war das Letzte, wonach Thomas der Sinn stand. Er wollte Anführer eines Trupps von Bogenschützen werden, so wie Will Skeat. Er wollte seine eigenen Männer haben, die er gegen Geld in den Dienst von Fürsten stellen konnte. An Gelegenheiten dafür mangelte es nicht. Gerüchten zufolge bezahlten die italienischen Staaten ein Vermögen für englische Bogenschützen, und daran wollte Thomas seinen Anteil haben, aber er musste sich auch um Eleanor kümmern, und er wollte nicht, dass ihr Kind als Bastard aufwuchs. Davon gab es wahrlich schon genug auf der Welt.

Die englischen Lords sprachen eine Weile miteinander. Es waren etwa zwölf von ihnen, und sie blickten unablässig zum Feind hinüber. Thomas war nah genug, um die Sorge auf ihren Gesichtern zu sehen. Befürchteten sie, dass der Feind zu zahlreich war? Oder dass die Schotten den Kampf verweigern und im Dunst des nächsten Morgens Richtung Norden verschwinden würden?

Bruder Michael kam herbei und ruhte seine müden Knochen auf dem Heringsfass aus, das Lord Outhwaite als Sitzgelegenheit gedient hatte. »Sie werden euch Bogenschützen vorschicken. Das täte ich jedenfalls. Die Bogenschützen vorschicken, um die Mistkerle zu provozieren. Oder sie zu verjagen, aber Schotten lassen sich nicht so leicht verjagen. Sind verflixt mutig, die Hunde.«

»Mutig? Warum greifen sie dann nicht an?«

»Weil sie nicht dumm sind. Sie können die Dinger sehen.« Er tippte gegen Thomas' schwarzen Bogen. »Und sie wissen mittlerweile, was Bogenschützen ausrichten können. Du hast doch sicher von Halidon Hill gehört?« Überrascht zog er die Augenbraue hoch, als Thomas den Kopf schüttelte. »Stimmt, du kommst ja aus dem Süden. Jesus Christus könnte hier oben wieder erscheinen, und ihr Südländer würdet nichts davon mitbekommen, oder wenn, würdet ihr es nicht glauben. Vor dreizehn Jahren haben die Schotten uns in Berwick angegriffen, und wir haben sie in Scharen niedergemetzelt, oder vielmehr unsere Bogenschützen, und sie sind bestimmt nicht erpicht darauf, hier noch mal dasselbe zu erleben.« Ein leises Klicken ertönte, und Bruder Michael runzelte die Stirn. »Was war das?«

Etwas hatte Thomas' Helm berührt, und als er sich umwandte, sah er Vogelscheuche – Sir Geoffrey Carr –, der seine Peitsche so geschwungen hatte, dass die Metallspitze am Ende der Schnur gegen die Kuppe von Thomas' Beckenhaube geschlagen war. Mit höhnischem Grinsen rollte Sir Geoffrey seine Peitsche wieder auf. »Na, verstecken wir uns unter der Mönchskutte?«

Bruder Michael hielt Thomas zurück. »Verschwindet, Sir Geoffrey«, befahl der Mönch, »bevor ich einen Fluch auf Eure schwarze Seele lade.«

Sir Geoffrey bohrte mit dem Finger in der Nase und zog etwas Schleimiges heraus, das er in Richtung des Mönches schleuderte. »Glaubst du wirklich, du kannst mir Angst einjagen, du einäugiger Bastard? Du, dem sie nicht nur den Arm, sondern auch die Eier abgehackt haben?« Er lachte und wandte sich wieder Thomas zu. »Du hast dich mit mir angelegt, Jüngelchen, und bist abgehauen, bevor ich mit dir fertig war.«

»Jetzt nicht!«, sagte Bruder Michael barsch.

Sir Geoffrey beachtete den Mönch gar nicht. »Du greifst einen Höherstehenden an, Kleiner? Dafür kannst du hängen. Nein« – ein Schauer überlief ihn, und er zeigte mit seinem knochigen Finger auf Thomas –, »dafür *wirst* du hängen! Hast du gehört? Dafür wirst du hängen.« Er spuckte Thomas an, dann wendete er seinen Rotschimmel und ritt zurück an seinen Platz in der Linie.

»Woher kennst du Vogelscheuche?«, fragte Bruder Michael.

»Wir sind uns gerade erst begegnet.«

»Eine üble Kreatur, geboren unter einem fahlen Mond, als ein Unwetter wütete.« Bruder Michael sah Vogelscheuche nach und bekreuzigte sich. »Manche behaupten, Sir Geoffrey habe sogar beim Teufel Schulden. Er musste Douglas von Liddesdale Lösegeld zahlen, und dafür hat er sich bei den Geldverleihern tief verschuldet. Sein Herrenhaus, seine Felder, sein gesamter Besitz ist in Gefahr, wenn er die Schulden nicht zurückzahlen kann, aber selbst wenn er heute ein Vermögen gewinnt, verliert er es morgen wieder beim Würfeln. Vogelscheuche ist ein Dummkopf, aber ein gefährlicher.« Mit seinem einen Auge sah er Thomas an. »Hast du dich wirklich mit ihm angelegt?«

»Er wollte meine Frau vergewaltigen.«

»Ja, das sieht ihm ähnlich. Sei auf der Hut, junger Mann, denn er vergisst nie eine Kränkung, und vergeben tut er sie erst recht nicht.«

Die englischen Lords waren offenbar zu einer Einigung gekommen, denn sie streckten die gepanzerten Fäuste aus und schlugen sie gegeneinander. Dann wendete Lord Outhwaite sein Pferd und kam zurück zu seinen Männern. »John! John!«, rief er dem Hauptmann seiner Bogenschützen zu und stieg ab. »Wir werden nicht warten, bis sie sich aufraffen, sondern sie provozieren.« So hatte Bruder Michael mit seiner Voraussage wohl Recht gehabt; die Bogenschützen würden vorgeschickt, um die Schotten zu ärgern. Die Pfeile sollten sie aufpeitschen und zu einem übereilten Angriff treiben.

Während ein Knappe Lord Outhwaites Pferd zu der ummauerten Weide zurückbrachte, ritt der Erzbischof von York erneut vor die Linie. »Gott steht auf eurer Seite!«, rief er den Männern des mittleren Zuges zu, den er befehligte. »Die Schotten haben Angst vor uns. Sie wissen, dass wir mit Gottes Hilfe viele Kinder in ihrem verfluchten Land zu Waisen machen werden! Sie stehen da und starren herüber, weil sie Angst vor uns haben. Also müssen wir zu ihnen gehen.« Kämpferische Jubelrufe ertönten. Der Bischof hob die Hand, um seine Männer zum Schweigen zu bringen. »Ich will, dass die Bogenschützen vorgehen«, rief er. »Nur die Bogenschützen! Durchbohrt sie! Tötet sie! Und Gott schütze euch. Gott schütze euch mit all seiner Macht!«

Also würden die Bogenschützen die Schlacht beginnen. Die Schotten weigerten sich stur, auch nur einen Schritt zu tun; sie hofften, dass die Engländer angreifen würden, denn es war wesentlich einfacher, seine Stellung zu verteidigen, als eine formierte Armee anzugreifen. Doch nun würden die Bogenschützen vorrücken, um die Schotten zu beleidigen, herauszufordern und mit Pfeilen aufzustacheln, bis sie entweder davonliefen oder, was wahrscheinlicher war, angriffen, um sich zu rächen.

Thomas hatte bereits seinen besten Pfeil ausgewählt. Er war neu, so neu, dass der grünliche Leim, mit dem der Faden, der die Federn an ihrer Stelle hielt, überzogen war, noch klebte, aber der Schaft war direkt hinter der Spitze ein wenig verdickt und wurde nach hinten schmaler. Ein solcher Pfeil traf mit großer Wucht. Er war aus bestem, geradem Eschenholz, um ein Drittel länger als Thomas' Arm, und er würde nicht daneben gehen, obwohl Thomas beim ersten Mal aus großer Entfernung schießen musste.

Es würde ein weiter Schuss werden, weil der schottische König sich ganz hinten im mittleren *sheltron* seiner Armee aufgestellt hatte, aber unmöglich war es nicht, denn der schwarze Bogen war riesig, und Thomas war jung, stark und zielsicher.

»Gott sei mit dir«, sagte Bruder Michael.

»Zielt sorgfältig!«, ermahnte Lord Outhwaite seine Männer.

»Möge Gott eure Pfeile beschleunigen!«, rief der Erzbischof von York.

Die Trommeln schlugen lauter, die Schotten johlten, und die englischen Bogenschützen setzten sich in Bewegung.

Bernard de Taillebourg wusste bereits vieles von dem, was der alte Mönch ihm erzählte, doch nun, da Bruder Collimore endlich sprach, wollte er ihn nicht unterbrechen. Es war die Geschichte einer Familie, die über eine abgelegene Grafschaft in Südfrankreich geherrscht hatte. Diese Grafschaft mit Namen Astarac lag nicht weit von den Ländereien der Katharer entfernt und schloss sich nach einiger Zeit der Ketzerei an. »Die falsche Lehre breitete sich aus wie eine Seuche«, sagte Bruder Collimore. »Vom Mittelmeer bis zum Atlantik und Richtung Norden bis ins Burgund.« All dies wusste Vater de Taillebourg, doch er schwieg und ließ den alten Mann weitererzählen. Als die Katharer und ihre Besitztümer schließlich verbrannt wurden und der Rauch der Todesfeuer gen Himmel wallte, um Gott und Seinen Engeln zu verkünden, dass in dem Gebiet zwischen Frankreich und Aragon der wahre Glaube wiederhergestellt sei, flohen die Vexilles – eine der letzten Adelsfamilien, die dem teuflischen Ketzerglauben frönte – in die hintersten Winkel der Christenheit. »Aber bevor sie verschwanden«, sagte Bruder Collimore, den Blick auf die weiße Kuppeldecke des Raumes gerichtet, »nahmen sie die Schätze der Ketzer mit, um sie zu verwahren.«

»Und unter ihnen war auch der Gral?«

»So heißt es, aber wer weiß?« Der alte Mönch wandte den Kopf und sah den Dominikaner stirnrunzelnd an. »Wenn sie wirklich im Besitz des Grals waren, warum hat er ihnen nicht geholfen? Das habe ich nie verstanden.« Er schloss die Augen.

Manchmal, wenn der alte Mann innehielt, um Luft zu holen, und es aussah, als sei er eingeschlafen, blickte de Taillebourg aus dem Fenster, zu den beiden Armeen hinüber, die sich auf dem Hügel gegenüberstanden. Sie rührten sich nicht, aber der Lärm, den sie machten, klang wie das Knacken und Prasseln eines großen Feuers. Das Prasseln kam von den Stimmen der Männer, das Knacken von den Trommeln, und beide Klänge hoben und senkten sich mit den Launen des Windes, der zwischen den Felsvorsprüngen oberhalb des Wear hindurchpfiff. Der Diener von Bernard de Taillebourg stand noch immer im Türrahmen, halb verborgen hinter einem der zahlreichen Haufen unbehauener Steine, die überall zwischen der Burg und der Kathedrale aufragten. Einer der Türme der Kathedrale war von einem Gerüst umgeben, und an dem Gitter aus miteinander verknüpften Pfosten turnten kleine Jungen hinauf, begierig, einen Blick auf die Schlacht zu erhaschen. Auch die Maurer hatten ihre Arbeit eingestellt und beobachteten die beiden Armeen.

Nach seiner letzten Frage war Bruder Collimore tatsächlich eingenickt, und de Taillebourg trat zu seinem schwarz gekleideten Diener. »Glaubt Ihr ihm?«

Der Diener zuckte nur schweigend die Achseln.

»Hat Euch irgendetwas überrascht?«, fragte de Taillebourg.

»Dass Vater Ralph einen Sohn hat«, erwiderte der Diener. »Das war mir neu.«

»Wir müssen mit diesem Sohn reden«, sagte der Dominikaner grimmig. Dann wandte er sich um, da der alte Mönch wieder aufgewacht war.

»Wo war ich?«, fragte Bruder Collimore. Aus seinem Mundwinkel rann ein dünner Speichelfaden.

»Ihr fragtet Euch, warum der Gral den Vexilles nicht geholfen hat«, erinnerte ihn de Taillebourg.

»Ach ja. Er hätte es tun sollen. Wenn sie den Gral besaßen, warum sind sie dann nicht mächtig geworden?«

Vater de Taillebourg lächelte. »Stellt Euch vor, der Gral fiele den ungläubigen Muslimen in die Hände – glaubt Ihr, Gott würde ihnen seine Macht zukommen lassen? Der Gral ist ein großer Schatz, Bruder, der größte Schatz auf Erden, aber er ist nicht größer als Gott.«

»Nein.«

»Und wenn Gott den Besitzer des Grals nicht schätzt, wird der Gral seine Macht nicht entfalten.«

»Da habt Ihr wohl Recht.«

»Ihr sagtet, die Vexilles seien geflohen?«

»Sie flohen vor den Inquisitoren«, sagte Bruder Collimore mit einem verstohlenen Seitenblick auf de Taillebourg, »und ein Teil der Familie kam hierher nach England, wo sie dem König einen Dienst erwiesen. Natürlich nicht unserem jetzigen König«, betonte der alte Mönch, »sondern seinem Urgroßvater, dem letzten Henry.«

»Was war das für ein Dienst?«, fragte de Taillebourg.

»Sie gaben dem König einen Huf vom Pferd des heiligen Georg«, sagte der Mönch, als sei das etwas ganz Alltägliches. »Der Huf war in Gold gefasst und konnte Wunder bewirken. Zumindest glaubte der König daran, denn sein Sohn wurde vom Fieber geheilt, als man ihn mit dem Huf berührte. Nach allem, was ich gehört habe, ist der Huf noch immer in der Westminster Abbey.«

Zum Dank hatte die Familie Ländereien in Cheshire bekommen, erzählte Collimore weiter, und falls sie Ketzer waren, so zeigten sie es nicht, sondern lebten wie alle anderen Adligen. Ihr Untergang kam mit dem Beginn der jetzigen Regentschaft, als die Mutter des jungen Königs, unterstützt von der Familie Mortimer, versuchte, ihren Sohn an der Übernahme des Thrones zu hindern. Die Vexilles stellten sich auf die Seite der Königin, und als sie verlor, flohen sie zurück nach Frankreich. »Alle, bis auf einen Sohn«, sagte Bruder Collimore, »den Ältesten, und das war natürlich Ralph. Armer Ralph.«

»Aber wenn seine Familie zurück nach Frankreich geflohen ist, warum kam er dann bei Euch in Behandlung?« Verwirrung zeichnete sich auf dem Gesicht des Dominikaners ab, das von den morgendlichen Schlägen gegen den Stein noch immer blutverkrustet war. »Warum wurde er nicht als Verräter hingerichtet?«

»Er war Priester«, erwiderte Collimore empört, »er konnte nicht hingerichtet werden! Außerdem war allgemein bekannt, dass er seinen Vater hasste und dem König seine Treue ausgesprochen hatte.«

»Also war er doch nicht ganz verrückt«, bemerkte de Taillebourg trocken.

»Er besaß Geld«, fuhr Collimore fort, »er war von Adel, und er behauptete, er kenne das Geheimnis der Vexilles.«

»Die Schätze der Katharer?«

»Aber schon damals steckten die Dämonen in ihm! Er erklärte sich zum Bischof, stellte sich in die Straßen von London und hielt wirre Predigten. Er sagte, er werde einen neuen Kreuzzug anführen, um die Ungläubigen aus Jerusalem zu vertreiben, und verkündete, der Gral würde ihm zum Sieg verhelfen.«

»Und so habt Ihr ihn eingesperrt?«

»Er wurde zu mir geschickt«, korrigierte Bruder Collimore ihn vorwurfsvoll, »weil ich dafür bekannt war, dass ich Dämonen besiegen konnte. Zu meiner Zeit habe ich Hunderte von ihnen ausgetrieben. Hunderte!«

»Aber es gelang Euch nicht, Ralph Vexille vollkommen zu heilen?«

Der Mönch schüttelte den Kopf. »Es war, als würde Gott ihn mit Sporen und Peitsche treiben. Er weinte und schrie und geißelte sich selbst, bis das Blut lief.« Bruder Collimore erschauerte, ohne zu bemerken, dass seine Worte ebenso gut auf de Taillebourg passten. »Und er konnte den Frauen nicht entsagen. Ich fürchte, davon haben wir ihn nicht geheilt, aber auch wenn es uns nicht gelungen ist, die Dämonen vollständig zu vertreiben, so haben wir es doch geschafft, sie so weit zurückzudrängen, dass sie es nur noch selten wagten, sich zu zeigen.«

»War der Gral ein Traum, den ihm die Dämonen eingegeben haben?«, fragte der Dominikaner.

»Genau das wollten wir auch herausfinden«, erwiderte Bruder Collimore.

»Und wie lautete die Antwort?«

»Ich habe meinen Ordensoberen gesagt, dass Vater Ralph log. Dass er die Sache mit dem Gral nur erfunden hatte. Dass in seinem Wahnsinn keine Wahrheit lag. Und dann, als seine Dämonen ihn nicht länger plagten, wurde er zu einer Gemeinde ganz unten im Süden geschickt, wo er den Möwen und den Seehunden predigen konnte. Er legte seinen Titel ab, nannte sich einfach Vater Ralph, und wir schickten ihn fort, um ihn zu vergessen.«

»Um ihn zu vergessen?«, wandte de Taillebourg ein. »Ihr habt doch weiter Nachricht von ihm bekommen. Ihr wusstet, dass er einen Sohn hat.«

Der alte Mönch nickte. »Wir hatten ein Ordenshaus in der Nähe von Dorchester, und die Brüder haben mich auf dem Laufenden gehalten. Sie berichteten mir, dass Vater Ralph sich eine Frau zugelegt hatte, eine Haushälterin, aber welcher Priester auf dem Land tut das nicht? Und er bekam einen Sohn und hängte einen alten Speer in seiner Kirche auf und behauptete, es sei die Lanze des heiligen Georg.«

De Taillebourg spähte aus dem Fenster, denn der Lärm war noch größer geworden. Es sah so aus, als greife die englische Armee an, obwohl sie zahlenmäßig weit unterlegen war, und das bedeutete, dass sie die Schlacht verlieren würden und er zusehen musste, dass er aus dem Kloster und aus der Stadt verschwand, bevor Sir William Douglas hier auftauchte und Rache übte. »Ihr habt Euren Ordensoberen gesagt, Vater Ralph hätte gelogen. Hat er das wirklich?«

Der alte Mönch zögerte, und de Taillebourg schien es, als halte das ganze Firmament den Atem an. »Nein, ich glaube nicht, dass er gelogen hat«, flüsterte Collimore.

»Warum habt Ihr es dann behauptet?«

»Weil ich ihn mochte. Und weil ich nicht glaubte, dass wir die Wahrheit aus ihm herausbekommen würden, indem wir ihn auspeitschten, hungern ließen oder ihn in kaltes Wasser tauchten. Ich hielt ihn für harmlos und fand, man sollte ihn Gott überlassen.«

Wieder blickte de Taillebourg aus dem Fenster. Der Gral, dachte er, der Gral! Gottes Jagdhunde hatten die Fährte aufgenommen. Er würde ihn finden! »Einer aus der Familie kam aus Frankreich zurück«, sagte er. »Er stahl die Lanze und tötete Vater Ralph.«

»Das habe ich gehört.«

»Aber den Gral hat er nicht gefunden.«

»Dem Herrn sei Dank«, sagte Bruder Collimore mit schwacher Stimme.

De Taillebourg hörte hinter sich ein Geräusch und sah, dass sein Diener, der bisher aufmerksam gelauscht hatte, jetzt den Innenhof beobachtete. Offenbar kam jemand. Der Dominikaner beugte sich zu Bruder Collimore hinunter und senkte die Stimme. »Wie viele Menschen wissen von Vater Ralph und dem Gral?«

Der alte Mönch überlegte einen Moment. »Seit Jahren hat niemand mehr davon gesprochen, bis der neue Bischof kam. Er muss Gerüchte gehört haben, denn er fragte mich danach. Ich habe ihm gesagt, dass Ralph Vexille verrückt war.«

»Hat er Euch geglaubt?«

»Er war enttäuscht. Er wollte den Gral für die Kathedrale.«

Natürlich, dachte de Taillebourg, denn die Kathedrale, die im Besitz des Grals war, würde zur reichsten Kirche der Christenheit werden. Selbst die in Genua mit ihrem albernen Ding aus grünem Glas, das sie als den Gral ausgab, nahm Geld von Tausenden von Pilgern. Aber wenn man den echten Gral in eine Kirche stellte, würden die Gläubigen zu Hunderttausenden herbeiströmen und Wagenladungen voller Münzen und Juwelen mitbringen. Könige und Königinnen, Prinzen und Herzöge würden sich vor dem Altar drängen und darum wetteifern, wer das kostbarste Geschenk zu bieten hatte.

Der Diener war lautlos hinter einem der Steinhaufen verschwunden, und de Taillebourg wartete unruhig, den Blick auf die Tür geheftet. Doch es war nur ein Priester in einer derben Kutte, mit einer wilden Haarmähne und einem breiten, gutmütigen und von der Sonne verbrannten Gesicht. Er hatte eine junge Frau bei sich, schmal und blass. Sie wirkte nervös, aber der Priester begrüßte de Taillebourg herzlich. »Gott zum Gruße, Vater.«

»Gott zum Gruße«, erwiderte der Dominikaner höflich. Sein Diener war hinter den Fremden wieder aufgetaucht, um sie am Gehen zu hindern, falls sein Herr dies für nötig halten sollte. »Ich nehme Bruder Collimore die Beichte ab«, erklärte de Taillebourg.

»Nun, ich hoffe, seine Sünden sind nicht allzu schlimm«, sagte Vater Hobbe lächelnd. »Ihr klingt nicht wie ein Engländer, Vater.«

»Ich komme aus Frankreich«, sagte de Taillebourg.

»Ich auch«, sagte Eleanor auf Französisch, »und wir sind gekommen, um mit Bruder Collimore zu sprechen.«

»So? Worüber denn?«, fragte de Taillebourg freundlich.

»Der Bischof schickt uns«, sagte Eleanor voller Eifer, »und der König.«

»Welcher König, mein Kind?«

»Edouard d'Angleterre«, verkündete Eleanor stolz. Vater Hobbe, der kein Französisch verstand, blickte fragend zwischen ihr und dem Dominikaner hin und her.

»Warum sollte Edward dich schicken?«, fragte de Taillebourg, und als Eleanor nervös wurde, wiederholte er seine Frage. »Warum sollte Edward dich schicken?«

»Ich weiß nicht, Vater«, sagte Eleanor kleinlaut.

»Doch, mein Kind, ich glaube, das weißt du.« Er erhob sich. Vater Hobbe, der spürte, dass Gefahr in der Luft lag, ergriff Eleanor am Handgelenk und versuchte, sie aus dem Raum zu ziehen, doch de Taillebourg gab seinem Diener ein Zeichen, und noch bevor Vater Hobbe begriffen hatte, warum ihm der Dominikaner verdächtig vorkam, bohrte sich das Messer zwischen seine Rippen. Mit einem würgenden Keuchen sank er auf die Steinfliesen. Eleanor versuchte zu fliehen, doch de Taillebourg packte sie am Arm und riss sie grob herum. Sie schrie auf, und der Dominikaner presste ihr seine Hand auf den Mund, um sie zum Schweigen zu bringen.

»Was ist los?«, fragte Bruder Collimore.

»Wir tun Gottes Werk«, sagte de Taillebourg beruhigend, »Gottes Werk.«

Und auf dem Hügel flogen die ersten Pfeile.

Thomas rückte mit den Bogenschützen des linken Zuges vor. Sie waren noch keine dreißig Schritt gegangen – über einen Graben, eine Böschung hinauf und zwischen ein paar jungen Schwarzdornbüschen hindurch –, als sie nach rechts ausweichen mussten, weil sich an der Flanke des Hügels eine große, steilwandige Senke auftat, die mit vergilbten Farnen bewachsen war. Dahinter zog sich eine von Flechten überzogene Steinmauer entlang, und als Thomas darüber kletterte, blieb er mit seiner Pfeiltasche an einem scharfen Vorsprung hängen. Es fiel nur ein Pfeil heraus, aber er landete in einem Elfenring aus Pilzen, und Thomas überlegte, ob das ein gutes oder ein böses Vorzeichen war. Doch der Lärm der schottischen Trommeln lenkte ihn ab, und so hob er den Pfeil einfach auf und lief weiter. Mittlerweile schlugen alle feindlichen Trommler wie besessen auf ihre Instrumente ein, sodass sogar die Luft zu vibrieren schien. Die schottischen Soldaten hoben ihre Schilde an, um die Pikenträger zu schützen, und einer der Armbrustschützen spannte die Sehne seiner Waffe mithilfe einer Zahnradkurbel, bis sie hinter der Nuss einrastete. Der Mann warf den anrückenden englischen Bogenschützen einen nervösen Blick zu, ließ die Kurbel fallen und legte einen Metallbolzen in die Führungsschiene seiner Armbrust. Die Schotten hatten ihr Gebrüll wieder aufgenommen, und jetzt konnte Thomas einige Worte verstehen. »Hasst ihr die Engländer?«, hörte er, dann zischte ein Armbrustbolzen an ihm vorbei, und er kümmerte sich nicht weiter um das feindliche Kriegsgeheul. Hunderte von englischen Bogenschützen schwärmten über die Felder, die meisten von ihnen im Laufschritt. Die Schotten besaßen nur eine Handvoll Armbrüste, aber diese Waffen hatten eine größere Reichweite als die Kriegsbogen der Engländer, deshalb beeilten die englischen Schützen sich, den Abstand zu verringern. Ein Pfeil schlidderte über das Gras vor Thomas' Füßen, kein Armbrustbolzen, sondern ein Pfeil von einem der wenigen schottischen Eibenbogen, und dadurch wusste Thomas, dass sie fast in Reichweite waren. Die vordersten Bogenschützen waren stehen geblieben und hatten ihre Sehnen gespannt, und schon sirrten die ersten Pfeile gen Himmel. Ein Schütze in einem gepolsterten Lederwams stürzte mit einem Armbrustbolzen in der Stirn hintenüber. Blut strömte über sein Gesicht, während sein letzter Pfeil, der fast senkrecht in die Höhe geschossen war, nutzlos durch die Luft trudelte.

»Zielt auf die Bogenschützen!«, brüllte ein Mann mit verrosteter Brustplatte. »Tötet zuerst ihre Schützen!«

Thomas blieb stehen und hielt Ausschau nach der königlichen Standarte. Sie war zu seiner Rechten, sehr weit entfernt, aber er hatte schon fernere Ziele getroffen, und so ging er in Stellung und holte tief Luft. Im Namen Gottes und des heiligen Georg legte er den auserwählten Pfeil an und zog die Sehne zurück, bis die weißen Gänsefedern fast sein Ohr berührten. Er hielt den Blick auf König David II. von Schottland gerichtet, sah, wie die Sonne das Gold auf dem königlichen Helm funkeln ließ, sah auch, dass sein Visier geöffnet war, zielte jedoch auf die Brust, rückte den Bogen leicht nach rechts, um den Wind auszugleichen, und ließ los. Der Pfeil flog schnurgerade, ohne zu vibrieren, wie es ein schlechter Pfeil tat. Thomas verfolgte, wie er anstieg und sich wieder senkte, und als er sah, wie der König hintenüber geschleudert wurde und sein Gefolge sich um ihn drängte, legte er seinen zweiten Pfeil an und suchte sich das nächste Ziel. Ein schottischer Bogenschütze humpelte aus der Linie, ein Pfeil in seinem Bein. Die Soldaten umschlossen den Verwundeten und versiegelten die Linie mit ihren schweren Schilden. Aus den feindlichen Reihen stieg etwas auf, das wie tiefes Hundegebell klang, aber vielleicht war es auch das Kriegsgebrüll der Stammesführer. Der König hatte sich abgewandt und war von Männern umringt. Der Himmel war erfüllt vom Flüstern der Pfeile, und das Surren der Bogen begleitete es wie eine gleichmäßige, dunkle Melodie. Die Franzosen nannten es die Harfenmusik des Teufels. Soweit Thomas sehen konnte, waren auf schottischer Seite keine Bogenschützen mehr übrig. Die Engländer hatten sie alle zum Ziel genommen, und nachdem ihre Pfeile den feindlichen Schützen ein blutiges Ende bereitet hatten, lenkten sie ihre Geschosse auf die Männer mit Piken, Schwertern, Äxten und Speeren. Die Stammesleute, die nur aus Haaren, Bärten und Raserei zu bestehen schienen, befanden sich hinter sechs oder acht Reihen Soldaten, sodass die Pfeile gegen Rüstungen und Schilde prallten. Die schottischen Ritter, Soldaten und Pikenträger schützten sich, so gut sie konnten, und duckten sich unter dem stählernen Hagel, aber ein paar Pfeile fanden stets die Lücken zwischen den Schilden, und andere bohrten sich glatt durch die mit Leder bezogenen Weidenbretter. Das dumpfe Wummern der Pfeile gegen die Schilde wetteiferte mit dem schärferen Klang der Trommeln.

»Vorwärts, Männer, vorwärts!« Einer der Anführer der Bogenschützen trieb seine Leute an, zwanzig Schritt näher auf den Feind zuzugehen, damit ihre Pfeile die feindlichen Reihen noch besser zerpflücken konnten. »Tötet sie!« Zwei seiner Männer lagen im Gras, ein Zeichen, dass die schottischen Bogenschützen immerhin noch einigen Schaden angerichtet hatten, bevor sie von ihren Gegnern überwältigt worden waren. Ein weiterer Engländer torkelte wie ein Betrunkener auf seine eigenen Leute zu, die Hände auf den Bauch gepresst, aus dem Blut an seinen Beinen herunterlief. Eine Bogensehne riss, und der Pfeil schoss seitwärts davon. Fluchend tastete der Schütze unter seinem Waffenrock nach einer Ersatzsehne.

Die Schotten konnten jetzt nichts tun. Sie hatten keine Bogenschützen mehr, und die Engländer rückten immer näher, bis sie ihre Pfeile in kurzem, geradem Schuss auf den Feind loslassen konnten, sodass die Stahlspitzen Schilde, Kettenhemden und sogar die vereinzelten Plattenrüstungen durchdrangen. Thomas war nur noch knapp siebzig Schritt von der feindlichen Linie entfernt und wählte seine Ziele kühl und in aller Ruhe aus. Er sah das Bein eines Mannes unter einem Schild hervorlugen und jagte ihm einen Pfeil in den Oberschenkel. Die

Trommler waren geflohen, und zwei ihrer Instrumente lagen auf dem Boden, die Häute aufgeplatzt wie Fallobst. Dicht hinter den Soldatenreihen stand das Pferd eines Ritters, und Thomas bohrte einen Pfeil tief in die Brust des Schlachtrosses. Als er das nächste Mal hinsah, war das Pferd gestürzt, und die Umstehenden flüchteten vor den wild schlagenden Hufen. Dabei gaben sie den Schutz ihrer Schilde auf und wurden prompt von einem Pfeilhagel niedergemäht. Kurz darauf stürmte eine Meute von langhaarigen, kläffenden Jagdhunden mit gebleckten Zähnen zwischen den geduckten Reihen hervor, doch auch sie wurden von den Pfeilen zum Verstummen gebracht.

»Ist es immer so leicht?«, fragte ein Junge einen Schützen in seiner Nähe. Offenbar war es seine erste Schlacht.

»Ja, wenn die anderen keine Bogenschützen haben«, antwortete der Ältere, »und solange uns die Pfeile nicht ausgehen. Danach ist es verdammt schwer.«

Thomas spannte und ließ los, schoss in schrägem Winkel hinter die schottische Linie, um an einem Schild vorbei das bärtige Gesicht eines Mannes zu treffen. Der schottische König saß noch zu Pferde, war jetzt jedoch durch vier pfeilgespickte Schilde geschützt, und Thomas dachte an die französischen Pferde, die sich in der Pikardie den Hügel hinaufgekämpft hatten, Hals, Beine und Kruppen von Pfeilen durchbohrt. Er griff in seine zerrissene Pfeiltasche, nahm einen weiteren Schaft heraus und zielte damit auf das Pferd des Königs. Die Schotten waren jetzt unter vollem Beschuss und würden entweder vor dem Pfeilhagel flüchten oder voller Zorn die kleinere englische Armee angreifen, und nach den wütenden Rufen, die hinter den Schilden hervorklangen, rechnete Thomas eher mit einem Angriff.

Er hatte Recht. Ihm blieb gerade noch Zeit, einen letzten Pfeil abzuschießen, dann ertönte plötzlich ein schauerliches Gebrüll, und die gesamte schottische Linie stürmte, scheinbar völlig ungeordnet, auf den Feind zu. Unter wüstem Geheul rannten sie vorwärts, durch die Pfeile zum Angriff getrieben, und die englischen Bogenschützen ergriffen die Flucht. Die Schotten waren zu Tausenden, und selbst wenn die Schützen sämtliche Pfeile, die sie besaßen, in die wütende Horde jagten, würde diese sie im Handumdrehen überwältigen, also rannten sie zurück, um hinter ihren eigenen Soldaten Schutz zu suchen. Thomas stolperte, als er über die Steinmauer kletterte, fing sich jedoch und lief weiter. Dann sah er, dass andere Bogenschützen stehen geblieben waren und auf ihre Verfolger zielten. Die Mauer bremste die Schotten, und so drehte Thomas sich ebenfalls um und schoss zwei wehrlose Männer ab, bevor es dem Feind gelang, das Hindernis zu überwinden, und er ihn wieder zur Flucht zwang. Er lief auf die kleine Lücke in der englischen Linie zu, wo das Leichentuch des heiligen Cuthbert flatterte, sah jedoch, dass sich dort bereits Dutzende von Bogenschützen drängten, und schwenkte nach rechts ab, zu dem schmalen Streifen zwischen der Flanke der Armee und dem steilen Abhang des Hügels.

»Schilde hoch!«, befahl ein graubärtiger Krieger, dessen Helmvisier hochgeklappt war, seinen Soldaten. »Gegenhalten! Gegenhalten!« Die englische Linie, die nur aus vier oder fünf Reihen bestand, brachte sich in Stellung, um den wilden Angriff abzuwehren, den Schild in Verteidigungshaltung, das rechte Bein nach hinten in den Boden gestemmt. »St. George! St. George!«, rief jemand. »Gegenhalten! Waffen in Anschlag und gegenhalten!«

Thomas, an der Flanke der Armee angekommen, wandte sich um und sah, dass die Schotten in ihrem überstürzten Angriff ihre Linie auseinander gerissen hatten. Ursprünglich hatten sie Schulter an Schulter gestanden, aber im Laufen waren die Abstände immer größer geworden, sodass ihr rechter *sheltron* nach außen gedrängt und in die tiefe Grube gestürzt war, die das Schlachtfeld so unerwartet schmälerte. Wehrlos kauerten sie am Boden der Grube und starrten gen Himmel.

»Bogenschützen!«, rief Thomas, der sich wieder in Frankreich wähnte, als Anführer eines der Trupps von Will Skeat. »Bogenschützen!«, brüllte er erneut und lief zum Rand der Grube. »Kommt her und tötet sie!« Männer kamen herbei, stießen einen Triumphschrei aus und spannten ihre Bogen.

Es war die Zeit des Tötens. Der rechte Flügel der schottischen Armee hockte unten in der Grube, und die Bogenschützen standen oben und konnten ihr Ziel nicht verfehlen. Zwei Mönche brachten neue Pfeilbündel, in denen jeweils vierundzwanzig Pfeile in gleichmäßigem Abstand um zwei Lederscheiben angeordnet waren, damit die Federn nicht zerdrückt wurden. Die Mönche schnitten die Bündel auf und schütteten den Inhalt auf den Boden neben die Schützen, die wieder und wieder die Sehne spannten und einen Pfeil nach dem anderen in die Todesgrube schossen. Thomas hörte das ohrenbetäubende Krachen, als die Soldaten auf dem Schlachtfeld aufeinander prallten, doch hier, an der linken Flanke der englischen Armee, würden die Schotten niemals auf die feindlichen Schilde treffen, denn sie waren in die farnbesetzten Tiefen gestürzt, in das Königreich des Todes.

Thomas hatte seine Kindheit in Hookton verbracht, einem Dorf im Süden Englands, wo ein Fluss, der in das Meer mündete, einen tiefen Kanal in den Kiesstrand gegraben hatte. Dieser Kanal verlief in einer Kurve und bildete so eine Landzunge, den Hook, der die Fischerboote schützte. Einmal im Jahr, wenn die Ratten in den Bilgen und Frachträumen Überhand nahmen, ließen die Fischer ihre Boote auf dem Grund des Flusses stranden und füllten sie mit Steinen, damit die Flut die stinkenden Kähne überspülte. Das war ein Festtag für die Kinder, die sich auf den Hook stellten, warteten, bis die Ratten von den Booten flohen, und dann unter fröhlichem Gekreische mit Steinen nach ihnen warfen. Je panischer die Ratten umherrannten, desto größer der Spaß der Kinder, und die Erwachsenen standen lachend drum herum, feuerten sie an und klatschten Beifall.

Genauso war es jetzt. Die Schotten waren unten in der Tiefe, und die Bogenschützen standen oben am Rand des Hügels, Herrscher über Leben und Tod. Die Pfeile zischten in geradem Flug den Abhang hinunter, und wenn sie ihr Ziel trafen, klang es wie ein Schlächterbeil, das sich in Fleisch grub. Schreiend und sterbend wanden sich die Schotten in der Grube, und der herbstlich vergilbte Farn färbte sich rot. Ein paar Männer versuchten, zu ihren Peinigern hinaufzuklettern, doch damit boten sie ein noch leichteres Ziel. Andere versuchten, zur anderen Seite zu entkommen, und wurden von hinten abgeschossen, und wieder andere flohen in völliger Auflösung den Hügel hinunter. Sir Thomas Rokeby, Sheriff von Yorkshire und Befehlshaber der linken Flanke der Engländer, bemerkte ihre Flucht und befahl vierzig seiner Männer, ihre Pferde zu holen und das Tal zu durchkämmen. Die mit Kettenpanzern bewehrten Reiter schwangen ihre Schwerter und Morgensterne, um das tödliche Werk der Bogenschützen zu vollenden.

Der Boden der Grube war eine stöhnende, blutige Masse. Ein Mann in Plattenrüstung, einen mit Federn verzierten Helm auf dem Kopf, versuchte, aus dem Gemetzel herauszuklettern. Zwei Pfeile durchbohrten seinen Brustpanzer, ein dritter drang durch einen Schlitz in seinem Visier, und er stürzte zuckend hintenüber. In dem Falken auf seinem Schild stak ein Dickicht aus gefiederten Schäften. Die Pfeile wurden weniger, denn es gab kaum noch Schotten zu töten, und die ersten Bogenschützen rutschten mit gezücktem Messer den Hang hinunter, um die Toten zu plündern und die Verwundeten zu töten.

»Na, wer hasst jetzt die Engländer?«, höhnte einer der Engländer. »Kommt schon, ihr Bastarde, wir wollen was hören! Wer hasst die Engländer?«

Dann ertönte ein Schrei aus der Mitte des Schlachtfeldes. »Bogenschützen! Nach rechts! Nach rechts!« In der Stimme lag nackte Panik. »Nach rechts, Herrgott noch mal, schnell!«

Die Soldaten an der linken Flanke der Engländer nahmen kaum am Kampf teil, weil die Bogenschützen die Schotten in der Grube abschossen. Die englische Mitte hielt gut stand, da die Männer des Erzbischofs hinter einer Steinmauer Position bezogen hatten, die zwar nur hüfthoch war, aber dennoch eine sehr wirksame Barriere gegen den feindlichen Angriff bildete. Die Schotten konnten über den Rand der Mauer stechen, schlagen und hacken, sie konnten versuchen, sie zu erklimmen, sie konnten sogar versuchen, sie Stein für Stein abzutragen, aber sie konnten sie nicht umstoßen, und so gelang es den Engländern, obwohl sie bei weitem in der Minderzahl waren und die Schotten mit ihren schweren Piken auf sie einstachen, den Feind in Schach zu halten. Ein paar englische Ritter riefen nach ihren Pferden, bewaffneten sich mit Lanzen und ritten, sobald sie aufgesessen waren, dicht hinter ihre belagerten Kameraden und rammten den Schotten ihre Lanzen in die Augen. Einige der Soldaten duckten sich unter den unhandlichen Piken hindurch und hieben mit Schwertern und Äxten auf den Feind ein. Der Lärm in der Mitte war gewaltig – das Gebrüll der Männer in den hinteren Rängen, die Schreie der Verwundeten, das Klirren von Schwert auf Schwert, das Krachen von Schwert auf Schild und das Knirschen von Lanze auf Pike –, aber die Mauer sorgte dafür, dass keine Seite die andere zurückdrängen konnte, und so schoben sie sich, von den Toten behindert, unablässig gegen die Steine, hackten aufeinander ein, litten, bluteten und starben.

Aber an der rechten Flanke der Engländer, die Lord Neville und Lord Percy befehligten, war die Mauer noch nicht fertig gestellt, sondern bestand nur aus einem Haufen Steine, der dem Angriff der linken schottischen Flanke, angeführt vom Earl of March und dem Neffen des Königs, Lord Robert Stewart, keinerlei Widerstand bot. Ihr *sheltron*, der der Stadt am nächsten lag, war der größte der drei schottischen Züge, und er stürzte sich auf die Engländer wie ein Rudel ausgehungerter Wölfe. Die Angreifer wollten Blut sehen, und vor ihrem heulenden Ansturm stoben die Bogenschützen davon wie Schafe vor den Reißzähnen ihrer Verfolger. Die Wucht, mit der die Schotten auf die englische Rechte prallten, trieb die Verteidiger zwanzig Schritt zurück, bevor es ihnen gelang, die feindlichen Soldaten aufzuhalten, die nun über die von ihnen Getöteten und Verwundeten stolperten. Die Engländer duckten sich, Schulter an Schulter, hinter ihre Schilde, stachen mit ihren Schwertern auf Köpfe und Beine ein und stemmten sich, stöhnend vor Anstrengung, gegen den gewaltigen Druck der schottischen Massen.

Es war schwierig, in den vordersten Reihen zu kämpfen. Von hinten wurde gedrängt und geschoben, sodass Engländer und Schotten sich so nah waren wie Liebende, zu nah, um mit einem Schwert ausholen zu können. Die Reihen dahinter hatten mehr Platz, und ein Schotte hieb mit einer Pike nieder, die er wie eine riesige Axt schwang; die Klinge grub sich in einen feindlichen Helm und spaltete Eisen, Lederfutter, Kopfhaut und Schädel so leicht wie ein rohes Ei. Blut spritzte über ein Dutzend Männer, als der tote Soldat zu Boden fiel, und in die so entstandene Lücke drängten sich weitere Schotten. Ein Clanführer stolperte über die Leiche und schrie auf, als ein Engländer mit stumpfem Messer auf seinen Nacken einstach. Erneut stieß die Pike nieder und tötete einen zweiten Mann; als sie wieder hochgehoben wurde, blieb das zerdrückte Visier des Toten an ihrem blutigen Dorn hängen.

Die Trommeln, die noch unversehrt waren, hatten ihren dröhnenden Lärm wieder aufgenommen, und die Schotten schwangen die Waffen in ihrem Rhythmus. »Bruce! Bruce!«, skandierten einige, während andere ihren Schutzheiligen anriefen: »St. Andrew! St. Andrew!« Lord Robert Stewart, leuchtend in seinem Blau und Gelb und mit einer schmalen goldenen Zierleiste an seinem Helm, hieb mit einem Zweihänder auf die englischen Soldaten ein, die sich vor den rasenden Schotten duckten. Da er endlich sicher vor den Pfeilen war, hatte er sein Visier hochgeschoben, damit er den Feind besser sehen konnte. »Vorwärts!«, rief er seinen Männern zu. »Vorwärts! Macht sie nieder! Tötet sie! Tötet sie!« Der König hatte ihnen versprochen, dass sie das Weihnachtsfest in London feiern würden, und wie es schien, stand ihnen nur noch ein läppischer Haufen verängstigter Männer im Weg, bevor dieses Versprechen Wirklichkeit werden würde. Die Schätze von Durham, York und London waren nur mehr einen Schwertstreich entfernt; noch ein paar treffsichere Stöße, und all die Reichtümer von Norwich und Oxford, von Bristol und Southampton würden in ihre Börsen wandern. »Schottland! Schottland! Schottland!«, rief Lord Robert. »Schottland!« Der Pikenträger schlug, da er den Dorn seiner

Waffe nicht von dem Visier befreien konnte, mit dem Haken auf den Helm eines Mannes ein, hämmerte darauf, bis das verbeulte und aufgerissene Metall sich in den Schädel des Sterbenden fraß und Blut und Gehirnmasse durch die Visierschlitze troffen. Ein Engländer schrie auf, als eine schottische Pike sich in seine Lenden grub. Ein Junge, vielleicht ein Page, taumelte rückwärts, die Augen blutig von einem Schwerthieb. »Schottland!« Lord Robert konnte den Sieg bereits riechen. Er war so nah! Entschlossen drängte er vor, spürte, wie die englische Linie erbebte und zurückwich, sah, wie schmal sie war, wehrte mit dem Schild einen Hieb ab, stach mit seinem Schwert zu, um einen verwundeten, gestürzten Feind zu töten, und rief seinen Knappen zu, sie sollten Ausschau halten nach wohlhabenden englischen Adligen, deren Lösegeld das Haus Stewart bereichern könnte. Stöhnend hieben die Männer aufeinander ein. Ein Stammeskrieger taumelte aus dem Gewühl und versuchte keuchend, die Eingeweide in seinem aufgeschlitzten Bauch zu halten. Ein Trommler trieb die Schotten vorwärts. »Bring mir mein Pferd!«, befahl Lord Robert einem seiner Knappen. Er wusste, dass die englische Linie jeden Moment aufbrechen musste, und dann würde er aufsitzen, seine Lanze nehmen und den geschlagenen Feind verfolgen. »Weiter!«, brüllte er. »Weiter!« Da stieß der Mann mit der langen Pike, der riesige Schotte, der eine Lücke in die vorderste Reihe der Engländer getrieben hatte und sich ganz allein einen blutigen Pfad nach Süden zu schlagen schien, plötzlich einen wimmernden Ton aus. Seine Pike, die hoch erhoben war, noch immer behindert durch das verbogene Visier, schwankte. Der Mann zuckte, und sein Mund öffnete und schloss sich mehrmals, aber er brachte kein Wort hervor, denn aus seinem Kopf ragte, die Federn blutverschmiert, ein Pfeil.

Auf einmal schwirrte die Luft von Pfeilen, und Lord Robert klappte sein Visier herunter, sodass der Tag in Dunkelheit versank.

Die verfluchten englischen Bogenschützen waren wieder da.

Wie tief und steil die mit Farnen bewachsene Ausbuchtung in der Flanke des Hügels war, bemerkte Sir William Douglas erst, als er an ihrem Tiefpunkt angekommen war und feststellen musste, dass er unter dem Beschuss der Bogenschützen weder vor noch zurück konnte. Die beiden vordersten Reihen der schottischen Soldaten waren samt und sonders tot oder verwundet, und ihre Körper bildeten einen Haufen, über den er in seiner schweren Rüstung nicht hinwegkam. Robbie versuchte unter herausforderndem Gebrüll, ihn zu erklimmen, aber Sir William riss seinen Neffen unsanft zurück und stieß ihn in die Farne. »Das hier ist kein Platz zum Sterben, Robbie!«

»Diese Schweinehunde!«

»Ja, sie sind Schweinehunde, aber wir sind die Dummen!« Sir William kauerte sich neben seinen Neffen und schützte sie beide mit seinem großen Schild. Zurückzuweichen war undenkbar, denn das hieße, vor dem Feind wegzulaufen, aber weiter vordringen konnten sie auch nicht, und so staunte er nur über die Wucht, mit der die Pfeile sich in seinen Schild bohrten. Dutzende von bärtigen Stammeskriegern, leichtfüßiger als die Soldaten, da sie sich weigerten, Kettenpanzer zu tragen, stürmten unter wildem Geheul an ihnen vorbei und erklommen mit nackten Beinen den Haufen sterbender Schotten, doch prompt hagelten die englischen Pfeile auf sie nieder und drängten sie zurück. Die Pfeile machten ein Geräusch wie platzende Blasen, wenn sie ins Fleisch trafen, und die Stammeskrieger stürzten stöhnend und zuckend zu Boden. Aus jeder Wunde schoss eine Blutfontäne, sodass Sir William und Robbie Douglas hinter ihrem schweren Schild zwar unverletzt, aber über und über mit Blut bespritzt waren.

Ein plötzlicher Tumult unter den Soldaten neben ihnen lockte noch mehr Pfeile an, und Sir William befahl den Männern wütend, sie sollten sich hinlegen und tot stellen, in der Hoffnung, dass die englischen Bogenschützen sie dann in Ruhe lassen würden, aber die Soldaten riefen zurück, der Earl of Moray sei verwundet worden. »Wurde auch Zeit«, brummte Sir William Robbie zu. Er hasste den Earl mehr als die Engländer, und als ein anderer Mann hinterherrief, seine Lordschaft sei nicht nur verwundet, sondern tot, grinste er befriedigt. Doch dann brachte ein weiterer Pfeilhagel die Gefolgsleute des Earls zum Schweigen, und Sir William hörte, wie die Geschosse gegen Metall knallten, sich in Fleisch bohrten und in das Weidenholz der Schilde donnerten. Als die Pfeile schließlich verstummten, war nur noch Stöhnen und Wimmern zu hören, rasselnder Atem und leises Knarzen, als die Überlebenden versuchten, unter dem Haufen von Sterbenden hervorzukriechen.

»Wie konnte das passieren?«, fragte Robbie.

»Wir haben das Gelände nicht sorgfältig genug ausgekundschaftet«, erwiderte Sir William. »Wir sind in der Überzahl, und das hat uns leichtfertig gemacht.« In der pfeillosen Stille erklang ein unheilvolles Lachen und das stapfende Geräusch von Stiefeln. Dann ertönte ein Schrei, und Sir William, der kriegserfahren war, wusste, dass die englischen Truppen jetzt in die Grube kamen, um die Verwundeten zu töten. »Wir müssen verschwinden«, sagte er zu Robbie. »Uns bleibt nichts anderes übrig. Deck deinen Hintern mit dem Schild und lauf wie der Teufel.«

»Wir laufen davon?«, fragte Robbie entgeistert.

Sir William seufzte. »Robbie, du verdammter Dummkopf, du kannst entweder vorwärts stürmen und sterben, und ich werde deiner Mutter sagen, dass du wie ein mutiger Trottel gestorben bist, oder du kannst mit mir zurück auf den Hügel rennen und versuchen, diese verfluchte Schlacht zu gewinnen.«

Robbie widersprach nicht, sondern musterte nur kurz den

Teil der Grube hinter ihnen, wo die Farne mit weiß gefiederten Pfeilen gespickt waren. »Sagt mir, wenn ich loslaufen soll.«

Ein Dutzend Bogenschützen und ebenso viele englische Soldaten kamen mit Messern, um den Schotten die Kehle durchzuschneiden. Bevor sie jemanden umbrachten, überprüften sie, ob er als Quelle für ein Lösegeld taugte, aber dafür kamen nur wenige Männer in Frage, und erst recht keiner von den Stammeskriegern. Die hassten die Engländer noch mehr als die übrigen Schotten, weil sie so anders waren, und sie behandelten sie wie Abschaum. Vorsichtig reckte Sir William den Kopf und beschloss, den Moment für den Rückzug zu nutzen. Es war immer noch besser, aus dieser blutigen Falle zu fliehen, als in Gefangenschaft zu geraten, und so rannte er mit seinem Neffen den Abhang hinauf. Zu seiner Überraschung kamen keine Pfeile. Er hatte damit gerechnet, dass sich ein Schwarm von Pfeilen in die Farne und das Gras bohren würde, sobald sie sich in Bewegung setzten, doch niemand schien sich um ihn und Robbie zu kümmern. Auf halbem Weg wandte er sich um und sah, dass die englischen Bogenschützen verschwunden waren und diese Flanke nur noch mit Soldaten besetzt war. Ihr Anführer, der am anderen Rand der Grube stand, war Lord Outhwaite, einst Sir Williams Gefangener. Outhwaite, der hinkte, benutzte einen Speer als Gehstock, und als er Sir William erblickte, hob er die Waffe zum Gruß.

»Seht zu, dass Ihr eine vernünftige Rüstung auftreibt, Willie!«, rief Sir William dem Lord zu, der ebenso wie der Ritter von Liddesdale auf den Namen William getauft war. »Wir sind noch nicht fertig mit euch.«

»Nur zu, Sir William, ich habe keine Angst«, rief Lord Outhwaite zurück. Er stützte sich auf seinem Speer ab. »Ich hoffe, es geht Euch gut?«

»Natürlich nicht, verdammter Holzkopf! Die Hälfte meiner Männer liegt da unten.«

»Mein armer Freund«, sagte Outhwaite mit gespieltem Mitleid und winkte freundlich, als Sir William Robbie den Abhang hinaufschubste und ihm in die Sicherheit folgte.

Sobald Sir William oben angekommen war, überprüfte er die Lage. Er sah deutlich, dass die Schotten hier an der rechten Flanke geschlagen waren, aber das hatten sie sich selbst zuzuschreiben, da sie unbedacht in die Ausbuchtung gestürmt waren, wo die Bogenschützen sie ohne jedes eigene Risiko abschießen konnten. Besagte Bogenschützen waren jetzt nirgends zu sehen, aber Sir William nahm an, dass sie quer über das Schlachtfeld zur linken schottischen Flanke befohlen worden waren, die offenbar wesentlich weiter vorgedrungen war als das Mittelfeld, denn das blau-gelbe Löwenbanner von Lord Robert Stewart flatterte ein gutes Stück vor der rot-gelben Standarte des Königs. Links schien die Schlacht also gut zu laufen, aber in der Mitte ging es nicht voran, was, wie Sir William sehen konnte, an der Mauer lag, die die schottische Linie am weiteren Vordringen hinderte.

»Hier können wir nichts ausrichten«, sagte er zu Robbie, »also machen wir uns nützlich.« Er wandte sich um und erhob sein blutiges Schwert. »Douglas!«, rief er. »Douglas!« Sein Flaggenträger war verschwunden, und Sir William vermutete, dass der Mann samt der Flagge mit dem roten Herzen tot in der Grube lag. »Douglas!«, rief er erneut, und als genügend von seinen Männern herbeigekommen waren, führte er sie zum mittleren *sheltron.* »Wir kämpfen hier«, sagte er zu ihnen und schob sich zum König durch, der sich zu Pferd in der zweiten oder dritten Reihe befand und unter seiner mit Pfeilen gespickten Standarte eine Lanze schwang. Er hatte das Visier hochgeschoben, und Sir William sah, dass das Gesicht des Königs zur Hälfte blutüberströmt war. »Klappt Euer Visier runter!«, brüllte er.

Der König versuchte, mit einer langen Lanze über die Steinmauer hinwegzustoßen, aber das Gedränge der Männer hinderte ihn immer wieder daran. Sein rot-gelber Waffenrock war zerrissen, sodass das blanke Metall der Rüstung darunter hervorleuchtete. Ein Pfeil bohrte sich in sein rechtes Schulterstück, das sich erneut über den Rand des Brustpanzers geschoben hatte, und gerade als er es herunterzog, riss ein weiterer Pfeil das linke Ohr seines Streitrosses auf. Er entdeckte Sir William und grinste, als wäre das alles ein unterhaltsames Spiel. »Klappt Euer Visier runter!«, brüllte Sir William erneut, und da sah er, dass der König gar nicht grinste, sondern dass ein ganzes Hautstück aus seiner Wange gerissen war. Das Blut quoll noch immer aus der Wunde und rann unter dem Helm hindurch in den zerrissenen Waffenrock. »Lasst Eure Wange verbinden!«, rief Sir William über den Kampflärm hinweg.

Der König ließ sein verschrecktes Pferd von der Mauer zurückweichen. »Was ist an der rechten Flanke passiert?«, fragte er, ein wenig undeutlich aufgrund seiner Verletzung.

»Sie haben uns getötet«, sagte Sir William knapp und schüttelte reflexartig sein langes Schwert, dass Blutstropfen von der Klinge spritzten. »Nein, sie haben uns abgeschlachtet«, knurrte er. »Im Boden war eine Senke, und wir sind regelrecht in die Falle gelaufen.«

»Unsere Linke steht kurz vor dem Sieg! Wir werden sie dort überwältigen!« Obwohl der Mund des Königs sich immer wieder mit Blut füllte, das er ausspuckte, schien er sich wegen der Wunde keine großen Sorgen zu machen. Gleich zu Beginn der Schlacht war ein Pfeil über die Köpfe seiner Soldaten gezischt, hatte ihm ein Loch in die Wange gerissen und war dann im Lederfutter seines Helms stecken geblieben. »Und hier halten wir die Linie.«

»John Randolph ist tot«, sagte Sir William. Da der König mit dem Namen offenbar nichts anfangen konnte, fügte er hinzu: »Der Earl of Moray.«

»Tot?« König David blinzelte und spuckte erneut Blut. »Er ist tot? Nicht gefangen?« Wieder klatschte ein Pfeil gegen seine Standarte, aber er nahm die Gefahr nicht zur Kenntnis, sondern wandte sich um und starrte hinüber zu den feindlichen Flaggen. »Wir sorgen dafür, dass der Erzbischof ein Gebet über seinem Grab spricht, und danach kann der Bastard unser Abendessen segnen.« Er erblickte eine Lücke in der schottischen Linie, trieb sein Pferd darauf zu und stieß mit der Lanze auf einen englischen Soldaten ein. Der Stoß zertrümmerte dem Mann die Schulter, sodass sich zerrissener Kettenpanzer mit blutigem Fleisch mischte. »Elende Hunde!«, zischte der König. »Wir siegen!«, rief er seinen Männern zu, dann drängte sich ein Trupp aus Douglas' Gefolge zwischen ihn und die Mauer. Die Neuankömmlinge prallten wie eine gewaltige Woge gegen das Hindernis, doch die Mauer war stärker, und die Woge zerschellte an ihren Steinen. Über ihrer Krone schlugen Schwerter und Äxte aufeinander, und zu beiden Seiten zerrten Männer die Toten beiseite, um an die Gefechtslinie heranzukommen. »Hier halten wir die Dreckskerle«, versicherte der König Sir William, »und an ihrer rechten Flanke schlagen wir sie.«

Doch Sir William, dessen Ohr unablässig die Kampfgeräusche verfolgte, hatte etwas Neues vernommen. Während der letzten Minuten hatte er Gebrüll, Waffengeklirr, Schreie und Trommeln gehört, aber ein Geräusch hatte gefehlt, nämlich die Musik der Teufelsharfe, das dunkle Surren der Bogensehnen. Nun jedoch war es wieder da, und auch wenn sie möglicherweise Scharen von Engländern getötet hatten, so konnten nur wenige davon Bogenschützen gewesen sein, denn die englischen Bogen hatten ihre schreckliche Arbeit wieder aufgenommen. »Wollt Ihr meinen Rat, Sire?«

»Natürlich.« Die Augen des Königs leuchteten. Sein Schlachtross, das von mehreren Pfeilen verwundet war, tänzelte nervös vom dichtesten Kampfgeschehen weg, das nur wenige Schritte entfernt tobte.

»Klappt Euer Visier herunter«, sagte Sir William, »und befehlt den Rückzug.«

»Den Rückzug?« Der König dachte, er habe sich verhört.

»Ja, den Rückzug!«, wiederholte Sir William, und seine Stimme klang hart und bestimmt, obwohl er nicht wusste, warum er diesen Rat gegeben hatte. Es war wieder so eine verfluchte Vorahnung wie die, die er morgens im Nebel verspürt hatte, und dennoch war er überzeugt, dass sein Rat richtig war. Rückzug, sofort und bis nach Schottland, wo es mächtige Burgen gab, die jedem Pfeilhagel standhielten. Dennoch konnte er nicht erklären, wie er zu diesem Schluss kam. Furcht hatte sein Herz gepackt und erfüllte ihn mit bösen Vorahnungen. Bei jedem anderen Mann wäre dieser Rat als Feigheit verstanden worden, doch niemand käme je auf den Gedanken, Sir William Douglas, Ritter von Liddesdale, der Feigheit zu bezichtigen.

Der König hielt den Rat für einen schlechten Scherz und lachte schnaubend. »Wir gewinnen!«, sagte er zu Sir William, während das Blut weiter aus seinem Helm rann und auf den Sattel tropfte. »Gibt es irgendeine Gefahr von rechts?«

»Nein«, erwiderte Sir William. Die Senke im Boden würde die Engländer ebenso wirksam von einem Angriff abhalten, wie sie den der Schotten vereitelt hatte.

»Dann werden wir diese Schlacht von links gewinnen«, verkündete der König und nahm die Zügel auf, um sich abzuwenden. »Rückzug, also wirklich!« Lachend nahm er das Stück Leinen, das einer seiner Kapläne ihm reichte, und stopfte es zwischen seine Wange und den Helm. »Wir gewinnen!«, sagte er noch einmal zu Sir William und gab seinem Pferd die Sporen. Er würde Schottland zum Sieg führen und beweisen, dass er ein würdiger Sohn des großen Bruce war. »St. Andrew!«, rief er, den Mund voller Blut. »St. Andrew!«

»Glaubt Ihr wirklich, dass wir uns zurückziehen sollten, Onkel?«, fragte Robbie Douglas. Er war ebenso verwirrt wie der König. »Aber wir gewinnen doch!«

»Tatsächlich?« Sir William lauschte auf die Musik der Bogen. »Sprich deine Gebete, Robbie«, sagte er, »sprich deine Gebete und bitte Gott, dass der Teufel die verdammten Bogenschützen holt.«

Und bete darum, dass Gott oder der Teufel zuhört.

Sir Geoffrey Carr war an der linken englischen Flanke positioniert, wo die Schotten so spektakulär am Terrain gescheitert waren, und sein kleiner Trupp Soldaten hatte sich auf der Suche nach möglichen Gefangenen in die nach Blut stinkende Grube begeben. Mit teuflischem Grinsen hatte Vogelscheuche zugesehen, wie die Angreifer in die Ausbuchtung gelaufen und von den peitschenden Pfeilen niedergemäht worden waren. Ein rasender Stammeskrieger, dessen Umhang aus schwerem, kariertem Wollstoff dicht mit Pfeilen gespickt war, hatte fluchend und brüllend versucht, sich den Abhang hinaufzukämpfen. Immer neue Pfeile hatten sich in seinen Körper gebohrt – einer sogar in den von einer wüsten Mähne bedeckten Schädel, ein anderer hatte sich im Dickicht seines Bartes verfangen –, und dennoch war er weiter vorwärts gestürmt, blutend und heulend, so sehr von Hass erfüllt, dass er nicht einmal merkte, dass er eigentlich tot sein sollte. Erst als er nur noch fünf Schritt von den Bogenschützen entfernt war, hatte Sir Geoffrey seine Peitsche knallen lassen und damit dem Mann das linke Auge aus der Höhle gerissen wie eine Haselnuss aus ihrer Schale. Dann war einer der Bogenschützen vorgetreten und hatte dem Schotten mit einem lässigen Axthieb den Schädel gespalten. Vogelscheuche hatte seine Peitsche wieder eingerollt und den Schleim von der eisenbewehrten Spitze gewischt. »So eine Schlacht ist doch was Feines«, hatte er selbstzufrieden gemurmelt. Nachdem der Angriff erfolgreich abgewehrt worden war, hatte er gesehen, dass in dem Haufen Toter einer der schottischen Lords lag, schimmernd in Blau und Silber. Was für ein Jammer! Der Mann hätte ihm ein Vermögen eingebracht. Daraufhin hatte Sir Geoffrey, eingedenk seiner Schulden, seinen Männern befohlen, in die Grube hinabzusteigen, einfachen Soldaten die Kehle durchzuschneiden, die Toten auszuplündern und nach möglichen Gefangenen Ausschau zu halten, die ein halbwegs vernünftiges Lösegeld einbringen würden. Seine Bogenschützen waren zur anderen Flanke abbefohlen worden, aber seine Soldaten standen ihm zur Verfügung, um nach Münzen zu suchen. »Beeil dich, Beggar!«, rief Sir Geoffrey. »Schnell! Gefangene und Beute! Such nach Adligen und Lords! Obwohl es in Schottland kaum Adlige geben dürfte.« Diese letzte Bemerkung, die eher an ihn selbst gerichtet war, amüsierte Vogelscheuche so sehr, dass er laut auflachte. Je länger er darüber nachdachte, desto komischer erschien ihm der Gedanke, bis er sich schließlich vor Lachen den Bauch hielt. »Adlige in Schottland!«, prustete er. Dann bemerkte er, dass ein junger Mönch ihn beunruhigt anstarrte.

Der Mönch gehörte zu den Leuten des Priors und war damit beschäftigt, Essen und Ale unter den Truppen zu verteilen, doch Sir Geoffreys wüstes Gelächter hatte ihn aufgeschreckt. Vogelscheuche verstummte abrupt und fixierte den Mönch mit bohrendem Blick. Lautlos löste er die Schnur seiner Peitsche, holte mit einer blitzartigen Bewegung aus und ließ die Schnur um den Hals des jungen Mönchs schnellen. Dann zog er mit einem Ruck daran. »Komm her, Kleiner«, befahl er.

Der Ruck brachte den Mönch ins Straucheln, sodass er das Brot und die Äpfel fallen ließ, die er auf dem Arm gehabt hatte. Ehe er sich's versah, stand er dicht neben Sir Geoffreys Pferd, und Vogelscheuche beugte sich zu ihm hinunter, sodass der Mönch seinen stinkenden Atem riechen konnte. »Hör zu, du frommer kleiner Scheißer«, zischte Sir Geoffrey, »wenn du mir nicht die Wahrheit sagst, schneide ich dir was ab, was du sowieso nicht brauchst, außer zum Pinkeln, und verfüttere es an mein Schwein, hast du mich verstanden?«

Der Mönch war so verängstigt, dass er nur nicken konnte.

Sir Geoffrey schlang die Peitschenschnur noch ein weiteres Mal um den Hals des jungen Mannes und zog kräftig daran, damit der Mönch wusste, wer hier das Sagen hatte. »Einer der Schützen, ein Kerl mit einem schwarzen Bogen, hatte einen Brief an deinen Prior.«

»Ja, Sir, das stimmt, Sir.«

»Hat der Prior ihn gelesen?«

»Ja, Sir, das hat er.«

»Und hat er dir gesagt, was darin stand?«

Instinktiv schüttelte der Mönch den Kopf, doch dann sah er den Zorn in Vogelscheuches Augen aufflammen, und in seiner Panik stieß er das Wort hervor, das ihm als Erstes aufgefallen war, als der Brief geöffnet wurde. »*Thesaurus*, Sir, das stand darin, *thesaurus*.«

»Thesaurus?«, sagte Sir Geoffrey verwirrt. »Und was, du kastrierter Haufen Eselsscheiße, ist ein *thesaurus*?«

»Ein Schatz, Sir, ein Schatz. Das ist Latein, Sir. *Thesaurus* ist das lateinische Wort für … nun ja, für Schatz.«

»Ein Schatz«, wiederholte Sir Geoffrey ausdruckslos.

Der Mönch, der fast keine Luft mehr bekam, hatte es plötzlich sehr eilig, die Gerüchte weiterzugeben, die unter den Brüdern kursierten, seit Thomas von Hookton mit dem Prior gesprochen hatte. »Der König schickt ihn, Sir, Seine Majestät höchstpersönlich, und mein Herr, der Bischof, ebenfalls, aus Frankreich. Sie suchen nach einem Schatz, Sir, aber niemand weiß, woraus er besteht –«

»Der König?«

»– oder wo er ist. Ja, Sir, der König selbst, Sir. Er hat ihn geschickt.«

Sir Geoffrey sah dem Mönch in die Augen, und da er dort keinerlei Arglist erblickte, löste er die Peitsche. »Du hast ein paar Äpfel fallen lassen, Kleiner.«

»Ja, Sir, das stimmt, Sir.«

»Gib einen davon meinem Pferd.« Er sah zu, wie der Mönch einen der Äpfel aufhob, dann verzerrte sich sein Gesicht vor Wut. »Wisch den Dreck ab, du Warzenkröte! Mach ihn sauber!« Ein Schauer überlief ihn. Er blickte nach Norden, doch er sah nicht, wie die Überlebenden des schottischen rechten Flügels aus der Senke kletterten, bemerkte nicht einmal die Flucht seines verhassten Feindes, Sir William Douglas, der ihn in die Armut getrieben hatte. Vogelscheuche war blind für alles um ihn herum, denn er dachte an den Schatz. An Gold. Haufen von Gold. An das, wonach sein Herz sich verzehrte. An Gold und Edelsteine und Münzen und Rüstungen und Frauen und alles, was ein Mann sich wünschen konnte.

Der *sheltron* an der linken Flanke der Schotten kämpfte wie von Dämonen besessen und drängte die englische Rechte so weit zurück, dass sich zwischen der mittleren Einheit der Engländer hinter der Steinmauer und dem rechten Flügel eine große Lücke auftat. Das bedeutete, dass die rechte Flanke der mittleren Einheit – und somit die Truppen des Erzbischofs – nun dem schottischen Angriff ausgeliefert war. Doch dann kamen von überall auf dem Hügelkamm Bogenschützen zu Hilfe.

Sie bildeten eine neue Linie, um die Flanke des Erzbischofs zu schützen, sodass sie seitlich zu dem siegreichen schottischen Vorstoß standen, und schossen ihre Pfeile in Lord Robert Stewarts *sheltron.* Sie konnten ihr Ziel nicht verfehlen. Diese Bogenschützen hatten bei ihrer Ausbildung mit hundert Schritt Abstand zu den Strohfiguren angefangen und mit über zweihundert Schritt abgeschlossen, und jetzt schossen sie aus zwanzig Schritt Entfernung. Die Pfeile hatten solche Kraft, dass einige von ihnen Stahl, Fleisch und dann wieder Stahl durchbohrten. Männer in Rüstungen wurden mit Pfeilen gespickt, die rechte Flanke des schottischen Vorstoßes brach blutend und schreiend zusammen, und jeder Gefallene gab den Bogenschützen, die schossen, was ihre Sehnen hergaben, ein neues Opfer preis. Die Schotten starben scharenweise. Ein paar von ihnen versuchten, die Bogenschützen anzugreifen, wurden jedoch sofort niedergemäht. Keine Truppe konnte einem solchen Hagel aus gefiedertem Stahl standhalten, und plötzlich zogen die Schotten sich zurück, liefen, über die Opfer ihres Vorstoßes stolpernd, zu der Stelle zurück, wo sie ihren Angriff begonnen hatten. Die zischenden Pfeile verfolgten sie auf Schritt und Tritt, bis schließlich eine englische Stimme den Schützen befahl, ihre Bogen zu senken. »Aber bleibt hier!«, befahl der Mann, um die gefährdete rechte Flanke abzusichern.

Unter den Schützen war auch Thomas. Er zählte seine Pfeile, stellte fest, dass er nur noch sieben hatte, und begann den Rasen nach verschossenen Pfeilen abzusuchen, die nicht allzu beschädigt waren. Doch ein anderer Schütze stieß ihn in die Seite und deutete auf einen Wagen mit Ersatzpfeilen, der über das Feld rollte. Thomas war überrascht. »In Frankreich sind uns ständig die Pfeile ausgegangen.«

»Hier nicht.« Der Mann hatte eine Hasenscharte, sodass er schwer zu verstehen war. »Sie lagern sie in Durham. In der Burg. Werden aus drei Grafschaften angeliefert.« Er griff sich zwei neue Bündel.

Die Pfeile würden überall in England und Wales hergestellt. Manche Leute schnitten die Schäfte zurecht, andere sammelten die Federn, Frauen sponnen die Schnüre, Männer kochten den Kleber aus Hautleim, Hufmehl und Grünspan, Schmiede fertigten die Spitzen an, und dann wurden die Einzelteile in die Städte gebracht, zusammengefügt, gebündelt und nach London, York, Chester oder Durham geschickt, wo sie für eventuelle Notfälle gelagert wurden. Thomas riss die Schnüre von zwei Bündeln auf und schob die Pfeile in die Tasche, die er einem gefallenen Bogenschützen abgenommen hatte. Er hatte den Toten hinter den Truppen des Erzbischofs gefunden und seine alte, zerrissene Tasche neben dem Leichnam zurückgelassen, und nun besaß er eine neue Tasche und reichlich neue Pfeile. Er dehnte die Finger seiner rechten Hand. Sie taten weh, ein Zeichen, dass er seit der Schlacht in der Pikardie nicht genug geschossen hatte. Auch sein Rücken schmerzte, wie immer, wenn er den Bogen zwanzigmal oder öfter gespannt hatte. Für jedes Spannen brauchte er so viel Kraft, als hebe er mit einer Hand einen Mann vom Boden auf, und die Anstrengung trieb den Schmerz tief in sein Kreuz. Aber die Pfeile hatten den linken Flügel der Schotten wieder an seinen Ausgangspunkt zurückgetrieben, wo die Männer jetzt, genau wie ihre englischen Feinde, eine Atempause einlegten. Der Boden zwischen den beiden Armeen war mit Pfeilen, Toten und Verwundeten übersät, und einige von den Letzteren versuchten mühsam, sich zu ihren Kameraden zurückzuschleppen. Zwei Hunde schnüffelten an einem Leichnam, rannten jedoch davon, als ein Mönch mit einem Stein nach ihnen warf.

Thomas löste die Sehne von seinem Bogen, sodass der Stab in die Aufrichtung schnellte. Manche Schützen ließen ihren Bogen ständig geschnürt, bis das Holz schließlich die Bogenform auch ohne die Spannung beibehielt, also der Sehne folgte. Die Biegung sollte zeigen, dass der Bogen oft benutzt wurde und sein Besitzer somit ein erfahrener Schütze war, aber Thomas ging eher davon aus, dass ein Bogen, der der Sehne folgte, geschwächt war, und deshalb ließ er ihn so oft wie möglich gestreckt. Außerdem hielt so auch die Sehne länger. Es war schwierig, eine Sehne von genau der richtigen Länge herzustellen, und sie gab auch stets noch nach, aber eine gute, in Kleber getränkte Hanfschnur konnte ein knappes Jahr halten, wenn man sie trocken hielt und nicht ständig unter Spannung ließ. Wie viele Bogenschützen verstärkte Thomas seine Sehne gern mit Frauenhaar, weil das angeblich die Schnur davor schützte, im Kampf zu reißen. Das und die Gebete zum heiligen Sebastian. Thomas ließ die Schnur an der oberen Hornkerbe hängen und kniete sich ins Gras, wo er seine Pfeile einzeln herausnahm und sie zwischen seinen Zeigefingern hielt, um die Schäfte auf eventuelle Verformungen zu überprüfen.

»Die Bastarde werden zurückkommen!« Ein Mann mit einem silbernen Halbmond auf seinem Waffenrock ging an der Linie entlang. »Sie werden es noch einmal versuchen! Aber ihr habt gut gekämpft!« Der silberne Halbmond war zum Teil von Blut verdeckt. Ein Bogenschütze spuckte aus, ein anderer strich kampflustig über seine gelöste Waffe. Thomas dachte bei sich, wenn er sich hinlegte, würde er vermutlich einschlafen, aber gleichzeitig packte ihn die alberne Furcht, die anderen Schützen würden sich zurückziehen und ihn hier schlafend liegen lassen, sodass die Schotten ihn finden und umbringen würden. Doch die Schotten ruhten sich ebenso aus wie die Engländer. Einige von ihnen waren vornüber gebeugt, als wären sie außer Atem, andere saßen im Gras, und ein paar scharten sich um ein Fass mit Wasser oder Ale. Die großen Trommeln schwiegen, aber Thomas konnte das Schleifen von Stein auf Stahl hören, als Männer ihre vom ersten Zusammenstoß stumpf gewordenen Klingen schärften. Jetzt wurden auf beiden Seiten keine Beleidigungen mehr gerufen, die Gegner beäugten sich nur misstrauisch. Priester knieten neben Sterbenden und überantworteten deren Seelen dem Himmel, während Frauen verzweifelte Schreie ausstießen, weil ihre Ehemänner, Geliebten oder Söhne tot waren. Der rechte Flügel der Engländer, dezimiert durch den wüsten Angriff der Schotten, war in seine ursprüngliche Position zurückgekehrt; dahinter lagen Dutzende von Toten und Sterbenden. Die schottischen Gefallenen, die bei dem hastigen Rückzug zurückgeblieben waren, wurden entkleidet und durchsucht, und zwei Männer gerieten über eine Hand voll angelaufener Münzen in Streit. Zwei Mönche brachten den Verwundeten Wasser. Ein kleines Kind spielte mit den zerborstenen Ringen eines Kettenhemdes, während seine Mutter versuchte, eine Pike, die sie als Axt verwenden wollte, von einem daran hängen gebliebenen Visier zu befreien. Ein Schotte, den alle für tot gehalten hatten, stöhnte plötzlich auf und wälzte sich herum. Ein Soldat trat auf ihn zu und bohrte ihm sein Schwert in den Leib. Der Feind erstarrte, erschlaffte und rührte sich nicht mehr. »Ist noch 'n bisschen früh für die Auferstehung, du Mistkerl«, knurrte der Soldat, als er seine Klinge herauszog und sie am zerrissenen Waffenrock des Toten abwischte. »Verfluchter Hurensohn, so plötzlich wieder aufzuwachen! Hast mich ganz schön erschreckt!« Brummelnd kniete er sich neben den Mann, den er getötet hatte, und begann, seine Kleider zu durchsuchen.

Auf den Türmen der Kathedrale und den Festungsmauern drängten sich die Schaulustigen. Ein Reiher flog unter der Brustwehr entlang und folgte den Windungen des Flusses, der im Licht der Herbstsonne funkelte. Vom Hang klang das Zwitschern eines Wachtelkönigs herauf. Schmetterlinge, sicher die letzten dieses Jahres, tanzten über dem blutgetränkten Gras. Die Schotten standen auf, reckten sich, setzten ihre Helme auf, schoben die Unterarme in die Halterungen ihrer Schilde und griffen nach ihren frisch gewetzten Schwertern, Piken und Speeren. Einige blickten zur Stadt hinüber und malten sich die Schätze aus, die in der Krypta der Kathedrale und in den Kellergewölben der Festung verborgen waren. Sie träumten von Truhen voller Gold, Fässern mit Münzen, Haufen von Silber, Wirtshäusern mit Strömen von Ale und Straßen, in denen sich die Frauen drängten. »Im Namen des Vaters, des Sohnes und des Heiligen Geistes«, rief ein Priester. »Der heilige Andreas ist mit euch. Ihr kämpft für euren König! Die Feinde sind gottlose Höllenhunde! Gott ist auf unserer Seite!«

»Los, Jungs, hoch mit euch!«, befahl ein Bogenschütze auf der englischen Seite. Die Männer erhoben sich, schnürten ihre Bogen und zogen einen Pfeil aus ihrer Tasche. Einige bekreuzigten sich, ohne zu bemerken, dass die Schotten dasselbe taten.

Lord Robert Stewart, der auf einem frischen grauen Hengst saß, schob sich zur vordersten Reihe des schottischen linken Flügels vor. »Sie werden kaum noch Pfeile haben«, versprach er seinen Soldaten. »Wir können sie besiegen!« Seine Männer waren so nah dran gewesen, die verfluchten Engländer zu besiegen, so nah dran, und gewiss würde ein weiterer johlender Ansturm diese lächerliche, überhebliche Armee niedermähen und ihnen den Weg zu den üppigen Reichtümern des Südens öffnen.

»Für St. Andrew!«, rief Lord Stewart, und die Trommler begannen ihren dröhnenden Schlag. »Für unseren König! Für Schottland!«

Und das wüste Johlen begann erneut.

Nachdem die Angelegenheit in der kleinen Krankenkammer des Klosters erledigt war, begab sich Bernard de Taillebourg zur Kathedrale. Sein Diener zäumte und sattelte die Pferde, während der Dominikaner den Mittelgang zwischen den mächtigen, mit gezackten roten, gelben, grünen und blauen Streifen bemalten Pfeilern entlangschritt. Er ging zum Grab des heiligen Cuthbert, um dort zu beten. Der heilige Cuthbert war vermutlich keiner von den wichtigen Heiligen – ganz sicher keiner von den Gesegneten, denen Gott im Himmel sein Ohr schenkte –, aber er wurde hier in der Gegend sehr verehrt, wie an seinem üppig mit Edelsteinen, Gold und Silber verzierten Grab zu erkennen war.

Mindestens hundert Frauen drängten sich um das Grab, die meisten von ihnen weinend, und de Taillebourg stieß einige von ihnen zur Seite, um bis an das bestickte Leichentuch heranzukommen, mit dem das Grab bedeckt war. Eine Frau fauchte ihn wütend an, bemerkte dann jedoch, dass er Priester war, und als sie sein blutverkrustetes Gesicht sah, bat sie ihn um Verzeihung. Ohne sie zu beachten, beugte Bernard de Taillebourg sich zu dem Grab hinunter. Das Leichentuch war von Fransen umgeben, und die Frauen hatten kleine Stofffetzen daran geknotet, jeder Fetzen ein Gebet. Meist beteten sie um Gesundheit, für die Heilung eines verletzten Armes oder Beines, für die Wiedergewinnung des Augenlichts oder für die Rettung eines kranken Kindes, doch heute waren sie hier, um den heiligen Cuthbert darum zu bitten, dass er ihnen ihre Männer unversehrt vom Hügel zurücksandte.

Bernard de Taillebourg fügte sein eigenes Gebet hinzu. Geh zum heiligen Denis, bat er den heiligen Cuthbert inbrünstig, und bitte ihn, zu Gott zu sprechen. Auch wenn Cuthbert selbst Gottes Aufmerksamkeit nicht erlangen konnte, so war er doch imstande, sich an den heiligen Denis zu wenden, der Franzose war und somit Gott auf jeden Fall näher stand als Cuthbert. Bitte Denis, dafür zu beten, dass Gott meinem Anliegen Vorrang gewährt, meiner Suche seinen Segen erteilt und ihr in Seiner Gnade Erfolg schenkt. Und bitte Gott, uns unsere Sünden zu vergeben, aber wisse, dass diese Sünden, so schwerwiegend sie auch sein mögen, nur begangen werden, um Ihm zu dienen. Er stöhnte in Gedanken an die Sünden dieses Tages, küsste das Leichentuch und nahm eine Münze aus der Börse unter seiner Kutte. Er warf sie in die große Metallschale, in die Pilger dem Schrein ihr Opfer brachten, und eilte zurück durch das Mittelschiff. Was für ein hässliches Gebäude, dachte er, diese dicken, unförmigen Pfeiler mit ihrer bunten Bemalung, und das Schnitzwerk so unbeholfen wie die Kritzeleien eines Kindes – ganz anders als die eleganten neuen Abteien und Kathedralen, die in Frankreich gebaut wurden. Er tauchte die Finger in das Weihwasser, bekreuzigte sich und trat hinaus ins Sonnenlicht, wo sein Diener mit den Pferden wartete.

»Ihr hättet ohne mich verschwinden können«, sagte er zu dem Diener.

»Es wäre einfacher«, erwiderte dieser, »Euch unterwegs zu töten und allein weiterzureiten.«

»Aber das werdet Ihr nicht tun«, sagte de Taillebourg, »denn Gottes Gnade hat Eure Seele berührt.«

»Dafür sei Gott gedankt.«

Der Mann war kein Diener von Geburt, sondern ein Ritter und von adliger Abstammung. Jetzt wurde er zu de Taillebourgs Genugtuung für seine Sünden und die seiner Familie bestraft. Es gab Menschen, und zu denen gehörte auch Kardinal Bessières, die der Ansicht waren, der Mann hätte auf die Streckbank gespannt, mit schweren Gewichten gepresst und mit glühenden Eisen gepeinigt werden sollen, bis er, vor Schmerzen aufgebäumt, seine Reue zur Decke schrie, doch de Taillebourg hatte den Kardinal überredet, dem Mann lediglich die Folterinstrumente der Inquisition zu zeigen. »Dann gebt ihn mir«, hatte de Taillebourg gesagt, »damit er mich zum Gral führt.«

»Und danach tötet ihn«, hatte der Kardinal den Inquisitor angewiesen.

»Wenn wir den Gral erst einmal haben, wird alles anders sein«, hatte de Taillebourg ausweichend erwidert. Er wusste noch immer nicht, ob er diesen hageren jungen Mann mit der sonnengebräunten Haut, den schwarzen Augen und dem schmalen Gesicht, der sich einst Harlekin genannt hatte, töten sollte. Der junge Mann hatte den Namen aus Stolz gewählt, denn Harlekine waren verlorene Seelen, aber de Taillebourg hielt es durchaus für möglich, dass er in seiner Seele noch immer ein Harlekin war. Sein richtiger Name war Guy Vexille, Graf von Astarac. Er war der Mann, von dem de Taillebourg in dem Gespräch mit Bruder Collimore gesagt hatte, er sei aus dem Süden gekommen, um in der Pikardie für Frankreich zu kämpfen. Vexille war nach der Schlacht gefangen genommen worden, als der französische König nach Sündenböcken gesucht hatte, und ein Mann, der es wagte, das Wappen einer als Ketzer und Aufrührer verurteilten Familie zur Schau zu tragen, hatte einen guten Sündenbock abgegeben.

Vexille war der Inquisition übergeben worden, in der Hoffnung, dass man die Ketzerei aus ihm herausfoltern würde, doch de Taillebourg hatte der Harlekin gefallen. Er hatte in ihm eine verwandte Seele erkannt, einen harten Mann, der bereit war, alles zu geben, weil er wusste, dass dieses Leben bedeutungslos war und nur das nächste zählte, und so hatte de Taillebourg Vexille die Qualen erspart. Er hatte ihm lediglich die Kammer gezeigt, in der Männer und Frauen Gott schreiend um Vergebung anflehten, und ihm dann freundlich einige Fragen gestellt. Daraufhin hatte Vexille ihm enthüllt, dass er nach England gesegelt war, um den Gral zu finden, jedoch gescheitert war, obwohl er seinen Onkel, Thomas' Vater, getötet hatte. Nun hatte er gemeinsam mit de Taillebourg verfolgt, was Eleanor über Thomas' Geschichte gesagt hatte. »Glaubt Ihr ihr?«, fragte der Dominikaner.

»Ja.«

»Aber ob sie selbst die Wahrheit kennt?«, fragte sich der Inquisitor. Eleanor hatte ihnen erzählt, Thomas habe den Auftrag, den Gral zu finden, doch sein Glaube sei schwach und seine Suche halbherzig. »Dennoch werden wir ihn töten müssen«, setzte de Taillebourg hinzu.

»Natürlich.«

De Taillebourg runzelte die Stirn. »Das macht Euch nichts aus?«

»Ihn zu töten?« Guy Vexille schien überrascht, dass de Taillebourg überhaupt danach fragte. »Das Töten ist meine Aufgabe, Vater.« Kardinal Bessières hatte befohlen, dass alle, die auf der Suche nach dem Gral waren, getötet werden sollten, außer denjenigen, die im Auftrag des Kardinals danach suchten, und Vexille war bereitwillig zu Gottes Mörder geworden. Und er hatte erst recht keine Bedenken, seinem Vetter Thomas die Kehle aufzuschlitzen. »Wollt Ihr hier auf ihn warten?«, fragte er den Inquisitor. »Die Kleine sagte, er würde nach der Schlacht zur Kathedrale kommen.«

De Taillebourg blickte hinüber zum Hügel. Er war überzeugt, dass die Schotten siegen würden, und somit war kaum anzunehmen, dass Thomas von Hookton in die Stadt kommen würde. Vermutlich würde er eher panisch Richtung Süden fliehen. »Wir werden nach Hookton gehen.«

»Ich habe Hookton schon einmal abgesucht«, wandte Guy Vexille ein.

»Dann werdet Ihr es noch einmal absuchen«, entgegnete de Taillebourg schroff.

»Sehr wohl, Vater.« Demütig senkte Vexille den Kopf. Er war ein Sünder; man erwartete von ihm, dass er Reue zeigte, und so widersprach er nicht weiter. Er tat einfach, was de Taillebourg ihm sagte, und als Belohnung hatte man ihm versprochen, dass er wieder in seine Ehrenrechte eingesetzt werden würde. Er bekäme seinen Stolz zurück, hätte wieder die Erlaubnis, eine eigene Truppe in den Krieg zu führen, und würde die Vergebung der Kirche erlangen.

»Wir brechen jetzt auf«, sagte de Taillebourg. Er wollte verschwinden, bevor William Douglas sich auf die Suche nach ihnen machte, und vor allem bevor jemand die drei Leichen im Krankenzimmer entdeckte. Der Dominikaner hatte die Tür hinter sich geschlossen, und so würden die Mönche sicher annehmen, dass Collimore schlief, und ihn nicht stören. Aber trotzdem wollte de Taillebourg aus der Stadt heraus sein, wenn die Toten gefunden wurden, und so schwang er sich in den Sattel eines der Pferde, die sie an dem Morgen Jamie Douglas gestohlen hatten. Das schien ihm jetzt schon sehr weit zurückzuliegen. Er schob seine Füße in die Steigbügel und versetzte einem hungrigen Bettler, der sich jammernd an sein Bein geklammert hatte, einen Tritt, sodass der Mann fast das Gleichgewicht verlor.

Der Kampflärm schwoll an. Der Dominikaner blickte noch einmal zu dem Hügel, doch die Schlacht ging ihn nichts an. Wenn die Engländer und die Schotten sich die Schädel einschlagen wollten, sollten sie es tun. Er hatte wichtigere Angelegenheiten im Sinn, bei denen es um Gott und den Gral und Himmel und Hölle ging. Er hatte auch Sünden auf seinem Gewissen, aber für die würde der Heilige Vater ihm Vergebung erteilen, und selbst der Himmel würde diese Sünden verzeihen, sobald er den Gral gefunden hatte.

Die Tore waren zwar stark bewacht, standen aber weit offen,

damit die Verwundeten in die Stadt und Essen und Getränke zum Hügel gebracht werden konnten. Die Wachleute waren ältere Männer, die den Befehl bekommen hatten, dafür zu sorgen, dass keine schottischen Plünderer hereinkamen, aber niemand hatte ihnen gesagt, dass sie jemanden daran hindern sollten, die Stadt zu verlassen, und so beachteten sie weder den hageren Priester mit dem blutverkrusteten Gesicht, der auf einem Streitross saß, noch seinen eleganten Diener. Unbehelligt ritten de Taillebourg und der Harlekin aus Durham hinaus, wandten sich auf die Straße nach York und hieben ihren Pferden die Fersen in die Flanken. Und während der Lärm der Schlacht von den Klippen der Stadt widerhallte, verschwanden die beiden nach Süden.

Es war Nachmittag, als die Schotten zum zweiten Mal angriffen, aber diese Attacke folgte im Gegensatz zur ersten nicht unmittelbar auf den fluchtartigen Rückzug der Bogenschützen, sondern diese standen in Position, um den Feind abzuwehren, und diesmal flogen die Pfeile dicht wie ein Starenschwarm. Die Soldaten im linken Flügel der Schotten, denen es beinahe gelungen war, die englische Linie zu durchbrechen, mussten es jetzt mit doppelt so vielen Bogenschützen aufnehmen, und ihr Ansturm, der so voller Siegesgewissheit begonnen hatte, verebbte zu einem Kriechen und kam schließlich ganz zum Halten, als die Männer sich hinter ihren Schilden verschanzten. Der rechte schottische Flügel rückte gar nicht erst vor, und der mittlere *sheltron* des Königs musste fünfzig Schritt vor der Steinmauer anhalten, weil ein Trupp Bogenschützen ihn mit einem unablässigen Pfeilhagel beschoss. Zurückweichen wollten die Schotten nicht, vorrücken konnten sie nicht, und so donnerten eine ganze Weile die langschäftigen Pfeile in Schilde und unachtsam hervorlugende Körperteile, bis schließlich Lord Robert Stewart seinen Männern befahl, sich außer Reichweite zurückzuziehen, und der *sheltron* des Königs folgte. Damit kehrte über dem blutgetränkten Schlachtfeld erneut vorübergehend Ruhe ein. Die

Trommeln schwiegen, und es wurden auch keine Beleidigungen mehr über die von Kampfspuren übersäte Wiese gebrüllt. Die schottischen Lords, die überlebt hatten, versammelten sich unter dem königlichen Banner des Andreaskreuzes, und als der Erzbischof von York sah, dass seine Feinde sich berieten, rief er ebenfalls seine Ritter zu sich. Die Stimmung der Engländer war gedrückt. Die Schotten würden sich gewiss nicht einer, wie der Erzbischof es nannte, dritten Pfeiltaufe unterziehen. »Die Bastarde werden sich Richtung Norden verdrücken«, vermutete der Erzbischof. »Gott verfluche ihre elenden Seelen.«

»Dann werden wir ihnen folgen«, sagte Lord Percy.

»Sie sind schneller als wir«, wandte der Erzbischof ein. Er hatte seinen Helm abgenommen, und das Lederfutter hatte einen kreisförmigen Abdruck auf seinem Haar hinterlassen.

»Wir könnten ihre Fußsoldaten abschlachten«, schlug ein anderer Lord blutrünstig vor.

»Was interessieren mich die Fußsoldaten!«, fuhr der Erzbischof ihn ungeduldig an. Ihn interessierten nur die schottischen Lords, die die schnellsten und teuersten Pferde ritten, denn ihre Lösegelder würden ihn reich machen, und vor allem wollte er solche schottischen Adligen wie den Earl of Menteith gefangen nehmen, die Edward von England Treue geschworen hatten und deren Anwesenheit in der feindlichen Armee ihren Verrat bewies. Diese Männer würden nicht gegen Lösegeld freigegeben, sondern als warnendes Beispiel hingerichtet, aber wenn der Erzbischof heute siegreich war, konnte er seine kleine Armee nach Schottland führen und den Besitz der Verräter plündern. Er würde ihnen alles nehmen: das Holz aus ihren Ländereien, die Laken von ihren Betten, die Betten selbst, die Ziegel von ihrem Dach, ihre Töpfe und Pfannen, ihr Vieh und sogar die Binsen aus ihren Teichen. »Aber sie werden nicht noch einmal angreifen«, sagte der Erzbischof.

»Dann werden wir klug sein müssen«, bemerkte Lord Outhwaite vergnügt.

Die anderen Lords sahen Outhwaite misstrauisch an. Klugheit hatte bei ihnen keinen großen Stellenwert, da man damit weder Wild erlegen konnte noch Frauen umwerben oder Gefangene nehmen. Kirchenmänner konnten klug sein, und gewiss gab es auch kluge Trottel in Oxford, und sogar Frauen durften klug sein, solange sie damit nicht hausieren gingen, aber auf einem Schlachtfeld? Klugheit?

»Klug?«, fragte Lord Neville spöttisch.

»Sie fürchten unsere Bogenschützen«, sagte Lord Outhwaite, »aber wenn es so aussieht, als ob unseren Schützen die Pfeile ausgehen, wird diese Furcht verschwinden, und dann greifen sie vielleicht noch einmal an.«

»In der Tat …«, begann der Erzbischof, hielt dann jedoch inne, denn er war mindestens ebenso klug wie Lord Outhwaite, ja, sogar klug genug, sich nicht anmerken zu lassen, wie klug er war. »Aber wie sollen wir sie davon überzeugen?«

Lord Outhwaite tat ihm den Gefallen, seine Idee darzulegen, obwohl er vermutete, dass der Erzbischof längst wusste, was ihm durch den Kopf ging. »Ich denke, Euer Exzellenz, wenn sie sehen, wie unsere Bogenschützen den Boden nach Pfeilen absuchen, werden sie daraus die richtigen Schlüsse ziehen.«

»Beziehungsweise die falschen«, fügte der Erzbischof hinzu, um den anderen Lords auf die Sprünge zu helfen.

»Ah, das ist gut!«, rief einer von ihnen begeistert aus.

»Vielleicht würde das Ganze noch überzeugender wirken, Euer Exzellenz«, schlug Lord Outhwaite bescheiden vor, »wenn wir die Pferde nach vorn bringen ließen. Der Feind könnte daraus schließen, dass wir uns auf die Flucht vorbereiten.«

Der Erzbischof zögerte keine Sekunde. »Bringt alle Pferde her.«

»Aber …« Einer der Lords zog die Stirn kraus.

»Bogenschützen aufs Feld, um Pfeile zu suchen, Knappen und Pagen losschicken, um die Pferde für die Soldaten zu holen«, befahl der Erzbischof schroff. Er hatte genau verstanden, was Lord Outhwaite plante, und wollte es so schnell wie möglich umsetzen, bevor die Schotten beschlossen, sich nach Norden zurückzuziehen.

Lord Outhwaite gab den Befehl persönlich an die Bogenschützen weiter, und kurz darauf strömten Dutzende von Schützen über die Wiese zwischen den beiden Streitkräften, um danebengegangene Pfeile einzusammeln. Ein paar von den Bogenschützen murrten über diesen »Unfug«, weil sie sich den schottischen Truppen ausgeliefert fühlten, die wieder mit ihrem Gejohle begannen. Einer von ihnen, der sich sehr weit vorgewagt hatte, wurde von einem Armbrustbolzen in die Brust getroffen und fiel mit verdutztem Gesichtsausdruck auf die Knie. Er musste husten, und Blut spritzte aus seinem Mund. Im nächsten Moment wurde ein zweiter Mann, der dem ersten helfen wollte, von der gleichen Armbrust in den Oberschenkel getroffen. Die Schotten johlten den Verwundeten ihre Verachtung zu, duckten sich dann jedoch, als ein Dutzend von den Engländern anlegten und auf den einzelnen Armbrustschützen schossen. »Spart eure Pfeile! Spart eure Pfeile!«, brüllte Lord Outhwaite und kam auf sie zugaloppiert. »Um Himmels willen, spart eure Pfeile!« Seine Stimme war laut genug, dass der Feind ihn hören konnte. Ein paar schottische Soldaten, die es offenbar satt hatten, sich vor den Bogenschützen zu verstecken, stürmten vor, um Lord Outhwaite den Rückweg abzuschneiden, woraufhin alle Engländer zurück zu ihrer Linie flüchteten. Lord Outhwaite gab seinem Pferd die Sporen und entkam dem feindlichen Vorstoß mit Leichtigkeit. Daraufhin begnügten sich die Angreifer damit, die beiden verwundeten Bogenschützen abzuschlachten. Die restlichen Schotten lachten und grölten, als sie die Engländer flüchten sahen. Lord Outhwaite wandte sich um und sah hinüber zu den beiden getöteten Schützen. »Wir hätten die Jungs retten sollen«, schalt er sich.

Niemand antwortete. Ein paar von den Bogenschützen warfen den Soldaten wütende Blicke zu, weil sie annahmen, die Pferde seien nach vorn gebracht worden, um die Flucht vorzubereiten, doch dann befahl Lord Outhwaite einem Teil der Schützen, sich hinter den Soldaten einzureihen. »Stellt euch hinter ihnen auf! Aber nicht alle. Der Feind soll glauben, uns gingen die Pfeile aus, und wenn ihr keine Pfeile mehr habt, steht ihr ja nicht in vorderster Front, oder? Haltet die Pferde da, wo sie sind!« Dieser letzte Befehl war an die Knappen, Pagen und Knechte gerichtet, die die Streitrösser herbeigebracht hatten. Die Soldaten sollten noch nicht aufsteigen, die Pferde wurden einfach nur hinter der letzten Gefechtslinie bereitgestellt, dort, wo sich jetzt die Hälfte der Bogenschützen formierte. Der Anblick der Pferde musste den Feind zu dem Schluss bringen, dass die Engländer die Flucht erwogen, weil sie kaum noch Pfeile hatten.

Und so wurde die einfache Falle aufgestellt.

Stille breitete sich über dem Schlachtfeld aus, abgesehen vom Stöhnen der Verwundeten, dem Krächzen der Raben und dem Schluchzen einiger Frauen. Die Mönche begannen wieder ihre Gesänge, aber da sie sich nach wie vor im linken englischen Flügel befanden, hörte Thomas, der jetzt an der rechten Flanke stand, kaum etwas davon. In der Stadt läutete eine Glocke. »Ich fürchte, wir sind zu klug«, bemerkte Outhwaite. Seine Lordschaft gehörte nicht zu den Menschen, die gut schweigen konnten, und da sonst kein geeigneter Gesprächspartner in der Nähe war, fiel seine Wahl auf Thomas. Er seufzte. »Klugheit verhilft einem nicht immer zum Sieg.«

»Bei uns in der Bretagne hat es funktioniert, Mylord.«

»Du warst nicht nur in der Pikardie, sondern auch in der Bretagne?«, fragte Lord Outhwaite. Er saß noch immer auf seinem Pferd und blickte über die Soldaten hinweg zu den Schotten.

»Ich habe dort einem klugen Mann gedient, Mylord.«

»Und wer war das?« Lord Outhwaite bemühte sich, Interesse zu heucheln, und bereute bereits, dass er das Gespräch begonnen hatte.

»Will Skeat, Mylord, das heißt, jetzt ist er Sir William. Der König hat ihn in der Schlacht zum Ritter geschlagen.«

»Will Skeat?« Jetzt war Lord Outhwaite ganz Ohr. »Du hast Will gedient? Bei Gott, das ist ja unglaublich! Der gute William. Ich habe seit vielen Jahren nichts mehr von ihm gehört. Wie geht es ihm?«

»Gar nicht gut, Mylord«, sagte Thomas und erzählte ihm, dass Will Skeat, ein einfacher Mann vom Land, der es zum Anführer einer eigenen Truppe von Bogenschützen und Soldaten gebracht hatte und in ganz Frankreich gefürchtet war, bei der Schlacht in der Pikardie schwer verwundet worden war. »Man hat ihn nach Caen gebracht, Mylord.«

Lord Outhwaite runzelte die Stirn. »Aber das ist doch wieder in französischer Hand?«

»Ein Franzose hat ihn dorthin gebracht, Mylord«, erklärte Thomas, »ein Freund, denn in der Stadt gibt es einen Arzt, der Wunder bewirken kann.« Am Ende der Schlacht, als die Männer dachten, sie hätten das Grauen endlich durchgestanden, hatte ein Schwerthieb Skeat den Schädel gespalten, und als Thomas ihn zum letzten Mal gesehen hatte, war Skeat taub, blind und vollkommen hilflos gewesen.

»Ich weiß nicht, warum die Franzosen bessere Ärzte hervorbringen«, sagte Lord Outhwaite leicht verstimmt, »aber anscheinend ist es so. Mein Vater hat es jedenfalls immer behauptet, und er hatte viel Ärger mit seinem Husten.«

»Dieser Mann ist Jude, Mylord.«

»Und mit seinen Schultern. Jude? Hast du Jude gesagt?« Lord Outhwaite klang beunruhigt. »Ich habe nichts gegen Juden«, sagte er, wenig überzeugend, »aber ich weiß ein Dutzend gute Gründe, warum man sich niemals einem jüdischen Arzt anvertrauen sollte.«

»Tatsächlich, Mylord?«

»Mein lieber Junge, wie soll so jemand sich die Macht der Heiligen zunutze machen? Oder die Heilkräfte von Reliquien? Oder die Wirksamkeit von Weihwasser? Sogar die Gebete sind ihnen verschlossen. Meine Mutter, Gott sei ihrer Seele gnädig, hatte große Schmerzen in den Knien. Zu viele Gebete, dachte ich immer, aber ihr Arzt befahl ihr, die Beine in Tücher zu wickeln, die auf das Grab des heiligen Cuthbert gelegt worden waren, und dreimal am Tag zum heiligen Gregor von Nazianz zu beten, und es hat gewirkt! Es hat gewirkt! Aber ein Jude könnte ein solches Heilmittel niemals verschreiben, oder? Und wenn er es täte, wäre es Gotteslästerung und zum Scheitern verurteilt. Ich muss sagen, es war eine höchst unangebrachte Entscheidung, den armen Will in die Hände eines Juden zu geben. Er hat weiß Gott etwas Besseres verdient.« Missbilligend schüttelte er den Kopf. »Will hat eine Zeit lang meinem Vater gedient, aber er war zu klug, um an der schottischen Grenze zu versauern. Da gibt's nämlich kaum etwas zu plündern. Also hat er sich allein durchgeschlagen. Armer Will.«

»Dieser jüdische Arzt hat mich geheilt«, beharrte Thomas.

»Wir können nur beten«, sagte Lord Outhwaite, ohne Thomas' Einwand zu beachten, und sein Tonfall ließ erkennen, dass er die Gebete zwar für angebracht hielt, aber nicht daran glaubte, dass sie etwas nützen würden. Dann hellte sich seine Miene plötzlich auf. »Ah! Ich glaube, unsere Freunde rühren sich!« Die schottischen Trommeln hatten zu schlagen begonnen, und überall entlang der feindlichen Linie wurden Schilde aufgenommen, Visiere heruntergeklappt und Schwerter gezogen. Die Männer konnten sehen, dass die Engländer ihre Pferde herbeigeholt hatten, vermutlich um schneller fliehen zu können, und dass die Hälfte der Bogenschützen aus der Gefechtslinie gezogen worden war, also mussten sie zu dem Schluss gekommen sein, dass diese Bogenschützen kaum noch über Pfeile verfügten. Dennoch beschlossen die Schotten, zu Fuß vorzurücken, da sie wussten, dass selbst eine Hand voll Pfeile genügte, um ihre Pferde verrückt zu machen und einen berittenen Angriff in Chaos zu verwandeln. Jeder Schritt wurde von Gebrüll untermalt, nicht nur um den Engländern Angst einzujagen, sondern auch, um sich selbst Mut zu machen, doch ihr Selbstvertrauen stieg, als sie die Stelle erreichten, wo die Toten des ersten Angriffs lagen, und noch immer keine Pfeile flogen.

»Noch nicht, Jungs, noch nicht.« Lord Outhwaite hatte den Oberbefehl über die Bogenschützen des rechten Flügels übernommen. Eigentlich unterstanden sie Lord Percy und Lord Neville, doch die beiden überließen es dem älteren Mann willig, die Schützen zu leiten, während sie selbst mit ihren Soldaten warteten. Immer wieder blickte Lord Outhwaite hinüber zur feindlichen Linie, die auf den linken englischen Flügel zumarschierte, wo seine eigenen Leute waren, doch er war überzeugt, dass die Senke im Boden sie weiterhin schützen würde, ebenso wie die Steinmauer die mittlere Abteilung. Hier, auf dem Hügelabschnitt, der Durham am nächsten lag, waren die Schotten am stärksten und die Engländer am verletzlichsten. »Lasst sie noch näher kommen«, warnte er die Bogenschützen. »Wir wollen sie ein für alle Mal erledigen, die armen Kerle.« Er klopfte im Takt der wenigen übrig gebliebenen großen Trommeln auf seinen Sattelknauf und wartete, bis die vorderste Linie der Schotten nur noch hundert Schritt entfernt war. »Vorderste Bogenschützen«, rief er, als er fand, dass der Feind nahe genug war, »das seid ihr da vorne in der ersten Reihe! Fangt an zu schießen!«

Etwa die Hälfte der Bogenschützen stand unübersehbar in der vordersten Gefechtslinie, und nun spannten sie ihre Bogen, zielten und schossen. Die Schotten, die den Hagel auf sich zukommen sahen, begannen zu laufen, in der Hoffnung, dass sie den Abstand schnell genug verringern konnten, um dem größten Teil der Pfeile zu entgehen.

»Alle Bogenschützen!«, brüllte Lord Outhwaite, voller Angst, dass er zu lange gewartet hatte, und die restlichen Bogenschützen, die sich hinter den Soldaten versteckt hatten, begannen über die Köpfe der Männer vor ihnen hinwegzuschießen. Die Schotten waren jetzt nah, so nah, dass selbst der schlechteste Schütze sein Ziel nicht verfehlen konnte, so nah, dass die Pfeile sich erneut durch Kettenpanzer und Fleisch bohrten und den Boden mit weiteren Verwundeten und Toten bedeckten. Thomas konnte hören, wie die Pfeile trafen. Einige schlugen klirrend gegen Rüstungen, andere prallten dumpf in Schilde, aber die meisten machten ein Geräusch wie die Axt eines Fleischers, der zu Beginn des Winters sein Vieh schlachtet. Er zielte auf einen massigen Mann, der sein Visier nicht geschlossen hatte, und jagte ihm einen Pfeil in den Mund. Ein weiterer bohrte sich in einen Stammeskrieger, dessen Gesicht von Hass verzerrt war. Beim nächsten Pfeil spaltete sich die Kerbe, sodass der Schaft zerbrach und schlingernd davonflog. Thomas zupfte die gefiederten Reste von der Sehne, zog einen neuen Pfeil heraus und schoss damit auf einen weiteren bärtigen Stammeskrieger, der nur aus Haaren und Raserei zu bestehen schien. Ein berittener Schotte, der seine Männer vorwärts trieb, schwankte plötzlich im Sattel, von drei Pfeilen getroffen. Thomas zielte erneut und traf einen feindlichen Soldaten mitten auf die Brust, sodass die Spitze sich durch Metall, Leder, Knochen und Fleisch bohrte. Sein nächster Pfeil landete in einem Schild. Mühsam versuchten die Schotten, sich vorwärts zu zwingen, in den Todesregen. »Ruhig, Jungs, ruhig!«, rief ein Bogenschütze seinen Kameraden zu, weil er fürchtete, dass sie ihre Bogen nur noch nachlässig spannten und nicht mehr deren ganze Kraft nutzten.

»Weiterschießen!«, rief Lord Outhwaite. Seine Finger trommelten noch immer auf den Sattelknauf, obgleich die schottischen Trommeln nahezu verstummt waren. »Gut gemacht! Gut gemacht!«

»Die Pferde!«, befahl Lord Percy. Er sah, dass die Schotten der Verzweiflung nahe waren, weil die englischen Bogenschützen durchaus noch reichlich Pfeile hatten. »Die Pferde!«, bellte er erneut, und seine Soldaten liefen nach hinten, um sich in den Sattel zu schwingen. Pagen und Knappen reichten die schweren Lanzen hinauf, während die Reiter, den Blick auf den gepeinigten Feind gerichtet, ihre gepanzerten Füße in die Steigbügel schoben und die Visiere herunterklappten.

»Schießt! Schießt!«, rief Lord Outhwaite. »So ist es gut, Jungs!« Die Pfeile waren erbarmungslos. Die verwundeten Schotten flehten zu Gott und riefen nach ihren Müttern, doch der gefiederte Tod prasselte weiter auf sie nieder. Ein Mann, der den Löwen der Stewarts trug, spuckte eine hellrote Fontäne aus Blut und Speichel aus. Er lag auf den Knien, schaffte es jedoch, sich wieder aufzurichten, machte einen Schritt, fiel erneut auf die Knie, und kroch auf allen vieren vorwärts, bis ein Pfeil, der sich in sein Auge und quer durch den Schädel bohrte, ihn wie ein Blitzschlag hintenüber schleuderte.

Dann kamen die mächtigen Pferde.

»Für England, Edward und den heiligen Georg!«, rief Lord

Percy, und ein Trompeter ließ seine Fanfare erschallen, als die Streitrösser vorwärts donnerten. Die Lanzen senkten sich, und die Bogenschützen wurden unsanft beiseite gestoßen.

Der Boden bebte. Es waren nur wenige Reiter, aber die Wucht ihres Angriffs traf den Feind vollkommen unerwartet, und die Schotten wichen taumelnd zurück. Lanzen wurden in Körper gerammt, dann zogen die Ritter ihre Schwerter und hieben auf die verängstigten, kauernden Männer nieder, die nicht fliehen konnten, weil das Gedränge zu groß war. Immer mehr Reiter saßen auf, und die Soldaten, die nicht auf ihre Hengste warten wollten, stürzten sich zu Fuß in das Gewühl. Die Bogenschützen schlossen sich ihnen an, mit gezücktem Schwert oder schwingender Axt. Die Trommeln waren endlich verstummt, und das Gemetzel hatte begonnen.

Thomas hatte es schon einmal erlebt. Er hatte erlebt, wie der Verlauf einer Schlacht innerhalb eines Augenblicks umschlagen konnte. Den ganzen Tag über hatten die Schotten vorwärts gedrängt, sie hatten die Engländer um ein Haar zerschmettert, sie waren wild und siegesgewiss gewesen. Doch jetzt waren sie geschlagen, und ausgerechnet die Männer des linken schottischen Flügels, die ihrem König beinahe den Sieg geschenkt hatten, waren diejenigen, die zusammenbrachen. Die englischen Streitrösser preschten in ihre Reihen, stampften sich blutige Pfade, und ihre Reiter hieben mit Schwertern, Äxten, Knüppeln und Morgensternen auf die angsterfüllten Männer ein. Auch die englischen Bogenschützen schlossen sich an und stürzten sich auf die langsameren Schotten wie eine Jagdmeute auf einen Hirsch. »Gefangene!«, rief Lord Percy seinen Leuten zu. »Ich will Gefangene!« Ein Schotte hieb mit der Axt nach seinem Pferd, verfehlte es jedoch und wurde vom Schwert Seiner Lordschaft niedergestochen. Ein Bogenschütze vollendete das Werk mit seinem Messer und schlitzte das Lederwams des Toten auf, um nach Münzen zu suchen. Zwei Zimmerleute aus Durham hackten mit Drechseln auf einen zappelnden Soldaten ein und zerschlugen ihm den Schädel. Ein Bogenschütze taumelte mit aufgeschlitztem Bauch zurück, verfolgt von einem vor Wut brüllenden Schotten, doch der Mann stolperte über einen Bogen und verschwand unter einem Schwarm Engländer. Die Schabracken der Pferde waren blutgetränkt, als ihre Reiter sie wendeten, um durch die schottischen Truppen zurückzureiten. Sie hatten die gesamte feindliche Gefechtslinie durchbrochen und machten jetzt kehrt, um den nächsten Ansturm englischer Soldaten zu unterstützen. Die Männer kämpften mit offenen Visieren, weil der von Panik erfüllte Gegner kaum Widerstand bot.

Doch der rechte und der mittlere Flügel der Schotten waren unversehrt.

Der rechte Flügel war erneut in die Senke getrieben worden, doch diesmal standen keine Bogenschützen am Rand, sondern die Schotten kämpften gegen englische Soldaten, die dumm genug gewesen waren, in die Senke hinunterzulaufen, um den Angriff abzuwehren. Mühsam kletterten die Engländer in ihren Kettenpanzern über die toten Schotten und schwangen keuchend ihre Schwerter und Äxte gegen Schilde und Schädel, doch der Kampf war sinnlos, denn sobald es einer Seite gelang, den Feind zurückzudrängen, konnte dieser nur auf den Hang ausweichen, wodurch sich das Blatt wendete und der Unterlegene im Vorteil war, weil er nun seinerseits den Gegner von oben zurückdrängen konnte. Immer mehr Tote häuften sich auf dem schlammigen Boden der Grube, während die Truppen sich hin und her kämpften, und immer mehr Verwundete lagen weinend, stöhnend und blutend am Boden.

Auch Beggar war dort, ein gewaltiger Brocken von einem Mann, der breitbeinig über der Leiche des Earl of Moray stand, die Schotten verspottete und sie zum Kampf herausforderte. Sechs Männer stürzten sich auf ihn, waren jedoch tot, bevor sie wussten, wie ihnen geschah. Mehrere Stammeskrieger aus dem Hochland griffen ihn unter wütendem Geheul an, und er schwang brüllend seinen riesigen, dornenbewehrten Streitkolben. Für Vogelscheuche, der das Ganze von oben verfolgte, sah er aus wie ein großer, zotteliger Bär, der von Bulldoggen angegriffen wurde. Sir William Douglas, der zu schlau war, um ein zweites Mal in die Senke zu laufen, beobachtete das Geschehen ebenfalls von der anderen Seite und wunderte sich, dass sich so viele Männer freiwillig hineinstürzten, um sich dort abschlachten zu lassen. Da ihm jedoch klar war, dass die Schlacht nicht in dieser Todesgrube entschieden werden würde, begab er sich zum mittleren *sheltron* des Königs, der trotz des Desasters am linken Flügel noch die Chance hatte, einen großen Sieg zu erringen.

Denn die Männer des Königs hatten die Steinmauer überwunden. An einigen Stellen hatten sie sie niedergerissen, an anderen war sie unter dem Ansturm eingebrochen, und obgleich die umgestürzten Steine für die Soldaten mit ihren Kettenhemden und schweren Schilden noch immer ein schwieriges Hindernis darstellten, kletterten sie darüber hinweg und drängten die englische Mitte zurück. Die Schotten hatten sich in den Pfeilhagel gestürzt, ihn durchgestanden und sogar einen Trupp Bogenschützen umzingelt und voll hämischer Freude niedergemetzelt, und nun hackten und stachen sie sich zu dem riesigen Banner des Erzbischofs vor. Der König, dessen Visier von der Wunde an seiner Wange blutverklebt war, kämpfte in der vordersten Reihe des *sheltron.* Hinter ihm stand einer seiner Kapläne und schwang einen mit Dornen besetzten Knüppel. Sir William und sein Neffe schlossen sich dem Angriff an. Plötzlich schämte Sir William sich seiner Vorahnung, die ihn veranlasst hatte, zum Rückzug zu raten. So kämpften Schotten! Mit Leidenschaft und wildem Zorn. Die englische Mitte wich hektisch zurück, kaum in der Lage, ihre Aufstellung zu halten. Sir William sah, dass der Feind seine Pferde hinter die Gefechtslinie hatte bringen lassen, und da er daraus schloss, dass der Gegner sich zur Flucht bereit machte, verdoppelte er seinen Einsatz. »Tötet sie!«, brüllte er. Wenn es den Schotten gelang, die Linie zu durchbrechen, würden die Engländer wild durcheinander laufen, unfähig, zu ihren Pferden zu gelangen, und dann wären sie nur noch Schlachtvieh.

»Tötet sie! Tötet sie!«, rief der König, auf seinem Pferd unübersehbar, seinen Männern zu.

»Gefangene!«, konterte der Earl of Menteith, der vernünftiger war. »Nehmt Gefangene!«

»Macht sie nieder! Durchbrecht ihre Linie!«, brüllte Sir William. Er stieß seinen Schild nach vorn, um einen Schwerthieb abzuwehren, stach zugleich darunter hindurch und spürte, wie seine Klinge ein Kettenhemd durchbohrte. Er drehte sein Schwert und zog es heraus, bevor es im Körper stecken blieb. Wieder stieß er seinen Schild vor, ohne jedoch etwas sehen zu können, spürte, wie der Feind zurücktaumelte, senkte den Schild, um einem tiefen Stoß zuvorzukommen, und rammte ihn erneut vor, sodass der Feind zu Boden ging. Mühsam kämpfte er sich vor, wobei er fast über den Mann gestolpert wäre, den er verwundet hatte, doch er wahrte sein Gleichgewicht, indem er seinen Schild auf dem Boden abstützte, richtete sich wieder auf und stieß sein Schwert in ein bärtiges Gesicht. Die Klinge glitt vom Wangenknochen ab und bohrte sich in die Augenhöhle, sodass der Mann mit aufgerissenem Mund hintenüber stürzte. Sir William duckte sich, um einem Axthieb auszuweichen, wehrte mit dem Schild einen weiteren Schwerthieb ab und hackte wild auf die beiden Männer ein, die ihn angriffen. Robbie tötete fluchend den Mann mit der Axt und versetzte einem gestürzten Soldaten einen Tritt ins Gesicht. Erneut stach Sir William unter seinem Schild hervor und spürte, wie die Klinge über zerbrochene Kettenringe glitt. Als er sie herauszog, spritzte ein Blutschwall hervor, und der Mann fiel keuchend und zuckend zu Boden. Vom rechten Flügel der Engländer kamen immer mehr Soldaten herbei und kämpften verzweifelt, um die Schotten daran zu hindern, die Linie des Erzbischofs zu durchbrechen. »Douglas!«, brüllte Sir William. »Douglas!« Damit forderte er seine Leute auf, ihm zu folgen und zu helfen, damit auch der letzte Feind niedergemetzelt werden konnte. Er und sein Neffe hatten einen blutigen Pfad in die Reihen des Erzbischofs geschlagen, und es brauchte nur noch einen letzten wilden Vorstoß, um die mittlere Einheit der Engländer zu durchbrechen. Dann konnte das Schlachten beginnen. Wieder duckte Sir William sich unter einem Axthieb. Robbie tötete den Mann, indem er ihm sein Schwert in die Kehle bohrte, doch fast im selben Moment musste er einen Speerstoß parieren, und die Bewegung ließ ihn rücklings gegen seinen Onkel taumeln. Sir William richtete ihn mit einem kräftigen Stoß auf und rammte sein Schild in ein feindliches Gesicht. Wo zum Henker waren seine Männer? »Douglas!«, donnerte er erneut. »Douglas!«

In diesem Augenblick blieb er mit dem Fuß an einem Schwert oder Speer hängen. Im Fallen schützte er sich instinktiv mit seinem Schild. Männer stampften an ihm vorbei, und er betete, dass es seine Leute waren, die den letzten Widerstand der Engländer brachen. Er wartete darauf, das Geschrei des Feindes zu hören, doch stattdessen klopfte etwas gegen seinen Helm. »Sir William?«, sagte eine freundliche Stimme.

Nun begann das Geschrei tatsächlich, sodass Sir William kaum etwas hören konnte, doch das sanfte Klopfen, das erneut eingesetzt hatte, überzeugte ihn, dass er nichts zu befürchten hatte, wenn er seinen Schild senkte. Er brauchte einen Moment, um zu sehen, was los war, weil sein Helm im Fallen verrutscht war und er ihn erst zurechtrücken musste. »Allmächtiger«, stieß er aus, als die Welt wieder sichtbar wurde.

»Mein lieber Sir William«, sagte die freundliche Stimme, »ich nehme an, Ihr ergebt Euch? Natürlich tut Ihr das. Und das da ist der junge Robbie? Donnerwetter, du bist aber groß geworden, junger Mann! Das letzte Mal, als ich dich gesehen habe, warst du noch ein Dreikäsehoch.«

»Allmächtiger«, sagte Sir William erneut und starrte Lord Outhwaite an.

»Soll ich Euch aufhelfen?«, fragte Lord Outhwaite und beugte sich hilfsbereit aus seinem Sattel hinunter. »Und dann können wir über das Lösegeld sprechen.«

»Verdammt!«, fluchte Sir William. »Verdammt und zugenäht!« Denn nun begriff er, dass die Männer, die an ihm vorbeigestampft waren, Engländer gewesen waren, und dass das Geschrei von den Schotten kam.

Die englische Mitte hatte trotz allem standgehalten, und für die Schotten war die Schlacht zum Desaster geworden.

Wieder lag es an den Bogenschützen. Obwohl die Schotten den ganzen Tag über Männer verloren hatten, waren sie noch immer zahlreicher als ihre Feinde, aber den Pfeilen hatten sie nichts entgegenzusetzen, und als die schottische Mitte die Mauer niederriss und über die Steinbrocken stürmte, hatte der linke Flügel den Rückzug angetreten, sodass die Flanke des königlichen *sheltron* ungeschützt den englischen Pfeilen ausgesetzt war.

Es dauerte eine Weile, bis die Bogenschützen ihre Chance erkannten. Sie hatten sich der Verfolgung der flüchtenden schottischen Linken angeschlossen und nicht bemerkt, wie nah die schottische Mitte dem Sieg war, bis einer von Lord Nevilles Männern die Gefahr erkannte. »Bogenschützen!« Sein dröhnender Ruf hallte bis über den Fluss nach Durham. *»Bogenschützen!«* Die Männer ließen vom Plündern ab und zogen Pfeile aus ihren Taschen.

Erneut ertönte das Surren der Bogen, und jeder dunkle Harfenklang trieb einen Pfeil in die Flanke der tobenden Schotten. König Davids *sheltron* hatte die mittlere Einheit der Engländer über die Wiese zurückgedrängt, sie auseinander gezogen, und nun näherten die Schotten sich bedrohlich dem großen Banner des Erzbischofs. Dann begannen die Pfeile zu stechen, und nach den Pfeilen kamen die Soldaten des rechten englischen Flügels, die Gefolgsleute von Lord Percy und Lord Neville. Einige von ihnen saßen bereits auf ihren mächtigen Pferden, die dazu ausgebildet waren zu beißen, zu steigen und mit ihren eisenbeschlagenen Hufen zu treten. Wieder legten die Schützen ihre Bogen um die Schultern und folgten den Reitern mit Äxten und Schwertern, und diesmal schlossen sich ihnen auch die Frauen mit gezückten Messern an.

Der schottische König hieb auf einen Engländer ein, bis dieser zu Boden ging, als er plötzlich seinen Standartenträger voll Entsetzen aufschreien hörte. Er fuhr herum und sah, wie die große Flagge stürzte. Jemand hatte dem Pferd des Standartenträgers die Sehnen durchschnitten; wiehernd brach es zusammen, und ein Schwarm von Bogenschützen und Soldaten fiel über Mann und Tier her, riss das Banner an sich und schickte den Standartenträger in einen schrecklichen Tod. Geistesgegenwärtig packte der Kaplan die Zügel des königlichen Pferdes und zog David Bruce aus dem Gemetzel. Weitere Schotten sammelten sich um den König und führten ihn fort, während hinter ihnen die berittenen Engländer unter wüsten Flüchen ihre Schwerter niederfahren ließen. Der König versuchte zu wenden und sich wieder in den Kampf zu stürzen, doch der Kaplan zog sein Pferd unerbittlich fort. »Reitet, Sire! Reitet!«, rief der Kaplan. Von Panik erfüllte Männer stießen gegen das Pferd des Königs, das einen Stammeskrieger niedertrampelte und dann über einen Gefallenen stolperte. Mittlerweile hatten die Engländer die Schotten von hinten umzingelt, und der König, der endlich die Gefahr erkannte, gab seinem Pferd die Sporen. Ein feindlicher Ritter holte mit dem Schwert aus, doch der König parierte den Schlag und galoppierte außer Reichweite. Seine Armee hatte sich in zahlreiche, verzweifelt flüchtende Haufen aufgelöst. Er sah, wie der Earl of Menteith versuchte, sich auf sein Pferd zu schwingen, doch ein Bogenschütze packte ihn am Bein, zerrte ihn herunter, setzte sich auf ihn und hielt ihm ein Messer an die Kehle. Der Earl rief, dass er sich ergab. Auch der Earl of Fife war gefangen, der Earl of Strathearn war tot, und der Earl of Wigtown wurde von zwei englischen Rittern bedrängt, deren Schwerter auf seine Rüstung knallten wie Schmiedehämmer. Eine der gewaltigen schottischen Trommeln, deren Häute aufgeschlitzt und zerfetzt waren, rollte den Hügel hinunter, immer schneller und schneller, prallte dröhnend von den Felsen ab, bis sie schließlich zur Seite kippte und schlingernd liegen blieb.

Die königliche Standarte war jetzt in Feindeshand, ebenso wie die Flaggen zahlreicher schottischer Lords. Ein paar Schotten flohen auf ihren Pferden nach Norden. Lord Robert Stewart, der um Haaresbreite den Sieg errungen hätte, hatte sich an die östliche Seite der Hügelkette gerettet, während der König an der westlichen Seite hinunterritt, die im Schatten lag, weil die Sonne inzwischen hinter den Hügeln verschwunden war, auf die er in der verzweifelten Hoffnung auf einen sicheren Unterschlupf zusteuerte. Er dachte an seine Frau. War sie schwanger? Man hatte ihm erzählt, Lord Stewart habe eine Hexe beauftragt, ihren Leib mit einem Fluch zu belegen, damit der Thron von den Bruces auf die Stewarts überging. »Sire! Sire!«, rief einer seiner Männer, und als der König aus seinen Gedanken aufschreckte, sah er, dass unten im Tal bereits eine Gruppe englischer Bogenschützen wartete. Wie waren sie ihm zuvorgekommen? Er zog an den Zügeln und lehnte sich nach rechts, um sein Pferd schneller zu wenden, doch schon bohrte sich der erste Pfeil in die Brust des Hengstes. Einer seiner Männer stürzte und rollte über den steinigen Abhang, der seinen Kettenpanzer in schimmernde Fetzen riss. Ein Pferd wieherte, Blut spritzte durch das Dämmerlicht, und ein weiterer Pfeil donnerte in den Schild des Königs, den dieser auf dem Rücken trug. Ein dritter Pfeil verfing sich in der Mähne seines Pferdes, und das Tier wurde zusehends langsamer, stolperte und rang keuchend nach Luft.

Der König hieb ihm die Sporen in die Flanken, doch das Pferd konnte nicht schneller laufen. Wütend verzog er das Gesicht, was die frisch verkrustete Wunde an seiner Wange wieder aufriss. Blut rann an seinem offenen Visier hinunter und auf den zerfetzten Waffenrock. Der Hengst stolperte erneut. Vor ihnen lag ein Bach mit einer schmalen steinernen Brücke, und während der König noch darüber staunte, dass jemand sich die Mühe machte, eine befestigte Brücke über einen so kleinen Wasserlauf zu bauen, gaben die Vorderbeine seines Pferdes nach, und der König stürzte zu Boden, wie durch ein Wunder unverletzt und in sicherem Abstand von seinem sterbenden Tier. Er rappelte sich auf und rannte zu der Brücke, wo drei seiner berittenen Männer warteten, einer davon mit einem reiterlosen Hengst am Zügel. Doch bevor der König sie erreichen konnte, zischten Pfeile durch die Luft und bohrten sich mit solcher Wucht in die Pferde, dass die Tiere zur Seite taumelten. Der Hengst wieherte gellend, riss sich frei und galoppierte mit blutendem Bauch davon. Ein anderes Pferd brach zusammen, einen Pfeil im Rumpf, zwei im Bauch und einen in der Kinnbacke. »Unter die Brücke!«, brüllte der König. Unter dem Steinbogen wären sie verborgen und geschützt, und sobald er ein Dutzend Männer beisammen hatte, würde er fliehen. Die Dämmerung konnte nicht mehr weit sein, und wenn sie bis zum Abend warteten und dann die ganze Nacht hindurch marschierten, würden sie vielleicht bei Tagesanbruch in Schottland sein.

Und so kauerten sich vier Schotten, einer davon ein König, unter die Steinbrücke und hielten den Atem an. Die Pfeile waren verstummt, ihre Pferde waren tot, und der König klammerte sich an die Hoffnung, dass die Bogenschützen sich auf die Suche nach anderer Beute gemacht hatten. »Wir warten hier«, flüsterte er. Von oben konnte er Schreie und Hufgetrappel hören, aber nichts davon näherte sich der niedrigen, kleinen Brücke. Ein Schauder überlief ihn, als ihm das Ausmaß der Katastrophe bewusst wurde. Seine Armee war besiegt, seine Hoffnungen zerschlagen, sie würden das Weihnachtsfest nicht in London feiern, und Schottland war seinen Feinden schutzlos ausgeliefert. Er spähte nach Norden. Ein paar Stammeskrieger durchquerten den Bach, und plötzlich tauchten sechs englische Reiter auf und trieben ihre Hengste auf sie zu. Die Schwerter fuhren nieder, Blut wirbelte durch das Wasser und spülte um die gepanzerten Füße des Königs. Er presste sich in den Schatten, während die Soldaten davongaloppierten, um nach weiteren Flüchtigen zu suchen. Hufe donnerten über die Brücke, und die vier Schotten gaben keinen Laut von sich, wagten nicht einmal sich anzusehen, bis der Lärm verklungen war. Von der Hügelkuppe ertönte ein Trompetenstoß, und sein Klang war demütigend, denn er sprach von Triumph und Verachtung. Der König schloss die Augen, weil er fürchtete, die Tränen nicht zurückhalten zu können.

»Ihr braucht einen Arzt, Sire«, sagte jemand, und als der König die Augen öffnete, sah er, dass es einer seiner Diener war.

»Diese Wunde ist unheilbar«, erwiderte der König, auf die Niederlage bezogen.

»Eure Wange wird sich gewiss wieder erholen, Sire«, versicherte ihm der Diener.

Der König starrte ihn an, als hätte er in einer merkwürdigen fremden Sprache gesprochen, und auf einmal begann seine aufgerissene Wange schrecklich zu schmerzen. Den ganzen Tag über hatte er keinen Schmerz verspürt, doch nun durchbohrte es ihn wie glühendes Eisen, und der König merkte, wie ihm Tränen aus den Augen liefen. Nicht vor Schmerz, sondern vor Scham. Und während er noch blinzelte, ertönten plötzlich Rufe, Fußgetrappel und Geplätscher, als Männer von der Brücke ins Wasser sprangen. Die Angreifer waren mit Schwertern und Speeren bewaffnet, und sie sprangen unter den Brückenbogen wie Otterjäger. Mit lautem Kriegsgebrüll stürzte sich der König auf den vordersten Mann. Er war so wütend, dass er vergaß, sein Schwert zu ziehen, und stattdessen dem Feind seine gepanzerte Faust ins Gesicht schlug. Die Zähne des Engländers zerbrachen unter der Wucht, Blut spritzte hervor, und er prügelte den Mann mit aller Kraft ins Wasser, bis er sich nicht mehr rühren konnte, weil er von hinten festgehalten wurde. Der Mann unter ihm begann trotz seiner zerborstenen Zähne und blutigen Lippen zu lachen.

Er hatte einen Gefangenen gemacht. Und er würde reich sein.

Denn sein Gefangener war der König.

TEIL 2

England und Normandie, 1346–47

RÜCKKEHR NACH FRANKREICH

Es war dunkel in der Kathedrale. So dunkel, dass die leuchtenden Farben auf den Pfeilern und an den Wänden von Schwärze verschluckt wurden. Das einzige Licht kam von den flackernden Kerzen auf den Seitenaltären und hinter dem Lettner, wo schwarz gekleidete Mönche im Chorraum sangen. Ihre Stimmen woben einen Zauber in der Dunkelheit, steigend und fallend, drängend und schwindend, einen Klang, der Thomas Tränen in die Augen getrieben hätte, wären ihm noch Tränen geblieben. *»Libera me, Domine, de morte aeterna«*, intonierten die Mönche, während der Rauch der Kerzen sich zum Deckengewölbe der Kathedrale hinaufschlängelte. Erlöse mich, Herr, vom ewigen Tod. Und auf dem Steinboden des Chores lag der Sarg, in dem Bruder Hugh Collimore lag, unerlöst, die Hände über der Kutte gefaltet, die Augen geschlossen und, was der Prior nicht wusste, mit einer heidnischen Münze unter der Zunge. Die hatte einer der anderen Mönche dorthin gelegt, aus Furcht, der Teufel könne sich Collimores Seele schnappen, falls der Fährmann, der die Seelen über den Fluss der Unterwelt brachte, keinen Lohn bekam.

»Requiem aeternam dona eis, Domine«, sangen die Mönche, auf dass der Herr Bruder Collimore ewige Ruhe schenken möge. In der Stadt unterhalb der Kathedrale, in den kleinen Häusern, die sich an die Felswand schmiegten, wurde geweint, weil so viele Männer aus Durham in der Schlacht gefallen waren, doch dieses Weinen war nichts im Vergleich zu den Tränen, die in Schottland fließen würden, wenn die Nachricht von der Niederlage über die Grenze drang. Der König war in Gefangenschaft, genau wie Sir William Douglas und die Earls of

Fife, Menteith und Wigtown, und der Earl of Moray war tot, und ebenso der High Constable von Schottland, der königliche Oberbefehlshaber und der königliche Großkämmerer, allesamt niedergemetzelt, entblößt und von ihren Feinden verhöhnt, und mit ihnen Hunderte ihrer Landsleute, das weiße Fleisch aufgeschlitzt, blutverschmiert und der Gier der Füchse, Wölfe, Hunde und Raben überlassen. Die dunkelrot getränkten schottischen Banner lagen auf dem Altar von Durhams Kathedrale, und die Überreste von Davids großer Armee flohen durch die Nacht, verfolgt von rachsüchtigen Engländern, die das Gebiet hinter der Grenze verwüsten und plündern würden, um Gestohlenes zurückzuholen und Neues zu stehlen. *»Et lux perpetua luceat eis«*, sangen die Mönche. Möge das ewige Licht auf den toten Bruder scheinen, während auf der Hügelkuppe die anderen Toten in der Finsternis lagen, begleitet nur vom Kreischen der weißen Eulen.

»Du musst dich mir anvertrauen«, zischte der Prior Thomas im hinteren Teil der Kathedrale zu. Kleine Kerzen flackerten auf den Rändern der Seitenaltäre, an denen Priester, viele von ihnen Flüchtlinge aus nahe gelegenen Dörfern, die von den Schotten geplündert worden waren, Messen für die Toten sprachen. Das Latein dieser Dorfpriester war oft schaurig und eine Quelle der Heiterkeit für die Geistlichen der Kathedrale und den Prior, der neben Thomas auf einer Steinbank saß. »Ich bin dein Vorgesetzter im Herrn«, mahnte der Prior, doch Thomas schwieg beharrlich. Der Prior wurde wütend. »Der König hat dir einen Auftrag erteilt! Das steht in dem Brief vom Bischof! Also sag mir, was du suchst.«

»Ich will meine Frau zurück«, sagte Thomas, und er war froh über die Dunkelheit in der Kathedrale, denn seine Augen waren vom Weinen gerötet. Eleanor war tot, Vater Hobbe war tot, und Bruder Collimore war tot, allesamt erstochen, und niemand wusste, von wem. Allerdings hatte einer der Mönche von einem dunklen Mann gesprochen, einem Diener, der zusammen mit dem fremden Priester gekommen war, und Thomas erinnerte sich an den Boten, den er in der Morgendämmerung gesehen hatte. Da war Eleanor noch am Leben gewesen, und sie hatten nicht gestritten. Jetzt war sie tot, und es war seine Schuld. Seine Schuld. Der Schmerz überwältigte ihn, und er heulte sein Leid hinaus in das Kirchenschiff.

»Sei still!«, fauchte der Prior, entsetzt über den Lärm.

»Ich habe sie geliebt!«

»Es gibt noch andere Frauen, Hunderte davon.« Angewidert bekreuzigte er sich. »Wonach hat der König dich geschickt? Antworte mir! Ich befehle es dir!«

»Sie erwartete ein Kind«, sagte Thomas, den Blick zur Decke erhoben, »und wir wollten heiraten.« Seine Seele fühlte sich so leer und finster an wie der Raum über ihm.

»Ich befehle dir, mir zu antworten!«, wiederholte der Prior. »Im Namen Gottes, antworte mir!«

»Wenn der König wünscht, Euch mitzuteilen, wonach ich suche«, erwiderte Thomas auf Französisch, obgleich der Prior Englisch mit ihm gesprochen hatte, »dann wird er es tun.«

Wütend starrte der Prior auf den Lettner. Das Französische, die Sprache der Adligen, hatte ihn zum Schweigen gebracht und die Frage in ihm geweckt, wer dieser Bogenschütze war. Zwei Soldaten gingen mit leise klirrender Rüstung an ihnen vorbei, um dem heiligen Cuthbert für ihr Überleben zu danken. Der größte Teil der englischen Armee war weiter im Norden, wo die Männer während der Nacht rasteten, bevor sie die Verfolgung des besiegten Feindes wieder aufnahmen, aber einige Ritter und Soldaten waren in die Stadt gekommen, um die wertvollen Gefangenen zu bewachen, die in der Residenz des Bischofs in der Festung untergebracht waren. Vielleicht war der Schatz, den Thomas von Hookton suchte, jetzt nicht mehr wichtig; immerhin war ein König gefangen genommen worden, zusammen mit der Hälfte aller schottischen Earls, und ihre Lösegelder würden das verfluchte Land aussaugen bis auf den letzten Tropfen, doch ihm ging das Wort *thesaurus* nicht aus dem Kopf. Ein Schatz, und die Kirche litt ständig unter Geldmangel. Er stand auf. »Du vergisst«, sagte er kalt, »dass du mein Gast bist.«

»Nein, das vergesse ich nicht«, erwiderte Thomas. Man hatte ihm einen Raum im Gästehaus der Mönche gegeben, beziehungsweise in dessen Stall, denn es gab höher gestellte Männer, denen die wärmeren Räume zustanden. »Das vergesse ich nicht.«

Nun wandte der Prior den Blick hinauf in die Dunkelheit des Deckengewölbes. »Vielleicht weißt du ja mehr über den Tod von Bruder Collimore, als du behauptest?« Thomas antwortete nicht; die Anspielung des Priors war unsinnig, und das wusste dieser auch, denn er und Thomas waren beide auf dem Schlachtfeld gewesen, als der alte Mönch ermordet worden war. Außerdem war Thomas' Schmerz über den Tod von Eleanor echt, aber der Prior war zornig und enttäuscht und sprach, ohne nachzudenken, wie es bei der Gier nach einem Schatz schon einmal vorkommen kann. »Du wirst in Durham bleiben«, befahl der Prior, »bis ich dir gestatte, die Stadt zu verlassen. Ich habe die Anweisung gegeben, dein Pferd nicht aus meinem Stall herauszulassen. Hast du mich verstanden?«

»Ja, das habe ich«, sagte Thomas mit müder Stimme und sah dem Prior nach, der hinausging. Weitere Soldaten betraten die Kathedrale; ihre Schwerter klirrten gegen Pfeiler und Steinsärge. Im Schatten hinter einem der Seitenaltäre standen Vogelscheuche, Beggar und Dickon und beobachteten Thomas. Sie waren ihm seit dem Ende der Schlacht gefolgt. Sir Geoffrey trug jetzt einen edlen Kettenpanzer, den er einem sterbenden Schotten abgenommen hatte. Er hatte mit sich gerungen, ob er sich der Verfolgung der Besiegten anschließen sollte, hatte dann jedoch einen Hauptmann und sechs seiner Soldaten mit dem Befehl losgeschickt, mitzunehmen, so viel sie konnten, sobald die Plünderung Schottlands begann. Da Thomas' Schatz sogar das Interesse eines Königs geweckt hatte, setzte Sir Geoffrey darauf, dass er es wert war, sich persönlich darum zu kümmern, und so hatte er sich an die Fersen des Bogenschützen geheftet.

Thomas, der Vogelscheuches Blick nicht bemerkte, beugte sich erschöpft vornüber. Er hatte das Gefühl, nie wieder heil werden zu können. Die Muskeln in seinem Rücken und seinen Armen brannten vom stundenlangen Schießen, und die Finger seiner rechten Hand waren von der Sehne aufgerissen. Wenn er die Augen schloss, sah er nichts als Schotten, die auf ihn zukamen, davor die dunkle Linie des Bogens und das weiße Flirren der Pfeilfedern. Dann löste sich das Bild auf, und er sah Eleanor, wie sie sich unter dem mörderischen Messer wand. Sie hatten sie zum Sprechen gebracht. Aber was hatte sie gewusst? Dass Thomas die Existenz des Grals bezweifelte, dass er sich nur zögernd auf die Suche machte, dass er nichts anderes sein wollte als ein Anführer von Bogenschützen und dass er seine Gefährtin und seinen Freund dem Tod überlassen hatte.

Eine Hand berührte ihn am Hinterkopf, und Thomas fuhr zur Seite, weil er mit Schlimmerem rechnete – einer Schwertklinge zum Beispiel –, doch dann erklang eine vertraute Stimme. Es war Lord Outhwaite. »Komm mit nach draußen, junger Mann«, sagte er zu Thomas. »Irgendwohin, wo uns Vogelscheuche nicht belauschen kann«, fügte er laut hinzu, dann wurde sein Ton wieder sanfter. »Ich habe dich gesucht.« Er berührte Thomas am Arm, um ihm sein Mitgefühl auszudrücken. »Ich habe von der Sache mit deinem Mädchen gehört, und es tut mir Leid. Sie war ein hübsches Ding.«

»Ja, das war sie, Mylord.«

»So, wie sie sprach, schien sie aus gutem Hause zu sein«, sagte Lord Outhwaite. »Ich nehme also an, ihre Familie wird dir helfen, sie zu rächen?«

»Ihr Vater ist von Adel, aber sie war unehelich.«

»Ah!« Lord Outhwaite humpelte neben ihm her, auf den Speer gestützt, den er fast den ganzen Tag mit sich herumgetragen hatte. »Dann wird er dir wohl nicht helfen, was? Aber du wirst es auch allein schaffen. Tüchtig genug bist du jedenfalls.« Seine Lordschaft hatte Thomas in die kühle, frische Nacht hinausgeführt. Der Mond stand hoch am Himmel und schäkerte mit den silberumrandeten Wolken, während drüben auf der Hügelkette mehrere große Feuer einen rötlichen Rauchschleier zur Stadt hinüberschickten. Die Flammen erleuchteten das Schlachtfeld für die Männer und Frauen aus Durham, die die Toten nach Beute durchsuchten und die noch Lebenden töteten, um auch sie auszuplündern. »Ich bin zu alt, um bei einer Verfolgungsjagd mitzumachen«, sagte Lord Outhwaite, den Blick auf die Feuer gerichtet, »zu alt und zu steif in den Gelenken. Die Jagd ist was für junge Männer, und sie werden sie bis nach Edinburgh verfolgen. Hast du die Festung von Edinburgh schon mal gesehen?«

»Nein, Mylord«, erwiderte Thomas matt. Es war ihm vollkommen gleichgültig, ob er Edinburgh oder die Festung je zu Gesicht bekommen würde.

»Oh, sie ist prächtig! Wirklich prächtig!«, sagte Lord Outhwaite begeistert. »Sir William Douglas hat sie uns abgenommen. Hat Männer in Fässern durch die Tore hineingeschmuggelt. In riesigen Fässern. Schlauer Kerl, was? Und jetzt ist er mein Gefangener.« Lord Outhwaite spähte zur Festung hinüber, als rechne er damit, Sir William Douglas und die anderen hochgeborenen schottischen Gefangenen an der Mauer herunterklettern zu sehen. Zwei Fackeln in schrägen Metallsockeln beleuchteten den Eingang, der von einem Dutzend Soldaten bewacht wurde. »Ganz schön ausgefuchst, unser William. Warum sitzt dir Vogelscheuche auf den Fersen?«

»Ich habe keine Ahnung, Mylord.«

»O doch, ich glaube, die hast du.« Seine Lordschaft setzte sich auf einen der Steinhaufen. Überall rund um die Kathedrale waren Holz und Steine gestapelt, da Handwerker einen der beiden großen Türme ausbesserten. »Er weiß, dass du nach einem Schatz suchst, und jetzt sucht er ihn auch.«

Das weckte Thomas' Aufmerksamkeit. Er warf Lord Outhwaite einen schnellen Seitenblick zu und schaute dann zurück zur Kathedrale. Sir Geoffrey und seine beiden Männer waren bis zur Tür gekommen, trauten sich jedoch aus Furcht, den Zorn Seiner Lordschaft zu wecken, nicht näher heran. »Wie kann er davon wissen?«, fragte Thomas.

»Wie kann er nicht davon wissen?«, entgegnete Lord Outhwaite. »Die Mönche wissen davon, und das ist ungefähr so, als würde man es über einen Herold ausposaunen. Mönche tratschen wie Marktweiber! Vogelscheuche glaubt also, du könntest zu großem Reichtum gelangen, und den will er für sich. Was ist das für ein Schatz?«

»Einfach irgendein Schatz, Mylord, aber ich glaube nicht, dass er großen Wert hat.«

Lord Outhwaite lächelte. Er schwieg eine Weile und blickte über das dunkle Flusstal hinweg. »Hast du nicht gesagt, der König hätte dich in Begleitung eines Ritters aus seinem Gefolge und eines königlichen Kaplans losgeschickt?«, fragte er schließlich.

»Ja, Mylord.«

»Und die beiden sind in London krank geworden?«

»Ganz recht.«

»Ein schrecklicher Ort. Ich war zweimal da, und das ist mehr als genug. Widerwärtig! Selbst mein Schweinestall ist sauberer! So, so, ein königlicher Kaplan. Gewiss ein gebildeter Mann und kein einfacher Landpriester, oder? Kein dummer Bauer, der nicht mehr als zwei lateinische Sätze auf Lager hat, sondern ein ehrgeiziger Mann, der eines Tages Bischof wird, wenn er nicht seinem Fieber erliegt. Warum sollte der König so jemanden schicken?«

»Das müsst Ihr ihn selbst fragen, Mylord.«

»Niemand Geringeres als ein königlicher Kaplan«, fuhr Lord Outhwaite fort, als hätte Thomas gar nichts gesagt. Dann schwieg er wieder. Zwischen den Wolken funkelten ein paar Sterne hervor; er sah hinauf und seufzte. »Einst«, sagte er, »vor langer Zeit, sah ich ein Kristallgefäß mit dem Blut unseres Herrn. Das war in Flandern, und es würde flüssig, wenn man zu ihm betete. In Gloucestershire gibt es noch so ein Gefäß, wie man mir erzählt hat, aber das habe ich noch nicht gesehen. Ich habe einst den Bart des heiligen Hieronymus in Nantes gestreichelt; ich habe ein Haar vom Schweif des Esels von Bileam in der Hand gehalten; ich habe eine Feder vom Flügel des heiligen Gabriel geküsst und den Backenknochen geschwungen, mit dem Simson so viele Philister erschlug! Ich habe eine Sandale des heiligen

Paulus gesehen, einen Fingernagel von Maria Magdalena und sechs Splitter vom wahren Kreuz, einer davon befleckt mit dem gleichen heiligen Blut, das ich in Flandern sah. Ich habe die Gräten der Fische erblickt, mit denen unser Herr die Fünftausend gesättigt hat, ich habe eine der scharfen Pfeilspitzen befühlt, die den heiligen Sebastian töteten, und ein Blatt vom Apfelbaum des Paradieses gerochen. In meiner eigenen Kapelle, junger Mann, habe ich einen Fingerknöchel des heiligen Thomas und ein Scharnier der Schatulle, in der das Jesuskind den Weihrauch überreicht bekam. Dieses Scharnier hat mich viel Geld gekostet, verdammt viel Geld. Also sag mir, Thomas, welche Reliquie ist kostbarer als all die, die ich in den großen Kirchen des Christentums gesehen habe und hoffentlich noch sehen werde?«

Thomas starrte hinüber zu den Feuern auf dem Hügelkamm, wo so viele Tote lagen. War Eleanor schon im Himmel? Oder war sie dazu verdammt, Tausende von Jahren im Fegefeuer zu verbringen? Der Gedanke erinnerte ihn daran, dass er noch dafür bezahlen musste, Messen für ihre Seele lesen zu lassen.

»Du schweigst«, bemerkte Lord Outhwaite. »Aber glaubst du wirklich, dass ich ein Scharnier von der Weihrauchschatulle des Jesuskindes besitze?«

»Das kann ich nicht beurteilen, Mylord.«

»Ich habe da manchmal meine Zweifel«, sagte Lord Outhwaite schmunzelnd, »aber meine Frau glaubt fest daran. Und das ist es, was zählt: der Glaube. Wenn du daran glaubst, dass ein Ding Gottesmacht besitzt, dann wird es seine Macht für dich einsetzen.« Er hielt inne, den massigen, zotteligen Kopf in die Dunkelheit erhoben, als schnüffele er nach Feinden. »Ich glaube, du suchst nach einem Ding mit Gottesmacht, einem kostbaren Ding, und ich glaube, der Teufel versucht dich daran zu hindern. Satan höchstpersönlich schickt seine Kreaturen, um deine Pläne zu durchkreuzen.« Lord Outhwaite wandte sich um und sah Thomas sorgenvoll an. »Dieser seltsame Priester und sein dunkler Diener sind Lakaien des Teufels, und Sir Geoffrey ebenso! Er ist ein wahrer Satansbalg.« Er blickte zum Eingang der Kathedrale, wo Vogelscheuche und seine beiden Gehilfen vor einer herauskommenden Mönchsprozession zurückgewichen waren. »Satan brütet Unheil aus, und du mußt es bekämpfen. Hast du genug Geld?«

Nach den Reden über den Teufel überraschte diese banale Frage Thomas. »Geld? Wofür, Mylord?«

»Wenn der Teufel gegen dich kämpft, junger Mann, würde ich dir gerne helfen, und es gibt in dieser Welt nur wenig, das einem mehr hilft als Geld. Du musst dich auf deine Suche machen, du wirst reisen müssen, und dafür brauchst du Geld. Also, hast du genug?«

»Nein, Mylord.«

»Dann gestatte mir, dir zu helfen.« Lord Outhwaite legte einen Beutel mit Münzen auf den Steinhaufen. »Und vielleicht möchtest du auch einen Gefährten für deine Suche?«

»Einen Gefährten?«, fragte Thomas, noch immer verwundert.

»Nicht mich! Nicht mich! Ich bin viel zu alt.« Lord Outhwaite lachte leise. »Nein, aber ich muss gestehen, ich habe eine Schwäche für Willie Douglas. Der Priester, der, wie ich vermute, deine Gefährtin getötet hat, hat auch Douglas' Neffen umgebracht, und Douglas will Rache. Er bittet mich, nein, er fleht mich an, den Bruder des Ermordeten mit dir gehen zu lassen.«

»Aber der ist doch Euer Gefangener, oder?«

»Ja, aber der junge Robbie bringt kaum Lösegeld ein, vielleicht ein paar Pfund, aber nichts im Vergleich zu dem Vermögen, das ich für seinen Onkel herausschlagen werde. Nein, es wäre mir lieber, wenn Robbie dich begleiten würde. Er will den Priester und seinen Diener finden, und ich glaube, er könnte dir helfen.« Lord Outhwaite hielt inne, und als Thomas nicht antwortete, setzte er noch einmal nach. »Robbie ist ein guter junger Mann. Ich kenne ihn, ich mag ihn, und er ist tüchtig. Und auch ein guter Soldat, wie ich höre.«

Thomas zuckte die Achseln. In diesem Moment wäre es ihm auch gleichgültig, wenn halb Schottland ihn begleiten würde. »Von mir aus kann er mitkommen, Mylord«, sagte er, »wenn ich überhaupt die Erlaubnis bekomme, irgendwohin zu gehen.«

»Was soll das heißen?«

»Ich darf die Stadt nicht verlassen«, sagte Thomas verbittert. »Der Prior hat es mir verboten, und er hat mir mein Pferd genommen.« Thomas hatte das Pferd, mit dem Vater Hobbe nach Durham gekommen war, am Tor des Klosters gefunden.

Lord Outhwaite lachte. »Und du willst dem Prior gehorchen?«

»Ich kann es mir nicht leisten, ein gutes Pferd zu verlieren, Mylord.«

»Ich habe genug Pferde«, sagte Lord Outhwaite wegwerfend, »unter anderem zwei gute schottische Hengste, die ich heute erbeutet habe, und morgen früh bei Tagesanbruch werden die Boten des Erzbischofs gen Süden aufbrechen, um die Nachrichten vom heutigen Tag nach London zu bringen. Drei meiner Männer werden sie begleiten. Ich schlage vor, du und Robbie schließt euch ihnen an. Damit kommt ihr schon mal sicher bis nach London. Und danach? Wohin willst du dann?«

»Nach Hause, Mylord«, sagte Thomas. »Nach Hookton, in das Dorf, wo mein Vater gelebt hat.«

»Glaubst du, dieser mörderische Priester ahnt, dass du dorthin willst?«

»Das weiß ich nicht.«

»Er wird nach dir suchen. Bestimmt hatte er vor, hier auf dich zu warten, aber das war zu gefährlich. Doch er will wissen, was du weißt, Thomas, und er wird dich foltern, um es herauszubekommen. Sir Geoffrey ebenso. Für Geld würde diese verfluchte Vogelscheuche alles tun, aber ich vermute, der Priester ist gefährlicher.«

»Also soll ich meine Augen offen und meine Pfeile bereithalten?«

»Ich würde klüger sein«, sagte Lord Outhwaite. »Wenn ein Mann dich jagt, ist es meiner Erfahrung nach besser, er findet dich an einem Ort, den du selbst ausgewählt hast. Lass dich nicht in einen Hinterhalt locken, aber sei bereit, ihm eine Falle zu stellen.«

Thomas erkannte an, dass es ein kluger Rat war, doch seine

Zweifel waren noch nicht ausgeräumt. »Wie sollen sie denn wissen, wohin ich gehe?«

»Weil ich es ihnen sagen werde. Beziehungsweise ich werde es dem Prior sagen, wenn er sich darüber beschwert, dass du gegen seinen Befehl die Stadt verlassen hast, und seine geschwätzigen Mönche werden es an jeden weitertragen, der in Hörweite ist. Wo also möchtest du deinen Feinden gegenübertreten, junger Mann? In deiner Heimat?«

»Nein, Mylord«, sagte Thomas hastig. Dann überlegte er einen Moment. »In La Roche-Derrien.«

»In der Bretagne?« Lord Outhwaite klang überrascht. »Ist das, was du suchst, in der Bretagne?«

»Ich weiß nicht, wo es ist, Mylord, aber ich habe Freunde in der Bretagne.«

»Ah. Aber ich hoffe, du siehst auch mich als Freund an.« Er schob Thomas den Geldbeutel zu. »Hier, nimm.«

»Ich werde es Euch zurückzahlen, Mylord.«

»Wenn du es mir zurückzahlen willst«, sagte seine Lordschaft und erhob sich, »dann bring mir den Schatz und lass mich ihn nur einmal berühren, bevor er zum König geht.« Er blickte noch einmal zur Kathedrale, wo Sir Geoffrey noch immer lauerte. »Ich glaube, du schläfst heute Nacht besser in der Festung. Dort sind Leute von mir, die diese elende Vogelscheuche in Schach halten können. Komm.«

Sir Geoffrey Carr sah den beiden Männern nach. Er konnte Thomas nicht angreifen, solange Lord Outhwaite bei ihm war, denn der Lord war zu mächtig; aber Macht, das wusste Vogelscheuche, entstand aus Geld, und irgendwo auf dieser Welt wartete ein Schatz, für den sich der König interessierte und nun anscheinend auch Lord Outhwaite.

Aber sofern sich nicht Hölle und Teufel gegen ihn verschworen, würde er, Vogelscheuche, ihn als Erster finden.

Thomas würde nicht nach La Roche-Derrien gehen. Er hatte gelogen, hatte die Stadt genannt, weil er sie kannte und weil es ihm nichts ausmachte, wenn seine Verfolger sich dorthin begaben, aber er selbst hatte ein anderes Ziel. Er würde nach Hookton gehen, um zu sehen, ob sein Vater den Gral dort versteckt hatte – obwohl er nicht damit rechnete, ihn zu finden –, und danach würde er nach Frankreich zurückkehren, denn dort belagerte die englische Armee Calais, dort waren seine Freunde, und dort würde er als Bogenschütze Arbeit finden. Will Skeats Männer waren unter den Belagerern, seine Bogenschützen hatten Thomas gebeten, ihr Anführer zu sein, und er wusste, dass er der Aufgabe gewachsen war. Er konnte seinen eigenen Trupp anführen und ebenso gefürchtet sein wie Will Skeat. Daran dachte er, als er nach Süden ritt, obgleich seine Gedanken oft stecken blieben oder durcheinander gerieten. Zu sehr quälte ihn der Tod von Eleanor und Vater Hobbe, und jedes Mal, wenn er an den letzten Blick dachte, den er Eleanor zugeworfen hatte, traten ihm Tränen in die Augen, sodass die Landschaft um ihn herum verschwamm.

Thomas sollte zusammen mit den Boten, die die Nachricht vom Sieg über die Schotten nach London brachten, gen Süden reiten, doch er kam nicht weiter als bis York. Als sie die Stadt bei Tagesanbruch verlassen wollten, war Robbie Douglas verschwunden. Das Pferd des jungen Schotten stand noch im Stall des Erzbischofs, und sein Gepäck war im Hof, wo er es abgelegt hatte, aber Robbie war nirgends zu sehen. Einen Augenblick war Thomas versucht, ohne den Schotten weiterzureiten, doch ein lästiges Pflichtgefühl veranlasste ihn zu bleiben. Vielleicht passte ihm auch die Gesellschaft der Soldaten nicht, die ihre Siegesbotschaft durchs Land trugen; jedenfalls ließ er sie ziehen und machte sich auf die Suche nach seinem Gefährten.

Er fand den Schotten schließlich im Münster, wo er zu den vergoldeten Schlusssteinen des Deckengewölbes hinaufstarrte. »Wir sollen nach Süden reiten«, sagte Thomas.

»Aye«, antwortete Robbie knapp, ohne sich umzuwenden.

Thomas wartete. Nach einer Weile wiederholte er: »Ich sagte, wir sollen nach Süden reiten.«

»Stimmt«, sagte Robbie. »Ich halte dich nicht auf.« Großzügig schwenkte er den Arm. »Reite nur!«

»Gibst du die Suche nach de Taillebourg auf?« Thomas hatte den Namen des Priesters von seinem Gefährten erfahren.

»Nein.« Robbie starrte weiter die prachtvolle Decke des Querschiffs an. »Ich werde ihn finden, und dann mache ich Haggis aus seinen Eingeweiden.«

Thomas wusste nicht, was Haggis war, nahm jedoch an, dass de Taillebourg nicht erpicht darauf sein würde. »Warum zum Teufel bist du dann hier?«

Robbie runzelte die Stirn. Er hatte einen Wust lockiger, brauner Haare und eine Stupsnase, was ihn auf den ersten Blick jungenhaft aussehen ließ, doch bei näherem Hinsehen bemerkte man die Stärke seines Kinns und die Härte in seinen Augen, die er jetzt endlich Thomas zuwandte. »Weil ich diese elenden Kerle nicht ausstehen kann! Diese Bastarde!«

Thomas brauchte einen Moment, bis er begriff, dass Robbie die Soldaten meinte, mit denen sie von Durham nach York geritten und die nun zwei Stunden weiter südlich auf der Straße nach London waren. »Was hast du gegen sie?«

»Hast du sie letzte Nacht nicht gehört?«, fauchte Robbie wütend, sodass die beiden Männer, die hoch oben auf einem Gerüst standen und die Speisung der Fünftausend an die Wand des Kirchenschiffs malten, hinunterschauten. »Und die Nacht davor?«

»Sie waren betrunken«, sagte Thomas. »Aber das waren wir auch.«

»Wie sie mit ihrem Sieg angegeben haben! Und dann haben die Mistkerle auch noch so getan, als wären wir weggelaufen!«

»Seid ihr ja auch.«

Robbie hatte ihn nicht gehört. »Als hätten wir überhaupt nicht gekämpft! Diese elenden Aufschneider! Dabei hätten wir fast gewonnen. Hörst du?« Aufgebracht bohrte er Thomas seinen Zeigefinger in die Brust. »Wir hätten um ein Haar gewonnen, und diese Bastarde tun so, als wären wir feige!«

»Ihr habt verloren«, sagte Thomas.

Robbie starrte Thomas an, als traue er seinen Ohren nicht. »Wir haben euch fast bis in euer beschissenes London zurückgetrieben! Gerannt wie die Karnickel seid ihr! Habt euch in die Hosen gepisst vor Angst! Um ein Haar hätten wir gewonnen, um ein Haar, und diese Nichtsnutze tun so, als wären sie Helden! Am liebsten würde ich sie alle umbringen!« Mittlerweile lauschte eine ganze Anzahl von Leuten. Zwei Pilger, die auf Knien zum Schrein hinter dem Altar rutschten, starrten Robbie mit offenem Mund an. Ein Priester runzelte nervös die Stirn, und ein kleines Kind, den Daumen im Mund, blickte erschrocken zu dem Mann mit der wilden Mähne auf, der so laut schimpfte. »Hörst du?«, brüllte Robbie. »Um ein Haar hätten wir gewonnen!«

Thomas machte kehrt und ging hinaus.

»Wo willst du hin?«, rief Robbie hinter ihm her.

»Nach Süden«, sagte Thomas. Er verstand Robbies Zorn. Jedes Mal, wenn sie in einer Burg oder einem Kloster empfangen wurden, konnten die Boten, die die Nachricht von der Schlacht überbrachten, es sich nicht verkneifen, die Geschichte auszuschmücken, und so war das mühsame und blutige Gemetzel zu einem leichten Sieg geworden. Kein Wunder, dass Robbie wütend war, aber Thomas verspürte nur wenig Mitgefühl. Mit ausgestrecktem Zeigefinger drehte er sich zu dem Schotten um. »Du hättest zu Hause bleiben sollen.«

Angewidert spuckte Robbie aus. Da erst bemerkte er, dass sie nicht allein waren. »Gejagt wie die Hasen haben wir euch«, grummelte er, dann lief er hinter Thomas her. Plötzlich lächelte er, und seine Züge bekamen einen jungenhaften Charme. »Ich wollte dich nicht anbrüllen«, sagte er. »Ich war nur so wütend.«

»Ich auch«, erwiderte Thomas, doch sein Zorn war gegen ihn selbst gerichtet, vermischt mit Trauer und Schuldgefühlen, und er ließ nicht nach, während die beiden sich wieder auf den Weg machten. Jeden einzelnen Schritt ihrer Reise dachte Thomas an Eleanor. Lord Outhwaite hatte ihm versprochen, sie zu beerdigen und Messen für ihre Seele lesen zu lassen, und manchmal wünschte Thomas, er läge neben ihr im Grab.

»Warum ist de Taillebourg eigentlich hinter dir her?«, fragte Robbie.

Eine Weile sagte Thomas nichts, doch gerade als Robbie meinte, er würde gar nicht antworten, stieß er ein verächtliches Schnauben aus. »Weil dieser Bastard glaubt, mein Vater hätte den Gral besessen.«

»Den Gral!« Robbie bekreuzigte sich. »Ich dachte, der wäre in Schottland.«

»In Schottland?«, fragte Thomas verwundert. »Ich weiß, dass Genua behauptet, ihn zu haben, aber Schottland?«

»Und wieso nicht?«, fragte Robbie kriegerisch. »Na ja«, gab er nach, »angeblich soll in Spanien auch einer sein.«

»In Spanien?«

»Und wenn die Spanier einen haben, dann die Franzosen bestimmt auch, und wahrscheinlich auch die Portugiesen.« Er zuckte die Achseln und wandte sich wieder Thomas zu. »Dein Vater hatte also auch einen?«

Thomas wusste nicht, was er darauf sagen sollte. Sein Vater war launisch, verrückt, genial, schwierig und gepeinigt gewesen. Er war ein großer Sünder gewesen und vielleicht auch ein Heiliger. Vater Ralph hatte über die Auswüchse des Aberglaubens gelacht, hatte über die Schweineknochen gespottet, die von Ablasspredigern als Reliquien verkauft wurden, und dennoch hatte er einen alten, verzogenen und schwarz angelaufenen Speer an den Deckenbalken seiner Kirche aufgehängt und behauptet, es sei die Lanze des heiligen Georg. Thomas gegenüber hatte er den Gral nie erwähnt, doch nach seinem Tod hatte Thomas erfahren, dass die Geschichte seiner Familie eng mit dem Gral verwoben war. Nach langem Zögern beschloss er, Robbie die Wahrheit zu sagen. »Ich weiß es nicht. Ich weiß es wirklich nicht.«

Robbie duckte sich unter einem tief hängenden Zweig hindurch. »Willst du mir erzählen, hier geht es um den echten Gral?«

»Wenn er überhaupt existiert«, sagte Thomas und fragte sich erneut, ob es sein konnte. Möglich war es wohl, aber es wäre ihm lieber, wenn es ihn nicht gäbe. Doch er hatte die Aufgabe bekommen, es herauszufinden, also würde er den einzigen Freund seines Vaters aufsuchen und ihn nach dem Gral fragen, und sobald er die Antwort hatte, würde er nach Frankreich zurückkehren und sich Will Skeats Bogenschützen anschließen. Will Skeat selbst, sein einstiger Anführer und Freund, war in Caen gestrandet, und Thomas wusste nicht, ob er noch lebte, und falls ja, ob er bei Verstand war und ob er sprechen oder gehen konnte. Doch das würde er herausfinden, indem er Guillaume d'Evecque, Eleanors Vater, einen Brief sandte, und dann konnten sie Will im Austausch gegen einen niederen französischen Adligen sicher nach Hause bringen lassen. Thomas würde Lord Outhwaite mit Geld, das er vom Feind erbeutete, seine Schulden zurückzahlen, und dann, so sagte er sich, würde er Trost finden, indem er sein Talent als Bogenschütze einsetzte und die Feinde des Königs tötete. Vielleicht würde de Taillebourg ihn finden, und dann würde Thomas ihn töten wie eine Ratte. Und Robbie? Thomas mochte den jungen Schotten, aber es war ihm gleich, ob er blieb oder ging.

Robbie wusste nur, dass de Taillebourg Thomas auf den Fersen war, deshalb würde er bei dem Bogenschützen bleiben, bis er den Dominikaner töten konnte. Er hatte kein anderes Ziel, als seinen Bruder zu rächen; das forderte die Familienehre. »Wer Hand an einen Douglas legt«, erklärte er Thomas, »wird ausgeweidet. Wir ziehen ihm bei lebendigem Leib die Haut ab. Das ist Blutfehde, verstehst du?«

»Selbst wenn der Priester der Mörder war?«

»Entweder war er es oder sein Diener, und Diener gehorchen ihrem Herrn. Der Verantwortliche ist in jedem Fall der Priester, also muss er sterben. Ich werde ihm seine verdammte Kehle aufschlitzen.« Er ritt eine Weile schweigend weiter, dann grinste er. »Und dann komme ich in die Hölle, aber da sind immerhin jede Menge Douglasse, die dem Teufel Gesellschaft leisten.« Er lachte.

Sie brauchten zehn Tage, um London zu erreichen, und als sie ankamen, tat Robbie unbeeindruckt, als hätte Schottland in jedem zweiten Tal eine Stadt dieser Größe, doch nach einer Weile ließ er die Maske fallen und betrachtete staunend die riesigen Gebäude, die von Menschen wimmelnden Straßen und die dicht an dicht gedrängten Marktstände. Thomas nutzte Lord Outhwaites Münzen, um für sie ein Zimmer in einem Wirtshaus zu mieten, das am Pferdeteich in Smithfield lag, direkt hinter der Stadtmauer und nahe bei einer Wiese, auf der über hundert Händler ihre Stände aufgebaut hatten. »Und heute ist noch nicht mal Markttag?«, rief Robbie aus, dann packte er Thomas am Ärmel. »Sieh nur!« Ein Jongleur ließ ein halbes Dutzend Bälle durch die Luft kreisen, was nichts Ungewöhnliches war, denn das konnte man auf jedem Dorfjahrmarkt sehen, aber dieser Mann stand mit bloßen Füßen auf den Spitzen zweier Schwerter, die er als Stelzen benutzte. »Wie macht er das?«, fragte Robbie. »Und sieh mal da!« Direkt unter dem Galgen, an dem zwei Leichen baumelten, drehte sich ein Tanzbär zu den Klängen einer Flöte. Dies war der Ort, an den London seine Missetäter brachte, um sie auf schnellem Weg in die Hölle zu schicken. Beide Toten waren in Ketten geschnürt, um das verfaulende Fleisch an ihren Knochen zu halten, und der Verwesungsgestank vermischte sich mit dem Rauch der Feuer und den Ausdünstungen des verängstigten Viehs, das auf dem Markt verkauft wurde. Am anderen Ende der Wiese lag die Abtei von St. Bartholomew, wo Thomas einen Priester dafür bezahlte, Messen für Eleanor und Vater Hobbe lesen zu lassen.

Thomas, der Robbie gegenüber vorgab, London sehr viel besser zu kennen, als es den Tatsachen entsprach, hatte das Wirtshaus in Smithfield nur deshalb gewählt, weil auf seinem Schild zwei gekreuzte Pfeile abgebildet waren. Dies war erst sein zweiter Besuch in der Stadt, und er war ebenso beeindruckt, verwirrt und überrascht wie Robbie. Sie schlenderten durch die Straßen, bestaunten Kirchen und die Häuser von Adligen, und Thomas kaufte sich von Lord Outhwaites Geld ein Paar neue Stiefel, Beinlinge aus Kalbsleder, einen Ochsenfellmantel und einen guten wollenen Umhang. Auch ein elegantes französisches Rasiermesser in einer Schachtel aus Elfenbein weckte sein Interesse, doch da er den Wert eines solchen Messers nicht kannte, fürchtete er, übers Ohr gehauen zu werden, und beschloss, sich eines von einem toten Franzosen zu stehlen, sobald er nach Calais kam. Stattdessen ließ er sich von einem Barbier rasieren, schlüpfte in seine neuen Kleider und gab das Geld, das er beim Rasiermesser eingespart hatte, für eine der Frauen im Wirtshaus aus. Hinterher lag er mit Tränen in den Augen da, weil er an Eleanor dachte.

»Gibt es eigentlich einen Grund, warum wir in London sind?«, fragte Robbie ihn an dem Abend.

Thomas leerte seinen Becher mit Ale und winkte dem Mädchen, Nachschub zu bringen. »Es liegt auf dem Weg nach Dorset.«

»Der Grund ist so gut wie jeder andere.«

Genau genommen lag London nicht direkt auf dem Weg von Durham nach Dorchester, aber die Straßen, die zur Hauptstadt führten, waren so viel besser als die, die sich durch das übrige Land wanden, dass es schneller war, über die große Stadt zu reisen. Doch nach drei Tagen war es an der Zeit weiterzureiten, und so machten sich die beiden nach Westen auf. Dabei kamen sie an Westminster vorbei, und einen kurzen Moment erwog Thomas, John Pryke zu besuchen, den königlichen Kaplan, der ihn eigentlich nach Durham begleiten sollte, jedoch auf dem Hinweg krank geworden war und nun entweder lebend oder tot in der Abtei lag, doch Thomas hatte keine Lust, über den Gral zu sprechen, und so ritten sie weiter.

Die Luft wurde klarer, als sie ins offene Land kamen. Es galt als gefährlich, über diese Straßen zu reiten, aber Thomas zog eine so grimmige Miene, dass andere Reisende ihn eher selbst für eine Gefahr hielten als für ein mögliches Opfer. Er war unrasiert und wie immer in Schwarz gekleidet, und der Kummer der letzten Tage hatte tiefe Falten in sein Gesicht gegraben. Zusammen mit Robbies wildem Haarwust sahen sie genauso aus wie alle Vagabunden, die die Straßen unsicher machten, nur mit dem Unterschied, dass sie Furcht einflößend bewaffnet waren. Thomas war mit Schwert, Bogen und Pfeiltasche ausgestattet, und Robbie trug das Schwert seines Onkels mit der Haarlocke des heiligen Andreas im Knauf. Sir William war zu dem Schluss gekommen, dass er in den nächsten Jahren, während deren seine Familie sich bemühte, das gewaltige Lösegeld zusammenzutreiben, wenig Gelegenheit haben würde, sein Schwert zu benutzen, und hatte es daher Robbie geliehen, mit der Ermahnung, es sinnvoll einzusetzen.

»Glaubst du, dass de Taillebourg in Dorset ist?«, fragte Robbie, während sie durch einen peitschenden Regenguss ritten.

»Nein, wahrscheinlich nicht.«

»Warum reiten wir dann hin?«

»Weil er vielleicht irgendwann dort auftaucht«, erwiderte Thomas. »Er und sein verfluchter Diener.« Über den Diener wusste er nur das, was Robbie ihm erzählt hatte: dass der Mann eigenwillig, gepflegt, von dunkler Erscheinung und geheimnisvoll war. Doch seinen Namen kannte auch Robbie nicht. Da Thomas nicht glauben mochte, dass ein Priester Eleanor getötet hatte, war er zu dem Schluss gekommen, dass der Diener der Mörder sein musste, und er würde den Mann Höllenqualen leiden lassen.

Es war später Nachmittag, als sie unter dem Osttor von Dorchester hindurchritten. Einer der Wachmänner, alarmiert durch ihre Waffen, versuchte ihnen den Zutritt zu verwehren, gab jedoch nach, als Thomas auf Französisch antwortete. Da er annahm, dass Thomas ein Edelmann war, ließ er die beiden widerstrebend passieren und sah ihnen nach, als sie die East Street hinaufritten, vorbei an der Allerheiligenkirche und dem Gefängnis. Je näher sie dem Stadtzentrum kamen, desto prächtiger wurden die Fassaden, und die Häuser der Wollhändler rund um die St.-Peter-Kirche hätten sich sogar in London nicht verstecken müssen. Thomas konnte die Schlachtbänke hinter den Häusern der Fleischer riechen. Dann führte er Robbie nach Cornhill, wo sie an der Werkstatt des Zinngießers vorbeikamen, der stotterte und schielte, und an der des Schmieds, bei dem Thomas früher seine Pfeilspitzen gekauft hatte. Die meisten Leute dort kannte er. Der Hundemann, ein beinloser Bettler, der zu seinem Spitznamen gekommen war, weil er sich wie ein Hund über den Fluss Cerne beugte und das Wasser aufschlabberte, wiegte sich auf den Holzklötzen, die an seinen Armen befestigt waren, die South Street hinunter. Dick Adyn, der Bruder des städtischen Kerkermeisters, trieb drei Schafe den Hügel hinauf und blieb stehen, um Willie Palmer, der gerade seinen Laden mit Strumpfwaren abschloss, eine freundschaftliche Beleidigung zuzurufen. Ein junger Priester eilte, ein Buch an die Brust gedrückt, durch eine Gasse und wandte den Blick von einer Frau ab, die sich in den Rinnstein hockte. Ein Windstoß trieb Holzrauch hinunter in die Straße. Dorcas Galton, das braune Haar zu einem Knoten geschlungen, schüttelte aus einem Fenster einen Teppich aus und lachte über eine Bemerkung von Dick Adyn. Alle sprachen mit dem Akzent der Gegend, weich und breit und summend wie Thomas auch, und beinahe hätte er sein Pferd angehalten, um mit ihnen zu plaudern, doch Dick Adyn wandte sich nach einem kurzen Blick auf ihn ab, und Dorcas knallte das Fenster zu. Robbie sah schon verwildert aus, aber Thomas' ausgemergeltes, finsteres Gesicht war noch Furcht einflößender, und keiner aus der Stadt erkannte in ihm den unehelichen Sohn von Hooktons früherem Priester. Sie hätten ihn erkannt, wenn er sich vorgestellt hätte, doch der Krieg hatte Thomas verändert. Er hatte ihm eine Härte verliehen, die Fremde zurückweichen ließ. Er war noch ein Junge gewesen, als er Dorset verlassen hatte, doch jetzt war er ein hartgesottener Krieger des englischen Königs, und als er und Robbie die Stadt durch das südliche Tor verließen, machte der Wachmann keinen Hehl daraus, dass er froh war, die beiden gehen zu sehen. »Seid froh, dass ihr nicht im Kerker gelandet seid!«, rief er ihnen nach, ermutigt durch das Stadtwappen auf seinem Umhang und den alten Speer. Thomas hielt sein Pferd an, wandte sich im Sattel um und warf dem Mann einen bohrenden Blick zu, woraufhin dieser schleunigst in der Gasse hinter dem Tor verschwand. Thomas spuckte aus und ritt weiter.

»Deine Heimatstadt?«, fragte Robbie spöttisch.

»Nicht mehr«, erwiderte Thomas. Er fragte sich, wo jetzt sein Zuhause war, und seltsamerweise kam ihm plötzlich La Roche-

Derrien in den Sinn. Er dachte an Jeanette Chenier in ihrem großen Haus am Jaudy, und die Erinnerung an diese alte Liebe weckte erneut seine Schuldgefühle gegenüber Eleanor. »Woher kommst du denn?«, fragte er Robbie, um sich abzulenken.

»Ich bin in der Nähe von Langholm aufgewachsen.«

»Wo liegt das?«

»Am Fluss Esk, ein kleines Stück nördlich der Grenze. Ein hartes Land, nicht so wie das hier.«

»Wieso, hier ist es doch schön«, sagte Thomas gelassen. Er blickte zu den hohen, grün überwucherten Mauern von Maiden Castle hinauf, wo in der Nacht vor Allerheiligen der Teufel sein Spiel trieb. Jetzt ließen dort nur die Wachtelkönige ihren schrillen Ruf erklingen. In den Hecken hingen reife Brombeeren, und als die Schatten länger wurden, sahen sie ein paar junge Füchse am Rand eines Feldes entlangtoben. Sie ritten noch ein paar Meilen, und es wurde zusehends dunkler, doch Thomas konnte jetzt das Meer riechen, und er bildete sich auch ein, hören zu können, wie es am Kies der Küste von Dorset leckte. Es war die geisterhafte Zeit des Tages, wenn die Seelen der Toten rechts und links durch die Schatten zu huschen schienen und anständige Menschen nach Hause zu ihrem Feuer, ihrem Strohdach und ihrer verriegelten Tür eilten. In einem der Dörfer heulte ein Hund.

Thomas hatte erwogen, nach Down Mapperley zu reiten, wo Sir Giles Marriott, der Gutsherr von Hookton und einigen anderen Dörfern, seinen Wohnsitz hatte, aber es war schon spät, und er hielt es nicht für klug, nach Einbruch der Dunkelheit dort aufzukreuzen. Außerdem wollte Thomas Hookton sehen, bevor er mit Sir Giles sprach, und so lenkte er sein erschöpftes Pferd Richtung Meer und führte Robbie unter der hohen, düsteren Masse von Lipp Hill entlang. »Dort oben auf dem Hügel habe ich meine ersten Männer getötet«, verkündete er stolz.

»Mit dem Bogen?«

»Ja. Vier Männer – mit vier Pfeilen.« Das entsprach nicht ganz der Wahrheit, denn er hatte bestimmt sieben oder acht Pfeile verschossen, vielleicht sogar mehr, aber er hatte tatsächlich vier der Plünderer getötet, die von Frankreich nach Hookton gekommen waren. Und dann war er tief im Schatten der Bucht von Hookton angelangt und sah, wie der Gischt der anbrandenden Wellen in der Dämmerung weiß aufleuchtete, während er entlang des Flusses auf den Ort zuritt, an dem sein Vater gebetet hatte und gestorben war.

Jetzt lebte dort niemand mehr. Die Plünderer hatten das Dorf tot zurückgelassen. Die Häuser waren in Flammen aufgegangen, das Dach der Kirche war eingestürzt, und die Einwohner lagen in einem von Nesseln, Dornen und Disteln überwucherten Friedhof begraben. Es war viereinhalb Jahre her, seit die Plünderer in Hookton gelandet waren, angeführt von Thomas' Vetter, Guy Vexille, Graf von Astarac, und Eleanors Vater, Guillaume d'Evecque. Thomas hatte vier von ihren Armbrustschützen getötet, und das war der Anfang seines Lebens als Bogenschütze gewesen. Er hatte sein Studium in Oxford abgebrochen und war bis zu diesem Tag nie nach Hookton zurückgekehrt. »Das hier war mein Zuhause«, sagte er zu Robbie.

»Was ist passiert?«

»Die Franzosen sind gekommen«, erwiderte Thomas und deutete hinaus auf die dunkle See. »Aus der Normandie.«

»Allmächtiger.« Robbie war überrascht. Er wusste, dass überall entlang der Grenze zwischen Schottland und England Häuser in Brand gesetzt, Vieh gestohlen, Frauen vergewaltigt und Männer getötet wurden, doch er hätte nie gedacht, dass es auch so weit im Süden passierte. Er stieg von seinem Pferd und ging zu einem Wust aus Nesseln, der einst ein kleines Haus gewesen war. »Hier war ein Dorf?«

»Ja, ein Fischerdorf.« Thomas ging durch die Straße, an der einst die Netze geflickt worden waren und die Frauen den Fisch geräuchert hatten. Das Haus seines Vaters war ein Haufen verkohlter Holzpfeiler, der inzwischen von Winde überwuchert war. Die anderen Häuser sahen genauso aus, Stroh und Lehmflechtwerk waren zu Asche und Erde geworden. Nur die Kirche westlich des Flusses war noch als solche zu erkennen; ihre kahlen Mauern ragten ungeschützt gen Himmel. Thomas und

Robbie banden ihre Pferde an zwei junge Haselsträucher auf dem Friedhof und trugen ihr Gepäck in die Kirchenruine. Es war schon zu dunkel, um sich genauer umzusehen, doch Thomas konnte nicht schlafen, und so ging er hinunter zum Strand. Er dachte zurück an den Ostermorgen, als die Schiffe aus der Normandie auf den Kies aufgelaufen waren und die Männer im Morgengrauen johlend mit Schwertern und Armbrüsten, Äxten und Feuer über sie hergefallen waren. Sie waren wegen des Grals gekommen. Guy Vexille, der »Harlekin«, glaubte, das kostbare Gefäß sei im Besitz von Thomas' Vater, und deshalb hatte er Hookton zerstört. Er hatte es niedergebrannt, dem Erdboden gleichgemacht, und war ohne den Gral heimgekehrt.

Der Fluss gluckerte leise, als er sich um die Landzunge aus Kies schlängelte, um sich mit dem mächtigen Rauschen des Meeres zu vereinigen. Thomas setzte sich auf die Landzunge, den so genannten Hook, in seinen neuen Umhang gehüllt, den großen schwarzen Bogen neben sich. John Pryke, der Kaplan, hatte in demselben ehrfürchtigen Ton vom Gral gesprochen wie Vater Hobbe. Der Gral, so hatte Vater Pryke gesagt, war nicht nur der Kelch, aus dem Jesus beim Abendmahl seinen Wein getrunken hatte, sondern auch das Gefäß, in dem das Blut des sterbenden Gottessohns am Kreuz getropft war. »Longinus«, hatte Vater Pryke in seiner erregten Art gesagt, »war der Zenturio, der unter dem Kreuz stand, und als der Speer sein gemartertes Ziel traf, hob er den Kelch, um das Blut aufzufangen!«

Wie, so fragte sich Thomas, war der Kelch von dem oberen Raum, in dem Jesus sein letztes Mahl zu sich genommen hatte, in die Hände eines römischen Zenturios gelangt? Und, was noch seltsamer war, wie hatte Ralph Vexille ihn bekommen? Er schloss die Augen und wiegte sich vor und zurück, beschämt über seine Zweifel. Vater Hobbe hatte ihn immer den Ungläubigen Thomas genannt. »Es ist sinnlos, nach Erklärungen zu suchen«, hatte Vater Hobbe wieder und wieder gesagt, »denn der Gral ist ein Wunder. Er entzieht sich jeder Erklärung.«

»Er ist ein magisches Gefäß«, hatte Eleanor hinzugefügt und sich damit Vater Hobbes Vorwürfen angeschlossen.

Thomas wollte so gerne glauben, dass er Zauberkräfte besaß. Er wollte glauben, dass der Gral existierte, für den Menschen noch unsichtbar, verborgen hinter einem Schleier der Ungläubigkeit, schimmernd, wunderbar, in Licht gebadet und glühend wie ein sanftes Feuer. Er wollte glauben, dass er eines Tages Gestalt annehmen würde und dass aus diesem Gefäß, das den Wein und das Blut Jesu empfangen hatte, Friede und Heil fließen würden. Doch wenn Gott wollte, dass die Welt in Frieden lebte und Krankheiten verschwanden, warum versteckte Er dann den Gral? Vater Hobbe hatte darauf geantwortet, dass die Menschheit nicht würdig war, ihn zu bekommen, und Thomas fragte sich, ob das stimmte. War überhaupt jemand würdig? Und vielleicht, überlegte er, lag die Zauberkraft des Grals – wenn er denn eine besaß – darin, die Fehler und Tugenden derjenigen zu verstärken, die nach ihm suchten. Vater Hobbe war bei seiner Suche immer mehr zu einem Heiligen geworden und der fremde Priester und sein Diener immer bösartiger. Er war wie eine von jenen Kristalllinsen, die Juweliere benutzten, um die Schmuckstücke, an denen sie arbeiteten, zu vergrößern. Nur dass der Gral den Charakter vergrößerte. Was, so fragte sich Thomas, hob er bei ihm hervor? Er erinnerte sich an sein Unbehagen, das er bei dem Gedanken an die Heirat mit Eleanor verspürt hatte, und auf einmal begann er zu weinen, aus tiefster Seele zu schluchzen, mehr, als er seit ihrem Tod geweint hatte. Verzweifelt wiegte er sich hin und her. Sein Schmerz war so endlos wie das Meer, das auf den Kies brandete, und noch verstärkt durch das Wissen, dass er ein Sünder war, dem keine Vergebung zuteil wurde, seine Seele der Hölle geweiht.

Er vermisste seine Gefährtin, er hasste sich, er fühlte sich leer, einsam und verdammt, und so hockte er im Dorf seines Vaters und weinte.

Später setzte Regen ein, der den neuen Umhang durchweichte und Thomas und Robbie vor Kälte zittern ließ. Sie hatten ein Feuer gemacht, das schwach in der alten Kirche flackerte und im Regen zischte, ihnen aber immerhin die Illusion von ein wenig Wärme gab. »Gibt es hier Wölfe?«, fragte Robbie.

»Angeblich schon«, erwiderte Thomas. »Aber ich habe nie einen gesehen.«

»Bei uns in Eskdale gibt es welche, und im Dunkeln glühen ihre Augen rot. Wie Feuer.«

»Dafür gibt es hier im Meer Ungeheuer«, sagte Thomas. »Manchmal werden sie tot an den Strand gespült, und man findet ihre Knochen zwischen den Klippen. Manchmal kommen selbst an ruhigen Tagen Männer nicht vom Fischen zurück, und dann wissen alle, dass die Ungeheuer sie gefressen haben.« Er erschauerte und bekreuzigte sich.

»Als mein Großvater starb«, sagte Robbie, »bildeten die Wölfe einen Kreis um das Haus und heulten.«

»Ist es ein großes Haus?«

Die Frage schien Robbie zu überraschen. Er überlegte einen Moment, dann nickte er. »Aye. Mein Vater ist ein *laird*.«

»Ein Lord?«

»So was Ähnliches.«

»Warum war er dann nicht bei der Schlacht?«

»Er hat in Berwick einen Arm und ein Bein verloren. Deshalb müssen meine Brüder und ich jetzt für ihn kämpfen.« Er sagte, er sei der Jüngste von vier Söhnen. »Jetzt sind's nur noch drei«, setzte er nach und bekreuzigte sich in Gedanken an Jamie.

Sie schliefen ein wenig, wachten aber immer wieder zitternd auf. Bei Tagesanbruch ging Thomas noch einmal zum Hook, um zuzusehen, wie der neue Tag sich grau über dem zerklüfteten Rand des Meeres erhob. Der Regen hatte aufgehört, aber ein kalter Wind peitschte über die Wellen. Das Grau verwandelte sich in ein fahles Weiß, dann in Silber. Möwen flogen kreischend über die lang gezogene Bucht, und als er ihnen folgte, fand er auf der äußersten Spitze des Hook die verwitterten Überreste von vier Pfeilern. Damals, als er das Dorf verlassen hatte, waren sie noch nicht da gewesen, aber unter einem von ihnen lag, halb von Steinen begraben, ein vergilbter Splitter von einem Schädel, und Thomas nahm an, dass er von einem der Armbrustschützen stammte, die er an dem Ostertag mit seinem großen schwarzen Bogen getötet hatte. Vier Pfeiler, vier Tote. Wahrscheinlich waren die Köpfe auf die Pfeiler gespießt worden, damit sie aufs Meer hinaussehen konnten, bis die Möwen ihnen die Augen auspickten und die Haut von den Schädeln rupften.

Er starrte hinüber auf das zerstörte Dorf, konnte jedoch niemanden entdecken. Robbie war noch in der Kirchenruine, aus der eine schmale Rauchfahne aufstieg, aber davon abgesehen war Thomas allein mit den Möwen. Nicht einmal Schafe, Rinder oder Ziegen waren auf dem Lipp Hill. Mit knirschenden Schritten ging er wieder landeinwärts, dann bemerkte er, dass er noch den Schädelsplitter in der Hand hielt, und schleuderte ihn in den Fluss, wo sie früher die Fischerboote geflutet hatten, um die Ratten zu vertreiben. Da er hungrig war, nahm er das Stück Hartkäse und das dunkle Brot aus der Satteltasche, die er neben dem Eingang der Kirche abgelegt hatte. Jetzt, bei Tageslicht, erschienen ihm die Mauern der Kirche niedriger als in seiner Erinnerung, wahrscheinlich weil Leute aus der Gegend mit Handwagen gekommen waren und einen Teil der Steine für den Bau von Scheunen, Ställen oder Hauswänden mitgenommen hatten. Im Inneren der Kirche gab es nur Dornengestrüpp, Nesseln und ein paar knorrige, verkohlte Holzreste, die längst mit Gras überwachsen waren. »Hier drinnen wäre ich fast draufgegangen«, sagte er zu Robbie und beschrieb ihm, wie das Kirchentor unter dem Hämmern der Plünderer erbebt war und er die Hornscheiben des Ostfensters eingetreten hatte und in den Friedhof hinuntergesprungen war. Er erinnerte sich, wie er bei seiner Flucht über den Altar gegen den Abendmahlskelch getreten war.

War dieser Kelch der Gral gewesen? Bei dem Gedanken musste er laut lachen. Der Abendmahlskelch war ein silberner Becher gewesen, auf den das Wappen der Vexilles eingraviert war, und dieses Wappen hatte Thomas aus dem zerbeulten Becher herausgeschnitten und an seinem Bogen befestigt. Mehr war von dem alten Ding nicht übrig, und es war nicht der Gral gewesen. Der Gral war viel älter, viel geheimnisvoller und viel Furcht einflößender.

Der Altar war längst verschwunden, aber dort, wo er gestanden hatte, lag eine flache Tonschale zwischen den Nesseln. Thomas schob das Unkraut mit dem Fuß beiseite und hob die Schale auf. Er erinnerte sich, wie sein Vater sie früher vor der Messe mit Oblaten gefüllt und mit einem Stück Leintuch abgedeckt hatte; dann war er damit in die Kirche geeilt, und er war stets wütend geworden, wenn jemand aus dem Dorf nicht die Mütze abnahm und sich vor dem Sakrament verneigte. Thomas hatte die Schale versehentlich hinuntergestoßen, als er bei seiner Flucht vor den Franzosen auf den Altar geklettert war, und nun lag sie immer noch hier. Er lächelte wehmütig und überlegte, ob er die Schale behalten sollte, warf sie dann jedoch wieder zurück in die Nesseln. Bogenschützen sollten mit leichtem Gepäck reisen.

»Da kommt jemand«, warnte Robbie ihn und lief los, um das Schwert seines Onkels zu holen. Thomas griff nach seinem Bogen und zog einen Pfeil aus der Tasche, und in diesem Moment hörte er Hufgetrappel und Hundegebell. Als er zum Torbogen der Ruine ging, sah er eine Meute kräftiger Jagdhunde mit hängender Zunge durch den Fluss springen. Es war keine Zeit mehr, vor ihnen zu fliehen, er konnte sich nur flach gegen die Mauer drücken.

»Argos! Maera! Hierher! Wollt ihr wohl gehorchen!«, brüllte der Reiter seine Hunde an und verlieh dem Befehl mit einem Peitschenknall Nachdruck, doch die Tiere stürmten auf Thomas zu und sprangen an ihm hoch. Doch es war keine Drohung: Sie leckten ihm übers Gesicht und wedelten mit den Schwänzen. »Orthos!«, herrschte der Jäger einen der Hunde an, dann musterte er Thomas eingehend. Ihm sagte das Gesicht nichts, aber die Hunde hatten ihn offenbar erkannt, und das ließ den Jäger zögern.

»Jake«, sagte Thomas.

»Gütiger Jesus!«, rief Jake aus. »Allmächtiger! Jetzt schaut mal, was die Flut da angeschwemmt hat. Orthos! Argos! Zurück, ihr verfluchten Köter, zurück!« Die Peitsche knallte laut, und die Hunde gehorchten, noch immer schwanzwedelnd. Jake schüttelte den Kopf. »Thomas, nicht wahr?«

»Wie geht es dir, Jake?«

»Wie's einem so geht, wenn man älter wird«, grummelte Jake Churchill. Dann schwang er sich aus dem Sattel, schob sich zwischen den Hunden hindurch und begrüßte Thomas mit einer Umarmung. »Die Namen haben sie von deinem verdammten Vater. Er hielt es für einen guten Scherz. Schön, dich zu sehen, Junge.« Jake hatte einen grauen Bart, sein Gesicht war vom Wetter braun wie eine Nuss, und er hatte überall Narben vom Dornengestrüpp. Er war der Jagdaufseher von Sir Giles Marriott, und er hatte Thomas beigebracht, mit dem Bogen zu schießen, sich an Wild heranzupirschen und sich unbemerkt und lautlos durch den Wald zu bewegen. »Süßer Heiland, Junge, bist du gewachsen! Du bist ja ein richtiger Kerl geworden!«

»Jungen werden nun mal groß, Jake«, sagte Thomas, dann deutete er auf Robbie. »Das ist ein Freund von mir.«

Jake nickte dem Schotten zu und zerrte erneut zwei Hunde von Thomas weg. Die Tiere, die nach Hunden aus griechischen und lateinischen Sagen benannt waren, jaulten aufgeregt. »Was zum Henker macht ihr beiden denn hier?«, fragte Jake. »Ihr hättet zum Gutshaus kommen sollen, wie anständige Christen!«

»Es war spät, als wir ankamen«, erklärte Thomas, »und ich wollte mich erst mal hier umsehen.«

»Hier gibt's nichts zu sehen«, sagte Jake verächtlich. »Das Einzige, was hier noch rumläuft, sind Hasen.«

»Bist du auf Hasenjagd?«

»Ich komme doch nicht mit zwanzig Jagdhunden, um Hasen zu jagen, Junge. Nein, Lally Goodens Jüngster hat euch zwei gestern Abend hier rumschleichen sehen, und deshalb hat Sir Giles mich rübergeschickt, um nachzusehen, was ihr im Schilde führt. Im Frühjahr hatten wir zwei Vagabunden, die sich hier niederlassen wollten, und wir mussten sie mit der Peitsche verjagen. Und letzte Woche haben hier ein paar Fremde herumgeschnüffelt.«

»Fremde?«, fragte Thomas, wohl wissend, dass Jake damit auch einfach Leute aus einem benachbarten Ort gemeint haben konnte.

»Ein Priester und sein Diener«, sagte Jake. »Und wenn's kein Priester gewesen wär, hätte ich ihm die Hunde auf den Hals gejagt. Ich mag keine Fremden, weiß nicht, was die hier wollen. Eure Pferde sehen hungrig aus. Und ihr zwei auch. Mögt ihr Frühstück? Oder wollt ihr hier stehen bleiben und die verflixten Hunde streicheln, bis sie tot umfallen?«

Sie ritten zurück bis nach Down Mapperley und folgten den Hunden durch das Dorf. In Thomas' Erinnerung war der Ort riesig, doppelt so groß wie Hookton, und als Kind hatte er es fast für eine Stadt gehalten, doch nun sah er, wie klein es in Wirklichkeit war. Klein und geduckt, sodass er zu Pferd fast über die mit Stroh gedeckten Häuser hinwegsehen konnte, die ihm als Kind wie Paläste erschienen waren. Die Misthaufen neben den Häusern reichten bis zum Dachfirst. Sir Giles Marriotts Gutshaus, das ein kleines Stück außerhalb des Dorfes lag, war ebenfalls mit Stroh gedeckt, und das moosbewachsene Dach berührte fast den Boden. »Er wird sich freuen, dich zu sehen«, meinte Jake.

Und so war es auch. Er war mittlerweile ein alter Mann, ein Witwer, der Thomas' Wildheit früher nicht sonderlich geschätzt hatte, doch nun begrüßte er ihn wie einen verlorenen Sohn. »Du bist dünn, Junge, viel zu dünn. Ein Mann muss kräftig sein. Wollt ihr Frühstück, ihr beiden? Es gibt Erbsenpudding und Dünnbier. Gestern hatten wir auch Brot, aber das ist aus. Wann backen wir wieder, Gooden?«, fragte er einen seiner Diener.

»Heute ist Mittwoch, Sir«, antwortete dieser vorwurfsvoll.

»Dann also morgen«, sagte Sir Giles zu Thomas. »Morgen gibt es wieder Brot. Es bringt Unglück, an einem Mittwoch Brot zu backen. Mittwochsbrot ist giftig.« Zu Robbie gewandt sagte er: »Und du bist Schotte?«

»Jawohl, Sir.«

»Ich dachte, alle Schotten hätten Bärte. In Dorchester gab es doch mal einen Schotten, nicht wahr, Gooden? Erinnerst du dich an ihn? Er hatte einen Bart. Und er spielte die Laute und tanzte sehr gut. Weißt du nicht mehr?«

»Er stammte von den Scilly-Inseln«, sagte der Diener.

»Sage ich doch. Aber er hatte einen Bart, oder?«

»Ja, Sir Giles. Einen gewaltigen.«

»Na bitte.« Sir Giles löffelte eine Portion Erbsenpudding in seinen Mund, in dem nur noch zwei Zähne standen. Er war dick, weißhaarig, rotgesichtig und mindestens fünfzig Jahre alt. »Zum Reiten reicht's nicht mehr, Thomas«, gab er zu. »Alles, was ich noch kann, ist herumsitzen und das Wetter betrachten. Hat Jake dir erzählt, dass hier Fremde herumgeschlichen sind?«

»Ja, Sir.«

»Ein Priester! Ganz in Schwarz-Weiß gekleidet, wie eine Elster. Er wollte über deinen Vater reden, aber ich habe ihm gesagt, da gibt es nichts zu reden. Vater Ralph ist tot, habe ich gesagt, und Gott schenke seiner armen Seele Frieden.«

»Hat der Priester auch nach mir gefragt, Sir?«, wollte Thomas wissen.

Sir Giles grinste. »Ich habe ihm erzählt, ich hätte dich seit Jahren nicht gesehen und wäre auch froh, wenn ich dich nie wieder zu Gesicht bekäme. Dann hat sein Diener gefragt, wo er dich wohl finden könnte, und ich habe ihm gesagt, es gehöre sich nicht, ohne Erlaubnis mit Höhergestellten zu reden. Das hat ihm nicht geschmeckt!« Er lachte leise. »Dann hat die Elster nach deinem Vater gefragt, und ich habe gesagt, dass ich ihn kaum kannte. Das war natürlich gelogen, aber er hat mir geglaubt und ist wieder abgezogen. Leg noch ein paar Scheite ins Feuer, Gooden. Wenn's nach dir ginge, würde ich mir in meinem eigenen Haus den Tod holen.«

»Der Priester ist also abgereist?«, fragte Robbie. Es sah de Taillebourg nicht ähnlich, sich mit so einer Antwort zufrieden zu geben und einfach wieder zu verschwinden.

»Er hatte Angst vor den Hunden«, sagte Sir Giles, noch immer schmunzelnd. »Ein paar von den Tieren waren hier drinnen, und wenn er nicht wie eine Elster ausgesehen hätte, hätte ich sie auf ihn gehetzt, aber es schickt sich nicht, Priester zu töten. Das gibt nur Ärger. Der Teufel kommt und spielt seine Spielchen, wenn man einen Priester tötet. Aber ich mochte ihn nicht und habe zu ihm gesagt, ich wüsste nicht, wie lange ich die Hunde noch zurückhalten könnte. In der Küche ist noch Schinken. Möchtest du welchen, Thomas?«

»Nein, danke, Sir.«

»Ich hasse den Winter.« Sir Giles starrte ins Feuer, das jetzt in dem breiten Kamin üppig loderte. Quer durch die Halle zogen sich rauchgeschwärzte Holzbalken, die das breite Strohdach trugen. An der einen Seite teilte ein geschnitzter Wandschirm aus Holz den Raum von der Küche ab, an der anderen schlossen sich die Schlafkammern an. Doch seit dem Tod seiner Frau benutzte Sir Giles die Kammern nicht mehr, sondern lebte, aß und schlief neben dem Feuer in der Halle. »Ich schätze, das ist mein letzter Winter, Thomas.«

»Das hoffe ich nicht, Sir.«

»Hoffe von mir aus, was du willst, aber ich werde ihn nicht überstehen. Nicht wenn das Eis kommt. Ich weiß kaum, wie ich mich warm halten soll. Die Kälte kriecht einem bis ins Mark, und das kann ich nicht leiden. Deinem Vater ging's genauso.« Er fixierte Thomas mit seinem Blick. »Dein Vater war immer überzeugt, dass du eines Tages fortgehst. Nicht nach Oxford. Er wusste, dass es dir dort nicht gefiel. Als wenn man ein Streitross vor den Pflug spannt, hat er oft gesagt. Er wusste, dass du weglaufen und Soldat werden würdest. Er hat immer gesagt, du hättest wildes Blut in deinen Adern.« Sir Giles lächelte in Erinnerung daran. »Aber er meinte auch, du würdest eines Tages heimkommen. Du würdest zurückkommen, um ihm zu zeigen, was für ein prächtiger Bursche du geworden bist.«

Thomas blinzelte, um die Tränen zurückzuhalten. Hatte sein Vater das wirklich gesagt? »Diesmal bin ich gekommen, um Euch eine Frage zu stellen, Sir. Dieselbe Frage, nehme ich an, die den französischen Priester zu Euch getrieben hat.«

»Fragen!«, brummte Sir Giles. »Fragen konnte ich noch nie leiden. Weil man immer darauf antworten muss. Natürlich willst du ein Stück von dem Schinken! Erzähl mir nichts! Gooden, sei so gut und sag deiner Tochter, sie soll den Schinken auspacken, ja?«

Sir Giles stemmte sich von seinem Stuhl hoch und schlurfte hinüber zu einer großen Truhe aus dunklem, poliertem Eichenholz. Er klappte den Deckel hoch, beugte sich ächzend hinunter und begann in dem Durcheinander aus Kleidern und Schuhen zu kramen. »Ich habe festgestellt, Thomas«, fuhr er fort, »dass ich keine Fragen mehr brauche. Jede zweite Woche sitze ich hier zu Gericht, und ich weiß sofort, wenn die Leute hereingebracht werden, ob sie schuldig sind oder nicht! Aber wir müssen ja die Form wahren, nicht wahr? Wo ist das Ding denn nur? Ah!« Er hatte das Gesuchte gefunden und kehrte damit zum Tisch zurück. »Hier, Thomas, verschone mich mit deiner Frage, das da ist deine Antwort.« Er schob ihm das Bündel zu.

Es war ein kleines, in ein altes Stück Sackleinen gehülltes Objekt. Thomas hatte plötzlich das absurde Gefühl, es wäre der Gral, und war lächerlich enttäuscht, als er feststellte, dass das Bündel ein Buch enthielt. Der Einband bestand aus weichem Leder und war ein gutes Stück größer als die eigentlichen Seiten, sodass man den Korpus darin einhüllen konnte. Als Thomas das Buch aufschlug, sah er, dass es in der Handschrift seines Vaters geschrieben war. Doch da es von seinem Vater stammte, war alles darin verklausuliert und verschlüsselt. Thomas blätterte kurz darin und sah Notizen in Latein und Griechisch und in einer seltsamen Schrift, die wohl Hebräisch sein musste. Schließlich fiel sein Blick auf die erste Seite, auf der nur drei Worte standen: *»Calix meus inebrians.«* Ihm gefror das Blut in den Adern.

»Ist das deine Antwort?«, fragte Sir Giles.

»Ja, Sir.«

»Dachte ich mir. Ich habe natürlich hineingespäht, konnte aber nichts damit anfangen, und ich wollte nicht Sir John fragen« – Sir John war der Priester von St. Peter in Dorchester – »oder diesen Notar, wie heißt er noch? Der, der immer anfängt zu sabbern, wenn er aufgeregt ist. Er spricht Latein, oder zumindest behauptet er es. Was bedeutet das?«

»›Mein Becher macht mich trunken‹«, sagte Thomas.

»›Mein Becher macht mich trunken‹!« Sir Giles schnaubte amüsiert. »Ja, dein Vater war wirklich nicht ganz richtig im Oberstübchen. Ein guter Mann, unser Vater Ralph, aber das hier … ›Mein Becher macht mich trunken‹ – also wirklich!«

»Das ist aus einem Psalm«, sagte Thomas und blätterte um zur zweiten Seite. Sie war in der Sprache verfasst, die er für Hebräisch hielt, doch etwas daran war merkwürdig. Ein mehrfach wiederkehrendes Zeichen sah aus wie ein menschliches Auge, und das war Thomas noch nie in einem hebräischen Text begegnet, obwohl er natürlich auch nur wenig Hebräisch zu sehen bekommen hatte. »Das stammt aus dem Psalm«, fuhr er fort, »der mit den Worten beginnt: ›Der Herr ist mein Hirte.‹«

»Mein Hirte ist er nicht«, grummelte Sir Giles. »Ich bin doch kein verdammtes Schaf.«

»Ich auch nicht, Sir«, verkündete Robbie.

»Allerdings habe ich gehört« – Sir Giles sah Robbie an –, »der schottische König sei in Gefangenschaft geraten.«

»Tatsächlich?«, sagte Robbie mit Unschuldsmiene.

»Ist wahrscheinlich nur dummes Geschwätz«, erwiderte Sir Giles und setzte zu einer langen Geschichte über einen bärtigen Schotten an, dem er in London begegnet war. Thomas ließ ihn reden und blätterte derweil im Buch seines Vaters. Er verspürte eine seltsame Enttäuschung, denn das Buch unterstützte die Annahme, dass die Suche nach dem Gral berechtigt war. Gerne hätte er jemanden gefunden, der ihm sagte, dass alles Unsinn war, und ihn vom Bann dieses Gefäßes erlöste, doch sein Vater hatte die Legende ernst genug genommen, um dieses Buch zu schreiben. Andererseits, so sagte er sich, war sein Vater verrückt gewesen.

Mary, Goodens Tochter, brachte den Schinken herein. Thomas kannte Mary, seit sie beide laufen konnten, und begrüßte sie lächelnd, während Robbie sie anstarrte wie eine Engelserscheinung. Sie hatte langes, dunkles Haar und üppige Lippen, und Thomas war sicher, dass Robbie in Down Mapperley auf so manchen Rivalen stoßen würde. Er wartete, bis Mary wieder hinausgegangen war, dann hielt er das Buch hoch. »Hat mein Vater je mit Euch darüber gesprochen, Sir?«

»Er hat über alles und nichts geredet«, sagte Sir Giles. »Wie ein Weib, ununterbrochen! Ich war mit deinem Vater befreundet, Thomas, aber ich habe nie viel für Religion übrig gehabt. Wenn er zu viel davon sprach, schlief ich ein. Das gefiel ihm.« Sir Giles hielt inne, um eine Scheibe Schinken abzuschneiden. »Aber dein Vater war verrückt.«

»Haltet Ihr das hier für Spinnereien?« Thomas deutete erneut auf das Buch.

»Dein Vater war verrückt nach Gott, aber er war kein Dummkopf. Mir ist nie ein Mann mit mehr gesundem Menschenverstand begegnet, und das vermisse ich. Ich vermisse seinen Rat.«

»Arbeitet das Mädchen hier?«, fragte Robbie und deutete auf den Wandschirm, hinter dem Mary verschwunden war.

»Ja, schon ihr ganzes Leben«, erwiderte Sir Giles. »Erinnerst du dich noch an Mary, Thomas?«

»Als wir klein waren, habe ich mal versucht, sie zu ertränken.« Thomas blätterte weiter im Buch seines Vaters, obwohl er jetzt keine Zeit hatte, die Bedeutung hinter den verworrenen Worten zu enträtseln. »Ihr wisst, was das hier ist, nicht wahr?«

Sir Giles zögerte einen Moment, dann nickte er. »Ich weiß, Thomas, dass viele nach dem suchen, was dein Vater nach seinen Worten besaß.«

»Er hat es also selbst gesagt?«

Wieder kurzes Zögern. »Er hat es angedeutet«, sagte Sir Giles mit ernster Miene. »Und ich beneide dich nicht.«

»Mich? Warum?«

»Weil er mir dieses Buch gegeben und gesagt hat, falls ihm etwas zustoßen würde, sollte ich es aufbewahren, bis du alt und Manns genug bist, um die Aufgabe zu übernehmen. Das waren seine Worte.« Sir Giles musterte Thomas und sah, wie dessen Gesicht sich verdüsterte. »Aber wenn ihr beide eine Weile bleiben wollt«, fügte er hinzu, »seid ihr herzlich willkommen. Jake Churchill braucht Hilfe. Er sagt, er hätte noch nie so viele Fuchsjunge gesehen, und wenn wir nicht ein paar davon erlegen, gibt es nächstes Jahr ein übles Massaker unter den Lämmern.«

Thomas sah Robbie fragend an. Sie hatten die Aufgabe, de Taillebourg zu finden und den Mord an Eleanor, Vater Hobbe und Robbies Bruder zu rächen, und es war unwahrscheinlich, dass der Dominikaner hierher zurückkehrte. Doch Robbie wollte ganz eindeutig bleiben; dafür hatte Mary Gooden gesorgt. Und Thomas war erschöpft. Er wusste nicht, wo er den Priester suchen sollte, und so war ihm das Angebot, im Haus von Sir Giles zu bleiben, willkommen. So hatte er Gelegenheit, das Buch zu studieren und seinem Vater auf dem langen, leidvollen Weg zum Gral zu folgen.

»Wir bleiben, Sir«, sagte Thomas.

Eine Weile.

Es war das erste Mal, dass Thomas einen Adligen wirklich mochte. Sir Giles war vielleicht kein hoher Adliger, kein Earl oder Herzog mit einem großen Gefolge, das er befehligen konnte, aber dennoch privilegiert, mit Sitz in einem Herrenhaus – auch wenn dieses aus Holz war, mit einem Strohdach und Lehmboden – und dem Vorrecht, seine Tage zu vertrödeln, während andere die harte Arbeit erledigten: Holz hacken, Wasser holen, Kühe melken, Butter schlagen, Teig kneten und Wäsche waschen. Robbie war eher daran gewöhnt, aber er fand das Leben in Dorset viel einfacher. »Bei uns zu Hause«, sagte er, »kommen dauernd irgendwelche englischen Plünderer über die Hügel, um unser Vieh und Korn zu stehlen.«

»Wohingegen du nicht mal im Traum darauf kämst, nach Süden zu reiten und die Engländer zu überfallen«, spottete Thomas.

»Natürlich nicht, wie kommst du nur darauf?«, erwiderte Robbie grinsend.

Und so jagten sie, als der Winter hereinbrach, auf dem Land von Sir Giles Marriott, um die Felder für die Zeit der Lämmer sicher zu machen und Wildbret auf Sir Giles' Tisch zu bringen; sie tranken in den Schänken von Dorchester und lachten über die Gaukler auf dem winterlichen Jahrmarkt. Thomas traf sich mit alten Freunden und erzählte ihnen Geschichten aus der Bretagne, Normandie und Pikardie, von denen immerhin einige wahr waren, und er gewann beim Wettschießen auf dem Jahrmarkt den goldenen Pfeil. Er schenkte ihn Sir Giles, der ihn in der Halle aufhängte und verkündete, es sei die schönste Auszeichnung, die er je gesehen habe. »Mein Sohn war geschickt mit dem Bogen. Sehr geschickt sogar. Vielleicht hätte er diesen Pfeil selbst gewinnen können.«

Sir Giles' einziger Sohn war am Fieber gestorben, und seine einzige Tochter hatte einen Ritter mit Landsitz in Devon geheiratet, und Sir Giles mochte weder seinen Schwiegersohn noch seine Tochter. »Sie erben das Gut nach meinem Tod sowieso«, sagte er zu Thomas, »aber solange ich noch da bin, könnt ihr beide euch hier nach Lust und Laune aufhalten.«

Thomas redete sich ein, er habe die Suche nach dem Gral nicht aus den Augen verloren, da er Stunden um Stunden über dem Buch seines Vaters verbrachte. Die Seiten waren aus dickem Pergament, das teuer und schwer zu bekommen war, was zeigte, wie wichtig diese Notizen für Vater Ralph gewesen waren. Dennoch wurde Thomas nicht aus ihnen schlau. Der größte Teil des Buches bestand aus Geschichten. Eine davon erzählte, wie ein Blinder, der das Gefäß mit zarter Hand berührte, plötzlich sehen konnte; da er jedoch enttäuscht war über das Aussehen des Grals, erblindete er erneut. In einer anderen hieß es, ein Moorenkrieger habe versucht, den Gral zu stehlen, und sei zur Strafe in eine Schlange verwandelt worden. Die längste Geschichte handelte von Parzival, einem Ritter, der auf Kreuzzug gegangen war und den Gral im Grab Christi gefunden hatte. In dieser Erzählung lautete das lateinische Wort für den Gral *crater*, was »Schale« bedeutete, während er auf anderen Seiten als *calix*, »Becher«, bezeichnet wurde, und Thomas fragte sich, ob diese Unterscheidung von Bedeutung war. Wenn sein Vater im Besitz des Grals gewesen war, hätte er dann nicht wissen müssen, ob es sich um einen Becher oder eine Schale handelte? Aber vielleicht gab es da auch gar keinen großen Unterschied. Jedenfalls stand in der langen Geschichte, dass die Schale auf einem Felsvorsprung am Grab Christi gestanden hatte, für jeden sichtbar, der die Grabstätte betrat, ob christlicher Pilger oder heidnischer Feind, doch erst als Sir Parzival auf Knien in die Höhle kam, konnten die Menschen den Gral tatsächlich sehen, denn Sir Parzival war ein gerechter Mann und somit würdig, die Augen geöffnet zu bekommen. Sir Parzival nahm die Schale mit und brachte sie zurück zur Christenheit, wo er ihr einen würdigen Schrein bauen wollte, doch, so schloss die Geschichte lakonisch, »er starb«. Unter diesen abrupten Schluss hatte Thomas Vater geschrieben: »Sir Parzival war Graf von Astarac, aber unter einem anderen Namen bekannt. Er heiratete eine Vexille.«

»Sir Parzival!« Sir Giles war beeindruckt. »Der gehört also zu eurer Familie? Davon hat dein Vater nie etwas erwähnt. Zumindest kann ich mich nicht daran erinnern. Ich habe eine Menge von seinen Erzählungen verschlafen.«

»Meistens spottete er über solche Geschichten«, sagte Thomas.

»Wir verspotten oft das, was wir fürchten«, bemerkte Sir Giles. Dann grinste er plötzlich. »Jake hat mir erzählt, ihr hättet den alten Fuchsrüden bei den Five Marys erwischt.« Die Five Marys waren alte Grabhügel, die nach den Behauptungen der Leute aus der Gegend von Riesen aufgehäuft worden waren, und Thomas hatte nie verstanden, warum sie so hießen, denn es waren sechs.

»Das war nicht da«, sagte Thomas, »sondern am White Nothe.«

»Am White Nothe? Oben auf der Klippe?« Sir Giles sah Thomas verdutzt an, dann lachte er. »Ihr wart auf Holgates Land? Ihr Halunken!« Sir Giles, der sich früher stets lauthals beschwert hatte, wenn Thomas auf seinem Land wilderte, fand nun diesen Übergriff auf den Besitz eines Nachbarn höchst vergnüglich. »Ein altes Weib, dieser Holgate. Und, wirst du schlau aus deinem Buch?«

»Ich wünschte, so wär's«, sagte Thomas, den Blick auf den Namen Astarac geheftet. Er wusste nur so viel, dass Astarac ein Lehen oder eine Grafschaft in Südfrankreich war und ehemals der Sitz der Vexilles, bevor man sie als Aufrührer und Ketzer verurteilt hatte. Außerdem hatte er erfahren, dass Astarac nahe beim Gebiet der Katharer lag, so nah, dass ihr verderblicher Einfluss auch die Vexilles erfasst hatte, und als der französische König und die wahre Kirche hundert Jahre zuvor die Ketzer verbrannt und aus dem Land gejagt hatten, waren auch die Vexilles gezwungen gewesen zu fliehen. Und nun sollte der sagenumwobene Sir Parzival ein Vexille gewesen sein? Je weiter er in das Geheimnis vordrang, so schien es Thomas, desto verworrener wurde alles. »Hat mein Vater Euch gegenüber je von Astarac gesprochen?«, fragte er Sir Giles.

»Astarac? Was soll das sein?«

»Der Ort, aus dem seine Familie stammte.«

»Nein, nein, er ist in Cheshire aufgewachsen. Das hat er mir immer erzählt.«

Doch Cheshire war nur eine Zuflucht gewesen, ein Versteck vor der Inquisition. Ob der Gral dort verborgen war? Thomas blätterte um und stieß auf einen langen Absatz, in dem beschrieben wurde, wie eine Plündererkolonne versucht hatte, den Turm von Astarac anzugreifen, und vom Anblick des Grals zurückgeschlagen worden war. »Er hat sie geblendet«, hatte Vater Ralph geschrieben, »sodass 364 von ihnen niedergemetzelt wurden.« Auf einer anderen Seite stand, dass es unmöglich war zu lügen, wenn man den Gral mit der Hand berührte, »andernfalls ereilt den Frevler augenblicklich der Tod«. Eine unfruchtbare Frau würde mit Kindern gesegnet werden, wenn sie den Gral streichelte, und einem Mann, der am Karfreitag daraus trank, würde ein Blick gewährt auf »diejenige, die er dereinst im Himmel zu seinem Weibe nehmen wird«. In einer anderen Geschichte wurde geschildert, wie ein Ritter, der den Gral durch ein wildes Land trug, von Heiden verfolgt wurde; gerade als sie ihn fast gefangen hatten, sandte Gott einen gewaltigen Adler, der ihn und sein Pferd und den kostbaren Gral in den Himmel trug, sodass die heidnischen Krieger unter wütendem Geheul zurückblieben.

Ein Satz tauchte in dem Buch immer wieder auf: *»Transfer calicem istum a me«*, und Thomas spürte darin den Kummer und die Bürde, die auf seinem Vater gelastet hatten. »Nimm diesen Kelch von mir«, bedeutete der Satz, und es waren dieselben Worte, die Jesus im Garten von Gethsemane gesprochen hatte, als er Gott, seinen Vater, anflehte, ihm die Qual der Kreuzigung zu ersparen. Manchmal war der Satz auf Griechisch geschrieben, eine Sprache, die Thomas zwar studiert, aber nie wirklich gelernt hatte; es gelang ihm, die griechischen Abschnitte weitgehend zu entziffern, doch das Hebräische blieb ihm ein Rätsel.

Sir John, der alte Vikar von St. Peter, bestätigte ihm, dass es eine seltsame Variante des Hebräischen war. »Ich habe fast alles vergessen, was ich damals gelernt habe«, sagte er zu Thomas, »aber so einen Buchstaben habe ich noch nie gesehen!« Er deutete auf das Zeichen, das wie ein Auge aussah. »Sehr eigenartig, Thomas, sehr eigenartig.« Er schwieg einen Moment, dann sagte er klagend: »Wenn doch nur der arme Nathan noch hier wäre.«

»Nathan?«

»Das war vor deiner Zeit, Thomas. Nathan sammelte Blutegel und schickte sie nach London. Die Ärzte dort schätzten die Blutegel aus Dorset sehr, wusstest du das? Aber natürlich war Nathan Jude, und so verschwand er mit den anderen.« Knapp fünfzig Jahre zuvor waren die Juden aus England vertrieben worden, ein Ereignis, das in der Erinnerung des Priesters noch sehr lebendig war. »Niemand hat je herausbekommen, wo er seine Blutegel fand«, fuhr Sir John fort, »und bisweilen frage ich mich, ob er sie mit einem Fluch belegt hat.« Stirnrunzelnd betrachtete er das Buch. »Das gehörte deinem Vater?«

»Ganz recht.«

»Der arme Vater Ralph«, seufzte Sir John, was zeigte, dass er das Buch als Werk eines Verrückten betrachtete. Er klappte es zu und schlug sorgsam den ledernen Einband darum.

Es gab kein Zeichen von de Taillebourg, und auch aus der Normandie kamen keine Neuigkeiten. Thomas schrieb einen schweren Brief an Guillaume d'Evecque, in dem er ihm vom Tod seiner Tochter berichtete und ihn um Nachricht von Will Skeat bat, der nach Caen gebracht worden war, damit Mordecai, der jüdische Arzt, ihn heilte. Der Brief ging nach Southampton, von dort nach Guernsey, und man versicherte Thomas, er würde in die Normandie weitergeleitet, doch als Weihnachten nahte und er noch immer keine Antwort bekommen hatte, nahm Thomas an, dass der Brief verloren gegangen war. Thomas schrieb auch an Lord Outhwaite, versicherte Seiner Lordschaft, er sei eifrig mit der Suche beschäftigt, und gab einige der Geschichten aus dem Buch seines Vaters wieder.

Lord Outhwaite schickte ein Antwortschreiben, in dem er Thomas zu seinen Entdeckungen beglückwünschte und ihm berichtete, dass Sir Geoffrey Carr mit einem Dutzend Männer in die Bretagne aufgebrochen sei. Gerüchten zufolge seien Vogelscheuches Schulden höher denn je, »was wohl der Grund für seine Ortsveränderung war«. Vermutlich hatte ihn nicht nur die Hoffnung auf Beute nach La Roche-Derrien getrieben, sondern auch das Gesetz, das besagte, dass ein Schuldner von seiner Rückzahlungspflicht entbunden war, solange er dem König im Ausland diente. »Wirst du Sir Geoffrey folgen?«, fragte Lord Outhwaite, und Thomas antwortete ihm, wenn seine Lordschaft diese Worte lese, werde er bereits in La Roche-Derrien sein. Tatsächlich jedoch rührte er sich nicht von der Stelle. Es war Weihnachten, sagte er sich, und er hatte Weihnachten immer sehr genossen.

Sir Giles beging die zwölf Festtage in großem Stil. Vom Adventssonntag an aß er kein Fleisch mehr – was keine allzu große Entsagung bedeutete, da er Aal und Fisch liebte –, und am Heiligen Abend nahm er nur noch Brot zu sich, um sich auf das erste Festessen vorzubereiten. Zwölf leere Bienenkörbe wurden in die Halle gebracht und mit Efeu und Stechpalmenzweigen geschmückt; auf der Speisetafel wurde eine dicke Kerze aufgestellt, groß genug, um die ganzen Festtage hindurch zu brennen, und im Kamin loderte ein üppiges Feuer. Sir Giles' Nachbarn waren eingeladen, Wein und Ale zu trinken und Rinderbraten, Wildschwein, Rehkeule, Gans und Presskopf zu essen. Der Festbecher, gefüllt mit heißem Würzwein, wurde in der Halle umhergereicht. Sir Giles weinte an jedem der Weihnachtsabende um seine verstorbene Frau, und wenn die Kerzen heruntergebrannt waren, schlief er betrunken in seinem Sessel ein. Am vierten Weihnachtsabend schlossen Thomas und Robbie sich den *hogglers* an, die, verkleidet als Gespenster, Grüne Männer und Wilde, durch die Gemeinde zogen und den Leuten Spenden für die Kirche abrangen.

Sie weiteten ihr Gebiet bis nach Dorchester aus, wobei sie in zwei fremde Gemeinden eindrangen und in eine Schlägerei mit den *hogglers* von All Saints gerieten. Als Folge davon verbrachten sie die Nacht im Gefängnis von Dorchester, wurden jedoch am nächsten Morgen von George Adyn befreit, der ihnen schmunzelnd einen Humpen Ale und eine der berühmten Schweinswürste von seiner Frau servierte. Am Dreikönigstag bestand das abendliche Festessen aus einem Wildschwein, das Robbie mit dem Speer erlegt hatte, und als alles aufgegessen war und die Gäste satt und halb betrunken auf den Binsenmatten in der Halle lagen, begann es zu schneien. Thomas stand im Türrahmen und sah zu, wie die Flocken im unruhigen Licht einer Fackel tanzten.

»Wir müssen uns bald auf den Weg machen«, sagte Robbie, der ihm gefolgt war.

»Warum?«

»Wir haben eine Aufgabe zu erledigen.«

Thomas wusste, dass er Recht hatte, aber er wollte nicht aufbrechen. »Ich dachte, es gefällt dir hier.«

»Das tut es auch«, erwiderte Robbie, »und Sir Giles ist großzügiger, als ich es verdient habe.«

»Also?«

»Es ist wegen Mary ...«, druckste Robbie.

»Ist sie schwanger?«

Robbie bekreuzigte sich. »Sieht so aus.«

Thomas starrte hinaus in den Schnee. »Wenn du ihr genug Geld für eine Mitgift gibst, wird sie keine Schwierigkeiten haben.«

»Ich habe nur noch drei Pfund«, sagte Robbie. Sein Onkel, Sir William, hatte ihm eine Börse mitgegeben, deren Inhalt eigentlich für ein Jahr reichen sollte.

»Das dürfte genügen«, erwiderte Thomas. Ein Windstoß ließ die Schneeflocken aufwirbeln.

»Aber dann habe ich gar nichts mehr!«, protestierte Robbie.

»Daran hättest du denken sollen, bevor du das Feld gepflügt hast«, sagte Thomas in Erinnerung daran, wie er vor Jahren mit einem Mädchen aus Hookton in die gleiche Situation geraten war. Er wandte sich wieder zur Halle, wo zwei Männer mit Harfe und Flöte für die Betrunkenen musizierten. »Ja, wir sollten gehen«, meinte er, »aber ich weiß nicht wohin.«

»Du hast doch gesagt, du wolltest nach Calais.«

Thomas zuckte die Achseln. »Glaubst du, de Taillebourg wird uns dort suchen?«

»Ich glaube, sobald er weiß, dass du das Buch hast, wird er dir sogar bis in die Hölle folgen.«

Damit hatte Robbie vermutlich Recht, aber das Buch war bisher nicht sehr hilfreich gewesen. Nirgends stand, dass Vater Ralph den Gral tatsächlich besessen hatte, und es gab auch keinen Hinweis darauf, wo man ihn finden könnte. Thomas und Robbie hatten gesucht. Sie hatten die Meereshöhlen in den Klippen von Hookton durchkämmt, aber nur Treibholz, Napfschnecken und Algen gefunden. Keine Spur von einem goldenen Becher, der halb im Kies verborgen war. Wohin sollten sie also gehen? Wo sollten sie suchen? Wenn Thomas nach Calais ging, konnte er sich der Armee anschließen, aber er bezweifelte, dass de Taillebourg ihm bis zum Lager der englischen Truppen folgen würde. Vielleicht, dachte Thomas, sollte er wieder in die Bretagne gehen. Doch er wusste, dass es weder der Gral noch die Notwendigkeit einer Konfrontation mit de Taillebourg war, die ihn nach La Roche-Derrien lockte, sondern die Hoffnung, dass Jeanette Chenier nach Hause zurückgekehrt war. Er dachte oft an sie, an ihr schwarzes Haar und ihr kämpferisches, herausforderndes Wesen, und jedes Mal hatte er Schuldgefühle wegen Eleanor.

Der Schnee blieb nicht liegen. Es taute, und von Westen kam ein unbarmherziger Regen, der die Küste von Dorset peitschte. Bei Chesil war ein großes englisches Schiff auf die Kiesbank aufgelaufen, und Thomas und Robbie fuhren mit einem von Sir Giles' Wagen zum Strand hinunter. Mit der Hilfe von Jake Churchill und zweien seiner Söhne gelang es ihnen, sich gegen ein Dutzend anderer Männer durchzusetzen und sechs Ballen Wolltuch zu ergattern, die sie nach Down Mapperley brachten und Sir Giles überreichten, womit dieser innerhalb eines Tages die Einkünfte eines ganzen Jahres in den Händen hielt.

Am nächsten Morgen kam der französische Priester nach Dorchester.

Die Neuigkeit wurde von George Adyn überbracht. »Du hast doch gesagt, wir sollen nach Fremden Ausschau halten«, sagte er zu Thomas, »und der Kerl sah verdammt fremd aus. Angezogen wie ein Priester, aber wer weiß? Sieht eher aus wie ein Vagabund, wenn du mich fragst. Brauchst bloß Bescheid zu sagen« – er zwinkerte Thomas zu – »dann vermöbeln wir den Kerl ordentlich und schicken ihn nach Shaftesbury.«

»Und was machen sie dort mit ihm?«, fragte Robbie.

»Vermöbeln ihn noch mal und schicken ihn wieder zurück«, erwiderte George grinsend.

»Ist er Dominikaner?«, wollte Thomas wissen.

»Woher soll ich das wissen? Redet nur wirres Zeug, der Gottesmann.«

»Welche Farbe hat seine Kutte?«

»Schwarz natürlich.«

»Ich komme mit und rede mit ihm«, sagte Thomas.

»Der Kerl faselt bloß rum. Euer Gnaden!« Letzteres war an Sir Giles gerichtet, der hinzukam, und Thomas musste warten, während die beiden Männer über die Gesundheit diverser Vettern, Neffen und sonstiger Verwandter sprachen. Es war fast Mittag, als er und Robbie durch das Tor von Dorchester ritten, und Thomas dachte zum tausendsten Mal, was für eine schöne Stadt dies doch war und was für eine Freude es sein musste, hier zu leben.

Der Priester wurde in den engen Hof des Gefängnisses gebracht. Es war ein schöner Tag. Zwei Amseln hüpften auf der Mauerkrone entlang, und in einer Ecke des Hofes blühte Eisenhut. Wie sich zeigte, war der Priester ein junger Mann, sehr klein gewachsen, mit einer platten Nase, hervorstehenden Augen und struppigem schwarzem Haar. Seine Soutane war so abgewetzt, zerrissen und befleckt, dass es kein Wunder war, dass die Büttel ihn für einen Landstreicher gehalten hatten; eine Fehleinschätzung, die den kleinen Kirchenmann sehr aufbrachte. »Ist das die Art und Weise, wie die Engländer mit Gottesdienern umgehen? Für euch ist selbst die Hölle noch zu gut! Ich werde alles dem Bischof erzählen, und der wird es dem Erzbischof erzählen, und der wird es dem Heiligen Vater berichten, und dann werdet ihr alle exkommuniziert!«

»Siehst du, was ich meine?«, sagte George Adyn. »Kläfft drauflos wie ein räudiger Fuchs, aber man versteht kein Wort.«

»Er spricht Französisch«, erklärte Thomas ihm und wandte sich an den Priester. »Wie heißt Ihr?«

»Ich will den Bischof sprechen, und zwar sofort!«

»Wie heißt Ihr?«

»Bringt mir den Gemeindepriester!«

»Antwortet, sonst reiße ich Euch Eure verdammten Ohren ab«, sagte Thomas. »Also, wie heißt Ihr?«

Sein Name war Vater Pascal, und er hatte eine höchst unerquickliche Reise hinter sich. Er kam aus der Normandie, aus einem Ort südlich von Caen, und war zunächst über den von Winterstürmen aufgewühlten Kanal nach Guernsey gereist, dann weiter nach Southampton und von dort zu Fuß bis nach Dorchester, und das alles, ohne ein Wort Englisch zu können. Für Thomas grenzte es an ein Wunder, dass der Priester überhaupt so weit gekommen war, und noch wundersamer war die Entdeckung, dass Vater Pascal von Evecque nach Hookton gesandt worden war, mit einer Botschaft für Thomas.

Guillaume d'Evecque hatte ihn geschickt, beziehungsweise Vater Pascal hatte sich bereit erklärt, die Reise auf sich zu nehmen, und es war dringend, denn die Botschaft war ein Hilferuf. Evecque wurde belagert. »Es ist schrecklich!«, sagte Vater Pascal. Mittlerweile war sein Zorn besänftigt, sie saßen in den »Drei Hähnen«, und er hatte Gänsebraten und einen Becher *bragget* vor sich, eine Mischung aus warmem Met und dunklem Ale. »Der Graf von Coutances belagert ihn. Der Graf!«

»Warum ist das so schrecklich?«, fragte Thomas.

»Weil der Graf sein Lehnsherr ist!«, rief der Priester aus, und da verstand Thomas seine Empörung. Guillaume d'Evecque hatte dem Grafen den Lehnseid geschworen, und indem der Graf Krieg gegen seinen eigenen Vasallen führte, erklärte er d'Evecque zum Geächteten.

»Aber warum?«

Vater Pascal zuckte die Achseln. »Der Graf sagt, es ist wegen der Vorfälle in der Schlacht. Weißt du, was er meint?«

»Ja.« Die Anspielung bezog sich auf die Schlacht, die im vergangenen Sommer beim Wald von Crécy stattgefunden hatte. Guillaume d'Evecque war auf der französischen Seite gewesen, doch mitten in der Schlacht hatte er seinen Erzfeind Guy Vexille entdeckt und seine Soldaten auf Vexilles Truppe gehetzt.

»Für den Graf ist das Verrat«, erklärte der Priester, »und der König hat seine Zustimmung gegeben.«

Thomas schwieg eine Weile. »Woher wusstet Ihr, dass ich hier bin?«, fragte er schließlich.

»Du hast einen Brief an d'Evecque geschickt.«

»Ich dachte, der wäre nie angekommen.«

»Doch, natürlich. Ende des Jahres. Bevor der ganze Ärger losging.«

Guillaume d'Evecque war in Schwierigkeiten, aber wie Vater Pascal berichtete, war sein Gutssitz aus Stein gebaut und von einem Graben umgeben, und bisher war es dem Grafen von Coutances nicht gelungen, den Graben zu überwinden oder die Mauer zu durchbrechen, aber der Graf hatte Dutzende von Soldaten, während d'Evecque nur über neun Männer verfügte. »Natürlich gibt es auch ein paar Frauen« – Vater Pascal zerrte mit den Zähnen an einem Gänseschlegel – »aber die zählen ja nicht.«

»Hat er Vorräte?«

»Reichlich, und der Brunnen ist sauber.«

»Also kann er noch eine Weile standhalten?«

Der Priester zuckte die Achseln. »Vielleicht ja, vielleicht nein. Er ist optimistisch, aber was verstehe ich schon davon? Und der Graf hat einen Apparat, eine …« Mit gerunzelter Stirn suchte er nach dem Wort.

»Einen Tribok?«

»Nein, nein, eine Arkuballiste!« Eine Arkuballiste war eine gigantische Armbrust mit einem riesigen Pfeil als Geschoss. Vater Pascal riss den letzten Fetzen Fleisch vom Knochen. »Das Laden und Spannen dauert eine Ewigkeit, und einmal ist sie kaputt gegangen. Aber sie haben sie repariert. Sie beschießen die Mauer damit. Ach, und dein Freund ist auch da«, murmelte er mit vollem Mund.

»Welcher Freund?«

»Skeat – so heißt er doch, oder? Er ist dort, zusammen mit dem Arzt. Er kann wieder sprechen und ist auch auf den Beinen. Es geht ihm schon viel besser. Aber er erkennt Menschen nur, wenn sie mit ihm sprechen.«

»Wenn sie mit ihm sprechen?«, wiederholte Thomas verwirrt.

»Wenn er dich sieht«, erklärte der Priester, »erkennt er dich nicht. Wenn du aber etwas sagst, erkennt er dich.« Wieder zuckte er die Achseln. »Seltsam, nicht?« Er leerte seinen Becher. »Was wirst du also tun?«

»Was wünscht denn Guillaume d'Evecque?«

»Er möchte dich in seiner Nähe haben, für den Fall, dass er fliehen muss, aber er hat einen Brief an den König geschrieben und den Vorfall in der Schlacht erklärt. Ich habe den Brief für ihn nach Paris geschickt. D'Evecque hofft, dass der König sich erweichen lässt, und wartet auf eine Antwort. Aber ich fürchte, unser Grundherr ist wie diese Gans: gerupft und abgenagt.«

»Hat er irgendwas über seine Tochter gesagt?«

»Seine Tochter?« Vater Pascal sah ihn verwirrt an. »Oh! Du meinst die uneheliche? Er sagte, du würdest den, der sie getötet hat, umbringen.«

»Allerdings.«

»Und er sagte, er braucht deine Hilfe.«

»Die kann er haben. Wir brechen morgen auf.« Thomas sah Robbie an. »Wir ziehen wieder in den Krieg.«

»Für wen kämpfe ich denn?«

Thomas grinste. »Für mich.«

Am nächsten Morgen machten Thomas, Robbie und der Priester sich auf den Weg. Thomas nahm Kleidung zum Wechseln mit, eine volle Pfeiltasche, seinen Bogen, Schwert und Kettenhemd und, in ein Stück Hirschleder eingewickelt, das Buch seines Vaters. Es wog schwer in seinem Gepäck; obwohl es leichter war als ein Bündel Pfeile, lastete die Pflicht, die sein Besitz mit sich brachte, wie Blei auf Thomas' Gewissen. Er sagte sich, dass er nur nach Frankreich ritt, um Guillaume d'Evecque zu helfen, doch im Grunde wusste er, dass er weiter dem Geheimnis seines Vaters auf der Spur war.

Zwei von Sir Giles' Pächtern begleiteten sie, um die Stute, auf der Vater Pascal ritt, und die beiden Hengste, die Sir Giles Thomas und Robbie abgekauft hatte, zurückzubringen. »Auf das Schiff solltet ihr sie lieber nicht mitnehmen«, sagte Sir Giles. »Pferde und Schiffe passen nicht zusammen.«

»Er hat uns zu viel für sie gegeben«, bemerkte Robbie, als sie aufbrachen.

»Er will nicht, dass sein Schwiegersohn das Geld kriegt«, erwiderte Thomas. »Außerdem ist er ein großzügiger Mann. Er hat Mary Gooden noch mal drei Pfund gegeben. Für ihre Mitgift. Der Junge hat Glück.«

Robbie sah ihn verwirrt an. »Der Junge? Willst du damit sagen, sie hat einen Mann gefunden?«

»Ja, ein netter Kerl. Ein Dachdecker aus Tolpuddle. Die Hochzeit ist nächste Woche.«

»Nächste Woche!« Robbie war gekränkt. Obwohl er das Mädchen verlassen hatte, traf es seinen Stolz, dass sie so bald einen anderen heiratete. »Aber warum lässt er sich darauf ein?«, fragte er nach einer Weile. »Oder weiß er nicht, dass sie schwanger ist?«

»Er glaubt, das Kind ist von ihm«, sagte Thomas, ohne eine Miene zu verziehen. »Und wie ich gehört habe, könnte das sogar durchaus sein.«

»Jesses!« Es dauerte einen Moment, bis die Botschaft angekommen war. Dann wandte Robbie sich um, blickte den Weg zurück und schmunzelte in Erinnerung an die schöne Zeit. »Sir Giles ist wirklich ein gütiger Mann.«

»Und ein einsamer«, ergänzte Thomas. Sir Giles war nicht erfreut über ihre Abreise gewesen, aber er hatte akzeptiert, dass sie nicht länger bleiben konnten.

Robbie schnüffelte. »Wir kriegen wieder Schnee.«

»Nie im Leben!« Es war ein milder, sonniger Morgen. An geschützten Stellen lugten bereits Krokusse und Eisenhut hervor, und in den Hecken zwitscherten Buchfinken und Amseln. Doch Robbies Nase hatte ihn nicht getrogen. Im Verlauf des Tages wurde der Himmel immer schwerer und grauer, der Wind drehte nach Osten und schnitt eisig in ihre Gesichter, und dann begann es zu schneien. Sie fanden Unterschlupf in einem Forsthaus im Wald, das sie sich mit dem Förster, seiner Frau, fünf Töchtern und drei Söhnen teilen mussten. Am einen Ende des Hauses stand ein Stall mit zwei Kühen, am anderen waren vier Ziegen mit einem Strick angebunden. Vater Pascal vertraute Thomas an, dass das Haus, in dem er geboren war, diesem sehr ähnele, doch er sei sich nicht sicher, ob die Gebräuche hier in England dieselben seien wie im Limousin. »Welche Gebräuche?«, fragte Thomas.

»Bei uns zu Hause«, sagte Vater Pascal mit rotem Kopf, »pinkelten die Frauen bei den Kühen und die Männer bei den Ziegen. Ich möchte es nicht falsch machen.«

»Hier ist es genauso«, versicherte Thomas ihm.

Vater Pascal hatte sich als guter Reisegefährte erwiesen. Er hatte eine schöne Singstimme, und nachdem sie ihren Proviant mit dem Förster und seiner Familie geteilt hatten, sang er ein paar französische Lieder. Später, als es noch immer schneite und der Rauch vom Feuer in dicken Schwaden zum Strohdach aufstieg, setzte er sich zu Thomas, um ein wenig mit ihm zu reden. Er war der Dorfpfarrer von Evecque gewesen, und als der Graf von Coutances angriff, hatte er Schutz im Gutshaus gefunden. »Aber ich mag es nicht, eingesperrt zu sein«, sagte er, und so hatte er sich erboten, d'Evecques Nachricht nach England zu bringen. Geflohen war er, indem er seine Sachen über den Graben geworfen hatte und hinterhergeschwommen war. »Es war eisig«, sagte er. »Noch nie in meinem Leben war mir so kalt! Ich habe mir gesagt, dass es immer noch besser ist zu frieren als in der Hölle zu schmoren, aber ich bin mir nicht so sicher. Es war schrecklich.«

»Was sollen wir denn nach d'Evecques Meinung tun?«, fragte Thomas ihn.

»Das hat er nicht gesagt. Vielleicht kann man die Belagerer entmutigen?« Er zuckte die Achseln. »Mir scheint, der Winter ist keine gute Zeit für eine Belagerung. Die Leute im Gutshaus haben es bequem und warm, und es gibt genug zu essen, aber die Belagerer sind draußen in Regen und Kälte. Wenn ihr es ihnen noch ungemütlicher macht, wer weiß, vielleicht geben sie dann auf?«

»Und Ihr, was wird aus Euch?«

»Ich habe in Evecque nichts mehr zu tun«, sagte der Priester. Guillaume d'Evecque war zum Verräter erklärt worden, man hatte ihm seine Güter aberkannt, seine Leibeigenen waren dem Grafen von Coutances zugeschlagen worden, und seine Pächter, von den Belagerern ausgeraubt und vergewaltigt, waren größtenteils geflohen. »Vielleicht gehe ich nach Paris. Zum Bischof von Caen kann ich jedenfalls nicht.«

»Warum nicht?«

»Weil er Männer entsandt hat, um den Graf von Coutances zu unterstützen.« In trauriger Verwunderung schüttelte Vater Pascal den Kopf. »Der Bischof hat im Sommer all seinen Besitz an die Engländer verloren«, erklärte er. »Deshalb braucht er Geld, Land und Güter, und er hofft, einen Teil davon in Evecque zu finden. Habgier ist ein großer Kriegstreiber.«

»Und Ihr seid dennoch auf d'Evecques Seite?«

Vater Pascal zuckte die Achseln. »Er ist ein guter Mann. Aber ich muss jetzt zusehen, dass ich ein Amt in Paris bekomme. Oder in Dijon. Da lebt ein Vetter von mir.«

Die nächsten zwei Tage ritten sie gen Osten, durch die winterliche Heide von New Forest, die unter einer weichen, weißen Decke verborgen war. Abends funkelten die kleinen Lichter aus den Walddörfern hart in der Kälte. Thomas fragte sich, ob sie noch rechtzeitig in der Normandie ankommen würden, um Guillaume d'Evecque zu helfen, doch dieser Zweifel war kein Grund, es nicht trotzdem zu versuchen, und so zwangen sie sich weiter vorwärts. Während sie sich auf den letzten Meilen nach Southampton durch ein Gemisch aus Schlamm und Schneematsch kämpften, überlegte Thomas, wie sie überhaupt in die Normandie gelangen sollten, denn das war Feindesland. Er bezweifelte, dass englische Schiffe hinüberfuhren, da diese Gefahr liefen, vor der normannischen Küste von Piraten überfallen zu werden. In die Bretagne setzten regelmäßig Schiffe über, aber von dort nach Caen war es ein weiter Weg. »Wir reisen natürlich über die Inseln«, sagte Vater Pascal.

Sie verbrachten eine Nacht in einem Wirtshaus und schifften sich am nächsten Morgen auf der *Ursula* ein, einer Kogge, die nach Guernsey fuhr und Fässer mit gepökeltem Schweinefleisch, Nägel, Fassbänder, Eisenbarren, in Sägemehl verpackte Töpfe, Tuchballen, Pfeilbündel und drei Kisten Rinderhorn geladen hatte. Außerdem hatte sie ein Dutzend Bogenschützen an Bord, die zur Garnison der Hafenfestung von St.-Peter-Port unterwegs waren. Wenn ein starker Westwind wehte, erklärte ihnen der Kapitän der *Ursula*, wurden oft Dutzende von Schiffen, die Wein aus der Gascogne nach England brachten, kanalaufwärts abgetrieben, und St.-Peter-Port war einer ihrer letzten Zufluchtshäfen. Das allerdings wussten die französischen Segler auch, und bei schlechtem Wetter schwärmten sie von der Insel aus, um ein oder zwei Schiffe zu kapern. »Soll das heißen, sie warten auf uns?«, fragte Thomas. Sie hatten die Isle of Wight hinter sich gelassen, und das Schiff kämpfte sich durch die wintergraue See.

»Nicht auf uns, mein Junge, nicht auf uns. Die kennen die *Ursula*«, sagte der Kapitän, ein zahnloser Mann mit pockennarbigem Gesicht, grinsend. »Die kennen sie, und die mögen sie.« Was vermutlich bedeutete, dass er den Männern von Cherbourg und Carteret seinen Tribut bezahlt hatte. Hingegen hatte er offenbar keinen Tribut an Neptun – oder welche Gottheit auch immer das winterliche Meer regierte – entrichtet, denn obgleich er angeblich ein besonderes Gespür für die Winde und Wellen besaß und seinen Passagieren versichert hatte, dass beide ruhig bleiben würden, schwankte die *Ursula* wie eine Glocke an ihrem Balken, auf und ab, mit einer so starken Krängung, dass die Fracht mit donnergleichem Rumpeln durch den Laderaum schlingerte. Der Abendhimmel war grau wie der Tod, und dann peitschte auch noch eisiger Regen auf das aufgewühlte Wasser. Der Kapitän, der sich grinsend am Steuer festhielt, meinte, das sei nur ein kleines Unwetter, das keinen guten Christen erschüttern sollte, doch andere Männer aus seiner Besatzung berührten das Kruzifix, das an dem einzigen Mast befestigt war, oder knieten vor einem kleinen Schrein auf dem Achterdeck, einem grob geschnitzten Holzbildnis, das mit bunten Bändern geschmückt war. Das Bildnis sollte die heilige Ursula darstellen, die Schutzpatronin der Schiffe, und auch Thomas betete zu ihr, während er mit den übrigen Passagieren zusammengekauert in einer Ecke unter dem Vordeck saß. Eigentlich sollte das Deck ihnen Schutz bieten, doch in den Planken klafften Lücken, sodass ständig eine Mischung aus Regen- und Meerwasser auf sie hinunterschwappte. Drei von den Bogenschützen waren seekrank, und selbst Thomas, der den Kanal bereits zweimal überquert hatte, unter Fischern aufgewachsen war und ganze Tage auf ihren kleinen Booten verbracht hatte, fühlte sich elend. Robbie hingegen, der noch nie auf dem Meer gewesen war, wirkte putzmunter und verfolgte neugierig alles, was an Bord geschah.

»Es liegt an der runden Form der Schiffe«, rief er über den Lärm hinweg. »Die müssen ja rollen!«

»Was verstehst du schon von Schiffen«, entgegnete Thomas.

»Das liegt doch auf der Hand.«

Thomas versuchte zu schlafen. Er wickelte sich in seinen feuchten Umhang, rollte sich zusammen und lag so still, wie das schlingernde Schiff es zuließ. Und erstaunlicherweise schlief er tatsächlich ein. Allerdings wachte er auch immer wieder auf, fragte sich im ersten Moment, wo er war, und dann, ob die Nacht jemals enden und er je wieder aufhören würde zu frieren.

Als der Morgen bleigrau heraufzog, hatte die Kälte Thomas bis ins Mark durchdrungen, doch die Mannschaft wirkte erleichtert, denn der Wind hatte nachgelassen, und die See war düster, aber deutlich ruhiger. Lange, schaumgekrönte Wellen tanzten um eine zerklüftete Felsformation, auf der Myriaden von Seevögeln zu leben schienen. Sonst war nirgends Land in Sicht.

Der Kapitän humpelte über das Deck auf Thomas zu. »Die Casquets«, sagte er und wies mit dem Kopf auf die Felsen. »Haben 'ne Menge Frauen zu Witwen gemacht, die verfluchten Steine.« Er bekreuzigte sich und spuckte über das Schandeck, weil das Glück brachte, und blickte dann hinauf zum Himmel, wo die Wolken aufzureißen begannen. »Wir kommen gut voran«, sagte er, »Gott und der heiligen Ursula sei Dank.« Er warf Thomas einen schrägen Seitenblick zu. »Was führt dich denn auf die Inseln?«

Thomas überlegte, ob er einen Vorwand erfinden sollte, Angehörige zum Beispiel, entschloss sich jedoch für die Wahrheit, weil die ihn möglicherweise weiterbringen würde. »Wir wollen weiter in die Normandie.«

»Da mögen sie Engländer nicht besonders, seit unser König ihnen letztes Jahr 'nen Besuch abgestattet hat.«

»Ich war dabei.«

»Dann weißt du ja, warum sie uns nicht mögen.«

Das wusste Thomas in der Tat. Die Engländer hatten in Caen Tausende getötet und dann im Norden und Osten sämtliche Bauernhöfe, Mühlen und Dörfer niedergebrannt. Es war eine grausame Kriegstaktik, aber es konnte den Feind dazu bringen, aus seinen Festungen hervorzukommen und sich dem Kampf zu stellen. Genau deshalb zerstörte der Graf von Coutances gewiss auch d'Evecques Ländereien: in der Hoffnung, dass dieser seine steinerne Zuflucht verlassen und seinen Besitz verteidigen würde. Doch d'Evecque hatte nur neun Mann und somit im offenen Gefecht keine Chance gegen den Grafen. »Wir haben etwas in Caen zu erledigen«, sagte Thomas. »Falls wir überhaupt bis dorthin kommen.«

Der Kapitän bohrte in der Nase und schnippte etwas ins Wasser. »Haltet Ausschau nach der *Troy Frairs*.«

»Nach der was?«

»Der *Troy Frairs.* Das ist ein Schiff. Ein französisches. Nicht groß, kaum größer als die Wanne da.« Er deutete auf ein kleines, schwarz geteertes Fischerboot bei den Casquets, auf dem zwei Männer standen und ihre Netze auswarfen. »Das Boot gehört dem Hässlichen Peter. Vielleicht bringt er euch nach Caen, oder zumindest nach Carteret oder Cherbourg. Aber das habt ihr nicht von mir, verstanden?«

»Verstanden.« Thomas reimte sich zusammen, dass das Schiff vom Hässlichen Peter vermutlich *Trois Frères* hieß. Er blickte auf das Fischerboot und fragte sich, was es wohl für ein Leben war, diesem unerbittlichen Meer seine Nahrung abzuringen. Zweifellos war es einfacher, Wolle in die Normandie zu schmuggeln und Wein auf die Inseln.

Den ganzen Vormittag segelten sie Richtung Süden, bis schließlich Land in Sicht kam. Im Osten lag eine kleine Insel, im Westen eine größere, Guernsey, und bei beiden stieg Rauch von den Dächern auf, der Zuflucht und warmes Essen versprach. Doch dann drehte der Wind, und die Ebbe setzte ein, sodass die *Ursula* den ganzen restlichen Tag brauchte, um in den Hafen zu gelangen, wo sie unterhalb der in den Fels gebauten Festung ankerte. Thomas, Robbie und Vater Pascal wurden mit dem Ruderboot ans Ufer gebracht, wo sie in einer Schänke Schutz vor dem kalten Wind suchten. Drinnen setzten sie sich an das einladende Feuer, aßen Fischsuppe mit Schwarzbrot und spülten das Ganze mit wässrigem Bier hinunter. Die Nacht verbrachten sie auf Strohsäcken, die von Läusen wimmelten.

Vier Tage vergingen, bevor der Hässliche Peter, der in Wirklichkeit Pierre Savon hieß, im Hafen anlegte, und zwei weitere, bevor er mit einer Ladung Wolltuch, auf die er keinen Zoll bezahlen würde, wieder zum Auslaufen bereit war. Er hatte nichts dagegen, Passagiere mitzunehmen, allerdings nur zu einem Preis, der Robbie und Thomas wie purer Raub vorkam. Vater Pascal durfte umsonst mitfahren, da er Normanne und Priester war, was nach Pierres Ansicht bedeutete, dass Gott ihn doppelt lieben musste und somit kaum auf die Idee kommen würde, die *Trois Frères* sinken zu lassen, solange Vater Pascal an Bord war.

Gott musste den Priester tatsächlich lieben, denn er sandte einen sanften Westwind, einen klaren Himmel und eine ruhige See, sodass die *Trois Frères* förmlich zur Mündung der Orne zu fliegen schien. Sie kamen morgens mit der Flut in Caen an, und sobald sie an Land waren, gab Vater Pascal Thomas und Robbie seinen Segen, lupfte seine zerschlissene Soutane und machte sich zu Fuß auf den Weg gen Osten, nach Paris. Thomas und Robbie durchquerten mit ihren schweren Bündeln aus Kettenpanzern, Waffen, Pfeilen und Ersatzkleidung die Stadt Richtung Süden.

Caen sah keinen Deut besser aus als im vergangenen Sommer, nachdem die englischen Bogenschützen entgegen dem ausdrücklichen Befehl ihres Königs über den Fluss geschwärmt waren und Hunderte von Männern und Frauen in der Stadt niedergemetzelt hatten. Fassungslos musterte Robbie die Spuren der Zerstörung auf der Île Saint-Jean, dem neueren Teil von Caen, der am meisten unter der englischen Plünderung gelitten hatte. Nur wenige der abgebrannten Häuser waren wieder aufgebaut worden, und bei Ebbe ragten Rippen, Schädel und Knochen aus dem Schlamm am Flussufer. Die Läden waren halb leer, aber ein paar Bauern vom Land waren mit Karren in die Stadt gekommen, um ihre Waren anzubieten. Thomas kaufte getrockneten Fisch, Brot und steinharten Käse. Ein paar Leute starrten misstrauisch auf seinen Bogen, doch er versicherte ihnen, er sei Schotte und somit ein Verbündeter Frankreichs. »Ihr habt doch vernünftige Bogen in Schottland, oder?«, fragte er Robbie.

»Natürlich.«

»Warum habt ihr sie dann in Durham nicht benutzt?«

»Wir haben einfach nicht genügend davon«, erwiderte Robbie. »Außerdem töten wir euch Bastarde lieber von nahem. Um sicher zu sein, dass wir euch wirklich erledigt haben.« Mit offenem Mund starrte er ein Mädchen an, das einen Eimer Milch trug. »Ich bin verliebt.«

»Das sagst du jedes Mal, wenn du ein Paar Brüste siehst«, spottete Thomas. »Jetzt komm schon.« Er führte Robbie zum Stadthaus von Guillaume d'Evecque, wo er Eleanor zum ersten Mal begegnet war. Am Tor prangte zwar immer noch d'Evecques in Stein gemeißeltes Wappen mit den drei Falken, aber über dem Haus flatterte ein neues Banner, auf dem ein wuchtiger Keiler mit großen Stoßzähnen abgebildet war. Thomas überquerte den kleinen Platz vor dem Haus und ging zu einem Küfer, der gerade mit dem Hammer ein Fassband über die Dauben schob. »Wessen Flagge ist das?«, fragte er ihn auf Französisch.

»Die gehört dem Grafen von Coutances«, antwortete der Küfer. »Der elende Hund hat als Erstes unsere Pacht erhöht.« Er richtete sich auf und runzelte die Stirn, als er den Bogen erblickte. »Bist du Engländer?«

»Nein, Schotte«, erwiderte Thomas.

»Ah!« Mit neugieriger Miene beugte der Küfer sich näher zu Thomas. »Stimmt es, dass ihr eure Gesichter blau anmalt, wenn ihr in die Schlacht zieht?«

»Natürlich«, sagte Thomas. »Und den Hintern auch.«

»Unglaublich!« Der Küfer sah ihn beeindruckt an.

»Was hat er gesagt?«, fragte Robbie, der dem Austausch nicht folgen konnte.

»Nichts.« Thomas wies auf die Eiche, die in der Mitte des kleinen Platzes stand. An den Zweigen hingen noch ein paar vertrocknete Blätter. »An dem Baum bin ich mal gehängt worden.«

»Aye, und ich bin der Papst von Avignon.« Robbie schulterte sein schweres Bündel. »Hast du ihn gefragt, wo wir Pferde bekommen?«

»Pferde sind teuer«, sagte Thomas, »und ich dachte, wir könnten uns diese Ausgabe sparen.«

»Du meinst, wir sollen zu Fuß weiter?«

»Genau.« Thomas führte Robbie über die Brücke, auf der bei dem wahnsinnigen Angriff so viele Bogenschützen gestorben waren, und hinüber zur Altstadt. Die hatte weniger gelitten als die Île Saint-Jean, weil in den engen Straßen nicht gekämpft worden war, und auch die Festung, die die Engländer nie erobert hatten, war unversehrt, bis auf ein paar abgesplitterte Steine rund um das Tor von den ansonsten wirkungslosen Kanonenkugeln. Auf der Brustwehr der Festung flatterte ein rot-gelbes Banner, und als Thomas und Robbie zum Stadttor kamen, wurden sie von Soldaten mit Waffenröcken in denselben Farben kontrolliert. Thomas erklärte ihnen, sie seien schottische Soldaten, die beim Grafen von Coutances um Arbeit nachsuchen wollten. »Ich dachte, er wäre hier«, log Thomas, »aber wie man uns sagte, ist er in Evecque.«

»Ja, und steht sich die Beine in den Bauch«, sagte der Hauptwachmann. Er trug einen Bart, und sein Helm wies eine tiefe Kerbe auf, was darauf schließen ließ, dass er ihn einem Gefallenen abgenommen hatte. »Seit zwei Monaten pinkelt er jetzt schon gegen die Mauern und kommt keinen Schritt voran, aber wenn ihr unbedingt in Evecque sterben wollt, dann nur zu.«

Sie gingen an den Mauern der Abbaye aux Dames vorüber, und plötzlich musste Thomas wieder an Jeanette denken. Sie war seine Geliebte gewesen, doch dann war sie Edward of Woodstock begegnet, dem Sohn des Königs, und wie konnte er dagegen schon bestehen? Hier, in der Abbaye aux Dames, hatten Jeanette und der Prinz während der kurzen Belagerung von Caen gewohnt. Wo sie jetzt wohl war?, fragte sich Thomas. Wieder in der Bretagne? Noch immer auf der Suche nach ihrem kleinen Sohn? Ob sie manchmal an ihn, Thomas, dachte? Oder bereute sie, dass sie während der Schlacht in der Pikardie geflohen war, weil sie nicht an einen Sieg geglaubt hatte? Vielleicht war sie mittlerweile wieder verheiratet. Der Schmuck, den sie bei ihrer Flucht von der englischen Armee gewiss mitgenommen hatte, musste ein kleines Vermögen wert sein, und eine reiche Witwe, kaum älter als zwanzig Jahre, war eine verlockende Braut.

»Was passiert eigentlich«, durchbrach Robbie seine Gedanken, »wenn sie rauskriegen, dass du gar kein Schotte bist?«

Thomas hielt die beiden Finger seiner rechten Hand hoch, mit denen er die Bogensehne spannte. »Dann schneiden sie mir die hier ab.«

»Ist das alles?«

»Nein, aber das ist das Erste, was sie abschneiden.«

Sie kamen durch eine Gegend mit kleinen, steilen Hügeln, schmalen Feldern, dichten Wäldern und tief eingegrabenen Wegen. Thomas war noch nie in Evecque gewesen, und obwohl es nicht weit von Caen entfernt lag, hatten die Bauern, die sie nach dem Weg fragten, noch nie davon gehört. Als Thomas jedoch fragte, in welche Richtung die Soldaten während des Winters marschiert waren, zeigten sie nach Süden. Die erste Nacht verbrachten die beiden in einer Hütte ohne Dach, die offenbar während des Plünderungszuges der Engländer im Sommer verlassen worden war.

Sie wachten bei Tagesanbruch auf, und Thomas schoss zwei Pfeile in einen Baumstamm, um in Übung zu bleiben. Als er die Stahlspitzen aus dem Stamm löste, griff Robbie nach dem Bogen. »Kannst du mir beibringen, wie man damit schießt?«, fragte er.

»Das, was ich dir beibringen kann«, sagte Thomas, »dauert zehn Minuten. Aber für den Rest brauchst du ein ganzes Leben. Ich war sieben, als ich mit dem Schießen anfing, und es dauerte zehn Jahre, bis ich halbwegs gut darin war.«

»So schwierig kann es nicht sein«, wandte Robbie ein. »Ich habe schon einen Hirsch mit dem Bogen erlegt.«

»Das war ein Jagdbogen.« Thomas gab Robbie einen der beiden Pfeile und deutete auf eine Weide, die stur ihre Blätter behalten hatte. »Schieß auf den Stamm.«

Robbie lachte. »Das ist doch ein Kinderspiel!« Die Weide war kaum dreißig Schritt entfernt.

»Na, dann los.«

Robbie spannte die Sehne und warf Thomas einen kurzen Seitenblick zu, als er merkte, wie viel Kraft nötig war, um den großen Eibenbogen zu krümmen. Er war doppelt so hart wie die kürzeren Jagdbogen, die er in Schottland benutzt hatte. »Jesses«, stieß er leise aus. Sein linker Arm zitterte leicht, als er die Sehne bis zur Nase zurückzog. Trotzdem folgte er mit dem Blick dem Pfeil, um sein Ziel anzuvisieren. Gerade als er loslassen wollte, hob Thomas die Hand. »Du bist noch nicht so weit.«

»Und ob ich das bin«, keuchte Robbie, der seine ganze Kraft brauchte, um den Bogen in Position zu halten.

»Nein, bist du nicht«, sagte Thomas, »weil dein Pfeil noch eine ganze Handbreit über den Bogen hinausragt. Du musst ihn so weit zurückziehen, bis die Pfeilspitze deine linke Hand berührt.«

»Gütiger Jesus«, schnaufte Robbie. Er holte tief Luft, nahm alle Kraft zusammen und zog, bis die Sehne seine Nase passiert hatte, dann sein Auge und schließlich dicht an seinem rechten Ohr lag. Die stählerne Pfeilspitze berührte seine linke Hand, doch nun konnte er nicht mehr zielen, indem er am Pfeilschaft entlangspähte. Er runzelte die Stirn, als ihm die Schwierigkeit klar wurde, und versuchte sie dadurch auszugleichen, dass er den Bogen ein Stück nach rechts versetzte. Sein linker Arm zitterte vor Anstrengung, und da er die Spannung nicht länger halten konnte, ließ er los. Dann zuckte er zusammen, weil die Hanfsehne gegen die Innenseite seines linken Unterarms peitschte. Mit weiß aufblitzenden Federn flog der Pfeil einen Fußbreit am Weidenstamm vorbei. Robbie fluchte verwundert und gab Thomas den Bogen zurück. »Der Trick liegt also darin, richtig zu zielen?«

»Nein, der Trick liegt darin, überhaupt nicht zu zielen. Es passiert einfach. Du blickst auf dein Ziel und lässt den Pfeil fliegen.« Manche Bogenschützen – die faulen – spannten die Sehne nur bis zum Auge; dadurch konnten sie zwar sauber zielen, aber ihren Pfeilen fehlte die Kraft. Die guten Bogenschützen, diejenigen, die ganze Armeen vernichteten oder Könige in schimmernder Rüstung vom Pferd schossen, spannten die Sehne bis zum Ohr. »Letzten Sommer habe ich einer Frau das Schießen beigebracht, und sie war gut. Richtig gut. Sie hat einen Hasen auf siebzig Fuß getroffen.«

»Eine Frau!«

»Ich habe ihr eine längere Sehne gegeben«, sagte Thomas, »damit sie nicht ganz so viel Kraft brauchte, aber trotzdem war sie gut.« Er erinnerte sich noch, wie sich Jeanette gefreut hatte, als der Hase mit einem Quieken ins Gras gefallen war, den

Pfeil in seinem Hinterlauf. Jeanette. Warum musste er nur dauernd an sie denken?

Sie wanderten durch eine von Frost überzogene Welt. Die Pfützen waren gefroren, und die kahlen Hecken trugen eine Glasur aus schimmerndem Raureif, die sich allmählich auflöste, als die Sonne stieg. Sie überquerten zwei kleine Flüsse und stiegen durch ein Buchengehölz auf eine Anhöhe, eine ausgedehnte, mit spärlichem Gras bewachsene Fläche, die nie mit einem Pflug bearbeitet worden war. Hier und da wuchs ein Ginsterbusch, doch davon abgesehen zog sich der Weg durch eine karge Ebene unter einem leeren Himmel. Thomas hatte angenommen, das hoch gelegene Heideland sei nur ein schmaler Abschnitt, und sie würden bald wieder in die von Wäldern durchzogenen Täler hinabsteigen, doch die Straße führte immer weiter, und er kam sich vor wie ein Hase im felsigen Hochland unter den Blicken eines Bussards. Robbie ging es genauso, und so verließen die beiden die Straße und wanderten zwischen den Ginsterbüschen hindurch, die immerhin ab und zu ein wenig Deckung boten.

Immer wieder blickte Thomas sich um. Dies war Pferdeland, eine hoch liegende Ebene mit festem Boden, auf dem Reiter in vollem Galopp heranpreschen konnten und wo es keine Wälder oder Gräben gab, in denen sich zwei Männer, die zu Fuß unterwegs waren, verstecken konnten. Und die Anhöhe schien sich endlos hinzuziehen.

Gegen Mittag kamen sie zu einem Kreis aufrecht stehender Steine, jeder etwa mannsgroß und mit einer dicken Schicht aus Flechten überzogen. Der Kreis hatte einen Durchmesser von zwanzig Schritt, und einer der Steine war umgestürzt. Sie beschlossen, Rast zu machen, und lehnten sich mit dem Rücken dagegen, als sie von ihrem Brot und Käse aßen. »Die Hochzeitsgäste des Teufels, was?«, sagte Robbie.

»Du meinst die Steine?«

»Wir haben auch solche in Schottland.« Robbie drehte sich um und wischte die Überreste eines Schneckenhauses von dem umgestürzten Stein. »Es sind Menschen, die vom Teufel in Stein verwandelt wurden.«

»In Dorset sagen die Leute, dass Gott sie zu Stein verwandelt hat«, sagte Thomas.

Robbie verzog das Gesicht. »Warum sollte Gott so etwas tun?«

»Weil sie am Sabbat getanzt haben.«

»Dafür könnte er sie doch einfach in die Hölle schicken.« Gedankenverloren scharrte Robbie mit seinem Absatz im Gras. »Wenn die Zeit reicht, graben wir die Steine aus. Um nach Gold zu suchen.«

»Habt ihr schon mal was gefunden?«

»Manchmal, in den Grabhügeln. Zumindest Töpfe und Perlen. Nichts Wertvolles. Meist werfen wir das Zeug gleich wieder weg. Und natürlich finden wir auch Elfensteine.« Er meinte die geheimnisvollen steinernen Pfeilspitzen, die angeblich Elfen mit ihren Bogen verschossen hatten. Er räkelte sich und genoss die schwache Wärme der Wintersonne, die jetzt an ihrem höchsten Punkt stand. »Ich vermisse Schottland.«

»Da war ich noch nie.«

»Das schönste Land unter der Sonne«, sagte Robbie mit Nachdruck und begann einen ausführlichen Vortrag über die Wunder Schottlands. Thomas nickte ein, wurde jedoch nach einer Weile von einem Fußtritt geweckt.

Robbie stand auf dem umgefallenen Stein. »Was ist?«, fragte Thomas.

»Wir kriegen Besuch.«

Thomas stellte sich neben ihn und erblickte etwa eine Meile nördlich vier Reiter. Sofort ließ er sich wieder zu Boden fallen, zog seine Tasche zu sich und nahm ein Bündel Pfeile heraus. Dann hakte er die Sehne in den Hornkerben des Bogens ein. »Vielleicht haben sie uns ja gar nicht gesehen«, sagte er optimistisch.

»Doch, haben sie«, meinte Robbie. Thomas kletterte erneut auf den Stein. Die Reiter hatten die Straße verlassen und angehalten; einer von ihnen stellte sich in die Steigbügel, um die beiden Fremden am Steinkreis besser sehen zu können. Thomas sah, dass sie unter ihren Umhängen Kettenpanzer trugen.

»Drei von ihnen kann ich erledigen«, sagte er und tätschelte seinen Bogen, »wenn du den vierten übernimmst.«

»Ach, tu einem armen Schotten einen Gefallen und lass mir zwei«, entgegnete Robbie und zog das Schwert seines Onkels. »Denk dran, ich muss Geld verdienen.« Auch wenn er es mit vier normannischen Reitern aufnahm, war er trotzdem Lord Outhwaites Gefangener und somit gezwungen sich freizukaufen, obgleich sein Lösegeld lediglich auf zweihundert Pfund festgesetzt worden war. Sein Onkel musste zehntausend bezahlen, und der Douglas-Clan in Schottland würde Mühe haben, die Summe aufzubringen.

Die Reiter beobachteten Thomas und Robbie noch immer und fragten sich zweifelsohne, wer sie waren und was sie hier wollten. Angst hatten sie jedoch sicher nicht, denn sie waren gepanzert und bewaffnet, während die beiden Fremden zu Fuß unterwegs waren; meist waren nur Bauern zu Fuß unterwegs, und Bauern stellten für berittene Soldaten keine Bedrohung dar. »Ein Spähtrupp von Evecque?«, überlegte Robbie laut.

»Wahrscheinlich.« Der Graf von Coutances hatte sicher Männer losgeschickt, um die Gegend nach Essbarem abzusuchen. Vielleicht waren die Reiter auch Verstärkung für die Truppen des Grafen, doch wer immer sie waren, sie würden jeden Fremden in diesem Gebiet als Beute für ihre Waffen ansehen.

»Sie kommen«, sagte Robbie. Die vier Männer bildeten eine breite Linie, da sie offenbar damit rechneten, dass die beiden Fremden zu fliehen versuchten, und ihnen den Weg abschneiden wollten. »Die vier Reiter der Apokalypse«, sagte Robbie. »Ich vergesse jedes Mal, welcher der vierte ist.«

»Tod, Krieg, Pest und Hunger«, erwiderte Thomas und legte den ersten Pfeil an.

»Hunger – genau, den vergesse ich immer.« Die Reiter kamen mit gezogenen Schwertern in verhaltenem Galopp auf sie zu; noch waren sie etwa eine halbe Meile entfernt. Thomas hielt den Bogen so flach, dass sie die Pfeile nicht ahnen konnten. Jetzt konnte er den Hufschlag hören, und er dachte an die vier schauerlichen Reiter, deren Erscheinen das Ende der Welt und den letzten großen Kampf zwischen Himmel und Hölle ankündigte. Der Krieg würde auf einem Pferd in der Farbe des Blutes erscheinen, der Hunger auf einem schwarzen Hengst, die Pest würde die Welt auf einem weißen Ross heimsuchen, und der Tod säße auf einem fahlen Pferd. Plötzlich sah Thomas seinen Vater vor sich, wie er stockgerade dasaß, den Kopf in den Nacken gelegt, und auf Latein intonierte: *»et ecce equus pallidus«*. Vater Ralph hatte den Vers oft zitiert, um seine Haushälterin und Geliebte, Thomas' Mutter, zu ärgern, die zwar kein Latein verstand, aber dennoch begriff, dass es um den Tod und die Hölle ging, und – zu Recht, wie sich herausstellte – fürchtete, ihr geistlicher Geliebter locke beide nach Hookton.

»Siehe, ein fahles Pferd«, sagte Thomas. Robbie sah ihn verständnislos an. »›Ich sah ein fahles Pferd‹«, zitierte Thomas, »›und der darauf saß, dessen Name war der Tod, und die Hölle folgte ihm nach.‹«

»Gehört die Hölle auch zu den Reitern?«, fragte Robbie.

»Jedenfalls werden wir diese Bastarde dahin jagen«, sagte Thomas, hob den Bogen an und spannte die Sehne. Zorn und Hass auf die vier Männer flammten in seinem Herzen auf, die Sehne ließ ihr hartes, dunkles Summen erklingen, und noch bevor der Ton verhallt war, zog Thomas bereits den nächsten Pfeil aus der Reihe, die er vor sich in den Boden gesteckt hatte. Wieder spannte er die Sehne und zielte auf den Reiter zur Linken. Die vier Männer ritten noch immer direkt auf sie zu, und mittlerweile war das Dröhnen der Hufe auf dem frostharten Boden so laut wie die schottischen Trommeln in Durham. Thomas ließ die Sehne los und griff sofort nach dem dritten Pfeil. Der zweite Mann von rechts riss plötzlich die Arme hoch und fiel mit einem Pfeil in der Brust hintenüber, der linke Reiter sackte schlaff über den Hinterzwiesel seines Sattels, und die anderen beiden, die endlich begriffen hatten, in welcher Gefahr sie waren, rissen ihre Pferde abrupt zur Seite, um Thomas' Geschossen auszuweichen. Erd- und Grasbrocken flogen durch die Luft, als die Tiere herumfuhren. Wenn die beiden unverwundeten Reiter auch nur einen Funken Verstand hatten, dachte Thomas, würden sie davongaloppieren, als seien Hölle, Tod und Teufel ihnen auf den Fersen, genau dorthin zurück, wo sie hergekommen waren. Doch stattdessen schwenkten sie voller Zorn auf die Herausforderung eines vermeintlich unterlegenen Gegners wieder auf ihre Beute zu, und da schoss Thomas den dritten Pfeil ab. Die ersten beiden Männer waren aus dem Spiel – der eine war aus dem Sattel gestürzt, der andere hing reglos auf seinem Pferd, das ungerührt an dem winterbleichen Gras zupfte –, und der dritte Pfeil steuerte schnell und unerbittlich auf sein Opfer zu, doch das Pferd riss im Galopp den Kopf hoch, und der Pfeil schlitzte im Flug die Haut seines Schädels auf. Blut leuchtete auf dem schwarzen Fell, und das Tier warf sich herum, um dem Schmerz auszuweichen, sodass sein Reiter fast aus dem Sattel geworfen wurde. Doch Thomas hatte keine Zeit, ihn zu beobachten, da der vierte Reiter den Steinkreis erreicht hatte und genau auf ihn zupreschte. Der Mann trug einen weiten schwarzen Umhang, der sich aufblähte, als er sein fahlgraues Pferd wendete und mit einem herausfordernden Ruf die Spitze seines Schwertes wie eine Lanze auf Thomas' Brust niederstieß. Doch Thomas hatte bereits seinen vierten Pfeil angelegt, und der Mann begriff schlagartig, dass er eine winzige Sekunde zu spät war. *»Non!«*, brüllte er, und Thomas spannte seinen Bogen nicht einmal ganz, sondern ließ den Pfeil mit halber Kraft fliegen; dennoch hatte er genug Kraft, um die Nase des Mannes zu zersplittern und sich tief in seinen Schädel zu bohren. Der Reiter zuckte, sein Schwertarm sank, und Thomas spürte den Luftzug, als das Pferd an ihm vorüberdonnerte und der Mann rücklings auf die Kruppe des Hengstes fiel.

Der dritte Mann war genau in der Mitte des Steinkreises von seinem schwarzen Pferd heruntergefallen und näherte sich jetzt Robbie. Thomas griff nach einem weiteren Pfeil. »Nicht!«, rief Robbie. »Der gehört mir.«

Thomas lockerte die Sehne.

»Chien bâtard«, sagte der Mann zu Robbie. Er war wesentlich älter als der Schotte und schien Robbie noch für einen Jungen zu halten, denn ein verächtliches Lächeln lag auf seinen Lippen, als er mit gezücktem Schwert vorsprang. Robbie wich zu-

rück, parierte, und die Klingen hallten wie Glocken in der klaren Luft. »*Bâtard!*«, fauchte der Mann und griff erneut an.

Wieder wich Robbie zurück, bis er fast mit dem Rücken an einem der Steine stand, und Thomas spannte schon besorgt seinen Bogen, doch dann parierte Robbie so schnell und ging so überraschend zum Gegenangriff über, dass der Franzose hastig zur Seite sprang. »Du englischer Hurensohn«, grollte Robbie. Er holte zu einem flachen Stoß aus, und sein Gegner senkte ebenfalls die Klinge, um zu parieren, doch Robbie stieß sie mit dem Fuß beiseite und rammte dem Mann das Schwert seines Onkels von unten in die Kehle. »Bastard! Verfluchter englischer Bastard!«, dröhnte Robbie und riss die Klinge heraus, dass das Blut spritzte. »Du räudiger englischer Schweinehund!« Er holte aus und stieß die Waffe erneut in das, was vom Hals des Mannes noch übrig war.

Thomas sah zu, wie der Mann zu Boden ging. Überall auf dem Gras leuchtete Blut. »Er war kein Engländer«, konstatierte er.

»Das ist nur so eine Angewohnheit, wenn ich kämpfe«, erklärte Robbie. »Hat mir mein Onkel beigebracht.« Er beugte sich zu seinem Opfer hinunter. »Ist er tot?«

»Du hast ihm fast den Kopf abgeschnitten, was glaubst du denn?«

»Ich glaube, ich werde mir sein Geld nehmen«, sagte Robbie und kniete sich neben den Toten.

Einer von den beiden ersten Männern, die Thomas mit seinen Pfeilen getroffen hatte, lebte noch. Sein Atem klang röchelnd, und an seinen Lippen hing blutiger Schaum. Es war derjenige, der schlaff im Sattel hing, und er stöhnte, als Thomas ihn herunterzerrte.

»Wird er überleben?« Robbie war herübergekommen, um zu sehen, was Thomas machte.

»Um Himmels willen«, sagte Thomas und zückte sein Messer.

»Allmächtiger!« Robbie wich zurück, als Thomas dem Mann die Kehle durchschnitt. »Musste das sein?«

»Ich will nicht, dass der Graf von Coutances erfährt, dass wir nur zu zweit sind«, erklärte Thomas. »Der Kerl soll sich vor Angst in die Hosen machen. Er soll glauben, die Reiter des Teufels wären hinter seinen Männern her.«

Sie durchsuchten die Toten, und nach einer kurzen Jagd gelang es ihnen auch, die vier Pferde einzufangen. An den Toten und in den Satteltaschen fanden sie knapp achtzehn Pfund in schlechten französischen Silbermünzen, zwei Ringe, drei gute Dolche, vier Schwerter, einen prächtigen Kettenpanzer, den Robbie sich nahm, als Ersatz für seinen eigenen, und eine Goldkette, die sie mit einem der erbeuteten Schwerter in zwei Teile hackten. Dann rammte Thomas die beiden schlechteren Schwerter am Wegesrand in den Boden, band zwei Pferde daran und befestigte zwei der Toten in den Sätteln, sodass sie halb aufrecht darin hingen, mit leerem Blick und blutverschmiertem Gesicht. Den anderen beiden Toten zog er die Kettenpanzer aus, legte sie auf die Straße und schob ihnen einen Ginsterzweig in den Mund. Das hatte nichts weiter zu bedeuten, aber für denjenigen, der die Leichen fand, würde es befremdlich wirken, ja geradezu teuflisch. »Die Kerle sollen Schiss kriegen«, sagte Thomas.

»Das werden sie, bei vier Toten«, meinte Robbie.

»Die werden sich vor Angst in die Hosen machen, weil sie denken, der Teufel ist hinter ihnen her.« Der Graf von Coutances würde nur spöttisch lachen, wenn er erfuhr, dass die Verstärkung für Guillaume d'Evecque lediglich aus zwei jungen Männern bestand, aber vier Leichen und die Andeutung eines satanischen Rituals konnte er nicht ignorieren. Und den Tod ebenso wenig.

Deshalb nahm Thomas, nachdem sie ihr schauriges Werk beendet hatten, den weiten schwarzen Umhang, das Geld, die Waffen, den besten Hengst und das fahle Pferd mit.

Denn das fahle Pferd gehörte dem Tod.

Und mit ihm konnte Thomas Albträume auslösen.

Ein einzelner Donnerschlag ertönte, als Thomas und Robbie sich Evecque näherten. Sie wussten nicht, wie nah sie genau waren, aber sie ritten durch einen Landstrich, in dem alle Bauernhöfe und Häuser zerstört waren, und daraus schloss Thomas, dass sie sich auf d'Evecques Ländereien befinden mussten. Als es donnerte, blickte Robbie sich verwundert um, denn der Himmel über ihnen war klar, nur im Süden hingen dunkle Wolken. »Es ist zu kalt für ein Gewitter«, sagte er.

»Vielleicht ist es in Frankreich anders?«

Sie verließen die Straße und folgten einem Pfad, der sich durch ein Waldgebiet schlängelte und neben den Überresten eines kleinen Gehöfts endete, das noch rauchte. Im Grunde war es unsinnig, solche Häuser niederzubrennen, und Thomas bezweifelte, dass der Graf von Coutances diese Zerstörung befohlen hatte, doch der hartnäckige Widerstand von Guillaume d'Evecque und die Blutrünstigkeit der meisten Soldaten hatten wohl dafür gesorgt, dass niemand von den Plünderungen verschont blieb. Thomas hatte in der Bretagne genauso gehandelt. Trotz des Flehens und der Protestschreie der Familien hatte er die Strohdächer ihrer Häuser in Brand gesetzt. So war der Krieg nun mal. Die Schotten taten es den Engländern an, die Engländer den Schotten, und hier der Graf von Coutances seinem Lehnsmann.

Ein zweiter Donnerknall ertönte, und unmittelbar nachdem der Klang verhallt war, bemerkte Thomas in östlicher Richtung eine große Rauchfahne. Er wies mit dem Finger darauf, und Robbie, der begriff, dass sie von einem Soldatenlager stammte, nickte schweigend. Sie ließen ihre Pferde in einem Dickicht aus Haselsträuchern zurück und erklommen einen lang gezogenen, bewaldeten Hügel. Die untergehende Sonne stand hinter ihnen und warf ihre langen Schatten auf das modrige Laub. Ein Specht mit rot gefiedertem Kopf und weiß gestreiften Flügeln flatterte geräuschvoll und dicht über sie hinweg, als sie den Hügelkamm erreichten und unter sich das Dorf und das Gutshaus von Evecque erblickten.

Thomas war nie zuvor in dem Haus von Guillaume d'Evecque gewesen. Er hatte angenommen, dass es so ähnlich aussah wie das von Sir Giles Marriott – eine große, scheunenartige Halle mit ein paar strohgedeckten Nebengebäuden –, doch Evecque wirkte eher wie eine kleine Festung. An der Ecke, die Thomas am nächsten war, hatte es sogar einen Turm, viereckig und nicht sehr hoch, aber mit richtigen Zinnen, und darüber flatterte das Banner mit den drei niederstoßenden Falken, zum Beweis, dass d'Evecque noch nicht geschlagen war. Die eigentliche Rettung des Gutshauses jedoch war sein breiter, mit leuchtend grünem Algenschleim bedeckter Graben. Die hohen Mauern erhoben sich direkt aus dem Wasser und hatten keine Fenster, nur ein paar schmale Schießscharten. Das Dach war mit Stroh gedeckt und zu dem schmalen Innenhof geneigt. Die Belagerer, deren Zelte und Hütten östlich des Dorfes aufgestellt waren, hatten es irgendwann geschafft, das Stroh in Brand zu setzen, doch d'Evecques wenigen Verteidigern war es offenbar gelungen, die Flammen zu löschen, denn das Dach wies nur eine kleine verkohlte Lücke auf. Von diesen Verteidigern war jetzt nichts zu sehen, doch einige von ihnen spähten gewiss durch die Schießscharten, die sich als kleine schwarze Striche von dem grauen Stein abhoben. Der einzige sichtbare Schaden, den das Gutshaus erlitten hatte, war eine fehlende Ecke oben am Turm; es sah aus, als hätte ein riesiges Ungeheuer ein Stück von den Zinnen abgeknabbert. Das war vermutlich das Werk der Arkuballiste, von der Vater Pascal berichtet hatte, doch die gigantische Armbrust war wieder kaputt, und diesmal endgültig, denn Thomas sah sie in zwei gewaltigen Teilen auf dem Feld neben der kleinen, steinernen Dorfkirche liegen. Sie hatte nur wenig Schaden angerichtet, bevor ihre Mittelsäule gebrochen war, und Thomas fragte sich, ob die ihm abgewandte östliche Seite des Gutshauses stärker gelitten hatte. Dort musste der Eingang sein, und somit konzentrierte sich vermutlich auch der Angriff auf diese Seite.

Von den Belagerern waren nur eine Hand voll zu sehen, und sie taten nichts Bedrohlicheres, als vor den Häusern des Dorfes zu sitzen; nur ein halbes Dutzend von ihnen hatte sich im Kirchhof um etwas versammelt, das wie ein Tisch aussah. Sämtliche Männer des Grafen waren mindestens hundertfünfzig Schritt vom Gutshaus entfernt, was den Schluss nahe legte, dass die Verteidiger einige ihrer Feinde mit Armbrüsten getötet hatten und der Rest deshalb nun sorgsam Abstand hielt. Das Dorf selbst war klein, kaum größer als Down Mapperley, und besaß, genau wie das Dorf in Dorset, eine Wassermühle. Östlich der Häuser standen etwa ein Dutzend Zelte und noch einmal doppelt so viele kleine Hütten aus Grassoden. Thomas überlegte, wie viele Männer wohl im Dorf, in den Zelten und in den Hütten untergebracht sein mochten, und kam zu dem Schluss, dass der Graf rund einhundertzwanzig Mann haben musste.

»Was machen wir jetzt?«, fragte Robbie.

»Erst mal nichts. Nur beobachten.«

Es war eine langweilige Wache, denn unten tat sich kaum etwas. Ein paar Frauen holten mit Eimern Wasser aus der Rinne der Mühle, andere kochten über offenem Feuer oder sammelten Kleidungsstücke ein, die zum Trocknen auf Büschen am Rand der Felder ausgebreitet waren. Vor dem größten Haus des Dorfes flatterte an einem improvisierten Stab die Flagge des Grafen, der schwarze Keiler auf weißem, mit blauen Blumen unterlegtem Feld. Sechs weitere Flaggen wehten von den strohgedeckten Dächern, was zeigte, dass noch andere Edelleute gekommen waren, um sich der erwarteten Plünderung anzuschließen. Auf der Wiese hinter dem Lager bewegten ein paar Pagen oder Knappen Streitrösser, doch davon abgesehen taten Evecques Angreifer kaum etwas anderes als herumzusitzen. Eine Belagerung war eintönige Arbeit. Thomas erinnerte sich an die endlosen Tage vor La Roche-Derrien, obwohl die langen Stunden immerhin vom Schrecken und der Aufregung gelegentlicher Angriffe unterbrochen gewesen war. Da Evecque jedoch wegen des Grabens unangreifbar war, konnten diese Männer nur warten, bis die Belagerten sich wegen Hungers ergaben, oder versuchen, sie durch das Niederbrennen der umliegenden Bauernhöfe aus ihrer Festung zu locken. Vielleicht warteten sie auch auf einen langen Holzbalken, mit dem sie ihre Arkuballiste reparieren konnten.

Gerade als Thomas zu dem Schluss kam, dass er genug gesehen hatte, liefen die Männer, die im Kirchhof versammelt waren, plötzlich auf die Kirche zu.

»Was um alles in der Welt ist das?«, fragte Robbie, und Thomas sah, dass das, was er für einen niedrigen Tisch gehalten hatte, in Wirklichkeit ein riesiges Gefäß auf einem schweren Holzständer war.

»Das ist eine Kanone«, sagte Thomas, selbst verdutzt. Genau in diesem Moment ging der Schuss los, das unförmige Gerät verschwand in einer dicken, grauen Rauchwolke, und aus dem Augenwinkel sah Thomas, wie ein Steinbrocken von der angeschlagenen Ecke des Turmes flog. Hunderte von Vögeln flatterten aus Hecken, Dächern und Bäumen auf, als der dröhnende Knall das Dorf und den Hügel erschütterte. Dieses gewaltige Krachen war der Donner, den sie zuvor vernommen hatten. Der Graf von Coutances hatte irgendwo eine Kanone aufgetrieben und versuchte damit, das Gutshaus zu beschädigen. Die Engländer hatten bei der Belagerung von Caen im vergangenen Sommer ebenfalls Kanonen eingesetzt, doch weder die beeindruckende Anzahl ihrer Geschütze noch die Bemühungen ihrer besten italienischen Stückmeister hatten der Festung etwas anhaben können. Und als der Rauch sich allmählich verzog, sah Thomas, dass auch dieser Schuss dem Gutshaus keinen größeren Schaden zugefügt hatte. Der Lärm schien bedrohlicher als das Geschoss selbst, doch wenn die Kanoniere des Grafen genug Steine abschießen konnten, so vermutete Thomas, würde der Turm irgendwann nachgeben und in den Graben stürzen, wo die Trümmer dann eine Art Brücke bildeten. Stein um Stein, Brocken um Brocken, vielleicht drei oder vier Schuss am Tag, so würden die Belagerer den Turm in die Knie zwingen und einen Weg in das Gutshaus finden.

Ein Mann rollte ein kleines Fass aus der Kirche, doch ein anderer winkte ihn zurück, und er verschwand mit dem Fass wieder nach drinnen. Die Kirche diente ihnen offenbar als Lager für ihr Schießpulver, und dass der Mann zurückgeholt worden war, konnte nur bedeuten, dass die Kanoniere für diesen Tag ihr letztes Geschoss abgefeuert hatten und erst am nächsten Morgen weitermachen würden. Das brachte Thomas auf eine Idee, doch er schob sie als undurchführbar und töricht beiseite.

»Genügt dir das?«, fragte er Robbie.

»Ich habe noch nie zuvor eine Kanone gesehen«, sagte Robbie und starrte auf das Gefäß in der Ferne, als hoffe er, dass es noch einmal feuern würde. Doch das war unwahrscheinlich, wie Thomas wusste, denn es dauerte lange, eine Kanone zu laden, und wenn das Schießpulver eingefüllt und das Geschoss hineingeschoben war, musste der Hals der Kanone mit feuchtem Lehm versiegelt werden. Der Lehm sorgte dafür, dass die Explosion nicht am Geschoss vorbei verpuffte, und dazu musste er erst trocknen. »So ein Aufwand für so wenig Wirkung!«, meinte Robbie abfällig, als Thomas ihm die Funktionsweise erklärte. »Du glaubst also nicht, dass sie noch mal schießen?«

»Nein, nicht vor morgen früh.«

»Gut, dann genügt mir das«, sagte Robbie, und die beiden schlichen zurück zu ihren Pferden und ritten in die Abenddämmerung. Hoch am Himmel stand ein kalter Halbmond, und die Nacht wurde so eisig, dass sie beschlossen, trotz der Gefahr ein Feuer zu machen. Um nicht entdeckt zu werden, verkrochen sie sich in einen tiefen Graben mit Felswänden, wo sie sich aus ein paar Zweigen und hastig geschnittenen Grassoden ein grobes Dach bastelten. Das flackernde Feuer schien durch die Löcher und färbte die Felswände rot, doch Thomas glaubte nicht, dass die Belagerer nachts Spähtrupps durch den Wald schickten. Niemand ging im Dunkeln freiwillig in den Wald, weil dort allerlei Ungeheuer, Dämonen und Gespenster ihr Unwesen trieben. Thomas dachte an die Wochen im Sommer zurück, als er mit Jeanette unterwegs gewesen war und sie fast jede Nacht im Wald geschlafen hatten. Es war eine glückliche

Zeit gewesen, und bei der Erinnerung daran wallte Selbstmitleid in ihm auf, wie immer gefolgt von Schuldgefühlen gegenüber Eleanor. Er hielt die Hände an das kleine Feuer. »Gibt es in Schottland Grüne Männer?«, fragte er Robbie.

»Du meinst, in den Wäldern? Kobolde gibt es, bösartige kleine Kerle.« Robbie bekreuzigte sich und berührte für den Fall, dass dies nicht ausreichte, den eisernen Griff vom Schwert seines Onkels.

Thomas dachte an Kobolde und andere Wesen, die in nächtlichen Wäldern lauerten. Wollte er wirklich heute Nacht noch einmal nach Evecque gehen? »Ist dir aufgefallen«, sagte er zu Robbie, »dass niemand im Lager des Grafen sich daran zu stören schien, dass vier von ihren Reitern nicht zurückgekommen sind? Es hat sich doch niemand auf die Suche nach ihnen gemacht, oder?«

Robbie überlegte kurz und zuckte dann die Achseln. »Vielleicht kamen die Reiter gar nicht vom Lager?«

»Doch, ganz bestimmt«, sagte Thomas mit einer Überzeugung, die er im Grunde seines Herzens nicht fühlte. Einen Moment fragte er sich schuldbewusst, ob die vier Männer womöglich gar nichts mit Evecque zu tun hatten, doch dann rief er sich ins Gedächtnis, dass sie den Kampf begonnen hatten. »Sie müssen aus Evecque gekommen sein, und dort wird man sich inzwischen Sorgen machen.«

»Und?«

»Also haben sie vermutlich die Wachen in ihrem Lager verstärkt.«

Robbie sah ihn verständnislos an. »Wieso ist das wichtig?«

»Ich muss Guillaume d'Evecque irgendwie wissen lassen, dass wir hier sind, und ich weiß nicht, wie ich das anstellen soll, außer indem ich gewaltig Krach schlage.«

»Warum schreibst du nicht eine Nachricht«, schlug Robbie vor, »und wickelst sie um einen Pfeil?«

Thomas warf ihm einen spöttischen Blick zu. »Weil ich kein Pergament habe«, erklärte er geduldig, »und auch keine Tinte, und hast du schon mal versucht, einen mit Pergament umwickelten Pfeil zu schießen? Der fliegt ungefähr so schwungvoll wie ein toter Vogel. Dazu müsste ich mich direkt am Graben aufstellen, und dann wäre es vermutlich noch einfacher, den Pfeil zu werfen.«

Robbie zuckte die Achseln. »Was sollen wir dann tun?«

»Krach machen. Unsere Ankunft verkünden.« Thomas hielt inne. »Und ich fürchte, dass die Kanone den Turm irgendwann zum Einsturz bringt, wenn wir nichts unternehmen.«

»Die Kanone?« Robbie starrte Thomas verdutzt an. »Gütiger Jesus«, sagte er, als ihm aufging, was sein Gefährte vorhatte. »Heute Nacht?«

»Sobald Coutances und seine Männer wissen, dass wir hier sind, werden sie ihre Wachen verdoppeln, aber ich wette, heute Nacht haben die Bastarde die Augen mehr zu als offen.«

»Aye, und den Hintern im Warmen, wenn sie bei Verstand sind«, sagte Robbie. Dann runzelte er die Stirn. »Aber die Kanone sah verdammt solide aus. Wie zum Teufel willst du die kaputt kriegen?«

»Ich dachte an das Schießpulver in der Kirche.«

»Du willst es anzünden?«

»Es gibt doch jede Menge Lagerfeuer im Dorf«, sagte Thomas und fragte sich zugleich, was wohl passieren würde, falls man sie im feindlichen Lager entdeckte, doch es war sinnlos, sich darüber den Kopf zu zerbrechen. Wenn sie die Kanone außer Gefecht setzen wollten, mussten sie es tun, bevor der Graf von Coutances wusste, dass ein neuer Feind angerückt war, und deshalb bot diese Nacht die beste Gelegenheit. »Du brauchst nicht mitzukommen«, sagte er zu Robbie. »Schließlich sind die Leute im Gutshaus ja nicht deine Freunde.«

»Red keinen Unsinn!«, knurrte Robbie. Dann runzelte er erneut die Stirn. »Was passiert danach?«

»Danach?« Thomas überlegte. »Das hängt von Guillaume d'Evecque ab. Wenn er keine Antwort vom König bekommt, wird er fliehen wollen. Deshalb muss er wissen, dass wir hier sind.«

»Wozu?«

»Falls er unsere Hilfe braucht. Schließlich hat er doch nach uns geschickt, oder nicht? Nach mir jedenfalls. Also werden wir Krach machen. Wir werden für Unruhe sorgen. Wir werden dem Grafen von Coutances ein paar Albträume verpassen.«

»Wir beide?«

»Du und ich«, bestätigte Thomas, und als er das aussprach, wurde ihm klar, dass er und Robbie Freunde geworden waren. »Ich glaube, wir zwei können einiges anstellen«, fügte er mit einem Lächeln hinzu. Und sie würden in dieser Nacht beginnen. In dieser schneidend kalten Nacht, unter dem scharf umrissenen Mond, würden sie den ersten Albtraum heraufbeschwören.

Sie machten sich zu Fuß auf den Weg. Trotz des leuchtenden Halbmonds war es zwischen den Bäumen so dunkel, dass Thomas sich beunruhigt fragte, welche Dämonen, Kobolde und Geister wohl in diesem normannischen Wald hausen mochten. Jeanette hatte ihm erzählt, in der Bretagne huschten *nains* und *gorics* durch die Dunkelheit; in Dorset zog der Grüne Mann stampfend und knurrend durch die Bäume hinter dem Lipp Hill, und die Fischer sprachen von den Seelen der Ertrunkenen, die sich manchmal ans Ufer schleppten und heulend nach ihren Frauen riefen, die sie zurückgelassen hatten. In der Nacht vor Allerheiligen tanzten der Teufel und die Toten in Maiden Castle, aber auch in anderen Nächten spukten Geister im Dorf, auf dem Hügel, im Kirchturm und überall, wo man hinsah. Deshalb ging auch niemand im Dunkeln aus dem Haus, ohne ein Stück Eisen mitzunehmen, einen Mistelzweig oder zumindest einen Fetzen Stoff, der eine geweihte Oblate berührt hatte. Thomas' Vater hatte diesen Aberglauben verabscheut, aber wenn jemand aus seiner Gemeinde die Hand erhoben hatte, um das Abendmahl zu empfangen und diese Hand mit einem Stück Stoff umwickelt war, hatte er es stillschweigend hingenommen.

Thomas hatte seine eigenen abergläubischen Marotten. Er nahm den Bogen immer nur mit der linken Hand auf; der erste Pfeil, der vom frisch geschnürten Bogen geschossen wurde, musste dreimal gegen das Holz geklopft werden, einmal für den Vater, einmal für den Sohn und einmal für den Heiligen Geist; er trug niemals weiße Kleider, und er zog stets erst den linken Stiefel an und dann den rechten. Lange Zeit hatte er eine Hundepfote um den Hals getragen, sie jedoch eines Tages weggeworfen, weil er meinte, sie bringe Unglück, doch jetzt, nachdem Eleanor tot war, fragte er sich, ob er sie nicht besser behalten hätte. Der Gedanke an Eleanor weckte die Erinnerung an die dunklere Schönheit Jeanettes. Ob sie manchmal an ihn dachte? Doch sofort bemühte er sich, an etwas anderes zu denken, denn es brachte Unglück, einer alten Liebe nachzuhängen, und er berührte im Vorbeigehen die Rinde eines Baumstamms, um den Gedanken auszulöschen.

Thomas hielt Ausschau nach dem roten Glühen halb erstorbener Lagerfeuer jenseits der Bäume, dem Zeichen, dass sie sich Evecque näherten, doch das einzige sichtbare Licht war das Silber des Mondes, der über dem Gewirr der Äste hing. *Nains* und *gorics* – was waren das für Wesen? Jeanette hatte sie nur als Geister beschrieben, die durch das Land streiften. Gewiss hatten sie hier in der Normandie etwas Ähnliches. Oder vielleicht gab es hier Hexen? Wieder berührte er einen Baum. Seine Mutter hatte fest an Hexen geglaubt, und sein Vater hatte ihn ermahnt, falls er sich einmal verlaufe, solle er ein Vaterunser sprechen, denn Hexen, so seine Überzeugung, lauerten vor allem verlorenen Kindern auf. Später hatte Vater Ralph Thomas erzählt, dass Hexen ihre Anrufung des Teufels damit begannen, das Vaterunser rückwärts aufzusagen, und natürlich hatte Thomas es ebenfalls versucht, allerdings hatte er sich nie getraut, das ganze Gebet zu sprechen. *Olam a son arebil des*, begann das Vaterunser rückwärts, und er konnte es immer noch aufsagen, sogar die schwierigen Umkehrungen von *temptationem* und *supersubstantialem*, aber nach wie vor hütete er sich, es bis zum Ende zu sprechen, weil sonst womöglich Schwefelgeruch aufwallte, ein Blitz niederfuhr und der Teufel mit schwarzen Schwingen und Flammenaugen vor ihm erschien.

»Was murmelst du da?«, fragte Robbie.

»Ich versuche, *supersubstantialem* rückwärts zu sagen.«

Robbie lachte. »Du bist schon ein schräger Vogel, Thomas.«

»Melait nats bus repus«, sagte Thomas.

»Ist das Französisch? Das muss ich lernen.«

»Das wirst du«, versprach Thomas ihm. Dann erblickten sie endlich Feuer zwischen den Bäumen, und beide erklommen schweigend den mit Buchen bewachsenen Hügel, von dessen Kuppe sie auf Evecque hinunterblicken konnten.

Im Gutshaus war alles dunkel. Im klaren, kalten Mondlicht wirkte der schleimig-grüne Graben so glatt wie Eis – vielleicht war er tatsächlich gefroren –, und dort, wo der Turm beschädigt war, klaffte eine schwarze Lücke. Jenseits des Gutshauses glühten Feuer, was Thomas' Vermutung bestätigte, dass die Belagerer sich vor dem Eingang positioniert hatten. Wahrscheinlich hatten die Männer des Grafen dort Schutzgräben ausgehoben, von denen sie das Tor mit Armbrustbolzen beschießen konnten, während ihre Kameraden versuchten, einen Steg über den Wassergraben zu bauen, da die Zugbrücke natürlich hochgezogen war. Schaudernd erinnerte sich Thomas an den Hagel von Armbrustbolzen, der von den Mauern La Roche-Derriens niedergeprasselt war. Es war bitterkalt. Bald würde der Tau sich in Raureif verwandeln und alles mit einer Silberschicht überziehen. Obwohl er wie Robbie ein wollenes Hemd unter seinem Lederwams trug, darüber den Kettenpanzer und einen Umhang, zitterte er und sehnte sich zurück in den Schutz ihres Unterschlupfs, in dem ein Feuer brannte.

»Ich kann niemanden sehen«, sagte Robbie.

Thomas ging es genauso, dennoch mussten irgendwo Wachen postiert sein. Vielleicht hatten sie sich wegen der Kälte unter ein Dach zurückgezogen? Er suchte die Schatten rund um die allmählich ersterbenden Lagerfeuer ab und beobachtete die dunklen Ecken bei der Kirche, doch ohne Erfolg. Ganz sicher gab es Wachen an der Belagerungsfront gegenüber dem Eingang des Gutshauses, aber hatten sie denn niemanden an der Rückseite aufgestellt, für den Fall, dass jemand heimlich zu fliehen versuchte? Andererseits – wer würde in einer so kalten

Nacht schon durch den Graben schwimmen? Und vermutlich waren die Belagerer mittlerweile gelangweilt und ihre Wachsamkeit abgestumpft. Er blickte zum Himmel und sah, dass eine Wolke sich dem Mond näherte. »Wenn der Mond hinter der Wolke verschwunden ist, gehen wir los.«

»Möge der Herr uns beschützen«, sagte Robbie mit Nachdruck und bekreuzigte sich. Die Wolke schien sich kaum zu bewegen, doch endlich schob sie sich vor den Mond, und die schimmernde Landschaft versank in Grau und Schwarz. Es herrschte noch immer ein schwaches, diffuses Licht, doch Thomas bezweifelte, dass es noch dunkler werden würde, und so stand er auf, klopfte die Zweige von seinem Umhang und folgte einem Pfad, der vom Hügel hinunter zum Dorf führte. Er vermutete, dass der Pfad von Schweinen ausgetreten worden war, die man wegen der Bucheckern nach oben in den Wald getrieben hatte. Er erinnerte sich, wie die Schweine in Hookton früher auf dem Kiesstrand herumgelaufen waren, auf der Suche nach Fischköpfen. Seine Mutter hatte sich oft darüber beschwert, dass der Schinken hinterher danach schmeckte. Fischschinken hatte sie ihn genannt und immer wieder betont, wie viel besser der Schinken aus ihrem heimatlichen Weald in Kent gewesen war. Das war anständiger Schinken, hatte sie stets gesagt, von bestem Futter: Bucheckern und Eicheln. Thomas stolperte über ein Grasbüschel. Es war schwierig, dem Pfad zu folgen, weil es auf einmal so dunkel wurde, vielleicht weil sie jetzt weiter unten waren.

Während er über Schinken sinnierte, kamen sie dem Dorf immer näher, und Thomas bekam plötzlich Angst. Gut, Wachen hatten sie nicht gesehen, aber was war mit Hunden? Ein verfluchter Köter, der anfing zu bellen, und er und Robbie waren so gut wie tot. Er hatte den Bogen nicht mitgenommen, doch nun wünschte er, er hätte es getan. Aber was sollte er damit machen? Einen Hund erschießen? Immerhin war der Weg jetzt gut zu erkennen, da das Licht der Lagerfeuer herüberschien, und die beiden gingen festen Schrittes weiter, als gehörten sie zum Dorf. »Darin musst du doch Erfahrung haben«, sagte Thomas leise zu Robbie.

»Ich? Woher?«

»Von euren Beutezügen entlang der Grenze.«

»Um Himmels willen, wir bleiben auf dem offenen Land. Holen uns Rinder und Pferde.«

Nun waren sie bei den Hütten angekommen und hörten auf zu reden. Aus einer kleinen Grassodenhütte dröhnte lautes Schnarchen, und irgendwo winselte ein Hund, bellte jedoch nicht. Vor einem der Zelte saß ein Mann auf einem Stuhl, vermutlich um den, der darin schlief, zu bewachen, doch er war selbst eingeschlafen. Ein leichter Wind raschelte in den Zweigen eines Obstgartens neben der Kirche, und der Bach sprang plätschernd über das kleine Wehr bei der Mühle. In einem der Häuser lachte leise eine Frau, dann begannen Männerstimmen eine Melodie zu singen, die Thomas nicht kannte. Der dunkle Gesang übertönte das Quietschen, das erklang, als sie das Tor zum Kirchhof aufstießen. Die Kirche hatte einen kleinen hölzernen Turm, und Thomas konnte hören, wie der Wind seufzend die Glocke umschmeichelte. »Bist du das, Georges?«, rief ein Mann vom Portal.

»Non.« Thomas antwortete harscher, als er es beabsichtigt hatte, was den Mann aus dem tiefen Schatten des Portals herauslockte. Thomas fürchtete Ärger und schob die Hand auf den Rücken, um den Griff seines Dolches zu packen.

»Verzeihung, Monsieur.« Der Mann hielt Thomas offenbar für einen Hauptmann oder sogar einen Ritter. »Ich dachte, Ihr wärt meine Wachablösung.«

»Der schläft wahrscheinlich noch«, sagte Thomas.

Der Mann streckte sich und gähnte ausgiebig. »Stimmt, der Kerl ist nie wachzukriegen.« Der Wachmann war kaum mehr als ein Schatten in der Dunkelheit, aber Thomas spürte, dass er groß und kräftig war. »Und kalt ist es hier«, fuhr der Mann fort. »Hundskalt. Sind Guy und seine Kumpane wieder zurück?«

»Eins von ihren Pferden hatte ein Eisen verloren.«

»Ach, deshalb! Und ich dachte schon, sie hätten die Schänke in Saint-Germain entdeckt. Bei allen Heiligen, dieses einäugige Mädchen! Habt Ihr die Kleine schon mal gesehen?«

»Nein, noch nicht«, erwiderte Thomas. Er hielt noch immer seinen Dolch umfasst, der in der Sprache der Bogenschützen »Barmherziger« hieß, weil sie damit vom Pferd gestürzte und verwundete Soldaten von ihrem Elend erlösten. Die Klinge war schmal und biegsam genug, um zwischen den Gliedern einer Rüstung hindurchzugleiten und das Leben dahinter auszulöschen, doch Thomas zögerte, sie zum Einsatz zu bringen. Der Wachmann ahnte nichts Böses, und sein einziges Vergehen bestand darin, ein wenig plaudern zu wollen. »Ist die Kirche offen?«, fragte Thomas ihn.

»Natürlich. Warum fragt Ihr?«

»Wir müssen beten«, erklärte Thomas.

»Da muss das Gewissen aber arg drücken, wenn man mitten in der Nacht beten will«, spottete der Wachmann gutmütig.

»Zu viele einäugige Mädchen«, sagte Thomas. Robbie, der kein Wort von dem französischen Wortwechsel verstand, wartete neben ihm und fixierte den mächtigen schwarzen Schatten der Kanone.

»Eine Sünde, die der Reue würdig ist«, erwiderte der Mann lachend, dann trat er auf Thomas zu. »Würdet Ihr hier warten, während ich Georges wecke? Es dauert nicht lange.«

»Lass dir nur Zeit«, sagte Thomas großzügig. »Wir bleiben bis zur Morgendämmerung hier. Wenn du willst, kannst du Georges schlafen lassen. Wir beide übernehmen die Wache.«

»Ihr seid ein Engel«, sagte der Mann, holte seine Decke vom Portal und verschwand mit einem fröhlichen Gruß. Sobald er außer Sichtweite war, ging Thomas zum Portal, wo er gegen ein leeres Fass stieß, das mit lautem Gepolter umfiel. Er fluchte und blieb reglos stehen, doch nichts rührte sich.

Robbie und er gingen in die Hocke. Im Portal war es stockfinster, aber mit den Händen ertasteten sie ein halbes Dutzend leere Fässer. Sie stanken nach faulen Eiern, und Thomas vermutete, dass Schießpulver darin gewesen war. Flüsternd berichtete er Robbie, worüber er mit dem Wachmann gesprochen hatte. »Was ich allerdings nicht weiß, ist, ob er nun Georges weckt oder nicht. Ich glaube eher nicht, aber ich bin nicht sicher.«

»Für wen hält er uns denn?«

»Wahrscheinlich für zwei Soldaten«, erwiderte Thomas. Er schob die leeren Fässer beiseite, richtete sich auf und tastete nach dem Seil, mit dem der Riegel der Kirchentür angehoben wurde. Er fand es, zuckte jedoch zusammen, als die Angeln quietschten. Thomas konnte noch immer nichts sehen, aber das Innere der Kirche roch genauso stechend wie die leeren Fässer. »Wir brauchen Licht«, flüsterte er. Nach und nach gewöhnten sich seine Augen an die Dunkelheit, und er konnte den schwachen Umriss des großen Ostfensters über dem Altar ausmachen. Nicht einmal beim Tabernakel, in dem die Hostien aufbewahrt wurden, brannte ein Licht, wohl weil es mit dem Schießpulver, das im Kirchenschiff lagerte, zu gefährlich war. Thomas hatte keine Schwierigkeiten, das Pulver zu finden, denn die Fässer waren direkt hinter der Tür gestapelt, und er lief prompt dagegen. Es waren mindestens vierzig Stück, jedes in etwa so groß wie ein Wassereimer, und Thomas vermutete, dass für jeden Kanonenschuss ein bis zwei Fässer gebraucht wurden. Bei drei oder vier Schuss am Tag reichten die Vorräte also ungefähr zwei Wochen. »Wir brauchen Licht«, sagte er noch einmal und wandte sich um, doch Robbie antwortete nicht. »Wo bist du?«, zischte er, doch wieder kam keine Antwort. Stattdessen hörte er, wie jemand mit dumpfem Poltern gegen eines der leeren Fässer im Portal stieß, dann sah er Robbies Schatten durch das wolkenverhangene Mondlicht auf dem Kirchhof huschen.

Thomas wartete. Nicht weit hinter der Dornenhecke, die das Vieh vom Dorffriedhof fernhielt, glühte ein heruntergebranntes Lagerfeuer, und er sah, wie der Schatten sich danebenkniete. Plötzlich flammte eine gewaltige Feuersäule auf, wie ein Sommerblitz, Robbie taumelte rückwärts, und dann sah Thomas, geblendet von dem hellen Licht, nur noch Schwärze. Er war zur Kirchentür gelaufen und wartete darauf, dass Rufe aus dem Dorf erklangen, doch er hörte nur das Quietschen der Pforte und Robbies Schritte. »Ich habe ein leeres Fass genommen«, sagte der Schotte, »aber anscheinend war es nicht so leer, wie ich dachte. Oder das Schießpulver frisst sich ins Holz.«

Er stand mit dem Fass in der Hand im Portal. Er hatte es mitgenommen, um darin ein wenig Glut einzusammeln, doch die Schießpulverreste hatten eine Stichflamme ausgelöst, die seine Augenbrauen verbrannt hatte, und noch immer züngelten Flammen aus dem Innern hoch. »Was soll ich damit machen?«, fragte er.

»Allmächtiger!« Thomas sah die Kirche bereits in die Luft fliegen. »Gib her.« Er lief mit dem Fass in die Kirche, diesmal dank des Feuerscheins ohne zu stolpern, und schleuderte das brennende Gefäß zwischen die Stapel gefüllter Fässer. »Jetzt nichts wie raus«, sagte er zu Robbie.

»Hast du nach der Almosenbüchse geschaut?«, fragte Robbie. »Wenn wir die Kirche schon in die Luft jagen, können wir doch wenigstens das Geld mitnehmen.«

»Komm schon!« Thomas packte Robbie am Arm und zog ihn nach draußen.

»Wäre aber verdammt schade, es hier zu lassen.«

»Da ist keine Almosenbüchse, du Trottel«, sagte Thomas. »Das Dorf ist voller Soldaten!«

Sie liefen über den Friedhof, zwischen Grabsteinen hindurch und an der wuchtigen Kanone vorbei, die in ihrem hölzernen Gestell ruhte, kletterten über den Zaun, der die Lücke in der Dornenhecke füllte, und rannten an den geisterhaften Umrissen der zerbrochenen Arkuballiste und an den Grassodenhütten vorbei, ohne sich darum zu scheren, ob jemand sie hörte. Dann fingen zwei Hunde an zu bellen, ein dritter heulte, und neben einem der großen Zelte sprang ein Mann von seinem Stuhl auf. *»Qui va là?«*, rief er und begann, seine Armbrust zu spannen, doch Thomas und Robbie waren schon an ihm vorüber und draußen auf dem offenen Feld, wo sie über den unebenen Boden stolperten. Der Mond kam hinter den Wolken hervor, und Thomas konnte seinen Atem wie einen Nebelschleier vor sich sehen.

»Halte!«, brüllte der Mann.

Thomas und Robbie blieben stehen – nicht weil der Mann es ihnen befohlen hatte, sondern weil die Welt plötzlich in rotes Licht getaucht war. Mit staunenden Augen wandten sie sich um, und der Wachmann, der hinter ihnen hergerufen hatte, vergaß sie, denn die Nacht leuchtete purpurn.

Thomas wusste nicht, was er erwartet hatte. Eine Lanze aus Feuer, die bis in den Himmel schoss? Einen gewaltigen Donnerknall? Stattdessen war das Geräusch beinahe sanft, ein Rauschen, als ringe ein Riese nach Atem, und aus den Kirchenfenstern leckten rote Flammen, als hätten sich die Tore der Hölle aufgetan und das Kirchenschiff mit den Feuern des Todes erfüllt. Doch das rote Glühen währte nur einen Augenblick, dann hob sich das Dach der Kirche ab, und Thomas sah die schwarzen Deckenbalken auseinander bersten wie ein Rippenkäfig unter dem Schlachterbeil. »Gütiger Jesus!«

»Allmächtiger Gott im Himmel«, stieß Robbie aus.

Nun brodelten Flammen, Qualm und Luft über dem Kessel der aufgerissenen Kirche, und immer mehr Fässer explodierten, eines nach dem anderen sandte eine Woge aus Feuer und Rauch gen Himmel. Was Thomas und Robbie nicht wussten, war, dass das Schießpulver zuvor hätte durchgemischt werden müssen, weil der schwerere Salpeter an den Boden der Fässer sank, während die leichte Holzkohle an der Oberfläche blieb; dadurch dauerte es recht lange, bis das Pulver Feuer fing, doch die ersten Explosionen sorgten für die nötige Erschütterung, und so pulsierten immer mehr leuchtende Feuergarben auf und breiteten eine rote Wolke über das Dorf.

Sämtliche Hunde von Evecque bellten oder heulten, und Männer, Frauen und Kinder krochen aus ihren Betten, um die höllische Glut anzustarren. Der Knall der Explosionen rollte über die Wiesen, hallte von den Mauern des Gutshauses wider und scheuchte Hunderte von Vögeln von ihren Schlafplätzen in den Bäumen auf. Trümmer stürzten in den Graben und warfen scharfe Eissplitter auf, in denen sich das Feuer spiegelte, sodass es aussah, als sei das Gutshaus von einem See funkelnder Flammen umgeben.

»Jesses«, sagte Robbie staunend, dann liefen die beiden zu der Hügelflanke am Rand des Weidelands.

Thomas fing an zu lachen, während er den Weg zum schützenden Wald erklomm. »Dafür komme ich in die Hölle«, japste er und blieb zwischen den Buchen stehen, um sich zu bekreuzigen.

»Dafür, dass du eine Kirche in die Luft gejagt hast?« Robbie grinste, und in seinen Augen spiegelte sich das Licht der Flammen. »Du hättest mal sehen sollen, was wir mit den Augustinern in Hexham gemacht haben! Bei den Knochen Christi, dafür landet halb Schottland in der Hölle.«

Sie betrachteten das Feuer noch eine Weile, dann verschwanden sie in der Dunkelheit des Waldes. Die Morgendämmerung war nicht mehr weit. Im Osten hellte sich der Himmel auf zu einem fahlen, todesgleichen Grau. »Wir müssen weiter in den Wald hinein«, sagte Thomas. »Wir müssen uns verstecken.«

Denn die Jagd nach den Saboteuren ließ nicht lange auf sich warten; beim ersten Licht des Tages, als der Rauch noch in dicken Schwaden über Evecque hing, schickte der Graf von Coutances zwanzig Reiter und eine Hundemeute los, um die Männer zu finden, die seine Schießpulvervorräte zerstört hatten. Doch der Tag war kalt, der Boden gefroren, und die schwache Fährte der Geflohenen verlor sich bald. In seiner Ehre gekränkt, befahl der Graf seinen Truppen am nächsten Tag einen erneuten Angriff. Sie hatten Schanzkörbe angefertigt – große Röhren aus Weidengeflecht, die mit Erde und Steinen gefüllt waren –, und diese Schanzkörbe sollten in den Graben gesenkt werden, um eine Brücke zu bilden, über die man dann das Torhaus angreifen konnte. Da die Zugbrücke bereits zu Beginn der Belagerung gekappt worden war, lag das Tor offen und einladend da, lediglich von einer niedrigen Steinbarrikade geschützt.

Die Berater wiesen den Grafen darauf hin, dass die Schanzkörbe nicht ausreichten, dass der Graben tiefer sei, als er meine, dass der Zeitpunkt nicht günstig sei, dass Venus im Steigen und Mars im Sinken begriffen sei, kurz: dass er warten solle, bis die Sterne ihm hold und die Verteidiger hungriger und verzweifelter seien, doch der Graf hatte sein Gesicht verloren; er befahl dennoch den Angriff, und seine Männer gaben ihr Bestes. Solange sie die Schanzkörbe trugen, waren sie geschützt, da die

Schicht aus Erde und Steinen jeden Armbrustbolzen abhielt, doch sobald sie die Körbe in den Graben geworfen hatten, waren die Angreifer den sechs Schützen von Guillaume d'Evecque ausgeliefert, die hinter dem niedrigen Steinwall im Eingang des Gutshauses auf der Lauer lagen. Auch der Graf verfügte über Armbrustschützen, die mit Pavesen ausgerüstet waren, mannshohen Schilden, die von einem zweiten Mann gehalten wurden, während der Schütze mühsam die Sehne seiner Waffe spannte, doch die Männer, die die Schanzkörbe in den Graben schleppten, waren ungeschützt, sobald sie ihre Last abwarfen, und acht von ihnen starben, bevor die übrigen erkannten, dass der Graben tatsächlich zu tief war und die Schanzkörbe bei weitem nicht ausreichten. Doch erst als auch zwei Pavesenträger und ein Armbrustschütze schwer verwundet wurden, sah der Graf ein, dass der Versuch sinnlos war, und rief seine Männer zurück. Fluchend schickte er d'Evecque zu den vierzehn buckligen Teufeln der heiligen Kandake und betrank sich dann.

Thomas und Robbie schlugen sich durch. Am Tag, nachdem sie das Schießpulver des Grafen in die Luft gejagt hatten, erlegte Thomas ein Reh, und am Tag darauf entdeckte Robbie unter einer Hecke einen halb verwesten Hasen. Als er ihn herauszog, fand er eine Falle, die wohl ein Bauer aus Evecque ausgelegt hatte, der inzwischen entweder getötet oder von den Männern des Grafen vertrieben worden war. Robbie wusch die Falle in einem Bach, legte sie unter einer anderen Hecke aus, und am nächsten Morgen steckte ein Hase in ihrem Würgegriff.

Sie wagten nicht, zwei Nächte hintereinander an der gleichen Stelle zu schlafen, aber die verlassenen und ausgebrannten Höfe boten genug Schutz. Die nächsten Wochen verbrachten sie größtenteils in einem Landstrich südlich von Evecque, wo die Täler tiefer, die Hügel höher und die Wälder dichter waren. Hier gab es zahllose Verstecke, und in dieser verschlungenen Landschaft schürten sie die Albträume des Grafen. In den Zelten und Hütten der Belagerer begannen Geschichten von einem großen schwarzen Mann auf einem fahlen Pferd zu kursieren; jedes Mal, wenn der Mann mit dem fahlen Pferd erschien, starb jemand. Er starb durch einen langen Pfeil, einen englischen Pfeil, doch der Mann auf dem Pferd hatte keinen Bogen, nur einen Stecken mit dem Schädel eines Tieres, und jeder wusste, wer der Reiter auf dem fahlen Pferd war und was ein Schädel auf einem Stecken zu bedeuten hatte. Die Männer, die die Erscheinung gesehen hatten, erzählten es ihren Frauen im Lager, die Frauen jammerten es dem Kaplan des Grafen vor, und der Graf tat es als üble Träume ab, doch die Leichen waren kein Traum. Vier Brüder, die aus dem fernen Lyon gekommen waren, um sich bei der Belagerung als Soldaten Geld zu verdienen, packten ihre Sachen und verschwanden. Andere drohten, ihnen zu folgen. Der Tod belauerte Evecque.

Der Kaplan des Grafen hielt das alles für Hirngespinste und ritt in das gefährliche Gebiet im Süden, wo er lauthals Gebete sang und Weihwasser versprengte. Als der Kaplan unversehrt zurückkehrte, schalt der Graf seine Männer Narren und erklärte ihnen, es gebe keinen Tod, der auf einem fahlen Pferd reite. Doch am nächsten Tag starben wieder zwei Männer, nur diesmal im Osten. Die Geschichten wurden immer mehr ausgeschmückt. Nun wurde der Reiter von riesigen Jagdhunden mit glühenden Augen begleitet, und selbst wenn er gar nicht in Erscheinung trat, wurde ihm jedes Unglück zugeschrieben. Wenn ein Pferd stolperte, wenn ein Mann sich einen Knochen brach, wenn eine Frau das Essen fallen ließ oder wenn die Sehne einer Armbrust riss, war der geheimnisvolle Mann mit dem fahlen Pferd schuld.

Das Selbstbewusstsein der Belagerer stürzte in sich zusammen. Es war die Rede von einem Fluch, und sechs Soldaten machten sich nach Süden auf, um sich Arbeit in der Gascogne zu suchen. Diejenigen, die dablieben, grummelten, sie täten Teufelswerk, und nichts, was der Graf von Coutances unternahm, konnte die düstere Stimmung seiner Männer vertreiben. Er versuchte, Bäume zu fällen, damit der geheimnisvolle Bogenschütze nicht mehr auf das Lager schießen konnte, doch es gab zu viele Bäume und zu wenig Äxte, und es kamen immer wieder Pfeile. Er sandte einen Boten zum Bischof von Caen, der einen Segen auf ein Stück Pergament schrieb und es zurückschickte, doch das schien den schwarz gewandeten Reiter, dessen Erscheinen den Tod vorhersagte, nicht zu beeindrucken, und so bat der Graf, der felsenfest davon überzeugt war, dass er Gottes Werk tat, und fürchtete, durch sein Scheitern dessen Zorn auf sich zu lenken, Gott um Hilfe.

Er schrieb nach Paris.

Louis Bessières, Kardinalerzbischof von Livorno, einer Stadt, die er nur ein einziges Mal, nämlich auf dem Weg nach Rom, gesehen hatte (auf der Heimreise hatte er einen Umweg eingelegt, um sie nicht noch einmal sehen zu müssen), schritt gemächlich den Quai des Orfèvres auf der Pariser Île de la Cité entlang. Ihm voran gingen zwei Diener, um mit Stöcken den Weg für den Kardinal freizumachen, der den drängenden Worten des hageren, ausgemergelten Priester an seiner Seite keinerlei Beachtung zu schenken schien. Stattdessen begutachtete Bessières die Waren auf den Ständen der Goldschmiede, die sich entlang des Quais aufgestellt hatten und nach denen dieser benannt war. Er bewunderte eine Halskette mit Rubinen und erwog sogar, sie zu erstehen, bemerkte dann jedoch, dass einer der Steine einen Fehler aufwies. »Wie schade«, murmelte er und ging weiter zum nächsten Stand. »Entzückend!«, rief er aus, als er ein silbernes Salzfass entdeckte, dessen vier Seiten mit Miniaturen des Landlebens in blauer, roter, gelber und schwarzer Emaille verziert waren. Auf dem ersten Bild war ein Mann mit einem Pflug dargestellt, auf dem zweiten streute er die Saat aus, auf dem dritten war eine Frau zu sehen, die das Korn erntete, und auf dem letzten saßen die beiden am Tisch, einen dampfenden Brotlaib zwischen sich. »Wirklich ganz reizend«, begeisterte sich der Kardinal. »Findet Ihr nicht auch?«

Bernard de Taillebourg gönnte dem Salzfass kaum einen Blick. »Der Teufel arbeitet gegen uns, Eminenz«, sagte er verärgert.

»Das tut er immer, Bernard«, wies ihn der Kardinal zurecht, »das ist schließlich seine Aufgabe. Der Welt würde wahrhaft etwas fehlen, wenn der Teufel nicht gegen uns arbeiten würde.«

Zart strich er mit den Fingerspitzen über die Emaillebilder des Salzfasses, kam dann jedoch zu dem Schluss, dass ihm die Form des Fußes nicht gefiel. Irgendwie zu derb, dachte er, ein wenig unbeholfen, und mit einem Lächeln zum Besitzer des Standes stellte er es wieder zurück und schlenderte weiter. Die Sonne schien; die Winterluft war ungewöhnlich mild, und die Seine funkelte. Ein Beinloser mit Holzklötzen unter seinen Stümpfen schwang sich auf niedrigen Krücken über die Straße und hielt dem Kardinal seine schmutzige Hand entgegen. Die Diener stürzten mit ihren Stöcken auf ihn zu, doch der Kardinal rief sie zurück und tastete in seiner Börse nach ein paar Münzen. »Gottes Segen sei mit dir, mein Sohn«, sagte er. Kardinal Bessières gab gerne Almosen, er mochte die schmelzende Dankbarkeit auf den Gesichtern der Armen, und vor allem gefiel ihm der Ausdruck der Erleichterung, wenn er seine Diener im letzten Moment, bevor sie zuschlugen, zurückpfiff. Manchmal wartete der Kardinal auch einen winzigen Augenblick zu lange, und auch das gefiel ihm. Aber heute war ein milder, sonniger Tag inmitten eines grauen Winters, und so war er in wohlwollender Stimmung.

Als sie am Sabot d'Or vorüber waren, einer Schänke, in der sich die Schreiber trafen, wandte er sich vom Fluss ab in das Gewirr der Gassen, die sich um die labyrinthischen Gebäude des königlichen Palastes schlängelten. Hier trat das Parlament zusammen, und die Advokaten huschten wie Ratten durch die dunklen Gänge, doch hier und da ragten prachtvolle Gebäude aus dem trüben Dämmerlicht hinauf in die Sonne. Der Kardinal liebte diese Gassen und bildete sich ein, dass manche Geschäfte wie durch Zauberei über Nacht verschwanden und durch andere ersetzt wurden. War diese Wäscherei immer schon dort gewesen? Und warum war ihm diese Bäckerei noch nie aufgefallen? Und neben dem öffentlichen Abort war doch vorher ein Lautenmacher gewesen? Bei einem Pelzhändler hingen Bärenfelle von einer Stange, und der Kardinal blieb stehen, um sie zu befühlen. De Taillebourg redete noch immer auf ihn ein, doch er beachtete ihn kaum.

Direkt hinter dem Pelzhändler war ein Tor, das von Männern

in blauer und goldener Livree bewacht wurde. Sie trugen schimmernde Brustpanzer, Helme mit Federzier und Piken mit funkelnden Klingen. Nur wenige Leute wurden von ihnen durchgelassen, doch als der Kardinal sich näherte, traten die Wachen hastig zur Seite und verneigten sich. Bessières bedachte sie mit einer huldvollen Handbewegung, die als Segnung durchgehen mochte, und folgte dem modrigen Durchgang, der auf einen Innenhof mündete. Dies war königliches Gebiet, und die Höflinge verneigten sich respektvoll vor ihm, denn er war mehr als nur ein Kardinal, er war auch päpstlicher Legat am Hofe Frankreichs. Er war ein Gesandter Gottes, und so sah er auch aus, denn Bessières war ein groß gewachsener und kräftig gebauter Mann, der den meisten Menschen bereits ohne seine purpurne Robe Ehrfurcht einflößte. Er war gut aussehend, was er wusste, eitel, was er vorgab nicht zu wissen, und ehrgeizig, was er vor der Welt verbarg, jedoch nicht vor sich selbst. Schließlich hatte ein Kardinalerzbischof nur noch einen Thron zu besteigen, bevor er zu den kristallenen Stufen des allerhöchsten Thrones gelangte, und Bernard de Taillebourg war, so unwahrscheinlich es schien, womöglich das Instrument, das Louis Bessières zu der Tiara verhelfen würde, nach der er sich verzehrte.

Und so wandte der Kardinal, als sie den Innenhof verließen und die Treppe zur Sainte-Chapelle erklommen, widerstrebend seine Aufmerksamkeit dem Dominikaner zu. »Erzählt mir von Eurem Diener«, unterbrach Bessières den Redefluss de Taillebourgs. »War er gehorsam?«

De Taillebourg, so grob unterbrochen, brauchte einen Moment, um seine Gedanken zu ordnen, dann nickte er. »Ja, er hat mir in allem gehorcht.«

»Zeigte er Demut?«

»Er hat sich bemüht, Demut zu zeigen.«

»Ah! Er hat also immer noch seinen Stolz?«

»Er ist tief in ihm verwurzelt«, sagte de Taillebourg, »aber er kämpft dagegen an.«

»Und er hat Euch nicht verlassen?«

»Nein, Euer Eminenz.«

»Er ist also wieder hier in Paris?«

»Natürlich«, erwiderte de Taillebourg knapp. Dann fiel ihm auf, in welchem Ton er gesprochen hatte. »Er ist im Kloster, Euer Eminenz«, fügte er unterwürfig hinzu.

»Vielleicht sollten wir ihm noch einmal die Krypta zeigen?«, schlug der Kardinal vor, während er langsam auf den Altar zuging. Er liebte die Sainte-Chapelle, liebte das Licht, das zwischen den hohen, schlanken Pfeilern hindurchflutete. Dies, so dachte er, war der Ort, an dem der Mensch dem Himmel am nächsten kam: ein Ort von überirdischer Schönheit, berauschender Helligkeit und bezaubernder Eleganz. Er wünschte, er hätte daran gedacht, einen Chor zu bestellen, denn der Klang der Kastratenstimmen, der glockenhell bis zum Deckengewölbe der Kapelle aufstieg, konnte einen Menschen nahezu in Ekstase versetzen. Die Priester der Sainte-Chapelle eilten zum Hochaltar, da sie wussten, weswegen der Kardinal gekommen war. »Ich stelle immer wieder fest«, fuhr er fort, »dass ein kurzer Aufenthalt in der Krypta die Menschen dazu bringt, die Gnade Gottes zu suchen.«

De Taillebourg schüttelte den Kopf. »Er ist bereits dort gewesen, Euer Eminenz.«

»Bringt ihn noch einmal dorthin.« In der Stimme des Kardinals lag jetzt eine gewisse Schärfe. »Zeigt ihm die Instrumente. Zeigt ihm eine Seele auf der Streckbank oder im Kohlenbecken. Macht ihm klar, dass die Hölle nicht auf Satans Herrschaftsgebiet beschränkt ist. Aber tut es noch heute. Möglicherweise werden wir euch beide fortschicken müssen.«

»Fortschicken?«, fragte de Taillebourg überrascht.

Doch der Kardinal klärte ihn nicht auf. Stattdessen kniete er vor dem Hochaltar nieder und nahm seinen roten Hut ab. Das tat er nur selten und höchst ungern in der Öffentlichkeit, da ihm peinlich bewusst war, dass er zusehends kahl wurde, doch jetzt war es notwendig, denn einer der Priester hatte den Schrein unter dem Altar geöffnet und das purpurne Kissen mit dem Spitzenrand und den goldenen Quasten herausgenommen, das er nun dem Kardinal überreichte. Auf dem Kissen lag die Krone. Sie war so alt, so zart, so schwarz und so zerbrechlich, dass Bessières den Atem anhielt, als er danach griff. Die Erde schien stillzustehen, alle Geräusche verstummten, und sogar der Himmel verharrte in Stille, als er die Hand ausstreckte und die Krone berührte, die so leicht war, dass sie überhaupt kein Gewicht zu haben schien.

Es war die Dornenkrone.

Die Krone, die man Jesus auf den Kopf gepresst hatte, die mit seinem Schweiß und seinem Blut getränkt war. Die Augen des Kardinals füllten sich mit Tränen, als er sie an seine Lippen hob und sie vorsichtig küsste. Die Zweige, aus denen der dornige Kreis geschlungen war, waren dünn und so zerbrechlich wie die Beinknochen eines Zaunkönigs, doch die Dornen waren noch immer spitz, genauso spitz wie an jenem Tag, als man sie auf den Kopf des Erlösers gedrückt hatte, damit das Blut über Sein kostbares Antlitz liefe. Der Kardinal hob sie mit beiden Händen hoch und staunte darüber, wie leicht sie war, als er sie auf sein schütteres Haupt setzte. Dann faltete er die Hände und hob den Blick zu dem goldenen Kreuz auf dem Altar.

Er wusste, dass die Geistlichen der Sainte-Chapelle es nicht leiden konnten, wenn er herkam und die Dornenkrone aufsetzte. Sie hatten sich bereits beim Erzbischof von Paris darüber beschwert, und der Erzbischof hatte dem König etwas vorgejammert, aber Bessières kam weiterhin, weil er die Macht dazu besaß. Er war Träger der päpstlichen Macht, und Frankreich brauchte die Unterstützung des Papstes. England belagerte Calais, Flandern leistete im Norden Widerstand, die gesamte Gascogne war wieder mit Edward von England verbündet, und die Bretagne kämpfte gegen ihren rechtmäßigen französischen Herzog und war verseucht mit englischen Bogenschützen. Frankreich wurde von allen Seiten angegriffen, und nur der Papst konnte die Mächte der Christenheit davon überzeugen, dem Land zu Hilfe zu eilen.

Was der Papst vermutlich auch tun würde, denn er war selbst französischer Abstammung. Clemens war im Limousin geboren und königlicher Großkämmerer gewesen, bevor er auf den

Thron des heiligen Petrus gewählt worden war und seinen Sitz im großen Papstpalast von Avignon eingenommen hatte. Und dort, in Avignon, war Clemens dem Einfluss der Römer ausgesetzt, die ihn dazu zu überreden versuchten, den Papstsitz wieder in ihre ewige Stadt zurückzuverlegen. Sie tuschelten und schmiedeten Ränke, bestachen und tuschelten erneut, und Bessières fürchtete, Clemens könne diesen schmeichlerischen Stimmen eines Tages nachgeben.

Falls jedoch Louis Bessières Papst würde, wäre Schluss mit dem Gerede von Rom. Rom war eine Ruine, eine verseuchte Kloake, umringt von Kleinstaaten, die unablässig im Krieg miteinander lagen, und dort konnte Gottes Stellvertreter auf Erden niemals sicher sein. Avignon wiederum war als Papstsitz zwar durchaus ein akzeptabler Ersatz, aber keineswegs ideal, denn die Stadt und das umliegende Venaissin gehörten zum Königreich Neapel, und nach Louis Bessières Ansicht sollte der Papst kein Lehnsmann sein.

Und ebenso wenig gehörte der Papst in eine Provinzstadt. Rom hatte einst die Welt regiert, also war die Stadt ein angemessener Sitz für den Papst gewesen, aber Avignon? Der Kardinal, die nahezu gewichtlose Dornenkrone auf der Stirn, blickte hinauf zu den blau und rot leuchtenden Scheiben des Fensters der Passion Christi über dem Altar. Er wusste, welche Stadt es verdiente, den Papstsitz zu beherbergen. Nur eine einzige. Und Louis Bessières war sicher, wenn er erst einmal Papst war, würde er den König von Frankreich davon überzeugen können, die Île de la Cité an den Heiligen Vater abzutreten. Damit würde Kardinal Bessières den Papstsitz nach Norden bringen und ihm einen neuen, glanzvollen Rahmen verleihen. Er würde im Palast wohnen, die Kathedrale von Notre-Dame würde sein neuer Petersdom werden, die prachtvolle Sainte-Chapelle sein privater Schrein und die Dornenkrone seine persönliche Reliquie. Vielleicht, so überlegte er, sollte man die Dornen in die Tiara des Papstes einarbeiten lassen. Der Gedanke gefiel ihm, und er malte sich aus, wie er hier auf seiner privaten Insel beten würde. Die Goldschmiede und Bettler, die Advokaten und Huren, die

Wäscherinnen und Lautenmacher würden über die Brücken in das übrige Paris gescheucht werden, und die Île de la Cité würde ein heiliger Ort. Der Stellvertreter Christi würde die Macht Frankreichs an seiner Seite haben, das Königreich Gottes würde sich vergrößern, die Ungläubigen würden vernichtet, und auf Erden würde Frieden herrschen.

Aber wie sollte er Papst werden? Es gab ein Dutzend Männer, die Clemens nachfolgen wollten, doch nur Bessières wusste von den Vexilles, wusste, dass sie einst im Besitz des Heiligen Grals gewesen waren und ihn vielleicht noch immer besaßen.

Aus diesem Grund hatte Bessières de Taillebourg nach Schottland geschickt. Zwar war der Dominikaner mit leeren Händen zurückgekehrt, aber er hatte einiges in Erfahrung gebracht. »Ihr glaubt also nicht, dass der Gral in England ist?«, fragte Bessières ihn jetzt mit gedämpfter Stimme, damit die Priester der Sainte-Chapelle ihn nicht hören konnten.

»Mag sein, dass er dort irgendwo verborgen ist«, erwiderte de Taillebourg mürrisch, »aber in Hookton ist er nicht. Guy Vexille hat damals den ganzen Ort abgesucht, als er ihn geplündert hat. Wir waren noch einmal dort, aber es ist nur noch ein Trümmerhaufen.«

»Und Ihr meint, Guillaume d'Evecque hat ihn auf seinem Gut versteckt?«

»Es wäre immerhin möglich, Euer Eminenz«, sagte de Taillebourg. »Nicht sehr wahrscheinlich«, wiegelte er ab, »aber möglich.«

»Die Belagerung macht keine Fortschritte. Ich habe mich in Coutances geirrt. Ich habe ihm tausend Jahre weniger im Fegefeuer angeboten, wenn er es schafft, Evecque bis St. Timotheus zu erobern, aber er hat nicht genug Willenskraft, um die Belagerung zu Ende zu bringen. Erzählt mir von diesem unehelichen Sohn.«

De Taillebourg machte eine wegwerfende Handbewegung. »Der ist unwichtig. Er glaubt nicht einmal daran, dass der Heilige Gral existiert. Er will nichts weiter, als Soldat sein.«

»Ein Bogenschütze, sagt Ihr?«

»Ganz recht.«

»Ich glaube, Ihr schätzt ihn falsch ein. Coutances schreibt mir, ein Bogenschütze behindere ihn in seiner Aufgabe. Ein Bogenschütze, der mit langen Pfeilen schießt, wie die Engländer sie benutzen.«

De Taillebourg schwieg.

»Ein einzelner Bogenschütze«, setzte der Kardinal nach, »der vermutlich Coutances' gesamten Schießpulvervorrat zerstört hat. Es war der einzige Vorrat der Normandie! Wenn sie Nachschub brauchen, muss er von Paris geliefert werden.«

Der Kardinal hob die Krone vom Kopf und legte sie zurück auf das Kissen. Dann drückte er langsam und ehrfürchtig seinen Zeigefinger auf einen der Dornen. Die Priester, die alles beobachteten, beugten sich vor; sie fürchteten, er wolle ihn stehlen, doch der Kardinal strebte nur nach Blut. Er zuckte leicht, als der Dorn seine Haut durchstach, dann hob er den Finger an die Lippen und saugte daran. An seinem Finger steckte ein schwerer Goldring, und unter dem Rubin, der mit einem verborgenen Scharnier versehen war, lag ein Dorn, den er acht Monate zuvor gestohlen hatte. Manchmal, wenn er allein in seiner Schlafkammer war, kratzte er sich mit dem Dorn über die Stirn und stellte sich vor, er sei Gottes Abgesandter auf Erden. Und Guy Vexille war der Schlüssel zu diesem Ziel. »Ihr werdet Folgendes tun«, befahl er de Taillebourg, als der Geschmack des Blutes verschwunden war. »Ihr werdet Guy Vexille noch einmal in die Krypta führen, um ihn daran zu erinnern, dass ihn die Hölle erwartet, falls er uns enttäuscht. Dann reist Ihr mit ihm nach Evecque.«

»Ihr wollte Vexille nach Evecque schicken?« De Taillebourg konnte seine Überraschung nicht verhehlen.

»Er ist skrupellos und grausam«, sagte der Kardinal, während er aufstand und seinen Hut wieder auf den Kopf setzte, »und Ihr versichert mir, dass er auf unserer Seite ist. Also werden wir in unsere Schatulle greifen und ihm Schießpulver und genügend Männer geben, um Evecque niederzuschlagen und Guillaume in die Krypta zu bringen.« Er sah zu, wie die Dornenkrone in ihren Schrein zurückgelegt wurde. Bald, so dachte er, würde er in dieser Kapelle, in diesem Ort des Lichts und der Herrlichkeit, eine noch größere Kostbarkeit haben. Einen Schatz, der die gesamte Christenheit und all ihre Reichtümer zu seinem goldenen Thron bringen würde. Er würde den Gral besitzen.

Thomas und Robbie waren schmutzig; ihre Kleider waren schlammverkrustet, in ihren Kettenpanzern hingen Zweige, totes Laub und Erde, und ihr Haar war lang, fettig und verfilzt. Nachts zitterten sie, weil die Kälte bis ins Mark ihrer Seele drang, doch tagsüber fühlten sie sich lebendiger als je zuvor, denn sie spielten in den kleinen Tälern und tiefen Wäldern von Evecque ein Spiel um Leben und Tod. Robbie, in den weiten schwarzen Umhang gehüllt und den Stecken mit dem Schädel in der Hand, ritt auf dem Schimmel, um Coutances Männer in einen Hinterhalt zu locken, und Thomas tötete. Manchmal verwundete Thomas auch nur, aber er verfehlte sein Ziel nur selten, da er wegen der Dichte des Waldes aus kurzer Entfernung schießen musste. Das Spiel erinnerte ihn an die Lieder, die die Bogenschützen gerne sangen, und an die Geschichten, die ihre Frauen am Lagerfeuer erzählten. Es waren Lieder und Geschichten aus dem einfachen Volk, solche, die nie von Troubadouren gesungen wurden, und sie erzählten von einem Ausgestoßenen namens Robin Hood. Entweder Hood oder Hude, genau wusste Thomas es nicht, da er den Namen nie geschrieben gesehen hatte, aber er wusste, dass Hood ein englischer Held war, der ein paar hundert Jahre vor ihnen gelebt hatte, und seine Feinde waren Englands Französisch sprechende Edelleute gewesen. Hood hatte sie mit einer englischen Waffe bekämpft, dem Kriegsbogen, und die jetzigen Adligen hielten die Geschichten zweifellos für subversiv, deshalb durfte kein Troubadour sie in den großen Hallen singen. Thomas hatte schon manches Mal daran gedacht, sie selbst niederzuschreiben, aber es war nicht üblich, auf Englisch zu schreiben. Alle Bücher, die Thomas je gesehen hatte, waren auf Latein oder Französisch verfasst. Aber warum sollten die Lieder über Robin Hood nicht zwischen Buchdeckel gebunden werden? An manchen Abenden, wenn sie zitternd in ihrem jeweiligen Unterschlupf lagen, erzählte er Robbie die Geschichten, doch der Schotte fand sie langweilig. »Mir sind die Geschichten von König Arthur lieber«, sagte er.

»Was, die habt ihr in Schottland auch?«, fragte Thomas überrascht.

»Natürlich! Schließlich war Arthur ein Schotte.«

»Unsinn!«, sagte Thomas empört.

»Er war Schotte«, insistierte Robbie, »und er hat die verdammten Engländer getötet.«

»Er war Engländer«, entgegnete Thomas, »und wahrscheinlich hat er nie von den dämlichen Schotten gehört.«

»Fahr zur Hölle!«, fauchte Robbie.

»Selber!«, knurrte Thomas und dachte bei sich, falls er je die Geschichten über Hood aufschreiben sollte, würde er den legendären Schützen nach Norden gehen und mit seinen flinken englischen Pfeilen ein paar Schotten erledigen lassen.

Am nächsten Morgen schämten sie sich beide ihres Zorns. »Das kommt daher, weil ich Hunger habe«, sagte Robbie. »Wenn ich hungrig bin, kriege ich immer schlechte Laune.«

»Und du bist immer hungrig«, bemerkte Thomas.

Robbie lachte und legte seinem Schimmel den Sattel auf. Das Tier zitterte. Beide Pferde hatten wenig zu fressen bekommen und waren geschwächt, deshalb gaben Thomas und Robbie Acht, sich nicht auf freiem Feld blicken zu lassen, wo die gut genährten Pferde des Grafen ihre beiden erschöpften Hengste mit Leichtigkeit einholen konnten. Immerhin hatte die Kälte ein wenig nachgelassen, doch dafür kam vom westlichen Meer heftiger Regen herüber; eine Woche lang goss es in Strömen, und bei solchem Wetter konnte kein englischer Bogen zum Einsatz kommen. Zweifelsohne würde der Graf von Coutances glauben, das Weihwasser seines Kaplans habe das fahle Pferd aus Evecque vertrieben und damit seine Männer gerettet, doch auch seine Feinde waren gerettet, denn es gab kein Schießpulver mehr, und die Wiesen rund um das Gutshaus waren vom Regen so aufgeweicht, dass die Gräben sich mit Wasser füllten und die Belagerer durch Matsch waten mussten. Die Pferde bekamen Huffäule, und die Männer lagen mit Fieber in ihren Hütten.

Jeden Morgen bei Tagesanbruch ritten Thomas und Robbie als Erstes zu dem Wald südlich von Evecque, stellten sich an der Seite des Gutshauses, wo der Graf keine Gräben angelegt und nur einen kleinen Wachposten installiert hatte, an den Waldrand und winkten. Am dritten Morgen ihres Kontaktversuchs hatte jemand zurückgewinkt, doch danach hatte es bis zu der Regenwoche keine Antwort mehr gegeben. Dann, an dem Morgen nach dem Streit um König Arthur, sahen Thomas und Robbie, wie auf ihr Winken ein Mann auf dem Dach erschien. Er hob eine Armbrust und schoss in hohem Bogen in die Luft. Der Bolzen war nicht auf den Wachposten gerichtet, und die Männer reagierten auch nicht; vielleicht hatten sie ihn gar nicht gesehen. Thomas jedoch sah, wie er in einer Pfütze auf der Wiese landete und über das nasse Gras schlitterte.

An diesem Tag ritten sie nicht aus, sondern warteten bis zum Einbruch der Dunkelheit. Dann schlichen sie zu der Wiese und suchten auf allen vieren das durchweichte, von altem Kuhmist durchzogene Gras ab. Es schien Stunden zu dauern, doch schließlich fand Robbie den Bolzen, um dessen kurzen Schaft ein gewachstes Stück Pergament gewickelt war. »Siehst du?«, sagte er, als sie wieder in ihrem Unterschlupf waren und frierend an einem mickrigen Feuer hockten. »Es geht also doch.« Damit der Bolzen trotzdem fliegen konnte, war die Nachricht mit einem Baumwollfaden um den Schaft gebunden worden, der so fest saß, dass Thomas ihn aufschneiden musste. Dann rollte er das Pergament auf und hielt es dicht ans Feuer, um die mit Kohle geschriebene Nachricht lesen zu können. »Sie ist von d'Evecque«, sagte Thomas. »Er will, dass wir nach Caen gehen.«

»Nach Caen?«

»Und dort sollen wir nach einem« – Thomas hielt den Brief mit der krakeligen Handschrift noch näher ans Feuer – »Kapitän namens Pierre Villeroy Ausschau halten.«

»Vielleicht ist das der Hässliche Peter?«, meinte Robbie.

»Nein«, erwiderte Thomas, den Blick auf das Pergament geheftet. »Das Schiff dieses Mannes heißt *Pentecost*, und falls er nicht da ist, sollen wir nach Jean Lapoullier oder Guy Vergon fragen.« Thomas hielt die Nachricht so nah ans Feuer, dass sie sich braun färbte und zusammenzurollen begann, während er die letzten Worte vorlas. »Sagt Villeroy, er soll die *Pentecost* bis St. Clemens abfahrbereit machen und sich auf zehn Passagiere nach Dünkirchen einstellen. Wartet bei ihm, wir treffen uns dann in Caen. Macht heute Nacht im Wald ein Feuer, damit ich weiß, dass ihr die Nachricht bekommen habt.«

Sie taten, wie ihnen geheißen. Das Feuer brannte kurz, dann wurde es vom nächsten Regenguss ausgelöscht, doch Thomas war sicher, dass die Männer im Gutshaus die Flammen gesehen hatten.

Und bei Tagesanbruch waren sie, durchnässt, erschöpft und verdreckt, wieder in Caen.

Thomas und Robbie suchten die Kais der Stadt ab, fanden jedoch keine Spur von Pierre Villeroy oder der *Pentecost*. Aber der Wirt einer Schänke meinte, Villeroy müsse bald wieder da sein. »Er hat eine Ladung Steine nach Cabourg gebracht«, sagte der Mann zu Thomas, »und er meinte, er würde heute oder morgen wieder zurück sein. Das Wetter hat ihn bestimmt nicht aufgehalten.« Argwöhnisch starrte er den Bogen an. »Ist das etwa ein gottverdammter englischer Kriegsbogen?«

»Nein, ein Jagdbogen aus Argentan«, erwiderte Thomas leichthin, und die Lüge schien den Schankwirt zu befriedigen, denn in jeder französischen Gemeinde gab es ein paar Männer, die mit dem langen Jagdbogen umgehen konnten. Aber es waren nur wenige, niemals genug, um sich zu einer Armee zu verbünden, die ganze Hänge mit adligem Blut tränken konnte.

»Wenn Villeroy heute noch zurückkommt«, sagte der Mann, »sitzt er am Abend bei mir in der Schänke.«

»Zeigt Ihr ihn mir?«, fragte Thomas.

»Ihr könnt Pierre nicht verfehlen«, lachte der Wirt, »er ist ein Riese! Ein Riese mit kahlem Schädel, einem Bart, in dem man Mäuse züchten kann, und pockennarbiger Haut. Ihr findet Pierre auch ohne mich.«

Da Thomas annahm, dass Guillaume d'Evecque es eilig haben würde, wenn er Caen erreichte, und keine Zeit darauf verschwenden wollte, Pferde auf die *Pentecost* zu verladen, verbrachte er den Tag damit, einen zahlungswilligen Abnehmer für die beiden Hengste zu finden. Abends kehrten er und Robbie mit wohlgefüllten Börsen in die Schänke zurück. Von einem bärtigen Riesen mit kahlem Schädel war nichts zu sehen, aber es regnete, sie waren beide durchgefroren, und so beschlossen sie zu warten und bestellten Aalsuppe, Brot und heißen Würzwein. In einer Ecke der Schänke spielte ein Blinder Harfe und begann ein Lied über Seeleute, Seehunde und die seltsamen Seeungeheuer zu singen, die vom Meeresboden aufstiegen, um den abnehmenden Mond anzuheulen. Dann wurde das Essen gebracht, und gerade als Thomas den ersten Löffel davon probieren wollte, durchquerte ein stämmiger Mann mit gebrochener Nase den Schankraum und pflanzte sich streitlustig vor Thomas auf. Er deutete auf den Bogen. »Das ist ein englischer Bogen«, konstatierte der Mann.

»Es ist ein Jagdbogen aus Argentan«, sagte Thomas. Er wusste, es war gefährlich, eine so auffällige Waffe bei sich zu tragen. Im vergangenen Sommer, als er mit Jeanette zu Fuß von der Bretagne in die Normandie gezogen war, hatte er den Bogen als Pilgerstab getarnt, doch diesmal war er unvorsichtiger gewesen. »Es ist nur ein Jagdbogen«, wiederholte er beiläufig und zuckte zusammen, denn die Suppe war heiß.

»Was will der Kerl?«, fragte Robbie.

Der Mann hatte ihn verstanden. »Ihr seid Engländer.«

»Klinge ich vielleicht englisch?«, entgegnete Thomas.

»Aber was ist mit ihm?« Der Mann zeigte auf Robbie. »Oder hat er plötzlich seine Zunge verschluckt?«

»Er ist Schotte.«

»Na klar, und ich bin der verdammte Herzog der Normandie.«

»Nein«, sagte Thomas ruhig, »du bist nur eine gottverdammte Nervensäge.« Und damit schleuderte er dem Mann die heiße Suppe ins Gesicht und stieß ihm die Tischkante in die Lenden. »Nichts wie raus!«, zischte er Robbie zu.

»Herrlich, endlich mal wieder ein Kampf!«, sagte Robbie. Ein halbes Dutzend Freunde des Verbrühten stürzten auf sie zu. Thomas schleuderte ihnen eine Bank zwischen die Beine, was zwei von ihnen ins Stolpern brachte, während Robbie mit dem Schwert auf einen weiteren losging.

»Das sind Engländer!«, brüllte der Verbrühte vom Boden. »Verfluchte!« In Caen waren Engländer verhasst.

»Er hat dich als Engländer bezeichnet«, sagte Thomas zu Robbie.

»Dem pisse ich in die Kehle«, knurrte Robbie und trat dem Verbrühten gegen den Kopf, versetzte einem anderen einen Stoß mit dem Heft seines Schwertes und stürzte sich mit seinem schottischen Kriegsschrei auf den Rest der Bande.

Thomas hatte sich derweil ihre Bündel und seinen Bogen geschnappt und riss die Tür auf. »Komm schon!«

»Na los, nennt mich einen Engländer, ihr Saufnasen!«, rief Robbie herausfordernd. Noch hielt sein Schwert die Angreifer in Schach, aber Thomas wusste, dass sie ihren ganzen Mut zusammenraffen und sich auf ihn stürzen würden, und dann wäre Robbie wahrscheinlich gezwungen, einen von ihnen zu töten, um zu fliehen. Das wiederum würde ein gewaltiges Geschrei auslösen, und sie konnten froh sein, wenn sie am Ende nicht an den Zinnen der Festung aufgeknüpft wurden. Also schleifte er Robbie kurzerhand rücklings zur Tür hinaus. »Lauf!«

»He, das hat Spaß gemacht«, protestierte Robbie und versuchte, sich wieder in die Schänke zu stürzen, doch Thomas riss ihn unsanft zurück und versetzte einem Mann, der in die Gasse gelaufen kam, einen Schulterstoß.

»Lauf, verdammt noch mal!«, rief Thomas erneut und schubste Robbie in Richtung des Zentrums der Insel. Sie duckten sich in eine Gasse, rannten über einen kleinen Platz und ließen sich schließlich im Schatten des Portals der St.-Jean-Kirche auf den

Boden fallen. Ihre Verfolger suchten sie eine Weile, doch die Nacht war kalt und die Geduld der Jäger begrenzt.

»Sie waren zu sechst«, sagte Thomas.

»Wir hätten sie geschlagen!«, entgegnete Robbie trotzig.

»Ja, und morgen hätten wir, während wir eigentlich Pierre Villeroy oder einen der anderen suchen sollten, im Kerker gehockt.«

»Seit der Schlacht in Durham habe ich keine anständige Prügelei mehr gehabt«, maulte Robbie.

»Und was ist mit der am Dreikönigstag in Dorchester?«

»Da waren wir zu betrunken. Die zählt nicht.« Er begann zu lachen. »Außerdem hast du angefangen.«

»Ich?«

»Aye. Du hast ihm die Aalsuppe ins Gesicht gekippt! Die schöne, heiße Aalsuppe.«

»Ich habe bloß versucht, dir das Leben zu retten«, sagte Thomas. »Himmel noch mal, du hast in Caen Englisch gesprochen! Sie hassen die Engländer!«

»Das ist auch vollkommen richtig so, aber was soll ich denn tun? Den Mund halten? Verdammt, das ist auch meine Sprache! Weiß der Henker, warum sie Englisch heißt.«

»Weil sie aus England kommt, und weil König Arthur sie gesprochen hat.«

»Grundgütiger!«, sagte Robbie, dann begann er wieder zu lachen. »Himmel, den einen Kerl habe ich so weichgeklopft, der weiß nicht mehr, welcher Tag heute ist, wenn er zu sich kommt.«

Sie versteckten sich in einem der vielen Häuser, die seit dem grausamen Überfall der Engländer im Sommer noch immer leer standen. Die Besitzer waren entweder weit weg, oder – was wahrscheinlicher war – ihre Gebeine lagen in dem riesigen Massengrab auf dem Kirchhof oder verrotteten am Grunde des Flusses.

Am nächsten Morgen gingen sie wieder zu den Kais. Thomas musste daran denken, wie er durch die starke Strömung gewatet war, während die Armbrustschützen aus dem Schutz der auf dem Schlick liegenden Boote geschossen hatten. Die Bolzen hatten kleine Wasserfontänen aufspritzen lassen, und da er nicht riskieren wollte, dass die Sehne nass wurde, hatte er nicht zurückgeschossen. Als Robbie und er einen der Kais entlanggingen, sahen sie, dass die *Pentecost* wie durch Zauberei über Nacht angekommen war. Es war ein großes Schiff, eines der größten, die den Fluss befahren konnten, groß genug, um mit zwanzig Mann samt ihren Pferden nach England überzusetzen, doch jetzt lag sie auf dem Trockenen, da das ablaufende Wasser sie auf dem Schlamm abgesetzt hatte. Vorsichtig kletterten Thomas und Robbie über die Laufplanke. Aus einer kleinen, übel riechenden Kajüte am Heck hallte dröhnendes Schnarchen herüber. Thomas hatte das Gefühl, bei jedem Atemzug des Mannes vibrierte das Deck, und er fragte sich, wie ein Wesen, das imstande war, solche Geräusche von sich zu geben, wohl darauf reagierte, wenn man es weckte. Genau in diesem Moment kletterte ein verwahrlostes Mädchen, blass wie der Morgennebel und dünn wie ein Pfeil, aus der Kajütenluke, warf ein paar Kleidungsstücke auf das Deck und legte den Zeigefinger an die Lippen. Sie wirkte sehr zart, und als sie ihren Rock hob, um Strümpfe überzustreifen, entblößte sie Beine, die nicht kräftiger waren als Zweige. Sie konnte höchstens dreizehn Jahre alt sein.

»Er schläft«, flüsterte sie.

»Das hört man«, erwiderte Thomas.

»Sch!« Wieder legte sie den Finger auf die Lippen. Dann zog sie ein dickes wollenes Hemd über ihr Nachtkleid, schob die schmalen Füße in riesige Stiefel und schlüpfte in einen großen ledernen Mantel. Sie zog eine schmierige Wollmütze über ihr blondes Haar und griff nach einem Beutel, der offenbar aus altem, zerschlissenem Segeltuch genäht war. »Ich kaufe was zu essen«, sagte sie leise. »Im Vorpiek muss Feuer gemacht werden. Feuerstein und Zündstahl liegen auf dem Regal. Und weckt ihn bloß nicht auf!«

Mit dieser Warnung schlich sie, in ihren überdimensionalen Mantel und die riesigen Stiefel gekleidet, vom Schiff, und angesichts des bedrohlich lauten Schnarchens beschloss Thomas, dass Diskretion am geschicktesten war. Er stieg hinunter ins Vorpiek, wo auf einer Steinplatte ein eisernes Kohlenbecken stand. Das Feuer war bereits vorbereitet, und nachdem er die Luke über dem Kohlenbecken, die als Abzug fungierte, geöffnet hatte, schlug er mit dem Feuerstein Funken. Der Zunder war feucht, aber nach einer Weile begann er zu brennen. Thomas schob kleine Holzsplitter dazu, und als das Mädchen zurückkam, brannte ein munteres Feuer. »Ich bin Yvette«, sagte sie, offenbar nicht daran interessiert zu erfahren, wer Thomas und Robbie waren. »Pierres Frau«, fügte sie hinzu. Dann holte sie eine große, verkohlte Pfanne heraus und schlug ein Dutzend Eier hinein. »Wollt ihr auch was essen?«, fragte sie Thomas.

»Danke, gern.«

»Ihr könnt mir ein paar Eier abkaufen, und da drin« – sie wies mit dem Kopf auf den Segeltuchbeutel – »ist Schinken und Brot. Er liebt Schinken.«

Thomas warf einen Blick auf die Eier in der Pfanne, die allmählich stockten. »Die sind alle für Pierre?«

»Er hat morgens immer großen Hunger«, erklärte Yvette. »Schneide doch schon mal den Schinken. Er mag ihn gern dick.« Plötzlich knarzte das Schiff und schwankte leicht auf dem Schlick. »Er ist wach«, sagte sie und nahm einen Zinnteller vom Regal. Auf dem Deck erklang ein Ächzen, dann Schritte, und als Thomas sich umwandte, um aus dem Vorpiek zu flüchten, stand der größte Mann vor ihm, den er je gesehen hatte.

Pierre Villeroy war einen Fuß größer als Thomas' Bogen. Er hatte einen Brustkasten wie ein Schweinekoben, einen spiegelblanken Schädel, ein schauerlich von Pockennarben entstelltes Gesicht und einen Bart, in dem ein Hase sich verlaufen konnte. Er blinzelte Thomas an. »Ihr seid zum Arbeiten gekommen«, grunzte er.

»Nein, ich habe Euch eine Nachricht zu überbringen.«

»Wir müssen uns sputen«, sagte Villeroy mit einer Stimme, die aus einem tiefen Keller zu kommen schien.

»Eine Nachricht von Guillaume d'Evecque«, ergänzte Thomas.

»Müssen die Ebbe ausnutzen, versteht ihr?«, sagte Villeroy. »Ich hab drei Wannen voll Moos im Frachtraum. Ich hab immer Moos genommen. Genau wie mein Vater. Andere nehmen zerkleinerten Hanf, aber mir gefällt das nicht, ganz und gar nicht. Nichts geht über frisches Moos. Das hält nämlich. Und vermischt sich besser mit dem Pech.« Auf einmal verzog sich sein schauerliches Gesicht zu einem zahnlückigen Lächeln. *»Mon caneton!«*, strahlte er, als Yvette ihm seinen Teller mit Eiern und Schinken brachte.

Yvette, sein »Küken«, servierte Thomas und Robbie ebenfalls ihr Frühstück, dann legte sie zwei Hämmer und zwei seltsame eiserne Werkzeuge auf den Tisch, die wie stumpfe Meißel aussahen. »Wir kalfatern die Fugen«, erklärte Villeroy. »Ich erhitze das Pech, und ihr beiden könnt das Moos zwischen die Planken stopfen.« Mit den Fingern schob er sich tropfendes Eigelb in den Mund. »Müssen das Ganze hinter uns bringen, solange das Schiff auf dem Trocknen liegt.«

»Aber wir haben Euch eine Nachricht zu überbringen«, hob Thomas erneut an.

»Ich weiß. Von Guillaume d'Evecque. Sprich, er braucht die *Pentecost* für eine Reise, und was Monsieur d'Evecque will, das kriegt er, denn er war gut zu mir. Aber die *Pentecost* nützt ihm nicht viel, wenn sie sinkt, oder? Nützt keinem was, wenn sie mit Mann und Maus untergeht. Also müssen wir sie kalfatern. Meine Süße und ich wären gestern nämlich um ein Haar ertrunken, nicht wahr, mein Küken?«

»Ja, sie hat Wasser aufgenommen.«

»Gegluckert wie ein Bierfass hat sie«, dröhnte Villeroy, »den ganzen Weg von Cabourg hierher. Wenn Monsieur d'Evecque also heile ankommen will, macht ihr zwei euch besser an die Arbeit!« Er grinste sie durch seinen wüsten, nun mit Eigelb bekleckten Bart an.

»Er will nach Dünkirchen«, sagte Thomas.

»Hat vor, sich aus dem Staub zu machen, was?«, überlegte

Villeroy laut. »Der ist über den Graben, auf seinem Pferd und auf und davon, bevor der Graf von Coutances auch nur Piep sagen kann.«

»Warum nach Dünkirchen?«, fragte Yvette.

»Weil er zu den Engländern will natürlich«, erwiderte Villeroy ohne jede Spur von Verärgerung über den »Verrat« d'Evecques. »Sein Lehnsherr hat sich gegen ihn gewandt, der Bischof pinkelt ihm ans Bein, und angeblich hat auch der König seine Finger im Spiel, also warum sollte er nicht die Seite wechseln? Wahrscheinlich will er sich der Belagerung von Calais anschließen.« Er schob sich eine weitere Portion Ei und Schinken in den Mund. »Wann will d'Evecque denn lossegeln?«

»An St. Clemens«, sagte Thomas.

»Wann ist das?«

Das konnte keiner von ihnen beantworten. Zwar wusste Thomas, an welchem Datum der Tag des heiligen Clemens war, aber er hatte keine Ahnung, wie lange es noch bis zu diesem Tag war, und dieses Unwissen gab ihm einen Vorwand, sich dieser vermutlich ungeheuer schmutzigen, anstrengenden und ungemütlichen Aufgabe zu entziehen. »Ich werde es herausfinden«, sagte er, »und dann komme ich zurück und helfe euch.«

»Ich begleite dich«, erbot sich Robbie.

»Du bleibst hier«, sagte Thomas streng. »Monsieur Villeroy hat Arbeit für dich.«

»Arbeit?«, fragte Robbie erstaunt, denn er hatte dem Gespräch nicht folgen können.

»Nichts Schlimmes«, versicherte Thomas ihm. »Es wird dir Spaß machen!«

Robbie war misstrauisch. »Und wo willst du hin?«

»In die Kirche, Robbie Douglas. Ich gehe in die Kirche.«

Die Engländer hatten Caen im vergangenen Sommer erobert und die Stadt gerade so lange besetzt, bis sie alle Frauen vergewaltigt und sich sämtliche Reichtümer unter den Nagel gerissen hatten. Sie hatten Caen ausgeplündert, blutend und erstarrt zurückgelassen, doch Thomas war geblieben, als die Armee den Rückzug angetreten hatte. Er war krank gewesen, und Mordecai, der jüdische Arzt, hatte ihn im Haus von Guillaume d'Evecque gesund gepflegt. Später, als Thomas wieder zu Kräften gekommen war, hatte d'Evecque ihn zur Abbaye aux Hommes geführt und ihn mit Bruder Germain bekannt gemacht, dem Vorsteher des klösterlichen Skriptoriums und weisesten Mann, der Thomas je begegnet war. Bruder Germain konnte ihm gewiss sagen, wann St. Clemens war, aber das war nicht der einzige Grund, weshalb Thomas sich zu der Abtei begab. Wenn es überhaupt jemanden gab, der die merkwürdigen Einträge im Notizbuch seines Vaters verstehen konnte, so war ihm klar geworden, dann war es der alte Mönch, und der Gedanke, dass ihm womöglich an diesem Morgen das Geheimnis des Heiligen Grals enthüllt werden würde, erfüllte Thomas mit Erregung. Das überraschte ihn, denn er hatte oft bezweifelt, dass es den Gral überhaupt gab, und noch öfter gewünscht, dieser Kelch möge an ihm vorübergehen, doch nun verspürte er plötzlich den Kitzel der Jagd. Mehr noch, die feierliche Größe der Suche überwältigte ihn auf einmal so sehr, dass er stehen blieb und gedankenverloren das funkelnde Spiel der Sonnenreflexe auf dem Fluss betrachtete. Er versuchte, sich an seine Vision aus Feuer und Gold in jener Nacht im Norden Englands zu erinnern. Wie töricht es gewesen war zu zweifeln, dachte er.

Natürlich existierte der Gral! Er wartete nur darauf, gefunden zu werden und der gepeinigten Welt das Glück zu bringen.

»Aufgepasst!« Unsanft wurde Thomas von einem Mann mit einem Handkarren voller Austern, der an ihm vorbeidrängte, aus seinen Träumereien aufgeschreckt. An dem Karren war ein kleiner Hund festgebunden, der auf Thomas zusprang und vergeblich nach seinen Knöcheln schnappte, bevor er mit einem Jaulen vom Seil mitgerissen wurde. Doch Thomas nahm weder den Mann noch den Hund richtig wahr. Ihm kam der Gedanke, dass der Gral sich vielleicht vor den Unwürdigen verbarg, indem er Zweifel in ihnen säte. Somit musste er, um ihn zu finden, lediglich an ihn glauben und Bruder Germain um ein wenig Unterstützung bitten.

Am Eingangstor der Abtei trat ein Pförtner auf Thomas zu und fing plötzlich fürchterlich an zu husten. Der Mann krümmte sich zusammen und rang keuchend nach Atem, dann richtete er sich langsam wieder auf und schnäuzte sich in die Hand. »Ich hab mir den Tod geholt«, krächzte er, »jawohl, den Tod hab ich mir geholt.« Er hustete einen Schleimpfropfen aus und spuckte ihn in Richtung der Bettler, die am Tor kauerten. »Zum Skriptorium geht's da lang«, sagte er, »am Kreuzgang vorbei.«

Thomas begab sich zu dem sonnendurchfluteten Raum, in dem etwa zwanzig Mönche an hohen, schrägen Pulten standen. In dem Kamin in der Mitte brannte ein kleines Feuer, vorgeblich damit die Tinte nicht einfror, dennoch war das Skriptorium so kalt, dass der Atem der Mönche über ihren Pergamenten kleine Wolken bildete. Alle waren damit beschäftigt, Bücher zu kopieren, und der steinerne Raum hallte wider vom Kratzen der Federn. An einem Tisch am Rand zerstießen zwei Novizen Pulver für die Farben, ein anderer schabte eine Lammhaut ab, und ein weiterer schnitzte Gänsefedern zurecht. Alle vier spähten immer wieder ängstlich zu Bruder Germain hinüber, der auf einem Podium saß und seinerseits an einem Manuskript arbeitete. Der alte Mönch war klein, schmächtig und gebeugt, mit dünnem, weißem Haar, milchigen, kurzsichtigen Augen und finsterer Miene. Sein Gesicht schwebte eine Handbreit über dem Manuskript, doch beim Klang von Thomas' Schritten blickte er abrupt auf. Obwohl er nicht gut sah, bemerkte er doch, dass der unangemeldete Besucher ein Schwert trug. »Was hat ein Soldat in Gottes Haus verloren?«, wetterte er. »Willst du zu Ende bringen, was die Engländer letzten Sommer begonnen haben?«

»Ich habe etwas mit Euch zu besprechen, Bruder«, sagte Thomas. Das Kratzen der Federn war verstummt, und die Mönche spitzten die Ohren, um das Gespräch zu belauschen.

»Arbeitet!«, herrschte Bruder Germain die Mönche an. »Ihr seid noch nicht im Himmel! Ihr habt Pflichten, also erfüllt sie!« Federn rührten in Tintenfässern, und das Kratzen und Schaben und Stoßen setzte wieder ein. Alarmiert blickte Bruder Germain auf, als Thomas auf das Podium trat. »Kenne ich dich?«, fragte er misstrauisch.

»Wir sind uns letzten Sommer begegnet. Guillaume d'Evecque brachte mich zu Euch.«

»Guillaume d'Evecque!« Überrascht legte Bruder Germain seine Feder ab. »Ich glaube kaum, dass wir den noch mal zu Gesicht bekommen! Ha! Wie ich höre, belauert Coutances ihn wie eine Katze die Maus, und recht geschieht's ihm! Weißt du, was er getan hat?«

»Coutances?«

»D'Evecque, du Dummkopf! Er hat sich in der Pikardie gegen den König gestellt. Gegen den König! Er ist zum Verräter geworden. Er war schon immer ein Narr, hat ständig seinen Kopf riskiert, und diesmal kann er froh sein, wenn er ihn behält. Was ist das?«

Thomas hatte das Buch ausgepackt und legte es nun auf den Tisch. »Ich hatte gehofft, Bruder«, sagte er demütig, »dass Ihr mir erklären könnt –«

»Du willst, dass ich das lese, was? Selbst nie lesen gelernt, und jetzt glaubst du, ich hätte nichts Besseres zu tun, als mir irgendeinen Schwachsinn anzusehen, damit du weißt, wie viel er wert ist!« Bisweilen kamen Leute, die nicht lesen konnten, aber in den Besitz von Büchern gekommen waren, in das Kloster, um ihren Wert schätzen zu lassen, in der vagen Hoffnung, dass irgendeine Sammlung frommer Sprüche sich als seltene Abhandlung der Theologie, Astrologie oder Philosophie entpuppte. »Wie war noch gleich dein Name?«, fragte Bruder Germain.

»Ich habe ihn noch nicht genannt«, erwiderte Thomas, »aber ich heiße Thomas.«

Offenbar weckte der Name keine Erinnerungen in Bruder Germain, aber es schien ihn auch nicht länger zu interessieren, denn er war bereits in das Buch versunken, formte lautlos Worte, fuhr voller Staunen mit seinen schmalen, blassen Fingern über die Seiten, blätterte schließlich zum Anfang zurück und las laut die lateinischen Worte: »›*Calix meus inebrians.*‹« Er hauchte sie, als wären sie heilig, dann bekreuzigte er sich und blätterte zur nächsten Seite, die in der seltsamen hebräischen Schrift verfasst war, und seine Erregung steigerte sich noch. »›Für meinen Sohn‹«, sagte er, offenbar übersetzend, »›der der Sohn des Tirsatha und der Enkelsohn von Hachalja ist.‹« Er wandte seinen kurzsichtigen Blick auf Thomas. »Bist du das?«

»Ich?«

»Bist du der Enkelsohn von Hachalja?«, fragte Bruder Germain, und trotz seiner schlechten Augen musste er die Verwirrung auf Thomas' Gesicht bemerkt haben. »Ach, schon gut«, sagte er ungeduldig. »Weißt du, was das hier ist?«

»Geschichten. Geschichten vom Heiligen Gral.«

»Geschichten! Ihr Soldaten seid wie Kinder – gedankenlos, grausam, ungebildet und voller Gier nach Geschichten. Weißt du, was das für eine Schrift ist?« Mit seinem langen Zeigefinger deutete er auf die seltsamen Buchstaben, zwischen denen immer wieder das augenähnliche Zeichen auftauchte. »Weißt du's?«

»Hebräisch, oder nicht?«

»›Hebräisch, oder nicht?‹«, äffte Bruder Germain Thomas nach. »Natürlich ist es Hebräisch, das weiß sogar ein Trottel von der Universität in Paris, aber es ist ihre Geheimschrift. Das sind die Buchstaben, die die Juden für ihre Zaubereien, ihre dunkle Magie verwenden.« Er beugte sich dicht über eine der Seiten. »Hier, siehst du? Der Name des Teufels, Abracadabra!« Stirnrunzelnd las er einen Moment. »Der Schreiber behauptet,

Abracadabra könne in diese Welt heraufgeholt werden, indem man über dem Gral seinen Namen ausspricht. Das klingt plausibel.« Erneut bekreuzigte sich Bruder Germain, um das Böse abzuwenden, dann beäugte er Thomas misstrauisch. »Woher hast du das?«, fragte er scharf, wartete die Antwort jedoch nicht ab. »Du bist er, nicht wahr?«

»Wer?«

»Dieser Vexille, den Guillaume d'Evecque zu mir gebracht hat«, sagte Bruder Germain vorwurfsvoll. »Du bist Engländer!« Das klang noch vernichtender. »Wem willst du dieses Buch bringen?«

»Erst einmal will ich es verstehen«, sagte Thomas, verwirrt über die Frage.

»Verstehen? Du?« Bruder Germain schnaubte verächtlich. »Nein, nein. Du musst es bei mir lassen, junger Mann, damit ich eine Kopie davon anfertigen kann, und dann muss das Original nach Paris, zu den Dominikanern dort. Sie haben jemanden geschickt, der sich nach dir erkundigt hat.«

»Nach mir?« Das Ganze wurde immer verworrener.

»Nach der Familie der Vexilles. Wie es scheint, hat einer aus eurer üblen Brut im Sommer an der Seite des Königs gekämpft, und nun hat er sich der Kirche unterstellt. Die Inquisition hat ihn ...« – Bruder Germain hielt inne, offensichtlich auf der Suche nach einer passenden Formulierung – »einer Befragung unterzogen.«

»Ihr meint Guy?« Thomas wusste, dass Guy sein Vetter war, dass er in der Pikardie auf der französischen Seite gekämpft hatte und dass er auf der Suche nach dem Gral Thomas' Vater getötet hatte, aber sonst wusste er kaum etwas über ihn.

»Wen sonst? Und jetzt heißt es, Guy Vexille habe sich wieder der Kirche angeschlossen«, sagte Bruder Germain, während er durch die Seiten blätterte. »Wieder der Kirche angeschlossen, ha! Kann ein Wolf friedlich unter Lämmern weilen? Wer hat das geschrieben?«

»Mein Vater.«

»Also bist du Hachaljas Enkelsohn«, sagte Bruder Germain

voller Ehrerbietung und legte seine schmale Hand auf das Buch. »Danke, dass du es mir gebracht hast.«

»Könnt Ihr mir sagen, was in den hebräischen Abschnitten steht?«, fragte Thomas, verdutzt über Bruder Germains letzte Bemerkung.

»Ob ich es dir sagen kann? Natürlich kann ich das, aber du würdest es nicht verstehen. Weißt du, wer Hachalja war? Weißt du, was ein Tirsatha ist? Natürlich nicht. Die Antworten wären für dich vergeudet! Aber ich danke dir, dass du mir das Buch gebracht hast.« Er nahm ein Stück Pergament, ergriff seine Feder und tauchte sie in die Tinte. »Wenn du dem Sakristan diese Nachricht bringst, wird er dir eine Belohnung geben. Und jetzt habe ich zu tun.« Er setzte seinen Namen unter die Nachricht und reichte sie Thomas.

Thomas streckte die Hand nach dem Buch aus. »Ich kann es nicht hier lassen.«

»Was soll das heißen? Natürlich kannst du es hier lassen! So ein Werk gehört der Kirche. Außerdem muss ich eine Kopie machen.« Bruder Germain faltete die Hände über dem Buch und beugte sich schützend darüber. »Du wirst es hier lassen«, zischte er.

Thomas hatte Bruder Germain für einen Freund gehalten, oder zumindest nicht für einen Feind, und selbst seine harschen Worte über d'Evecques Verrat hatten diese Meinung nicht geändert. Doch der alte Mönch hatte gesagt, dass das Buch nach Paris gebracht werden sollte, zu den Dominikanern, und nun begriff Thomas, dass Bruder Germain mit den Vertretern der Inquisition verbündet war, die wiederum Guy Vexille auf ihrer Seite hatten. Ihm wurde auch klar, dass diese Furcht einflößenden Männer mit einer Gier nach dem Gral suchten, deren Ausmaß ihm bis zu diesem Moment nicht bewusst gewesen war, und ihr Weg zum Gral führte über ihn und sein Buch. Diese Männer waren seine Feinde, somit auch Bruder Germain, und es war ein furchtbarer Fehler gewesen, das Buch zur Abtei zu bringen. Angst überkam ihn, als er erneut danach griff. »Ich muss gehen«, drängte er.

Bruder Germain versuchte, das Buch festzuhalten, doch seine zweigdürren Arme konnten gegen Thomas' bogengestärkte Kraft nichts ausrichten. Dennoch klammerte er sich so starrsinnig daran, dass der lederne Einband zu zerreißen drohte. »Wohin gehst du?«, wollte er wissen, dann versuchte er Thomas mit einem falschen Versprechen zu überlisten. »Wenn du es hier lässt, werde ich eine Kopie anfertigen und dir das Buch hinterher zurückschicken.«

Da Thomas nach Dünkirchen wollte, das im Norden lag, gab er einen Ort in entgegengesetzter Richtung an. »Ich gehe nach La Roche-Derrien«, log er.

»In eine englische Garnison?« Bruder Germain versuchte noch immer, ihm das Buch zu entreißen, und schrie auf, als Thomas ihm auf die Hand schlug. »Du kannst das nicht zu den Engländern mitnehmen!«

»Ich nehme es mit nach La Roche-Derrien«, beharrte Thomas, dem es endlich gelungen war, das Buch an sich zu nehmen. Er schlug das weiche Leder um die Seiten und zog halb sein Schwert, da mehrere von den jüngeren Mönchen von ihren hohen Schemeln geklettert waren und aussahen, als wollten sie ihn aufhalten. Doch der Anblick der Klinge ließ sie innehalten, und so sahen sie nur untätig zu, wie er hinausging.

Der Pförtner hustete noch immer. Schließlich lehnte er sich gegen den Torbogen und rang unter Tränen nach Luft. »Immerhin ist es keine Lepra«, stieß er mühsam hervor. »Ich weiß, dass es keine Lepra ist. Mein Bruder hatte Lepra, und der hat nicht gehustet. Jedenfalls nicht viel.«

»Wann ist eigentlich St. Clemens?« Im letzten Moment war Thomas sein ursprüngliches Anliegen wieder eingefallen.

»Übermorgen, und wolle Gott, dass ich den Tag noch erlebe.«

Niemand folgte Thomas, doch am Nachmittag, als er und Robbie bis zum Hintern im eisigen Wasser des Flusses standen und dichtes Moos zwischen die Planken der *Pentecost* hämmerten, fragte ein Trupp Soldaten in rot-gelben Waffenröcken

Pierre Villeroy, ob er einen Engländer mit Kettenhemd und schwarzem Umhang gesehen habe.

»Klar, da unten steht er«, sagte Villeroy und deutete auf Thomas. Dann lachte er. »Wenn ich einen Engländer sehe, pisse ich dem Bastard in die Kehle, bis er ersäuft.«

»Bring ihn lieber zur Festung«, sagte der Anführer der Soldaten und zog mit seinen Männern weiter, um die Mannschaft des nächsten Schiffes zu befragen.

Villeroy wartete, bis der Trupp außer Hörweite war. »Dafür«, sagte er zu Thomas, »schuldest du mir noch zwei Plankenreihen.«

»Gütiger Jesus!«, stöhnte Thomas.

»Der war ein ordentlich ausgebildeter Zimmermann«, murmelte Villeroy, den Mund voll mit Yvettes Apfelkuchen. »Aber Er war auch der Sohn Gottes, nicht wahr? Also musste Er sich nicht für so niedrige Arbeiten wie Kalfatern hergeben, und deshalb ist es vollkommen überflüssig, Ihn um Hilfe zu bitten. Treib das Moos rein, mein Junge, treib es rein, so fest du kannst.«

Guillaume d'Evecque hatte sein Gutshaus nun fast drei Monate gegen die Angreifer verteidigt und war überzeugt, dass er es noch ewig halten konnte, solange der Graf von Coutances nicht mit neuem Schießpulver anrückte, aber er wusste auch, dass seine Zeit in der Normandie abgelaufen war. Der Graf von Coutances war sein Lehnsherr, d'Evecque hatte Land von ihm bekommen, wie der Graf Land vom König bekommen hatte, und wenn ein Mann von seinem Lehnsherrn zum Verräter erklärt wurde und der König dies unterstützte, hatte dieser Mann keine Zukunft, es sei denn, er fand einen anderen Herrn, der einem anderen König seinen Eid geschworen hatte. D'Evecque hatte an den König geschrieben und Freunde um Hilfe ersucht, die Einfluss bei Hofe hatten, doch es war keine Antwort gekommen. Die Belagerung dauerte an, und so musste d'Evecque das Gutshaus verlassen. Das stimmte ihn traurig, denn Evecque war seine Heimat. Er kannte jede Handbreit der Wiesen, wusste, wo er die abgestreiften Hirschgeweihe finden konnte, wo die jungen Hasen zitternd im hohen Gras lagen und wo die Hechte wie Dämonen in den tieferen Bächen lauerten. Es war sein Zuhause, doch ein Mann, der als Verräter galt, hatte kein Zuhause mehr, und so ergriff er in der Nacht vor St. Clemens, als die Belagerer in feuchtem, winterlichem Trübsinn versunken waren, die Flucht.

Er hatte nie Zweifel daran gehabt, dass er fliehen konnte. Der Graf von Coutances war ein dummer, fantasieloser Mann mittleren Alters, der seine Kriegserfahrung stets im Dienste höherer Adliger erworben hatte. Er ging nur höchst ungern Risiken ein und fuhr schnell aus der Haut, wenn die Welt sich seinem Verständnis entzog, was häufig der Fall war. Der Graf begriff zwar nicht, warum die hohen Herren aus Paris ihn ermunterten, Evecque zu belagern, aber er sah darin eine Möglichkeit, sich zu bereichern, und deshalb gehorchte er ihnen, obwohl er Guillaume d'Evecque misstraute. D'Evecque war Mitte Dreißig und hatte sein halbes Leben auf Schlachtfeldern zugebracht, meist auf eigene Rechnung, und in der Normandie nannte man ihn den Ritter zu Wasser und zu Lande, weil er sowohl hier wie dort mit Begeisterung und Geschick kämpfte. Einst war er gut aussehend gewesen, mit scharf geschnittenem Gesicht und blondem Haar, aber Guy Vexille, Graf von Astarac, hatte ihm ein Auge genommen und Narben hinterlassen, die d'Evecques Züge noch schärfer gemacht hatten. Er war ein Furcht einflößender Mann, ein Kämpfer, aber in der Rangordnung von Königen, Prinzen, Herzögen und Grafen gehörte er zu den niederen Wesen, und seine Ländereien verlockten dazu, ihn zum Verräter zu erklären.

In dem Gutshaus befanden sich zwölf Männer, drei Frauen und acht Pferde, was bedeutete, dass alle Pferde außer einem zwei Reiter tragen mussten. Nach Einbruch der Dunkelheit, als der Regen sanft auf Evecques durchtränkte Felder fiel, befahl d'Evecque, dort, wo die Zugbrücke gewesen war, Planken über den Graben zu legen, dann wurden die Pferde mit verbundenen Augen eines nach dem anderen über die wacklige Brücke geführt. Die Belagerer, die sich vor der Kälte und dem Regen verkrochen hatten, sahen und hörten nichts, obwohl in den vordersten Gräben speziell für einen solchen Fluchtversuch Wachen postiert waren.

Die Pferde wurden von den Augenbinden befreit und die Flüchtlinge saßen auf und ritten nach Norden. Nur einmal verlangte ein Wachmann zu wissen, wer sie waren. »Was zum Teufel glaubst du wohl, wer wir sind?«, herrschte Guillaume d'Evecque ihn an, und der Zorn in seiner Stimme überzeugte den Mann, besser keine weiteren Fragen zu stellen. Bei Tagesanbruch waren sie in Caen, und der Graf von Coutances wusste von nichts. Erst als einer der Wachmänner die Planken über dem Graben sah, begriffen die Belagerer, dass ihr Feind verschwunden war, und selbst da verschwendete der Graf noch Zeit darauf, das Gutshaus zu durchsuchen. Er fand Möbel, Stroh und Kochtöpfe, aber keine Schätze.

Eine Stunde später trafen hundert schwarz gekleidete Männer in Evecque ein. Ihr Anführer trug kein Banner und ihre Schilde kein Abzeichen. Sie wirkten kampferprobt, wie Männer, die ihren Lebensunterhalt damit verdienten, ihre Lanzen und Schwerter demjenigen zu leihen, der am besten zahlte. Sie brachten ihre Pferde bei der improvisierten Brücke über den Graben des Gutshauses zum Stehen, und zwei von ihnen, einer davon ein Priester, ritten hinüber in den Innenhof. »Was habt Ihr mitgenommen?«, fragte der Priester barsch.

Verärgert fuhr der Graf von Coutances zu dem Mann in der Dominikanerkutte herum. »Wer seid Ihr?«

»Was haben Eure Männer hier geplündert?«, fragte der hagere, zornig blickende Priester erneut.

»Nichts.«

»Wo sind dann die Bewohner?«

»Die Bewohner? Geflohen.«

Wütend spuckte Bernard de Taillebourg aus. Guy Vexille, der Mann neben ihm, blickte zum Turm hinauf, auf dem jetzt die Flagge des Grafen wehte. »Wann sind sie geflohen?«, fragte er. »Und wohin?«

Sein Ton reizte den Grafen. »Wer seid ihr?«, fragte er erneut, da Vexille keinerlei Abzeichen trug.

»Euresgleichen«, erwiderte Vexille kalt, »und mein Herr, der König, wird wissen wollen, wohin sie geflohen sind.«

Das wusste niemand zu sagen, doch ein paar Nachfragen ergaben, dass einige der Belagerer während der Nacht Reiter gehört hatten, die nach Norden gezogen waren, und so lag der Schluss nahe, dass Guillaume d'Evecque und seine Leute nach Caen geritten waren. Und falls der Gral in Evecque versteckt gewesen war, hatten sie ihn gewiss mitgenommen; daher befahl de Taillebourg seinen Männern, sich wieder auf ihre müden Pferde zu schwingen.

Sie erreichten Caen am frühen Nachmittag, doch da war die *Pentecost* bereits auf halbem Weg flussabwärts zum Meer, hin und her geworfen von einem böigen Wind, der gegen das auflaufende Wasser kaum etwas ausrichten konnte. Pierre Villeroy grummelte, es sei sinnlos, sich gegen die Flut zu stemmen, doch d'Evecque beharrte darauf, trotzdem auszulaufen, da er jeden Moment damit rechnete, seine Feinde auftauchen zu sehen. Er hatte jetzt nur noch zwei Soldaten bei sich, da die anderen ihrem Herrn nicht zu einem anderen König folgen wollten. Auch d'Evecque selbst verspürte wenig Begeisterung über diesen erzwungenen Fahnenwechsel. »Glaubst du, es macht mir Spaß, für Edward von England zu kämpfen?«, sagte er zu Thomas. »Aber was bleibt mir anderes übrig? Wenn ich deinem Edward den Treueeid leiste, bleibe ich wenigstens am Leben.« Deshalb reiste er nach Dünkirchen, weil er von dort zu den englischen Belagerungslinien vor Calais reiten und König Edward seine Ehrerbietung erweisen wollte.

Da sie die Pferde auf dem Kai zurücklassen mussten, hatte d'Evecque an Bord der *Pentecost* nur seine Rüstung, ein paar Kleider und drei Lederbörsen mit Geld mitgenommen, die er auf das Deck fallen ließ, um Thomas zu umarmen. Dann hatte Thomas sich seinem alten Freund Will Skeat genähert, der ihm einen kurzen Blick zugeworfen und sich wieder abgewandt hatte, da er ihn offenbar nicht erkannte. Thomas, der zur Begrüßung ansetzen wollte, bremste sich. Skeat trug eine Beckenhaube, unter deren verbeultem Rand sein Haar in schlohweißen

Strähnen hervorlugte. Sein Gesicht war hagerer als je zuvor, von tiefen Furchen durchzogen, und es lag ein verlorener Ausdruck darauf, als sei er gerade aufgewacht und wisse nicht, wo er sich befand. Und er sah alt aus. Er konnte nicht älter sein als fünfundvierzig, aber er sah aus wie sechzig. Immerhin lebte er. Als Thomas ihn das letzte Mal gesehen hatte, war er schwer verwundet gewesen; eine Schwertklinge hatte seinen Helm zermalmt und ihm die Schädeldecke gespalten, sodass sein Gehirn bloßlag, und es war ein Wunder gewesen, dass er überhaupt lebendig in der Normandie angekommen war, wo Mordecai, der jüdische Arzt, der jetzt gerade über die schaukelnde Laufplanke geführt wurde, sich seiner angenommen hatte.

Vorsichtig trat Thomas auf seinen alten Freund zu, der ihn wiederum ohne einen Funken des Erkennens ansah. »Will?«, sagte Thomas verwirrt. »Will?«

Beim Klang von Thomas' Stimme leuchteten Skeats Augen auf. »Thomas!«, rief er aus. »Bei Gott, du bist es!« Er kam ein wenig schwankend auf Thomas zu, und die beiden Männer umarmten sich. »Allmächtiger, ist das schön, eine englische Stimme zu hören. Den ganzen Winter über habe ich nur unverständliches Gefasel gehört. Meine Güte, Junge, du siehst älter aus.«

»Das bin ich auch«, sagte Thomas. »Aber wie geht es dir, Will?«

»Ich lebe, Tom, ich lebe. Aber manchmal frage ich mich, ob es nicht besser gewesen wäre zu sterben. Ich bin schwach wie ein Kätzchen.« Er sprach ein wenig undeutlich, als hätte er zu viel getrunken, aber er war eindeutig nüchtern.

»Eigentlich darf ich dich ja gar nicht mehr Will nennen«, meinte Thomas, »wo du doch jetzt Sir William bist.«

»Sir William? Ich?« Skeat lachte. »Du hast nichts wie Unsinn im Kopf, genau wie früher. Du warst schon immer gescheiter, als dir guttut, was, Tom?« Skeat erinnerte sich weder an die Schlacht in der Pikardie noch daran, dass der König ihn vor dem ersten französischen Angriff zum Ritter geschlagen hatte. Thomas hatte sich manches Mal gefragt, ob diese Geste ein Akt purer Verzweiflung gewesen war, um die Bogenschützen aufzumuntern, denn der König musste gesehen haben, wie erbarmungslos unterlegen seine kleine, geschwächte Armee war, und er konnte nicht daran geglaubt haben, dass seine Männer überleben würden. Doch sie hatten überlebt, und sie hatten gewonnen, obwohl Skeat sehr teuer dafür bezahlt hatte. Er nahm die Beckenhaube ab, um sich am Kopf zu kratzen, und auf der einen Seite seines Schädels kam eine schauerliche, knotige Narbe zum Vorschein, die rosa und weiß hervorstach. »Schwach wie ein Kätzchen«, sagte Skeat erneut, »und ich habe seit Wochen keinen Bogen mehr gespannt.«

Mordecai bestand darauf, dass Skeat sich ausruhen sollte. Dann begrüßte er Thomas, während Villeroy die Leinen losmachte und die *Pentecost* mithilfe eines langen Ruders in die Flussströmung stieß. Mordecai murrte über die Kälte, die Entbehrungen der Belagerung und das Elend, sich an Bord eines Schiffes zu befinden, dann verzog sich das Gesicht des alten Mannes zu einem weisen Lächeln. »Du siehst gut aus, Thomas. Für einen Mann, der schon mal gehängt wurde, sogar unverschämt gut. Was macht dein Urin?«

»Der ist klar und süß.«

»Ganz im Gegensatz zu dem von deinem Freund Sir William.« Mordecai wies mit dem Kopf zur Kajüte, in der Skeat sich auf einem Stapel Schafsfelle zur Ruhe gelegt hatte. »Sein Urin ist ganz trüb. Ich fürchte, du hast mir keinen Gefallen getan, als du ihn zu mir geschickt hast.«

»Er lebt.«

»Ich weiß nicht, warum.«

»Und ich habe ihn zu Euch geschickt, weil Ihr der Beste seid.«

»Du schmeichelst mir.« Mordecai schwankte leicht, da das Schiff gegen eine kleine Flusswelle gelaufen war; außer ihm hatte es niemand bemerkt, aber er wirkte beunruhigt. Wäre er Christ gewesen, hätte er sich gewiss bekreuzigt, um drohende Gefahren abzuwenden, so jedoch blickte er nur besorgt zu dem zerschlissenen Segel hinauf, als fürchte er, es könne herunterfallen und ihn unter sich begraben. »Ich verabscheue Schiffe«, jammerte er. »Sie sind einfach unnatürlich. Armer Skeat. Ich gebe zu, es sieht aus, als wäre er auf dem Weg der Besserung, aber ich kann nicht behaupten, dass ich irgendwas dafür getan hätte, außer die Wunde auszuwaschen und die Leute daran zu hindern, Glücksbringer aus schimmeligem Brot und Weihwasser auf seinen Kopf zu legen. Ich finde, Religion und Medizin vertragen sich nicht sonderlich gut. Dass Skeat lebt, liegt vermutlich daran, dass die arme Eleanor das Richtige getan hat, als er verwundet wurde.« Eleanor hatte das herausgebrochene Stück Schädelknochen auf die offene Stelle gelegt, die Wunde mit einem Umschlag aus Moos und Spinnweben bedeckt und sie dann verbunden. »Es tut mir Leid wegen Eleanor.«

»Mir auch«, sagte Thomas. »Sie war schwanger. Wir wollten heiraten.«

»Sie war ein liebes Ding.«

»D'Evecque ist doch sicher sehr wütend?«

Mordecai wiegte den Kopf hin und her. »Du meinst damals, als er deinen Brief bekam? Das war natürlich noch vor der Belagerung.« Stirnrunzelnd versuchte er sich zu erinnern. »Wütend? Nein, ich glaube nicht. Er hat ein Knurren ausgestoßen, das war alles. Natürlich hatte er Eleanor gern, aber sie war schließlich das Kind einer Magd, nicht ...« Er verstummte. »Nun ja, es ist traurig. Aber wie du sagst, dein Freund Sir William lebt. Das Gehirn ist ein seltsames Organ, Thomas. Ich glaube, er versteht alles, aber er kann sich an vieles nicht erinnern. Er spricht undeutlich, was allerdings fast zu erwarten war, aber das Sonderbarste ist, dass er niemanden von Angesicht erkennt. Wenn ich in den Raum komme, ignoriert er mich, sobald ich aber zu ihm spreche, erkennt er mich. Wir haben uns alle angewöhnt zu sprechen, wenn wir auf ihn zugehen. Du wirst dich auch daran gewöhnen.« Mordecai lächelte. »Es ist schön, dich zu sehen.«

»Ihr reist also mit uns nach Calais?«, fragte Thomas.

»Nach Calais? Um Himmels willen, nein!« Er schüttelte sich. »Aber in der Normandie konnte ich nicht bleiben. Da Guillaume d'Evecque ihm entwischt ist, hätte der Graf von Coutances vermutlich mit Freuden ein Exempel an einem Juden statuiert. So werde ich von Dünkirchen wieder nach Süden gehen, wahrscheinlich erst einmal nach Montpellier. Mein Sohn studiert dort Medizin. Und von da vielleicht nach Avignon.«

»Avignon?«

»Der Papst ist Juden gegenüber sehr gastfreundlich.« Mordecai klammerte sich ans Schandeck, als die *Pentecost* unter einem kleinen Windstoß erzitterte. »Und das ist nicht überall so.«

Mordecai hatte angedeutet, d'Evecque habe auf die Nachricht von Eleanors Tod recht gefühllos reagiert, doch als die *Pentecost* die Flussmündung verließ und die kalten Wellen sich bis zum Horizont erstreckten, sprach d'Evecque mit Thomas über seine verlorene Tochter, und da erweckte er einen ganz anderen Eindruck. Sein verunstaltetes Gesicht wirkte hart und grimmig, und er schien den Tränen nahe, als er hörte, wie Eleanor gestorben war. »Weißt du sonst noch irgendetwas über die Männer, die sie getötet haben?«, fragte er, als Thomas seinen Bericht beendet hatte. Doch Thomas konnte nur wiederholen, was Lord Outhwaite ihm nach der Schlacht über den französischen Priester namens Bernard de Taillebourg und seinen merkwürdigen Diener erzählt hatte.

»De Taillebourg – noch ein Mann, den wir töten müssen, was?« D'Evecque bekreuzigte sich. An den Wind gerichtet, sagte er: »Sie war unehelich, aber ein reizendes Mädchen. Jetzt sind alle meine Kinder tot.« Er blickte aufs Meer hinaus; sein strähniges blondes Haar tanzte im Wind. »Wir müssen so viele Männer töten, Thomas. Und obendrein noch den Gral finden.«

»Es suchen noch andere danach«, sagte Thomas.

»Dann müssen wir schneller sein als sie. Aber zuerst gehen wir nach Calais, ich leiste Edward meinen Treueeid, und dann kämpfen wir. Bei Gott, Thomas, dann kämpfen wir.« Er wandte sich um und betrachtete mit düsterer Miene seine beiden Soldaten, als grüble er darüber nach, wie das Schicksal sein Vermögen und seine Truppe hatte zusammenschmelzen lassen. Dann fiel sein Blick auf Robbie, und er grinste. »Dein schottischer Freund gefällt mir.«

»Er ist ein guter Kämpfer«, sagte Thomas.

»Deshalb mag ich ihn. Und er will de Taillebourg auch töten?«

»Das wollen wir alle drei.«

»Dann stehe Gott diesem Bastard bei, denn wir werden seine Eingeweide den Hunden zum Fraß vorwerfen«, knurrte d'Evecque. »Aber er muss erfahren, dass du bei den Belagerungsgräben von Calais bist, oder? Wenn er uns folgen soll, muss er ja wissen, wo du steckst.«

Um nach Dünkirchen zu kommen, musste die *Pentecost* nach Nordosten segeln, doch sobald sie das Festland hinter sich gelassen hatte, trieb sie nur noch lustlos vor sich hin. Ein schwacher Südwestwind hatte sie aus der Flussmündung hinausgetrieben, doch noch bevor sie außer Sichtweite der normannischen Küste war, erstarb der Wind, und das große, zerschlissene Segel schlug klatschend gegen den Mast. Wie ein Fass schaukelte das Schiff in der trägen Dünung, die von Westen kam, wo sich dunkle Wolken auftürmten wie eine bedrohliche Hügelkette. Der Wintertag neigte sich früh dem Ende zu; ein letztes, mattes Glühen unter der Wolkenbank, das in dem dunklen Schatten des Festlands ein paar Funken aufleuchten ließ, dann wurde es dämmrig. »Die Flut wird uns den Ärmelkanal hinauftreiben«, sagte Villeroy missmutig, »und die Ebbe wieder hinunter. Dann wieder rauf und wieder runter, so lange, bis Gott oder der heilige Nikolaus uns Wind schickt.«

Es geschah genau, wie Villeroy vorhergesagt hatte. Thomas, Robbie und d'Evecques Soldaten stiegen abwechselnd in den mit Steinen gefüllten Kielraum hinunter, um eimerweise das Wasser herauszuschöpfen. »Natürlich ist sie undicht«, erklärte Villeroy dem beunruhigten Mordecai. »Alle Schiffe sind undicht. Sie würde volllaufen wie ein Sieb, wenn ich sie nicht alle paar Monate kalfatern würde. Schlagt das Moos in die Ritzen und betet zum heiligen Nick. Das rettet uns vorm Absaufen.«

Die Nacht war pechschwarz. Die wenigen Lichter am Ufer flimmerten im feuchten Dunst. Sanft schlugen die Wellen gegen den Rumpf des Schiffes, und das Segel hing schlaff herunter. Eine Zeit lang lag ein Fischerboot in der Nähe, auf dessen Deck eine Laterne brannte, und Thomas lauschte dem leisen Gesang, als die Männer ihr Netz einholten, Ruder anlegten und nach Osten pullten, bis ihr kleines Licht im Dunst verschwand. »Bald kommt Westwind auf«, sagte Villeroy. »Das ist immer so. Westwind aus dem verlorenen Land.«

»Welches verlorene Land?«, fragte Thomas.

»Dort drüben.« Villeroy wies in den nachtschwarzen Westen. »Wenn du so weit segelst, wie ein Mann nur segeln kann, kommst du zu dem verlorenen Land, und dann siehst du einen gewaltigen Berg, höher als der Himmel, dort schlafen Arthur und seine Ritter.« Villeroy bekreuzigte sich. »Und auf den Klippen unterhalb des Berges sieht man die Seelen der ertrunkenen Seeleute, die nach ihren Frauen rufen. Es ist kalt dort, immer, kalt und nebelverhangen.«

»Mein Vater hat dieses Land einmal gesehen«, ließ Yvette sich vernehmen.

»Ja, das hat er behauptet«, sagte Villeroy, »aber er war ein Säufer vor dem Herrn.«

»Er sagte, das Meer wäre dort voller Fische«, fuhr Yvette ungerührt fort, »und die Bäume ganz klein.«

»Cider hat er getrunken«, sagte Villeroy. »Ganze Obstgärten verschwanden in seiner Kehle, aber segeln konnte er, dein Vater. Betrunken oder nüchtern, er war ein Seemann.«

Thomas starrte in die Dunkelheit im Westen und stellte sich vor, in das Land zu reisen, wo König Arthur und seine Ritter unter dem Nebel schliefen und die Seelen der Ertrunkenen nach ihren verlorenen Liebsten riefen. »Zeit zum Ausschöpfen«, sagte Villeroy zu ihm, und Thomas kletterte wieder hinunter in den Kielraum und schöpfte das Wasser in Eimer, bis seine Arme schmerzten. Dann ging er ins Vorpiek und schlief in dem Berg aus Schafsfellen, die Villeroy dort aufbewahrte, weil er meinte, auf See sei es kälter als an Land, und ein Mann sollte es wenigstens warm haben, wenn er ertrank.

Der Morgen zog nur langsam herauf, stahl sich als graue Färbung in den östlichen Himmel. Das Steuerrad knarzte untätig in seinen Seilen, während das Schiff sich auf der fast unbewegten See wiegte. Die normannische Küste war noch immer in Sicht, ein grau-grüner Strich im Süden, und als es heller wurde, sah Thomas drei kleine Boote, die mit Rudern von dort aufbrachen; sie zogen kanalaufwärts, bis sie östlich der *Pentecost* lagen. Thomas nahm an, dass es Fischer waren, und er wünschte, Villeroys Schiff hätte ebenfalls Ruder, damit sie in dieser zermürbenden Windstille ein wenig vorwärts kamen. An Deck war ein Paar langer Ruder befestigt, doch Yvette sagte, sie seien nur für den Einsatz im Hafen gedacht. »Die *Pentecost* ist zu schwer, um länger zu rudern, vor allem wenn sie voll ist.«

»Voll?«

»Wir haben Fracht geladen«, sagte Yvette. Ihr Mann schlief in der Heckkajüte, und unter seinem Schnarchen schien das ganze Schiff zu vibrieren. »Wir segeln immer an der Küste entlang, mit Wolle und Wein, Bronze und Eisen, Bausteinen und Fellen.«

»Und das gefällt dir?«

»Es ist herrlich!« Yvette lächelte ihn an, und ihr junges Gesicht, das eigenartig spitz zulief, wirkte plötzlich richtig hübsch. »Meine Mutter wollte mich beim Bischof in Dienst stellen. Putzen und waschen, kochen und wieder putzen, bis einem die Hände abfallen. Aber Pierre hat zu mir gesagt, bei ihm auf dem Schiff könnte ich frei leben wie ein Vogel, und das tun wir auch.«

»Nur ihr beide?«, fragte Thomas. Die *Pentecost* schien ein wenig zu groß für zwei Leute, selbst wenn einer davon ein Riese war.

»Mit uns will keiner segeln«, erwiderte Yvette. »Eine Frau an Bord bringt Unglück. Das hat mein Vater immer gesagt.«

»War er Fischer?«

»Ja, und ein guter, aber er ist trotzdem ertrunken. In einer Sturmnacht an den Casquets zerschellt.« Sie sah Thomas ernst an. »Er hat das verlorene Land wirklich gesehen, weißt du.«

»Ich glaube dir.«

»Er ist oft weit nach Norden und dann nach Westen gesegelt, und er sagte, die Männer aus dem Norden kennen die Fischgründe des verlorenen Landes sehr gut, da gibt es mehr Fische, als die Netze fassen können. Er sagte, man kann auf dem Meer spazieren gehen, so dicht sind die Schwärme. Und eines Tages trieb er durch den Nebel, und da sah er das Land und die Bäume, so klein wie Büsche, und die Seelen der Toten am Ufer. Sie waren dunkel, sagte er, als wären sie vom Höllenfeuer verkohlt, und da bekam er Angst und wendete und segelte davon. Er brauchte zwei Monate, um dorthin zu segeln, und anderthalb, um wieder nach Hause zu kommen, und alle seine Fische waren verdorben, weil er nicht an Land gehen wollte, um sie zu räuchern.«

»Ich glaube dir«, sagte Thomas erneut, obwohl er nicht wusste, ob das stimmte.

»Und falls ich ertrinke, gehen Pierre und ich gemeinsam in das verlorene Land, dann braucht er nicht auf den Klippen zu hocken und nach mir zu rufen«, erklärte sie vollkommen sachlich und verschwand dann, um Frühstück für ihren Mann zu machen, denn das Schnarchen war soeben verstummt.

Guillaume d'Evecque kam aus der Bugkajüte. Er blinzelte in das trübe Morgenlicht, ging nach achtern und pinkelte über die Reling, den Blick auf die drei Boote geheftet, die aus der Flussmündung gekommen waren und jetzt etwa eine Meile östlich der *Pentecost* lagen. »Du warst also bei Bruder Germain?«, fragte er Thomas.

»Ich wünschte, ich hätte es gelassen.«

»Er ist ein Gelehrter«, sagte d'Evecque, zog seine Hosen hoch und band sie in der Taille zu. »Sprich, er hat keinen Schneid. Den braucht er auch nicht. Er ist klug, verdammt klug sogar, aber er war nie auf unserer Seite, Thomas.«

»Ich dachte, er wäre Euer Freund.«

»Als ich noch Macht und Geld besaß, hatte ich viele Freunde, Thomas, aber Bruder Germain gehörte nie dazu. Er war seit jeher ein treuer Sohn der Kirche, und ich hätte dich ihm nie vorstellen sollen.«

»Warum nicht?«

»Sobald er erfahren hatte, dass du ein Vexille bist, hat er dem Bischof von unserem Gespräch berichtet, und der Bischof hat es dem Erzbischof erzählt, der Erzbischof dem Kardinal und der Kardinal wiederum seinem Brotherrn, und auf einmal stürzte sich die Kirche auf die Vexilles und auf die Tatsache, dass deine Familie einst im Besitz des Grals gewesen ist. Genau zu dem Zeitpunkt tauchte auch Guy Vexille wieder auf, und die Inquisition hat ihn sich geschnappt.« Er hielt inne, den Blick auf den Horizont gerichtet, dann bekreuzigte er sich. »Und zu denen gehört auch dieser de Taillebourg, darauf verwette ich mein Leben. Er ist Dominikaner, und die meisten Inquisitoren sind Spürhunde Gottes.« Er wandte sein eines Auge Thomas zu. »Warum nennt man sie eigentlich so?«

»Das ist ein Scherz, aus dem Lateinischen. *Domini canis:* der Hund Gottes.«

»Darüber kann ich nicht lachen«, sagte d'Evecque bedrückt. »Wenn einer von diesen Bastarden dich erwischt, gibt's rot glühende Schürhaken ins Auge und Schreie in der Nacht. Anscheinend haben sie sich Guy Vexille vorgenommen, und ich hoffe, sie haben ihm ordentlich eingeheizt.«

»Vexille ist also in Gefangenschaft?«, fragte Thomas überrascht. Bruder Germain hatte gesagt, sein Vetter habe Frieden mit der Kirche geschlossen.

»Das habe ich zumindest gehört. Angeblich singt er Psalmen auf der Streckbank der Inquisition. Und zweifellos hat er ihnen erzählt, dass dein Vater den Gral besaß, dass er nach Hookton gesegelt ist, um ihn zu finden, und dass er gescheitert ist. Aber wer war mit ihm in Hookton? Meine Wenigkeit, und ich glaube, das ist der Grund, weshalb Coutances den Befehl bekam, mich gefangen zu nehmen und nach Paris zu schleppen. In der Zwischenzeit haben sie Leute nach England geschickt, um so viel wie möglich herauszufinden.«

»Und Eleanor zu töten«, sagte Thomas düster.

»Wofür sie büßen werden.«

»Und nun haben sie ihre Leute hierher geschickt.«

»Was?« D'Evecque sah ihn verständnislos an.

Thomas deutete auf die drei Fischerboote, die jetzt direkt auf die *Pentecost* zuruderten. Noch waren sie zu weit weg, um sehen zu können, wer oder was an Bord war, aber irgendetwas an ihrem zielstrebigen Herannahen beunruhigte ihn. Yvette, die mit Brot, Schinken und Käse nach achtern kam, bemerkte Thomas' und d'Evecques Blicke und trat zu ihnen. Dann stieß sie einen Fluch aus, wie ihn nur die Tochter eines Fischers gelernt haben konnte, rannte zur Heckkajüte und brüllte, ihr Mann solle an Deck kommen.

Yvettes Augen waren an das Meer gewöhnt, und sie wusste, dies waren keine Fischerboote; dafür waren schon mal zu viele Männer an Bord. Nach einer Weile konnte auch Thomas die Männer erkennen, und seine Augen wiederum, die eher daran gewöhnt waren, zwischen grünem Laub Feinde zu entdecken, sahen, dass einige von ihnen Kettenpanzer trugen. Und kein Mann fuhr im Kettenpanzer zur See, es sei denn, er hatte vor zu töten.

»Bestimmt haben sie Armbrüste.« Nun war auch Villeroy an Deck. Er band die Halsschnüre eines gewaltigen ledernen Umhangs zu und richtete den Blick zum Himmel, als suche er dort nach einer leichten Brise. Die See hob und senkte sich noch immer in großen Wogen, aber das Wasser war glatt wie poliertes Messing, nirgends kräuselte ein Wind die langen Wellenflanken. »Armbrüste«, wiederholte Villeroy finster.

»Wollt Ihr etwa, dass ich mich ergebe?«, fragte d'Evecque sarkastisch.

»Ich werd Euch doch nicht vorschreiben, was Ihr zu tun habt, Monsieur«, erwiderte Villeroy ebenfalls spöttisch, »aber Eure Männer könnten ein paar von den größeren Steinen aus dem Kielraum holen.«

»Wozu?«

»Damit ich sie den Mistkerlen um die Ohren werfen kann, wenn sie versuchen, an Bord zu klettern. Bei den kleinen Booten schlägt so ein Stein direkt durch die Planken, und dann wollen wir mal sehen, wie gut die Bastarde schwimmen können.« Villeroy grinste. »Ist gar nicht so einfach, wenn man in Eisen gepackt ist.«

Die Steine wurden heraufgehievt, und Thomas machte Pfeil und Bogen bereit. Robbie hatte seinen Kettenpanzer angelegt und sich das Schwert seines Onkels umgeschnallt. Er und die beiden Soldaten von d'Evecque hatten sich in der Mitte des Schiffes postiert; an dieser Stelle würden die Angreifer am ehesten einen Enterversuch machen, weil das Schandeck dort am niedrigsten über dem Wasser lag. Thomas ging zum höher gelegenen Achterdeck, und Will Skeat schloss sich ihm an. Er erkannte Thomas zwar nicht, sah jedoch den Bogen und streckte die Hand aus.

»Ich bin's, Will«, sagte Thomas.

»Das weiß ich doch, Junge«, log Skeat verlegen. »Lass mich mal den Bogen ausprobieren.«

Thomas gab ihm den großen schwarzen Eibenbogen und sah voller Trauer zu, wie Skeat ihn zu spannen versuchte. Er schaffte es nicht einmal bis zur Hälfte. Beschämt gab er Thomas die Waffe zurück. »Ich bin nicht mehr, was ich mal war«, murmelte er.

»Das wird schon wieder, Will.«

Skeat spuckte über das Schandeck. »Hat der König mich wirklich zum Ritter geschlagen?«

»Ja.«

»Manchmal kann ich mich an die Schlacht erinnern, Tom, aber dann verschwindet wieder alles. Wie im Nebel.« Skeat blickte auf die drei herannahenden Boote, die sich nebeneinander aufgereiht hatten. Ihre Ruderer pullten mit voller Kraft, und an Bug und Heck standen Armbrustschützen. »Hast du schon mal von einem Schiff geschossen?«, fragte Skeat.

»Nein, noch nie.«

»Du bewegst dich, und sie bewegen sich. Das macht es schwieriger. Aber lass dir Zeit, Junge, lass dir Zeit.«

Einer der Männer auf dem Boot, das am nächsten war, rief ihnen etwas zu, doch er war noch zu weit weg, um es verstehen zu können. »Heiliger Nikolaus, heilige Ursula«, betete Villeroy, »schickt uns Wind, und zwar 'ne Menge davon.«

»Er zielt auf uns«, sagte Skeat, denn einer der Armbrustschützen im Bug des mittleren Bootes hatte seine Waffe angelegt. Er hielt sie in steilem Winkel, schoss, und der Bolzen knallte mit überraschender Wucht tief in das Heck der *Pentecost.* Ohne die

Drohung zu beachten, kletterte d'Evecque auf die Reling und hielt sich an der Pardune fest, um nicht das Gleichgewicht zu verlieren. »Das sind die Männer von Coutances«, rief er Thomas zu, und in der Tat trugen einige der Soldaten in dem ersten Boot den grün-schwarzen Waffenrock der Belagerer von Evecque. Noch mehr Armbrüste knallten; zwei Bolzen bohrten sich in die Heckplanken, zwei weitere zischten an d'Evecque vorbei und schlugen gegen das schlaffe Segel, doch die meisten fielen ins Meer. Obwohl die See ruhig war, bereitete es den Schützen einige Schwierigkeiten, in der Enge der Boote sauber zu zielen.

Denn die drei angreifenden Boote waren sehr klein. Jedes war mit acht oder zehn Ruderern und noch einmal der gleichen Anzahl Armbrustschützen oder Soldaten besetzt. Sie waren ganz offensichtlich wegen ihrer Geschwindigkeit gewählt worden, aber im Vergleich zur *Pentecost* waren sie geradezu winzig, und das würde jeden Versuch, das größere Schiff zu entern, zu einem gefährlichen Unternehmen machen. Dennoch schien eines der drei Boote fest entschlossen, längsseits von Villeroys Schiff zu kommen. »Ich wette, die Mistkerle wollen uns von den beiden anderen Booten unter Beschuss nehmen, während der räudige Haufen hier« – d'Evecque deutete hinunter auf das dritte Boot, das immer näher an die *Pentecost* heranrückte – »versucht, an Bord zu kommen.«

Immer mehr Bolzen rammten sich in das Schiff. Zwei schlitzten das Segel auf, und einer traf den Mast, direkt unter einem verwitterten Kruzifix, das an das geteerte Holz genagelt war. Die Christusfigur, bleich wie ein Knochen, hatte den linken Arm verloren, und Thomas fragte sich, ob das ein böses Omen war. Er versuchte, den Gedanken beiseite zu schieben, spannte seinen großen Bogen und schoss den ersten Pfeil ab. Er besaß nur noch vierunddreißig Pfeile, doch jetzt war nicht der rechte Moment, um damit zu geizen, und so schoss er, noch während der erste in der Luft war, einen zweiten ab. Die Armbrustschützen waren noch damit beschäftigt, ihre Sehnen mit Winden zu spannen, da traf der erste Pfeil den Arm eines Ruderers; der zweite riss einen Splitter aus dem Bug des Bootes, und der dritte zischte über die Köpfe der Ruderer hinweg und landete im Wasser. Die Ruderer duckten sich, doch einer von ihnen stöhnte auf und fiel mit einem Pfeil im Rücken vornüber. Im nächsten Moment wurde einer der Soldaten am Oberschenkel getroffen und stürzte auf zwei Ruderer. Auf dem Boot brach Chaos aus; mit laut gegeneinander krachenden Rudern schwenkte es ab. Thomas ließ den Bogen sinken.

»Hattest ’nen guten Lehrer, mein Junge«, sagte Will Skeat anerkennend. »Ach, Tom, du warst schon immer ein gefährlicher Hund.«

Das Boot entfernte sich. Thomas’ Pfeile waren treffsicherer gewesen als die Armbrustbolzen, da er von einem wesentlich größeren und stabileren Schiff schoss als die feindlichen Schützen auf ihren kleinen und überladenen Booten. Nur einer von den Männern war getötet worden, doch die Schnelligkeit, mit der Thomas’ erste Pfeile gekommen waren, hatte in den Ruderern die nackte Panik geweckt, zumal sie nicht sehen konnten, woher sie kamen, sondern nur das Zischen der Federn hörten und dann die Schreie der Verwundeten. Jetzt überholten die beiden anderen Boote das dritte, und die Armbrustschützen legten ihre Waffen an.

Thomas nahm den nächsten Pfeil aus seiner Tasche und fragte sich besorgt, was wohl passieren würde, wenn er keine mehr hätte, doch genau in diesem Augenblick begann die Wasseroberfläche sich zu kräuseln. Wind kam auf, noch dazu Ostwind, was in dieser Gegend überaus selten war. Das gewaltige braune Segel der *Pentecost* blähte sich auf, fiel wieder zusammen, blähte sich erneut auf, und plötzlich wandte sie sich von ihren Verfolgern ab, und das Wasser tanzte gurgelnd um ihre Flanken. Coutances’ Männer ruderten, was die Arme hergaben. »Runter!«, brüllte Guillaume d’Evecque, und Thomas duckte sich hinter das Schandeck, während eine Salve Armbrustbolzen sich in den Rumpf des Schiffes bohrte und das zerfledderte Segel aufschlitzte. Villeroy befahl Yvette, das Steuer zu übernehmen, und rannte zur Heckkajüte, um eine riesige und offensichtlich uralte Armbrust zu holen, die er mit einem langen, eisernen Hebel spannte.

Er legte einen rostigen Bolzen in die Rinne und schoss damit auf das Boot, das ihnen am nächsten war. »Bastarde«, dröhnte er. »Eure Mütter waren Ziegen! Geile Ziegen! Pestverseuchte, geile Ziegen! Bastarde!« Erneut spannte und lud er seine Waffe, doch der Schuss ging ins Wasser. Die *Pentecost* gewann Fahrt und war bereits außerhalb der Reichweite von Armbrustbolzen.

Der Wind nahm zu, und die *Pentecost* entfernte sich immer weiter von ihren Verfolgern. Die drei Ruderboote waren kanalaufwärts gezogen, da sie annahmen, die Flut und ein eventueller Westwind würden die *Pentecost* direkt auf sie zutreiben, doch nun, da der Wind von Osten kam, konnten die Ruderer nicht mit ihrer Beute mithalten; sie fielen immer weiter zurück und gaben die Jagd schließlich auf. Doch gerade als sie kapitulierten, tauchten zwei neue Verfolger in der Orne-Mündung auf, große Schiffe mit mächtigen Segeln wie die *Pentecost.* »Das Vordere ist die *Saint-Esprit*«, sagte Villeroy, der die Schiffe trotz der Entfernung erkannte, »und das Hintere die *Marie.* Die ist behäbig wie 'ne trächtige Sau, aber die *Saint-Esprit* kriegt uns.«

»Die *Saint-Esprit*?« D'Evecque starrte ihn entgeistert an. »Jean Lapoullier?«

»Wer sonst?«

»Ich dachte, er wäre ein Freund!«

»Er war Euer Freund, solange Ihr Land und Geld hattet, aber was ist davon noch übrig?«

Über diese berechtigte Frage brütete d'Evecque eine Weile nach. »Warum helft Ihr mir dann?«

»Weil ich ein Dummkopf bin«, erwiderte Villeroy fröhlich, »und weil Ihr mich verdammt gut entlohnen werdet.«

D'Evecque stieß ein Schnauben aus. »Aber nicht, wenn wir in die falsche Richtung segeln.«

»Die richtige Richtung«, hob Villeroy hervor, »ist weg von der *Saint-Esprit* und mit dem Wind, also halten wir Kurs Richtung Westen.«

Den ganzen Tag über segelten sie gen Westen. Sie kamen gut voran, doch die große *Saint-Esprit* rückte allmählich näher. Am Morgen war sie nur ein Fleck am Horizont gewesen; mittags konnte Thomas die kleine Plattform am Mast erkennen, auf der, wie Villeroy ihm erklärte, Armbrustschützen postiert würden; und am Nachmittag konnte er die schwarz-weißen Augen sehen, die auf ihren Bug gemalt waren. Der Ostwind hatte immer mehr zugelegt, bis er kalt und kräftig blies und die Wellenkämme weiß aufschäumten. D'Evecque schlug vor, nach Norden zu segeln, vielleicht sogar bis zur englischen Küste, doch Villeroy behauptete, er kenne sich dort nicht aus und wisse nicht, wo er vor Anker gehen könne, falls sich ein Sturm entwickelte. »Und um diese Jahreszeit ist das Wetter so launisch wie das Gemüt einer Frau«, fügte Villeroy hinzu. Wie um seine Worte zu unterstreichen, gerieten sie in einen heftigen Graupelschauer, der fauchend über das Meer fegte, das Schiff hin und her warf und die Sichtweite auf wenige Schritte senkte. Erneut drängte d'Evecque, die Gelegenheit zu nutzen und nach Norden abzudrehen, solange die *Pentecost* im Graupel verborgen war, doch Villeroy weigerte sich hartnäckig, und Thomas vermutete, dass der Riese fürchtete, von englischen Schiffen gekapert zu werden, die nichts lieber taten, als ihre französischen Feinde auszunehmen.

Ein weiterer Schauer prasselte über sie hinweg; der Regen spritzte eine Handbreit von den Planken auf, während der Graupel die östliche Seite sämtlicher Falle und Schote mit einer matschig-weißen Schicht überzog. Villeroy fürchtete, sein Segel würde reißen, wagte jedoch nicht, es zu reffen, denn sobald die Schauer nachließen und die schäumende See wieder freigaben, war die *Saint-Esprit* stets in Sichtweite, und jedes Mal ein wenig näher. »Sie ist verdammt schnell«, grummelte Villeroy, »und Lapoullier weiß, wie er sie segeln muss.«

Doch der kurze Wintertag neigte sich dem Ende zu, und die Nacht würde der *Pentecost* Gelegenheit zur Flucht geben. Das wussten die Verfolger, und gewiss hatten sie darum gebetet, dass ihr Schiff einen kleinen Extraschub bekam. Als die Dämmerung hereinbrach, schloss sie die Lücke Handbreit für Handbreit, doch noch lag die *Pentecost* in Führung. Sie waren jetzt außer Sichtweite der Küste, zwei Schiffe auf brodelnder, finsterer See, und als die Nacht sie fast völlig umschlossen hatte, flog der erste Feuerpfeil vom Bug der *Saint-Esprit*.

Es war ein Armbrustbolzen. Die Flammen schossen in hohem Bogen durch die Luft und landeten im Kielwasser der *Pentecost*. »Schick ihnen einen Pfeil zurück«, knurrte d'Evecque.

»Zu weit weg«, sagte Thomas. Eine gute Armbrust hatte immer eine größere Reichweite als ein Eibenbogen, aber in der Zeit, die nötig war, um die Armbrust wieder schussbereit zu machen, konnte ein Bogenschütze vorlaufen und ein halbes Dutzend Pfeile abschießen. Doch hier hatte Thomas diese Möglichkeit nicht, und er wollte keine Pfeile vergeuden. So konnte er nur abwarten und zusehen, wie ein zweiter Feuerbolzen gen Himmel zischte. Auch er stürzte ins Wasser.

»Sie fliegen nicht so gut«, sagte Will Skeat.

»Was?« Thomas hatte ihn nicht richtig verstanden.

»Sie umwickeln den Schaft mit Tuch, dadurch werden sie langsamer. Hast du schon mal einen Feuerpfeil verschossen, Tom?«

»Nein.«

»Verkürzt die Reichweite um fünfzig Schritt«, sagte Skeat und sah zu, wie ein dritter Bolzen im Meer versank, »und zielen kann man damit auch nicht gescheit.«

»Der war schon näher«, meinte d'Evecque.

Villeroy hatte ein Fass an Deck gerollt und füllte es mit Meerwasser. In der Zwischenzeit war Yvette geschickt in die Takelage geklettert und hatte sich rittlings auf die Quersaling gehockt, von wo sie Leinensäcke mit Wasser heraufzog, um das Segel damit zu tränken.

»Können wir Feuerbolzen einsetzen?«, fragte d'Evecque. »Das Ding da müsste doch genug Reichweite haben.« Er wies mit dem Kopf auf Villeroys monströse Armbrust.

»Feuerbolzen?« Nachdenklich zog Skeat die Stirn in Falten. »Dazu braucht man Pech, Tom«, sagte er zweifelnd. »Man taucht ein Stück Wolle hinein und wickelt es dann ganz fest um den Bolzen. Aber die Enden müssen ein wenig eingerissen werden, damit es gut Feuer fängt. Das Feuer muss im Tuch sein, nicht nur an den Rändern, sonst geht es aus, und wenn das Zeug richtig brennt, schießt man den Bolzen ab, bevor die Flammen den Schaft zerstören.«

»Nein«, fasste Thomas die Antwort für d'Evecque zusammen, »können wir nicht.«

D'Evecque fluchte und fuhr herum, als der erste Feuerbolzen sich in die *Pentecost* bohrte. Doch er war tief im Heck gelandet, sodass die nächste Woge die Flammen mit hörbarem Zischen auslöschte. »Irgendwas müssen wir doch tun können!«

»Wir können uns in Geduld üben«, sagte Villeroy, der wieder das Ruder übernommen hatte.

»Darf ich Eure Armbrust benutzen?«, fragte d'Evecque den massigen Seemann, und als dieser nickte, legte d'Evecque die riesige Waffe an und schoss einen Bolzen auf die *Saint-Esprit.* Mit einem Grunzen zog er am Spannhebel, überrascht, wie viel Kraft dazu nötig war. Eine Armbrust, die mit einem Hebel gespannt wurde, war für gewöhnlich wesentlich schwächer als solche, die mit einer Winde ausgestattet waren, aber Villeroys Waffe verfügte über gewaltige Kraft. D'Evecques Bolzen musste das Verfolgerschiff getroffen haben, aber es war zu dunkel, um zu erkennen, ob er irgendwelchen Schaden angerichtet hatte. Thomas bezweifelte es, denn der Bug der *Saint-Esprit* war hoch und ihre Schandecks solide. D'Evecque jagte lediglich Metall in Holzplanken, während die flammenden Geschosse der *Saint-Esprit* für die *Pentecost* immer bedrohlicher wurden. Mittlerweile waren drei oder vier feindliche Armbrüste im Einsatz, und Thomas und Robbie hatten alle Hände voll zu tun, die brennenden Bolzen mit Wasser zu übergießen. Dann traf eines der Geschosse das Segel, und Flammen begannen am Tuch hinaufzuzüngeln, doch es gelang Yvette, sie zu löschen, während Villeroy das Steuer hart herumriss. Thomas hörte, wie der lange Schaft des Ruders unter der Belastung ächzte, und spürte, wie das Schiff schlingernd nach Süden schwenkte. »Die *Saint-Esprit* konnte noch nie schnell aus dem Wind drehen«, sagte Villeroy, »und obendrein kämpft sie mit schwerer See.«

»Sind wir denn schneller?«, fragte Thomas.

»Das wird sich zeigen«, meinte Villeroy.

»Und warum haben wir das nicht schon eher versucht?«, knurrte d'Evecque erbost.

»Weil wir nicht genug Seeraum hatten«, erwiderte Villeroy gleichmütig, während ein brennender Bolzen wie ein Meteor über das Heck zischte. »Aber jetzt haben wir das Kap weit genug hinter uns.« Womit er meinte, dass sie westlich der normannischen Halbinsel und in sicherem Abstand zu den felsgespickten Untiefen zwischen der Normandie und der Bretagne waren, die sich südlich von ihnen hinzogen. Durch die Wendung hatte sich der Abstand zur *Saint-Esprit*, die weiter gen Westen hielt, plötzlich verringert, und Thomas schoss eine Hand voll Pfeile auf die schemenhaften Umrisse der mit Kettenpanzern bekleideten Soldaten an Bord des Verfolgerschiffs ab. Yvette war aufs Deck heruntergekommen und holte die Brassen an. Als sie mit der Position des Segels zufrieden war, kletterte sie wieder auf ihren Hochsitz, und einen Augenblick später bohrten sich erneut zwei Feuerbolzen in das Segel. Die Flammen leckten am Tuch hinauf, während Yvette eilig die Wassersäcke heraufzog. Thomas sandte einen weiteren Pfeil hoch in den Nachthimmel, sodass er auf das feindliche Deck niederstach, und Guillaume d'Evecque schoss mit den schwereren Armbrustbolzen, so schnell er konnte, doch keiner der beiden wurde durch einen Schmerzensschrei belohnt. Dann vergrößerte sich der Abstand wieder, und Thomas löste die Sehne von seinem Bogen. Die *Saint-Esprit* manövrierte, um der *Pentecost* Richtung Süden zu folgen, und einen kurzen Moment schien es so, als sei sie in der Dunkelheit verschwunden, doch dann stieg erneut ein Feuerbolzen von ihrem Deck auf, und Thomas sah, dass sie bereits gewendet hatte und der *Pentecost* wieder auf den Fersen war. Villeroys Segel brannte noch immer, womit es der *Saint-Esprit* ein Ziel bot, das sie nicht verfehlen konnte, und die Verfolger schossen drei weitere Bolzen ab, deren Flammen in der Dunkelheit gierig loderten. Yvette hievte Wasser hoch, so schnell sie nur konnte, doch das Segel brannte jetzt lichterloh, und das Schiff verlor zusehends an Fahrt. Doch dann erklang auf einmal ein gnädiges Zischen – der Ostwind brachte einen weiteren Schauer.

Hagel prasselte mit ungeheurer Wucht auf sie nieder, peitschte gegen das verkohlte Segel und trommelte auf das Deck. Thomas hatte das Gefühl, es würde überhaupt nicht wieder aufhören, doch dann verzog er sich ebenso plötzlich, wie er gekommen war. Alle an Bord der *Pentecost* starrten gebannt nach achtern, warteten darauf, dass der nächste Feuerbolzen vom Deck der *Saint-Esprit* herüberkam, doch als das flammende Geschoss schließlich gen Himmels stieg, war es weit entfernt, viel zu weit, um das Deck der Pentecost zu erhellen, und Villeroy stieß ein zufriedenes Grunzen aus. »Die dachten, wir würden in dem Guss wieder nach Westen abdrehen«, sagte er amüsiert, »aber diesmal haben sie sich selbst überlistet.« Die *Saint-Esprit* hatte versucht, der *Pentecost* den Weg abzuschneiden, weil Lapoullier annahm, Villeroy würde wieder voll in den Wind drehen, doch das war ein Fehlschluss, und nun befanden sich die Verfolger ein gutes Stück nordwestlich ihrer Beute.

Immer wieder leuchteten Feuerbolzen auf, mal in diese Richtung, mal in jene, in der Hoffnung, dass ihr schwaches Licht auf den matten Widerschein der *Pentecost* traf, doch die entfernte sich immer weiter, gezogen von den verkohlten Überresten ihres Segels. Wäre der Schauer nicht gekommen, dachte Thomas, hätten die Verfolger sie mit Sicherheit eingeholt und geentert, und er fragte sich, ob Gott Seine Hand schützend über ihn hielt, weil er das Buch des Grals besaß. Dann überkamen ihn Schuldgefühle, weil er die Existenz des Grals angezweifelt hatte und weil er Lord Outhwaites Geld verschwendete, anstatt es für die Suche nach dem Gral einzusetzen, gefolgt von den noch größeren Schuldgefühlen und dem Schmerz über den so sinnlosen Tod von Eleanor und Vater Hobbe, und er fiel vor dem Kruzifix am Mast auf die Knie. Vergib mir, Herr, betete er, vergib mir.

»Segel sind teuer«, bemerkte Villeroy.

»Ihr werdet ein neues bekommen, Pierre«, versprach d'Evecque.

»Falls uns das, was von diesem noch übrig ist, irgendwohin bringt«, knurrte Villeroy missmutig. Ein gutes Stück nördlich zeichnete sich ein letzter Feuerbolzen rot vor dem Nachthimmel ab, dann war alles dunkel, nur die endlose Schwärze der unruhigen See, durch die die *Pentecost* mit ihrem zerfetzten Segel glitt.

Bei Tagesanbruch waren sie von Nebel umgeben, und in der launischen Brise flatterte das Segel so kläglich, dass Villeroy und Yvette es in der Mitte falteten, um dem Wind mehr als ein paar verkohlte Löcher entgegenzusetzen. Als sie es wieder hissten, schleppte sich die *Pentecost* mühsam nach Südwesten, und alle an Bord dankten Gott für den Nebel, weil er sie vor den Piraten verbarg, die den Golf zwischen der Normandie und der Bretagne heimsuchten. Villeroy wusste nicht genau, wo sie sich befanden, aber er war sicher, dass die normannische Küste im Osten lag, und da das gesamte Land in dieser Richtung dem Grafen von Coutances unterstand, hielten sie sich weiter nach Südwesten. Yvette hockte im Bug und hielt Ausschau nach den zahllosen Riffen. »Nichts wie Felsen und Untiefen«, grummelte Villeroy.

»Dann wechselt doch in tieferes Wasser«, schlug d'Evecque vor.

Der Riese spuckte über die Reling. »In tieferem Wasser warten die englischen Piraten von den Inseln.«

Je weiter sie nach Süden kamen, desto mehr ließ der Wind nach, und die See wurde ruhiger. Es war immer noch kalt, aber es gab keine weiteren Schauer, und als die schwache Sonne allmählich den Nebel vertrieb, setzte sich Thomas zu Mordecai in den Bug. »Ich würde Euch gern etwas fragen.«

»Mein Vater hat mich ermahnt, niemals ein Schiff zu betreten«, sagte Mordecai. Sein langes Gesicht war bleich, und sein sonst so gepflegter Bart sah zerzaust aus. Trotz einiger umgehängter Schaffelle zitterte er. »Wusstest du, dass flämische Seeleute behaupten, man könne einen Sturm beruhigen, indem man einen Juden über Bord wirft?«

»Tun sie das wirklich?«

»So hat man erzählt«, sagte Mordecai. »Und wenn ich an Bord eines flämischen Schiffes wäre, würde ich das Ertrinken möglicherweise dieser elenden Existenz vorziehen. Was ist das?«

Thomas hatte das Buch ausgepackt, das sein Vater ihm hinterlassen hatte. »Ich wüsste gerne«, sagte er, ohne auf Mordecais Frage einzugehen, »wer Hachalja ist.«

»Hachalja?« Mordecai überlegte einen Moment und schüttelte den Kopf. »Meinst du, die Flamen nehmen Juden als Vorsichtsmaßnahme an Bord? Das wäre vernünftig, wenn auch grausam. Warum sterben, wenn stattdessen ein Jude sterben kann?«

Thomas blätterte zu der ersten in Hebräisch verfassten Seite, auf der Bruder Germain den Namen Hachalja entziffert hatte. »Da«, sagte er und reichte dem Arzt das Buch.

Mordecai betrachtete die Seite. »Enkelsohn von Hachalja«, übersetzte er laut, »und Sohn des Tirsatha. Natürlich! Das ist eine Verwechslung mit Jonas und dem großen Fisch.«

»Wer? Hachalja?« Thomas starrte auf die Seite mit den unverständlichen Zeichen.

»Nicht doch, mein Junge! Der Aberglaube bezüglich Juden und Stürmen ist eine Verwechslung mit der Geschichte von Jonas, eine dumme Verwechslung.« Mordecai blickte wieder hinunter auf die Seite. »Bist du der Sohn des Tirsatha?«

»Ich bin der uneheliche Sohn eines Priesters.«

»Und hat dein Vater das hier geschrieben?«

»Ja.«

»Für dich?«

Thomas nickte. »Ich glaube schon.«

»Dann bist du der Sohn des Tirsatha und der Enkelsohn von Hachalja.« Dann lächelte Mordecai. »Ach ja, natürlich! Nehemia. Mein Gedächtnis ist fast genauso schlecht wie das des armen Skeat. Wie konnte ich das nur vergessen? Hachalja war der Vater von Nehemia.«

Das half Thomas auch nicht viel weiter. »Und wer war Nehemia?«

»Nehemia war der Tirsatha. Ist es nicht eigenartig? Erst sind wir Juden in fremden Ländern willkommen, dann hat man uns irgendwann satt und gibt uns die Schuld an jedem kleinen Zwischenfall. Die Zeit vergeht, und eines Tages werden wir wieder in unsere Ämter eingesetzt. Der Tirsatha, Thomas, war der Statthalter von Judäa zur Zeit der Perser. Nehemia war der Tirsatha – natürlich nicht der König, nur der Statthalter – unter der Herrschaft von Artaxerxes.« Mordecais Erläuterungen waren beeindruckend, aber wenig erhellend. Warum hätte Vater Ralph sich mit Nehemia identifizieren sollen, der Jahrhunderte vor Christus und vor dem Gral gelebt haben musste? Die einzige Erklärung, die Thomas dazu einfiel, war, wie so oft, der Wahnsinn seines Vaters. Mordecai blätterte die Pergamentseiten um und zuckte zusammen, als eine davon zerbrach. »Wie sehr die Menschen sich doch nach Wundern sehnen.« Er klopfte mit seinem Zeigefinger, der von all den Arzneien, die er zerstoßen und angerührt hatte, verfärbt war, auf eine Textstelle. »›Ein goldener Kelch, der alle Welt trunken gemacht hat‹ – was um alles in der Welt mag das bedeuten?«

»Er meint den Gral«, sagte Thomas.

»Das ist mir klar, Thomas«, wies Mordecai ihn sanft zurecht. »Aber diese Worte beziehen sich nicht auf den Gral, sondern auf Babel. Das ist aus den Klageliedern Jeremias.« Er blätterte weiter. »Die Menschen lieben Geheimnisse. Sie wollen gar keine Erklärungen, denn wenn alles erklärt ist, bleibt keine Hoffnung. Ich habe Kranke sterben sehen und wusste, es gab nichts mehr zu tun. Dann befahl man mir zu gehen, weil der Priester mit seiner abgedeckten Tonschale kam, und alles betete um ein Wunder. Doch es geschah nie. Der Mensch starb, und mir wurde die Schuld dafür gegeben, nicht Gott oder dem Priester, sondern mir!« Er ließ das Buch in seinen Schoß sinken, und der Wind spielte mit den Seiten. »Das hier sind nur Geschichten über den Gral, und ein paar seltsame Aufzeichnungen, die sich möglicherweise auch darauf beziehen. Im Grunde eine Art Meditationsbuch.« Er zog die Stirn in Falten. »Hat dein Vater wirklich geglaubt, dass der Gral existiert?«

Thomas setzte zu einer nachdrücklichen Bejahung an, hielt dann jedoch inne und überlegte. Meist war sein Vater ein kluger, amüsierter Spötter gewesen, doch es hatte auch Zeiten gegeben, in denen er wild und wie von Dämonen besessen war, mit Gott gehadert und sich verzweifelt bemüht hatte, die heiligen Mysterien zu begreifen. »Ja«, sagte Thomas vorsichtig, »ich denke, er hat daran geglaubt.«

»Natürlich hat er das getan«, sagte Mordecai plötzlich. »Wie dumm von mir! Natürlich glaubte dein Vater an den Gral, denn er glaubte, er sei in seinem Besitz!«

»Tatsächlich?« Nun war Thomas völlig verwirrt.

»Nehemia war nicht nur der Tirsatha von Judäa, er war auch der Mundschenk von Artaxerxes. Das sagt er am Beginn seiner Schriften. ›Ich war des Königs Mundschenk.‹ Da.« Er deutete auf eine Zeile in hebräischer Schrift. »›Ich war des Königs Mundschenk.‹ Die Worte deines Vaters, Thomas, übernommen aus dem Buch Nehemia.«

Thomas starrte auf die Schrift und spürte, Mordecai hatte Recht. Dies war das Zeugnis seines Vaters. Er war der Mundschenk des höchsten aller Könige gewesen, der Mundschenk Gottes, Christi, und dieser Satz bestätigte all seine Träume. Vater Ralph war der Mundschenk gewesen. Er hatte den Gral besessen. Es gab ihn wirklich. Thomas erschauerte.

»Ich denke«, korrigierte Mordecai sanft, »dein Vater *glaubte*, dass er den Gral besaß, aber es ist recht unwahrscheinlich.«

»Unwahrscheinlich?!«

»Ich bin nur ein Jude«, sagte Mordecai ruhig, »also woher sollte ich etwas über den Erlöser der Menschheit wissen? Manche Leute meinen sogar, ich dürfte nicht einmal über diese Dinge sprechen, aber soweit ich weiß, war Jesus nicht reich, oder?«

»Nein, er war arm«, sagte Thomas.

»Gut, er war also arm, und am Ende seines Lebens nimmt er an einem *seder* teil.«

»Einem *seder*?«

»Das Passahfest, Thomas. Und bei dem *seder* isst er Brot und trinkt Wein, und wenn ich mich nicht irre, war der Gral entweder die Brotschale oder der Weinkelch, stimmt's?«

»Ja.«

»Gut.« Mordecai wandte den Blick nach links, wo ein kleines Fischerboot auf der unruhigen Dünung tanzte. Den ganzen Morgen über hatten sie keine Spur von der *Saint-Esprit* gesehen, und von den kleineren Booten, die ihnen begegneten, schien sich keines für die *Pentecost* zu interessieren. »Wenn Jesus also arm war, was für ein *seder-Gefäß* würde er benutzen? Eines aus Gold? Eines, das mit Edelsteinen besetzt ist? Oder eines aus einfachem Ton?«

»Das spielt keine Rolle«, sagte Thomas, »denn Gott kann es verwandelt haben.«

»Ach ja, natürlich, das hatte ich vergessen.« Mordecai klang enttäuscht, doch dann lächelte er und gab Thomas das Buch zurück. »Wenn wir ankommen, wo immer diese Reise enden mag, kann ich dir die hebräischen Einträge übersetzen. Vielleicht hilft es dir.«

»Thomas!«, rief Guillaume d'Evecque vom Heck herüber. »Wir brauchen frische Arme, um den Kielraum auszuschöpfen!«

Sie waren mit dem Kalfatern nicht fertig geworden, und die *Pentecost* lief in alarmierendem Tempo mit Wasser voll. Thomas kletterte hinunter und reichte Robbie die Eimer an, der sie dann über die Reling leerte. D'Evecque hatte Villeroy bedrängt zu wenden, um in nordöstlicher Richtung an Caen vorbei nach Dünkirchen zu segeln, doch Villeroy sorgte sich wegen des kleinen Segels und vor allem wegen des undichten Schiffsrumpfes. »Ich muss so bald wie möglich irgendwo anlegen«, knurrte er, »und Ihr müsst mir ein neues Segel besorgen.«

Sie wagten nicht, in der Normandie Halt zu machen. Es war in der ganzen Provinz bekannt, dass Guillaume d'Evecque des Verrats beschuldigt worden war, und falls die *Pentecost* durchsucht wurde – was an dieser Schmugglerküste durchaus geschehen konnte –, würde man ihn finden. Damit blieb nur die Bretagne, und so schlug d'Evecque vor, Saint-Malo oder Saint-Brieuc anzulaufen, doch daraufhin rief Thomas aus dem Kielraum herauf, dort würden er und Will Skeat als Feinde gelten, denn diese Städte unterstanden Charles de Blois, der auf die Engländer nicht gut zu sprechen war, weil diese Jean de Montfort als rechtmäßigen Herzog der Bretagne durchzusetzen versuchten. »Wohin sollen wir dann deiner Meinung nach gehen?«, fragte d'Evecque. »Nach England?«

»Das schaffen wir nie«, sagte Villeroy mit einem traurigen Blick zu seinem Segel.

»Wie wär's mit den Inseln?«, schlug Thomas vor.

»Wunderbar!«, rief d'Evecque begeistert.

Doch diesmal widersprach Villeroy. »Das geht nicht«, sagte er unumwunden und erklärte ihnen, die *Pentecost* stamme aus Guernsey, und er sei einer der Männer, die sie gekapert hatten. »Wenn ich mit ihr auf den Inseln auftauche, schnappen sie sich das Schiff und mich gleich mit.«

»Himmel noch mal!«, fluchte d'Evecque. »Was machen wir denn dann?«

»Schaffen wir es bis nach Tréguier?«, fragte Will Skeat. Alle waren so überrascht, dass er sich zu Wort gemeldet hatte, dass einen Moment Stille herrschte.

»Tréguier?« Villeroy überlegte einen Moment, dann nickte er. »Doch, das müsste gehen.«

»Warum nach Tréguier?«, wollte d'Evecque wissen.

»Das letzte Mal, als ich etwas darüber gehört habe, war es in englischer Hand«, sagte Skeat.

»Ist es immer noch«, bestätigte Villeroy.

»Und dort haben wir Freunde«, fuhr Skeat fort.

Und Feinde, dachte Thomas. Tréguier war nicht nur der nächste bretonische Hafen in englischer Hand, sondern auch in unmittelbarer Nähe von La Roche-Derrien, wohin Sir Geoffrey Carr, die Vogelscheuche, gegangen war. Und Thomas hatte Bruder Germain gesagt, er wolle dorthin, was bedeutete, dass de Taillebourg es sicher erfahren und ihnen folgen würde. Aber vielleicht war auch Jeanette dort, und obwohl Thomas seit Wochen immer wieder betont hatte, er würde nie dorthin zurückkehren, wurde ihm plötzlich klar, dass es ihn mit aller Kraft nach La Roche-Derrien zog.

Denn dort warteten Freunde, eine alte Liebe und Feinde, die er töten wollte.

TEIL 3

Bretagne, Frühjahr 1347

DER MUNDSCHENK DES KÖNIGS

Jeanette Chenier, Gräfin von Armorika, hatte ihren Mann verloren, ihre Eltern, ihr Vermögen, ihr Haus, ihren Sohn und ihren königlichen Liebhaber, und das alles vor ihrem zwanzigsten Geburtstag.

Ihr Mann war einem englischen Pfeil zum Opfer gefallen und unter grauenvollen Schmerzen gestorben, weinend wie ein Kind.

Ihre Eltern waren an der Ruhr gestorben, und man hatte ihre Laken verbrannt, bevor sie in der St.-Renan-Kirche neben dem Altar beerdigt wurden. Sie hatten Jeanette, ihrem einzigen Kind, ein kleines Vermögen in Gold, einen florierenden Weinhandel und ein großes Kaufmannshaus am Flussufer von La Roche-Derrien hinterlassen.

Jeanette hatte den größten Teil des Vermögens darauf verwendet, Schiffe und Soldaten in den Kampf gegen die verhassten Engländer zu schicken, die ihren Mann getötet hatten, doch die Engländer hatten gesiegt, und so war das Vermögen dahin.

Daraufhin hatte Jeanette Charles de Blois, den Herzog der Bretagne und Lehnsherr ihres verstorbenen Gatten, um Hilfe angefleht. Doch dieser hatte ihr ihren Sohn Charles, drei Jahre alt und nach dem Herzog benannt, weggenommen, sie als Hure beschimpft, weil sie die Tochter eines Kaufmanns und somit unwürdig sei, dem Adel anzugehören, und sie zum Zeichen seiner Verachtung obendrein noch vergewaltigt. Ihr Sohn, nunmehr Graf von Armorika, wurde von einem loyalen Gefolgsmann des Herzogs erzogen, um sicherzustellen, dass das großzügige Lehen des Jungen dem Hause Blois treu ergeben bleiben würde. So war in Jeanette, die ihr Vermögen dafür eingesetzt hatte, Herzog Charles zum unangefochtenen Herrscher der Bretagne zu machen, ein tiefer Hass aufgelodert. Gemeinsam mit Thomas von Hookton, der bald ihr Geliebter wurde, war sie nach Norden geflohen, zur englischen Armee in der Normandie. Dort war sie Edward of Woodstock, dem Prince of Wales, ins Auge gefallen, und so hatte Jeanette Thomas den Rücken gekehrt. Doch während der Schlacht in der Pikardie war sie aus Angst vor einer Niederlage der Engländer und der darauf folgenden Bestrafung durch die Franzosen, weil sie sich mit dem Feind eingelassen hatte, erneut geflohen. Die Schlacht ging anders aus, als sie befürchtet hatte, die Engländer siegten, doch sie konnte nicht mehr zurück. Könige und Königssöhne schätzten Wankelmut nicht, und so war Jeanette Chenier, verwitwete Gräfin von Armorika, nach La Roche-Derrien zurückgekehrt, wo sie jedoch feststellen musste, dass sie auch ihr Haus verloren hatte.

Als sie La Roche-Derrien verlassen hatte, war sie hoch verschuldet gewesen, und Monsieur Belas, ihr Notar, hatte das Haus genommen, um die Außenstände zu begleichen. Bei ihrer Rückkehr besaß Jeanette genug Geld, um alle Schulden zurückzuzahlen, denn der Prince of Wales hatte sie großzügig mit Schmuck beschenkt, doch Belas weigerte sich, das Haus zu verlassen. Das Gesetz war auf seiner Seite. Einige der Engländer, die La Roche-Derrien besetzten, zeigten Mitgefühl für Jeanette, doch sie gingen nicht gegen den Gerichtsbeschluss vor, und selbst wenn sie es getan hätten, hätte es nicht viel genützt, denn alle wussten, dass die Engländer nicht lange in der kleinen Stadt bleiben konnten. Herzog Charles stellte in Rennes eine neue Armee zusammen, und La Roche-Derrien war die kleinste und abgelegenste der englischen Bastionen in der Bretagne. Wenn Herzog Charles sie zurückeroberte, würde er Monsieur Belas, der ihn mit Informationen versorgt hatte, belohnen, und Jeanette Chenier, die »Hure« von niederem Rang, mit Missachtung strafen.

Da Jeanette also nicht in ihr Haus zurückkehren konnte, zog sie in ein anderes, wesentlich kleineres, in der Nähe des südlichen Stadttores von La Roche-Derrien. Sie beichtete dem Pfarrer von St. Renan ihre Sünden, woraufhin dieser meinte, ihre Verderbtheit übertreffe jedes menschliche und womöglich auch göttliche Maß, und er könne ihr nur dann die Absolution erteilen, wenn sie sich bereit fände, auch mit ihm zu sündigen. Er lüpfte seine Kutte und versuchte sie zu packen, doch sie wehrte sich mit einem Fußtritt, sodass er sich mit einem Schrei zusammenkrümmte. Dennoch ging sie weiter zur Messe in St. Renan, weil es die Kirche ihrer Kindheit war und ihre Eltern dort begraben lagen, unter dem Bild von Jesu Auferstehung, und der Pfarrer wich ihrem Blick aus und wagte es nicht, ihr die Kommunion zu verweigern.

Jeanette hatte ihre Bediensteten verloren, als sie mit Thomas nach Norden geflohen war, und so stellte sie ein vierzehnjähriges Mädchen als Küchenmagd ein und ihren geistig zurückgebliebenen Bruder fürs Wasserholen und Holzhacken. Der Schmuck des Prinzen, so schätzte Jeanette, würde wohl für ein Jahr reichen, und bis dahin ergab sich gewiss etwas. Sie war jung und bildschön, aber sie war auch voller Zorn und Hass, und ihr Kind war noch immer in Gefangenschaft. Manche in der Stadt fürchteten, sie sei wahnsinnig geworden, denn sie war viel dünner als zu der Zeit, als sie La Roche-Derrien verlassen hatte, aber ihr Haar war noch immer schwarz wie Rabenflügel, ihre Haut so glatt wie die edle Seide, die sich nur die Reichsten leisten konnten, und ihre Augen waren groß und strahlend. Männer kamen und warben um ihre Zuneigung, doch sie wies sie mit den Worten ab, sie dürften sich erst dann wieder blicken lassen, wenn sie ihr das verschrumpelte Herz von Belas, dem Notar, und den verschrumpelten Schwanz von Charles de Blois darbringen könnten. »Bringt mir beides in Reliquienschreinen«, befahl sie ihnen, »und bringt mir meinen Sohn, aber lebendig.« Ihr Zorn stieß die Freier ab, und einige von ihnen streuten das Gerücht aus, sie sei verrückt, vielleicht sogar eine Hexe. Der Pfarrer von St. Renan behauptete gegenüber den anderen Geistlichen in der Stadt, Jeanette habe versucht, ihn zu verführen, und ließ anklingen, er werde die Inquisition hinzuziehen, doch dagegen verwahrten sich die Engländer, denn König Edward ließ nicht zu, dass die Folterer Gottes innerhalb seines Herrschaftsbereichs ihre dunklen Machenschaften ausübten. »Hier brodelt es schon genug«, sagte Richard Totesham, Befehlshaber der englischen Garnison in La Roche-Derrien, »da brauche ich keine verdammten Mönche, die noch zusätzlich Unruhe stiften.«

Totesham und seine Männer wussten, dass Charles de Blois eine Armee zusammenstellte, um La Roche-Derrien und die übrigen englischen Bastionen in der Bretagne zurückzuerobern, und so arbeiteten sie mit aller Kraft daran, die Stadtmauern zu erhöhen und zusätzliche Befestigungen um die vorhandenen zu errichten. Sämtliche Knechte der Gegend wurden mit der Peitsche gezwungen, Karren voller Lehm und Steine zu schleppen, Holzbohlen in den Boden zu rammen, um Palisaden zu errichten, und Gräben auszuheben. Sie hassten die Engländer für diese Zwangsarbeit, aber das kümmerte die Besatzer nicht, denn sie mussten sich verteidigen. Totesham sandte eine Bitte um Verstärkung nach Westminster, und Mitte Januar, am Tag des heiligen Felix, landete ein Trupp walisischer Bogenschützen in Tréguier, dem kleinen Hafen anderthalb Fußstunden flussaufwärts von La Roche-Derrien. Doch davon abgesehen bestand die einzige Verstärkung in ein paar Rittern und Soldaten, die Pech gehabt hatten und in der Hoffnung auf Plünderbeute und Gefangene in die Stadt kamen. Einige von diesen Rittern waren sogar aus dem fernen Flandern gekommen, herbeigelockt von falschen Gerüchten über die Reichtümer, die die Bretagne angeblich besaß. Sechs von den Soldaten kamen aus dem Norden Englands, angeführt von einem üblen, verschlagenen Mann mit einer Peitsche und allerlei angestautem Groll. Sie waren die letzten, die in der Stadt eintrafen, bevor die *Pentecost* den Fluss ansteuerte.

Die Garnison von La Roche-Derrien war klein, und Herzog Charles' Armee wurde immer größer. Spione im Dienst der Engländer berichteten von Genueser Armbrustschützen, die in Hundertschaften in Rennes eintrafen, und von französischen

Soldaten, die zu Pferde kamen, um Charles de Blois den Treueeid zu leisten. Seine Armee wuchs und wuchs, und der englische König, der anscheinend das Interesse an seinen bretonischen Garnisonen verloren hatte, schickte ihnen keine Hilfe. Damit war La Roche-Derrien, die kleinste der englischen Bastionen in der Bretagne und diejenige, die dem Feind am nächsten lag, dem Untergang geweiht.

Thomas spürte eine ungewohnte Unsicherheit, als die *Pentecost* zwischen den flachen Felsvorsprüngen an der Mündung des Jaudy hindurchglitt. War es ein Zeichen des Versagens, dass er wieder in diese kleine Stadt zurückkehrte? Oder hatte Gott ihn an diesen Ort geschickt, weil die Feinde des Grals – der mysteriöse Bernard de Taillebourg und sein Diener – ihn hier suchen würden? Aber vielleicht war er auch nur nervös, weil er möglicherweise Jeanette wieder sehen würde. Ihre Geschichte war zu verworren, die Liebe zu sehr mit Hass durchsetzt, aber er wollte sie wieder sehen und fürchtete, sie würde diesen Wunsch nicht teilen. Vergeblich versuchte er, sich an ihr Gesicht zu erinnern, während die Flut die *Pentecost* in den Fluss hineintrug. Auf den Felsen, die von weißem Schaum umspült waren, saßen Lummen, die zerzausten schwarzen Flügel zum Trocknen gespreizt. Ein Seehund hob seinen glänzenden Kopf, warf Thomas einen ungehaltenen Blick zu und tauchte wieder unter. Die Ufer kamen näher und brachten den Geruch von Land mit. Felsblöcke wechselten mit ausgeblichenem Gras und niedrigen, windgebeugten Bäumen, und an den seichten Stellen trieben Fischreusen aus geflochtener Weide. Ein kleines Mädchen, höchstens sechs Jahre alt, löste mit einem Stein Napfschnecken von den Felsen. »Was für ein armseliges Nachtmahl«, bemerkte Will Skeat.

»Da hast du Recht, Will.«

»Ah, Tom!« Skeat lächelte, als er die Stimme erkannte. »Aber du musstest doch nie Napfschnecken zu Abend essen!«

»Und ob!«, protestierte Thomas. »Und zum Frühstück auch.«

»Ein Mann, der Latein und Französisch spricht? Der soll Napfschnecken gegessen haben?« Skeat grinste. »Du kannst doch schreiben, nicht wahr?«

»So gut wie ein Priester.«

»Dann sollten wir vielleicht einen Brief an den Earl of Northampton schicken, damit er meine Männer herbringen lässt. Aber ohne Geld wird er das wohl kaum tun, oder?«

»Er schuldet dir Geld«, sagte Thomas.

Skeat runzelte die Stirn. »Tatsächlich?«

»Deine Männer haben ihm in den vergangenen Monaten gedient. Dafür muss er dich bezahlen.«

Skeat schüttelte den Kopf. »Der Earl hat gute Soldaten immer sofort bezahlt. Bestimmt sorgt er dafür, dass ihre Börsen stets gefüllt sind, und wenn ich sie hier haben will, werde ich ihn überreden müssen, sie gehen zu lassen, und obendrein muss ich ihre Reise bezahlen.« Skeats Männer waren per Vertrag dem Earl of Northampton unterstellt, der sich nach Abschluss des Feldzugs in der Bretagne dem König in der Normandie angeschlossen hatte und ihm nun bei Calais diente. »Ich werde die Reise für Männer und Pferde bezahlen müssen, Thomas«, fuhr Skeat fort, »und wenn sich seit meinem Schlag auf den Kopf nicht einiges geändert hat, wird das nicht billig. Ganz und gar nicht billig. Und warum sollte der Earl sie aus Calais abziehen lassen? Die werden reichlich zu tun haben, sobald der Frühling kommt.«

Die Frage war berechtigt, dachte Thomas, denn wenn der Winter vorüber war, würde der Kampf um Calais von neuem losgehen. Soweit er wusste, war die Stadt noch nicht gefallen, aber die Engländer hatten sie umzingelt, und angeblich zog der französische König eine große Armee zusammen, die die Belagerer im Frühjahr angreifen würde.

»Hier wird auch reichlich gekämpft werden«, sagte Thomas und wies mit dem Kopf auf das Ufer, das jetzt sehr nah war. Die Felder hinter der Böschung lagen brach, aber immerhin standen die Höfe und Scheunen noch, da diese Gegend die Garnison in La Roche-Derrien versorgte und somit von der Welle der Plünderung, Vergewaltigung und Zerstörung verschont worden war, die das restliche Herzogtum in Schutt und Asche gelegt hatte.

»Stimmt«, sagte Skeat, »aber in Calais wird es schlimmer sein. Vielleicht sollten wir beide dorthin gehen, Tom?«

Thomas sagte nichts. Er befürchtete, dass Skeat nicht mehr in der Verfassung war, einen Trupp Soldaten und Bogenschützen zu befehligen. Dazu wurde sein alter Freund zu sehr von Vergesslichkeit und plötzlichen Anfällen von Geistesabwesenheit und Melancholie heimgesucht. Diese Anfälle waren umso trauriger, als Skeat manchmal wieder ganz der Alte zu sein schien – nur war er leider nie wirklich der alte Will Skeat, so geschickt im Kampf, so klar in der Entscheidung und so klug in der Taktik. Jetzt wiederholte er sich, brachte Dinge durcheinander und war häufig verwirrt, wie beispielsweise in diesem Moment, als ein Wachboot mit der englischen Flagge – rotes Kreuz auf weißem Grund – auf die *Pentecost* zukam. Skeat runzelte die Stirn. »Ist das ein Feind?«

»Das ist unsere Flagge, Will.«

»Tatsächlich?«

Am Bug des Ruderbootes erhob sich ein Mann in Kettenpanzer und rief herüber: »Wer seid ihr?«

»Sir William Skeat!«, rief Thomas zurück, da dieser Name in der Bretagne am willkommensten sein würde.

Der Mann schwieg einen Moment, vielleicht aus Ungläubigkeit. »Sir William Skeat? Ihr meint, Will Skeat?«

»Der König hat ihn zum Ritter geschlagen«, erklärte Thomas.

»Ich vergesse es selbst immer wieder«, brummte Skeat.

Die Ruderer an der Hafenseite tauchten ihre Riemen ein, sodass das Wachboot in die Strömung längsseits der *Pentecost* schwenkte. »Was habt ihr geladen?«, fragte der Mann.

»Nichts.«

Der Mann blickte hinauf zu dem zerfransten, verkohlten Segel. »Habt ihr Ärger gehabt?«

»Ja, vor der normannischen Küste.«

»Höchste Zeit, dass diesen Bastarden der Garaus gemacht wird«, knurrte der Wachmann. Dann wies er flussaufwärts, wo die Häuser von Tréguier ihre Rauchfahnen zum Himmel sandten. »Legt außenbords der *Edward* an«, wies er sie an. »Ihr müsst eine Hafengebühr entrichten. Sechs Shilling.«

»Sechs Shilling?« Villeroy tobte, als er das hörte. »Sechs gottverdammte Shilling! Glauben die vielleicht, wir fischen das Geld mit Netzen aus dem Meer?«

So kehrten Thomas und Will Skeat in die Stadt Tréguier zurück, deren Kathedrale ihren Turm verloren hatte. Bretonische Anhänger von Herzog Charles hatten von der Spitze mit Armbrüsten auf die Engländer geschossen, woraufhin diese zur Strafe den Turm eingerissen und die Steine nach London verschifft hatten. Die kleine Hafenstadt war nur noch dünn besiedelt, da sie keine Mauer besaß und die Männer von Charles de Blois bisweilen die Lagerhäuser am Kai plünderten. Kleinere Schiffe konnten direkt bis La Roche-Derrien fahren, aber die *Pentecost* hatte zu viel Wasser im Kielraum, und so legten sie neben der englischen Kogge an. Ein Dutzend Männer in rot gekreuzten Wämsern kamen an Bord, um die Hafengebühr zu kassieren und nach Schmuggelware zu suchen, respektive ein ordentliches Bestechungsgeld zu kassieren, damit sie das Gefundene übersahen, doch sie wurden nicht fündig und bekamen somit auch kein Geld. Ihr Anführer, ein dicker Kerl mit einem eitrigen Geschwür auf der Stirn, bestätigte ihnen, dass La Roche-Derrien noch immer unter dem Befehl von Richard Totesham stand. »Jawoll, so ist es«, sagte der Dicke, »und Brest untersteht Sir Thomas Dagworth.«

»Dagworth!«, rief Skeat erfreut aus. »Ein guter Mann. Genau wie Dick Totesham«, sagte er, zu Thomas gewandt. Dann zeichnete sich Verwirrung auf seinem Gesicht ab, als d'Evecque aus der Bugkajüte kam.

»Das ist Guillaume d'Evecque«, murmelte Thomas leise.

»Weiß ich doch«, sagte Skeat.

D'Evecque legte seine Satteltaschen auf dem Deck ab, und das Klirren der Münzen ließ das Gesicht des Dicken erwartungsvoll aufleuchten. D'Evecque sah ihn scharf an und zog halb sein Schwert.

»Ich geh dann mal wieder«, brummte der Dicke.

»Gute Idee.« Skeat schmunzelte.

Robbie hievte sein Gepäck an Deck und blickte hinüber zur *Edward*, wo vier junge Frauen saßen und Heringe ausnahmen. Die Eingeweide warfen sie in die Luft, wo die Möwen im Flug danach schnappten, den ausgenommenen Fisch schoben sie auf lange Stöcke, die später in die Räucherhütten am Ende des Kais gehängt würden. »Sind die hier alle so hübsch?«, fragte Robbie.

»Noch hübscher«, erwiderte Thomas, der sich fragte, wie der Schotte unter den Hauben die Gesichter erkennen konnte.

»Ich glaube, die Bretagne wird mir gefallen.«

Bevor sie gingen, waren noch Schulden zu begleichen. D'Evecque zahlte Villeroy aus und gab ihm eine zusätzliche Summe für ein neues Segel. »Ihr tätet gut daran, Caen eine Weile zu meiden«, riet er dem Riesen.

»Wir werden in die Gascogne segeln«, sagte Villeroy. »Da unten blüht der Handel. Wer weiß, vielleicht machen wir sogar einen Abstecher nach Portugal?«

»Würdet Ihr mich unter Umständen mitnehmen?«, fragte Mordecai schüchtern.

»Mitnehmen?« D'Evecque sah den Arzt überrascht an. »Ich denke, Ihr hasst Schiffe!«

»Ich muss nach Süden«, seufzte Mordecai. »Als Erstes nach Montpellier. Je südlicher man kommt, desto freundlicher sind die Menschen. Ich ertrage lieber einen Monat Meer und Kälte, als den Männern von Herzog Charles zu begegnen.«

»Eine Fahrt in die Gascogne« – d'Evecque bot Villeroy eine Goldmünze an – »für einen Freund von mir.«

Villeroy blickte fragend zu Yvette. Sie zuckte nur die Achseln, und so willigte der Riese ein. »Seid uns willkommen, Doktor.«

Nachdem sie sich von Mordecai verabschiedet hatten, gingen Thomas, Robbie und Will Skeat sowie Guillaume d'Evecque und seine zwei Soldaten von Bord. Ein Boot fuhr flussaufwärts nach La Roche-Derrien, doch es lief erst einige Stunden später aus, und so ließen sie die beiden Soldaten mit dem Gepäck zurück, und Thomas führte die anderen über den schmalen Pfad, der dem Westufer des Flusses folgte. Sie hatten ihre Kettenpanzer angelegt und sich bewaffnet, da die Bauern den Engländern nicht wohlgesinnt waren, doch die einzigen Männer, denen sie begegneten, waren ein paar abgerissene Knechte, die mit der Gabel Mist von zwei Karren luden. Die Männer hielten inne, um die vorübergehenden Fremden zu beobachten, sagten jedoch nichts. »Morgen um diese Zeit«, bemerkte Thomas, »wird Charles de Blois wissen, dass wir hier sind.«

»Er wird in seinen Stiefeln schlottern«, sagte Skeat grinsend.

Als sie die Brücke erreichten, die nach La Roche-Derrien führte, begann es zu regnen. Unter dem Bogen des Torhauses, das den Zugang zur Brücke schützte, blieb Thomas stehen und wies auf den baufälligen Kai ein Stück flussaufwärts, wo er und Skeats übrige Bogenschützen sich in der Nacht, als La Roche-Derrien in die Hände der Engländer fiel, in die Stadt hineingeschlichen hatten. »Erinnerst du dich noch an die Stelle, Will?«

»Natürlich erinnere ich mich«, erwiderte Skeat, doch sein Blick war vage, und Thomas sagte nichts weiter.

Sie überquerten die Steinbrücke und eilten die Straße hinunter zu dem Haus neben der Schänke, in der Totesham sein Hauptquartier eingerichtet hatte, und gerade als sie ankamen, schwang Totesham sich dort aus dem Sattel. Er wandte sich misstrauisch zu den Neuankömmlingen um, dann erkannte er Will Skeat und starrte ihn an, als habe er einen Geist gesehen. Skeat jedoch schien seinen alten Freund nicht wieder zu erkennen, was Totesham verwirrte. »Will?«, sagte er. »Bist du das, Will?«

Auf Skeats Gesicht leuchtete freudige Überraschung auf. »Dick Totesham! Was für ein Zufall!«

Totesham verstand nicht, weshalb Skeat so überrascht war, ihn in der Garnison anzutreffen, die er befehligte, doch dann sah er die Leere in den Augen seines alten Freundes und runzelte die Stirn. »Geht es dir gut, Will?«

»Ich habe einen Schlag auf den Kopf bekommen«, erklärte Skeat, »aber ein Arzt hat mich wieder zusammengeflickt. Bringe ab und zu ein paar Sachen durcheinander, weiter nichts.«

Die beiden begrüßten sich mit Handschlag. Beide Männer stammten aus armen Verhältnissen, und beide waren Soldaten geworden. Bald hatten sie das Vertrauen ihrer Herren gewonnen und waren an Plündergut und Lösegeldern für Gefangene beteiligt worden, bis sie genug Geld beisammen hatten, um eine eigene Truppe zu unterhalten, die sie gegen Lohn in den Dienst des Königs oder eines Adligen stellten, wodurch sie noch reicher geworden waren, da sie in dessen Auftrag weitere feindliche Landstriche ausgeplündert hatten. Wenn die Troubadoure von Schlachten sangen, bejubelten sie den König als Held und priesen die Taten der Herzöge, Earls, Barone und Ritter, doch in Wirklichkeit waren es Männer wie Skeat und Totesham, die die meisten Kämpfe für England ausfochten.

Totesham klopfte Skeat gutmütig auf die Schulter. »Du hast doch bestimmt deine Männer mitgebracht, Will, oder?«

»Weiß der Himmel, wo die sind«, sagte Skeat. »Ich habe sie seit Monaten nicht mehr gesehen.«

»Sie sind vor Calais«, warf Thomas ein.

»Großer Gott.« Totesham bekreuzigte sich. Er war ein kleiner, untersetzter Mann mit grauem Haar und breitem Gesicht, der die Garnison von La Roche-Derrien allein durch seine Willensstärke zusammenhielt, aber er wusste, seine Truppe war zu klein. Viel zu klein. »Ich habe einhundertzweiunddreißig Männer unter Befehl«, sagte er zu Skeat, »und die Hälfte von ihnen ist krank. Dazu kommen noch fünfzig oder sechzig Söldner, von denen ich aber nicht weiß, ob sie bleiben, bis Charles de Blois anrückt. Und natürlich werden die Leute aus der Stadt für uns kämpfen, oder zumindest die meisten von ihnen.«

»Tatsächlich?«, fragte Thomas erstaunt. Als die Engländer im vergangenen Jahr die Stadt erobert hatten, war der Widerstand erbittert gewesen, und nach der Niederlage hatten die

Bewohner Plünderung und Vergewaltigung über sich ergehen lassen müssen. Und dennoch waren sie bereit, die Garnison zu unterstützen?

»Der Handel floriert«, erklärte Totesham. »Sie sind noch nie so reich gewesen! Schiffe in die Gascogne, nach Portugal, Flandern und England. Sie verdienen eine Menge Geld. Sie wollen nicht, dass wir gehen, deshalb werden viele von ihnen für uns kämpfen, und das ist auf jeden Fall eine Hilfe, aber sie sind nun mal keine ausgebildeten Soldaten.«

Da die anderen englischen Truppen in der Bretagne weit im Westen stationiert waren, würde Totesham bei einem Angriff von Charles de Blois die kleine Stadt zwei oder drei Wochen verteidigen müssen, bevor Verstärkung eintraf, und selbst mit der Hilfe der Stadtbewohner bezweifelte er, dass er das schaffen konnte. Er hatte ein Bittgesuch an den König in Calais gesandt und ihn angefleht, ihm zusätzliche Truppen nach La Roche-Derrien zu schicken. »Jegliche Unterstützung ist weit entfernt«, hatte Totesham seinem Schreiber diktiert, »und unsere Feinde sammeln sich ganz in der Nähe.« Bei Will Skeats Anblick hatte Totesham angenommen, er und seine Männer seien als Antwort auf das Bittgesuch gekommen, und es gelang ihm nicht, seine Enttäuschung zu verbergen. »Wirst du selbst an den König schreiben?«, fragte Totesham Skeat.

»Das kann Tom für mich tun.«

»Bitte den König, dir deine Männer zu schicken«, drängte Totesham. »Eigentlich bräuchte ich noch drei- oder vierhundert Bogenschützen, aber deine fünfzig oder sechzig würden schon helfen.«

»Kann Tommy Dagworth dir keine rüberschicken?«

»Der steckt genauso in der Klemme wie ich. Zu viel Land, das verteidigt werden muss, zu wenig Männer, und der König will nicht, dass wir auch nur einen Morgen Land an Charles verlieren.«

»Warum schickt er dann keine Verstärkung?«, fragte Guillaume d'Evecque.

»Weil er keine Männer erübrigen kann«, antwortete Totesham. »Was uns natürlich nicht daran hindert, trotzdem zu fragen.«

Totesham führte sie ins Haus, wo ein munteres Feuer im Kamin brannte, und seine Diener brachten ihnen Becher mit heißem Würzwein und Teller mit Brot und kaltem Schweinebraten. In einer hölzernen Wiege beim Feuer lag ein Säugling, und Totesham gestand errötend, dass es sein Kind war. »Frisch verheiratet«, sagte er zu Skeat und befahl einer Magd, das Kind wegzubringen, bevor es anfing zu weinen. Er zog eine Grimasse, als Skeat seine Kappe abnahm und der übel vernarbte Schädel zum Vorschein kam. Dann wollte er Wills Geschichte hören, und als er alles erfahren hatte, dankte er d'Evecque für die Hilfe, die dieser seinem Freund hatte zukommen lassen. Thomas und Robbie wurde eine deutlich kühlere Begrüßung zuteil, letzterem, weil er Schotte war, ersterem, weil Totesham sich gut an Thomas' Eskapaden vom Jahr zuvor erinnerte. »Ihr habt uns eine Menge Ärger beschert«, sagte Totesham unumwunden, »du und die Gräfin von Armorika.«

»Ist sie hier?«, fragte Thomas.

»Aye, sie ist wieder aufgetaucht.« Totesham klang zurückhaltend.

»Wir können zu ihrem Haus gehen, Will«, sagte Thomas zu Skeat.

»Nein, das könnt ihr nicht«, widersprach Totesham energisch. »Das Haus gehört ihr nicht mehr. Es wurde verkauft, um ihre Schulden zu bezahlen, und seither tobt sie wie eine Verrückte, aber der Verkauf war rechtens und notwendig. Und der Notar, der es gekauft hat, hat uns eine Ablöse bezahlt, damit er seine Ruhe hat, also will ich nicht, dass jemand ihn stört. Ihr beide könnt euch in den Zwei Füchsen einquartieren. Und ihr seid herzlich zum Nachtmahl willkommen.« Diese Einladung richtete sich an Will Skeat und Guillaume d'Evecque und eindeutig nicht an Thomas und Robbie.

Thomas störte sich nicht daran. Er und Robbie bekamen ein gemeinsames Zimmer in der Schänke, und später, als Robbie sein erstes bretonisches Bier kostete, ging Thomas zu St. Renan, die eine der kleinsten Kirchen von La Roche-Derrien war, aber auch eine der reichsten, da Jeanettes Vater sie ausgestattet hatte. Er hatte einen Glockenturm bauen und die Wände mit prachtvollen Malereien verzieren lassen, doch als Thomas dort ankam, war es bereits zu dunkel, um zu sehen, wie der Erlöser auf den Wassern Galiläas ging oder die Seelen in die lodernde Hölle stürzten. Das einzige Licht in der Kirche kam von ein paar Kerzen auf dem Altar, die neben dem silbernen Schrein mit der Zunge vom heiligen Renan standen. Thomas wusste, dass es unter dem Altar noch einen weiteren Schatz gab, beinahe ebenso kostbar wie die schweigende Zunge eines Heiligen, und er wollte ihn zu Rate ziehen. Es war ein Buch, ein Geschenk von Jeanettes Vater, und Thomas war erstaunt gewesen, als er es entdeckt hatte, nicht nur weil es die Eroberung der Stadt überstanden hatte – obwohl kaum ein Soldat beim Plündern nach Büchern Ausschau hielt –, sondern vor allem darüber, dass es in einer so kleinen Kirche in einer bretonischen Stadt überhaupt ein Buch gab. Bücher waren Schätze, und St. Renans Schatz war eine Bibel. Der größte Teil des Neuen Testaments fehlte, offenkundig weil einige Soldaten die Seiten herausgerissen hatten, um sich damit den Hintern abzuwischen, aber das Alte Testament war noch vollständig. Thomas schob sich zwischen den schwarz gekleideten alten Frauen hindurch, die im Kirchenschiff knieten und beteten, holte das Buch unter dem Altar hervor, pustete den Staub und die Spinnenweben ab und legte es neben die Kerzen. Eine der Frauen zischte, er sei gottlos, doch Thomas beachtete sie nicht.

Er blätterte die steifen Seiten um und hielt hier und dort inne, um ein ausgemaltes Initial zu bewundern. In St. Peter in Dorchester gab es ebenfalls eine Bibel, sein Vater hatte eine besessen, und in Oxford hatte Thomas wohl ein Dutzend davon gesehen, doch das war lange her, und als er nun die Seiten betrachtete, fragte er sich, wie lange es wohl dauern mochte, ein so dickes Buch zu kopieren. Da immer mehr Frauen gegen seine Belagerung des Altars protestierten, trat er ein paar Schritte zur Seite und setzte sich mit gekreuzten Beinen auf den Boden, das schwere Buch auf dem Schoß ausgebreitet. Doch nun war er zu weit von den Kerzen entfernt und hatte Mühe, die Schrift zu entziffern, zumal sie recht unleserlich war. Die Initiale waren hübsch und vermittelten den Eindruck, dass sie einer geübten Hand entsprungen waren, doch die Schrift war größtenteils sehr gedrängt, und dass er nicht genau wusste, wo er überhaupt nachschlagen sollte, machte seine Aufgabe nicht leichter. Er begann am Ende des Alten Testaments, wurde jedoch nicht fündig, und so blätterte er raschelnd zurück. Da er wusste, dass die gesuchte Stelle nicht in den Psalmen stand, überschlug er diesen Abschnitt schnell; dann wurde er wieder langsamer und überflog die Seiten auf der Suche nach bestimmten Wörtern. Plötzlich sprangen ihm aus dem unleserlichen Gekritzel die Namen entgegen: »*Neemias Athersatha filius Achelai* – Nehemia, der Statthalter, der Sohn Hachaljas«. Er las den ganzen Abschnitt, fand jedoch noch immer nicht, was er suchte, und blätterte weiter zurück, Seite um Seite. Er wusste, er war nah dran, und da war es endlich.

Ego enim eram pincerna regis.

Er starrte den Satz an und las ihn noch einmal laut. »›*Ego enim eram pincerna regis.*‹«

Denn ich war der Mundschenk des Königs.

Mordecai hatte geglaubt, Vater Ralphs Buch sei eine Bitte an Gott, den Gral wahr zu machen, doch Thomas war anderer Ansicht. Sein Vater wollte nicht der Mundschenk sein. Nein, das Buch war eine Art Beichte und Verschleierung der Wahrheit. Sein Vater hatte ihm eine Spur hinterlassen, der er folgen sollte. Gehe von Hachalja zum Tirsatha und erkenne, dass der Statthalter auch der Mundschenk gewesen war: *ego enim eram pincerna regis.* »War«, dachte Thomas. Bedeutete dies, dass sein Vater den Gral verloren hatte? Nein, wahrscheinlich war ihm klar gewesen, dass Thomas das Buch erst nach seinem Tod lesen würde. Doch eines stand für Thomas nun fest: Die Worte bestätigten, dass der Gral existierte und dass sein Vater, wenn auch widerstrebend, sein Hüter gewesen war. Ich war der Mundschenk des Königs; nimm diesen Kelch von mir; mein Becher macht mich trunken. Thomas spürte, wie ein Schauer durch seinen Körper lief. Eleanor hatte Recht gehabt. Der Gral existierte, und er wartete darauf, gefunden zu werden, damit er die Welt erlösen, Gott zu den Menschen und die Menschen zu Gott bringen konnte, damit Frieden auf Erden herrschte.

»Das Buch«, sagte eine Frauenstimme, »hat mein Vater der Kirche geschenkt.«

»Ich weiß.« Thomas klappte die Bibel zu und hob langsam den Blick. Er fürchtete sich fast ein wenig davor, Jeanette anzusehen. Vielleicht war sie weniger schön, als er sie in Erinnerung hatte, oder ihr Anblick würde Verbitterung in ihm auslösen, weil sie ihn verlassen hatte. Doch als er ihr Gesicht sah, spürte er, wie ihm Tränen in die Augen stiegen. *»Merle«*, sagte er leise. Es war ihr Spitzname – »Amsel«.

»Thomas.« Ihre Stimme war tonlos. Sie wies mit dem Kopf auf eine alte Frau mit schwarzem Kleid und Schleier. »Madame Verlon, die dem Leben mit Misstrauen begegnet, sagte mir, ein englischer Soldat wolle die Bibel stehlen.«

»Und da bist du gekommen, um den Soldaten daran zu hindern?«, fragte Thomas. Eine der Kerzen zu seiner Rechten tropfte, und ihre Flamme zuckte so schnell wie das Herz eines kleinen Vogels.

Jeanette hob die Achseln. »Der Pfarrer ist ein Feigling und würde sich nie gegen einen englischen Soldaten stellen, also wer sollte es sonst tun?«

»Madame Verlon kann beruhigt sein«, sagte Thomas, stand auf und legte die Bibel wieder unter den Altar.

»Sie sagte auch« – Jeanettes Stimme zitterte ein wenig –, »dass der Mann, der die Bibel stehlen wollte, einen großen schwarzen Bogen trug.« Sie hatte also geahnt, dass es Thomas war, und war deshalb selbst gekommen, anstatt Hilfe zu holen.

»Immerhin hattest du es nicht weit.« Thomas wies auf die Seitentür, die zum Innenhof des Hauses von Jeanettes Vater führte, und tat so, als wisse er nicht, dass es ihr nicht mehr gehörte.

Sie reckte das Kinn. »Ich wohne nicht mehr dort«, sagte sie knapp. »Jedenfalls im Moment nicht.«

Ein Dutzend Frauen standen um sie herum und lauschten. Sie wichen ängstlich zurück, als Thomas auf sie zukam. »Dann gestattet Ihr mir vielleicht, Euch nach Hause zu geleiten, Madame?«, sagte er zu Jeanette.

Sie nickte kurz. Ihre Augen wirkten im Kerzenlicht sehr leuchtend und groß. Sie war dünner, dachte Thomas, aber vielleicht lag es auch nur an den Schatten, die das schwache Licht auf ihre Wangen warf. Um den Kopf hatte sie eine Haube gebunden, und ihr weiter schwarzer Umhang fegte über die Steinplatten, als sie ihm zur Tür folgte. »Erinnerst du dich an Belas?«

»Ich erinnere mich an den Namen. War er nicht ein Notar?«

»Ja, ein Notar – und ein elender, hinterhältiger, schleimiger Betrüger. Als ich zurückkam, hatte er das Haus gekauft, angeblich, um mit dem Geld meine Schulden zu begleichen. Aber stattdessen hat er die Schulden gekauft! Er hat versprochen, sich um meine Geschäfte zu kümmern, gewartet, bis ich fort war, und dann hat er mir das Haus weggenommen. Und jetzt, wo ich wieder hier bin, will er nicht, dass ich meine Schulden begleiche. Er sagt, sie wären beglichen. Ich habe ihm sogar mehr angeboten, als er für das Haus bezahlt hat, aber er lacht mir nur ins Gesicht!«

Thomas hielt ihr die Tür auf. Draußen prasselte der Regen nieder. »Du kannst das Haus ohnehin nicht gebrauchen«, sagte er zu ihr, »jedenfalls nicht, wenn Herzog Charles zurückkommt. Bis dahin solltest du lieber verschwinden.«

»Willst du mir etwa schon wieder vorschreiben, was ich zu tun habe?«, fragte sie. Dann nahm sie, wie um die barschen Worte abzumildern, seinen Arm. Aber vielleicht tat sie es auch nur, weil die Straße steil und rutschig war. »Ich denke, ich werde hier bleiben.«

»Wenn du damals nicht geflohen wärst, hätte Charles dich an einen seiner Soldaten verheiratet. Wenn er dich hier findet, wird er es nachholen. Oder noch Schlimmeres tun.«

»Er hat mir schon meinen Sohn genommen, und er hat mich

vergewaltigt. Was könnte er mir da noch antun? Nein« – sie umfasste Thomas' Arm mit festem Griff –, »ich bleibe in meinem kleinen Haus am Südtor, und wenn er in die Stadt reitet, jage ich ihm einen Armbrustbolzen in den Bauch.«

»Ich bin überrascht, dass du das nicht schon bei Belas getan hast.«

»Glaubst du, ich lasse mich wegen eines Notars hängen?« Jeanette stieß ein kurzes, hartes Lachen aus. »Nein, ich hebe mir meinen Tod für Charles de Blois auf, und jeder in der Bretagne und ganz Frankreich wird wissen, dass er von einer Frau getötet wurde.«

»Es sei denn, er gibt dir deinen Sohn zurück?«

»Das wird er nicht tun«, erwiderte sie aufgebracht. »Er hat auf keines der Gesuche geantwortet.« Thomas nahm an, dass der Prince of Wales – oder vielleicht sogar der König – an Charles de Blois geschrieben hatte, doch die Bitte hatte nichts genützt. Und warum auch? Schließlich war England Charles' erbittertster Feind. »Es geht nur um Land, Thomas«, sagte sie müde, »Land und Geld.« Ihr dreijähriger Sohn war der Graf von Armorika und somit rechtmäßiger Erbe ausgedehnter Ländereien in der westlichen Bretagne, die jetzt unter englischer Besatzung waren. Falls der Junge sich Herzog Jean unterstellte, den Edward von England als Herrscher über die Bretagne einsetzen wollte, hätte Charles de Blois größte Schwierigkeiten, seine Ansprüche auf das Herzogtum durchzusetzen; deshalb hatte Charles den Jungen an sich genommen und würde ihn behalten, bis er alt genug war, den Treueeid abzulegen.

»Wo ist Charles jetzt?«, fragte Thomas. Es war eine der Ironien in Jeanettes Leben, dass ihr Sohn ausgerechnet nach seinem Großonkel benannt worden war, um dessen Gunst zu gewinnen.

»Im Turm von Roncelets, südlich von Rennes. Der Graf von Roncelets zieht ihn auf.« Sie sah Thomas an. »Ich habe ihn seit fast einem Jahr nicht mehr gesehen!«

»Der Turm von Roncelets – ist das eine Festung?«

»Ich weiß es nicht, ich war nie dort. Ja, kann schon sein.«

»Und du bist sicher, dass er dort ist?«

»Sicher weiß ich gar nichts«, seufzte Jeanette, »aber ich habe einen Brief bekommen, in dem steht, dass Charles dort ist, und es gibt keinen Grund, daran zu zweifeln.«

»Von wem stammte der Brief?«

»Das weiß ich nicht. Er war nicht unterzeichnet.« Sie ging eine Weile schweigend neben Thomas her, und er spürte die Wärme ihrer Hand auf seinem Arm. »Es war Belas«, sagte sie schließlich. »Ich weiß es nicht mit Sicherheit, aber es muss so sein. Er hat mich gepiesackt und gequält. Es reicht ihm nicht, dass er mein Haus hat und Charles de Blois mein Kind – er will, dass ich leide. Oder er hofft, dass ich nach Roncelets gehe und wieder Charles de Blois ausgeliefert werde. Ich bin sicher, dass es Belas war. Er hasst mich.«

»Warum?«

»Was glaubst du?«, fragte sie verächtlich. »Ich habe etwas, das er will, etwas, das alle Männer wollen, aber ich gebe es ihm nicht.«

Sie gingen weiter durch die dunklen Straßen. Aus einem Wirtshaus schallte Gesang, und irgendwo schrie eine Frau ihren Mann an. Ein Hund bellte und wurde zum Schweigen gebracht. Der Regen prasselte auf die Strohdächer, tropfte vom Gesims und machte die schlammigen Straßen glitschig. Vor ihnen zeichnete sich ein roter Schimmer ab, der immer stärker wurde, und schließlich sah Thomas, dass er von den Flammen der Kohlenbecken kam, an denen sich die Wachen des Südtores wärmten. Er dachte daran, wie er und Jake und Sam das Tor geöffnet hatten, um die englische Armee hereinzulassen. »Ich habe dir einmal versprochen«, sagte er zu Jeanette, »dass ich dir Charles zurückbringe.«

»Wir beide haben einander viel zu viel versprochen, Thomas.« Ihre Stimme klang noch immer müde.

»Vielleicht sollte ich anfangen, meinen Teil zu erfüllen«, sagte Thomas. »Aber um nach Roncelets zu kommen, brauche ich Pferde.«

»Die kann ich bezahlen.« Jeanette hielt an einem dunklen

Eingang an. »Hier wohne ich.« Sie blickte in sein Gesicht. Er war hoch gewachsen, aber sie war fast genauso groß. »Der Graf von Roncelets ist ein berühmter Krieger. Du brauchst nicht zu sterben, um ein Versprechen einzuhalten, das du nie hättest geben sollen.«

»Aber ich habe es gegeben.«

Sie nickte. »Stimmt.«

Es herrschte langes Schweigen. Thomas hörte die Schritte eines Wachmanns auf der Stadtmauer. »Ich –«

»Nein«, unterbrach sie ihn hastig.

»Ich wollte nicht –«

»Ein andermal. Ich muss mich erst daran gewöhnen, dass du hier bist. Ich habe die Männer satt, Thomas. Seit der Pikardie ...« Sie hielt inne, und Thomas dachte, sie würde den Satz nicht beenden, doch dann zuckte sie die Achseln. »Seit der Pikardie habe ich wie eine Nonne gelebt.«

Er küsste sie auf die Stirn. »Ich liebe dich«, sagte er, und es war ihm ernst; dennoch war er überrascht, dass er es laut ausgesprochen hatte.

Sie schwieg einen Moment. Das rötliche Licht von den Kohlenbecken spiegelte sich in ihren Augen. »Was ist mit dem Mädchen passiert?«, fragte sie. »Dem blassen kleinen Ding, das so eifrig bemüht war, dich vor mir zu beschützen?«

»Ich habe sie nicht gut genug beschützt«, erwiderte Thomas. »Sie ist tot.«

»Männer sind solche Bastarde.« Sie wandte sich um und zog an dem Seil, das den Türriegel anhob. Dann hielt sie kurz inne. »Aber ich freue mich, dass du hier bist«, fügte sie hinzu, ohne sich noch einmal umzublicken. Die Tür fiel ins Schloss, der Riegel wurde vorgeschoben, und sie war verschwunden.

Sir Geoffrey Carr kam allmählich zu dem Schluss, dass sein Ausflug in die Bretagne ein Fehler gewesen war. Erst hatte sich Thomas von Hookton lange Zeit nicht blicken lassen, und nun, da der Bogenschütze aufgetaucht war, machte er keinerlei Anstalten, nach irgendeinem Schatz zu suchen. Es war mysteriös, und die ganze Zeit über wuchsen Sir Geoffreys Schulden. Doch dann fand Vogelscheuche schließlich heraus, welche Pläne Thomas von Hookton verfolgte, und mit diesem Wissen begab er sich zum Haus von Maître Belas.

Regen prasselte auf La Roche-Derrien nieder. Es war einer der nassesten Winter seit Menschengedenken. Im Graben jenseits der verstärkten Stadtmauer stand das Wasser, und viele der Flusswiesen entlang des Jaudy sahen aus wie Seen. Die Straßen in der Stadt versanken im Schlamm, der an den Stiefeln der Männer kleben blieb, und die Frauen trugen, wenn sie zum Markt gingen, seltsame Holzschuhe, die auf den steileren Straßen gefährlich rutschten, und dennoch waren die Säume ihrer Kleider und Umhänge schlammbeschmiert. Das einzig Gute an dem ständigen Regen war, dass er vor Bränden schützte und – was besonders den Engländern am Herzen lag – eine Belagerung der Stadt schwierig machen würde. Belagerungswaffen wie Katapulte, Triboks oder Kanonen brauchten einen festen Untergrund, keinen Morast, und auf Sumpfwiesen konnten Soldaten nicht angreifen. Es hieß, Richard Totesham bete um weiteren Regen und danke dem Herrn für jeden trüben, feuchten Morgen.

»Ein nasser Winter, Sir Geoffrey«, begrüßte Belas den englischen Ritter und musterte seinen Besucher unauffällig. Ein derbes, hässliches Gesicht, dachte er bei sich, und seine Kleider waren zwar von guter Qualität, aber für einen dickeren Mann geschnitten, was den Schluss nahe legte, dass der Engländer entweder in der letzten Zeit an Gewicht verloren oder die Kleider einem Gefallenen abgenommen hatte. Belas tippte auf Letzteres. An Sir Geoffreys Gürtel hing eine zusammengerollte Peitsche, eine ungewöhnliche Ausstattung, aber der Notar hatte nie den Ehrgeiz besessen, Soldaten verstehen zu wollen. »Wirklich ein sehr nasser Winter«, wiederholte Belas und wies einladend auf einen Stuhl.

»Ein verdammt beschissener Winter«, grummelte Sir Geoffrey, um seine Nervosität zu überspielen. »Nichts als Regen, Kälte und Frostbeulen.« Er war nervös, weil er seine Zweifel hatte, ob dieser hagere, misstrauische Notar Charles de Blois wirklich so wohlgesinnt war, wie es die Gerüchte in den Wirtshäusern behaupteten. Außerdem hatte er Beggar und Dickon unten im Hof zurücklassen müssen, und ohne ihre schützende Begleitung fühlte er sich verwundbar, zumal der Notar einen massigen Diener hatte, der ein Lederwams trug und mit einem langen Schwert bewaffnet war.

»Pierre beschützt mich«, sagte Belas, der Vogelscheuches Blicke bemerkt hatte. »Er beschützt mich vor den Feinden, die alle ehrbaren Notare haben. Bitte nehmt doch Platz, Sir Geoffrey.« Erneut wies er auf einen Stuhl. Im Kamin brannte ein kleines Feuer, dessen Rauch durch einen neu angelegten Abzug verschwand. Das Gesicht des Notars war gierig wie das eines Wiesels und bleich wie der Bauch einer Ringelnatter. Er trug ein schwarzes Gewand, einen schwarzen, mit Fell umrandeten Umhang und eine ebenfalls schwarze Kappe mit Ohrenschützern, von denen er nun jedoch einen hochklappte, um Vogelscheuche besser hören zu können. *»Parlez-vous français?«*, fragte er.

»Nein.«

»Brezoneg a ouzit?«, versuchte es der Notar erneut, doch Vogelscheuche starrte ihn nur verständnislos an. »Ihr sprecht kein Bretonisch?«

»Habe ich Euch doch gerade gesagt, oder? Ich kann kein Französisch.«

»Französisch und Bretonisch sind zwei verschiedene Sprachen, Sir Geoffrey.«

»Auf jeden Fall ist beides kein verdammtes Englisch«, erwiderte Vogelscheuche streitlustig.

»Da habt Ihr in der Tat Recht. Leider spreche ich nicht sehr gut Englisch, aber ich lerne schnell. Schließlich ist es die Sprache unserer neuen Herren.«

»Herren?«, fragte Sir Geoffrey. »Oder Feinde?«

Belas zuckte die Achseln. »Ich bin Geschäftsmann, und ich fürchte, als solcher hat man wohl immer Feinde.« Er sagte es beiläufig, als handele es sich um eine unwichtige Kleinigkeit, und lehnte sich in seinem Stuhl zurück. »Aber Ihr seid doch sicher in geschäftlichen Angelegenheiten gekommen, nicht wahr, Sir Geoffrey? Wollt Ihr vielleicht einen Besitz veräußern? Einen Vertrag abschließen?«

»Jeanette Chenier, Gräfin von Armorika«, sagte Sir Geoffrey ohne weitere Einleitung.

Belas war überrascht, zeigte es jedoch nicht. Aber er war auf der Hut. Er wusste sehr genau, dass Jeanette Rache wollte, und verfolgte wachsam jeden ihrer Schachzüge, doch nun tat er gleichmütig. »Ja, ich kenne die Dame.«

»Sie kennt Euch. Und sie mag Euch nicht, *Monsieur* Belas«, sagte Sir Geoffrey mit herablassender Betonung. »Sie kann Euch nicht ausstehen. Am liebsten hätte sie Eure Eier in einer Bratpfanne, mit einem kräftigen Feuer darunter.«

Belas wandte sich den Papieren auf seinem Tisch zu, als langweile ihn sein Besucher. »Ich sagte Euch bereits, Sir Geoffrey, dass ein Notar sich unausweichlich Feinde macht. Das beunruhigt mich nicht. Mich schützt das Gesetz.«

»Scheißt auf Euer Gesetz, Belas«, sagte Vogelscheuche gleichmütig. Seine erstaunlich farblosen Augen fixierten den Notar, der angelegentlich eine Feder spitzte. »Und wenn die Lady nun ihren Sohn zurückbekommt?«, fuhr er fort. »Wenn die Lady mit ihrem Sohn zu Edward von England geht und den Kleinen dazu bringt, dass er Herzog Jean seinen Treueeid schwört? Dann wird das Gesetz sie nicht daran hindern, Euch die Eier abzuschneiden, oder? Schnipp, schnapp, und ab in die Pfanne damit, Herr Notar.«

»Eine solche Entwicklung«, sagte Belas mit gespielter Langeweile, »hätte auf mich keinerlei Auswirkungen.«

»So schlecht ist Euer Englisch gar nicht, was?«, spottete Sir Geoffrey. »Ich behaupte nicht, dass ich das Gesetz kenne, Monsieur, aber ich kenne die Menschen. Wenn die Gräfin ihren Sohn zurückbekommt, wird sie zum König nach Calais gehen.«

»Und?« Belas spielte noch immer den Gelassenen.

»Drei Monate« – Sir Geoffrey hielt drei Finger hoch –, »vielleicht auch vier braucht Euer Charles de Blois, bis er hier anrücken kann. Sie dagegen könnte innerhalb von vier Wochen in Calais sein, und noch mal vier Wochen später wieder hier, mit dem entsprechenden Papier des Königs, und dann wäre sie wertvoll. Ihr Sohn hat, was der König will, also gibt der König ihr, was sie will, und sie will Eure Eier. Sie wird sie mit ihren kleinen weißen Zähnen abbeißen und Euch bei lebendigem Leib die Haut abziehen, Monsieur, und dann hilft Euch Euer Gesetz gar nichts. Nicht gegenüber dem König.«

Belas hatte so getan, als lese er in einem Pergament, doch nun ließ er es los, sodass es sich mit einem lauten Rascheln zusammenrollte. Er starrte Vogelscheuche an, dann zuckte er die Achseln. »Ich glaube kaum, dass das, was Ihr beschreibt, eintreffen wird, Sir Geoffrey. Der Sohn der Gräfin ist nicht hier.«

»Aber wenn sich nun ein paar Männer bereitmachten, nach Roncelets zu reiten und die kleine Nervensäge zu holen?«

Belas schwieg. Er hatte dieses Gerücht bereits vernommen, jedoch nicht viel darauf gegeben, da solche Geschichten schon öfter kursiert waren, sich aber nie bewahrheitet hatten. Doch etwas in Sir Geoffreys Stimme gab ihm das Gefühl, dass es diesmal tatsächlich ernst sein könnte. »Ein paar Männer«, wiederholte er ausdruckslos.

»Ein paar Männer«, bestätigte Vogelscheuche, »die nach Roncelets reiten wollen und dort warten, bis das Jüngelchen zum Pinkeln nach draußen geführt wird. Dann schnappen sie sich den Kleinen, bringen ihn hierher und werfen Eure Eier in die Pfanne.«

Belas rollte das Pergament wieder auseinander und gab vor, es zu lesen. »Es ist kaum überraschend, Sir Geoffrey«, sagte er beiläufig, »dass Madame Chenier alles daransetzt, ihren Sohn zurückzubekommen. Das ist nur normal. Aber was habe ich damit zu tun? Warum sollte ich darunter zu leiden haben?« Er tauchte die frisch gespitzte Feder in das Tintenfass. »Und woher wisst ihr von diesem geplanten Überfall?«

»Ich stelle also die richtigen Fragen, nicht wahr, Monsieur?«, entgegnete Vogelscheuche.

In Wirklichkeit hatte Sir Geoffrey Gerüchte gehört, Thomas plane einen Überfall auf Rostrenen, doch andere Männer in der Stadt hatten geschworen, Rostrenen sei schon so oft geplündert worden, dass dort selbst ein Spatz verhungern würde. Was also hatte Thomas wirklich vor? Vogelscheuche war überzeugt, dass Thomas auf der Suche nach dem Schatz war, demselben Schatz, der ihn nach Durham gebracht hatte, aber warum sollte er in Rostrenen sein? Was gab es dort? In einer Schänke hatte Sir Geoffrey einen von Richard Toteshams Untergebenen entdeckt, ihm ein Bier ausgegeben und ihn nach Rostrenen gefragt. Doch der Mann hatte nur gelacht und den Kopf geschüttelt. »Dem Unsinn solltet Ihr keinen Glauben schenken«, hatte er zu Sir Geoffrey gesagt.

»Unsinn?«

»Sie reiten nicht nach Rostrenen, sondern nach Roncelets. Nun ja, genau wissen wir das nicht, aber die Gräfin von Armorika steckt bis zum Hals mit drin, also kann es nur Roncelets sein. Und wenn Ihr meinen Rat wollt, Sir Geoffrey, dann haltet Euch besser da raus. Roncelets wird nicht umsonst als Wespennest bezeichnet.«

Sir Geoffrey, der immer verwirrter wurde, hakte weiter nach und reimte sich schließlich zusammen, dass der *thesaurus*, den Thomas suchte, nicht aus Bergen von Goldmünzen oder Beuteln voller Edelsteine bestand, sondern aus Ländereien: den bretonischen Besitzungen des Grafen von Armorika, und wenn Jeanettes kleiner Sohn sich Herzog Jean unterstellte, gewannen die Engländer in der Bretagne an Einfluss. Auf seine Weise war es in der Tat ein Schatz, ein politischer Schatz – nicht so befriedigend wie Gold, aber dennoch wertvoll. Was diese Ländereien jedoch mit Durham zu tun hatten, blieb Vogelscheuche schleierhaft. Vielleicht war Thomas dorthin gereist, um irgendwelche Dokumente zu holen? Oder eine Übertragungsurkunde von einem früheren Herzog? Doch dieser Schreiberkram interessierte ihn nicht; ihn interessierte nur, dass Thomas vorhatte, einen Jungen zu entführen, der dem König von England möglicherweise zu politischem Einfluss verhalf, und er hatte sich gefragt, wie er von der Sache profitieren konnte. Zunächst hatte er mit dem kühnen Gedanken gespielt, den Jungen selbst zu entführen und ihn nach Calais zu bringen, doch dann war ihm klar geworden, dass es viel sicherer und einfacher war, Thomas übers Ohr zu hauen. Deshalb war er hier, und er vermutete, dass Belas interessiert war, aber da der Notar vorgab, der Überfall auf Roncelets gehe ihn nichts an, beschloss Vogelscheuche, seinem Ansinnen etwas Nachdruck zu verleihen. Er stand auf und zog sein regengetränktes Wams aus. »Ihr seid nicht interessiert, Monsieur?«, fragte er. »Schön, wie Ihr meint. Ihr kennt Euer Geschäft besser als ich, aber ich weiß, wie viele nach Roncelets reiten, wer ihr Anführer ist, und wann sie aufbrechen.« Die Feder schwebte reglos in der Luft, und Tinte tropfte auf das Pergament, doch Belas schien es nicht zu bemerken. Er lauschte auf Vogelscheuches scharfe Stimme. »Natürlich haben sie Totesham nicht gesagt, was sie vorhaben, weil er es offiziell nicht gutheißen kann, egal was er im Stillen vielleicht darüber denkt, also glaubt er, sie wollten ein paar Höfe in der Nähe von Rostrenen abfackeln, was sie vielleicht auch tun, aber ganz gleich, was sie behaupten und was Master Totesham glaubt, ich weiß, dass sie nach Roncelets wollen.«

»Woher wisst Ihr das?«, fragte Belas leise.

»Ich weiß es!«, gab Sir Geoffrey barsch zurück.

Belas legte die Feder ab. »Setzt Euch und sagt mir, was Ihr wollt.«

»Zwei Dinge«, sagte Sir Geoffrey und nahm wieder Platz. »Ich bin in diese Stadt gekommen, um Geld zu machen, aber die Beute ist dünn gesät, Monsieur.« Sehr dünn, denn die Engländer hatten die Bretagne monatelang geplündert, und im Umkreis eines Tagesritts gab es keinen einzigen Hof, der nicht ausgeraubt und niedergebrannt worden war, und wer weiterritt, riskierte, starken feindlichen Patrouillen in die Hände zu fallen. Jenseits der Mauern ihrer Festungen war die Bretagne eine Wildnis voller Hinterhalte und Gefahren, und Vogelscheuche hatte schnell begriffen, dass es schwer sein würde, in dieser Gegend reich zu werden.

»Geld ist also das Erste, was Ihr wollt«, sagte Belas schneidend. »Und das Zweite?«

»Unterschlupf.«

»Unterschlupf?«

»Wenn Charles de Blois die Stadt erobert«, erklärte Vogelscheuche, »will ich in Eurem Hof sein.«

»Ich begreife zwar nicht, warum«, sagte Belas trocken, »aber selbstverständlich seid Ihr willkommen. Und was das Geld betrifft« – er leckte sich die Lippen –, »so möchte ich erst wissen, wie gut Eure Informationen sind.«

»Und wenn sie gut sind?«

Belas überlegte einen Moment. »Siebzig *écus*?«, schlug er vor. »Oder achtzig?«

»Siebzig *écus*?« Sir Geoffrey rechnete die Summe in Pfund um und spuckte dann aus. »Das sind ja nur zehn Pfund! Nein! Ich will einhundert Pfund, und ich will sie in englischen Münzen.«

Sie einigten sich auf sechzig englische Pfund, zahlbar, sobald Belas den Beweis hatte, dass Sir Geoffrey die Wahrheit sagte. Und diese Wahrheit bestand darin, dass Thomas von Hookton mit einem Trupp Männer nach Roncelets reiten wollte, und zwar am Tag vor St. Valentin, was noch gut zwei Wochen hin war.

»Warum erst dann?«, wollte Belas wissen.

»Er braucht mehr Männer. Bis jetzt hat er erst ein halbes Dutzend, und er versucht, noch andere hinzuzugewinnen. Er erzählt ihnen, in Roncelets gäbe es Gold.«

»Wenn Ihr so wild aufs Geld seid«, sagte Belas eisig, »warum reitet Ihr dann nicht mit ihm?«

»Weil ich lieber zu Euch komme«, erwiderte Sir Geoffrey.

Belas lehnte sich in seinem Stuhl zurück und verschränkte die langen, bleichen Finger. »Das ist alles, was Ihr wollt?«, fragte er. »Etwas Geld und einen Unterschlupf?«

Vogelscheuche erhob sich und beugte den Kopf unter den niedrigen Deckenbalken. »Ihr bezahlt mich einmal – und Ihr werdet mich wieder bezahlen.«

»Vielleicht«, sagte Belas ausweichend.

»Ich gebe Euch, was Ihr wollt, und dafür bezahlt Ihr mich.« Er wandte sich zum Gehen, doch Belas rief ihn zurück.

»Sagtet Ihr Thomas von Hookton?« In der Stimme des Notars lag unverhülltes Interesse.

»Ganz recht«, bestätigte Vogelscheuche.

»Danke.« Belas blickte auf ein Pergament, das er gerade entrollt hatte, und er schien Thomas' Namen dort zu finden, denn er fuhr mit dem Finger daran entlang und lächelte. »Besten Dank«, sagte er erneut und nahm dann zu Sir Geoffreys Erstaunen aus einer Kommode neben seinem Tisch eine kleine Börse und schob sie dem Engländer hin. »Für diese Information bin ich Euch sehr dankbar, Sir Geoffrey.«

Unten im Hof stellte Vogelscheuche fest, dass die Börse zehn englische Pfund in Gold enthielt. Zehn Pfund dafür, dass er lediglich Thomas' Namen erwähnt hatte? Anscheinend gab es noch einiges über Thomas' Pläne herauszufinden, aber zumindest hatte er jetzt Gold in der Tasche. Somit hatte der Besuch bei dem Notar sich gelohnt, und bald würde noch mehr Gold aus dieser Quelle kommen.

Aber der verfluchte Regen hatte noch immer nicht aufgehört.

Thomas überzeugte Richard Totesham, anstatt ein weiteres Bittgesuch an den König zu schicken, sich an den Earl of Northampton zu wenden, der bei der Belagerung von Calais den Oberbefehl über einen Teil der Truppen innehatte. Der Brief erinnerte Seine Lordschaft an seinen großen Sieg bei der Eroberung von La Roche-Derrien und hob hervor, dass diese Errungenschaft möglicherweise vergeblich gewesen sei, falls die Garnison nicht verstärkt würde, da Charles de Blois in Rennes eine gewaltige neue Armee zusammenstellte.

»Master Totesham«, schrieb Thomas, »der Euer Lordschaft seine untertänigsten Grüße schickt, schätzt, dass Charles' Armee bereits eintausend Soldaten, die doppelte Zahl von Armbrustschützen und noch etliche zusätzliche Männer umfasst, während wir in unserer Garnison über kaum einhundert gesunde Soldaten verfügen, und Euer Schwager, Sir Thomas Dagworth, der einen Wochenmarsch entfernt ist, kann höchstens sechs- oder siebenhundert Mann aufbieten.«

Sir Thomas Dagworth, der englische Oberbefehlshaber in der Bretagne, war mit der Schwester des Earl of Northampton verheiratet, und Totesham hoffte, dass der Earl sich schon allein aus Gründen der Familienehre bemühen würde, eine Niederlage in der Bretagne zu verhindern. Wenn Northampton lediglich Skeats Bogenschützen schickte, ohne die Soldaten, hätten sie die doppelte Anzahl von Schützen auf den Stadtmauern von La Roche-Derrien, und das gäbe Totesham immerhin die Chance, einer Belagerung standzuhalten. Schickt uns die Bogenschützen, bat der Brief, mit ihren Bogen und ihren Pfeilen, aber ohne die Pferde, und Totesham würde sie nach Calais zurückschicken, sobald Charles de Blois abgewehrt war. »Das glaubt er mir nicht«, brummte Totesham. »Er weiß genau, dass ich sie behalten will, also schreib es so, dass es wie ein feierliches Versprechen klingt. Schreib ihm, ich schwöre auf die Muttergottes und den heiligen Georg, dass die Bogenschützen zurückgeschickt werden.«

Nachdem Thomas den Brief beendet hatte, unterzeichnete Totesham ihn, und Will Skeat setzte ein Kreuz neben seinen Namen.

Die Beschreibung der Armee von Charles de Blois entsprach durchaus der Wirklichkeit. Von den Engländern bezahlte Spione hatten die Nachricht überbracht, wobei Charles diese Zahlen gar nicht geheim hielt, denn je größer die Übermacht seiner Männer war, desto entmutigter würde die Garnison in La Roche-Derrien sein. Charles hatte bereits über viertausend Mann, und jede Woche kamen neue hinzu, außerdem hatten seine Kriegsbaumeister neun riesige Belagerungsapparate besorgt, mit denen Steingeschosse gegen die Mauern der englischen Städte und Festungen in seinem Herzogtum geschleudert werden sollten. La Roche-Derrien würde als Erstes angegriffen werden, und kaum jemand glaubte, dass die Stadt länger als einen Monat standhalten würde.

»Mir ist zu Ohren gekommen, dass du nach Roncelets willst«, sagte Totesham missbilligend zu Thomas, als der Brief fertig war. »Ich hoffe doch, das stimmt nicht?«

»Nach Roncelets?« Thomas tat, als hätte er den Namen noch nie gehört. »Nein, Sir, nach Rostrenen.«

Totesham blickte Thomas finster an. »In Rostrenen gibt es nichts«, sagte er eisig.

»Ich habe gehört, es gibt dort Nahrung.«

»Wohingegen«, fuhr Totesham fort, ohne Thomas' Einwurf zu beachten, »in Roncelets angeblich der Sohn der Gräfin von Armorika gefangen gehalten wird.«

»Tatsächlich, Sir?«, sagte Thomas in gespieltem Erstaunen.

»Und falls du deinen Zapfen ölen willst« – wiederum ignorierte Totesham Thomas' Bemerkung –, »kann ich dir das Bordell hinter der Kapelle von St. Brieuc empfehlen.«

»Wir reiten nach Rostrenen«, beharrte Thomas.

»Von meinen Männern wird keiner dich begleiten«, sagte Totesham. Damit waren die Soldaten gemeint, die bei ihm im Lohn standen, was jedoch nicht auf die Söldner zutraf.

Guillaume d'Evecque hatte sich bereit erklärt, mit Thomas zu reiten, obwohl er seine Zweifel hatte, was den Erfolg des Unternehmens betraf. Er hatte Pferde für sich und seine beiden Soldaten gekauft, aber es waren keine guten Tiere. »Wenn sie uns aus Roncelets verfolgen, handeln wir uns Prügel ein. Also nimm möglichst viele Männer mit, damit wir vernünftig kämpfen können.«

Zunächst hatte Thomas vorgehabt, nur mit einem kleinen Trupp loszureiten, aber eine Hand voll Männer auf schlechten Pferden wären eine leichte Beute. Es war sicherer, mit einer größeren Gruppe zu reiten.

»Warum machst du das Ganze überhaupt?«, wollte d'Evecque wissen. »Nur um der Witwe unter den Rock zu kommen?«

»Weil ich es ihr versprochen habe«, erwiderte Thomas, und

das stimmte, doch d'Evecques Vermutung kam der Wahrheit näher. »Und weil ich unsere Feinde wissen lassen muss, dass ich hier bin.«

»Du meinst de Taillebourg? Der weiß es längst.«

»Glaubt Ihr?«

»Bruder Germain hat es ihm bestimmt erzählt«, sagte d'Evecque überzeugt, »und ich schätze, dein Dominikaner ist bereits in Rennes. Er kommt zu dir, wenn er es für richtig hält.«

»Wenn ich Roncelets überfalle, werden sie von mir hören. Dann kann ich sicher sein, dass sie kommen.«

An Lichtmess wusste er, dass er auf Robbie und d'Evecque mit seinen zwei Soldaten zählen konnte, außerdem hatte er noch sieben weitere Männer gefunden, die die Gerüchte von Roncelets' Reichtümern oder die Aussicht auf Jeanettes Anerkennung lockten. Robbie wollte sofort losreiten, doch Will Skeat riet Thomas, genau wie d'Evecque, eine größere Truppe mitzunehmen. »Das hier ist nicht Nordengland«, sagte Skeat. »Du kannst dich nicht hinter die Grenze flüchten. Wenn sie dich schnappen, Tom, dann brauchst du ein Dutzend gute Männer, die mit Schilden umgehen und Schädel einschlagen können. Am besten, ich komme mit.«

»Nein«, sagte Thomas hastig. Skeat hatte seine lichten Momente, doch oft genug war er verwirrt und vergesslich. Dennoch war sein Rat gut, wenn auch schwierig umzusetzen. Die meisten lehnten sein Angebot ab; der Turm von Roncelets sei zu weit weg, behaupteten sie, oder der Graf von Roncelets zu mächtig und die Aussichten auf Erfolg zu gering. Andere fürchteten, Toteshams Zorn auf sich zu ziehen, denn dieser hatte aus Sorge, auch nur einen seiner Männer zu verlieren, angeordnet, dass kein Plünderzug sich weiter als einen Tagesritt von der Stadt entfernen durfte. Diese Einschränkung bedeutete, dass es kaum etwas zu plündern gab, und so hatten sich nur die ärmsten der Söldner, die dringend Geld brauchten, bereit erklärt, Thomas zu begleiten.

»Zwölf Männer sind genug«, drängte Robbie. »Süßer Jesus,

ich bin doch auf genügend Beutezügen in England gewesen. Einmal haben mein Bruder und ich Lord Percy mit nur drei weiteren Männern eine ganze Viehherde gestohlen, und Percy hat das halbe Land nach uns absuchen lassen. Geh schnell rein und noch schneller wieder raus. Zwölf Männer sind genug.«

Beinahe hätten Robbies nachdrückliche Worte Thomas überzeugt, doch er fürchtete, dass sie immer noch zu wenige und die Pferde zu schlecht waren, um schnell rein- und noch schneller wieder rauszukommen. »Nein, ich brauche mehr Männer.«

»Wenn du weiter überall herumfragst, werden deine Feinde davon Wind bekommen. Sie werden auf uns warten.«

»Sie wissen aber nicht, wo oder worauf sie warten sollen«, wandte Thomas ein. Er hatte allerlei Gerüchte über den Zweck des Überfalls ausgestreut und hoffte, seine Feinde damit ausreichend verwirrt zu haben. »Aber wir brechen bald auf«, versprach er Robbie.

»Allmächtiger, wen willst du denn noch fragen?«, protestierte Robbie. »Lass uns losreiten!«

Doch an diesem Tag lief ein Schiff in Tréguier ein, und drei weitere flämische Soldaten kamen zur Garnison geritten. Thomas fand sie abends in einem Wirtshaus am Flussufer. Die drei beschwerten sich, sie wären bei den Engländern in Calais gewesen, aber dort gebe es kaum irgendwelche Kämpfe und somit auch keine Gelegenheit, reiche Gefangene zu machen. So hatten sie beschlossen, ihr Glück in der Bretagne zu versuchen, und waren nach La Roche-Derrien gekommen. Thomas sprach mit ihrem Anführer, einem hageren Mann mit schiefem Mund, an dessen rechter Hand zwei Finger fehlten. Der Mann lauschte, gab ein zustimmendes Grunzen von sich und sagte, er wolle es sich überlegen. Am nächsten Morgen kamen die drei zu den Zwei Füchsen. »Wir sind hergekommen, um zu kämpfen«, erklärte ihr Anführer, der den Namen Lodewijk trug, »also kommen wir mit euch.«

»Dann lass uns endlich losreiten!«, drängte Robbie Thomas.

Thomas hätte gerne noch mehr Männer angeworben, aber er wusste, er hatte lange genug gewartet. »Also gut«, willigte er ein. Dann ging er zu Will Skeat und nahm dem alten Mann das Versprechen ab, ein Auge auf Jeanette zu halten. Sie mochte und achtete Skeat, und Thomas vertraute ihr genug, um das Buch seines Vaters bei ihr zurückzulassen. »Wir sind in sechs oder sieben Tagen zurück.«

»Gott schütze dich«, sagte Jeanette. Sie drückte Thomas kurz an sich. »Gott schütze dich. Und bring mir meinen Sohn.«

Am nächsten Morgen, bei Tagesanbruch, in einem Nebel, der sich in Perlen auf ihren Kettenpanzern absetzte, machten sich die fünfzehn Reiter auf den Weg.

Lodewijk – er bestand darauf, er sei *Sir* Lodewijk, obgleich seine beiden Gefährten jedes Mal kicherten, wenn er davon sprach – weigerte sich, Französisch zu sprechen, da diese Sprache ihm die Zunge verätze. »Die Franzosen sind ein … widerwärtiges Volk«, behauptete Lodewijk. »Widerwärtig – ist das das richtige Wort?«

»Ja, das könnte passen«, bestätigte Thomas.

Jan und Pieter, Sir Lodewijks Gefährten, sprachen nur ein kehliges Flämisch, gewürzt mit ein paar englischen Flüchen, die sie vermutlich bei Calais gelernt hatten.

»Was passiert in Calais?«, fragte Thomas Sir Lodewijk, während sie nach Süden ritten.

»Nichts. Die Stadt ist … wie sagt man?« Sir Lodewijk machte mit der Hand eine Kreisbewegung.

»Umzingelt.«

»Genau, die verdammte Stadt ist umzingelt. Von den Engländern. Und von …« Wieder suchte er nach dem passenden Wort, dann deutete er auf ein paar überflutete Felder links von der Straße. »Von dem da.«

»Sümpfen.«

»Ja, von Sümpfen. Und die verfluchten Franzosen sind … weiter oben, höher, und sie …« Er hielt die Hand über die Augen, als wolle er sie vor der Sonne schützen.

»Schauen?«

»Genau, alle stehen nur da und schauen. Nichts passiert, aber alle werden nass. Verflucht beschissen nass.«

Auch sie wurden wenig später nass, als der Regen vom Meer herübertrieb. Riesige graue Schleier breiteten sich über die öden Felder und die Heiden des Hochlands, wo die Bäume alle nach Osten geneigt waren. Als Thomas die Bretagne zum ersten Mal gesehen hatte, war dies ein sorgfältig bestelltes Land gewesen, voller Bauernhöfe, Obstwiesen, Mühlen und Weiden, doch nun war es verwahrlost. In den Obstbäumen tummelten sich Scharen von Dompfaffen, die Felder waren von Unkraut überwuchert und die Weiden voller Quecken. Hier und dort versuchten noch ein paar Bauern, dem Boden einen Lebensunterhalt abzuringen, doch sie wurden immer wieder zu den Befestigungsarbeiten in La Roche-Derrien abgezogen, und englische Patrouillen stahlen ihnen ständig ihr Vieh und ihre Ernte. Da die Bretonen sich sofort versteckten, sobald sie die fünfzehn Reiter kommen sahen, erschien es Thomas und seinem Trupp, als ritten sie durch ein verlassenes Land.

Sie führten ein Ersatzpferd mit; eigentlich hätten sie mehrere haben müssen, da nur die Rösser der drei Flamen in guter Verfassung waren. Pferde vertrugen Schiffsreisen meist nicht gut, aber Sir Lodewijk betonte, ihre Überfahrt sei ungewöhnlich schnell gewesen. »Viel Wind, starker Wind!« Er wirbelte mit der Hand durch die Luft und gab ein Zischen von sich, um zu illustrieren, wie kräftig der Wind gewesen war, der ihre Pferde so unbeschadet in die Bretagne gebracht hatte.

Die Flamen besaßen nicht nur gute Pferde, sondern auch eine gute Ausstattung. Jan und Pieter trugen erstklassige Ringelpanzer, Sir Lodewijk ein kurzes Kettenhemd mit ledernem Rücken und, mit Riemen daran befestigt, Rüstungsplatten an Brust, beiden Oberschenkeln und dem Waffenarm. Darüber trugen alle drei einen schwarzen Waffenrock mit einem breiten weißen Streifen, der senkrecht über die Vorder- und Rückseite lief. Ihre Schilde waren ohne Wappen, nur die Schabracke von Sir Lodewijks Ross zeigte das Abzeichen eines Messers, von dem Blut tropfte. Sir Lodewijk versuchte, die Bedeutung des Zeichens zu erklären, doch dazu reichte sein Englisch nicht aus, und Thomas konnte sich lediglich zusammenreimen, dass es das Wappen einer Zunft in Brügge war. »Vielleicht die Fleischer?«, sagte er zu Robbie. »Könnte das sein?«

»Unsinn, Fleischer führen keinen Krieg. Höchstens gegen Schweine«, witzelte Robbie. Er war bester Laune. Plünderungen lagen ihm im Blut, und in den Schänken von La Roche-Derrien hatte er wahre Wundergeschichten von den Kostbarkeiten gehört, die man erbeuten konnte, wenn man gegen Richard Toteshams Gebot verstieß und sich weiter als einen Tagesritt von der Stadt entfernte. »Das Dumme in Nordengland ist«, sagte er zu Thomas, »dass alles, was sich zu stehlen lohnt, hinter verflucht hohen Mauern steckt. Ab und zu erwischen wir ein paar Rinder, und vor einem Jahr habe ich Lord Percy ein ausgezeichnetes Pferd abgeluchst, aber an Gold und Silber kommt man nicht heran. Und auch sonst an nichts wirklich Wertvolles. Das Abendmahlsgerät ist aus Holz, Zinn oder Ton, und die Almosenbüchsen sind leerer als die Börsen der Armen. Und wenn man sich zu weit nach Süden wagt, lauern die verfluchten Engländer einem auf dem Heimweg auf. Ich hasse diese elenden Bogenschützen!«

»Ich bin einer von diesen elenden Bogenschützen.«

»Du bist anders«, entgegnete Robbie, und er meinte es auch so, denn er konnte Thomas nicht einordnen. Die meisten Bogenschützen waren Söhne von Kleinbauern, Schmieden oder Gutsverwaltern, manchmal sogar von Knechten, während Thomas ganz offenkundig von guter Abstammung war, denn er sprach Französisch und Latein, bewegte sich ungehemmt in der Welt der Adligen, und andere Bogenschützen ordneten sich ihm unter. Robbie sah zwar aus wie ein wilder schottischer Krieger, war jedoch der Sohn eines Edelmanns und Neffe des Ritters von Liddesdale. Daher betrachtete er Bogenschützen als niedere Wesen, die man – in einem normal angeordneten Universum – niederreiten und abschlachten konnte wie Jagdwild. Doch Thomas gefiel ihm. »Du bist verdammt noch mal anders«, sagte er. »Aber warte nur, sobald mein Lösegeld bezahlt ist und ich wieder zu Hause bin, komme ich und bringe dich um.«

Thomas lachte, aber es war ein gezwungenes Lachen. Er war nervös, was er auf seine ungewohnte Position als Anführer eines Plündertrupps zurückführte. Das Ganze war seine Idee gewesen, und der größte Teil der Männer hatte sich auf seine Versprechungen hin dazu bereit erklärt, den langen Ritt mitzumachen. Er hatte behauptet, Roncelets sei noch ungeplündert, da es so weit von sämtlichen englischen Bastionen entfernt lag. Wir schnappen uns den Jungen, hatte er zu ihnen gesagt, und dann könnt ihr plündern, solange ihr wollt, oder zumindest so lange, bis der Feind aufwacht und sich an unsere Fersen heftet. Dieses Versprechen hatte die Männer dazu gebracht, sich ihm anzuschließen, und nun lastete die Verantwortung schwer auf Thomas. Zugleich ärgerte er sich über seine Unsicherheit. Schließlich war es sein Ziel, eine eigene Truppe anzuführen, wie Will Skeat es vor seiner Verwundung getan hatte, und wie sollte er ein guter Anführer sein, wenn er sich schon bei einer kleinen Plünderung wie dieser verrückt machte? Aber so war es nun mal, und am meisten beschäftigte ihn, dass er womöglich nicht alles bedacht hatte, was schief gehen konnte. Obendrein waren die Männer, die sich ihm angeschlossen hatten, mit Ausnahme seiner Freunde und der drei Flamen, die ärmsten und am schlechtesten ausgerüsteten all der Abenteurer, die sich auf der Suche nach Reichtum nach La Roche-Derrien verirrt hatten. Einer von ihnen, ein streitsüchtiger Soldat aus der westlichen Bretagne, betrank sich gleich am ersten Tag, und Thomas entdeckte, dass der Mann zwei Wasserschläuche mit starkem Apfelgeist bei sich trug. Thomas durchstach beide, woraufhin der Bretone wütend mit dem Schwert auf ihn losging, doch der Kerl war zu betrunken, um klar sehen zu können. Ein Kniestoß in die Lenden und ein Faustschlag auf den Kopf setzten ihn außer Gefecht. Thomas nahm das Pferd des Mannes und ließ ihn im Schlamm zurück, sodass sie nur noch vierzehn waren. »Das war gut«, meinte Guillaume d'Evecque grinsend.

Thomas sagte nichts. Geschah ihm recht, dass sie ihn verspotteten, dachte er.

»Nein, ich meine es ernst! Du hast dem Kerl eins über die Rübe gegeben, und wenn es sein muss, machst du es wieder. Weißt du, warum manche Männer schlechte Anführer sind?«

»Nein, warum?«

»Sie wollen, dass ihre Leute sie mögen.«

»Was ist daran so schlimm?«, fragte Thomas.

»Männer wollen ihre Anführer bewundern, sie wollen sie fürchten, und vor allem wollen sie erfolgreich sein. Was hat Freundlichkeit damit zu tun? Wenn ein Anführer ein guter Mann ist, werden seine Leute ihn mögen, und wenn nicht, dann eben nicht, aber wenn er ein guter Mann ist und ein schlechter Anführer, dann kann er sich gleich begraben lassen. Siehst du? Ich strotze vor Weisheit.« D'Evecque lachte. Er hatte zwar eine Pechsträhne, hatte sein Haus und sein Vermögen verloren, aber er war auf dem Weg zu einem Kampf, und das heiterte ihn auf. »Das Gute an diesem Mistwetter ist, dass der Feind nicht mit uns rechnen wird. Bei dem Regen bleibt jeder, der kann, zu Hause.«

»Bestimmt wissen sie, dass wir La Roche-Derrien verlassen haben«, meinte Thomas. Er war überzeugt, dass Charles de Blois ebenso viele Spione in der Stadt hatte wie die Engländer in Rennes.

»Jetzt noch nicht«, wandte d'Evecque ein. »Wir sind schneller als jede Botschaft. Und selbst wenn – sie wissen ja nicht, wohin wir wollen.«

Sie wandten sich zunächst nach Süden, um dem Feind vorzugaukeln, sie hätten es auf die Höfe bei Guingamp abgesehen, doch gegen Ende des ersten Tages bogen sie nach Osten ab und ritten durch einsames Hochland. Die Haselsträucher blühten, und aus den kahlen Ästen der Ulmen erklangen die Rufe der Krähen, Zeichen, dass der Winter sich dem Ende zuneigte. In einem verlassenen Bauernhof schlugen sie ihr Lager auf, geschützt von verkohlten, niedrigen Steinmauern, und kurz bevor der letzte Lichtschein der Dämmerung erstarb, zeigte sich ihnen ein gutes Omen: Robbie, der ein wenig in den Ruinen des Hofes herumstöberte, entdeckte in der Erde neben einer eingestürzten Mauer, wo der Regen den Boden ausgewaschen hatte, einen Lederbeutel mit einem kleinen Silberteller und drei Hand voll Münzen. Demjenigen, der sie dort vergraben hatte, war sie wohl zu schwer gewesen, um sie mitzunehmen, oder er hatte Angst gehabt, unterwegs überfallen und ausgeraubt zu werden.

»Wir ... wie sagt man?« Sir Lodewijk machte eine schneidende Handbewegung, als zerteile er einen Kuchen.

»Teilen?«

»Ja. Wir teilen.«

»Nein«, sagte Thomas. Das war nicht vereinbart. Er persönlich hätte es vorgezogen zu teilen, so, wie Will Skeat es immer mit Beute gehalten hatte, aber die Männer aus seinem Trupp wollten, dass jeder behielt, was er fand.

Sir Lodewijk wurde wütend. »Aber so machen wir es. Wir teilen.«

»Wir teilen nicht«, sagte d'Evecque barsch. »So ist es abgesprochen.« Er sprach Französisch, und Sir Lodewijk tat, als habe er eine Ohrfeige bekommen, aber er hatte sehr wohl verstanden. Er wandte sich schweigend um und ging davon.

»Sag deinem schottischen Freund, er soll vorsichtig sein«, riet d'Evecque Thomas.

»Lodewijk ist kein übler Kerl. Ihr könnt ihn nur nicht leiden, weil er Flame ist.«

»Stimmt, ich hasse die Flamen. Sie sind dumme, träge Nichtsnutze. Genau wie die Engländer.«

Der kleine Streit mit den Flamen schürte kein böses Blut. Am nächsten Morgen waren Sir Lodewijk und seine Kumpane wieder gut gelaunt, und da ihre Pferde wesentlich frischer und ausgeruhter waren als die der anderen, erboten sie sich radebrechend und mit erfindungsreicher Gestik, als Späher vorauszureiten. Den ganzen Tag über tauchten ihre schwarz-weißen Waffenröcke immer wieder in der Ferne auf, und stets signalisierten sie dem Haupttrupp, er könne gefahrlos weiterreiten. Je weiter sie sich ins Feindgebiet vorwagten, desto größer wurde das Risiko, aber dank der Wachsamkeit der Flamen kamen sie gut voran. Sie bewegten sich entlang der Hauptstraße, die sich von West nach Ost durch die Bretagne zog; sie war von dichten Wäldern flankiert, sodass der Trupp eventuellen Reisenden verborgen blieb. Doch sie sahen nur zwei Viehtreiber mit ihren mageren Rindern und einen Priester mit einer Gruppe Pilger, die barfuß liefen, dürre Zweige schwangen und ein Klagelied sangen. Dort war nichts zu holen.

Am nächsten Tag wandten sie sich wieder nach Süden und kamen in ein Gebiet, das noch nicht von englischen Plünderern heimgesucht worden war. Die Menschen hatten keine Angst vor fremden Reitern, und auf den Weiden drängten sich die Schafe mit ihren neu geborenen Lämmern, von denen viele den Füchsen zum Opfer fielen, weil die Bretonen zu sehr damit beschäftigt waren, einander zu bekämpfen. Schäferhunde bellten die gepanzerten Männer an. Die Flamen ritten nicht mehr voran, sondern Thomas führte den Trupp gemeinsam mit Guillaume d'Evecque, und wenn jemand sie ansprach, antworteten sie auf Französisch und behaupteten, sie seien Anhänger von Charles de Blois. »Wo geht es nach Roncelets?«, fragten sie immer wieder, und anfangs fanden sie niemanden, der den Ort auch nur kannte, doch nach einigem Suchen stießen sie schließlich auf jemanden, der ihnen den Weg beschreiben konnte. Der Turm sei nur einen halben Tagesritt entfernt, sagte er, am Ende einer lang gezogenen, bewaldeten Hügelkette, die zwischen zwei Flüssen eingebettet lag. Er zeigte ihnen, wo sie den näheren der beiden Flüsse durchqueren konnten, riet ihnen, auf der Hügelkuppe Richtung Süden zu reiten, und bedankte sich für die Münze, die Thomas ihm gab.

Sie folgten der Wegbeschreibung, und als die dritte Nacht hereinbrach, wusste Thomas, dass sie ganz in der Nähe von Roncelets sein mussten, doch er hielt es für besser, in der Morgendämmerung am Turm anzukommen, und so schlugen sie zitternd, da sie es nicht wagten, ein Feuer anzuzünden, ihr Lager unter den Buchen auf. Thomas schlief unruhig; immer wieder lauschte er auf die seltsamen Geräusche im Wald, weil er fürchtete, der Graf von Roncelets hätte Wachtrupps losgeschickt. Doch niemand tauchte auf. Obwohl Thomas im Grunde sicher war, dass er sich alles nur einbildete, konnte er nicht schlafen, und so tastete er sich in den frühen Morgenstunden, als die anderen noch schnarchten, zwischen den Bäumen hindurch zu der steil abfallenden Hügelflanke vor und starrte in die Dunkelheit. Er hoffte, einen Lichtschimmer von den Zinnen des Turms zu entdecken, sah jedoch nichts, sondern hörte nur weiter unten das gequälte Blöken einiger Schafe. Vermutlich hatte ein Fuchs sich an die Lämmer herangeschlichen und tötete sie.

»Der Hirte macht seine Arbeit nicht«, sagte eine Stimme auf Französisch. Thomas wandte sich um, in der Annahme, es sei einer von d'Evecques Soldaten, doch in dem trüben Mondlicht sah er, dass es Sir Lodewijk war.

»Ich dachte, Ihr sprecht nie Französisch?«, sagte Thomas.

»Manchmal schon«, erwiderte Sir Lodewijk. Lächelnd trat er auf Thomas zu und rammte ihm unvermittelt einen dicken Ast in den Bauch. Als Thomas sich mit einem Keuchen zusammenkrümmte, hieb er ihm den Ast auf den Kopf und versetzte ihm einen Tritt gegen die Brust. Der Angriff war schnell, unerwartet und brutal. Taumelnd rang Thomas nach Luft; er versuchte sich aufzurichten und Sir Lodewijk die Finger in die Augen zu graben, doch der Ast traf ihn mit voller Wucht gegen die Schläfe, und Thomas ging zu Boden.

Die Pferde der drei Flamen waren, noch immer gesattelt, ein wenig abseits des Lagers an Bäume gebunden. Niemand hatte sich darüber gewundert, und niemand wachte auf, als die Tiere losgemacht und weggeführt wurden. Nur d'Evecque rührte sich, als Sir Lodewijk die Platten seines Panzers einsammelte. »Ist es schon Morgen?«, fragte er.

»Noch nicht«, erwiderte Sir Lodewijk leise auf Französisch und brachte seine Rüstung und seine Waffen zum Waldrand, wo Jan und Pieter damit beschäftigt waren, Thomas an Händen und Füßen zu fesseln. Sie warfen ihn bäuchlings über eines der Pferde, banden ihn am Sattelgurt fest und verschwanden mit ihm Richtung Osten.

Zwanzig Minuten später wachte d'Evecque richtig auf. Die Vögel erfüllten den Wald mit ihrem Gesang, und am dunstverhangenen Horizont zog das erste Licht des Morgens herauf.

Thomas war verschwunden. Sein Kettenpanzer, seine Pfeiltasche, sein Schwert, sein Helm, sein Umhang, sein Sattel und auch sein großer schwarzer Bogen waren noch da, aber Thomas und die drei Flamen waren verschwunden.

Sie brachten Thomas zum Turm von Roncelets, einer viereckigen, schmucklosen Festung, die hoch über einer Flussbiegung aus einem Felsvorsprung aufragte. Eine Brücke aus demselben grauen Stein wie der Turm trug die Hochstraße nach Nantes über den Fluss, und kein Händler konnte seine Waren über die Brücke transportieren, ohne dem Grafen von Roncelets, dessen Banner – zwei schwarzen Sparren auf gelbem Grund – von den Zinnen flatterte, Zoll zu entrichten. Die Männer des Grafen trugen schwarz-gelb gestreifte Waffenröcke und wurden deshalb *guêpes* genannt, Wespen. In diesem östlichen Teil der Bretagne sprachen die Leute eher Französisch als Bretonisch, und der Turm hatte den Spitznamen *guêpier*, Wespennest, bekommen. An diesem Spätwintermorgen trugen jedoch die meisten Soldaten im Dorf einfache, schwarze Waffenröcke statt der Wespenstreifen des Grafen von Roncelets. Die Neuankömmlinge wurden in einem der kleinen Häuser zwischen dem *guêpier* und der Brücke untergebracht, und dort trafen Sir Lodewijk und seine beiden Begleiter wieder auf ihre restlichen Gefährten. »Er ist oben in der Festung« – Sir Lodewijk wies mit dem Kopf Richtung Turm – »und möge Gott ihm beistehen.«

»Kein Ärger?«, fragte einer der Männer.

»Überhaupt nicht.« Sir Lodewijk hatte sein Messer gezogen und trennte die weißen Streifen ab, die auf seinen Waffenrock aufgenäht waren. »Er hat es uns leicht gemacht. Ist ja bloß ein dummer Engländer.«

»Warum wollen sie ihn dann haben?«

»Weiß der Henker, und wen kümmert's? Wichtig ist doch nur, dass sie ihn haben, und bald wird der Teufel ihn sich holen.« Sir Lodewijk gähnte ausgiebig. »Und im Wald ist noch ein Dutzend mehr von ihnen, die holen wir uns auch noch.«

Fünfzig Reiter verließen das Dorf Richtung Westen. Das Klappern ihrer Hufe, das Klirren der Geschirre und das Knarzen ihrer Lederwämser machte einigen Lärm, erstarb jedoch bald, als sie in den dichten Wald auf dem Hügelkamm ritten. Zwei leuchtend blaue Eisvögel stoben vom Fluss auf und verschwanden in den Schatten. Lange Gräser schwangen in der Strömung, und ein silbriges Aufblitzen hier und dort zeigte an, dass die Lachse zurückkehrten. Ein Mädchen mit einem Milcheimer ging die Dorfstraße entlang; sie weinte, weil sie in der Nacht von einem der schwarz gekleideten Soldaten vergewaltigt worden war, doch sie wusste, dass es nichts nützte, sich zu beschweren, da niemand sie beschützen oder auch nur Rechenschaft fordern würde. Der Dorfpfarrer sah sie, ahnte, weshalb sie weinte, und machte kehrt, um ihr nicht gegenübertreten zu müssen. Die schwarz-gelbe Flagge auf der Brustwehr blähte sich in einem kleinen Windstoß auf und fiel dann wieder in sich zusammen. Zwei junge Männer ritten mit Jagdfalken auf dem Arm aus der Festung nach Süden. Hinter ihnen schloss sich scharrend das riesige Tor, und das Knallen, mit dem der schwere Riegel in seine Halterung fiel, dröhnte durch das ganze Dorf.

Auch Thomas hörte es. Der Knall ließ den Fels erbeben, auf dem der *guêpier* erbaut war, und hallte die gewundene Treppe hinauf, die zu dem langen, kahlen Raum führte, in den man ihn gebracht hatte. Zwei Fenster ließen Licht in den Raum, aber die Mauern waren so dick und die Laibungen so tief, dass Thomas, der zwischen den beiden Fenstern angekettet war, nicht hinaussehen konnte. An der Wand ihm gegenüber befand sich ein leerer Kamin, dessen Abzugssteine schwarz verfärbt waren. Die breiten Holzdielen waren zerkratzt und abgewetzt von zahllosen nagelbesetzten Stiefeln, und Thomas vermutete, dass der Raum normalerweise als Wachstube diente und nur für ihn zum Gefängnis umfunktioniert worden war. Seine Hände waren hinter dem Rücken mit Handschellen gefesselt, und diese wiederum waren mit einer drei Fuß langen Kette an dem Eisenring in der Mauer befestigt. Er hatte bereits daran gezerrt, um zu sehen, ob er den Ring aus der Wand lösen oder ein Kettenglied aufreißen konnte, doch er hatte sich dabei nur an den Handgelenken wehgetan. Irgendwo in dem Turm lachte eine Frau. Auf der Wendeltreppe hinter der Tür erklangen Schritte, doch sie verhallten wieder, ohne dass jemand hereinkam.

Thomas fragte sich, wozu der Ring in die Mauer gesetzt worden war. So hoch oben im Turm musste doch nie ein Pferd angebunden werden. Vielleicht hatte man ihn beim Bau der Festung dort angebracht. Thomas hatte einmal gesehen, wie Männer Steine auf einen Kirchturm gehievt hatten, und sie hatten dazu einen Seilzug verwendet, der an einem solchen Ring befestigt gewesen war. Er zog es vor, über den Ring und Steine und Maurer nachzusinnen, die den Turm gebaut hatten, als darüber, wie töricht er gewesen war, in eine solche Falle zu tappen, oder darüber, was wohl mit ihm geschehen würde. Dennoch beschäftigten ihn diese Gedanken natürlich, und das, was ihm dazu einfiel, war alles andere als tröstlich. Erneut zerrte er an dem Ring, in der Hoffnung, dass er vielleicht schon sehr lange dort saß und der Mörtel mittlerweile brüchig geworden war, doch er riss sich dabei nur die Haut an den scharfen Kanten der Handschellen auf. Wieder hörte er das Frauenlachen, gefolgt vom Klang einer Kinderstimme.

Ein Vogel kam durch eines der Fenster hereingeflogen, flatterte kurz umher und verschwand wieder, da der Raum offenbar keine geeignete Nistmöglichkeit bot. Thomas schloss die Augen und sprach leise das Gralsgebet, das Jesus in Gethsemane gesprochen hatte: *»Pater, si vis, transfer calicem istum a me.«* Vater, wenn du willst, dann nimm diesen Kelch von mir. Immer wieder sprach Thomas die Worte, obwohl er fürchtete, dass er nur seinen Atem verschwendete. Gott hatte Seinem eigenen Sohn die Qualen Golgathas nicht erspart, warum also sollte Er Thomas verschonen? Doch welche Hoffnung blieb ihm ohne das Gebet? Beinahe kamen ihm die Tränen, weil er so naiv gewesen war zu glauben, er könne einfach hierhin reiten und den Jungen aus dieser Festung holen, die nach Holzrauch, Pferdemist und ranzigem Fett stank. Was für eine Torheit, und obendrein hatte er sie nicht um des Grals willen gewagt, sondern um Jeanette zu beeindrucken. Er war ein Dummkopf, ein elender, verfluchter Dummkopf, dem Feind so in die Falle zu gehen. Und er wusste, dass er nicht wegen eines Lösegelds gefangen gehalten wurde, denn was war er schon wert? Aber warum war er dann überhaupt noch am Leben? Irgendetwas mussten sie von ihm wollen. Genau in diesem Moment ging die Tür auf, und Thomas öffnete die Augen.

Ein Mann in einer schwarzen Mönchskutte trug zwei Holzböcke herein. Er hatte keine Tonsur, war also vermutlich ein Laienbruder. »Wer seid Ihr?«, fragte Thomas.

Der Mann, der klein gewachsen war und leicht hinkte, antwortete nicht, sondern stellte die beiden Böcke in die Mitte des Raumes, verschwand wieder und kam kurz darauf mit fünf Brettern zurück, die er quer darüber legte, um einen Tisch zu bauen. Ein zweiter Mann, ebenfalls in schwarzer Kutte und ohne Tonsur, betrat den Raum und starrte Thomas an. »Wer seid Ihr?«, fragte Thomas erneut, doch der zweite Mann war ebenso schweigsam wie der erste. Er war groß, mit vorspringender, knochiger Stirn und eingesunkenen Wangen, und er musterte Thomas, als wäre er ein schlachtreifer Ochse.

»Machst du Feuer?«, fragte der erste Mann.

»Gleich«, antwortete der zweite. Er zog ein kurzes Messer aus der Scheide an seinem Gürtel und trat auf Thomas zu. »Halt still«, knurrte er, »dann tut's nicht weh.«

»Wer seid Ihr?«

»Niemand, den du kennst oder je kennen wirst«, erwiderte der Mann. Er packte den Halsausschnitt von Thomas' wollenem Wams und fuhr mit einem einzigen kräftigen Schnitt an der Vorderseite herunter. Die Klinge berührte Thomas' Haut, verletzte sie jedoch nicht. Thomas wich zurück, doch der Mann folgte ihm einfach und zerrte am Stoff, bis Thomas' Brust entblößt war, dann schlitzte er die Ärmel auf und zog an dem Wams, bis Thomas von der Taille aufwärts nackt war. Dann deutete er auf Thomas rechten Fuß. »Heb ihn hoch«, befahl er. Als Thomas zögerte, seufzte der Mann. »Ich kann dich dazu zwingen, das tut weh, oder du machst es freiwillig, dann tut es nicht weh.«

Er zog Thomas die Stiefel aus und durchschnitt das Band seiner Hosen.

»Nein!«, protestierte Thomas.

»Spar dir deinen Atem«, sagte der Mann und riss und schlitzte mit der Klinge, bis er die Hosen aufgetrennt hatte und Thomas nackt und zitternd dastand. Dann hob der Mann die Stiefel und die zerfetzten Kleider auf und trug sie hinaus.

Der andere Mann brachte verschiedene Dinge herein und stellte sie auf den Tisch. Zunächst ein Buch und ein Gefäß, in dem sich vermutlich Tinte befand, denn er legte zwei Gänsefedern und ein kleines Messer mit elfenbeinernem Griff, das zum Anspitzen diente, neben das Buch. Dazu kamen ein Kruzifix, zwei große Kerzen, wie sie auf dem Altar einer Kirche standen, drei Schürhaken, eine Zange und ein seltsames Gerät, das Thomas nicht richtig sehen konnte. Zum Schluss stellte er zwei Stühle hinter den Tisch und einen Holzeimer in Thomas' Reichweite. »Du weißt ja, wofür der ist, oder?«, fragte er und klopfte mit dem Fuß gegen den Eimer.

»Wer seid Ihr? Bitte!«

»Wir wollen doch nicht, dass du den Fußboden schmutzig machst, nicht wahr?«

Der größere Mann kam mit etwas Kleinholz und einem Korb voller Scheite zurück. »Immerhin wirst du nicht frieren«, sagte er mit offenkundiger Erheiterung. Er schichtete ein paar von den kleineren Scheiten auf, zündete ein Stück Kleinholz an einer Tonschale mit glühenden Kohlen an und hielt die Hände vor die allmählich wachsenden Flammen. »Schön warm«, sagte er. »Die reinste Wohltat bei dieser Kälte. Was für ein Winter! Dieser ewige Regen! Wir sollten eine Arche bauen.«

In der Ferne schlug eine Glocke zweimal. Das Feuer begann zu knistern, und ein Teil des Rauchs zog in den Raum, vielleicht weil der Kamin kalt war. »Am liebsten mag er Kohlenbecken«, sagte der Große.

»Wer?«, fragte Thomas.

»Er will immer ein Kohlenbecken haben, aber nicht hier auf dem Holzboden, das habe ich ihm gesagt.«

»Wer?«, fragte Thomas noch einmal.

»Sonst geht noch der ganze Turm in Flammen auf! Kein Kohlenbecken, hab ich ihm gesagt, nicht auf dem Holzboden, also müssen wir den Kamin nehmen.« Der Mann beobachtete das Feuer eine Weile. »Scheint doch gut zu brennen, oder?« Er legte noch ein halbes Dutzend größere Scheite nach und trat vom Kamin zurück. Dann warf er Thomas einen beiläufigen Blick zu, schüttelte den Kopf, als sei dem Gefangenen nicht mehr zu helfen, und die beiden Männer verließen den Raum.

Das Feuerholz war trocken, und die Flammen loderten hell, hoch und kräftig. Mehr Rauch waberte in den Raum und zog durch die Fenster nach draußen. In einem plötzlichen Wutanfall zerrte Thomas erneut an den Handschellen, lehnte sich mit seiner ganzen Kraft dagegen, um den Eisenring aus der Wand zu ziehen, doch er schnitt sich lediglich noch tiefer in die bereits blutenden Handgelenke. Er starrte zur Decke hinauf, die nur aus Querbalken und Holzlatten bestand, vermutlich der Fußboden der Kammer darüber. Dort oben rührte sich nichts, aber dafür vernahm er wieder Schritte vor der Tür. Er wich zur Wand zurück.

Eine Frau und ein kleines Kind kamen herein. Thomas krümmte sich zusammen, um seine Blöße zu bedecken, und die Frau lachte über seine Schamhaftigkeit. Das Kind fing ebenfalls an zu lachen, und Thomas brauchte einen Moment, um zu begreifen, dass der Junge Charles war, Jeanettes Sohn. Der Kleine sah ihn aufmerksam und voller Neugier an, schien ihn jedoch nicht zu erkennen. Die Frau war groß, blond, sehr hübsch und sehr schwanger. Sie trug ein hellblaues Kleid, das über ihrem prallen Bauch gegürtet und mit weißer Spitze und kleinen Perlenschnüren verziert war, und einen ebenfalls blauen, kegelförmigen Hut mit kurzem Schleier, den sie beiseite schob, um Thomas besser sehen zu können. Thomas zog die Knie an den Körper, um seine Nacktheit zu verbergen, doch die Frau trat kühn auf ihn zu und musterte ihn von oben. »Was für ein Jammer«, sagte sie.

»Was meint Ihr?«, fragte Thomas.

Sie ging nicht darauf ein. »Bist du wirklich Engländer?«, forschte sie und schaute verärgert, als Thomas nicht antwortete. »Unten bauen sie eine Folterbank, Engländer. Mit Winden und Tauen, um dich zu strecken. Hast du schon mal einen Mann gesehen, nachdem er auf der Streckbank war? Er fällt in sich zusammen. Sehr amüsant, wenn auch vermutlich nicht für den Mann selbst.«

Thomas beachtete sie nicht, sondern sah den kleinen Jungen an, der ein rundes Gesicht, schwarzes Haar und die funkelnden dunklen Augen von Jeanette, seiner Mutter, hatte. Er musste jetzt fast vier Jahre alt sein. »Erinnerst du dich noch an mich, Charles?«, fragte Thomas, doch der Junge starrte ihn nur verständnislos an. »Deine Mutter schickt dir Grüße«, setzte er nach und sah, wie sich Überraschung auf dem Gesicht des Jungen ausbreitete.

»Mama?«, fragte Charles.

Die Frau packte Charles an der Hand und zog ihn weg, als hätte Thomas eine ansteckende Krankheit. »Wer bist du?«, fragte sie wütend.

»Deine Mutter liebt dich«, sagte Thomas zu dem Jungen, der ihn mit großen Augen anstarrte.

»Wer bist du?«, fragte die Frau erneut.

In dem Moment ging die Tür auf, und ein Dominikanermönch betrat den Raum. Er war groß und hager, mit kurzem grauem Haar und hartem Gesicht. Als er die Frau und das Kind erblickte, runzelte er die Stirn. »Ihr solltet nicht hier sein, Madame«, sagte er barsch.

»Ihr vergesst, wer hier zu bestimmen hat, Priester«, gab die Schwangere zurück.

»Euer Gatte, und der wird nicht wollen, dass Ihr Euch hier aufhaltet, also geht«, sagte der Priester mit Nachdruck und hielt ihr die Tür auf. Die Frau, die nach Thomas' Einschätzung die Gräfin von Roncelets sein musste, zögerte einen Moment, ging dann jedoch hinaus und zog Charles, der sich noch einmal umwandte, hinter sich her. Einen Atemzug später betrat ein weiterer Dominikaner den Raum, ein jüngerer Mann, klein und kahlköpfig, der ein Handtuch über dem Arm und eine Schale mit Wasser in der Hand trug. Hinter ihm folgten die beiden Laienbrüder, die sich mit gesenktem Blick und gefalteten Händen neben dem Kamin aufstellten. Der erste der beiden Priester, der mit dem ausgemergelten Gesicht, schloss die Tür, dann trat er zusammen mit dem anderen Geistlichen an den Tisch.

»Wer seid Ihr?«, fragte Thomas den Hageren, obwohl er meinte, die Antwort bereits zu kennen. Er versuchte sich an den nebligen Morgen in Durham zu erinnern, als er beobachtet hatte, wie de Taillebourg Robbies Bruder tötete. Er glaubte, dass es derselbe Mann war, der Priester, der auch Eleanor ermordet oder zumindest ihren Tod befohlen hatte, aber ganz sicher war er nicht.

Die beiden Priester beachteten ihn nicht. Der Kleinere stellte die Wasserschale und das Handtuch auf den Tisch, dann knieten beide Männer nieder. »Im Namen des Vaters, des Sohnes und des Heiligen Geistes«, sagte der ältere Priester und bekreuzigte sich. »Amen.« Er erhob sich wieder, öffnete die Augen und blickte auf Thomas hinunter, der noch immer auf dem abgewetzten Holzboden kauerte. »Bist du Thomas von Hookton«, fragte er förmlich, »der uneheliche Sohn von Vater Ralph, Pfarrer des gleichnamigen Ortes?«

»Wer seid Ihr?«

»Antworte mir bitte«, sagte der Dominikaner.

Thomas sah dem Priester in die Augen, erkannte seine gnadenlose Willensstärke und wusste, dass er dieser Kraft nicht nachgeben durfte. Er musste ihr von Anfang an widerstehen, und so schwieg er.

Angesichts dieser kindischen Sturheit stieß der Priester einen Seufzer aus. »Du bist Thomas von Hookton«, erklärte er. »Das hat Lodewijk mir gesagt. Sei mir also gegrüßt, Thomas. Ich heiße Bernard de Taillebourg, und ich bin ein Mönch des Dominikanerordens und durch Gottes Gnaden und den Wunsch des Heiligen Vaters Inquisitor des Glaubens. Mein Bruder im Herrn« – er wies auf den jüngeren Priester, der inzwischen am Tisch Platz genommen hatte, nun das Buch aufschlug und nach einer der Federn griff – »ist Vater Cailloux, ebenfalls ein Inquisitor des Glaubens.«

»Ihr seid ein Bastard«, schleuderte Thomas de Taillebourg entgegen. »Ein mörderischer Bastard.«

Die Mühe hätte er sich sparen können, denn de Taillebourg zeigte keinerlei Reaktion. »Steh bitte auf«, sagte er nur.

»Ein mutterloser, mörderischer Bastard«, setzte Thomas nach, ohne sich zu rühren.

Auf eine kleine Geste von de Taillebourg stürzten die beiden Laienbrüder vor, packten Thomas an den Armen und rissen ihn hoch. Als er wieder zusammenzusinken drohte, versetzte der Größere ihm eine kräftige Ohrfeige, genau auf die Stelle, wo Sir Lodewijk ihn vor Tagesanbruch mit dem Ast niedergeschlagen hatte. De Taillebourg wartete, bis die beiden Männer wieder am Kamin standen. »Kardinal Bessières hat mich beauftragt«, sagte er tonlos, »herauszufinden, wo sich eine bestimmte Reliquie befindet, und man hat uns mitgeteilt, dass du uns bei dieser Suche unterstützen kannst. Die Angelegenheit wird als so wichtig angesehen, dass die Kirche und Gott selbst uns ermächtigt haben, dafür zu sorgen, dass du uns die Wahrheit sagst. Verstehst du, was das bedeutet, Thomas?«

»Ihr habt meine Frau umgebracht«, sagte Thomas, »und eines Tages werdet Ihr dafür in der Hölle schmoren, und die Teufel werden auf Eurem verschrumpelten Hintern tanzen.«

Wiederum ließ de Taillebourg sich nichts anmerken. Er setzte sich nicht, sondern blieb schmal und pfeildünn hinter dem Tisch stehen, die Spitzen seiner langen, blassen Finger auf die Bretter gestützt. »Wir wissen«, fuhr er fort, »dass dein Vater möglicherweise im Besitz des Grals war, und wir wissen auch, dass er dir ein Buch hinterlassen hat, in dem alle Einzelheiten über diese unendliche Kostbarkeit festgehalten sind. Ich sage dir dies, damit du unsere Zeit und dein Wohlbefinden nicht damit vergeudest, es zu leugnen. Doch wir müssen noch mehr wissen, und deshalb sind wir hier. Hast du das verstanden, Thomas?«

»Der Teufel wird in Euren Mund pissen, Priester, und in Eure Nase scheißen.«

De Taillebourg verzog ein wenig das Gesicht, als öde ihn

Thomas' unflätige Ausdrucksweise an. »Die Kirche hat uns den Auftrag erteilt, dich zu befragen, Thomas«, sagte er mit sanfter Stimme, »aber in ihrer unendlichen Gnade verbietet sie auch jedes Blutvergießen. Wir dürfen Schmerzen einsetzen, das ist sogar unsere Pflicht, aber es darf dabei kein Blut vergossen werden. Das bedeutet, dass wir Feuer einsetzen dürfen« – seine langen, bleichen Finger berührten einen der Schürhaken auf dem Tisch – »wir dürfen dich zerschmettern und auf die Streckbank spannen, und Gott wird uns vergeben, denn es geschieht in Seinem Namen und in Seinem allerheiligsten Dienst.«

»Amen«, fügte Vater Cailloux hinzu und bekreuzigte sich, ebenso wie die beiden Laienbrüder. De Taillebourg schob die drei Schürhaken an den Rand des Tisches, und der kleinere Laienbruder lief herbei, nahm die Eisen und legte sie ins Feuer.

»Wir setzen Schmerzen nicht leichtfertig oder willkürlich ein«, sagte de Taillebourg, »sondern mit fürbittendem Bedauern, Mitleid und größter Sorge um deine unsterbliche Seele.«

»Ihr seid ein Mörder, und Eure Seele wird in der Hölle schmoren.«

»Dann beginnen wir jetzt mit dem Buch«, fuhr de Taillebourg fort, ohne Thomas' Beleidigungen zu beachten. »Du hast Bruder Germain in Caen erzählt, dein Vater hätte es geschrieben. Ist das wahr?«

Und so begann es. Zunächst ein paar harmlose Fragen, auf die Thomas nicht antwortete, weil in ihm wilder Hass auf de Taillebourg loderte, geschürt von der Erinnerung an Eleanors bleichen, blutüberströmten Körper. Doch die Fragerei ging hartnäckig und unablässig weiter, und die Schürhaken, die im Feuer glühten, drohten mit grauenvollen Schmerzen, sodass Thomas sich schließlich sagte, da de Taillebourg ohnehin schon einiges wusste, konnte es nicht so schlimm sein, ihm noch ein paar andere Dinge zu sagen. Außerdem war der Dominikaner ausgesprochen ruhig und von unerschütterlicher Geduld. Er ließ Thomas' Wut über sich ergehen, ignorierte die Beschimpfungen, wiederholte immer wieder, wie ungern er die Folter zum Einsatz brachte, und sagte, er wolle nichts als die Wahrheit, wie unergiebig sie auch sein mochte. Nach einer Stunde gab Thomas seinen Widerstand auf. Wozu leiden, sagte er sich, wo er doch ohnehin nicht besaß, was der Dominikaner wollte? Er wusste nicht, wo der Gral war, er war ja nicht mal sicher, ob er überhaupt existierte. Und so begann er zu reden, erst zögerlich, dann bereitwilliger.

Ja, es gab dieses Buch, aber der größte Teil davon war in seltsamen Sprachen und Zeichen geschrieben, und Thomas tat so, als habe er nicht die geringste Ahnung, was diese geheimnisvollen Abschnitte zu bedeuten hatten. Was den Rest betraf, so gab er zu, dass er ein wenig Latein beherrschte und die entsprechenden Teile gelesen hatte, tat sie jedoch als unverständlich, eintönig und wenig erhellend ab. »Es waren bloß Geschichten«, sagte er.

»Was für Geschichten?«

»Ein Blinder gewann sein Augenlicht zurück, als er dann den Gral erblickte, wurde er wieder blind, weil er von dessen Aussehen enttäuscht war.«

»Dafür sei Gott gelobt«, warf Vater Cailloux dazwischen, tauchte die Feder in die Tinte und schrieb das Wunder nieder.

»Was sonst noch?«, fragte de Taillebourg.

»Geschichten von Soldaten, die dank des Grals Schlachten gewannen, und Heilungsgeschichten.«

»Glaubst du sie?«

»Die Geschichten?« Thomas tat, als müsse er darüber nachdenken, dann nickte er. »Wenn der Gral uns von Gott gegeben wurde, dann kann er sicher auch Wunder bewirken.«

»Hat dein Vater den Gral besessen?«

»Das weiß ich nicht.«

Darauf fragte de Taillebourg ihn nach Vater Ralph, und Thomas erzählte, wie sein Vater auf dem Kiesstrand von Hookton auf und ab gelaufen war, laut über seine Sünden gejammert und den Fischen und Vögeln gepredigt hatte.

»Willst du damit sagen, er war verrückt?«, fragte de Taillebourg.

»Er war von Gott besessen«, erwiderte Thomas.

»Von Gott besessen«, wiederholte de Taillebourg, offenbar verblüfft über die Wortwahl. »Glaubst du, er war ein Heiliger?«

»Ich nehme an, viele Heilige waren so wie er«, sagte Thomas vorsichtig, »aber er war auch ein großer Spötter, wenn es um Aberglauben ging.«

»Was meinst du damit?«

»Er war ein großer Anhänger von St. Guinefort und rief ihn oft an, wenn es irgendwelche kleineren Schwierigkeiten gab.«

»Was hat das mit Spott zu tun?«

»St. Guinefort war ein Hund.«

»Ich weiß, wer St. Guinefort war«, sagte de Taillebourg gereizt, »aber willst du damit sagen, Gott könne keinen Hund benutzen, um Seine heiligen Ziele zu verfolgen?«

»Ich will damit sagen, dass mein Vater nicht daran glaubte, dass ein Hund ein Heiliger sein kann, und deshalb hat er sich darüber lustig gemacht.«

»Hat er sich auch über den Gral lustig gemacht?«

»Nein«, erwiderte Thomas wahrheitsgemäß. »Niemals.«

»Und hat er in diesem Buch beschrieben« – de Taillebourg kehrte übergangslos zu seinem vorigen Thema zurück –, »wie der Gral in seinen Besitz gekommen ist?«

Schon seit einer Weile hatte Thomas bemerkt, dass jemand hinter der Tür stand. De Taillebourg hatte sie zugezogen, doch der Riegel war lautlos hochgedrückt worden, und die Tür hatte sich einen Spalt geöffnet. Jemand lauschte, und Thomas nahm an, dass es die Gräfin von Roncelets war. »Er hat nie behauptet, dass der Gral in seinem Besitz war«, widersprach er, »er hat nur gesagt, er sei einst im Besitz seiner Familie gewesen.«

»Im Besitz der Vexilles«, präzisierte de Taillebourg.

»Ja.« Thomas war sicher, dass die Tür sich ein ein kleines Stück bewegt hatte.

Die Feder von Vater Cailloux kratzte über das Pergament. Alles, was Thomas sagte, wurde festgehalten, und er musste an einen franziskanischen Wanderprediger denken, der den Leuten auf dem Jahrmarkt von Dorchester zugerufen hatte, alle Sünden, die sie in ihrem Leben begingen, würden im Himmel in einem großen Buch notiert, und wenn sie nach ihrem Tod vor Gott träten, um gerichtet zu werden, würde das Buch aufgeschlagen und ihr Sündenregister laut vorgelesen. Worauf George Adyn zur allgemeinen Erheiterung erwidert hatte, in der gesamten Christenheit gebe es nicht genug Tinte, um festzuhalten, was sein Bruder mit Dorcas Churchill in Puddletown anstellte. Die Sünden, hatte der Franziskaner zornig entgegnet, würden in Lettern aus Feuer aufgeschrieben, demselben Feuer, in dem Ehebrecher in den Tiefen der Hölle schmorten.

»Und wer ist Hachalja?«, fragte de Taillebourg.

Die Frage überraschte Thomas. Er zögerte und versuchte, eine verwirrte Miene aufzusetzen. »Wer?«

»Hachalja«, wiederholte de Taillebourg geduldig.

»Das weiß ich nicht.«

»Ich glaube, das weißt du sehr wohl«, sagte de Taillebourg leise.

Thomas musterte das starke, knochige Gesicht des Priesters. Es erinnerte ihn an das seines Vaters, denn es trug dieselbe grimmige Entschlossenheit, eine verbissene In-Sich-Gekehrtheit, die erahnen ließ, dass dieser Mann sich nicht darum scherte, was andere über ihn dachten, weil er nur Gott Rechenschaft schuldete. »Bruder Germain erwähnte den Namen«, sagte Thomas vorsichtig. »Aber ich weiß nicht, was er bedeutet.«

»Ich glaube dir nicht.«

»Vater«, sagte Thomas mit fester Stimme, »ich weiß nicht, was er bedeutet. Ich habe Bruder Germain danach gefragt, aber er wollte es mir nicht sagen. Er meinte, jemand mit meinem Verstand könne es ohnehin nicht begreifen.«

De Taillebourg starrte Thomas schweigend an. Das Feuer fauchte hohl im Schornstein, und ein Scheit zerbarst, als der große Laienbruder die Schürhaken drehte. »Der Gefangene sagt, er weiß es nicht«, diktierte de Taillebourg Vater Cailloux, ohne den Blick von Thomas zu wenden. Die Laienbrüder legten neue Scheite nach, und de Taillebourg ließ Thomas einen Moment Zeit, um die Schürhaken zu betrachten und sich zu fragen, was sie wohl mit ihm anstellen würden. Dann fuhr er mit seiner Befragung fort. »Wo ist das Buch jetzt?«

»In La Roche-Derrien«, antwortete Thomas sofort.

»Wo in La Roche-Derrien?«

»In meinem Gepäck, das ich bei einem alten Freund gelassen habe, Will Skeat.« Das stimmte nicht, er hatte das Buch Jeanette gegeben, aber er wollte sie nicht in Gefahr bringen. Selbst mit seinem angeschlagenen Gedächtnis konnte Will Skeat besser auf sich aufpassen als die Amsel. »Sir William Skeat«, präzisierte Thomas.

»Weiß Sir William, was das für ein Buch ist?«, fragte de Taillebourg.

»Er kann ja nicht mal lesen! Nein, er weiß es nicht.«

Es folgten noch Dutzende von weiteren Fragen. De Taillebourg wollte alles über Thomas' Leben wissen, warum er sein Studium in Oxford abgebrochen hatte, warum er Bogenschütze geworden war, wann er zum letzten Mal gebeichtet hatte, was er in Durham gewollt hatte, was der König von England über den Gral wusste und was der Bischof von Durham. Eine Frage folgte auf die andere, bis Thomas vor lauter Hunger und vom Stehen schwindlig wurde, doch de Taillebourg war unermüdlich. Selbst als der Abend hereinbrach und es allmählich dunkel wurde, hörte er nicht auf. Die beiden Laienbrüder schauten schon seit einer ganzen Weile missmutig drein, und auch Vater Cailloux blickte immer wieder mit gerunzelter Stirn zu den Fenstern, als wollte er andeuten, es sei längst Zeit für ein Mahl, doch de Taillebourg schien keinen Hunger zu kennen. Er fragte und fragte. Mit wem war Thomas nach London gereist? Was hatte er in Dorset getan? Hatte er in Hookton nach dem Gral gesucht? Vater Cailloux füllte Seite um Seite mit Thomas' Antworten, und als der Abend nahte, musste er die Kerzen anzünden, um genug sehen zu können. Die Flammen des Feuers warfen Schatten von den Tischböcken, und Thomas schwankte vor Erschöpfung, als de Taillebourg endlich nickte. »Ich werde heute Nacht über deine Antworten nachdenken und beten, Thomas, und morgen machen wir weiter.«

»Wasser«, krächzte Thomas. »Ich brauche Wasser.«

»Du wirst zu essen und zu trinken bekommen«, sagte de Taillebourg.

Einer der Laienbrüder nahm die Schürhaken aus dem Feuer. Vater Cailloux klappte das Buch zu und warf Thomas einen Blick zu, in dem Mitgefühl zu liegen schien. Eine Decke und eine Mahlzeit aus Räucherfisch, Bohnen, Brot und Wasser wurden gebracht, und man befreite Thomas eine Hand, damit er essen konnte. Zwei Männer in schlichten, schwarzen Umhängen bewachten ihn, und als er fertig war, legten sie ihm die Handschellen wieder an. Dabei spürte er, wie das Schloss mit einem Dorn gesichert wurde. Das gab ihm Hoffnung, und sobald sie ihn allein gelassen hatten, versuchte er, den Dorn mit seinen Fingern zu erreichen, doch die Handschellen waren zu dick, er kam nicht an das Schloss heran. Er saß in der Falle.

In die Decke gehüllt lehnte er sich gegen die Wand und blickte ins Feuer. Die Wärme erreichte ihn nicht, und Thomas zitterte am ganzen Körper. Noch einmal verdrehte er die Finger, um an das Schloss heranzukommen, doch wiederum vergebens. Als er an den Schmerz dachte, stöhnte er unwillkürlich auf. Heute war ihm die Folter erspart geblieben, aber hieß das, dass er ihr ganz entronnen war? Verdient hätte er es, denn er hatte größtenteils die Wahrheit gesagt – dass er nicht wusste, wo der Gral war, dass er nicht einmal sicher war, ob es ihn überhaupt gab, dass sein Vater so gut wie nie davon gesprochen hatte und dass er lieber ein Bogenschütze in der Armee des Königs wäre als ein Gralssucher. Wieder überkam ihn die Scham, weil er sich so leicht hatte überlisten lassen. Eigentlich sollte er jetzt auf dem Rückweg nach La Roche-Derrien sein, zu den Schänken und dem Lachen, dem Bier und der unbeschwerten Gesellschaft der Soldaten. Tränen traten ihm in die Augen, und auch dafür schämte er sich. Aus den Tiefen der Festung klang Lachen herauf, und er meinte, eine Harfe spielen zu hören.

Dann ging die Tür auf.

Er konnte nur den Umriss eines Mannes erkennen. Sein Besucher trug einen weiten schwarzen Umhang, was ihn bedrohlich aussehen ließ, als er auf den Tisch zutrat und von dort auf Thomas hinunterblickte. Die ersterbende Glut des Feuers war hinter dem Mann, sodass die große, schwarze Gestalt nur rötlich umrahmt, Thomas jedoch beleuchtet war. »Wie man mir sagte, hat er dich heute nicht verbrannt?«

Thomas sagte nichts, kauerte sich nur enger unter die Decke.

»Das macht er gerne«, sagte der Fremde. »Sehr gerne. Ich habe ihn dabei beobachtet. Ein Schauer überläuft ihn, wenn das Fleisch Blasen wirft.« Er trat an den Kamin, nahm einen der Schürhaken und stieß ihn in die schwelende Glut, dann legte er frische Scheite nach. Das trockene Holz fing schnell Feuer, und in dem hellen Licht konnte Thomas den Mann zum ersten Mal sehen. Er hatte ein schmales, fahlgelbes Gesicht, eine lange Nase, ein ausgeprägtes Kinn, eine hohe Stirn und schwarzes Haar. Es war ein gutes Gesicht, intelligent und hart. Dann verschwand es wieder im Schatten, als der Mann sich umwandte. »Ich bin dein Vetter«, sagte er.

Hass flammte in Thomas auf. »Ihr seid Guy Vexille?«

»Ich bin der Graf von Astarac.« Langsam kam er auf Thomas zu. »Warst du in der Schlacht beim Wald von Crécy?«

»Ja.«

»Als Bogenschütze?«

»Ja.«

»Und gegen Ende der Schlacht hast du drei lateinische Wörter gerufen.«

»Calix meus inebrians«, bestätigte Thomas.

Guy Vexille setzte sich auf den Rand des Tisches und sah Thomas lange an. Da sein Gesicht im Schatten lag, konnte Thomas seinen Ausdruck nicht sehen, nur das schwache Funkeln der Augen. *»›Calix meus inebrians‹«*, sagte Vexille schließlich, »ist unser geheimes Familienmotto. Nicht das, was wir auf unserem Wappen tragen. Weißt du, wie das lautet?«

»Nein.«

»›Pie repone te‹.«

»›In frommem Vertrauen‹«, übersetzte Thomas.

»Für einen Bogenschützen bist du erstaunlich gebildet«, bemerkte Vexille. Er stand auf und begann auf und ab zu laufen. »Nach außen tragen wir *›pie repone te‹*, aber unser wirkliches Motto ist *›calix meus inebrians‹*. Wir sind die geheimen Hüter des Grals. Unsere Familie hat ihn seit Generationen besessen, Gott hat ihn uns anvertraut, und dein Vater hat ihn gestohlen.«

»Ihr habt ihn umgebracht«, sagte Thomas.

»Und darauf bin ich stolz.« Plötzlich hielt Vexille inne und sah Thomas an. »Warst du der Bogenschütze, der damals vom Hügel geschossen hat?«

»Ja.«

»Du bist ein guter Schütze, Thomas.«

»Es war das erste Mal, dass ich einen Menschen getötet habe«, sagte Thomas, »und es war ein Fehler.«

»Ein Fehler?«

»Ich habe den Falschen getötet.«

Guy Vexille lächelte, dann ging er zum Kamin, zog den Schürhaken heraus und betrachtete ihn prüfend. Seine Spitze war matt rot. Er schob ihn zurück in die Flammen. »Ich habe deinen Vater getötet«, sagte er, »ich habe deine Frau in Durham getötet, und ich habe den Priester getötet, der offenbar dein Freund war.«

»Ihr wart de Taillebourgs Diener?«, fragte Thomas überrascht. Er hasste Vexille, weil er seinen Vater auf dem Gewissen hatte, und nun kamen noch zwei Morde hinzu.

»Ja, das war ich«, bestätigte Vexille. »Es war die Buße, die de Taillebourg mir auferlegt hatte, die Strafe der Demut. Aber jetzt bin ich wieder Soldat, mit der Aufgabe, den Gral zu finden.«

Thomas zog unter der Decke die Knie an den Körper. »Wenn der Gral so viel Macht besitzt, warum ist unsere Familie dann so machtlos?«

Guy Vexille dachte eine Weile darüber nach und zuckte schließlich die Achseln. »Weil wir uns zerstritten haben, weil wir Sünder waren, weil wir nicht würdig waren. Aber das werden wir ändern, Thomas. Wir werden unsere Kraft und Tugend zurückgewinnen.« Er beugte sich hinunter, nahm erneut den Schürhaken aus dem Feuer und wirbelte ihn wie ein Schwert durch die Luft, dass es zischte und die rot glühende Spitze in dem dämmrigen Raum eine Lichtspur zeichnete. »Hast du schon mal daran gedacht, mir zu helfen, Thomas?«

»Euch zu helfen?«

Mit schnellen Schritten trat Vexille auf Thomas zu, den Schürhaken noch immer durch die Luft peitschend, dass die Glut eine Rauchspur hinterließ. »Dein Vater«, fuhr er fort, »war der ältere Bruder. Wusstest du das? Wärst du ein rechtmäßiger Sohn, wärst du jetzt Graf von Astarac.« Er senkte die Spitze des Schürhakens, bis sie vor Thomas' Gesicht schwebte, so dicht, dass Thomas die Hitze spüren konnte. »Schließ dich mir an«, drängte Vexille, »sag mir, was du weißt, hilf mir, das Buch zurückzubekommen und mach dich zusammen mit mir auf die Suche nach dem Gral.« Er ging in die Hocke und sah Thomas in die Augen. »Bring deiner Familie Ehre, Thomas«, sagte er leise. »Solche Ehre, dass du und ich über die ganze Christenheit herrschen und mit der Macht des Grals einen Kreuzzug gegen die Ungläubigen führen können, auf dass sie unter Qualen ausgelöscht werden. Du und ich, Thomas! Wir sind die Gesalbten des Herrn, die Wächter des Grals, und wenn wir uns zusammentun, werden Generationen von Männern uns als die größten Glaubenskrieger verehren, die die Kirche je gesehen hat.« Seine Stimme war tief, fast melodisch. »Wirst du mir helfen, Thomas?«

»Nein.«

Der Schürhaken näherte sich Thomas' rechtem Auge, so dicht, dass die Spitze wie eine riesige, dunkle Sonne glühte, doch Thomas wich nicht zurück. Er glaubte nicht, dass sein Vetter ihm damit das Auge ausstechen würde; Vexille wollte nur, dass er zusammenzuckte, und den Gefallen tat er ihm nicht.

»Deine Freunde sind heute noch einmal davongekommen«, sagte Vexille. »Wir sind mit fünfzig Mann hinter ihnen hergeritten, aber irgendwie haben sie es geschafft, uns zu entkommen. Sie haben sich tief im Wald versteckt.«

»Gut.«

»Aber das Einzige, was sie tun können, ist, nach La Roche-Derrien zurückzureiten, und da kriegen wir sie. Sobald der Frühling kommt, lassen wir die Falle zuschnappen, Thomas.« Thomas sagte nichts. Der Schürhaken kühlte ab, die Glut verlosch, und Thomas wagte es endlich zu blinzeln. »Wie alle Vexilles«, sagte Guy, ließ den Schürhaken sinken und stand auf, »bist du ebenso mutig wie töricht. Weißt du, wo der Gral ist?«

»Nein.«

Vexille fixierte ihn, als versuche er, die Wahrheit auszuloten, dann zuckte er die Achseln. »Glaubst du, dass der Gral existiert?«

Nach kurzem Überlegen gab Thomas ihm die Antwort, die er de Taillebourg den ganzen Tag über vorenthalten hatte. »Ja.«

»Du hast Recht«, sagte Vexille. »Du hast Recht. Er existiert. Wir besaßen ihn, dein Vater hat ihn uns gestohlen, und du bist der Schlüssel, um ihn wieder zu finden.«

»Ich weiß überhaupt nichts darüber!«, protestierte Thomas.

»Aber das wird de Taillebourg dir nicht glauben.« Vexille warf den Schürhaken auf den Tisch. »De Taillebourg verzehrt sich nach dem Gral wie ein Hungernder nach Brot. Er träumt davon. Er stöhnt im Schlaf und weint um ihn.« Vexille schwieg eine Weile, dann lächelte er. »Wenn der Schmerz unerträglich wird, Thomas, und das wird er, wenn du dir den Tod herbeisehnst, und das wirst du, dann sag de Taillebourg, dass du bereust und dass du mein Lehnsmann werden willst. Dann wird der Schmerz aufhören, und du bleibst am Leben.«

Also war Vexille der heimliche Lauscher hinter der Tür gewesen, dachte Thomas. Und morgen würde er wieder lauschen. Thomas schloss die Augen. *Pater*, betete er, *si vis transfer calicem istum a me*. Dann öffnete er sie wieder. »Warum habt Ihr Eleanor getötet?«

»Warum nicht?«, gab Vexille zurück.

»Das ist eine idiotische Antwort«, herrschte Thomas ihn an.

Vexille zuckte zurück, als hätte er eine Ohrfeige bekommen. »Weil sie wusste, dass es uns gab.«

»Was soll das heißen?«

»Sie wusste, dass wir in England waren, sie wusste, wonach wir suchten, und sie wusste, dass wir mit Bruder Collimore gesprochen hatten. Wenn der englische König davon erfahren hätte, dass wir in seinem Reich nach dem Gral suchten, hätte er uns daran gehindert. Er hätte uns gefangen genommen. Und er hätte mit uns das gemacht, was wir jetzt mit dir machen.«

»Ihr glaubt, Eleanor hätte Euch an den König verraten können?«, fragte Thomas fassungslos.

»Ich hielt es für besser, dass niemand erfuhr, warum wir dort waren«, sagte Vexille. »Aber weißt du was, Thomas? Der alte Mönch konnte uns überhaupt nichts sagen, außer dass es dich gibt. Der ganze Mühe, die lange Reise, die Morde, das schottische Wetter – und das Einzige, was dabei herauskam, war, dass es dich gibt! Er wusste nicht, wo der Gral ist, hatte keine Ahnung, wo dein Vater ihn versteckt haben könnte, aber er wusste von dir, und seither sind wir dir auf der Spur. Vater de Taillebourg will dich ausfragen, Thomas, er will dich quälen, bis du ihm unter Schmerzensschreien sagst, was du ihm, wie ich vermute, gar nicht sagen kannst. Aber ich will nicht, dass du Schmerzen erleidest. Ich will deine Freundschaft.«

»Und ich will Euren Tod«, gab Thomas zurück.

Vexille schüttelte traurig den Kopf und beugte sich zu Thomas hinunter. »Vetter«, sagte er leise, »eines Tages wirst du vor mir knien. Eines Tages wirst du deine Hände zwischen meine legen, du wirst mir deinen Treueeid aussprechen, und wir werden den Kuss von Herr und Lehnsmann austauschen. Und dann werden wir gemeinsam unter dem Zeichen des Kreuzes zum Ruhm reiten. Wir werden wie Brüder sein, das verspreche ich dir.« Er küsste seine Fingerspitzen und legte sie auf Thomas' Wange. Es war eine beinahe zärtliche Berührung. »Ich verspreche es dir, Bruder«, flüsterte Vexille. »Und jetzt gute Nacht.«

»Gott verfluche dich«, fauchte Thomas.

»Calix meus inebrians«, sagte Guy Vexille und ging.

Zitternd lag Thomas im Dämmerlicht. Jeder Schritt in der Festung ließ ihn zusammenzucken. Hinter den tief liegenden Fenstern krähten die Hähne, und die Vögel sangen. Aus irgendeinem Grund bildete er sich ein, dass der Turm von Roncelets von dichtem Wald umgeben war, und er fragte sich, ob er wohl je wieder grüne Blätter zu Gesicht bekäme. Ein missgelaunter Diener brachte ihm Brot, Hartkäse und Wasser zum Frühstück. Erneut wurden ihm zum Essen die Handschellen abgenommen, während ein Soldat in schwarz-gelbem Waffenrock ihn bewachte, doch sobald er fertig war, wurden sie wieder angelegt. Der Eimer wurde zum Leeren hinausgebracht und durch einen neuen ersetzt.

Kurz darauf erschien Bernard de Taillebourg, und während die beiden Laienbrüder das Feuer entfachten und Vater Cailloux sich am Tisch niederließ, begrüßte der hoch gewachsene Dominikaner Thomas höflich. »Hast du gut geschlafen? War das Frühstück schmackhaft? Es ist kälter geworden, nicht wahr? So einen nassen Winter habe ich noch nie erlebt. In Rennes ist zum ersten Mal seit Jahren der Fluss über die Ufer getreten! Sämtliche Keller stehen unter Wasser.«

Thomas, durchgefroren und verängstigt, antwortete nicht, was de Taillebourg nicht zu stören schien. Er wartete, bis Vater Cailloux eine Feder in die Tinte tauchte, dann befahl er dem größeren der Laienbrüder, Thomas die Decke wegzunehmen. »Nun gut«, sagte er, als sein Gefangener nackt war, »dann wollen wir mal. Fangen wir mit dem Notizbuch deines Vaters an. Wer weiß sonst noch von seiner Existenz?«

»Niemand«, sagte Thomas. »Nur Bruder Germain, aber das wisst Ihr ja bereits.«

De Taillebourg runzelte die Stirn. »Aber Thomas, jemand muss es dir doch gegeben haben, also weiß diese Person davon! Wer hat es dir gegeben?«

»Ein Advokat in Dorchester«, log Thomas aalglatt.

»Und der Name?«

»John Rowley.« Der Name war natürlich erfunden.

»Buchstabiere ihn bitte«, sagte de Taillebourg. Nachdem Thomas seiner Bitte nachgekommen war, begann der Inquisitor verstimmt auf und ab zu laufen. »Dieser Rowley wusste doch sicher, was das für ein Buch war, oder?«

»Es war in ein Stück Tuch von meinem Vater gewickelt und in einem Bündel alter Kleider verborgen. Er hat gewiss nicht hineingesehen.«

»Vielleicht aber doch.«

»John Rowley«, spann Thomas seine Geschichte weiter, »ist alt und fett. Der macht sich bestimmt nicht auf die Suche nach dem Gral. Außerdem hielt er meinen Vater für verrückt, warum also sollte er sich für ein Buch von ihm interessieren? Das Einzige, was Rowley interessiert, ist Ale, Met und Lammpastete.«

Die drei Schürhaken wurden wieder im Feuer erhitzt. Draußen hatte es erneut angefangen zu regnen, und bisweilen wehten Windstöße ein paar Tropfen zu den offenen Fenstern hinein. Thomas dachte an die Warnung seines Vetters, dass de Taillebourg es genoss, Gefangene zu quälen, doch die Stimme des Dominikaners war ruhig und vernünftig, und Thomas glaubte, er habe das Schlimmste hinter sich. Er hatte einen ganzen Tag der Befragung durchgestanden, und anscheinend hatten seine Antworten den Inquisitor befriedigt, denn jetzt war er nur noch damit beschäftigt, die Lücken in Thomas' Bericht auszufüllen. Er wollte wissen, was es mit der Lanze des heiligen Georg auf sich hatte, und Thomas erzählte ihm, dass sie in der Kirche von Hookton gehangen hatte, wie sie von dort gestohlen worden war und wie er sie sich bei der Schlacht von Crécy zurückgeholt hatte.

Ob Thomas glaube, dass die Lanze echt sei? Thomas schüttelte den Kopf. »Ich weiß es nicht«, sagte er, »aber mein Vater hat daran geglaubt.«

»Und dein Vetter hat die Lanze aus der Kirche gestohlen?«

»Ja.«

»Wahrscheinlich«, überlegte de Taillebourg laut, »damit niemand auf den Gedanken kam, er sei nach England gesegelt, um den Gral zu suchen. Die Lanze war nur ein Ablenkungsmanöver.« Er sann darüber nach, und da Thomas keinen Grund sah, sich dazu zu äußern, schwieg er. »Hatte die Lanze eine Klinge?«, fragte de Taillebourg.

»Ja, eine lange.«

»Aber wenn der Drache mit dieser Lanze getötet wurde«, wandte de Taillebourg ein, »hätte die Klinge doch im Blut des Ungeheuers schmelzen müssen.«

»Tatsächlich?«

»Natürlich!« De Taillebourg starrte Thomas an, als sei er geistesgestört. »Drachenblut ist flüssige Glut!« Dann zuckte er die Achseln, als sei die Lanze für sein Anliegen nicht weiter von Belang. Vater Cailloux' Feder schabte über das Pergament, bemüht, mit dem Verhör Schritt zu halten, während die beiden Laienbrüder mit kaum verhüllter Langeweile neben dem Kamin standen. Derweil suchte de Taillebourg nach einem neuen Ansatzpunkt. Schließlich fragte er aus irgendeinem Grund nach Will Skeat, dessen Verletzung und den Gedächtnislücken, unter denen dieser seither litt. War Thomas wirklich sicher, dass Skeat nicht lesen konnte?

»Nein, er kann nicht lesen«, sagte Thomas im Brustton der Überzeugung. Er setzte jetzt alles daran, de Taillebourgs Vertrauen zu gewinnen. Am Tag zuvor hatte er mit Hass und Beleidigungen begonnen, doch nun tat er, was er konnte, um den Dominikaner zufrieden zu stellen. Er hatte überlebt.

»Skeat kann nicht lesen«, wiederholte de Taillebourg, während er auf und ab ging. »Das ist wohl nicht weiter überraschend. Er wird also während deiner Abwesenheit nicht in das Buch hineinsehen?«

»Ich kann froh sein, wenn er die Seiten nicht dazu benutzt, sich den Hintern abzuwischen. Das ist das Einzige, was Will Skeat mit Papier oder Pergament anstellt.«

De Taillebourg lächelte höflich und blickte zur Decke. Lange Zeit schwieg er, dann sah er Thomas forschend an. »Wer ist Hachalja?«

Die Frage überraschte Thomas, und er fürchtete, dass der Dominikaner es bemerkt hatte. »Ich weiß es nicht«, sagte er nach einer längeren Pause.

De Taillebourg beobachtete Thomas. Im Raum herrschte plötzlich Spannung; die Laienbrüder waren hellwach, und Vater Cailloux hatte aufgehört zu schreiben und sah Thomas an. De Taillebourg lächelte. »Ich gebe dir eine letzte Chance, Thomas«, sagte er mit seiner tiefen Stimme. »Wer ist Hachalja?«

Thomas wusste, er musste das jetzt irgendwie durchstehen. Diese eine Sache noch, dachte er, dann war das Verhör vorüber. »Ich habe den Namen noch nie gehört«, sagte er mit Unschuldsmiene, »bevor Bruder Germain davon gesprochen hat.«

Warum de Taillebourg sich gerade in die Frage nach Hachalja verbiss, um Thomas der Lüge zu überführen, blieb ein Geheimnis, aber es war ein geschickter Schachzug, denn wenn der Dominikaner beweisen konnte, dass Thomas wusste, wer Hachalja war, konnte er auch beweisen, dass Thomas mindestens einen der hebräischen Abschnitte in dem Buch gelesen und verstanden hatte. Damit wiederum lag die Vermutung nahe, dass Thomas während des gesamten Verhörs gelogen hatte, und das eröffnete völlig neue Möglichkeiten der Enthüllung. Also bohrte de Taillebourg weiter nach, und als Thomas weiter leugnete, gab der Priester den Laienbrüdern ein Zeichen. Vater Cailloux verzog das Gesicht.

»Ich habe Euch doch gesagt, ich weiß nicht, wer Hachalja ist«, sagte Thomas nervös.

»Aber es ist meine Pflicht vor Gott, sicherzustellen, dass du nicht lügst.« De Taillebourg nahm dem großen Laienbruder einen der rot glühenden Schürhaken ab und sah Thomas mit scheinbarem Mitgefühl an. »Ich will dir nicht wehtun, Thomas. Ich will nur die Wahrheit. Also, sag mir: Wer ist Hachalja?«

Thomas schluckte. »Ich weiß es nicht«, sagte er, und dann noch einmal lauter: »Ich weiß es nicht!«

»Doch, ich glaube, du weißt es«, erwiderte de Taillebourg, und damit begannen die Schmerzen.

»Im Namen des Vaters«, betete de Taillebourg, während er das glühende Eisen auf Thomas' nacktes Fleisch drückte, »und des Sohnes und des Heiligen Geistes.« Der Schmerz war schlimmer als alles, was Thomas sich je vorgestellt hatte, und er versuchte, sich ihm zu entwinden, doch die beiden Laienbrüder hielten ihn am Boden fest. Der Geruch von versengtem Fleisch stieg ihm in die Nase. Dennoch weigerte er sich zu antworten, weil er fürchtete, das Eingeständnis seiner Lüge würde nur noch schlimmere Qualen nach sich ziehen. Irgendwo in seinem nahezu besinnungslosen Kopf sagte er sich, wenn er bei seiner Lüge bliebe, würde de Taillebourg ihm schließlich glauben und ihn vom Feuer erlösen, doch in einem Wettkampf der Geduld zwischen Folterer und Gefangenem war der Gefangene hoffnungslos unterlegen. Ein zweiter Schürhaken wurde aus dem Feuer genommen und gegen Thomas' Rippen gepresst. »Wer ist Hachalja?«, fragte de Taillebourg erneut.

»Ich habe Euch doch gesagt –«

Das rot glühende Eisen wurde von der Brust zum Bauch gezogen und hinterließ eine Spur aus verbranntem, Blasen werfendem, rohem Fleisch, das sich jedoch sofort verschloss, sodass kein Blut lief. Thomas' Schrei hallte von der hohen Decke wieder. Der dritte Schürhaken lag bereit, und der erste wurde erneut aufgeheizt, sodass die Qual ohne Pause weitergehen konnte. Thomas wurde auf seinen verbrannten Bauch gedreht, und das seltsame, ihm unbekannte Ding, das zuvor auf dem Tisch gelegen hatte, wurde über einen Fingerknöchel seiner linken Hand gestreift. Thomas begriff, dass es ein eiserner Schraubstock war. De Taillebourg zog die Schraube fest, und der Schmerz war so heftig, dass Thomas das Bewusstsein verlor. Doch Vater Cailloux brachte ihn mit dem Handtuch und dem kalten Wasser wieder zur Besinnung.

»Wer ist Hachalja?«

So eine dämliche Frage, dachte Thomas. Als ob die Antwort wichtig wäre! »Ich weiß es nicht!«, stöhnte er und betete, de Taillebourg möge ihm glauben, doch der Schmerz kam erneut. Die erträglichsten Momente waren die, wenn Thomas halb das Bewusstsein verlor und meinte, es sei alles nur ein Traum – wenn auch ein grauenvoller –, die schlimmsten hingegen waren die, wenn er begriff, dass es kein Traum war und seine Welt nur noch aus entsetzlicher Qual bestand. Und de Taillebourg fügte ihm immer neuen Schmerz zu, indem er entweder die Schraube fester zog, um einen Finger zu zerquetschen, oder das heiße Eisen auf die Haut drückte.

»Sag es mir, Thomas«, drängte der Dominikaner sanft. »Sag es mir einfach, dann hört der Schmerz auf. Bitte, Thomas, glaubst du vielleicht, das macht mir Spaß? Bei Gott, ich verabscheue es. Also sag es mir, ich bitte dich.«

Und so sagte Thomas es ihm. Hachalja war der Vater des Tirsatha, und der Tirsatha war Nehemia.

»Und was war Nehemia noch?«

»Der Mundschenk des Königs«, schluchzte Thomas.

»Warum belügen die Menschen Gott?«, fragte de Taillebourg. Er hatte die Daumenschraube auf den Tisch zurückgelegt, und die Schürhaken lagen wieder im Kamin. »Warum? Die Wahrheit kommt immer ans Licht, dafür sorgt Gott. Du wusstest also doch mehr, als du behauptet hast, und wir werden deine anderen Lügen noch aus dir herausholen, aber bleiben wir erst einmal bei Hachalja. Glaubst du, dass dein Vater mit diesem Zitat aus dem Buch Esra den Besitz des Grals bestätigen wollte?«

»Ja«, sagte Thomas. »Ja, ja, ja.« Er kauerte zusammengekrümmt an der Wand, die zerquetschten Hände noch immer im Rücken gefesselt, und sein Körper war eine einzige schmerzende Masse. Aber vielleicht würde der Schmerz aufhören, wenn er alles gestand.

»Aber Bruder Germain hat mir gesagt, der Eintrag über Hachalja im Buch deines Vaters sei auf Hebräisch geschrieben. Kannst du Hebräisch, Thomas?«

»Nein.«

»Wer hat dir den Abschnitt dann übersetzt?«

»Bruder Germain.«

»Und Bruder Germain hat dir auch gesagt, wer Hachalja war?«, fragte de Taillebourg.

»Nein«, wimmerte Thomas. Es war sinnlos zu lügen, da der Dominikaner zweifellos bei dem Mönch nachfragen würde, aber die korrekte Antwort würde sofort zu neuen Fragen führen und zeigen, dass Thomas auch in anderen Bereichen gelogen hatte. Das alles war ihm bewusst, aber er hatte nicht mehr die Kraft, Widerstand zu leisten.

»Wer hat es dir also gesagt?«

»Ein Doktor.«

»Ein Doktor«, wiederholte de Taillebourg. »Das hilft mir nicht weiter, Thomas. Willst du, dass ich wieder den Schürhaken hole? Was für ein Doktor? Ein Doktor der Theologie? Ein Doktor der Medizin? Und als du diesen geheimnisvollen Doktor nach der Bedeutung dieses Abschnitts gefragt hast, wollte er da nicht wissen, was es damit auf sich hat?«

So gestand Thomas, dass es Mordecai gewesen war und dass Mordecai in das Buch hineingesehen hatte. Da brach bei de Taillebourg zum ersten Mal in all den Stunden des Verhörs Zorn durch, und er schlug mit der Faust auf den Tisch. »Du hast das Buch einem Juden gezeigt?«, zischte er fassungslos. »Einem Juden? Im Namen Gottes und aller Heiligen, was hast du dir dabei gedacht? Einem Juden! Einem Mann des Volkes, das unseren geliebten Erlöser getötet hat! Wenn die Juden den Gral finden, du Tor, werden sie den Antichristen heraufbeschwören! Diesen Verrat wirst du teuer bezahlen! Sehr teuer!« Aufgebracht trat er zum Kamin, riss einen Schürhaken aus dem Feuer und ging damit auf Thomas zu, der sich gegen die Wand drückte. »Einem Juden!«, brüllte de Taillebourg und bohrte die glühende Spitze in Thomas' Bein. »Du elender Hund!«, donnerte er über Thomas' Schreie hinweg. »Du hast Gott verraten, Jesus Christus und die Kirche! Du bist nicht besser als Judas Ischariot!«

Die Qual nahm kein Ende. Stunden vergingen. Für Thomas existierte nichts mehr außer Schmerz. Da er vor der Folter gelogen hatte, wurden alle seine Antworten nach Maßgabe der Schmerzen, die er noch ertragen konnte, ohne das Bewusstsein zu verlieren, überprüft.

»Wo ist der Gral?«, fragte de Taillebourg barsch.

»Ich weiß es nicht«, schluchzte Thomas, und dann noch einmal lauter: »Ich weiß es nicht!« Er sah, wie sich das rot glühende Eisen seiner Haut näherte und schrie bereits, bevor es ihn berührte.

Doch das Schreien half nichts, die Folter ging weiter. Und weiter. Thomas sagte alles, was er wusste, ja, er war sogar beinahe versucht, Guy Vexilles Rat zu folgen und de Taillebourg anzuflehen, er möge ihm gestatten, seinem Vetter den Treueeid zu leisten, doch irgendwo in seiner Höllenqual tauchte der Gedanke an Eleanor auf, und so schwieg er.

Am vierten Tag, als er nur noch ein zitterndes Häufchen Elend war, als eine Bewegung von de Taillebourgs Hand genügte, ihn um Gnade flehen zu lassen, betrat der Graf von Roncelets den Raum. Er war ein hoch gewachsener Mann mit kurzem, borstigem schwarzem Haar, einer gebrochenen Nase und zwei fehlenden Schneidezähnen, bekleidet mit einem Waffenrock in seinen eigenen Farben, den beiden schwarzen Sparren auf gelbem Grund. Verächtlich blickte er auf Thomas' vernarbten, zerquetschten Körper hinunter. »Ihr habt die Streckbank nicht aufgebaut, Vater«, sagte er mit einer Spur von Enttäuschung.

»Das war nicht nötig«, erwiderte de Taillebourg.

Der Graf von Roncelets stieß Thomas mit seinem gepanzerten Fuß an. »Ihr sagt, der Bastard ist ein englischer Bogenschütze?«

»Ganz recht.«

»Dann schneidet ihm seine Sehnenfinger ab!«

»Ich darf kein Blut vergießen.«

»Bei Gott, aber ich darf es.« Roncelets zog ein Messer aus seinem Gürtel.

»Er ist mein Gefangener!«, herrschte de Taillebourg ihn an. »Er ist in Gottes Hand, und Ihr werdet ihn nicht berühren. Ihr werdet nicht sein Blut vergießen!«

»Dies ist meine Festung, Priester«, knurrte Roncelets.

»Und Eure Seele liegt in meiner Hand«, gab de Taillebourg zurück.

»Er ist ein Bogenschütze! Ein englischer Bogenschütze! Er ist hergekommen, um den kleinen Chenier zu entführen! Das ist meine Angelegenheit!«

»Seine Finger sind von der Schraube zerquetscht«, sagte de Taillebourg. »Er ist kein Bogenschütze mehr.«

Diese Neuigkeit besänftigte Roncelets. Erneut stieß er Thomas an. »Er ist ein Stück Scheiße, Priester, weiter nichts. Ein stinkendes Stück Scheiße.« Er spuckte auf Thomas, nicht weil er ihn persönlich hasste, sondern weil er sämtliche Bogenschützen verabscheute, die den Ritter als rechtmäßigen König des Schlachtfeldes entthront hatten. »Was werdet Ihr mit ihm machen?«

»Für seine Seele beten«, sagte de Taillebourg knapp, und als der Graf gegangen war, tat er genau das. Offenbar hatte er sein Verhör beendet, denn er holte ein kleines Fläschchen mit geweihtem Öl hervor und vollzog an Thomas die Sterbesakramente, indem er seine Stirn und seine verbrannte Brust mit dem Öl betupfte und das Gebet für die Sterbenden sprach. *»Sana me, Domine«*, intonierte de Taillebourg, die Fingerspitzen sanft auf Thomas' Stirn, *»quoniam conturbata sunt ossa mea.«* Heile mich, o Herr, denn meine Knochen sind von Schmerz verzerrt. Danach wurde Thomas die gewundene Treppe hinuntergetragen, in ein Verlies tief unten im Fels, auf dem der Turm gebaut war. Der Boden bestand aus nacktem, schwarzem Stein, feucht und kalt. Man nahm ihm die Handschellen ab und verriegelte die Tür. Thomas dachte, er müsse wahnsinnig werden, denn sein Körper war ein einziger Schmerz, seine Finger waren zerquetscht, und er war kein Bogenschütze mehr, denn wie sollte er mit zertrümmerten Händen einen Bogen spannen? Dann kam das Fieber, er zitterte und schwitzte und weinte, wenn ihn im Halbschlaf die Albträume peinigten. Und ebenso weinte er, wenn er aufwachte, denn er hatte der Folter nicht standgehalten, sondern de Taillebourg alles erzählt. Er war ein Versager, verloren in der Dunkelheit, und er würde sterben.

Dann, eines Tages – er wusste nicht, wie viele Tage vergangen waren, seit er in dem Verlies lag –, kamen die beiden Laienbrüder und holten ihn heraus. Sie hüllten ihn in ein derbes wollenes Hemd, zogen ihm fleckige Hosen über die verschmutzten Beine, trugen ihn hinauf in den Hof der Festung und warfen ihn auf einen leeren Mistkarren. Knarzend öffnete sich das Tor, und Thomas wurde, vom bleichen Sonnenlicht geblendet und begleitet von einem Trupp Soldaten des Grafen von Roncelets, aus dem *guêpier* entlassen. Er begriff kaum, was geschah, lag nur, vor Schmerzen zusammengekrümmt, auf den schmierigen Brettern, den stechenden Mistgestank in der Nase, und sehnte sich danach zu sterben. Das Fieber hielt immer noch an, und er zitterte vor Schwäche. »Wohin bringt ihr mich?«, fragte er, doch niemand antwortete; vielleicht hatten sie ihn auch gar nicht gehört, so schwach war seine Stimme. Es regnete. Der Karren rumpelte Richtung Norden, die Dorfleute bekreuzigten sich, und Thomas versank immer wieder in Benommenheit. Er dachte, sie hielten ihn für tot und brächten ihn zum Friedhof, und so versuchte er, dem Fahrer des Karrens zuzurufen, er sei noch am Leben, doch plötzlich tauchte Bruder Germain vor seinen Augen auf und sagte mit vorwurfsvoller Stimme, er hätte das Buch bei ihm in Caen lassen sollen. »Es ist alles deine eigene Schuld«, nörgelte der alte Mönch, und Thomas kam zu dem Schluss, dass er träumte.

Plötzlich ertönte ein Trompetenstoß. Der Karren war stehen geblieben, und Thomas hörte ein flatterndes Geräusch. Als er aufblickte, sah er, dass einer der berittenen Soldaten eine weiße Flagge schwenkte. Er fragte sich, ob es sein Leichentuch war. Sie wickelten einen Säugling ein, wenn er auf die Welt kam, und genauso wickelten sie einen Toten ein, wenn er die Welt verließ. Er begann zu schluchzen; er wollte nicht begraben werden. Dann hörte er englische Stimmen, und kräftige Hände hoben ihn von den stinkenden Brettern. Er wollte aufschreien, doch er war zu schwach, und dann verlor er das Bewusstsein.

Als Thomas wieder zu sich kam, war es dunkel. Er lag in einem anderen Karren, einem sauberen mit einer Matratze aus Stroh, und war in Decken gehüllt. Der Karren hatte eine lederne Abdeckung, die über Holzbögen gespannt war und Regen und Sonnenlicht abhielt. »Werde ich jetzt begraben?«, fragte er.

»Red keinen Unsinn«, sagte eine männliche Stimme, die Thomas bekannt vorkam.

»Robbie?«, fragte er ungläubig.

»Aye, mein Guter, ich bin's.«

»Robbie?«

»Du armer Kerl«, sagte Robbie und strich Thomas über die Stirn. »Du armer, armer Kerl.«

»Wo bin ich?«

»Auf dem Weg nach Hause, Thomas. Auf dem Weg nach Hause.«

Nach La Roche-Derrien.

Sie hatten ihn gegen ein »Lösegeld« freigelassen. Eine Woche nach Thomas' Verschwinden und zwei Tage nachdem der Rest des Plünderungstrupps wieder in La Roche-Derrien eingetroffen war, war ein Bote mit einer Friedensflagge in die Garnison gekommen. Er brachte einen Brief von Bernard de Taillebourg an Sir William Skeat. Gebt das Buch von Vater Ralph heraus, stand darin, dann wird Thomas von Hookton zu seinen Freunden zurückkehren. Will Skeat ließ sich den Brief übersetzen und vorlesen, verstand jedoch nicht, was es mit dem Buch auf sich hatte und wandte sich hilfesuchend an Guillaume d'Evecque. D'Evecque sprach mit Robbie, dieser wiederum mit Jeanette, und am nächsten Tag wurde eine Antwort nach Roncelets gesandt.

Dann vergingen weitere zwei Wochen, weil Bruder Germain aus der Normandie nach Rennes geholt werden musste. De Taillebourg bestand auf dieser Vorsichtsmaßnahme, weil Bruder Germain das Buch gesehen hatte und bestätigen konnte, ob das, was er im Austausch gegen Thomas geschickt bekommen hatte, tatsächlich Vater Ralphs Notizbuch war.

»Und das war es«, sagte Robbie.

Thomas starrte zur Decke. Er hatte das unbestimmte Gefühl, es sei falsch gewesen, ihn gegen das Buch auszutauschen, auch wenn er froh war, am Leben zu sein, zu Hause und bei seinen Freunden.

»Es war das richtige Buch«, fuhr Robbie mit unverhohlener Genugtuung fort, »aber wir haben es ein wenig verändert.« Er grinste Thomas an. »Zuerst haben wir natürlich eine Abschrift angefertigt, und dann haben wir allerlei Unsinn hinzugefügt, um sie in die Irre zu führen. Und der verschrumpelte alte Mönch hat nichts davon bemerkt. Er hat sich bloß gierig auf das Buch gestürzt, wie ein halb verhungerter Köter auf einen Knochen.«

Thomas erschauerte. Sie hatten ihm seinen Stolz, seine Kraft und, so schien es ihm, sogar seine Männlichkeit genommen. Er war aufs Tiefste gedemütigt worden, war nur noch ein zitterndes, winselndes, gepeinigtes Häufchen Elend gewesen. Tränen liefen ihm über das Gesicht, aber er gab keinen Laut von sich. Seine Hände schmerzten, sein Körper schmerzte, alles war ein einziger Schmerz. Er wusste nicht einmal, wo er war, nur dass er nach La Roche-Derrien zurückgebracht und eine steile Treppe hinaufgetragen worden war, in diese kleine Kammer unter dem Dach mit grob verputzten Wänden und einem Kruzifix über dem Bett. Ein Fenster mit undurchsichtigen Hornscheiben ließ schmutzig-braunes Licht herein.

Robbie erzählte weiter von den gefälschten Einträgen, die sie in Vater Ralphs Buch eingefügt hatten. Es sei seine Idee gewesen, sagte er, und nachdem Jeanette die Kopie angefertigt habe, habe er seiner Fantasie freien Lauf gelassen. »Einiges habe ich auf Schottisch geschrieben«, brüstete er sich. »Dass der Gral in

Wirklichkeit in Schottland ist. Sollen die Bastarde doch die Heide absuchen!« Er lachte, doch er sah, dass Thomas gar nicht zuhörte. Trotzdem redete er weiter, bis jemand anderes den Raum betrat und Thomas die Tränen abtupfte. Es war Jeanette.

»Thomas?«, sagte sie. »Wie geht es dir?«

Er wollte ihr sagen, dass er ihren Sohn gesehen und mit ihm gesprochen hatte, doch er fand die Worte nicht. Guy Vexille hatte Recht gehabt, dass Thomas während der Folter den Tod herbeisehnen würde, doch zu Thomas' Erstaunen bestand diese Sehnsucht noch immer. Wenn man einem Mann seinen Stolz nimmt, dachte er, bleibt ihm nichts mehr. Die schlimmste Erinnerung war nicht der Schmerz oder die Erniedrigung, als er um Gnade gefleht hatte, sondern die Dankbarkeit, die er gegenüber de Taillebourg empfunden hatte, als die Qual endlich vorüber war. Das war das Beschämendste von allem.

»Thomas?«, sagte Jeanette erneut. Sie kniete sich neben das Bett und streichelte sein Gesicht. »Es ist alles in Ordnung«, sagte sie leise, »du bist jetzt in Sicherheit. Dies ist mein Haus. Niemand wird dir hier wehtun.«

»Außer mir«, sagte eine neue Stimme, und Thomas zuckte vor Angst zusammen. Dann sah er, dass es Mordecai war. Mordecai? Der alte Arzt war doch längst in den warmen Süden verschwunden. »Wahrscheinlich muss ich deine Finger und Zehen richten«, sagte der Arzt, »und das wird schmerzhaft.« Er stellte seine Tasche auf den Boden. »Sei gegrüßt, Thomas. Wie ich Schiffe hasse! Erst haben wir auf das neue Segel gewartet, und als es endlich fertig war, stellten sie fest, dass die Planken nicht gut genug abgedichtet waren, und als sie das gerichtet hatten, hieß es, die Takelage müsse ausgebessert werden, und so liegt das verdammte Schiff noch immer im Hafen. Seeleute! Können über nichts anderes reden als das Meer. Aber ich sollte mich nicht beschweren, schließlich hatte ich dadurch reichlich Zeit, mir Ausschmückungen für das Buch deines Vaters auszudenken, und das war recht unterhaltsam. Dann habe ich gehört, dass du mich brauchst. Mein armer Thomas, was haben sie nur mit dir gemacht?«

»Mir wehgetan«, sagte Thomas. Es waren die ersten Worte, die er seit seiner Ankunft in Jeanettes Haus gesprochen hatte.

»Dann müssen wir dich wieder zusammenflicken«, sagte Mordecai ganz ruhig. Er zog die Decke von Thomas' vernarbtem Körper. Doch während Jeanette zusammenzuckte, lächelte er nur. »Ich habe schon Schlimmeres von den Dominikanern gesehen. Viel Schlimmeres.«

So wurde Thomas erneut von Mordecai gepflegt, und die Zeit maß sich an den Wolken, die hinter dem Hornfenster vorbeizogen, an der Sonne, die immer höher in den Himmel stieg, und an den Vögeln, die Stroh aus dem Dach pickten, um ihre Nester zu bauen. Anfangs gab es zwei Tage grauenhafter Schmerzen, als Mordecai mit einem Knochenrichter kam, um Thomas' Finger und Zehen erneut zu brechen und zu schienen. Doch nach einer Woche ließ der Schmerz nach, die Verbrennungen an seinem Körper heilten, und das Fieber verschwand. Jeden Tag begutachtete Mordecai Thomas' Urin und verkündete, er würde zunehmend klarer. »Du bist stark wie ein Ochse, mein Junge.«

»Und genauso dumm«, gab Thomas zurück.

»Nur ungestüm«, sagte Mordecai. »Jung und ungestüm.«

»Als sie mich ...«, begann Thomas, brach jedoch angewidert ab, als er daran dachte, was de Taillebourg getan hatte. »Als wir uns ... unterhalten haben«, sagte er schließlich, »habe ich ihnen gesagt, dass ich Euch das Buch gezeigt habe.«

»Das hat ihnen sicher nicht gefallen.« Mordecai hatte eine Spule Bindfaden aus der Tasche genommen und befestigte das Ende an einem Astrest, der aus einem der unbehandelten Deckenbalken herausragte. »Ein Jude, der dem Gral hinterherschnüffelt – was für eine schreckliche Vorstellung! Wahrscheinlich dachten sie, ich würde ihn als Nachttopf missbrauchen.«

Trotz der Pietätlosigkeit musste Thomas lächeln. »Es tut mir Leid, Mordecai.«

»Weil du ihnen von mir erzählt hast? Was blieb dir anderes übrig? Unter der Folter reden die Menschen immer, Thomas, deswegen ist sie ja so nützlich. Und deshalb wird sie weiter angewandt werden, solange die Sonne um die Erde kreist. Und glaubst du wirklich, ich wäre jetzt in größerer Gefahr als vorher? Ich bin Jude, Thomas, Jude. So, was mache ich jetzt hiermit?« Offensichtlich wollte er das untere Ende des Bindfadens am Fußboden befestigen, wusste jedoch nicht, wie.

»Was ist das?«, fragte Thomas.

»Eine Heilmethode.« Mordecai blickte hilflos zwischen dem Bindfaden und dem Fußboden hin und her. »Ich war schon immer ungeschickt mit solchen Dingen. Was meinst du, Hammer und Nagel?«

»Eine Krampe«, schlug Thomas vor.

Jeanettes geistig zurückgebliebener Diener wurde mit sorgfältigen Anweisungen losgeschickt und kam tatsächlich mit dem gewünschten Objekt zurück. Mordecai bat Thomas, die Krampe in den Holzboden zu hämmern, doch der hob nur seine verformte rechte Hand hoch, deren Finger wie Klauen gekrümmt waren. Also machte sich Mordecai linkisch daran, die Krampe selbst einzuschlagen, und befestigte dann den Faden so, dass er straff zwischen Boden und Decke gespannt war. »Und jetzt«, sagte er voller Stolz auf seine handwerkliche Arbeit, »musst du daran ziehen, als wäre es eine Bogensehne.«

»Aber das kann ich nicht«, sagte Thomas erschrocken und hielt erneut die verformte Hand hoch.

»Was bist du?«, fragte Mordecai.

»Was ich bin?«

»Lass das Offensichtliche beiseite. Ich weiß, dass du Engländer bist, und ich nehme an, du bist ein Christ, aber was bist du sonst noch?«

»Ich war ein Bogenschütze«, sagte Thomas verbittert.

»Und das bist du immer noch«, entgegnete Mordecai streng. »Wenn du kein Bogenschütze bist, bist du gar nichts. Also zieh an dem Faden! Und zwar so lange, bis deine Finger sich darum schließen können. Üben, üben, üben. Du hast doch sonst nichts zu tun!«

So übte Thomas, und nach einer Woche gelang es ihm, zwei Finger aneinander zu legen und den Faden wie eine Harfensaite zum Schwingen zu bringen. Nach einer weiteren Woche konnte er die Finger beider Hände um den Faden biegen, und er zog so heftig daran, dass der Faden schließlich riss. Seine Kraft kehrte allmählich zurück, und die Stellen, wo die Schürhaken die Haut verbrannt hatte, heilten, sodass nur noch runzlige Narben zurückblieben, aber die Wunden in seiner Seele heilten nicht. Er weigerte sich, über das Geschehene zu reden, weil er nicht daran erinnert werden wollte. Stattdessen übte er mit dem Faden, bis er riss, dann lernte er, einen Kampfstock zu greifen, und lieferte sich mit Robbie im Innenhof Scheingefechte. Als die Tage länger wurden und der Winter seinen Abschied genommen hatte, machte er Spaziergänge außerhalb der Stadt. Auf einer leichten Anhöhe, nicht weit vom Osttor entfernt, stand eine Windmühle, und anfangs schaffte er es kaum bis dorthin, weil seine Zehen im Schraubstock zerquetscht worden waren und seine Füße sich wie unbewegliche Klumpen anfühlten, doch als der April die Wiesen mit Schlüsselblumen übersät hatte, konnte er wieder gut laufen. Oft begleitete Will Skeat ihn, und obgleich der alte Mann kaum je etwas sagte, war er ein angenehmer Gefährte. Wenn er tatsächlich mal den Mund aufmachte, dann um über das Wetter zu murren, über das merkwürdige Essen oder darüber, dass der Earl of Northampton noch immer nicht geantwortet hatte. »Meinst du, wir sollten Seiner Lordschaft noch einen Brief schicken, Tom?«

»Vielleicht ist der erste gar nicht angekommen?«

»Ich habe noch nie viel von Geschreibsel gehalten«, sagte Skeat. »Es ist unnatürlich. Kannst du ihm schreiben?«

»Ich kann es versuchen«, sagte Thomas, doch obwohl er mittlerweile eine Bogensehne spannen, einen Kampfstock und sogar ein Schwert halten konnte, ließen ihn seine Finger bei der Feder im Stich. Er versuchte es, aber seine Schrift war krakelig und unlesbar, und schließlich schrieb einer von Toteshams Schreiber den Brief, obwohl Totesham selbst nicht glaubte, dass es irgendetwas nützen würde.

»Charles de Blois wird hier sein, bevor wir irgendeine Verstärkung kriegen«, meinte er. Totesham wusste nicht recht, wie er sich Thomas gegenüber verhalten sollte; der Bogenschütze hatte sich seinem Befehl widersetzt, indem er nach Roncelets geritten war, aber die Bestrafung war sehr viel schlimmer gewesen, als Totesham es gewollt hätte, und der junge Mann tat ihm Leid. »Willst du dem Earl den Brief überbringen?«, fragte er Thomas.

Thomas wusste, dass ihm damit eine Fluchtmöglichkeit angeboten wurde, doch er schüttelte den Kopf. »Ich bleibe hier.« Somit wurde der Brief einem Kapitän mitgegeben, der am nächsten Tag absegelte.

Der Brief war nutzlos, das wusste Totesham, denn seine Garnison war bereits so gut wie verloren. Jeden Tag kamen Nachrichten von weiteren Einheiten, die sich Charles de Blois angeschlossen hatten, und die feindlichen Plündertrupps stießen mittlerweile bis in Sichtweite der Mauern von La Roche-Derrien vor und störten die Nahrungstrupps, die die Gegend nach Rindern, Ziegen und Schafen absuchten, um sie zum Schlachten und Pökeln in die Stadt zu treiben. Guillaume d'Evecque genoss diese Form der Nahrungssuche. Seit dem Verlust von Evecque war er fatalistisch geworden und so brutal, dass die Feinde bereits gelernt hatten, sich vor dem blauen Waffenrock mit den drei gelben Falken in Acht zu nehmen. Eines Abends, als er von einem langen Tag heimkehrte, grinste er, obwohl er lediglich zwei Ziegen ergattert hatte. »Mein Erzfeind, der Graf von Coutances, hat sich Charles angeschlossen«, sagte er zu Thomas. »Möge seine verfluchte Seele in der Hölle schmoren. Heute Morgen habe ich einen seiner Männer getötet, und ich wünschte, es wäre der Graf selbst gewesen.«

»Warum ist er hier?«, fragte Thomas. »Er ist doch kein Bretone.«

»Philippe von Frankreich schickt seinem Neffen Unterstützung. Warum tut der König von England nicht dasselbe, um ihm entgegenzutreten? Hält er Calais für wichtiger?«

»Ja.«

»Calais«, sagte d'Evecque voller Verachtung, »ist das Arschloch Frankreichs.« Er pulte sich ein Stückchen Fleisch aus den Zähnen. »Und deine Freunde waren heute auch unterwegs.«

»Welche Freunde?«

»Die Wespen.«

»Roncelets«, sagte Thomas.

»In irgendeinem gottverlassenen Kaff ist uns ein halbes Dutzend von den Bastarden über den Weg gelaufen, und einem von ihnen habe ich meine Lanze in den schwarz-gelb gestreiften Bauch gerammt. Hinterher hat er gehustet.«

»Gehustet?«

»Das liegt am feuchten Wetter, Thomas«, erklärte d'Evecque. »Davon kriegt man schon mal Husten. Also habe ich ihn allein gelassen, noch einen von den Mistkerlen getötet, und dann bin ich zu ihm zurück und habe seinen Husten kuriert, indem ich ihm den Schädel abgehackt habe.«

Robbie begleitete d'Evecque auf seinen Streifzügen und hortete wie er Münzen, die sie von getöteten feindlichen Patrouillen erbeuteten, doch vor allem hatte er die Hoffnung, Guy Vexille zu begegnen. Dank Thomas kannte er jetzt den Namen des Mannes, der vor der Schlacht bei Durham seinen Bruder ermordet hatte, und Robbie war in die St.-Renan-Kirche gegangen, hatte die Hand auf das Altarkreuz gelegt und Rache geschworen. »Ich werde Guy Vexille und Bernard de Taillebourg töten«, sagte er voller Inbrunst.

»Die gehören mir«, widersprach Thomas.

»Nicht, wenn ich sie zuerst erwische.«

Robbie hatte eine braunäugige Bretonin namens Oana aufgetan, die kaum von seiner Seite wich und so auch stets mitkam, wenn er mit Thomas spazieren ging. Eines Tages, als sie sich auf den Weg zur Windmühle machten, tauchte sie mit Thomas' großem schwarzem Bogen auf.

»Das kann ich nicht mehr!«, rief Thomas, voller Angst vor seiner Waffe.

»Wozu bist du dann noch nutze, du Feigling?«, zog Robbie ihn gutmütig auf. Dann ermunterte er Thomas geduldig, es wenigstens zu versuchen, und lobte ihn, als seine Kraft zurückkehrte. Immer wieder gingen sie zu dritt mit dem Bogen hinauf zur Windmühle, und Thomas schoss auf den hölzernen Turm. Anfangs waren die Schüsse noch schwach, da er die Sehne kaum bis zur Hälfte spannen konnte, und je stärker er zog, desto unzuverlässiger schienen ihm seine Finger und sein Zielvermögen. Doch als die Schwalben und Mauersegler wie durch Zauberei in die Stadt zurückgekehrt waren, konnte er die Sehne wieder bis zum Ohr zurückziehen und auf hundert Schritt einen Pfeil durch einen von Oanas Armringen schießen.

»Du bist geheilt«, erklärte Mordecai, als Thomas ihm davon berichtete.

»Dank Euch«, sagte Thomas, obwohl er wusste, dass es nicht nur die Hilfe von Mordecai war, und ebenso wenig die Freundschaft von Will Skeat, Guillaume d'Evecque und Robbie Douglas, die ihn geheilt hatte. Bernard de Taillebourg hatte Thomas verwundet, doch diese blutlosen Wunden Gottes hatten nicht nur seinen Körper verletzt, sondern auch seine Seele. Eines dunklen Frühlingsabends, als am östlichen Himmel die Blitze zuckten, war Jeanette in ihren Dachboden hinaufgestiegen, und sie hatte Thomas erst wieder verlassen, als die Hähne den neuen Tag begrüßten. Falls Mordecai ahnte, warum Thomas am nächsten Tag lächelte, so behielt er es für sich, aber von diesem Moment an erholte sich Thomas sichtlich schneller.

Von da an sprachen Thomas und Jeanette jeden Abend miteinander. Er erzählte ihr von Charles und beschrieb den Gesichtsausdruck des Jungen, als Thomas seine Mutter erwähnt hatte. Jeanette wollte alles darüber wissen, voller Sorge, dass ihr Sohn sie vergessen haben könnte, doch schließlich glaubte sie Thomas, als er sagte, der Junge habe fast geweint, als er von seiner Mutter hörte. »Hast du ihm gesagt, dass ich ihn liebe?«, fragte sie.

»Ja.«

Jeanette lag schweigend da, Tränen in den Augen. Thomas versuchte, sie zu trösten, doch sie schüttelte den Kopf, als gebe es nichts, womit Thomas ihren Schmerz besänftigen konnte. »Es tut mir Leid«, sagte er.

»Du hast es versucht.«

Sie überlegten, wie der Feind herausbekommen hatte, dass Thomas kam, und Jeanette sagte, sie sei überzeugt, dass Belas, der Notar, seine Finger im Spiel gehabt habe. »Ich weiß, dass er Charles de Blois schreibt«, sagte sie, »und dieser schreckliche Mann – wie hast du ihn genannt? *Epouvantail?*«

»Vogelscheuche.«

»Genau. Er unterhält sich mit Belas.«

»Vogelscheuche unterhält sich mit Belas?«, fragte Thomas erstaunt.

»Er wohnt jetzt bei ihm. Er und seine Männer wohnen in den Lagerhäusern.« Sie überlegte einen Moment. »Warum bleibt er überhaupt in der Stadt?« Die meisten übrigen Söldner hatten sich aus dem Staub gemacht, um sich einen anderen Kriegsherrn zu suchen, bei dem Hoffnung auf einen Sieg bestand, anstatt abzuwarten, bis Charles de Blois die Stadt dem Erdboden gleichmachte.

»Er kann nicht nach Hause«, sagte Thomas, »weil er zu viele Schulden hat. Solange er hier bleibt, ist er vor seinen Gläubigern geschützt.«

»Aber warum gerade La Roche-Derrien?«

»Weil ich hier bin. Er glaubt, ich könnte ihn zu einem Schatz führen.«

»Zum Gral?«

»Davon weiß er nichts«, meinte Thomas, doch darin irrte er, denn am nächsten Tag, als er allein bei der Windmühle war und auf einen Pfosten schoss, den er in hundertfünfzig Schritt Entfernung in die Erde gerammt hatte, ritten Vogelscheuche und seine sechs Soldaten durch das Osttor der Stadt, bogen auf die Straße nach Pontrieux ab, schlängelten sich durch eine Lücke in der Hecke und galoppierten die leichte Steigung zur Mühle hinauf. Sie trugen alle Kettenpanzer und waren mit Schwertern bewaffnet, außer dem Koloss Beggar, der seinen Morgenstern gewählt hatte.

Sir Geoffrey ritt dicht an Thomas heran. Der beachtete ihn jedoch nicht, sondern schoss einen Pfeil ab, der den Pfosten nur knapp verfehlte. Vogelscheuche entrollte seine Peitsche. »Sieh mich an«, befahl er Thomas.

Thomas ignorierte ihn noch immer. Er nahm einen neuen Pfeil aus seiner Tasche und legte ihn an. Dann sah er aus dem Augenwinkel, wie die Peitschenschnur auf ihn zuflog, und riss den Kopf zur Seite. Die metallene Spitze streifte sein Haar, richtete jedoch keinen Schaden an. »Ich sagte, sieh mich an«, fauchte Sir Geoffrey.

»Wollt Ihr einen Pfeil ins Gesicht?«, entgegnete Thomas.

Sir Geoffrey beugte sich in seinem Sattel vor, das hässliche, rote Gesicht vor Wut verzerrt. »Du« – er deutete mit dem Griff seiner Peitsche auf Thomas – »bist ein Bogenschütze, und ich bin ein Ritter. Wenn ich dir den Kopf abhacke, wird mich kein einziger Richter dafür verurteilen.«

»Und wenn ich Euch einen Pfeil ins Auge jage«, gab Thomas zurück, »wird mir der Teufel dankbar sein, weil ich ihm Gesellschaft schicke.«

Beggar stieß ein Knurren aus und trieb sein Pferd vorwärts, doch Vogelscheuche bremste den Riesen mit einer Handbewegung. »Ich weiß, was du willst«, sagte er zu Thomas.

Thomas spannte die Sehne, glich beim Zielen automatisch den leichten Wind aus, der über die Wiese strich, und ließ los. Der Pfeil donnerte in den Pfosten. »Ihr habt nicht die geringste Ahnung, was ich will.«

»Erst dachte ich, es wäre Gold«, sagte Vogelscheuche. »Dann dachte ich, es wäre Land. Aber ich habe nie verstanden, wieso du für Gold oder Land nach Durham gekommen bist.« Er schwieg einen Moment, während Thomas einen weiteren Pfeil abschoss, der eine Handbreit an dem Pfosten vorbeizischte. »Aber jetzt weiß ich es«, schloss er. »Jetzt weiß ich es endlich.«

»Was wisst Ihr?«, fragte Thomas verächtlich.

»Ich weiß, dass du nach Durham geritten bist, um mit den Geistlichen zu reden, weil du den größten Schatz der Kirche suchst. Du suchst nach dem Gral.«

Thomas ließ die Sehne locker und hob den Blick zu Sir Geoffrey. »Wir suchen alle nach dem Gral«, sagte er spöttisch.

»Wo ist er?«, knurrte Sir Geoffrey.

Thomas lachte. Er war überrascht, dass Vogelscheuche vom Gral wusste, aber wahrscheinlich hatte sich der Tratsch der Garnison mittlerweile über ganz La Roche-Derrien ausgebreitet. »Das haben mich die besten Verhörer der Kirche auch schon gefragt«, sagte er und hob seine verkrümmte Hand hoch, »und ich habe es ihnen nicht gesagt. Glaubt Ihr allen Ernstes, ich würde es Euch sagen?«

»Ich glaube, dass ein Mann, der auf der Suche nach dem Gral ist, sich nicht in einer Garnison verkriecht, die in ein oder zwei Monaten ausgelöscht wird.«

»Dann suche ich vielleicht gar nicht nach dem Gral.« Thomas zielte erneut auf den Pfosten, doch der Pfeil war verzogen; er trudelte im Flug und ging weit daneben. Über ihm knarzten die mächtigen Flügel der Mühle, als ein Windstoß gegen die zusammengerollten Segel drückte.

Sir Geoffrey rollte seine Peitsche zusammen. »Du hast es schon einmal versucht und bist gescheitert. Was passiert, wenn du es noch mal versuchst? Und du wirst dich bald auf den Weg machen müssen, bevor Charles de Blois hier auftaucht. Du wirst Hilfe brauchen, wenn du nach dem Gral suchst.« Fassungslos erkannte Thomas, dass Vogelscheuche gekommen war, um ihm seine Hilfe anzubieten – oder vielleicht brauchte Sir Geoffrey selbst Hilfe. Er war nur aus einem einzigen Grund in La Roche-Derrien: wegen des Schatzes, und er war seinem Ziel keinen Schritt näher als damals bei seiner ersten Begegnung mit Thomas vor den Toren von Durham. »Noch eine Niederlage kannst du dir nicht leisten«, fuhr Vogelscheuche fort, »also nimm beim nächsten Mal ein paar kampferprobte Krieger mit.«

»Glaubt Ihr etwa, ich würde Euch nehmen?«, fragte Thomas erstaunt.

»Ich bin Engländer«, sagte Vogelscheuche entrüstet, »und wenn der Gral tatsächlich existiert, dann will ich ihn in England haben, nicht in irgendeinem räudigen Kaff in der Fremde.«

Das Scharren eines Schwertes, das aus seiner Scheide gezogen wird, ließ Vogelscheuche und seine Männer herumfahren. Jeanette und Robbie waren, mit Oana im Schlepptau, zu der Wiese heraufgekommen; Jeanette hatte ihre Armbrust im Anschlag, und Robbie hackte scheinbar spielerisch den Disteln mit dem Schwert seines Onkels die Köpfe ab. Sir Geoffrey wandte sich wieder Thomas zu. »Du brauchst weder einen verdammten Schotten«, sagte er wütend, »noch eine verfluchte französische Hure. Wenn du nach dem Gral suchst, Bogenschütze, dann suche ihn mit loyalen Engländern! Das wäre schließlich auch der Wunsch des Königs, oder?«

Thomas antwortete nicht. Sir Geoffrey befestigte die Peitsche an seinem Gürtel und riss sein Pferd herum. Die sieben Männer galoppierten den Abhang hinunter, dicht an Robbie vorbei, als wollten sie ihn zu einem Angriff provozieren, doch Robbie beachtete sie nicht. »Was wollte der Hund?«

Thomas schoss auf den Pfosten und streifte ihn mit den Federn seines Pfeils. »Ich glaube, er wollte mir helfen, den Gral zu finden.«

»Dir helfen?«, rief Robbie aus. »Den Gral zu finden? Von wegen! Stehlen will er ihn. Der Mistkerl würde der Heiligen Jungfrau noch die Milch aus den Brüsten stehlen.«

»Robbie!«, rief Jeanette schockiert aus. Dann zielte sie mit ihrer Armbrust auf den Pfosten.

»Pass auf«, sagte Thomas zu Robbie. »Sie schließt die Augen, wenn sie schießt. Das macht sie immer.«

»Altes Lästermaul«, sagte Jeanette, doch unwillkürlich schloss sie tatsächlich die Augen, als sie den Abzug betätigte. Der Bolzen schoss aus der Rinne und kappte wie durch Zauberei die obersten zwei Handbreit des Pfostens. Jeanette sah Thomas triumphierend an. »Ich schieße besser als du, und das noch mit geschlossenen Augen!«

Robbie hatte von der Stadtmauer aus gesehen, wie Vogelscheuche sich Thomas genähert hatte, und war seinem Freund zu Hilfe gekommen, doch nun, da Sir Geoffrey verschwunden war, setzten sie sich mit dem Rücken zur Mühle in die Sonne.

Jeanette betrachtete die Stadtmauer, deren Narben immer noch zu erkennen waren; die Bresche, die die Engländer hineingeschlagen hatten, war mit hellerem Stein geflickt worden. »Bist du wirklich von edler Abstammung?«, fragte sie Thomas.

»Nein, ich bin ein unedler Bastard.«

»Aber der Sohn eines Adligen?«

»Er war der Graf von Astarac.« Thomas musste lachen; es war eine komische Vorstellung, dass Vater Ralph, der verrückte Vater Ralph, der am Strand von Hookton den Möwen gepredigt hatte, ein Graf gewesen war.

»Und was ist das Wappen der Astarac?«

»Ein Greif, der einen Kelch in den Krallen hält«, sagte Thomas und zeigte ihr das abgegriffene silberne Abzeichen auf seinem Bogen, auf dem ein seltsames Tier mit Hörnern, gespaltenen Hufen, Klauen, Stoßzähnen und einem Löwenschwanz abgebildet war.

»Ich lasse dir ein Banner anfertigen«, sagte Jeanette.

»Ein Banner? Warum?«

»Ein Mann sollte sein Wappen zeigen.«

»Und du solltest La Roche-Derrien verlassen«, gab Thomas zurück. Immer wieder versuchte er sie zu überreden, die Stadt zu verlassen, aber sie bestand darauf zu bleiben. Mittlerweile glaubte sie nicht mehr daran, dass sie ihren Sohn je zurückbekommen würde, und so war sie fest entschlossen, Charles de Blois mit einem ihrer Armbrustbolzen zu töten. Diese Bolzen bestanden aus festem Eibenkernholz, mit einer Eisenspitze und kleinen, gehärteten Lederstücken anstelle der Federn, die kreuzweise in den Schaft eingefügt und mit Bindfaden und Kleber befestigt waren. Sie übte täglich und mit großem Eifer, denn sie wollte die Gelegenheit nutzen, den Mann zu töten, der sie vergewaltigt und ihr ihren Sohn weggenommen hatte.

Ostern kam, bevor der Feind heranrückte. Es war jetzt warm, in den Hecken hockten zahllose Nestlinge, und überall in den Wiesen ertönten die Rufe der Rebhühner. Doch am Tag nach Ostern, als die Leute die Reste des Festmahls verspeisten, mit dem sie ihre Fastenzeit beendet hatten, kam die gefürchtete Nachricht aus Rennes.

Charles de Blois hatte sich in Marsch gesetzt.

Über viertausend Mann verließen Rennes unter dem weißen Hermelinbanner des Herzogs der Bretagne. Zweitausend von ihnen waren Armbrustschützen, die meisten davon in den grün-roten Waffenröcken Genuas und mit dem Abzeichen der Stadt auf ihrem Arm, dem Heiligen Gral. Sie waren Söldner, hoch geschätzt und teuer bezahlt wegen ihrer Waffenkunst. Dazu kamen eintausend Fußsoldaten, die gebraucht wurden, um Gräben auszuheben und die angeschlagenen Mauern der englischen Festungen zu stürmen, und noch einmal über tausend Ritter und Soldaten, die meisten von ihnen Franzosen, die den hart gepanzerten Kern von Herzog Charles' Armee bildeten. Sie marschierten auf La Roche-Derrien zu, aber das wirkliche Ziel des Feldzugs lag nicht darin, die Stadt zurückzuerobern, sondern Sir Thomas Dagworth und seine kleine Armee in eine vernichtende Schlacht zu verwickeln, bei der die Ritter und Soldaten auf ihren mächtigen, gepanzerten Streitrössern die englischen Reihen niedermähen würden.

Ein Konvoi schwerer Wagen transportierte neun Belagerungsapparate, begleitet von über hundert Baumeistern, die nötig waren, um die gewaltigen Maschinen, die Felsbrocken von der Größe eines Bierfasses weiter schleudern konnten als ein Bogen einen Pfeil, aufzubauen und zu bedienen. Ein florentinischer Stückmeister hatte Charles sechs seiner Kanonen angeboten, aber der Herzog hatte abgelehnt. Seiner Ansicht nach waren Kanonen ausgefallen, teuer und launisch, wohingegen die alten mechanischen Apparate zuverlässig funktionierten, wenn sie ordentlich geschmiert waren, und Charles sah keinen Anlass, sich von ihnen zu trennen.

Über viertausend Mann verließen Rennes, aber noch weit mehr sammelten sich auf den Feldern vor La Roche-Derrien. Bauern, die die Engländer hassten, schlossen sich der Armee an, um sich für all das Vieh, die Ernten, die Höfe und die Ehre ihrer Frauen und Töchter zu rächen, die sie an die Eindringlinge verloren hatten. Einige hatten nichts weiter bei sich als Hacken oder Äxte, aber wenn der Zeitpunkt kam, die Stadt anzugreifen, waren solche zornigen Männer durchaus nützlich.

Die Armee kam nach La Roche-Derrien, und Charles de Blois hörte, wie das letzte der Stadttore zugeschlagen und verriegelt wurde. Er entsandte einen Boten, um die Garnison zur Aufgabe aufzufordern, wohl wissend, dass sie nicht darauf eingehen würde, und während seine Zelte aufgebaut wurden, befahl er einem Reitertrupp, die Straßen nach Westen zu überwachen, die ins Finistère führten. Die Männer sollten ihn warnen, wenn Sir Thomas Dagworth mit seiner Armee anrückte, um der Stadt zu helfen. Falls er das überhaupt wagte. Spione hatten Charles zugetragen, dass Dagworth kaum tausend Mann zusammenbekam. »Und wie viele von denen sind Bogenschützen?«, fragte er.

»Höchstens fünfhundert, Euer Gnaden.« Der Mann, der ihm antwortete, war ein Priester, einer von den zahlreichen Geistlichen, die zu Charles' Gefolge gehörten. Der Herzog galt als frommer Mann und setzte mit Vorliebe Priester als Berater, Schreiber und, wie in diesem Fall, als Spione ein. »Höchstens fünfhundert«, wiederholte der Priester, »aber vermutlich sehr viel weniger.«

»Weniger? Wie das?«

»Im Finistère wütet das Fieber«, antwortete der Priester und lächelte schmallippig. »Gott meint es gut mit uns.«

»Das wollen wir hoffen. Und wie viele Bogenschützen sind in der Stadt?«

»Sechzig, Euer Gnaden«, erwiderte der Priester entsprechend Belas' letzter Meldung. »Nicht mehr als sechzig.«

Charles zog eine Grimasse. Er war schon mehrfach von englischen Bogenschützen besiegt worden, selbst als seine Armee so in der Überzahl gewesen war, dass eine Niederlage unmöglich schien. Aber er war auch ein intelligenter Mann und hatte ausgiebig über das Problem der englischen Kriegsbogen nachgedacht. Es war möglich, diese Waffe zu besiegen, und bei diesem Feldzug würde er es beweisen. Klugheit, diese so verachtete Soldatentugend, würde siegen, und Charles de Blois, von den Franzosen zum Herzog und Herrscher über die Bretagne eingesetzt, war unzweifelhaft ein kluger Mann. Er beherrschte sechs Sprachen in Wort und Schrift, sprach besser Latein als die meisten Priester und war ein Meister der Rhetorik. Und mit seinem schmalen, blassen Gesicht, den leuchtend blauen Augen und dem blonden Bart sah er sogar klug aus. Fast sein ganzes erwachsenes Leben hatte er gegen seine Rivalen gekämpft, die ihm den Herzogtitel streitig machen wollten, doch nun war ihm die Herrschaft endlich sicher. Der König von England, der Calais belagerte, hatte seine Garnisonen in der Bretagne nicht verstärkt, während der König von Frankreich, der zugleich Charles' Onkel war, ihm großzügig Männer geschickt hatte, und das bedeutete, dass Charles seinen Feinden überlegen war. Bis zum Ende des Sommers würde er über all die Lehnsgüter seiner Vorfahren herrschen. Doch dann bremste er sich in seiner Siegesgewissheit. »Selbst fünfhundert Bogenschützen«, bemerkte er, »selbst fünfhundertsechzig Bogenschützen können gefährlich sein.« Er hatte eine sachliche, pedantische und trockene Stimme, und die Priester in seinem Gefolge fanden oft, dass er selbst wie ein Geistlicher klang.

»Die Genueser werden sie mit ihren Bolzen niedermähen, Euer Gnaden«, versicherte einer der Priester dem Herzog.

»Beten wir zu Gott, dass sie das tun«, erwiderte Charles fromm, dachte jedoch bei sich, dass Gott ein wenig menschliche Klugheit zur Unterstützung brauchte.

Am nächsten Morgen ritt Charles im Licht der Spätfrühlingssonne um La Roche-Derrien herum, jedoch stets in ausreichendem Abstand, damit kein englischer Pfeil ihn treffen konnte. Die Verteidiger hatten Flaggen auf der Stadtmauer gehisst. Einige zeigten das englische St.-Georgs-Kreuz, andere das weiße Hermelinabzeichen von Jean de Montfort, Charles' Erzrivalen, das seinem eigenen so ähnlich sah. Auf vielen Flaggen waren Beleidigungen aufgemalt, die sich gegen Charles richteten.

Auf einer war der weiße Hermelin des Herzog mit einem englischen Pfeil im Bauch abgebildet, von dem das Blut tropfte, und eine andere zeigte ein Bild von Charles selbst, wie er von einem großen schwarzen Pferd niedergetrampelt wurde, doch auf den meisten Flaggen waren fromme Bitten um Gottes Unterstützung oder ein schlichtes Kreuz aufgemalt, um den Angreifern zu zeigen, auf welcher Seite die himmlischen Sympathien lagen. Die meisten belagerten Städte hissten auch die Flaggen ihrer adligen Verteidiger, doch in La Roche-Derrien gab es nur wenige Adlige, oder zumindest wenige, die ihr Wappen zeigten, und keines von ihnen konnte es mit den hohen Rängen in Charles' Armee aufnehmen. Die drei Falken von Evecque flatterten von der Mauer, aber jedermann wusste, dass Guillaume d'Evecque enteignet worden war und nur noch drei oder vier treue Anhänger besaß. Eine der Flaggen zeigte ein rotes Herz auf hellem Grund, und einer der Priester in Charles Gefolge meinte, es sei das Abzeichen des schottischen Hauses Douglas, aber das konnte nicht sein, denn kein Schotte würde auf der Seite der Engländer kämpfen. Neben dem roten Herz flatterte ein Banner mit den gewellten blau-weißen Linien des Meeres. »Ist das …«, setzte Charles an, verstummte jedoch wieder und runzelte die Stirn.

»Die Flagge von Armorika, Euer Gnaden«, bestätigte der Graf von Roncelets. Bei seinem heutigen Ritt um die Stadt ließ Herzog Charles sich von seinen hohen Fürsten begleiten, damit die Verteidiger ihre Banner sahen und in Ehrfurcht erstarrten. Die meisten von ihnen waren Fürsten der Bretagne; dicht hinter dem Herzog ritten der Vicomte de Rohan und der Vicomte de Morgat, gefolgt von den Grafen von Châteaubriant und Roncelets, Laval, Guingamp, Rougé, Dinan, Redon und Malestroit, allesamt auf hochbeinigen Streitrössern. Außerdem hatten sich aus der Normandie der Graf von Coutances und die Grafen von Valognes und Carteret mitsamt ihrem Gefolge angeschlossen, um für den Neffen ihres Königs zu kämpfen.

»Ich dachte, Armorika sei tot«, bemerkte einer der normannischen Ritter.

»Er hat einen Sohn«, erwiderte Roncelets.

»Und eine Witwe«, ergänzte der Graf von Guingamp. »Und diese verräterische Schlampe hat das Banner gehisst.«

»Aber sie ist eine hübsche verräterische Schlampe«, sagte der Vicomte de Rohan, und alles lachte, denn die adligen Ritter wussten, wie man aufrührerische, aber hübsche Witwen zur Raison brachte.

Charles quittierte das anzügliche Lachen mit einem Stirnrunzeln. »Wenn wir die Stadt einnehmen«, sagte er kalt, »wird die Gräfin von Armorika nicht angerührt. Bringt sie zu mir.« Er hatte Jeanette einmal vergewaltigt, und er würde sie wieder vergewaltigen, und wenn dieses Vergnügen vorüber war, würde er sie mit einem seiner Soldaten verheiraten, damit sie lernte, sich zu benehmen und ihre Zunge im Zaum zu halten. Er zügelte sein Pferd und beobachtete, wie auf der Brustwehr weitere Flaggen gehisst wurden, allesamt Beleidigungen gegen ihn und sein Haus. »Eine geschäftige Garnison«, bemerkte er trocken.

»Und geschäftige Einwohner«, sagte der Vicomte de Rohan verächtlich. »Elendes Verräterpack!«

»Verräter?«, fragte Charles überrascht. »Warum sollten die Einwohner die Engländer unterstützen?«

»Wegen des Handels«, erwiderte Roncelets.

»Wie das?«

»Die Engländer helfen ihnen, reich zu werden, und das gefällt ihnen.«

»Genug, um gegen ihren eigenen Lehnsherrn zu kämpfen?« Charles sah Roncelets ungläubig an.

»Ein treuloses Pack, der ganze Haufen.«

»Nun«, meinte Charles, »dann werden wir dem treulosen Pack den Reichtum wohl abnehmen müssen.« Er gab seinem Pferd die Sporen, zügelte es jedoch wieder, als er eine neue Flagge entdeckte, die einen Greif mit einem Kelch in den Klauen zeigte. Bisher hatte er kein einziges Banner gesehen, das auf einen lösegeldträchtigen Edelmann schließen ließ, doch dieses machte ihn neugierig. »Wessen Flagge ist das?«, fragte er.

Niemand wusste es, doch schließlich antwortete ein schlanker junger Mann auf einem hochbeinigen schwarzen Pferd aus den hinteren Reihen des Gefolges. »Das ist das Wappen der Familie Astarac, Euer Gnaden, und es gehört einem Betrüger.« Der Mann, der geantwortet hatte, war mit hundert grimmig dreinblickenden Reitern in schlichten schwarzen Waffenröcken aus Frankreich gekommen, begleitet von einem Dominikanermönch mit einem Furcht einflößenden Gesicht. Charles de Blois war froh, die schwarzen Reiter in seiner Armee zu haben, weil sie alle harte, erfahrene Soldaten waren, aber sie machten ihn auch ein wenig nervös. Irgendwie waren sie zu hart, zu erfahren.

»Einem Betrüger?«, wiederholte er und ritt wieder an. »Nun, dann brauchen wir uns um ihn ja keine Gedanken zu machen.«

Die Stadt hatte drei Tore zur Landseite und ein viertes, das auf eine Brücke über den Fluss hinausging. Charles beabsichtigte, alle vier Tore zu belagern, sodass die Garnison eingeschlossen war wie ein Fuchs in seinem Bau. »Die Armee«, verkündete er, als die Fürsten sich im herzoglichen Zelt versammelt hatten, das neben einer Windmühle auf einer Anhöhe im Osten der Stadt errichtet worden war, »wird in vier Einheiten aufgeteilt, und jede von ihnen wird vor einem der Tore Stellung beziehen.« Die Fürsten lauschten, und ein Priester schrieb die Anordnungen mit, um das kriegerische Genie des Herzogs für die Nachwelt festzuhalten.

Obwohl jede einzelne der vier Einheiten mehr Soldaten umfasste als Sir Thomas Dagworth jemals zur Verstärkung aufbringen konnte, ordnete Charles als zusätzliche Sicherheitsmaßnahme an, dass die vier Belagerungseinheiten sich mit Gräben, Wällen, Palisaden und Dornenhecken umgeben sollten. Die Hindernisse würden Charles' Männer vor den englischen Pfeilen schützen und seinen Armbrustschützen Deckung bieten, während sie ihre Waffen neu luden. Der Bereich zwischen den vier Einheiten hingegen sollte von sämtlichen Hecken und sonstigen Hindernissen befreit werden, sodass nur offene Wiesen und Marschen übrig blieben.

»Der englische Bogenschütze«, erklärte Charles seinen Fürsten, »kämpft niemals Mann gegen Mann. Er tötet aus der Entfernung, versteckt hinter Sträuchern und Büschen, sodass unsere Pferde nichts gegen ihn ausrichten können. Diese Taktik werden wir ihm zum Verhängnis machen.« Das Zelt war hell, geräumig und luftig, und drinnen roch es nach niedergetretenem Gras und Schweiß. Jenseits der Leinenwände ertönten die dumpfen Hammerschläge der Männer, die dabei waren, die größte der neun Belagerungsmaschinen aufzubauen.

»Unsere Soldaten«, fuhr Charles fort, »werden innerhalb ihrer Verteidigungsanlagen bleiben. Wir werden also vor jedem der vier Stadttore eine Festung errichten, und falls die Engländer eine Verstärkungseinheit schicken, werden diese Männer unsere Festungen angreifen müssen. Und Bogenschützen können keine Männer töten, die sie nicht sehen.« Er hielt kurz inne, um sicherzugehen, dass diese einfache Botschaft einsickerte. »Bogenschützen«, wiederholte er, »können keine Männer töten, die sie nicht sehen. Vergesst das nicht! Unsere Armbrustschützen werden hinter Erdwällen liegen, uns werden Hecken und Palisaden schützen, und der Feind wird draußen auf dem offenen Feld sein, wo wir ihn niedermähen können.«

Zustimmendes Knurren ertönte, denn was der Herzog sagte, klang vernünftig. Bogenschützen konnten keine Männer töten, die verborgen waren. Selbst der kämpferische Dominikaner, der mit den schwarz gekleideten Soldaten gekommen war, wirkte beeindruckt.

In der Stadt läuteten die Glocken Mittag. Eine von ihnen, die größte, war gesprungen und hatte einen misstönenden Klang. »La Roche-Derrien«, sagte der Herzog, »ist unwichtig. Ob die Stadt fällt oder nicht, hat keine Bedeutung. Was zählt, ist, dass wir die feindliche Armee herauslocken. Dagworth wird wahrscheinlich kommen, um La Roche-Derrien zu schützen. Wenn er auftaucht, werden wir ihn niedermähen, und sobald er ausgeschaltet ist, sind nur noch die englischen Garnisonen übrig. Die werden wir uns holen, eine nach der anderen, und bis zum Ende des Sommers ist die gesamte Bretagne in unserer Hand.« Er sprach langsam und mit schlichten Worten, denn die Männer, die ihn umgaben, waren zwar unerbittliche Kämpfer, aber nicht unbedingt bekannt für ihr taktisches Denken. »Und wenn die Bretagne uns gehört«, fuhr er fort, »werdet ihr mit Land, Herrenhäusern und Festungen belohnt.« Diesmal fiel das beifällige Knurren deutlich lauter aus, und die Männer grinsten, denn sie wussten, dass sie nicht nur Land, Herrenhäuser und Festungen bekommen würden, sondern auch Gold, Silber und Frauen. Jede Menge Frauen. Das Knurren verwandelte sich in Gelächter, als die Männer erkannten, dass sie alle dasselbe dachten.

»Aber hier, an dieser Stelle« – Charles' Stimme rief sein Gefolge zur Ordnung –, »werden wir dafür sorgen, dass dieser Sieg möglich wird, und zwar indem wir den englischen Bogenschützen ihr Ziel verweigern. Ein Bogenschütze kann keine Männer töten, die er nicht sieht!« Erneut legte er eine Pause ein, um seine Zuhörer zu beobachten, und als er sie nicken sah, wusste er, dass die schlichte Wahrheit endlich in ihre Schädel gedrungen war. »Wir werden alle in unserer eigenen Festung sein, in einer von vier Festungen, und wenn die englische Armee kommt, um die Belagerung aufzuheben, wird sie eine dieser Festungen angreifen. Diese englische Armee wird klein sein, nicht einmal tausend Mann! Gehen wir einmal davon aus, dass sie zuerst die Festung angreift, die ich an dieser Stelle errichten werde. Was werdet ihr anderen dann tun?«

Er wartete auf eine Antwort, und nach einer Weile wagte der Graf von Roncelets, unsicher wie ein kleiner Junge gegenüber seinem Lehrmeister, einen Vorschlag. »Euer Gnaden zu Hilfe kommen?«

»Nein!«, rief Charles wütend aus. »Nein, nein, nein! Wenn ihr eure Festung verlasst, bietet ihr den englischen Bogenschützen ein Ziel. Genau das wollen sie doch! Sie wollen uns hinter unseren Wällen hervorlocken, um uns mit ihren Pfeilen niederzumähen. Was also tun wir? Wir bleiben hinter unseren Wällen. *Wir bleiben hinter unseren Wällen.*« Begriffen sie das? Es war der Schlüssel zum Sieg. Wenn seine Männer in Deckung blieben, mussten die Engländer verlieren. Die Armee von Sir

Thomas Dagworth wäre gezwungen, Erdwälle und Dornenhecken zu überwinden, dabei würden die Armbrustschützen sie mit ihren Bolzen dezimieren, und wenn nur noch ein paar hundert von den Engländern übrig waren, würde der Herzog seine Soldaten losschicken, um sie abzuschlachten. »Ihr bleibt in euren Festungen«, wiederholte er mit Nachdruck, »und jeder, der diesem Befehl zuwiderhandelt, verwirkt sich meine Großzügigkeit.« Diese Drohung ernüchterte die umstehenden Fürsten. »Wenn auch nur einer eurer Männer die Sicherheit der Wälle verlässt, werden wir dafür sorgen, dass ihr bei der Verteilung der Güter am Ende des Feldzugs nicht beteiligt werdet. Ist das klar, meine Herren?«

Es war klar. Klar und einfach.

Charles de Blois würde vor jedem der vier Stadttore eine Festung errichten, und wenn die Engländer kamen, mussten sie deren Wälle erstürmen. Jede einzelne der vier Festungen würde über mehr Männer verfügen als die angreifende englische Armee. Die Engländer würden sterben, und damit würde die Bretagne dem Haus de Blois gehören.

Klugheit. Damit gewann man Kriege und erwarb sich einen Ruf. Und sobald Charles hier gezeigt hatte, wie man die Engländer besiegte, würde er sie in ganz Frankreich besiegen.

Denn Charles träumte von einer größeren Krone als der des Herzogs der Bretagne. Er träumte von Frankreich, doch beginnen musste er hier, in den durchweichten Feldern vor La Roche-Derrien. Hier würde er den englischen Bogenschützen zeigen, wo ihr Platz war.

In der Hölle.

Die neun Belagerungsapparate waren alle Triboks, und der größte von ihnen konnte einen Stein vom doppelten Gewicht eines ausgewachsenen Mannes fast dreihundert Schritt weit schleudern. Alle neun waren im bayerischen Regensburg gebaut worden, und die leitenden Baumeister, die sich um die gewaltigen, komplizierten Maschinen kümmerten, waren ebenfalls alle Bayern. Die Wurfarme der beiden größten Waffen waren über fünfzig Fuß lang, und selbst die der beiden kleinsten, die am gegenüberliegenden Ufer des Jaudy aufgebaut wurden, um die Brücke und ihr Vorwerk zu bedrohen, maßen noch sechsunddreißig Fuß.

Die beiden größten, Teufelswerk und Witwenmacher genannt, wurden am Fuß des Hügels aufgebaut, auf dem die Windmühle stand. Im Grunde waren es ganz einfache Geräte, nur ein langer Holzpfahl, der an einer Achse befestigt war, wie eine überdimensionale Waage oder eine Kinderwippe, nur dass der eine Arm der Wippe dreimal so lang war wie der andere. Der kürzere Arm schloss mit einem gewaltigen Holzkasten ab, der mit Bleigewichten gefüllt wurde, während der längere Arm, mit dessen Hilfe das Geschoss katapultiert wurde, an einer großen Winde befestigt war. Mit dieser Winde wurde der Holzpfahl heruntergezogen, sodass sich die zehn Tonnen Gegengewicht hoben. Dann wurde das steinerne Geschoss in eine etwa fünfzehn Fuß lange Lederschlaufe am Ende des längeren Arms gelegt. Sobald der Holzpfahl losgelassen wurde, sackte das Gegengewicht wieder herunter, der lange Arm schoss nach oben, und der Stein wurde mit gewaltigem Schwung aus der Lederschlaufe geschleudert, flog in hohem Bogen durch die Luft und krachte in sein Ziel. Das Prinzip war einfach. Schwierig hingegen war es, den Mechanismus ausreichend mit Talg zu schmieren, eine Winde zu konstruieren, die stark genug war, um den Holzpfahl herunterzuziehen, den Holzkasten so stabil zu bauen, dass er wieder und wieder heruntersausen konnte, ohne seine zehn Tonnen Bleigewicht zu verlieren, und, das Schwierigste von allem, eine Halterung zu entwickeln, die einerseits imstande war, den langen Holzpfahl trotz des gewaltigen Gegengewichts unten zu halten, und ihn andererseits im gewünschten Moment gefahrlos hochschnellen zu lassen. Dies waren die Bereiche, in denen die Bayern besonders geschickt waren, und dafür wurden sie großzügig bezahlt.

Viele meinten, das Fachwissen der Bayern sei überflüssig; Kanonen waren viel kleiner und schleuderten ihre Geschosse mit größerer Kraft. Doch Herzog Charles hatte sich eingehend mit dem Thema beschäftigt und sich für die ältere Technik entschieden. Kanonen verursachten häufig unkontrollierte Explosionen, bei denen die teuer bezahlten Stückmeister getötet wurden. Außerdem waren sie unendlich langsam, weil die Lücke zwischen dem Geschoss und dem Kanonenlauf mit Lehm verschlossen werden musste, um die Explosionskraft zu bewahren. Der Lehm musste natürlich erst trocknen, bevor das Pulver entzündet werden konnte, und selbst die geschicktesten Stückmeister aus Italien konnten eine Kanone höchstens drei- oder viermal am Tag abfeuern. Davon abgesehen waren die Kugeln, die sie verschossen, lediglich ein paar Pfund schwer; dadurch flogen sie zwar mit einer solchen Geschwindigkeit, dass man sie nicht einmal mehr sah, aber dafür konnten die alten Triboks drei- oder viermal in der Stunde ein Geschoss mit dem zwanzig- oder dreißigfachen Gewicht in die Luft schleudern. La Roche-Derrien, so hatte der Herzog beschlossen, sollte auf die altmodische Weise attackiert werden, und so wurde die kleine Stadt von den neun Triboks umzingelt. Neben Teufelswerk und Witwenmacher gab es noch Steinschleuder, Zertrümmerer, Totengräber, Höllenpeitsche, Racheengel, Zerstörer und Gotteszorn.

Jeder Tribok wurde auf einer Plattform aus Holzbohlen aufgebaut und mit einer Palisade geschützt, die hoch und dicht genug war, um keinen Pfeil durchzulassen. Einige der Bauern, die sich der Armee angeschlossen hatten, wurden dazu eingeteilt, sich mit Wassereimern bei den Palisaden aufzustellen und Brandpfeile zu löschen, mit denen die Engländer möglicherweise versuchen würden, die Schutzvorrichtungen niederzubrennen. Andere Bauern hoben die Gräben aus und warfen die Erdwälle auf, aus denen die vier Festungen des Herzogs bestehen sollten. Wo es möglich war, übernahmen sie bereits vorhandene Gräben oder nutzten die dichten Schwarzdornhecken für die Befestigungen. Sie bauten Barrieren aus gespitzten Holzpfählen und gruben Löcher, in denen herangaloppierende Pferde sich die Beine brechen würden. Jede der vier Einheiten des

Herzogs umgab sich mit solchen Verteidigungsanlagen, und jeden Tag, während die Wälle wuchsen und die Triboks aus ihren Einzelteilen zusammengesetzt wurden, ließ der Herzog seine Männer antreten, um die Schlachtaufstellung zu üben. Die Genueser Armbrustschützen bemannten die halb fertigen Wälle, während hinter ihnen die Ritter und Soldaten zu Fuß aufmarschierten. Einige der Männer murrten, solche Übungen seien reine Zeitverschwendung, doch andere begriffen die Gefechtstaktik des Herzogs und unterstützten sie, so gut sie konnten. Die Wälle, Gräben und Palisaden würden die englischen Bogenschützen ihrer Macht berauben, die Armbrustschützen würden sie einen nach dem anderen abschießen, bis der Feind schließlich gezwungen wäre, über die Verteidungsanlagen hinweg anzugreifen, wo sie dann sie von den wartenden Soldaten niedergemetzelt würden.

Nach einer Woche Knochenarbeit waren die Triboks aufgebaut und ihre Holzkästen mit großen Bleigewichten gefüllt. Nun mussten die Maschinenbauer noch größeres Geschick beweisen, indem sie ihre gewaltigen Geschosse immer wieder auf dieselbe Stelle donnerten, damit die Befestigungsmauer nachgab und ihnen einen Weg in die Stadt freigab. Sobald die Besatzungsarmee besiegt war, konnten die Männer des Herzogs La Roche-Derrien einnehmen und ihre verräterischen Einwohner dem Schwert überantworten.

Die bayerischen Meister wählten ihre ersten Geschosse mit großer Sorgfalt und richteten dann die Länge der Lederschlaufen entsprechend der Wurfweite danach aus. Es war ein schöner Frühlingsmorgen. Turmfalken glitten durch die Luft, die Wiesen waren mit Butterblumen übersät, Forellen schnappten nach Eintagsfliegen, der wilde Knoblauch blühte weiß, und Tauben flogen durch das junge Waldlaub. Es war die schönste Zeit des Jahres, und Herzog Charles, der durch seine Spione informiert worden war, dass Sir Thomas Dagworths Armee das Finistère bisher nicht verlassen hatte, witterte bereits den Sieg. »Die Bayern«, sagte er zu einem der Priester aus seinem Gefolge, »sollen anfangen.«

Als Erstes schoss Teufelswerk. Mithilfe eines Hebels wurde ein dicker Eisendorn aus einer Metallschlaufe gezogen, die an dem langen Arm des Holzpfahls befestigt war. Zehn Tonnen Blei donnerten mit einem Knall nach unten, der bis nach Tréguier zu hören war, der lange Arm schoss nach oben, die Lederschlaufe an der Spitze wirbelte mit einem Fauchen durch die Luft, und das Geschoss wurde in hohem Bogen in den Himmel geschleudert. Der mächtige Felsbrocken schien einen Augenblick reglos zwischen den Turmfalken zu schweben, dann fuhr er wie ein Donnerschlag hernieder.

Das Töten hatte begonnen.

Der erste Stein krachte durch das Dach vom Haus eines Färbers in der Nähe der St.-Brieuc-Kirche und enthauptete einen englischen Soldaten und die Frau des Färbers. In der Garnison kursierte kurz darauf der Scherz, die beiden Körper wären von dem Felsbrocken so ineinandergerammt worden, dass sie bis in alle Ewigkeit der Vereinigung frönen würden. Das tödliche Geschoss, ein Steinbrocken von der Größe eines Fasses, hatte die östliche Stadtmauer nur um zwanzig Fuß verfehlt. Die bayerischen Maschinenbauer kürzten die Lederschlaufe ein wenig, woraufhin der nächste Stein direkt vor der Mauer im Graben landete und eine Garbe von stinkendem Abwasser aufspritzen ließ. Beim dritten Versuch trafen sie den Fuß der Mauer, und dann verkündete ein ohrenbetäubendes Krachen, dass Witwenmacher soeben seinen ersten Felsbrocken verschossen hatte. Einer nach dem anderen schlossen sich Steinschleuder, Zertrümmerer, Totengräber, Höllenpeitsche, Racheengel, Zerstörer und Gotteszorn an.

Richard Totesham tat, was er konnte, um die Attacken der Triboks abzumildern. Da Charles ganz offensichtlich vorhatte, vier Breschen zu schlagen, eine an jeder Seite der Stadt, befahl Totesham, große Säcke zu nähen und mit Stroh zu füllen. Mit diesen Säcken, von hinten gestützt durch dicke Holzbalken, wurde die Mauer gepolstert, damit sie nicht so schnell nachgab. Doch einige der Geschosse landeten mitten in der Stadt, und es war unmöglich, die Dächer dagegen zu schützen. Manche der Einwohner meinten, Totesham sollte selbst einen Tribok bauen und versuchen, damit die feindlichen Maschinen zu zerstören, doch er bezweifelte, dass die Zeit dafür reichen würde. Stattdessen ließ er aus Schiffsspieren, die vor Beginn der Belagerung aus Tréguier geliefert worden waren, eine riesige Armbrust anfertigen. Tréguier selbst war jetzt verlassen, da die Stadt nicht befestigt war und die Einwohner entweder in La Roche-Derrien untergeschlüpft, mit ihren Booten aufs Meer geflohen oder auf Charles' Seite übergelaufen waren.

Toteshams Arkuballiste war dreißig Fuß breit und schoss einen Bolzen von acht Fuß Länge. Die Sehne, die aus geflochtenen Lederriemen bestand, wurde mit einer Schiffswinde gespannt. Es dauerte vier Tage, die Waffe zu bauen, und beim ersten Schussversuch brach einer der Spiere durch. Ein schlechtes Omen, und am nächsten Tag folgte ein noch schlimmeres, als ein Pferd, das einen Karren mit Fäkalien zog, aus seinem Geschirr ausbrach und einem Kind einen Huftritt gegen den Kopf versetzte. Das Kind starb. Einige Stunden später krachte ein Felsbrocken von einem der kleineren Triboks in das Haus von Richard Totesham, zerstörte fast das gesamte obere Stockwerk und tötete um ein Haar sein kleines Kind. In der darauf folgenden Nacht flohen fast zwanzig Söldner aus der Stadt. Einige machten sich ganz aus dem Staub, andere schlossen sich Charles' Armee an, und einer, der, im Stiefel verborgen, eine Nachricht an Sir Thomas Dagworth bei sich gehabt hatte, fiel dem Feind in die Hände und wurde enthauptet. Am nächsten Morgen wurde sein abgeschlagener Kopf mit der Botschaft zwischen den Zähnen von Gotteszorn in die Stadt zurückgeschleudert, woraufhin der Kampfgeist der Garnison noch weiter sank.

»Ich weiß nicht, ob man sich auf Omen verlassen kann«, sagte Mordecai zu Thomas.

»Natürlich kann man das.«

»Deine Gründe für diese Ansicht interessieren mich sehr. Aber erst zeig mir deinen Urin.«

»Ihr habt doch gesagt, ich wäre geheilt«, protestierte Thomas.

»Ewige Wachsamkeit, mein lieber Thomas, ist der Preis der Gesundheit. Pinkle für mich.«

Thomas gehorchte. Mordecai hielt die Flüssigkeit gegen das

Licht, tauchte dann einen Finger hinein und betupfte damit seine Zunge. »Ausgezeichnet!«, sagte er. »Hell, klar und nicht zu salzig. Das ist doch ein gutes Omen, oder nicht?«

»Das ist kein Omen, sondern ein Symptom.«

»Ah.« Mordecai schmunzelte über die Richtigstellung. Sie standen in dem kleinen Innenhof hinter Jeanettes Küche, und der jüdische Arzt sah zu, wie die Mauerschwalben ihre Nester unter den Dachbalken mit Lehm ausbauten. »Erklär mir, was es mit den Omen auf sich hat, Thomas.«

»Als unser Herr gekreuzigt wurde«, sagte Thomas, »herrschte mitten am Tag Dunkelheit, und ein Vorhang im Tempel riss in zwei Teile.«

»Du meinst also, Omen sind im Herzen eures Glaubens verborgen?«

»In Eurem doch gewiss auch, oder?«

Mordecai zuckte zusammen, als irgendwo in der Stadt ein Felsbrocken einschlug. Ein gewaltiges Krachen, gefolgt von einem splitternden Geräusch, als ein Dach oder Fußboden nachgab. Hunde heulten, und eine Frau schrie. »Das machen sie mit Absicht«, sagte Mordecai.

»Natürlich.« Der Feind beschoss die eng aneinander gebauten kleinen Häuser der Stadt nicht nur mit Steinen, sondern manchmal auch mit verwesenden Rindern, Schweinen oder Ziegen, sodass das madenzerfressene Aas die Straßen mit seinem Gestank erfüllte.

Mordecai wartete, bis der Schrei der Frau erstarb. »Ich glaube nicht an Omen«, sagte er. »Wir haben ein wenig Pech gehabt, und schon denken alle, die Stadt sei dem Untergang geweiht. Aber woher wissen wir, dass dem Feind nicht auch Übles widerfährt?«

Thomas schwieg. Auf dem Dachfirst zankten sich die Vögel, ohne die Katze zu bemerken, die sich vorsichtig heranschlich.

»Was willst du, Thomas?«, fragte Mordecai.

»Was ich will?«

»Ja, was willst du?«

Thomas zog eine Grimasse und streckte seine rechte Hand

mit den verkrümmten Fingern aus. »Dass die wieder gerade werden.«

»Und ich will wieder jung sein«, entgegnete Mordecai ungeduldig. »Deine Finger sind geheilt. Sie sind verformt, aber geheilt. Und jetzt sag mir, was du willst.«

»Ich will die Männer töten, die Eleanor ermordet haben. Ich will Jeanette ihren Sohn zurückgeben. Und ich will ein Bogenschütze sein. Nichts weiter. Ein Bogenschütze.« Er wollte auch den Gral finden, aber das verschwieg er Mordecai.

Mordecai zupfte an seinem Bart. »Die Männer töten, die Eleanor ermordet haben?«, überlegte er laut. »Ich denke, das schaffst du. Jeanettes Sohn? Vielleicht schaffst du das auch, obwohl ich nicht verstehe, warum du ihr gefallen willst. Du willst Jeanette doch nicht heiraten, oder?«

»Sie heiraten?« Thomas lachte. »Nein.«

»Gut.«

»Wieso gut?« Nun war Thomas gekränkt.

»Ich habe mich stets gern mit Alchemisten unterhalten, und ich habe oft zugesehen, wie sie Schwefel und Quecksilber vermischten. Es gibt eine Theorie, derzufolge alle Metalle aus diesen zwei Substanzen zusammengesetzt sind, wusstest du das? Die Anteile sind natürlich jeweils unterschiedlich, aber was ich damit sagen will, mein lieber Thomas, ist Folgendes: Wenn man Schwefel und Quecksilber zusammen in ein Gefäß gibt und das Ganze erhitzt, ist das Ergebnis oft hochexplosiv. Und dasselbe gilt meiner Ansicht nach für dich und Jeanette. Außerdem kann ich mir nicht vorstellen, dass sie einen Bogenschützen heiraten würde. Einen König, ja. Einen Herzog, vielleicht. Einen Graf oder Earl, gewiss. Aber einen Bogenschützen?« Er schüttelte den Kopf. »Obwohl ich damit überhaupt nichts gegen Bogenschützen sagen will, Thomas. Es ist ein nützlicher Beruf in dieser schlechten Welt.« Er schwieg einen Moment. »Mein Sohn lernt das Handwerk des Arztes.«

Thomas lächelte. »Das klingt nach einem Vorwurf.«

»Wieso das?«

»Euer Sohn wird ein Heiler, und ich bin ein Mörder.«

Mordecai schüttelte den Kopf. »Benjamin lässt sich zwar zum Arzt ausbilden, aber er wäre viel lieber Soldat. Er wäre gern ein Mörder.«

»Warum –«, setzte Thomas an, verstummte jedoch, da die Antwort auf der Hand lag.

»Weil Juden keine Waffen tragen dürfen«, sagte Mordecai. »Nein, es war nicht als Vorwurf gemeint. Ich glaube, für einen Soldaten bist du ein guter Mann, Thomas.« Er hielt inne und runzelte die Stirn, weil irgendwo in der Nähe wieder ein Geschoss von einem der größeren Triboks eingeschlagen war. Diesmal herrschte nach dem Knall jedoch Stille. »Dein Freund Will ist auch ein guter Mann«, fuhr Mordecai fort, »aber ich fürchte, er ist kein Bogenschütze mehr.«

Thomas nickte. Will Skeat war genesen, aber nicht wiederhergestellt. »Manchmal denke ich, es wäre besser gewesen ...«

»Wenn er gestorben wäre?«, ergänzte Mordecai seinen Gedanken. »Wünsche niemandem den Tod, Thomas, er kommt auch so früh genug. Sir William wird sicher nach England zurückgehen, und der Earl wird sich um ihn kümmern.«

Das Schicksal aller alten Soldaten, dachte Thomas. Nach Hause zurückzukehren und das Gnadenbrot der Familie zu essen, der sie gedient hatten. »Dann werde ich nach Calais gehen, sobald das hier vorbei ist, und sehen, ob Wills Bogenschützen einen neuen Führer brauchen.«

Mordecai lächelte. »Du willst nicht nach dem Gral suchen?«

»Ich weiß nicht, wo er ist.«

»Und das Buch deines Vaters? Hat es dir nicht weitergeholfen?«

Thomas hatte sich noch einmal eingehend mit der Abschrift befasst, die Jeanette angefertigt hatte. Er nahm an, dass sein Vater eine Art Verschlüsselung benutzt hatte, aber sosehr er sich auch bemühte, er kam nicht hinter das System. Oder das Buch war einfach deshalb so verworren, weil es Vater Ralphs Geisteszustand widerspiegelte. Eines jedoch stand für Thomas fest. Sein Vater war überzeugt gewesen, dass er den Gral besaß. »Ich werde nach dem Gral suchen«, sagte er, »aber manchmal denke ich, die einzige Möglichkeit, ihn zu finden, besteht darin, ihn *nicht* zu suchen.« Plötzlich erklang vom Dach ein hektisches Scharren. Thomas fuhr zusammen und sah hinauf. Die Katze hatte sich auf die Vögel gestürzt und dabei beinahe den Halt verloren.

»Noch ein Omen?« Mordecai blickte den davonflatternden Vögeln nach. »Hoffentlich ein gutes.«

»Was wisst Ihr eigentlich über den Gral?«, fragte Thomas.

»Ich bin Jude. Was weiß ich schon?«, entgegnete Mordecai mit Unschuldsmiene. »Was würde denn passieren, wenn du den Gral fändest? Glaubst du, die Welt würde dadurch ein besserer Ort? Nur weil der Gral wieder auftaucht?« Thomas schwieg. »Er ist so etwas wie das Abracadabra, nicht wahr?«, sagte Mordecai melancholisch.

»Ihr meint den Teufel?«, fragte Thomas schockiert.

»Abracadabra ist nicht der Teufel!«, widersprach Mordecai mit Nachdruck. »Es ist einfach ein Zauberspruch. Manche törichte Juden glauben, wenn man es in Form eines Dreiecks schreibt und es sich um den Hals hängt, wäre man gegen das Wechselfieber gefeit. Was für ein Unsinn! Die einzige Arznei gegen das Wechselfieber ist ein warmer Umschlag aus Kuhmist, aber die Leute glauben lieber an Zaubersprüche und, wie es scheint, auch an Omen. Doch ich bezweifle, dass Gott durch das eine wirkt und sich durch das andere enthüllt.«

»Euer Gott ist sehr weit weg.«

»Ja, ich fürchte, das ist er.«

»Meiner ist nah«, sagte Thomas, »und Er zeigt sich bisweilen.«

»Dann kannst du dich glücklich schätzen«, sagte Mordecai. Auf der Bank neben ihm lagen Jeanettes Spindel und Rocken. Er klemmte sich den Rocken unter den linken Arm und versuchte, ein wenig von der Wolle, die über ihm gebündelt war, zu spinnen, doch es gelang ihm nicht. »Du kannst dich glücklich schätzen«, sagte er noch einmal, »und ich hoffe, wenn Charles' Truppen hier einfallen, bleibt dein Gott in der Nähe. Und wir anderen? Sind wir dem Untergang geweiht?«

»Wenn sie hier einfallen, dann flüchtet Euch in eine Kirche oder versucht, über den Fluss zu entkommen.«

»Ich kann nicht schwimmen.«

»Dann ist die Kirche Eure beste Hoffnung.«

»Das bezweifle ich.« Mordecai legte den Spinnrocken wieder hin. »Totesham sollte sich lieber ergeben«, sagte er traurig. »Und uns alle gehen lassen.«

»Das wird er nicht tun.«

Mordecai zuckte die Achseln. »Dann müssen wir sterben.«

Doch am nächsten Tag bekam er eine Gelegenheit zur Flucht. Totesham verkündete, jeder, der die Entbehrungen der Belagerung nicht auf sich nehmen wolle, könne die Stadt durch das Südtor verlassen. Doch kaum wurde es geöffnet, versperrte ein Trupp von Charles' Soldaten ihnen den Weg, in Kettenpanzern und mit Helmen auf dem Kopf, deren Visier ihre Gesichter verbarg. Höchstens hundert Menschen hatten beschlossen zu gehen, hauptsächlich Frauen und Kinder, doch die Soldaten des Herzogs verboten ihnen, die Stadt zu verlassen, denn es lag nicht im Interesse der Belagerer, dass die Garnison weniger Mäuler zu füttern hatte. Die gepanzerten Männer blockierten die Straße, Toteshams Männer hatten das Tor wieder verschlossen, und so saßen die Frauen und Kinder den ganzen Tag fest.

Am Abend hielten die Triboks zum ersten Mal inne, seit der Felsbrocken die Frau des Färbers und ihren Liebhaber getötet hatte, und in der eigenartigen Stille näherte sich ein Bote aus Charles' Lager. Ein Trompeter und eine weiße Flagge verkündeten, dass er einen Waffenstillstand wünschte, und Totesham befahl, dem Trompeter zu antworten und über dem Südtor ebenfalls eine weiße Flagge zu schwenken. Der bretonische Bote wartete, bis ein Mann von Rang zur Mauer kam, dann deutete er auf die Frauen und Kinder. »Diese Leute dürfen unsere Linien nicht passieren. Sie werden hier verhungern.«

»Ist das das Erbarmen, dass Euer Herr für sein Volk hat?«, entgegnete Toteshams Gesandter. Er war ein englischer Priester, der Bretonisch und Französisch sprach.

»Er hat so viel Erbarmen mit ihnen, dass er sie von den englischen Ketten befreien will. Sagt Eurem Herrn, dass wir ihm bis zum Angelus Zeit geben, sich zu ergeben. Wenn er das tut, darf er die Stadt mit all seinen Waffen, Bannern, Pferden, Angehörigen, Dienern und Besitztümern verlassen.«

Es war ein großzügiges Angebot, doch der Priester zog es nicht einmal in Erwägung. »Ich werde es ihm sagen«, erwiderte er, »aber nur, wenn Ihr Eurem Herrn ausrichtet, dass wir Nahrung für ein Jahr haben und genug Waffen, um jeden Einzelnen von euch zweimal zu töten.«

Der Bote verneigte sich, der Priester erwiderte die Geste, und damit waren die Verhandlungen abgeschlossen. Die Triboks nahmen ihren Beschuss wieder auf, und bei Einbruch der Dunkelheit ließ Totesham das Tor noch einmal öffnen, und die Flüchtlinge konnten unter den Spottrufen derjenigen, die geblieben waren, wieder zurück in die Stadt.

Wie jeder Mann in La Roche-Derrien hielt auch Thomas Wache auf der Brustwehr. Es war ein langweiliger Dienst, da Charles de Blois mit größter Sorgfalt darauf achtete, dass keiner seiner Soldaten in Schussweite der englischen Bogenschützen kam, aber immerhin brachte es ein wenig Abwechslung, die gewaltigen Triboks zu beobachten. Es dauerte so lange, sie mit der Winde herunterzuziehen, dass die riesigen Holzpfähle sich kaum zu bewegen schienen, doch nach und nach, beinahe unmerklich, tauchten die schweren Holzkästen mit ihren Bleigewichten hinter den Palisaden auf, und der lange Arm verschwand außer Sicht. Wenn der lange Arm schließlich bis zum Anschlag heruntergezogen war, geschah lange Zeit gar nichts, vermutlich weil die Maschinenbauer das Geschoss in die Lederschlaufe einpassten. Und dann, gerade wenn es so schien, als würde überhaupt nichts mehr passieren, verschwand das Gegengewicht plötzlich, die Palisade erbebte, Vögel flatterten erschrocken von der Wiese auf, der lange Arm schoss nach oben, erzitterte, die Schlaufe peitschte vor, und ein Stein wurde durch die Luft geschleudert. Erst dann folgte das Geräusch, der ohrenbetäubende Knall des niederfahrenden Gegengewichts, einen Herzschlag später gefolgt vom Aufprall des Steins gegen die ramponierte Stadtmauer. Neue Strohsäcke wurden in die wachsende Bresche gestopft, aber da die Schäden immer größer wurden, befahl Totesham seinen Leuten, hinter den Löchern eine neue Mauer zu errichten.

Einige der Männer, darunter auch Thomas und Robbie, waren dafür, einen Ausfall zu wagen. Stellen wir einen Trupp von sechzig Mann zusammen, sagten sie, und schleichen wir uns bei Tagesanbruch aus der Stadt. Sie könnten ohne weiteres einen oder zwei von den Triboks erstürmen, sie mit Öl und Pech übergießen und das Ganze mit Fackeln in Brand setzen. Doch Totesham war dagegen. Seine Garnison war zu klein, wandte er ein, und er wollte es nicht riskieren, auch nur ein halbes Dutzend Männer zu verlieren, bevor Charles' Soldaten durch die Breschen einfielen.

Doch er verlor sie trotzdem. In der dritten Belagerungswoche hatte Charles de Blois seine Befestigungen fertiggestellt, und die vier Einheiten seiner Armee waren nun durch Erdwälle, Hecken, Palisaden und Gräben geschützt. Das Gebiet zwischen seinen Festungen hatte er von sämtlichen natürlichen Hindernissen befreit, sodass beim Eintreffen von Verstärkungstruppen die Bogenschützen keinerlei Deckung hatten. Nun, da seine Befestigungen standen und die Triboks immer größere Löcher in die Mauern von La Roche-Derrien fraßen, schickte er seine Armbrustschützen vor, um die Verteidiger auf der Brustwehr anzugreifen. Sie rückten jeweils zu zweit vor, ein Mann mit Armbrust und sein Partner mit einer Pavese, einem Schild, der so hoch, breit und solide war, dass er beide Männer schützen konnte. Die Pavesen waren bemalt, einige mit Heiligenbeschwörungen, die meisten jedoch mit Verwünschungen auf Französisch, Englisch und – da die Armbrustschützen aus Genua kamen – Italienisch. Ihre Bolzen knallten gegen die Mauern, schwirrten über die Köpfe der Verteidiger hinweg und bohrten sich in die Strohdächer der Häuser. Ein Teil der Genueser schoss auch mit Feuerbolzen, sodass Totesham sechs Einsatztrupps allein zum Löschen abkommandieren musste, und wenn sie nicht gerade Brände löschten, waren sie damit beschäftigt, Wasser aus dem

Jaudy zu schöpfen und die Dächer zu befeuchten, die in unmittelbarer Nähe zur Brustwehr und damit am stärksten gefährdet waren.

Die englischen Bogenschützen schossen zurück, doch die Armbrustschützen waren meist hinter den Pavesen verborgen und kamen nur für einen kurzen Moment dahinter hervor, um ihre Bolzen abzuschießen. Ein paar von ihnen starben dennoch, aber sie holten auch einige der Bogenschützen von der Stadtmauer. Jeanette stieg oft mit Thomas auf die südliche Brustwehr und schoss ihre Bolzen von den Zinnen oberhalb des Tores ab. Eine Armbrust konnte auch im Knien eingesetzt werden, sodass sie nicht allzu viel von ihrer Deckung aufgeben musste; Thomas hingegen konnte nur im Stehen schießen. »Du solltest nicht hier sein«, sagte er jedes Mal, und sie ahmte neckend seinen Vorwurf nach, während sie ihre Waffe spannte.

»Erinnerst du dich noch an die erste Belagerung?«, fragte sie.

»Als du auf mich geschossen hast?«

»Hoffen wir, dass ich inzwischen besser geworden bin.« Sie stützte die Armbrust auf der Mauer ab, zielte und drückte den Abzug. Der Bolzen schlug in eine Pavese, die bereits mit gefiederten englischen Pfeilen gespickt war. Hinter den Armbrustschützen erhob sich der Erdwall der nächstliegenden feindlichen Festung. Darüber ragten die plumpen Holzarme zweier Triboks in die Luft, und dahinter flatterten die bunten Banner einiger von Charles' Fürsten. Jeanette erkannte die Wappen von Rohan, Laval, Malestroit und Roncelets. Beim ersten Anblick der schwarz-gelben Flagge stieg eine Woge von Zorn in ihr auf, dann trieb der Gedanke an ihren Sohn, der in Roncelets' weit entfernter Festung eingesperrt war, ihr die Tränen in die Augen. »Ich wünschte, sie würden angreifen«, sagte sie. »Dann könnte ich nicht nur de Blois einen Bolzen in den Bauch jagen, sondern auch Roncelets.«

»Sie werden erst angreifen, wenn sie Dagworth besiegt haben«, sagte Thomas.

»Glaubst du, er kommt?«

»Ich schätze, deshalb sind sie hier.« Thomas erhob sich aus der Deckung, spannte den Bogen und schoss auf einen Armbrustschützen, der gerade hinter seinem Schild hervorgetreten war. Doch einen winzigen Moment, bevor der Pfeil ihn erreichte, wich er dahinter zurück. Thomas ging wieder in die Hocke. »Charles weiß, dass er uns jederzeit überwältigen kann. Aber sein eigentliches Ziel ist Dagworth. Den will er ausschalten.«

Denn wenn Sir Thomas Dagworth ausgeschaltet war, gab es keine nennenswerten englischen Truppen mehr in der Bretagne.

Schließlich, einen Monat nach Charles' Ankunft, als die Hecken seiner Befestigungen mit Weißdornblüten übersät waren, am Flussufer ein dichter Teppich von Iris blühte und der Mohn in den Roggenfeldern leuchtete, zeichnete sich im Südwesten eine Rauchfahne am Himmel ab. Die Beobachter auf den Stadtmauern von La Roche-Derrien sahen Kundschafter von den feindlichen Befestigungen aufbrechen. Sie wussten, dass der Rauch nur von Lagerfeuern stammen konnte, und das bedeutete, dass eine Armee im Anmarsch war. Einige fürchteten, es könnte Verstärkung für den Feind sein, doch andere beruhigten sie mit der berechtigten Feststellung, dass aus dem Südwesten nur Freunde kommen konnten. Was Richard Totesham und die anderen, die die Wahrheit kannten, für sich behielten, war die Tatsache, dass die Verstärkungstruppe nur klein sein konnte, viel kleiner als Charles' Armee, und dass sie in eine Falle lief, die der Feind für sie aufgestellt hatte.

Denn Charles' Plan hatte funktioniert, und Sir Thomas Dagworth hatte den Köder geschluckt.

Charles de Blois befahl seine Fürsten und Hauptmänner zu dem großen Zelt bei der Mühle. Der Feind war nur noch einen kurzen Marsch entfernt, und natürlich gab es Heißsporne in seinen Reihen, die sich ihre Rüstung anschnallen, ihre Lanze anlegen und auf ihrem Streitross losgaloppieren wollten, um sich von den englischen Bogenschützen abschießen zu lassen. Ein

Haufen Dummköpfe, dachte Charles und erstickte ihre Hoffnungen im Keim, indem er anordnete, dass niemand außer den Kundschaftern die vier Befestigungsanlagen verlassen dürfe. »Niemand!« Er schlug so heftig mit der Faust auf den Tisch, dass beinahe das Tintenfass seines Schreibers umgestürzt wäre. »Niemand verlässt die Festungen! Habt ihr das verstanden?« Er ließ den Blick von einem Gesicht zum nächsten wandern und dachte erneut, was für Trottel seine Fürsten doch waren. »Wir bleiben hinter unseren Schutzwällen und lassen sie auf uns zukommen. Sie kommen zu uns, und dann töten wir sie.«

Einige der Fürsten schauten missmutig drein, weil es wenig ruhmreich war, hinter Erdwällen und matschigen Gräben zu kämpfen, wenn man auf einem Streitross in die Schlacht reiten konnte, aber Charles de Blois blieb hart, und selbst die reichsten seiner Edelleute fürchteten, er könne seine Drohung wahr machen und diejenigen, die seinen Befehlen nicht gehorchten, nach der Eroberung der Bretagne von der Verteilung der Ländereien und Reichtümer ausschließen.

Charles ergriff ein Stück Pergament. »Unsere Kundschafter sind nahe an die Truppe von Sir Thomas Dagworth herangeritten«, verkündete er mit seiner klaren, ruhigen Stimme, »und wir verfügen jetzt über eine genaue Schätzung ihrer Größe.« Wohl wissend, dass jeder der Männer im Zelt gebannt darauf wartete zu erfahren, wie stark der Feind war, legte er eine Kunstpause ein, um die Spannung zu steigern, konnte sich jedoch ein Lächeln nicht verkneifen, als er die Zahlen nannte. »Unsere Feinde«, sagte er, »bedrohen uns mit dreihundert Soldaten und vierhundert Bogenschützen.«

Es folgte ein kurzes Schweigen, dann brach schallendes Gelächter aus. Selbst Charles, der sonst so farblos, steif und ernst war, fiel ein. Es war einfach lächerlich! Geradezu unverschämt! Mutig vielleicht, aber vollkommen größenwahnsinnig. Charles de Blois hatte viertausend Mann, und dazu noch Hunderte von Freiwilligen aus der Gegend, die zwar nicht in seinen Festungen untergebracht waren, aber jederzeit gern helfen würden, den Feind niederzumetzeln. Er verfügte über zweitausend der besten Armbrustschützen Europas sowie eintausend bestens ausgerüstete Ritter, viele davon Sieger großer Turniere, und Sir Thomas Dagworth kam mit siebenhundert Mann? Gut, in der Stadt waren noch weitere ein- oder zweihundert, aber selbst unter besten Voraussetzungen bekamen die Engländer höchstens tausend Mann zusammen, und Charles hatte viermal so viele. »Sie werden kommen, meine Herren«, sagte er zu seinen kampflustigen Fürsten, »und sie werden hier sterben.«

Es gab zwei Straßen, auf denen die Engländer heranmarschieren konnten. Die eine kam aus Westen und bot den direktesten Weg, aber sie führte zum gegenüberliegenden Ufer des Jaudy, und Charles glaubte nicht, dass Dagworth diese Straße nehmen würde. Die andere schlängelte sich um die belagerte Stadt, näherte sich dann von Südosten und führte direkt auf die größte von Charles' vier Festungen zu, die im Osten, die er selbst befehligte und von der die beiden mächtigsten Triboks die Mauern von La Roche-Derrien bestürmten.

»Meine Herren«, dämpfte Charles die Heiterkeit seiner Befehlshaber, »ich werde Euch sagen, was Sir Thomas meiner Ansicht nach tun wird. Was ich tun würde, wenn ich das Pech hätte, an seiner Stelle zu sein. Ich glaube, er wird eine kleine, aber lärmende Truppe über die Straße nach Lannion schicken« – das war die direkte Straße, die aus Westen kam – »und er wird sie in der Nacht schicken, damit wir glauben, er wolle unsere Festung an der Flussseite angreifen. Er wird darauf setzen, dass wir die Befestigung verstärken, und uns dann bei Morgengrauen mit seiner restlichen Armee von Osten aus angreifen. Er hofft, dass der größte Teil unserer Truppen sich auf der anderen Seite des Flusses befindet, und dass er sich bei Tagesanbruch heranschleichen und die drei Festungen auf diesem Ufer zerstören kann. Das, meine Herren, wird vermutlich seine Taktik sein, und sie wird scheitern. Sie wird scheitern, weil wir eine klare, strenge Regel haben, die eingehalten wird! Niemand verlässt seine Festung! Niemand! Bleibt hinter euren Wällen! Wir kämpfen zu Fuß, wir geben die Gefechtslinien vor, und wir lassen sie auf uns zukommen. Unsere Armbrustschützen werden ihre Bogenschützen abschießen, und dann werden wir, meine Herren, ihre Soldaten niedermetzeln. Aber niemand verlässt die Festungen! Niemand! Wir bieten ihren Bogen keine Ziele. Ist das klar?«

Der Graf von Châteaubriant wollte wissen, was er tun solle, wenn er sich in seiner südlichen Festung befand und in einer der anderen Festungen gekämpft wurde. »Soll ich einfach nur dastehen und zuschauen?«, fragte er ungläubig.

»Genau, Ihr steht da und schaut zu«, erwiderte Charles mit schneidender Stimme. »Ihr verlasst Eure Festung auf keinen Fall. Habt Ihr verstanden? Was Bogenschützen nicht sehen, können sie auch nicht töten! Bleibt in Deckung!«

Der Graf von Roncelets wandte ein, es sei klar und beinahe Vollmond. »Dagworth ist nicht dumm«, sagte er, »und sicher weiß er, dass wir die Festungen gebaut und das Gebiet gerodet haben, um ihnen keine Deckung zu lassen. Warum also sollte er nicht in der Nacht angreifen?«

»In der Nacht?«

»Dann können unsere Armbrustschützen ihre Ziele nicht sehen, aber die Bogenschützen haben genug Mondlicht, um sich zwischen unseren Festungen zu bewegen.«

Es war ein kluger Einwand, den Charles mit einem knappen Nicken akzeptierte. »Feuer«, erwiderte er.

»Feuer?«

»Bereitet Feuer vor! Große Feuer! Und wenn sie kommen, zündet ihr sie an. Macht die Nacht zum Tag!«

Seine Männer lachten; die Idee gefiel ihnen. Der Kampf zu Fuß war nicht dazu geeignet, Edelmännern und Rittern Ruhm einzubringen, aber sie verstanden, dass Charles seine Überlegungen danach ausrichtete, wie sie die gefürchteten englischen Bogenschützen besiegen konnten, und seine Taktik war geschickt. Außerdem bot er ihnen einen kleinen Trost. »Sie werden scheitern, meine Herren«, sagte er, »und sobald sie scheitern, werde ich meinem Trompeter befehlen, siebenmal zu blasen. Siebenmal! Wenn ihr dieses Signal vernehmt, dürft ihr eure Festungen verlassen und sie jagen.« Beifälliges Knurren erklang, denn das bedeutete, dass sie sich auf ihre mächtigen Streitrosse schwingen und die Überreste von Dagworths Truppen niedermetzeln durften.

»Aber denkt dran!« Noch einmal schlug Charles mit der Faust auf den Tisch, um die Aufmerksamkeit seiner Leute auf sich zu ziehen. »Denkt dran! Bevor das Trompetensignal ertönt, verlässt niemand seine Festung! Bleibt hinter den Gräben, hinter den Palisaden. Lasst den Feind auf euch zukommen, dann werden wir siegen.« Er nickte, um anzuzeigen, dass er fertig war. »Und nun, meine Herren, werden die Priester uns die Beichte abnehmen. Reinigen wir unsere Seele, auf dass Gott uns mit dem Sieg belohnen kann.«

Fünfzehn Meilen von dort entfernt, im dachlosen Refektorium eines geplünderten und verlassenen Klosters, hatte sich eine wesentlich kleinere Gruppe von Männern versammelt. Ihr Anführer war ein grauhaariger Mann aus Suffolk, untersetzt und ruppig, der wusste, dass ihn eine gewaltige Herausforderung erwartete, wenn er versuchte, La Roche-Derrien zu befreien. Sir Thomas Dagworth ließ sich von einem bretonischen Ritter berichten, was dessen Kundschafter herausgefunden hatten: dass die Truppen von Charles de Blois sich noch immer in den vier Befestigungen gegenüber den Stadttoren befanden. Die größte von ihnen, über der Charles' weißes Hermelinbanner flatterte, lag im Osten. »Sie ist um eine Windmühle herumgebaut«, berichtete der Ritter.

»Ja, ich kenne die Mühle.« Sir Thomas fuhr sich mit den Fingern durch den kurzen grauen Bart. Das tat er stets, wenn er nachdachte. »Dort müssen wir angreifen«, sagte er, so leise, als rede er mit sich selbst.

»Aber dort sind sie am stärksten«, warnte ihn einer seiner Männer.

»Dann werden wir sie ablenken.« Sir Thomas riss sich aus seinen Gedanken. »John« – er wandte sich an einen Mann in einem abgerissenen Kettenhemd –, »schnapp dir alle Diener und Knechte. Köche, Schreiber, Pferdeburschen, alles, was nicht für den Kampf gebraucht wird. Nehmt sämtliche Karren und

Lastpferde und marschiert über die Straße von Lannion auf die Stadt zu. Weißt du, welche das ist?«

»Ich finde sie.«

»Brecht noch vor Mitternacht auf. Und macht eine Menge Lärm, John! Du kannst meinen Trompeter und ein paar Trommler mitnehmen. Sie sollen glauben, die gesamte Armee käme von Westen. Ich will, dass sie noch vor Tagesanbruch Männer in das westliche Lager schicken.«

»Und was ist mit uns?«, fragte einer der bretonischen Ritter.

»Wir marschieren um Mitternacht los«, sagte Sir Thomas, »und gehen nach Osten, bis wir auf die Straße nach Guingamp stoßen.« Diese Straße führte von Südosten auf La Roche-Derrien zu. Da Sir Thomas mit seiner kleinen Armee von Westen gekommen war, hoffte er, dass Charles nicht mit einem Angriff aus dieser Richtung rechnen würde. »Wir müssen mucksmäuschenstill sein«, befahl er, »und wir gehen zu Fuß, allesamt! Die Bogenschützen zuerst, die Soldaten dahinter, und wir greifen ihre östliche Befestigung noch im Dunkeln an.« Durch diese Taktik hoffte er, den Armbrustschützen ihre Ziele zu nehmen und den Feind möglicherweise sogar im Schlaf zu überraschen.

Sein Plan stand fest: Er würde einen Angriff im Westen vortäuschen, tatsächlich jedoch von Osten angreifen.

Die Nacht brach herein. Die Engländer setzten sich in Marsch, Charles' Männer bewaffneten sich, und die Stadt wartete.

Thomas konnte die Waffenschmiede in Charles' Lager hören. Er hörte, wie ihre Hämmer die Nieten der Plattenrüstungen schlossen und ihre Wetzsteine die Schwertklingen schärften. Die Feuer in den vier Festungen erstarben nicht wie sonst, sondern wurden kräftig am Brennen gehalten, sodass die Eisenschlingen, mit denen die Rahmen der gewaltigen Triboks befestigt waren, in ihrem Licht funkelten. Von der Brustwehr konnte Thomas in der nächstliegenden feindlichen Festung Männer umherlaufen sehen. Alle paar Minuten loderte eines der Feuer noch heller auf, wenn ein Schmied die Flammen mit seinem Blasebalg anfachte.

In einem der benachbarten Häuser weinte ein Kind. Ein Hund heulte. Der größte Teil von Toteshams Garnison und eine ganze Anzahl der Stadtbewohner hatten sich auf der Brustwehr postiert. Niemand wusste so recht, warum sie auf die Mauer gestiegen waren, denn die Verstärkungsarmee musste noch ein gutes Stück entfernt sein, aber kaum jemand mochte zu Bett gehen. Irgendetwas lag in der Luft, und so warteten sie ab, was geschah. So musste sich der Tag des Jüngsten Gerichts anfühlen, dachte Thomas, wenn Männer und Frauen darauf warteten, dass der Himmel sich auftat, die Engel herniederstiegen und die Gräber sich öffneten, auf dass die tugendhaften Toten ins Paradies eingehen konnten. Sein Vater hatte sich immer gewünscht, dem Westen zugewandt beerdigt zu werden, aber am östlichen Rand des Friedhofs, sodass er am Tag der Auferstehung seine Gemeindemitglieder sehen konnte, wenn sie aus der Erde stiegen. »Sie werden meine Führung brauchen«, hatte Vater Ralph gesagt, und Thomas hatte dafür gesorgt, dass seinem Wunsch entsprochen wurde. Hooktons Gemeindemitglieder, die alle mit Blick in Richtung Osten begraben waren, würden, wenn sie sich dereinst aufsetzten, um dem gnadenvollen Erlöser entgegenzublicken, ihren Priester vor sich sehen, der ihnen Trost und Hilfe anbot.

In dieser Nacht hätte auch Thomas nichts gegen ein wenig Trost und Hilfe gehabt. Gemeinsam mit Guillaume d'Evecque und dessen zwei Soldaten beobachtete er die Vorbereitungen des Feindes von einer Bastion im Südosten der Stadt, ganz in der Nähe des Kirchturms von St. Barnabé, der einen guten Ausblick bot. Aus den Überresten von Toteshams riesiger Arkuballiste hatten sie eine wacklige Brücke gebaut, die von der Bastion zu einem Fenster des Kirchturms führte, und von dort konnte man über eine Leiter zur Turmbrüstung hinaufsteigen, vorbei an einem gähnenden Loch, das ein Geschoss des Witwenmachers in die Mauer gerissen hatte. Bis Mitternacht hatte Thomas diese Kletterpartie wohl ein dutzend Mal hinter sich gebracht, denn von der Turmbrüstung konnte man gerade eben über die Palisade hinweg in die größte von Charles' Festungen hineinsehen. Einmal, als er dort oben stand, kam Robbie auf die Brustwehr direkt unter ihm. »Sieh mal«, rief Robbie zu ihm herauf und hielt einen frisch bemalten Schild hoch. »Gefällt er dir?«

Thomas spähte hinunter, konnte im Mondschein jedoch nur etwas Rotes erkennen. »Was ist das? Ein Blutfleck?«

»Das ist das rote Herz der Douglas, du dämlicher englischer Blindfisch!«

»Aha. Von hier sieht es aus, als wäre etwas auf dem Schild verreckt.«

Doch Robbie war stolz auf seinen Schild. Er bewunderte ihn im schwachen Licht. »In St. Goran war jemand dabei, einen neuen Teufel an die Wand zu malen, und da habe ich ihn beauftragt, meinen Schild zu verzieren.«

»Ich hoffe, du hast ihm nicht zu viel bezahlt«, meinte Thomas.

»Du bist ja bloß neidisch.« Robbie lehnte den Schild gegen die Brustwehr und balancierte vorsichtig über die improvisierte Brücke zum Turm. Er verschwand durch das Fenster und tauchte kurz darauf neben Thomas auf. »Was soll das denn werden?«, fragte er, den Blick auf die östliche Festung gerichtet.

»Allmächtiger«, stieß Thomas aus, denn nun geschah tatsächlich etwas. Hinter den drohenden schwarzen Umrissen von Teufelswerk und Witwenmacher formierten sich Männer – Hunderte von Männern – zu einer Schlachtreihe. Thomas war davon ausgegangen, dass es, wenn überhaupt, nicht vor Morgengrauen zum Kampf kommen würde, doch nun sah es so aus, als bereite Charles de Blois sich darauf vor, in der tiefsten Nacht zu kämpfen.

»Grundgütiger«, fluchte auch d'Evecque, nachdem Thomas ihn heraufgerufen hatte.

»Die Bastarde rechnen mit einem Angriff«, sagte Robbie, denn Charles' Männer stellten sich Schulter an Schulter auf. Sie hatten der Stadt den Rücken zugekehrt, und das Mondlicht schimmerte weiß auf den eisernen Schulterstücken der Ritter und auf den Klingen ihrer Schwerter und Äxte.

»Sieht aus, als wäre Dagworth im Anmarsch«, sagte d'Evecque.

»Mitten in der Nacht?«, fragte Robbie.

»Warum nicht?«, gab d'Evecque zurück und rief einem seiner beiden Soldaten zu, er solle zu Totesham laufen und ihm berichten, was geschah.

»Und wenn er schläft?«, wollte sein Gefolgsmann wissen.

»Dann weck ihn auf!«, bellte d'Evecque. »Natürlich schläft er nicht«, fügte er zu Thomas hinzu. »Totesham ist zwar ein verdammter Engländer, aber ein guter Soldat.«

Totesham schlief nicht, aber er hatte nicht bemerkt, dass der Feind in Kampfstellung gegangen war. Nachdem er sich über die schwankende Brücke zum Kirchturm von St. Barnabé geschoben hatte, blickte er mit seiner gewohnt missmutigen Miene zu Charles' Truppen hinüber. »Schätze, wir werden helfen müssen«, brummte er.

»Ich dachte, Ihr hieltet nichts von Ausflügen jenseits der Stadtmauer?«, bemerkte d'Evecque, der sich mächtig über dieses Verbot geärgert hatte, spitz.

»Dies ist die Schlacht, die uns retten kann«, sagte Totesham. »Wenn wir sie verlieren, fällt die Stadt, also müssen wir tun, was wir können, um sie zu gewinnen.« Seine Stimme klang gedrückt. Er zuckte die Achseln und ging zur Leiter zurück. »Gott stehe uns bei«, murmelte er und verschwand im Schatten. Er wusste, dass Sir Thomas Dagworths Verstärkungsarmee nur klein sein konnte, und er fürchtete, dass sie sogar noch kleiner war, als er es sich in vorsichtiger Hoffnung ausgemalt hatte, aber wenn sie die feindliche Festung angriff, musste die Garnison bereit sein, ihr zu helfen. Da er den Feind nicht auf die Möglichkeit eines Angriffs von Seiten der ramponierten Stadttore aufmerksam machen wollte, ließ er nicht die Glocken schlagen, um seine Truppen zusammenzurufen, sondern schickte Männer durch alle Straßen, um die Bogenschützen und Soldaten auf den Marktplatz vor der St.-Brieuc-Kirche zu befehlen.

Thomas ging zu Jeanettes Haus, um seinen Kettenpanzer überzustreifen, den Robbie zusammen mit ihm aus Roncelets gerettet hatte, und seinen Schwertgurt anzulegen, wobei er eine Weile mit der Schnalle kämpfte, da seine Finger mit solchen Feinheiten immer noch Schwierigkeiten hatten. Er hängte sich die Pfeiltasche über die linke Schulter, nahm den Bogen aus seiner Leinenhülle, legte eine Ersatzsehne in den Helm und setzte sich den Helm auf den Kopf. Er war bereit.

Jeanette ebenfalls, wie er feststellen musste. Auch sie trug Kettenpanzer und Helm, und Thomas starrte sie entgeistert an. »Du kannst bei dem Ausfall nicht mitkommen!«

»Wer redet denn davon?«, fragte sie überrascht. »Wenn ihr alle die Stadt verlasst, muss doch jemand die Mauern bewachen.«

»Oh.« Er kam sich töricht vor.

Lächelnd trat sie auf ihn zu und gab ihm einen Kuss. »Jetzt geh«, sagte sie. »Und Gott sei mit dir.«

Thomas begab sich zum Marktplatz. Die Garnison sammelte sich dort, aber sie war zum Verzweifeln klein. Ein Schankwirt rollte ein Fass Bier auf den Platz, stach es an und bot den Männern an, sich zu bedienen. Ein Schmied schärfte im Licht einer Fackel, die am Eingang von St. Brieuc befestigt war, Schwerter und Äxte, und das Geräusch des Steines, mit dem er über die Klingen fuhr, klang in der Dunkelheit seltsam wehmütig. Es war warm. Fledermäuse flatterten um die Kirche und tauchten in die zerklüfteten Schatten eines von einem Steingeschoss zerstörten Hauses. Frauen brachten den Soldaten etwas zu essen, und Thomas dachte daran, wie dieselben Frauen ein Jahr zuvor geschrien hatten, als die Engländer in die Stadt gestürmt waren. Es war eine Nacht voller Vergewaltigung, Raub und Mord gewesen, und doch wollten die Stadtbewohner jetzt nicht, dass ihre Besatzer sie verließen. Immer mehr Männer kamen mit improvisierten Waffen zum Marktplatz, um bei dem Ausfall zu helfen. Die meisten hatten die Äxte mitgebracht, die sie sonst zum Holzhacken benutzten, aber ein paar trugen auch Schwerter oder Speere, und einige Männer aus der Stadt besaßen sogar lederne oder eiserne Rüstungen. Ihre Anzahl übertraf die der Soldaten und Bogenschützen bei weitem, und sie würden zumindest dafür sorgen, dass die ausfallenden Truppen bedrohlich aussahen.

»Gute Güte«, stieß eine abfällige Stimme hinter Thomas aus. »Was in Gottes Namen ist das?«

Thomas wandte sich um und erblickte die hagere Gestalt von Sir Geoffrey Carr. Er stand, umrahmt von seinen sechs Gefolgsleuten, in der Mitte des Marktplatzes und starrte Robbies Schild an, der gegen die Stufen eines steinernen Kreuzes gelehnt war. Auch Robbie drehte sich um.

»Sieht aus wie ein plattgedrückter Scheißhaufen«, sagte Vogelscheuche. Er sprach undeutlich, und es war nicht zu übersehen, dass er den Abend in einer der zahlreichen Schänken der Stadt verbracht hatte.

»Das ist mein Abzeichen«, sagte Robbie mit betont starkem schottischem Akzent, »falls Ihr das meint.« Um sie herum breitete sich neugierige Stille aus.

»Ich wusste, dass du Schotte bist«, lallte Vogelscheuche. »Aber ich wusste nicht, dass du ein verdammter Douglas bist. Und was zum Teufel hat ein Douglas hier zu suchen?« Er erhob die Stimme zu den umstehenden Männern. »Auf wessen Seite stehen denn die verfluchten Schotten, hä? Auf wessen Seite? Und diese elenden Douglas-Schweine haben gegen uns gekämpft, seit der Teufel sie auf die Welt geschissen hat!« Taumelnd löste er die Peitsche von seinem Gürtel und ließ die Schnur ausrollen. »Diese verfluchte Familie hat gute, treue Engländer ausgeraubt«, brüllte er. »Sie sind Diebe! Gottverdammte Diebe und Spione!«

Robbie zog sein Schwert, und die Peitsche zuckte durch die Luft, doch Guillaume d'Evecque stieß Robbie beiseite, bevor die krallenbewehrte Spitze sein Gesicht aufreißen konnte. Dann zog auch d'Evecque sein Schwert, und er und Thomas stellten sich neben Robbie an die Stufen des Kreuzes. »Robbie Douglas«, rief d'Evecque, »ist mein Freund!«

»Und meiner«, sagte Thomas.

»Genug!« Wütend drängte Richard Totesham sich durch die Menge. »Aufhören!«

»Er ist ein verdammter Schotte!«, beschwerte Vogelscheuche sich.

»Großer Gott, Mann, wir haben Franzosen, Waliser, Flamen, Iren und Bretonen in der Garnison«, fuhr Totesham ihn an. »Wen zum Teufel interessiert das?«

»Aber er ist ein Douglas!«, beharrte Vogelscheuche lallend. »Er ist ein Feind!«

»Er ist mein Freund!«, hielt Thomas herausfordernd dagegen, für den Fall, dass jemand sich auf Sir Geoffreys Seite stellen wollte.

»Schluss jetzt!« Toteshams Zorn schien den ganzen Marktplatz auszufüllen. »Wir haben genug zu kämpfen, ohne uns wie Kinder aufzuführen! Bürgst du für ihn?«, fragte er Thomas.

»Ich bürge für ihn.« Will Skeat schob sich durch die Menge und legte den Arm um Robbies Schulter. »Ich bürge für ihn, Dick.«

»Dann ist er nicht mein Feind«, erklärte Totesham, »Douglas hin oder her.« Damit drehte er sich um und marschierte davon.

»Verfluchte Bastarde!« Vogelscheuche kochte vor Wut. Das Haus Douglas hatte ihn in die Armut getrieben, er war noch immer arm – das Risiko, das er mit Thomas' Verfolgung eingegangen war, hatte sich nicht bezahlt gemacht, denn er hatte bisher keinen Schatz gefunden –, und nun wurden Thomas und Robbie zum Inbegriff all seiner Feinde. Taumelnd spuckte er auf Robbie. »Ich verbrenne Männer, die das Herz der Douglas tragen«, zischte er. »Ich verbrenne sie!«

»Das stimmt«, sagte Thomas leise.

»Was soll das heißen?«, fragte Robbie.

»In Durham«, sagte Thomas, ohne den Blick von Sir Geoffrey abzuwenden, »hat er drei Gefangene verbrannt.«

»*Was* habt Ihr getan?«, fragte Robbie schneidend.

So betrunken, wie er war, bemerkte Vogelscheuche doch plötzlich, mit welch glühendem Zorn Robbie ihn anstarrte und dass er in den Umstehenden, die auf dem Marktplatz versammelt waren, kein Mitgefühl geweckt hatte. Sie schienen Will Skeats Meinung seiner vorzuziehen. Er rollte seine Peitsche auf, spuckte noch einmal aus und stakste mit unsicheren Schritten davon.

Jetzt war es Robbie, der kämpfen wollte. »He, Engländer!«, rief er.

»Lass ihn«, sagte Thomas. »Nicht heute Nacht, Robbie.«

»Er hat drei Männer verbrannt?!«

»Nicht heute Nacht«, wiederholte Thomas und versetzte Robbie einen Stoß, dass der Schotte mit dem Hintern auf den Stufen landete.

Robbie starrte Vogelscheuche nach. »Der Kerl ist ein toter Mann«, sagte er zähneknirschend. »Ich schwöre dir, Thomas, der Bastard ist ein toter Mann!«

»Das sind wir alle«, sagte d'Evecque leise. Denn der Feind stand bereit, in überwältigenden Massen.

Und Sir Thomas Dagworth war dabei, in die Falle zu laufen.

John Hammond, ein Gefolgsmann von Sir Thomas Dagworth, führte den Scheinangriff von Westen an. Er hatte sechzig Mann, ebenso viele Frauen, ein Dutzend Wagen und dreißig Pferde, und sobald sie in Sichtweite von Herzog Charles' westlicher Festung waren, benutzte er sie, um so viel Lärm wie nur möglich zu machen.

Die Erdwälle waren von Feuern erleuchtet, und auch in den schmalen Schlitzen zwischen den Holzpflöcken der Palisaden schimmerte das Licht von Flammen hindurch. In dem Lager schienen ungewöhnlich viele Feuer zu brennen, und als Hammonds kleiner Trupp begann, Töpfe und Pfannen aneinander zu schlagen, mit Holzstäben gegen Baumstämme zu klopfen und in die Trompeten zu stoßen, flammten noch mehr auf. Die Trommler schlugen, was die Stöcke hergaben, doch an der feindlichen Befestigung zeigte sich keine Spur von Panik. Ein paar Soldaten tauchten auf, starrten eine Weile auf die vom Mondschein erleuchtete Straße, auf der Hammonds Männer und Frauen nur als Schatten unter den Bäumen zu erkennen waren, und verschwanden wieder. Hammond befahl seinen Leuten, noch mehr Krach zu machen, und seine sechs Bogenschützen, die einzigen echten Krieger in seinem Scheintrupp, schlichen sich näher an das Lager heran und schossen ihre Pfeile über die Palisaden, doch noch immer gab es keinerlei Alarm. Hammond hatte damit gerechnet, dass ein Strom von Männern über den Fluss kommen würde, der nach den Berichten von Sir Thomas' Spionen mit Booten überbrückt war, doch zwischen den feindlichen Festungen bewegte sich niemand. Offenbar war das Täuschungsmanöver fehlgeschlagen.

»Wenn wir hier bleiben«, sagte ein Mann, »werden die Bastarde uns kreuzigen.«

»Das werden sie allerdings«, stimmte Hammond ihm zu. »Wir gehen ein Stück zurück. Nur ein kleines Stück, bis wir wieder im Schatten sind.«

Die Nacht hatte schlecht angefangen, aber Sir Thomas' Männer, die echten Angreifer, waren schneller vorangekommen als erwartet und standen bereits, kurz nachdem der Scheintrupp drei Meilen westlich mit seinem lärmenden Konzert angefangen hatte, an der östlichen Flanke von Herzog Charles' Lager. Sie hockten sich an den Rand eines Gehölzes und blickten über das gerodete Gebiet zu den Umrissen der äußersten Erdwälle. Die Straße, die bleich im Mondlicht schimmerte, schlängelte sich verlassen bis zu einem großen hölzernen Tor und verschwand dann in der improvisierten Festung.

Sir Thomas hatte seine Männer in zwei Einheiten aufgeteilt, die rechts und links vom Tor angreifen sollten. Die Taktik hatte nichts Subtiles, sie würden einfach in der Dunkelheit die Erdwälle erstürmen und alles töten, was ihnen auf der anderen Seite über den Weg lief. »Möge Gott euch Freude schenken«, sagte Sir Thomas zu seinen Männern, als er an der Linie entlangging, dann zog er sein Schwert und gab seiner Einheit das Zeichen, ihm zu folgen. Sie würden sich so leise wie möglich nähern, und Sir Thomas hoffte noch immer, dass ihnen die Überraschung gelingen würde, aber die Feuer hinter den Verteidigungsanlagen wirkten ungewöhnlich hell, und er hatte das ungute Gefühl, dass der Feind auf ihn wartete. Doch da sich auf den verstärkten Wällen niemand zeigte und keine Armbrustbolzen durch die Luft zischten, schöpfte er wieder ein wenig Hoffnung. Dann war er am Graben angekommen und kämpfte sich durch den Matsch. Rechts und links von ihm waren Bogenschützen, die die Böschung zu den Palisaden erklommen. Noch immer keine Armbrustbolzen, keine Trompetensignale, keine feindlichen Soldaten. Die Bogenschützen hatten jetzt die Palisade erreicht, die schwächer war, als sie schien, denn die Holzpflöcke waren nicht tief genug in die Erde gerammt und ließen sich mit ein paar Fußtritten umstürzen. Die Verteidigungsanlagen waren nicht besonders einschüchternd, und sie waren nicht einmal besetzt, denn niemand rührte sich, als Sir Thomas' Soldaten mit schimmernden Schwertern durch den Graben stapften. Die Bogenschützen brachten die restliche Palisade zum Einsturz, und Sir Thomas stürmte über sie hinweg in Charles' Lager.

Doch er befand sich gar nicht im Lager, sondern auf einer offenen Fläche, die zu einem weiteren Graben und einer weiteren Palisade führte. Die Anlage war das reinste Labyrinth! Doch noch immer schwirrten keine Bolzen durch die Nacht, und so liefen die Bogenschützen wiederum vor. Einige fluchten, weil sie in die Löcher getreten waren, die der Feind ausgehoben hatte, um ihre Pferde zum Stürzen zu bringen. Hinter der nächsten Palisade leuchteten helle Feuer. Wo waren die Wachen? Sir Thomas hob seinen Schild mit dem Abzeichen einer Weizengarbe an und blickte nach links. Die andere Einheit war über den ersten Graben hinweg und lief über das Gras auf den nächsten zu. Seine Bogenschützen rüttelten an der zweiten Palisade, und auch diese gab leicht nach. Niemand sprach, niemand rief Befehle, niemand rief den heiligen Georg um Hilfe an, sie taten nur, was notwendig war. Aber hörte der Feind denn nicht, wie die Holzpflöcke umstürzten? Doch auch die zweite Palisade fiel, und Sir Thomas drängte sich mit den Schützen durch die Lücke. Dahinter lag eine Wiese, abgeschlossen durch eine

Hecke, und hinter der Hecke erhoben sich die feindlichen Zelte, die hohe Windmühle mit ihren eingerollten Segeln und die monströsen Umrisse der beiden größten Triboks, allesamt von den hellen Feuern erleuchtet. Jetzt waren sie ganz nah dran! Sir Thomas durchzuckte eine wilde Freude. Es war ihm gelungen, den Feind zu überraschen, und nun würde er ihn gewiss auch besiegen. Genau in diesem Moment knallten die Armbrüste.

Die Bolzen kamen von rechts, von einem Erdwall, der zwischen dem zweiten Graben und der Hecke entlanglief. Als Sir Thomas sich zu den Armbrustschützen umwandte, die hinter dem Wall verborgen waren, kam die nächste Salve aus der dichten Hecke vor ihnen, und da wusste er, dass er niemanden überrascht hatte, sondern dass der Feind ihn erwartet hatte. Seine Männer schrien, doch zumindest schossen jetzt die ersten Bogenschützen zurück. Die langen englischen Pfeile blitzten im Mondlicht auf, doch Sir Thomas konnte keine Feinde entdecken und begriff, dass seine Männer blind schossen. »Zu mir!«, rief er. »Dagworth! Dagworth! Schilde!« Etwa ein Dutzend Soldaten hörten ihn und gehorchten. Sie drängten sich zusammen, sodass ihre Schilde sich überlappten, und liefen ungeschickt auf die Hecke zu. Wenn wir da durchbrechen, dachte Sir Thomas, können wir wenigstens ein paar von den Armbrustschützen sehen. Die Bogenschützen schossen nach vorn und zur Seite, verwirrt von den feindlichen Bolzen. Sir Thomas warf kurz einen Blick nach links und sah, dass seine andere Einheit genauso angegriffen wurde. »Wir müssen die Hecke durchbrechen«, brüllte er. »Durch die Hecke! Bogenschützen! Durch die Hecke!« Ein Armbrustbolzen donnerte mit solcher Wucht in seinen Schild, dass es ihn halb herumwarf. Ein zweiter zischte über seinen Kopf hinweg. Ein Bogenschütze wand sich zuckend im Gras, den Bauch von einem Bolzen durchbohrt.

Auch seine übrigen Männer hatten das Schweigen aufgegeben. Einige riefen den heiligen Georg an, andere verfluchten den Teufel, und manche schrien nach ihren Frauen oder Müttern. Der Feind hatte alle seine Armbrustschützen zum Einsatz gebracht, und die Bolzen hagelten nur so aus der Dunkelheit auf sie nieder. Ein Bogenschütze stürzte, an der Schulter getroffen, zu Boden. Ein anderer schrie markerschütternd, in der Lende durchbohrt. Jetzt konnte Sir Thomas auch die Befehle und Beleidigungen des Feindes hören. »Zur Hecke!«, brüllte er erneut. »Durchbrecht die Hecke!« Einige seiner Bogenschützen fanden eine Lücke, die nur mit Hürden aus Korbweide verschlossen war; sie traten sie nieder und liefen hindurch. Ununterbrochen schwirrten Bolzen durch die Luft, und jemand rief Sir Thomas zu, er solle nach hinten sehen. Sir Thomas wandte sich um und sah, dass der Feind ganze Schwärme von Armbrustschützen ins Feld geschickt hatte, um ihnen den Rückweg abzuschneiden, und diese neue Truppe drängte Sir Thomas' Männer immer weiter in die Mitte des Lagers. Es war eine Falle, dachte er, eine gottverdammte Falle. Charles hatte gewollt, dass er in das Lager kam, er hatte ihm den Gefallen getan, und nun war er von Charles' Männern eingeschlossen. Also kämpfe, sagte er sich, kämpfe!

»Durch die Hecke!«, donnerte Sir Thomas. »Seht zu, dass ihr durch die verdammte Hecke kommt!« Geduckt lief er zwischen seinen gefallenen Männern hindurch, rannte durch die Lücke und sah sich nach einem Feind um, den er töten konnte, doch Charles' Soldaten hatten sich in einer Gefechtslinie aufgestellt, alle mit Kettenpanzern, geschlossenen Helmvisieren und erhobenen Schilden. Ein paar Bogenschützen schossen auf sie, und die Pfeile gruben sich in Schilde, Bäuche, Schultern oder Beine, aber es waren zu wenig, und die Armbrustschützen, noch immer hinter Hecken, Wällen oder Pavesen verborgen, töteten einen englischen Bogenschützen nach dem anderen. »Sammelt euch bei der Mühle!«, rief Sir Thomas, denn das war der auffälligste Orientierungspunkt. Er wollte seine Männer zusammenziehen, sie in Reihen aufstellen und einen ordentlichen Kampf beginnen, aber die Armbrustschützen rückten immer näher, Hunderte von ihnen, und seine Männer flüchteten angsterfüllt zwischen die Zelte und Hütten.

Sir Thomas fluchte in ohnmächtigem Zorn. Die Überlebenden der anderen Einheit waren jetzt bei ihm angekommen, aber seine Männer stolperten allesamt orientierungslos im Lager herum, und die Bolzen pfiffen weiter durch die Luft, schlitzten das Segeltuch auf und bohrten sich in Sir Thomas' sterbende Truppe. »Hierher! Sammelt euch!«, bellte er und stellte sich auf ein Stück freies Gelände zwischen drei Zelten. Etwa zwanzig oder dreißig Mann liefen zu ihm, doch die Armbrustschützen sahen sie und schickten einen neuen Bolzenhagel in die dunklen Gänge zwischen den Zelten. Dann kamen die feindlichen Soldaten, die Schilde erhoben, und die englischen Bogenschützen flohen erneut, auf der Suche nach einem Zufluchtsort, wo sie ein wenig Atem holen und nach Zielen Ausschau halten konnten. Die großen Banner der Franzosen und Bretonen wurden nach vorn getragen, und Sir Thomas, wohl wissend, dass er dem Feind in die Falle gelaufen und vernichtend geschlagen war, verspürte nur noch eine Woge wilden Zorns. »Tötet die Bastarde«, brüllte er und führte seine Männer auf den nächststehenden Feind zu. Die Schwerter prallten im flackernden Feuerschein aufeinander, und nun, da es Mann gegen Mann ging, konnten wenigstens die Armbrustschützen nicht mehr auf die englischen Soldaten schießen. Stattdessen jagten sie die verhassten Bogenschützen, doch einige von ihnen hatten eine Ansammlung von Wagen entdeckt und hatten nun endlich die nötige Deckung, um zurückzuschießen.

Doch Sir Thomas hatte keinen Schutz und keinen Vorteil. Seine Truppe war klein, die des Feindes gewaltig, und seine Männer wurden allein durch die schiere Übermacht zurückgedrängt. Schilde krachten gegen Schilde, Schwerter schlugen gegen Helme, Speere bohrten sich unter den Schilden hindurch in die Beine, ein Bretone schwang eine Axt, schlug damit zwei Engländer nieder, und ein Trupp Soldaten mit dem weißen Hermelinabzeichen stürmte unter Triumphgeheul vorwärts und metzelte weitere Männer nieder. Ein Soldat schrie auf, als sich eine Axt durch den Kettenpanzer seines Oberschenkels fraß, verstummte jedoch, als ein zweiter Schlag ihn auf den Helm traf. Sir Thomas taumelte rückwärts, als er einen Schwertstreich parierte, und sah, wie einige seiner Männer sich in die dunklen Gassen zwischen den Zelten flüchteten. Ihre Visiere waren heruntergeklappt, und sie konnten kaum sehen, wohin sie liefen oder woher der Feind kam, um sie zu töten. Er hieb mit seinem Schwert auf einen Mann mit spitz zulaufender Beckenhaube ein, schwang die Klinge im selben Atemzug gegen einen schwarz-gelb gestreiften Schild und trat einen Schritt zurück, um Platz für einen weiteren Angriff zu haben. Da verfing sich sein Fuß in einem Zeltseil, und er stürzte rücklings auf die Plane.

Der Ritter mit der Beckenhaube stand über ihm, die Plattenrüstung vom Mondlicht beschienen, die Schwertspitze an Sir Thomas' Kehle.

»Ich ergebe mich«, sagte Sir Thomas hastig und wiederholte den Satz noch einmal auf Französisch.

»Und wer seid Ihr?«, fragte der Ritter.

»Sir Thomas Dagworth«, antwortete Sir Thomas verbittert und reichte dem Feind sein Schwert. Der nahm es und schob sein schnauzenartiges Visier hoch.

»Ich bin der Vicomte de Morgat«, sagte der Ritter, »und ich nehme Eure Kapitulation an.« Er verneigte sich vor Sir Thomas, gab ihm sein Schwert zurück und reichte dem Engländer die Hand, um ihm aufzuhelfen. Der Kampf dauerte an, aber nur noch sporadisch. Die Franzosen und Bretonen jagten die Überlebenden, töteten die Verwundeten, die kein Lösegeld einbrachten, und attackierten ihre eigenen Wagen mit Bolzen, um die englischen Bogenschützen zu erlegen, die sich noch dahinter verbargen.

Der Vicomte de Morgat führte Sir Thomas zur Windmühle, wo er ihn Charles de Blois präsentierte. Ein paar Schritte neben der Mühle brannte ein großes Feuer, und in diesem Licht stand Charles unter den zusammengerollten Segeln, den Waffenrock mit Blut beschmiert, denn er hatte dabei geholfen, Sir Thomas' Truppen niederzuschlagen. Er schob sein noch blutiges Schwert in die Scheide, nahm den mit Federn verzierten Helm ab und starrte den Gefangenen an, der ihn zweimal in der Schlacht besiegt hatte. »Mein Beileid«, sagte Charles kalt.

»Und meinen Glückwunsch«, erwiderte Sir Thomas.

»Der Sieg ist Gottes Verdienst, nicht meiner.« Dennoch verspürte Charles plötzlich eine Woge der Freude. Er hatte es geschafft! Er hatte die englische Armee in der Bretagne geschlagen, und jetzt würde, so sicher, wie auch auf die schwärzeste Nacht der Morgen folgt, das Herzogtum in seine Hände fallen. »Der Sieg gehört Gott allein«, sagte er fromm, und da ihm bewusst wurde, dass der Sonntag angebrochen war, wandte er sich an einen der Priester und trug ihm auf, zum Dank für seinen großen Sieg ein Te Deum singen zu lassen.

Der Priester nickte mit weit aufgerissenen Augen, noch bevor der Herzog seinen Wunsch ausgesprochen hatte, dann stöhnte er auf, und Charles sah, dass ein ungewöhnlich langer Pfeil aus dem Bauch des Mannes ragte. Ein weiterer weiß gefiederter Schaft donnerte in die Flanke der Windmühle, und aus dem Dunkel ertönte ein heiseres, geradezu unheimliches Brüllen.

Obwohl Sir Thomas gefangen und seine Armee vernichtend geschlagen war, schien die Schlacht noch nicht beendet zu sein.

Richard Totesham beobachtete von der Turmspitze des Osttores den Kampf zwischen Sir Thomas' Männern und den Truppen von Charles de Blois. Er konnte nicht viel sehen, da die auf den Erdwällen errichteten Palisaden, die beiden Triboks und die Windmühle das meiste verdeckten, aber es war vollkommen klar, dass niemand aus den drei anderen französischen Lagern kam, um Charles zu unterstützen. »Seltsam, man sollte doch meinen, dass sie einander helfen«, sagte er zu Will, der neben ihm stand.

»Du bist es, Dick!«, rief Will Skeat aus.

»Aye, ich bin's«, erwiderte Totesham geduldig. Er sah, dass Skeat einen Kettenpanzer und ein Schwert trug, und legte seinem alten Freund die Hand auf die Schulter. »Du willst doch heute Nacht nicht kämpfen, oder?«

»Wenn es ein Gefecht gibt«, sagte Skeat, »möchte ich meinen Teil dazu beitragen.«

»Überlass das den Jungen, Will«, drängte Totesham. »Überlass das den Jungen. Bleib lieber hier und bewach die Stadt für mich. Wirst du das tun?«

Skeat nickte, und Totesham blickte wieder hinüber zum feindlichen Lager. Es war unmöglich zu sagen, welche Seite gewann, denn die einzigen Truppen, die er sehen konnte, gehörten dem Feind, und sie kehrten ihm den Rücken zu. Ab und zu blitzte ein Pfeil im Licht der Feuer auf, zum Beweis, dass Sir Thomas' Männer noch kämpften, doch Totesham hielt es für ein schlechtes Zeichen, dass von den anderen Festungen keine Truppen kamen, um Charles zu unterstützen. Offenbar brauchte der Herzog keine Hilfe, was wiederum den Schluss nahe legte, dass

Sir Thomas Dagworth Hilfe gebrauchen konnte, und so lehnte Totesham sich über die Brüstung. »Öffnet das Tor!«, rief er nach unten.

Es war noch dunkel. Bis zur Morgendämmerung waren es noch mindestens zwei Stunden, aber der Mond leuchtete hell, und die Feuer im feindlichen Lager verbreiteten ein flackerndes Licht. Totesham eilte die Stufen von der Brustwehr hinunter, während Männer die mit Steinen gefüllten Fässer beiseite zerrten, die das Tor von innen verstärkt hatten, und den schweren Riegel anhoben, der seit einem Monat nicht bewegt worden war. Knarzend öffnete sich das Tor, und die wartenden Männer stießen einen Jubelschrei aus. Totesham hätte es vorgezogen, wenn sie still geblieben wären, da er den Feind nicht darauf aufmerksam machen wollte, dass die Garnison einen Ausfall wagte, doch nun war es zu spät, und so begab er sich zu seinen Soldaten, stellte sich an die Spitze und führte sie mit dem Strom der übrigen Krieger und Stadtbewohner durch das Tor.

Thomas zog gemeinsam mit Robbie, Guillaume d'Evecque und dessen beiden Männern in den Kampf. Will Skeat hatte trotz seines Versprechens versucht, sich ihnen anzuschließen, doch Thomas hatte ihn zur Brustwehr zurückgedrängt und ihm gesagt, er solle den Kampf von dort oben verfolgen. »Du bist nicht kräftig genug, Will.«

»Wenn du meinst, Tom«, hatte Skeat kleinlaut erwidert und war wieder die Stufen hinaufgestiegen. Sobald Thomas das Tor durchschritten hatte, drehte er sich um, und tatsächlich stand Skeat oben auf dem Turm. Er hob die Hand, doch Skeat sah ihn entweder nicht oder konnte ihn nicht erkennen.

Es war seltsam, nach so langer Zeit wieder außerhalb der Tore zu sein. Die Luft war frischer, ohne den Gestank der Abwässer. Die Angreifer folgten der Straße, die etwa dreihundert Schritt geradeaus führte und dann unter der Palisade verschwand, hinter der Teufelswerk und Witwenmacher auf ihren hölzernen Plattformen standen. Diese Palisade war höher als ein ausgewachsener Mann, und einige der Bogenschützen hatten Leitern mitgenommen, um das Hindernis zu überwinden, doch Thomas nahm an, dass die Palisade in Eile aufgestellt worden war und vermutlich einem kräftigen Stoß nicht standhalten würde. Er lief vorwärts, noch immer ein wenig unbeholfen wegen seiner verkrümmten Zehen. Er rechnete jeden Moment damit, das Knallen der Armbrüste zu hören, doch auf Charles' Wällen rührte sich nichts; anscheinend waren ihre Feinde mit Dagworths Männern beschäftigt.

Die ersten von Toteshams Bogenschützen hatten die Palisade erreicht und legten die Leitern an, doch genau wie Thomas angenommen hatte, krachte ein ganzer Abschnitt des Zaunes ein, als die Männer sich auf die Leitern schwangen. Die Wälle und Palisaden waren nicht errichtet worden, um Feinde abzuwehren, sondern um den Armbrustschützen Deckung zu geben. Doch da besagte Armbrustschützen offenbar noch immer nicht bemerkt hatten, dass sich ein Ausfalltrupp von der Stadt näherte, waren die Anlagen nicht besetzt.

Vier- oder fünfhundert Mann kletterten über die eingestürzte Palisade. Die meisten von ihnen waren keine ausgebildeten Soldaten, sondern Männer aus der Stadt, die voller Wut waren, weil die feindlichen Geschosse ihre Häuser zerstört hatten. Ihre Frauen und Kinder waren von den Triboks verstümmelt und getötet worden, und die Männer von La Roche-Derrien wollten Rache. Außerdem wollten sie den Wohlstand nicht verlieren, den die englische Besatzung ihnen gebracht hatte, und so schwärmten sie unter Kriegsgeheul in das feindliche Lager.

»Bogenschützen!«, dröhnte Totesham mit mächtiger Stimme. »Bogenschützen zu mir!«

Die sechzig oder siebzig Bogenschützen folgten seinem Befehl und formten neben den Plattformen mit den beiden Triboks eine Reihe. Die übrigen Angreifer stürzten sich auf die feindlichen Soldaten, die nicht mehr in Gefechtsaufstellung waren, sondern sich in kleine Gruppen aufgelöst hatten und so damit beschäftigt waren, ihren Sieg über Sir Thomas Dagworth zu vollenden, dass sie nicht darauf achteten, was hinter ihnen geschah. Nun fuhren sie erschrocken herum, als ein wilder

Schrei die Ankunft der Garnison verkündete. »Tötet die Hunde!«, brüllte einer der Männer aus der Stadt auf Bretonisch.

»Tötet sie!«, ertönte das Echo auf Englisch.

»Keine Gefangenen!«, bellte ein Dritter. Totesham, der sich um verlorene Lösegelder sorgte, rief, sie sollten Gefangene nehmen, doch in dem wilden Geheul der Angreifer hörte ihn niemand.

Charles' Soldaten bildeten instinktiv eine Reihe, doch darauf war Totesham vorbereitet, er hatte seine Bogenschützen in Stellung gebracht, und nun befahl er ihnen zu schießen. Die Bogen begannen ihre Teufelsmusik, und die Pfeile zischten durch die Nacht und bohrten sich in Kettenpanzer, Fleisch und Knochen. Es waren nicht viele Bogenschützen, aber sie schossen aus kurzer Entfernung, sodass sie ihr Ziel nicht verfehlen konnten. Charles' Männer kauerten sich hinter ihre Schilde, doch die Pfeile fraßen sich mit Leichtigkeit hindurch, und so flüchteten die Soldaten panisch zwischen die Zelte. »Jagt sie! Jagt sie!«, brüllte Totesham seinen Schützen zu.

Von Sir Thomas' Männern kämpften nicht einmal mehr hundert Mann, und den größten Teil davon bildeten die Bogenschützen, die sich hinter den Wagen versteckt hatten. Ein paar waren gefangen, viele waren tot, und die übrigen versuchten, über die Erdwälle und Palisaden zu fliehen, doch als sie das gewaltige Geheul hinter sich vernahmen, kehrten sie wieder um. Charles' Männer waren verstreut – viele jagten noch die Überreste des ersten Angriffs, und diejenigen, die versucht hatten, Toteshams Ausfall abzuwehren, waren entweder tot oder ins Dunkel geflüchtet –, und Toteshams Truppen fielen wie ein Tornado über das Herz des Lagers her. Die Männer der Stadt waren wie von Sinnen vor Zorn und schwärmten, von Rachlust angetrieben, an den beiden Triboks vorbei. Die ersten Hütten, auf die sie stießen, gehörten den bayerischen Maschinenbauern. Da sie mit dem Abschlachten der Männer von Sir Thomas Dagworth nichts zu tun haben wollten, waren sie in ihren Quartieren geblieben, und nun starben sie dort. Die Stadtleute hatten keine Ahnung, wer ihre Opfer waren, sie wussten nur, sie waren Feinde, und so schlugen sie mit Äxten, Hacken und Hämmern auf sie ein. Der leitende Maschinenbauer versuchte, seinen elfjährigen Sohn zu beschützen, doch beide starben unter einem Hagel von Hieben, während die englischen und flämischen Soldaten an den Hütten vorbeistürmten.

Thomas hatte wie die anderen Schützen mit seinem Bogen geschossen, doch nun machte er sich auf die Suche nach Robbie, den er zuletzt bei den beiden Triboks gesehen hatte. Witwenmacher war bereits mit der Winde gespannt, um bei Tagesanbruch sein erstes Geschoss auf die Stadt zu schleudern, und Thomas stolperte über den dicken Eisendorn, der drei Ellen aus dem Holzbalken herausragte und als Befestigung für die Schlinge diente. Er fluchte, weil der Dorn sein Schienbein verletzt hatte. Dann kletterte er auf den Rahmen des Triboks und schoss einen Pfeil über die Köpfe der Männer hinweg, die die Bayern abschlachteten. Dahinter, am Fuß der Windmühle, drängten sich noch immer die feindlichen Soldaten, und er sah einen Mann zu Boden gehen, bevor die Schilde hochzuckten. Er schoss noch einmal und bemerkte, dass seine verkrümmten Hände das taten, was sie immer getan hatten, und sie taten es gut. Also nahm er einen dritten Pfeil aus der Tasche und jagte ihn in einen Schild mit dem weißen Hermelinabzeichen, der vom Feuer erleuchtet wurde. Dann erklommen die englischen Soldaten und ihre Verbündeten den Hang, sodass sein Ziel verdeckt war, und er sprang vom Tribok und machte sich wieder auf die Suche nach Robbie.

Der Feind verteidigte hartnäckig die Mühle, und die meisten von Toteshams Männern hatten sich über die Zelte hergemacht, wo die Aussichten auf Beute besser waren. Die Stadtbewohner folgten ihnen mit blutigen Äxten, als sie mit den Bayern fertig waren. Hinter einem der Zelte kam ein Mann in Rüstung hervor und hieb einem der Engländer sein Schwert in den Bauch. Ohne nachzudenken, legte Thomas einen Pfeil an, spannte die Sehne und schoss. Der Pfeil durchbohrte das Helmvisier des Feindes, als wäre es eine Strohscheibe, zwischen den Schlitzen quoll Blut hervor, im Mondlicht funkelnd wie ein Juwel, und der Mann stürzte hintenüber.

Thomas lief weiter, über Gefallene hinweg, zwischen halb eingestürzten Zelten hindurch. Hier konnte er den Bogen nicht einsetzen, dazu war alles zu gedrängt, also schlang er sich den Eibenstab um die Schulter und zog sein Schwert. Geduckt betrat er eines der Zelte, stieg über eine umgestürzte Bank und fuhr mit erhobenem Schwert herum, als er einen Schrei hörte. Auf dem Boden lag eine Frau, halb von Bettzeug verdeckt und starrte ihn verängstigt an. Er ließ sie liegen, trat wieder in die vom Feuerschein erleuchtete Nacht und sah einen Armbrustschützen auf die englischen Soldaten zielen, die die Mühle angriffen. Er sprang zwei Schritte vor und bohrte dem Mann sein Schwert ins Kreuz, sodass dieser sich zuckend aufbäumte und mit einem grauenvollen Schrei zu Boden stürzte. Thomas riss seine Klinge heraus, und da der furchtbare Schrei einfach nicht aufhören wollte, hackte er wieder und wieder auf den Sterbenden ein, damit er endlich schwieg.

»Er ist tot, Mann! Süßer Jesus, er ist tot!« Robbie war aus dem Dunkel aufgetaucht, schnappte Thomas am Ärmel und zerrte ihn Richtung Mühle. Im Laufen nahm Thomas seinen Bogen von der Schulter und erschoss zwei Männer mit dem weißen Hermelinabzeichen, die versuchten, über die Rückseite des Hügels zu fliehen. Ein Hund streunte über den Hang, etwas Blutiges, Tropfendes im Maul. Oben brannte zu beiden Seiten der Mühle ein großes Feuer, und einer der feindlichen Soldaten fiel hinein, von einem englischen Pfeil getroffen. Funken stoben auf, dann begann er zu schreien, als sein Fleisch in der Rüstung verschmorte. Er versuchte, sich aus dem Feuer zu wälzen, doch einer der Männer aus der Stadt stieß ihn mit der Speerspitze zurück und lachte über die jämmerlichen Schreie des Franzosen. Das Krachen und Scheppern der Schwerter, Schilde und Äxte erfüllte die Nacht, doch mitten in dem Durcheinander gab es eine Ruhezone an der Rückseite der Windmühle. Robbie hatte gesehen, wie ein Mann durch den niedrigen Eingang verschwunden war, und zog Thomas dorthin. »Entweder er versteckt sich, oder er flieht!«, rief Robbie. »Bestimmt hat er Geld!«

Thomas hatte keine Ahnung, wovon Robbie sprach, folgte ihm aber trotzdem. Er hatte gerade noch Zeit, den Bogen wieder gegen das Schwert auszutauschen, bevor Robbie mit seiner kettenbepanzerten Schulter die Tür einrammte und in die Dunkelheit eintauchte. »Komm her, du englischer Bastard!«, brüllte er.

»Willst du dich umbringen lassen?«, fauchte Thomas ihn an. »Du kämpfst doch für die verfluchten Engländer!«

Robbie fluchte; das hatte er im Eifer des Gefechts vergessen. Plötzlich bemerkte Thomas einen Schatten zu seiner Rechten und holte mit dem Schwert aus. Seine Klinge traf auf eine zweite, Robbie schrie in der staubigen Dunkelheit auf, und der Schatten rief etwas auf Französisch. Thomas hielt inne, doch Robbie hieb mit seinem Schwert zu, einmal, noch einmal, dann ertönte ein Krachen, als ein Mann mit Rüstung auf den Steinboden fiel. »Was zum Henker hat er gesagt?«, fragte Robbie.

»Er wollte sich ergeben«, antwortete eine Stimme aus der Finsternis der Mühle. Thomas und Robbie fuhren herum, dass ihre Schwerter gegen das Gewirr von Trägern, Holzbalken, Zahnrädern und Achsen schlugen. »Ganz ruhig, Jungs, ganz ruhig! Ich bin Engländer«, rief der Unsichtbare. Mit einem dumpfen Knall bohrte sich von außen ein Pfeil in die Wand. Die aufgerollten Segel zerrten an ihren Tauen und ließen die hölzernen Gewinde knarzend erbeben. Weitere Pfeile bohrten sich in die Bretterwand. »Ich bin ein Gefangener«, sagte der Mann.

»Jetzt nicht mehr«, erwiderte Thomas.

»Sieht so aus.« Der Mann kletterte über die Mühlsteine und stieß die Tür auf. Thomas sah, dass er nicht mehr jung war und graues Haar hatte. »Was ist passiert?«, fragte der Fremde.

»Wir stechen die Teufel ab«, sagte Robbie.

»Gebe Gott, dass du Recht hast.« Der Mann wandte sich um und reichte Robbie die Hand. »Ich bin Sir Thomas Dagworth, und ich danke euch beiden.« Darauf zog er sein Schwert und verschwand in der mondhellen Nacht. Robbie starrte Thomas verdutzt an.

»Hast du das gehört?«

»Ja, er hat gesagt, dass er uns dankt.«

»Aye, aber er hat auch gesagt, er wäre Sir Thomas Dagworth!«

»Dann wird es wohl stimmen.«

»Aber was zum Teufel hat er hier drinnen gemacht?«, fragte Robbie. Dann packte er den Mann, den er getötet hatte, und schleifte ihn mühsam und unter lautem Geschepper zur Tür, wo die Feuer ein wenig Licht spendeten. Der Mann hatte seinen Helm nicht aufgehabt, und Robbie hatte ihm mit dem Schwert den Schädel gespalten, doch unter dem Blut schimmerte etwas Goldenes auf, und Robbie fischte unter dem Brustpanzer eine Kette hervor. »Scheint ein wichtiger Kerl gewesen zu sein«, sagte er und bestaunte die Goldkette. »Wir teilen später, einverstanden?«, sagte er zu Thomas.

»Teilen?«

»Wir sind doch Freunde, oder?« Robbie schob die Kette unter sein Wams und schleifte den Toten wieder in die Mühle. »Wertvolle Rüstung«, sagte er. »Wenn das Ganze vorbei ist, kommen wir noch mal her. Hoffentlich klaut sie uns in der Zwischenzeit keiner.«

Im Lager herrschte jetzt blutiges, panisches Durcheinander. Die Überlebenden von Sir Thomas Dagworths Angriff kämpften noch immer, vor allem die Bogenschützen bei den Wagen, und der Ausfalltrupp aus der Stadt durchkämmte die Zelte, befreite Gefangene und holte Geflohene aus ihren Verstecken. Charles' Armbrustschützen, die den Angriff der Garnison hätten zurückdrängen können, kämpften größtenteils gegen die englischen Bogenschützen bei den Wagen. Die Genueser nutzten ihre großen Pavesen als Schutzschilde, aber die neuen Angreifer kamen von hinten, und so hatten die Armbrustschützen keine Möglichkeit, sich zu verstecken, als die langen Pfeile durch die Dunkelheit schwirrten. Die Kriegsbogen sangen ihr tödliches Lied, für jeden Bolzen schickten sie zehn Pfeile, und so gaben die Armbrustschützen auf und flohen.

Die siegreichen Bogenschützen, verstärkt durch die Männer, die hinter den Wagen gehockt hatten, wandten sich wieder den

Zelten und Hütten zu, wo zwischen den Planen und den engen Gassen ein tödliches Versteckspiel begann. Bald jedoch entdeckte ein walisischer Bogenschütze, dass man den Feind aus den Zelten jagen konnte, indem man diese in Brand setzte. Wenig später ging das ganze Lager in Flammen und Rauch auf, und die feindlichen Soldaten liefen, auf der Flucht vor dem Feuer, direkt in die Pfeile und Schwerter der Brandstifter.

Charles de Blois hatte sich von der Windmühle zurückgezogen, da er seine Position auf dem Hügel nun doch ein wenig zu exponiert fand, und versucht, ein paar Ritter vor seinem luxuriösen Zelt zusammenzutrommeln, doch ein überwältigender Ansturm von Männern aus der Stadt hatte die Ritter niedergetrampelt, und Charles musste schockiert zusehen, wie Fleischer, Küfer, Wagner und Zimmerleute die Adligen mit Äxten, Beilen und Sicheln massakrierten. Hastig flüchtete er in sein Zelt, wo ihn jedoch einer seiner Gefolgsleute ohne viel Federlesens zum Hinterausgang zerrte. »Hier entlang, Euer Gnaden.«

Charles schüttelte die Hand des Mannes ab. »Wohin wollt Ihr?«, fragte er vorwurfsvoll.

»Zur südlichen Festung, Euer Gnaden, um Verstärkung zu holen.«

Charles nickte, verärgert, weil er nicht selbst darauf gekommen war und weil er den nachdrücklichen Befehl erlassen hatte, dass niemand seine Festung verlassen durfte. Weit über die Hälfte seiner Truppen befand sich in den anderen drei Lagern, alle waren in greifbarer Nähe, voller Kampflust und bestens ausgerüstet, diesen ungeordneten Haufen zu vernichten, doch sie gehorchten seinem Befehl und rührten sich nicht von der Stelle, während seine Festung niedergemäht wurde. »Wo ist mein Trompeter?«, fragte er.

»Hier, Euer Gnaden! Ich bin hier!« Wie durch ein Wunder hatte der Trompeter den Kampf überlebt und war in der Nähe seines Herrn geblieben.

»Blas das siebenfache Signal«, befahl Charles.

»Nicht hier!«, fuhr ein Priester dazwischen. Als Charles ihn pikiert ansah, lieferte er hastig eine Erklärung. »Es würde den

Feind anlocken, Euer Gnaden. Spätestens nach dem zweiten Ton würden sie sich wie eine wilde Meute auf uns stürzen!«

Der Rat war klug, und Charles akzeptierte ihn mit einem kurzen Nicken. Er war jetzt von einem Dutzend Ritter umgeben, und in dieser Nacht des zerstreuten Gefechts war das eine beachtliche Truppe. Einer von ihnen spähte aus dem Zelt und sah Flammen gen Himmel lecken. Das Zelt des Herzogs konnte jeden Moment in Brand geraten. »Wir müssen hier weg, Euer Gnaden«, drängte er. »Wir müssen zu unseren Pferden.«

Sie verließen das Zelt und liefen über das flach getretene Rasenstück, auf dem für gewöhnlich die Wachen des Herzogs patrouillierten. Plötzlich schwirrte ein Pfeil durch die Dunkelheit und prallte an einem Brustpanzer ab. Rufe erklangen, und von rechts stürmten Männer heran. Charles wich nach links aus, sodass er wieder den Hang hinauflief, zu der hell erleuchteten Mühle. Ein Schrei verriet, dass man ihn erkannt hatte, und die ersten Pfeile zischten ihm um die Ohren. »Trompeter!«, rief Charles. »Die sieben Stöße! Die sieben Stöße!«

Charles und seine Männer, denen der Weg zu ihren Pferden abgeschnitten war, standen jetzt mit dem Rücken zur Mühle, deren Wand von weiß gefiederten Pfeilen gespickt war. Ein weiterer Pfeil traf einen Mann zwischen die Rippen, bohrte sich durch seinen Körper und nagelte ihn an der Holzwand fest. Dann brüllte jemand auf Englisch den Bogenschützen zu, sie sollten aufhören zu schießen. »Es ist der Herzog!«, rief die Stimme. »Wir wollen ihn lebend! Hört auf zu schießen! Runter mit den Bogen!«

Die Neuigkeit, dass Charles de Blois an der Mühle gestellt worden war, löste bei den Angreifern ein dumpfes Knurren aus. Der Pfeilhagel versiegte, und als Charles' geschlagene, blutende Ritter den Hang hinunterblickten, sahen sie knapp außerhalb des Lichtscheins der beiden Feuer eine Masse dunkler Gestalten, die sich wie Wölfe heranschlichen. »Gott steh uns bei«, stieß ein Priester mit angsterfüllter Stimme aus.

»Trompeter!«, rief Charles barsch.

»Verzeihung, Euer Gnaden«, antwortete der Trompeter kleinlaut. Seltsamerweise war das Mundstück seines Instruments voller Erde. Er musste gestürzt sein, obwohl er sich nicht daran erinnern konnte. Er schüttelte die letzten Klumpen aus dem silbernen Mundstück, setzte die Trompete an und sandte den ersten Ton hell und süß in die Nacht. Charles zog sein Schwert. Er musste die Mühle nur so lange verteidigen, bis die Verstärkung aus den anderen Lagern kam und diesen unverschämten Haufen zur Hölle jagte. Der zweite Trompetenstoß erklang.

Thomas hörte die Trompete, drehte sich um und sah etwas Silbernes bei der Mühle aufblitzen. Im Licht der Flammen hob der Trompeter sein Instrument erneut, um den dritten Stoß gen Himmel zu schicken. Da Thomas den Befehl, das Schießen einzustellen, nicht gehört hatte, spannte er die Sehne, zielte und schoss. Der Pfeil flog über die Köpfe der englischen Soldaten hinweg und traf den Trompeter, als er gerade Luft holte. Zischend und gurgelnd entwich sie aus der durchbohrten Lunge, und der Mann fiel seitwärts auf den Rasen. Als die drohenden dunklen Gestalten am Fuß des Hügels sahen, wie er stürzte, stürmten sie unvermittelt vorwärts.

Niemand kam aus den drei anderen Festungen, um Charles zu helfen. Sie hatten die beiden Trompetenstöße gehört, aber es waren nur zwei, und so nahmen sie an, dass Charles siegreich war. Außerdem hatte er immer wieder und mit allem Nachdruck angeordnet, dass niemand seinen Standort verlassen durfte, andernfalls würden die Betreffenden bei der anschließenden Verteilung der eroberten Ländereien leer ausgehen. Also blieben sie, wo sie waren, sahen zu, wie der Rauch gen Himmel stieg, und fragten sich, was im östlichen Lager wohl vor sich gehen mochte.

Es herrschte pures Chaos. Dieser Kampf war wie der Angriff auf Caen, dachte Thomas, ungeplant, ungeordnet und von hemmungsloser Brutalität. Die Engländer und ihre Verbündeten waren nervös gewesen, voller Unruhe, überzeugt, dass sie verlieren würden, während Charles' Männer ihres Sieges gewiss gewesen waren – und sie hatten ja zunächst auch scheinbar gesiegt –, doch nun verwandelte sich die Nervosität der Engländer in wahnsinnige, blutrünstige Kampfwut, und die Franzosen und Bretonen packte das nackte Entsetzen. Ein grimmiges Krachen erscholl, als die englischen Soldaten am Fuß der Windmühle auf Charles' Männer prallten. Thomas wollte sich ebenfalls in den Kampf stürzen, doch Robbie packte ihn plötzlich am Arm. »Sieh mal!« Er deutete auf das Lager hinter ihnen.

Drei Männer in schlichten schwarzen Waffenröcken ritten zwischen den brennenden Zelten hindurch, begleitet von einem unberittenen Dominikaner. Als Thomas die schwarz-weiße Kutte erblickte, folgte er Robbie in das Durcheinander. Sie liefen über eine zusammengesunkene Zeltleinwand, neben der eine Standarte auf dem Boden lag, zwischen zwei Feuern hindurch und auf einen offenen Platz, der von Rauchschwaden und umherfliegenden, brennenden Stofffetzen erfüllt war. Eine Frau mit halb zerrissenem Kleid rannte schreiend an ihnen vorbei in eine der mit Grassoden gedeckten Hütten, verfolgt von einem Mann, unter dessen Stiefeln Funken aufstoben. Einen kurzen Moment verloren sie den Priester aus den Augen, dann erblickte Robbie die schwarz-weiße Kutte wieder. Der Dominikaner versuchte, sich auf ein ungesatteltes Pferd zu schwingen, das die Reiter für ihn festhielten. Thomas spannte den Bogen, schoss den Pfeil ab und sah, wie er sich bis zu den Federn in die Brust des Tieres bohrte. Das Pferd bäumte sich mit wild schlagenden Hufen auf, und der Dominikaner stürzte hinunter. Seine drei Begleiter flüchteten im Galopp, während der Priester sich aufrappelte und nach seinem Verfolger Ausschau hielt. Thomas erkannte ihn sofort: Es war Bernard de Taillebourg, der Folterer Gottes. Thomas brüllte eine Herausforderung und spannte erneut den Bogen, doch de Taillebourg rannte auf ein paar noch unversehrte Zelte zu. Plötzlich tauchte ein Genueser Armbrustschütze auf, erblickte sie und hob seine Waffe. Thomas schwenkte blitzschnell um und ließ die Sehne los. Der Pfeil rammte sich in die Kehle des Mannes, sodass das Blut über sein rot-grünes Wams spritzte. Aus der Grassodenhütte erscholl ein gellender Schrei, der abrupt verstummte. Thomas und Robbie stürzten hinter dem Inquisitor her, der zwischen den Zelten verschwunden war. An einem von ihnen schwang noch die Eingangsplane, und Robbie stieß sie beiseite und trat mit gezücktem Schwert in das Zelt, das, wie sich zeigte, als Kapelle diente.

De Taillebourg stand am Altar, der mit dem österlich weißen Antependium geschmückt war. Zwischen zwei flackernden Kerzen war ein Kruzifix aufgestellt. Draußen wütete ein Chaos aus Schreien, Blut und Pfeilen, wiehernden Pferden und brüllenden Männern, doch in dieser improvisierten Kapelle herrschte eine seltsame Ruhe.

»Du Bastard«, zischte Thomas und ging mit gezücktem Schwert auf den Dominikaner zu. »Du gottverdammtes, stinkendes, wurmzerfressenes Stück Scheiße.«

Bernard de Taillebourg hatte die eine Hand auf den Altar gestützt; die andere erhob er, um das Kreuz zu schlagen. *»Dominus vobiscum«*, sagte er mit seiner tiefen Stimme. Ein Pfeil streifte mit ratschendem Geräusch über das Zeltdach, und ein zweiter bohrte sich durch die Seitenplane und fiel hinter dem Altar zu Boden.

»Ist Vexille bei Euch?«, fragte Thomas barsch.

»Gott sei mit dir, Thomas«, sagte de Taillebourg. Sein Gesicht war hart und unerbittlich, sein Blick kalt. Er trat einen Schritt zurück, als Thomas das Schwert erhob.

»Ist Vexille bei Euch?«, fragte Thomas erneut.

»Siehst du ihn irgendwo?«, entgegnete der Dominikaner und blickte sich mit spöttischem Lächeln in der Kapelle um. »Nein, Thomas, er ist nicht hier. Er ist in die Dunkelheit verschwunden, um Hilfe zu holen, und du kannst mich nicht töten.«

»Nennt mir einen Grund«, sagte Robbie. »Denn Ihr habt meinen Bruder umgebracht, niederträchtiger Schuft.«

De Taillebourg blickte den Schotten an. Er erkannte Robbie nicht, sah jedoch den Zorn und entbot ihm denselben Gruß wie Thomas. »Du kannst mich nicht töten«, sagte er, nachdem er das Kreuz geschlagen hatte, »denn ich bin Priester, mein Sohn, ich bin von Gott gesalbt, und deine Seele wird in alle Ewigkeit verdammt sein, wenn du mich auch nur berührst.«

Wütend stieß Thomas de Taillebourg seine Schwertspitze gegen den Bauch, sodass der Priester rücklings an den Altar gedrückt wurde. Draußen schrie ein Mann auf. Ein Kind weinte in lauten Schluchzern, und ein Hund bellte wie verrückt. Auf den Tuchwänden der Kapelle flackerte der Flammenschein der brennenden Zelte. »Ihr seid ein Bastard«, sagte Thomas, »und für das, was Ihr mir angetan habt, werde ich Euch töten, ohne mit der Wimper zu zucken.«

»Was ich dir angetan habe?«, herrschte de Taillebourg ihn an. »Ich habe gar nichts getan!« Er wechselte zu Französisch. »Dein Vetter hat mich angefleht, dir das Schlimmste zu ersparen, und ich habe ihm den Gefallen getan. Eines Tages würdest du auf seiner Seite sein, hat er gesagt. Eines Tages würdest du auf der Seite des Grals sein, auf Gottes Seite. Und deshalb habe ich dich verschont, Thomas. Ich habe dir deine Augen gelassen! Ich habe dir nicht die Augen verbrannt!«

»Es wird mir eine Freude sein, Euch zu töten«, sagte Thomas, obgleich er in Wirklichkeit Angst davor hatte, einen Priester anzugreifen. Der Himmel würde ihn beobachten, und die Feder des berichtenden Engels würde Buchstaben aus Feuer in das große Buch schreiben.

»Gott liebt dich, mein Sohn«, sagte de Taillebourg freundlich. »Gott liebt dich. Und Gott züchtigt diejenigen, die er liebt.«

»Was sagt er?«, fragte Robbie dazwischen.

»Er sagt, wenn wir ihn töten, sind unsere Seelen verdammt.«

»Bis ein anderer Priester die Verdammung aufhebt«, sagte Robbie. »Es gibt keine Sünde auf Erden, die ein Priester nicht vergibt, wenn der Preis nur hoch genug ist. Also spar dir das Geschwafel und bring ihn um.« Er trat mit erhobenem Schwert auf de Taillebourg zu, doch Thomas hielt ihn zurück.

»Wo ist das Buch meines Vaters?«, fragte Thomas den Priester.

»Dein Vetter hat es«, erwiderte de Taillebourg. »Ich schwöre, es ist bei deinem Vetter.«

»Und wo ist mein Vetter?«

»Ich sagte dir doch bereits, er ist fortgeritten, um Hilfe zu holen. Und du musst jetzt auch gehen, Thomas. Lass mich allein, damit ich beten kann.«

Beinahe hätte Thomas gehorcht, doch dann erinnerte er sich an die demütige Dankbarkeit, die er diesem Mann gegenüber verspürt hatte, als er mit der Folter aufhörte, und diese Erinnerung war so beschämend, so schmerzlich, dass ihn plötzlich ein Schauer überlief und er, ohne nachzudenken, mit dem Schwert auf den Priester einhieb.

»Nein!«, schrie de Taillebourg. Sein Arm war bis zum Knochen aufgetrennt, weil er versucht hatte, den Schwertstreich abzuwehren.

»O doch!«, entgegnete Thomas, von rasendem Zorn erfüllt, und stach erneut zu. Auch Robbie hieb auf den Priester ein, und als Thomas zum dritten Mal ausholte, hatte er so viel Schwung, dass seine Klinge sich im Zeltdach verfing.

De Taillebourg schwankte. »Ihr könnt mich nicht töten!«, schrie er. »Ich bin Priester!« Das letzte Wort verklang in einem Gurgeln, als Robbie ihm sein Schwert in den Hals bohrte. De Taillebourg starrte ihn überrascht an und versuchte zu sprechen, doch er brachte kein Wort heraus. Das Blut sprudelte über seine Kutte, und er fiel auf die Knie. Thomas' nächster Schlag traf ihn im Nacken, dass das Blut auf das Antependium spritzte, und dann versetzte Robbie dem Dominikaner den Todesstoß, der ihm die Luftröhre durchtrennte. Zuckend wand de Taillebourg sich auf dem Boden. Seine linke Hand krallte sich in das Antependium und riss es mitsamt Kerzen und Kruzifix vom Altar. Ein letztes gurgelndes Geräusch, dann blieb er reglos liegen.

»Das tat gut«, sagte Robbie in der plötzlichen Dunkelheit. »Ich hasse Priester. Ich wollte schon immer einen von ihnen umbringen.«

Thomas bekreuzigte sich. »Ich hatte einen Freund, der Priester war. Aber er wurde ermordet, entweder von meinem Vetter oder von diesem Bastard.« Er trat mit dem Fuß gegen de Taillebourgs Leichnam und wischte seine Schwertklinge am Saum der Kutte ab.

Robbie ging zum Eingang des Zeltes. »Mein Vater meint, die Hölle sei voller Priester.«

»Dann kriegen sie jetzt Verstärkung.« Thomas hob seinen Bogen auf, und die beiden traten hinaus in die von Schreien und Pfeilen durchschnittene Nacht. Mittlerweile brannten so viele Zelte und Hütten, dass es fast taghell war, und in dem flackernden Licht erblickte Thomas einen Armbrustschützen, der zwischen zwei verängstigten angebundenen Pferden kniete. Seine Waffe war auf den Hügel gerichtet, wo so viele Engländer kämpften. Thomas legte einen Pfeil an, spannte die Sehne, und im allerletzten Moment, als er den Schützen gerade abschießen wollte, erkannte er das blau-weiße Wellenmuster des Wamses und riss den Bogen herum, sodass der Pfeil nur die Armbrust traf und sie Jeanette aus der Hand riss. »Bist du verrückt?«, brüllte er wütend.

»Da ist Charles!« Sie deutete auf den Hügel, ebenso aufgebracht wie er.

»Nur der Feind hat Armbrustschützen«, fuhr er sie an. »Willst du dich von einem unserer Bogenschützen umbringen lassen?« Er packte ihre Armbrust und schleuderte sie in die Schatten. »Und was zum Teufel tust du hier überhaupt?«

»Ich bin gekommen, um ihn zu töten!«, sagte sie und zeigte erneut auf Charles de Blois, der mit seinem Gefolge verzweifelt versuchte, den Angriff abzuwehren. Er hatte noch acht Ritter bei sich, und sie kämpften wie besessen, obwohl sie alle verwundet und gnadenlos in der Minderheit waren. Als Thomas und Jeanette den Hang erklommen, sahen sie, wie ein hoch gewachsener Engländer auf Charles einhieb; der jedoch fing den Schlag mit dem Schild ab und stieß gleichzeitig sein Schwert unter dem Rand hindurch in den Oberschenkel des Engländers. Ein anderer Mann griff an und wurde von einer Axt niedergeschlagen, ein dritter schleifte einen von Charles' Rittern von der Mühle weg und hackte auf seinen Helm ein. Etwa zwei Dutzend Engländer versuchten, an Charles heranzukommen, indem sie mit Schilden, Schwertern und großen Streitäxten um sich schlugen.

»Lasst ihm Platz!«, rief eine gebieterische Stimme. »Zurück! Lasst ihm Platz, sich zu ergeben!«

Widerstrebend wichen die Angreifer zurück. Charles hatte das Visier hochgeklappt, und auf seinem bleichen Gesicht und seinem Schwert war Blut. Neben ihm kniete ein Priester.

»Ergebt Euch!«, rief jemand dem Herzog zu. Er schien die Aufforderung verstanden zu haben, denn er schüttelte wütend den Kopf, doch Thomas legte einen Pfeil an und zielte mit gespannter Sehne auf Charles' Gesicht. Der Herzog sah es und zögerte.

»Ergebt Euch!«, rief eine andere Stimme.

»Nur einem Mann von Rang!«, erwiderte Charles auf Französisch.

»Ist hier jemand von Rang?«, rief Thomas in die Menge, erst auf Englisch, dann noch einmal auf Französisch. Einer von Charles' verbliebenen Männern sank langsam zu Boden, erst auf die Knie, dann, mit einem Scheppern, auf den Bauch.

Aus den englischen Reihen trat ein Ritter vor. Er war Bretone, einer von Toteshams Hauptmännern, und er nannte seinen Namen, um Charles zu beweisen, dass er von edler Geburt war. Dann streckte er die Hand aus, und Charles de Blois, Neffe des Königs von Frankreich und Anwärter auf die Herzogskrone der Bretagne, trat widerstrebend vor und reichte ihm sein Schwert. Gewaltiger Jubel erhob sich, und die Menge teilte sich, um den Herzog und seinen Wächter durchzulassen. Charles erwartete, dass man ihm sein Schwert zurückgab, und sah überrascht aus, als der Bretone keinerlei Anstalten dazu machte. Dann marschierte der besiegte Herzog steif den Hang hinunter, ohne die triumphierenden Engländer zu beachten. Doch plötzlich stellte sich ihm eine schwarzhaarige Gestalt in den Weg.

»Erinnert Ihr Euch noch an mich?«, fragte Jeanette.

Charles betrachtete sie forschend und zuckte wie unter einer Ohrfeige zusammen, als er das Abzeichen auf ihrem Wams erkannte. Unter ihrem zornfunkelnden Blick sagte er nichts.

Jeanette lächelte höhnisch. »Frauenschänder«, sagte sie und spuckte ihm in das offene Visier. Charles riss den Kopf beiseite, doch zu spät, und Jeanette spuckte ihn erneut an. Er bebte vor Wut. Sie forderte ihn dazu heraus, sie zu schlagen, doch er riss sich zusammen. Jeanette spuckte noch ein drittes Mal. »Elender Wurm«, sagte sie verächtlich und wandte sich unter dem spöttischen Johlen der Umstehenden ab.

Thomas schmunzelte. »Gut gemacht, Mylady.«

»Am liebsten hätte ich ihm in die Eier getreten, aber dann fiel mir ein, dass er ja eine Rüstung anhat.«

Lachend trat Thomas beiseite, um ein halbes Dutzend Soldaten vorbeizulassen, die Richard Totesham dazu abkommandiert hatte, Charles nach La Roche-Derrien zu eskortieren. Nach dem französischen König war er einer der wertvollsten Gefangenen, die man in diesem Krieg machen konnte. Thomas sah ihm nach. Charles de Blois würde sich nun zum König von Schottland gesellen, der ebenfalls in englischer Gefangenschaft war, und beide Männer würden ein Vermögen aufbringen müssen, wenn sie freigelassen werden wollten.

»Es ist noch nicht vorbei!«, brüllte Totesham. Er sah, wie die Menge johlender Soldaten dem gefangenen Herzog folgte, und lief hinter ihnen her, um sie zurückzuholen. »Es ist noch nicht vorbei! Macht eure Arbeit zu Ende!«

»Die Pferde!«, rief Sir Thomas Dagworth. »Nehmt ihre Pferde!«

Der Kampf in Charles' Lager war gewonnen, aber noch nicht beendet. Der Ausfall von der Stadt war wie ein Sturm über Charles' sorgfältig aufgestellte Gefechtslinie hinweggefegt, und was von seinen Truppen noch übrig war, hatte sich in kleine Grüppchen aufgesplittert. Hunderte waren bereits tot, und die meisten anderen flohen in die Dunkelheit. »Bogenschützen!«, erscholl ein Ruf. »Bogenschützen zu mir!« Dutzende von Bogenschützen liefen zur Rückseite des Lagers, von wo die überlebenden Franzosen und Bretonen versuchten, eine der anderen Festungen zu erreichen, und schossen die Flüchtlinge erbarmungslos nieder.

»Treibt sie zusammen!«, brüllte Totesham. »Treibt sie zusammen!« Das Durcheinander begann sich zu einer groben Struktur zu formen, als die Soldaten der Garnison und die Männer der Stadt das brennende Lager durchkämmten, um die Überlebenden auf die wartenden Bogenschützen zuzutreiben. Doch es ging nur langsam vorwärts, nicht weil der Feind sich ernsthaft wehrte, sondern weil die Jagenden immer wieder innehielten, um Zelte und Hütten zu plündern. Frauen und Kinder wurden ins Mondlicht hinausgezerrt, und ihre Männer wurden getötet. In der Dunkelheit und dem Wirrwarr wurden auch Adlige niedergemetzelt, die ein hohes Lösegeld eingebracht hätten, wie zum Beispiel der Vicomte de Rohan sowie die Grafen von Laval und Châteaubriant, von Dinan und Redon.

Im Osten schimmerte ein graues Licht, das erste Anzeichen der Morgendämmerung. Aus dem niedergebrannten Lager erklang Wimmern und Stöhnen.

»Sollen wir uns die anderen auch noch vorknöpfen?« Richard Totesham war endlich auf Sir Thomas Dagworth gestoßen; die beiden standen auf dem Befestigungswall des Lagers und blickten hinüber zur südlichen Festung.

»Wir können sie ja schlecht da hocken lassen«, erwiderte Sir Thomas. Dann streckte er die Hand aus. »Danke, Dick.«

»Dafür, dass ich meine Arbeit mache?«, entgegnete Totesham verlegen. »Na, dann wollen wir die Bastarde mal aus ihrem Bau jagen, was?«

Ein Trompetenstoß rief die Engländer, sich zu versammeln.

Charles de Blois hatte seinen Leuten erklärt, ein Bogenschütze könne niemanden erschießen, den er nicht sehen könne, und das war auch richtig, doch jetzt standen die Männer der südlichen Festung – die zweitgrößte Abteilung von Charles' Armee –, dicht gedrängt auf dem äußersten Befestigungswall, um zu erspähen, was sich im östlichen Lager bei der Windmühle abspielte. Sie hatten Feuer entzündet, um ihren Armbrustschützen Licht zu geben, doch die Flammen hoben ihre Umrisse auf dem nicht durch eine Palisade geschützten Erdwall nur umso deutlicher hervor, sodass die Engländer ihre Ziele nicht verfehlen konnten. Die Bogenschützen befanden sich auf der gerodeten Fläche zwischen den Befestigungen, im Schatten der hoch aufragenden Wälle, und ihre Pfeile hagelten aus der Dunkelheit auf die ahnungslosen Franzosen und Bretonen nieder. Die Armbrustschützen versuchten zurückzuschießen, doch sie boten die einfachsten Ziele, da nur wenige von ihnen Kettenpanzer trugen. Dann erstürmten die englischen Soldaten unter lautem Gebrüll die Wälle, und das Töten begann erneut. Die Männer aus der Stadt folgten ihnen, gierig nach Beute, und als die Bogenschützen sahen, dass die Befestigungen unbemannt waren, liefen sie ebenfalls hinterher.

Thomas hielt auf dem Erdwall inne, um ein Dutzend Pfeile auf die von Panik erfassten Feinde abzuschießen. Die Festung stand genau an der Stelle, wo im Jahr zuvor die Engländer ihr Lager gehabt hatten. Er hatte Guillaume d'Evecque aus den Augen verloren, doch Jeanette war noch immer an seiner Seite, obwohl er ihr gesagt hatte, sie solle in die Stadt zurückkehren. Statt der Armbrust trug sie jetzt ein Schwert, das sie einem gefallenen Bretonen abgenommen hatte. »Du hast hier nichts verloren!«, schimpfte er.

»Wespen!«, rief sie statt einer Erwiderung und zeigte auf einen Trupp Soldaten in den schwarz-gelben Waffenröcken des Grafen von Roncelets.

Die Franzosen boten hier kaum Widerstand. Sie hatten nichts von dem Desaster mitbekommen, das sich in Charles' Lager abgespielt hatte, und waren von dem plötzlichen Angriff aus der Dunkelheit völlig überrascht worden. Die überlebenden Armbrustschützen flohen in die Zelte, und erneut zogen die Engländer Scheite aus den Feuern und schleuderten sie auf die Stoffbahnen, die sofort lichterloh brannten. Die englischen und walisischen Schützen hatten ihre Bogen um die Schulter geschlungen und wühlten sich mit Äxten, Schwertern und Keulen durch die Zelte. Wieder begann das Gemetzel, angeheizt durch die Aussicht auf Beute, und einige der Franzosen und Bretonen schnappten sich ihre Pferde und flüchteten vor der brüllenden, blutrünstigen Horde gen Osten, wo sich jetzt der erste rötliche Streifen am Horizont abzeichnete.

Thomas und Robbie liefen auf die Männer in Roncelets' schwarz-gelben Streifen zu. Die »Wespen« hatten versucht, neben dem Tribok, der den Namen Steinschleuder trug, eine Stellung aufzubauen, waren jedoch von Bogenschützen unter Beschuss genommen worden und versuchten zu fliehen, obwohl sie in dem Chaos jedoch nicht wussten, wohin sie sich wenden sollten. Zwei von ihnen liefen auf Thomas zu, und er spießte einen von ihnen mit seinem Schwert auf, während Robbie den anderen mit einem gewaltigen Schlag auf den Helm zu Fall brachte, dann drängte ein Ansturm von Bogenschützen die Schwarz-Gelben beiseite. Thomas schob sein blutbeschmiertes Schwert zurück in die Scheide, zog seinen Bogen von der Schulter und lief auf ein großes, noch unversehrtes Zelt zu, neben dem das schwarz-gelbe Banner flatterte. Er stieß die Eingangsplane auf. Vor ihm, zwischen einem Bett und einer offenen Truhe, stand der Graf von Roncelets. Mit der Hilfe eines Knappen schöpfte er Münzen aus der Truhe und stopfte sie in kleine Börsen. Beide fuhren herum, als Thomas und Robbie das Zelt betraten. Roncelets sprang zum Bett und packte sein Schwert, und der Knappe wollte sich auf Robbie stürzen, doch Thomas hatte bereits den Bogen gespannt, und der Knappe wurde rücklings zu Boden geworfen, wie von einem Tau gepackt. Das Blut aus seiner Stirnwunde spritzte bis zum Zeltdach. Er zuckte noch ein paarmal, dann rührte er sich nicht mehr. Roncelets war noch drei Schritte von Thomas entfernt, als der zweite Pfeil an der Sehne lag. »Nur zu, Monsieur«, sagte Thomas. »Gebt mir einen Grund, Euch zum Teufel zu schicken.«

Der Graf von Roncelets war ein Kämpfer, doch jetzt hatte ihn die Streitlust verlassen. Überall um ihn herum hörte er die Schreie der Niederlage, er roch das verbrannte Fleisch der Männer, die in den Zelten gefangen waren, und er sah den Pfeil auf Thomas Bogen, der auf sein Gesicht gerichtet war, und so streckte er in einer unvermittelten Geste der Kapitulation sein

Schwert vor. »Seid Ihr von Rang?«, fragte er Robbie. Er hatte Thomas nicht erkannt, ging jedoch ohnehin davon aus, dass ein Mann mit einem Bogen nur von einfacher Herkunft sein konnte.

Robbie verstand die Frage nicht, da sie auf Französisch gestellt worden war, und so antwortete Thomas an seiner Stelle. »Er ist ein schottischer Edelmann.«

»Dann ergebe ich mich ihm«, sagte Roncelets wütend und schleuderte Robbie sein Schwert vor die Füße.

»Donnerwetter«, stieß Robbie verdutzt aus, »der lässt sich aber leicht erschrecken!«

Thomas nahm die Spannung von der Sehne und hielt die verkrümmten Finger seiner rechten Hand hoch. »Gut, dass Ihr Euch ergeben habt«, sagte er zu Roncelets. »Die hier wolltet Ihr mir abschneiden, erinnert Ihr Euch noch?« Er konnte sich ein Lächeln nicht verkneifen, als sich auf Roncelets Gesicht erst Erkennen und dann nackte Angst abzeichneten. »Jeanette!«, rief er, als er seinen kleinen Sieg errungen hatte. »Jeanette!« Seine Gefährtin trat durch den Eingang, und an ihrer Seite war – Will Skeat. »Was zum Henker machst du denn hier?«, fragte Thomas verärgert.

»Du willst doch einem guten Freund keine ordentliche Prügelei verwehren, oder?«, entgegnete Skeat grinsend, und für einen Moment meinte Thomas, wieder den alten Will Skeat vor sich zu haben.

»Du bist ein alter Tor«, grummelte Thomas. Dann hob er Roncelets' Schwert auf und gab es Jeanette. »Er ist unser Gefangener«, sagte er. »Und deiner auch.«

»Meiner?«, fragte Jeanette verwirrt.

»Er ist der Graf von Roncelets, und ich bin sicher, wir können ein ordentliches Lösegeld aus ihm herausholen.« Wieder musste Thomas lächeln. »Und damit meine ich nicht die Münzen« – er wies auf die offene Truhe –, »die gehören uns sowieso.«

Jeanette starrte Roncelets an, und allmählich dämmerte es ihr. Wenn der Graf von Roncelets ihr Gefangener war, hatte sie ihren Sohn so gut wie zurück. Sie lachte auf und gab Thomas einen Kuss. »Du hältst deine Versprechen also doch!«

»Aber pass gut auf ihn auf«, sagte Thomas, »denn sein Lösegeld wird uns alle reich machen. Robbie, dich, mich und Will.« Er grinste Skeat zu. »Bleibst du bei ihr, Will? Und passt auf ihn auf?«

»Mache ich.«

»Wer ist sie?«, fragte Roncelets Thomas.

»Die Gräfin von Armorika«, antwortete Jeanette an seiner Stelle und lachte erneut, als sie Roncelets' entgeistertes Gesicht sah.

»Bringt ihn in die Stadt«, sagte Thomas zu ihnen und verließ das Zelt. Draußen entdeckte er zwei Männer aus La Roche-Derrien, die die umstehenden Zelte nach Beute durchsuchten. »He, ihr beiden!«, rief er ihnen zu. »Wir brauchen Verstärkung, um einen Gefangenen zu bewachen. Bringt ihn in die Stadt, und ihr werdet reichlich belohnt. Aber passt gut auf ihn auf!« Thomas zog die beiden Männer ins Zelt. »Jeanette, bringt ihn in dein altes Haus.«

»In mein altes Haus?«, fragte sie erstaunt.

»Du wolltest heute Nacht doch jemanden töten«, sagte Thomas. »Bei Charles de Blois klappt es nicht, also warum versuchst du es nicht mit Belas?« Er lachte, als er ihr Gesicht sah. Dann klappten er und Robbie den Deckel der Truhe zu, warfen ein paar Decken vom Bett darüber, in der Hoffnung, dass sie eine Weile unentdeckt bleiben würde, und wandten sich wieder dem Kampf zu.

Während der Schlacht hatte Thomas immer wieder Männer in schlichten schwarzen Waffenröcken gesehen, und er war sicher, dass Guy Vexille in der Nähe war, doch bisher hatte er ihn nicht zu Gesicht bekommen. Jetzt erklangen vom südlichen Rand des Lagers Schreie und das Klirren von Schwertklingen, und er und Robbie liefen hinüber, um zu sehen, was der Aufruhr zu bedeuten hatte. Sie erblickten eine Gruppe Reiter in schwarzen Waffenröcken, die gegen etwa zwanzig englische Soldaten kämpften. »Vexille!«, brüllte Thomas. »Vexille!«

»Ist er das?«, fragte Robbie.

»Es sind zumindest seine Männer.« Thomas nahm an, dass sein Vetter ursprünglich zusammen mit de Taillebourg im östlichen Lager gewesen und dann hierher geritten war, um Verstärkung zu holen. Doch er war zu spät gekommen, und nun kämpften seine Männer ein Rückzugsgefecht, um die Fliehenden zu schützen.

»Wo ist er?«, wollte Robbie wissen.

Thomas konnte seinen Vetter nirgends sehen. Er rief ihn erneut. »Vexille! Vexille!«

Und da war er. Der Harlekin, Graf von Astarac, in einer schimmernden Rüstung, mit hochgeklapptem Visier, auf einem schwarzen Streitross und mit einem schlichten schwarzen Schild in der Hand. Als er Thomas erblickte, hob er sein Schwert in spöttischem Gruß. Thomas griff nach seinem Bogen, doch Guy Vexille sah die Bedrohung, wandte sich ab, und seine Gefolgsleute schlossen sich schützend um ihn. »Vexille!«, brüllte Thomas noch einmal und rannte auf seinen Vetter zu. Robbie rief eine Warnung, und Thomas duckte sich, als einer der Reiter mit dem Schwert auf ihn einhieb. Er versuchte, sich zwischen den Pferden hindurchzudrängen, doch einer der Reiter stieß ihn an, sodass er beinahe das Gleichgewicht verloren hätte. »Vexille!«, rief er. Jetzt konnte er seinen Vetter wieder sehen; Vexille hatte gewendet und ritt auf ihn zu. Thomas spannte den Bogen, doch Vexille hob die rechte Hand, um zu zeigen, dass er sein Schwert in die Scheide geschoben hatte, und so senkte Thomas seine Waffe.

Guy Vexille lächelte im flackernden Feuerschein zu ihm hinunter. »Ich habe das Buch, Thomas.«

Thomas sagte nichts, hob nur den Bogen wieder an.

Vexille schüttelte vorwurfsvoll den Kopf. »Lass das doch, Thomas. Schließ dich mir an.«

»Niemals, elender Bastard!« Dies war der Mann, der seinen Vater, Eleanor und Vater Hobbe getötet hatte. Thomas spannte den Bogen mit aller Kraft. Da beugte Vexille sich in aller Ruhe vor und schnitt mit einem kleinen Messer, das er hinter seinem

Schild verborgen hatte, die Sehne durch. Der Bogen schnellte abrupt in die Senkrechte, und der Pfeil trudelte zu Boden. Das Ganze geschah so schnell, dass Thomas keine Zeit hatte zu reagieren.

»Eines Tages wirst du dich mir anschließen, Thomas«, sagte Vexille. Dann sah er, dass die englischen Bogenschützen seine Männer entdeckt hatten und sie zu attackieren begannen, und so wendete er sein Pferd, brüllte seinen Männern zu, sie sollten sich zurückziehen, und ritt davon.

»Verdammt!«, fluchte Thomas.

»Calix meus inebrians!«, rief Vexille ihm zu, dann verschwand er zwischen den Reitern, die nach Süden galoppierten. Ein Hagel von Pfeilen folgte ihnen, doch keiner traf Vexille.

»Bastard!«, schimpfte Robbie hinter ihm her.

Aus einem der brennenden Zelte erklang der Schrei einer Frau.

»Was hat er zu dir gesagt?«, fragte Robbie.

»Er wollte, dass ich mich ihm anschließe«, sagte Thomas wütend. Er warf die durchtrennte Sehne weg und holte die Ersatzsehne aus seinem Helm. Seine verkrümmten Finger hatten Mühe, den Bogen zu schnüren, doch beim zweiten Anlauf schaffte er es. »Und er hat das Buch.«

»Aye, aber das wird dem Mistkerl nicht viel nützen.« Der Kampf war vorüber, und Robbie kniete sich neben einen Gefallenen in schwarzem Waffenrock und begann, ihn nach Münzen abzusuchen. Sir Thomas Dagworth rief seinen Männern zu, sie sollten sich am westlichen Rand des Lagers sammeln, um die nächste Festung anzugreifen, von der bereits die ersten Soldaten flohen, weil sie erkannt hatten, dass die Schlacht verloren war. In La Roche-Derrien läuteten die Glocken, als jubelndes Zeichen, dass Charles de Blois die Stadt als Gefangener betreten hatte.

Thomas starrte seinem Vetter nach. Er schämte sich, weil ein winziger Teil von ihm, ein winziger und verräterischer Teil, versucht gewesen war, das Angebot anzunehmen. Sich seinem Vetter anzuschließen, wieder einer Familie anzugehören, gemeinsam nach dem Gral zu suchen und sich seine Macht nutzbar zu machen. Die Scham brannte in ihm, ebenso wie die Scham angesichts der Dankbarkeit, die er de Taillebourg gegenüber empfunden hatte, als die Folter vorüber war. »Bastard!«, brüllte er, obwohl Vexille ihn längst nicht mehr hören konnte. *»Bastard!«*

»Bastard!«, ertönte d'Evecques Stimme wie ein Echo. Er näherte sich mit seinen beiden Soldaten und einem Gefangenen, dem er seine Schwertspitze in den Rücken stupste. Der Gefangene trug eine Plattenrüstung, und es schepperte bei jedem Stoß. Als d'Evecque Thomas erblickte, rief er triumphierend: »Es ist Coutances!« Er zog seinem Gefangenen den Helm vom Kopf. »Sieh ihn dir an!«

Der Graf von Coutances war ein Mann mit melancholischem Gesicht, kahl wie ein Ei, der sich alle Mühe gab, würdevoll auszusehen. D'Evecque stupste ihn erneut. »Eins sage ich dir, Thomas, die Frau und die Töchter von diesem Schweinehund werden die Beine breit machen müssen, um das Lösegeld für ihn zusammenzukriegen! Jeden Kerl in der Normandie werden sie ranlassen müssen, um diesen feigen Nichtsnutz zurückzukaufen!« Wieder versetzte er dem Grafen einen Stoß mit dem Schwert. »Ich werde Euch das Hirn aus der Birne quetschen!«, dröhnte er, dann verschwand er unter schadenfrohem Gelächter mit seinem Gefangenen.

Die Frau schrie erneut.

In der Nacht hatte Thomas viele Frauen schreien gehört, doch irgendetwas an dem Klang drang in sein Bewusstsein, und er fuhr alarmiert herum. »Robbie!«, brüllte er. »Zu mir!«

Thomas rannte durch die Überreste eines brennenden Zeltes, dass unter seinen Stiefeln die Funken aufstoben. Er machte einen Schlenker um ein rauchendes Kohlenbecken, wäre fast über einen Verwundeten gestolpert, der sich in seinen Helm übergab, und lief zwischen den Hütten der Waffenschmiede hindurch, wo überall Ambosse, Blasebälge, Hämmer, Zangen und Fässer mit Schnallen und Kettenringen im Gras lagen. Ein Mann mit der Schürze eines Hufschmieds und einer heftig blutenden Kopfwunde kam auf ihn zugestolpert. Thomas stieß ihn beiseite und rannte auf das brennende Zelt von Roncelets zu, neben dem noch immer das schwarz-gelbe Banner wehte. »Jeanette!«, rief er. »Jeanette!«

Doch Jeanette war eine Gefangene. Ein Schrank von einem Mann presste sie rücklings gegen die Winde des Triboks, der direkt hinter Roncelets' Zelt stand. Als der Mann Thomas rufen hörte, drehte er sich grinsend um. Es war Beggar mit seinem verfilzten Bart und den fauligen Zähnen, und er versetzte Jeanette einen derben Stoß, als sie sich zu wehren versuchte.

»Halt sie fest, Beggar!«, rief Sir Geoffrey Carr. »Halt die Schlampe!«

»Süße bleibt hier«, knurrte Beggar. »Nicht wahr, Schöne bleibt hier.« Er versuchte, ihr Kettenhemd hochzuziehen, aber es war zu eng und zu schwer, und Jeanette wehrte sich aus Leibeskräften.

Der Graf von Roncelets saß, noch immer ohne sein Schwert, auf dem Rahmen des Triboks. Er hatte einen roten Abdruck im Gesicht, als wäre er geschlagen worden, und war umrundet von Sir Geoffrey und fünf seiner Soldaten. Vogelscheuche sah Thomas herausfordernd an. »Er ist mein Gefangener!«, verkündete er.

»Er gehört uns«, widersprach Thomas. »Wir haben ihn gefangen genommen.«

»Hör zu, Kleiner«, sagte Vogelscheuche, die Stimme noch immer vom Suff verzerrt, »ich bin ein Ritter, und du bist ein Haufen Scheiße. Hast du mich verstanden?« Leicht taumelnd kam er auf Thomas zu. »Ich bin ein Ritter«, wiederholte er, diesmal lauter, »und du bist nichts!« Sein gerötetes Gesicht, das im Licht der Flammen zu glühen schien, war von Verachtung verzerrt. »Du bist nichts!«, brüllte er erneut und wandte sich dann ruckartig um, um sicherzugehen, dass seine Männer Roncelets sorgsam bewachten. So ein reicher Gefangener würde alle seine Probleme lösen, und Sir Geoffrey war fest entschlossen, ihn nicht herauszurücken und das Lösegeld selbst einzustreichen. »Sie kann keine Gefangenen nehmen«, sagte er und deutete mit dem Schwert auf Jeanette, »weil sie Titten hat, und du kannst keine Gefangenen nehmen, weil du ein Haufen Scheiße bist. Aber ich bin ein Ritter! Ein *Ritter*!« Er spuckte Thomas das Wort förmlich ins Gesicht. Thomas hatte genug von den Beleidigungen und spannte seinen Bogen. Die neue Sehne war ein wenig zu lang, und er spürte, dass in ihr nicht dieselbe Kraft lag wie sonst, doch für das, was er vorhatte, würde es reichen. »Beggar!«, bellte Vogelscheuche. »Falls er seinen Pfeil abschießt, bring die Schlampe um!«

»Süße umbringen«, sagte Beggar. Speichel lief ihm aus dem Mund und über den zotteligen Bart, während er den Kettenpanzer über Jeanettes Brüsten streichelte. Sie wehrte sich noch immer, aber er hatte sie brutal über die Winde gebeugt, und sie konnte sich kaum rühren.

Thomas ließ den Bogen gespannt. Er sah, dass der lange Arm des Triboks bis zum Boden heruntergekurbelt war, doch die Maschinenbauer waren offenbar gestört worden, bevor sie ein Geschoss laden konnten, denn die große Lederschlinge war leer. Rechts daneben lag ein Haufen Steine, an dem Thomas plötzlich eine Bewegung wahrnahm. Ein Verwundeter lehnte dagegen und versuchte sich aufzurichten, schaffte es jedoch nicht. Sein Gesicht war blutüberströmt. »Will?«, fragte Thomas entsetzt.

»Tom!« Erneut versuchte Will Skeat sich hochzustemmen. »Du bist es, Tom!«

»Was ist passiert?«

»Ich bin nicht mehr der alte«, ächzte Skeat. Die beiden Männer aus der Stadt, die geholfen hatten, Roncelets zu bewachen, lagen tot zu seinen Füßen, und auch Skeat sah aus, als würde er sterben. Er war bleich, geschwächt, und jeder Atemzug schien ihm Mühe zu bereiten. Tränen liefen ihm über das Gesicht. »Ich habe versucht zu kämpfen«, brachte er mühsam hervor, »ich hab's versucht, aber ich bin nicht mehr der alte.«

»Wer hat dich angegriffen?«, fragte Thomas, doch Skeat schien zu schwach, um ihm zu antworten.

»Will hat nur versucht, mich zu beschützen«, rief Jeanette, dann schrie sie auf, weil Beggar ihr einen so kräftigen Stoß versetzt hatte, dass sie nun rücklings auf der Winde lag und Beggar ihren Kettenpanzer hochschieben konnte. Er sabberte vor Gier. Plötzlich brüllte Sir Geoffrey wütend los.

»Das ist ja dieser verfluchte Douglas!«

Thomas ließ die Sehne los. Normalerweise übte er mit einer neuen Sehne erst ein wenig, um zu sehen, wie sie reagierte, aber für solche Spielereien hatte er jetzt keine Zeit. Er schoss den Pfeil ab, und die breite Eisenspitze bohrte sich durch Beggars Bart und schlitzte ihm die Kehle auf. Jeanette schrie, als das Blut über ihr Gesicht und ihren Waffenrock spritzte. Vogelscheuche brüllte auf vor Wut und stürmte auf Thomas zu, der ihm die Hornkerbe seines Bogens in das gerötete Gesicht rammte und sein Schwert zog. Robbie lief an ihm vorbei und holte aus, um Vogelscheuche seine Klinge in den Bauch zu stoßen, doch selbst in betrunkenem Zustand war Sir Geoffrey schnell genug, um auszuweichen, zu parieren und seinerseits anzugreifen. Zwei seiner Männer eilten ihm zu Hilfe – die anderen bewachten den Grafen von Roncelets –, und Thomas wich nach links aus, um den mächtigen Tribok als Deckung zu nutzen, doch Sir Geoffrey schnitt ihm den Weg ab. Verzweifelt holte Thomas mit seinem Schwert aus, und die Klingen donnerten mit solcher Wucht aufeinander, dass Thomas' Arm ganz taub wurde. Auch Vogelscheuche taumelte unter dem Schlag, fing sich jedoch wieder und attackierte Thomas mit einem Hagel von Schwertstößen. Thomas hatte keine Übung im Zweikampf, er ging trotz aller Gegenwehr bald in die Knie, und Robbie konnte ihm nicht helfen, weil er mit den beiden Gefolgsleuten von Sir Geoffrey kämpfte. Plötzlich ertönte ein gewaltiger Knall, ein Krachen, als hätten sich die Tore der Hölle aufgetan, der Boden erbebte, und Vogelscheuche wurde mit einem gellenden Schrei gen Himmel gerissen.

Jeanette hatte den Hebel gezogen, der den hölzernen Wurfarm löste. Zehn Tonnen Gegengewicht waren zu Boden gedonnert, und der dicke Eisenstab, der die Schlinge hielt, war zwischen Sir Geoffreys Beinen hochgeschnellt und hatte seinen Leib vom Schritt bis zum Bauch aufgerissen. Eigentlich hätte der Arm des Triboks ihn bis zu den Stadtmauern schleudern müssen, aber der Stab hatte sich in seinen Eingeweiden verfangen, und so hing Vogelscheuche oben an der Spitze, blutüberströmt und von Todesqualen gepeinigt.

Als seine Männer sahen, dass ihr Herr so gut wie tot war, traten sie zurück. Warum sollten sie weiter für einen Mann kämpfen, der sie nicht bezahlen konnte? Entsetzt starrte Robbie hinauf zu dem zuckenden Körper. Irgendwie gelang es dem Sterbenden, sich von dem Eisenstab loszureißen, und er stürzte mit heraushängenden Eingeweiden zu Boden. Er landete mit dumpfem Aufprall, ein blutiger Haufen Fleisch, doch er war noch nicht tot. Seine Augen zuckten, sein Mund war zu einer verächtlichen Grimasse verzogen. »Verfluchter Douglas!«, stieß er keuchend aus. Da trat Robbie auf ihn zu, holte mit dem Schwert seines Onkels aus und rammte es Vogelscheuche zwischen die Augen.

Der Graf von Roncelets hatte das Ganze fassungslos verfolgt. Jeanette hielt ihm drohend ihre Schwertspitze unter die Nase, für den Fall, dass er versucht sein sollte zu fliehen, doch er schüttelte nur matt den Kopf. Angesichts dieser betrunkenen, brüllenden, blutrünstigen Männer, die aus der Dunkelheit aufgetaucht waren, um die größte Armee zu zerstören, die die Bretagne je aufgestellt hatte, war ihm nicht danach, sein Leben zu riskieren.

Thomas ging zu Will Skeat, doch sein alter Freund war tot. Er hatte eine Wunde am Hals und war auf dem Steinhaufen verblutet. Er sah seltsam friedvoll aus. Der erste Strahl der Morgensonne erschien am Horizont und ließ das Blut an der Spitze von Steinschleuders Wurfarm aufleuchten. Thomas schloss seinem Freund und Mentor die Augen. »Wer hat Skeat getötet?«, fragte Thomas Sir Geoffreys Männer, und Dickon, der Jüngste, wies auf das Gewirr aus Kettenpanzer, Fleisch, Eingeweide und Knochen, das einst Vogelscheuche gewesen war.

Thomas betrachtete die Kerben in seiner Schwertklinge. Es war höchste Zeit, dass er lernte, damit umzugehen, sonst würde er eines Tages durch das Schwert sterben. Dann sah er auf.

»Los, helft beim Angriff auf die nächste Festung«, befahl er Sir Geoffreys Soldaten. Sie starrten ihn entgeistert an. »Macht schon!«, herrschte er sie an, und verdattert setzten sie sich Richtung Westen in Marsch.

Thomas deutete mit dem Schwert auf Roncelets. »Bring ihn in die Stadt«, sagte er zu Robbie, »und pass gut auf ihn auf.«

»Was ist mit dir?«

»Ich werde Will begraben. Er war mein Freund.« Thomas dachte, er würde um Will Skeat weinen, doch es kamen keine Tränen. Jedenfalls jetzt nicht. Er schob das Schwert in die Scheide und sah den jungen Schotten mit einem erschöpften Lächeln an. »Du kannst nach Hause gehen, Robbie.«

»Wieso?«, fragte Robbie verdutzt.

»De Taillebourg ist tot. Roncelets wird dein Lösegeld an Lord Outhwaite entrichten. Du kannst nach Hause gehen, nach Eskdale, und wieder Engländer töten.«

Robbie schüttelte den Kopf. »Guy Vexille lebt noch.«

»Der gehört mir.«

»Mir aber auch. Du vergisst, dass er meinen Bruder auf dem Gewissen hat. Ich bleibe, bis er tot ist.«

»Falls ihr ihn je findet«, sagte Jeanette leise.

Die ersten Sonnenstrahlen schienen auf den Rauch, der aus den verbrannten Lagern aufstieg, und warfen lange Schatten auf den Boden hinter den Erdwällen, wo die letzten Überlebenden von Charles' Armee ihre Posten aufgaben und Richtung Rennes flohen. Sie waren stolz und voller Siegesbewusstsein gekommen, und nun rannten sie vernichtend geschlagen davon.

In den Hütten der Maschinenbauer fand Thomas eine Hacke und eine Schaufel. Er hob neben dem Tribok ein Grab aus, legte Skeat in den feuchten Boden und versuchte, ein Gebet zu sprechen, doch ihm fiel keines ein. Dann erinnerte er sich an die Münze für den Fährmann. Er ging zu Roncelets' Zelt, zog die verkohlten Decken von der Truhe und nahm ein Goldstück heraus. Dann kehrte er zu dem Grab zurück, sprang hinein und legte die Münze unter Skeats Zunge. Der Fährmann würde sie finden und an dem Gold erkennen, dass Sir William

Skeat ein besonderer Mensch war. »Gott schütze dich, Will«, sagte Thomas. Er kletterte aus dem Grab und begann, Erde hineinzuschaufeln, wobei er immer wieder innehielt, in der Hoffnung, Will würde die Augen öffnen. Aber natürlich tat er es nicht, und als das blasse Gesicht seines Freundes unter der Erde verschwand, kamen endlich auch die Tränen. Als er fertig war, stand die Sonne bereits am Himmel, und die Frauen und Kinder kamen zurück, um nach Beute zu suchen. Ein Turmfalke flog auf, und Thomas setzte sich auf die Truhe, um auf Robbies Rückkehr zu warten.

Er würde nach Süden gehen. Nach Astarac. Er würde das Buch seines Vaters zurückholen und sein Geheimnis entschlüsseln. Die Glocken von La Roche-Derrien verkündeten den Sieg, einen triumphalen Sieg, doch Thomas saß zwischen den Toten und wusste, er würde keinen Frieden finden, solange er sein Versprechen nicht eingelöst hatte. *Calix meus inebrians. Transfer calicem istum a me. Ego enim eram pincerna regis.*

Ob es ihm passte oder nicht, er war der Mundschenk des Königs, und er würde nach Süden gehen.

NACHWORT

Das Buch beginnt mit der Schlacht bei Neville's Cross. Die Schlacht wurde nach dem Kreuz benannt, das Lord Neville zum Andenken an den Sieg errichten ließ, aber es ist durchaus möglich, dass an der Stelle zuvor schon ein anderes Kreuz stand, das durch Lord Nevilles Denkmal ersetzt wurde. Die Schlacht, bei der eine große schottische Armee und eine winzige, eilends vom Erzbischof von York und den Fürsten aus dem Norden zusammengestellte englische Truppe aufeinander trafen, endete mit einer katastrophalen Niederlage der Schotten. Ihr König, David II., wurde, wie in »Der Wanderer« beschrieben, gefangen genommen, als er sich unter einer Brücke versteckte. Es gelang ihm, seinem Gegner ein paar Zähne auszuschlagen, doch dann wurde er überwältigt. Er verbrachte eine lange Zeit in Bamburgh Castle, bis seine Gesichtswunde verheilt war, dann wurde er in den Tower nach London gebracht, ebenso wie fast alle weiteren schottischen Fürsten, die an diesem Tag gefangen genommen worden waren, einschließlich Sir William Douglas, Ritter von Liddesdale. Die beiden schottischen Earls, die zuvor Edward den Treueeid geleistet hatten, wurden enthauptet und gevierteilt, und ihre Überreste wurden über das Königreich verteilt, als Warnung vor dem Verrat. Einige Monate später gesellte sich auch Charles de Blois, Neffe des französischen Königs und Anwärter auf die Herzogskrone der Bretagne, zu David II. in den Tower – eine beachtliche Leistung der Engländer, denen es rund zehn Jahre später sogar gelang, den König von Frankreich dort einzukerkern.

Die Schotten griffen England auf Drängen der Franzosen an, mit denen sie verbündet waren, und vermutlich ging David II.

tatsächlich davon aus, dass sich die gesamte englische Armee in Nordfrankreich befand. Doch Edward von England hatte genau diese Situation vorhergesehen und deshalb einigen Fürsten aus dem Norden befohlen, auf ihren Ländereien zu bleiben und im Falle eines schottischen Angriffs Truppen zusammenzuziehen. Den Kern dieser Truppen stellten natürlich die Bogenschützen, denn dies war das große Zeitalter der englischen – und in einem geringeren Maße auch walisischen – Bogenkunst. Ihre Waffe war der Langbogen (ein Begriff, der erst sehr viel später geprägt wurde), ein Eibenstab von mindestens sechs Fuß Länge und mit einer Zugspannung von über hundert Pfund (mehr als das Doppelte dessen, was die heutigen Wettkampfbogen aufweisen). Im Grunde ist es unbegreiflich, weshalb nur England imstande war, ganze Armeen von Bogenschützen aufzustellen, die sehr bald die Könige der europäischen Schlachtfelder wurden; die wahrscheinlichste Erklärung dafür ist, dass das Schießen mit dem Langbogen ein englischer Volkssport war, der in Hunderten von Dörfern praktiziert wurde. Nach einiger Zeit wurde ein Gesetz erlassen, die das Bogenschießen zur Pflicht machte, vermutlich, weil die Begeisterung dafür nachließ. Auf jeden Fall war es eine außerordentlich schwierige Waffenkunst, die große Körperkraft verlangte, und obwohl die Franzosen versuchten, den Langbogen in ihren Truppen einzuführen, gelang es ihnen nie, ihn wirklich zu beherrschen. Die Schotten waren an die Bogenschützen gewöhnt und hatten gelernt, sie niemals zu Pferd anzugreifen, doch im Grunde gab es bis zur Einführung der Schusswaffen nichts, was es auf dem Schlachtfeld mit dem Bogen aufnehmen konnte.

Gefangene waren sehr wichtig. Ein Mann von Rang wie Sir William Douglas wurde nur gegen Zahlung eines ansehnlichen Lösegelds freigelassen, obgleich Sir William vorübergehend aus der Gefangenschaft entlassen wurde, um als Mittler bei den Verhandlungen um das Lösegeld für den König von Schottland zu dienen; als er scheiterte, kehrte er pflichtbewusst in den Tower von London zurück. Die Lösegelder für Männer wie Charles de Blois und König David II. waren gewaltig, und es dauerte oft Jahre, sie auszuhandeln und zusammenzubekommen. Im Fall von David betrug das Lösegeld £ 66 000, eine Summe, die man mindestens mal hundert rechnen muss, wenn man ihren heutigen Wert auch nur grob ermessen will. Die Schotten bekamen die Erlaubnis, sie in zehn Raten zu zahlen, und zwanzig Edelleute mussten als Geiseln gestellt werden, bevor David 1357 schließlich freigelassen wurde, zu einem Zeitpunkt, als er ironischerweise längst auf Seiten der Engländer stand. Sir Thomas Dagworth galt offiziell als derjenige, der Charles de Blois gefangen genommen hatte, und er verkaufte ihn für die wesentlich geringere Summe von £ 3500 an Edward III., aber es war zweifellos besser, dieses Geld in der Hand zu haben, als zu warten, bis Frankreich und die Bretagne ein größeres Lösegeld aufgebracht hatten. Der Mann, der König David gefangen genommen hatte, war ein Engländer namens John Coupland, und auch er verkaufte seinen Gefangenen an Edward, in diesem Fall für Ländereien und die Ernennung zum Ritter.

Charles' Niederlage bei La Roche-Derrien ist einer der großen, nie besungenen englischen Triumphe jener Zeit. Charles hatte bereits gegen Bogenschützen gekämpft und war, durchaus richtig, zu dem Schluss gekommen, dass man sie am besten dadurch besiegte, dass man sie gut geschützte Befestigungen angreifen ließ. Wen der Bogenschütze nicht sehen konnte, den konnte er nicht töten. Die Taktik funktionierte bei Sir Thomas Dagworths Angriff, doch dann kam Richard Toteshams verzweifelter Ausfall aus der Stadt, und da Charles ausdrücklich darauf bestanden hatte, dass die vier Abteilungen seiner Armee hinter ihren Schutzwällen blieben, wurde zuerst sein Lager überwältigt und dann die drei übrigen. Seine Niederlage und Gefangenschaft waren ein schwerer Schock für seine Verbündeten, die Franzosen, denen es nicht gelang, die Belagerung von Calais aufzuheben.

Ich bin Jonathan Sumption zu großem Dank verpflichtet, dessen Buch *Trial by Battle*, der erste Band seiner hervorragenden Geschichte des Hundertjährigen Krieges, mir sehr geholfen hat. Eventuelle Fehler in diesem Roman sind allein mir zuzuschreiben, obwohl ich mir mit Rücksicht auf das Fassungsvermögen meines Briefkastens erlaube, darauf hinzuweisen, dass die Kathedrale von Durham im Jahr 1347 nur zwei Türme besaß und dass ich die Bibelstelle, in der es um Hachalja geht, im Buch Esra angesiedelt habe und nicht im Buch Nehemia, weil ich mich auf die Vulgata bezog und nicht auf die King James Bible.